ちくま文庫

文豪文士が愛した映画たち

昭和の作家映画論コレクション

根本隆一郎 編

筑摩書房

目次

第1章　アメリカ映画を読む

第2章　ヨーロッパ映画を読む

第3章　憧れの映画スタア／映画人

第4章　文豪文士と映画

◆映画を巡って

第5章　文豪文士、映画を語る

文豪文士が愛した映画たち――

昭和の作家
映画論コレクション

扉レイアウト　神田昇和
ポスター提供　編者

第1章　アメリカ映画を読む

「怒りの葡萄」とアメリカ的楽天主義

福永武彦

「怒りの葡萄」は一九四〇年に製作された映画だから、今頃これを見れば、まず古くさいという印象が与えられる筈《はず》である。ところがそうではなかった。なぜか。答は簡単で、こういった種類のシリアスなアメリカ映画が、このところあまりにも少いからである。つまり戦後のアメリカ映画は娯楽物の全盛で、大きな画面、美しい色つき、明るく愉《たの》しく目出《めで》たし目出たしという公式に沿って、おおむね作られている。貧しい人間の生活をじっくり描くのでは商売にならないと考えるのも無理はない。

「怒りの葡萄」は、オクラホマの難民たちが、土地を追われてカリフォルニアへ移住し、そこでもまた苦労する話である。従って主題が人道主義的な共感を喚《よ》ぶ上に、描写もまた貧しい小作人たちの生活をなまなましく捉えている。資本主義の国を舞台に、社会主義の原理がやさしく説明されているという一面もある。身銭を切ってでも人に見せたくなるような映画と言える。それがつまり向うの思う壺で、これは本来、立派な商業映画なのだ。一九三九年にジョン・スタインベックの発表した同名の小説がベストセラーになったので、いち早く映画化したものにすぎない。ただその時、監督やキャストが熱っぽいものを持っていたから、月並な文藝映画にはならなかったというまでである。とすれば、この映画でジョン・フォード監督がどんなに褒められても、原作者であるもう一人のジョンを抜きにしては語れないだろう。これはまあ文藝映画の宿命みたいなものと諦めてもらうほかはない。

こうした長篇小説の映画化が、筋を忠実に追うよりも視覚的な造型に主眼を置くのは当然のことで、僕はその意味で、主人公の一家が、故郷を後に、おんぼろトラックに鈴生りになりながら、西部に向って移住して行く途中の描写に、大いに感銘した。違った風景を背景に、違った道路標識を前景にして、トラックが走って行くのは、文学では表現できないものである。この部分を含めて、挿話を幾つも積み重ねて行くこのストーリイの芯になっているものは、アメリカ的な楽天主義ではあるまいかと思う。こんな暗い映画に楽天主義という言葉はそぐわないが、スタインベックもフォードも、より美しい世界を信じ、この不幸な一家の行手に、彼等が人民であることの強さを、その最後の勝利を、確信しているように見受けられた。トラックがひた向きに走るのは、インディアンに追われて駅馬車が走るのと同じ開拓的精神の表れであり、とすると、トラックが何に追われているのか、その実体がもう少し描かれてもよかったような気がする。この映画の主題が、主役の息子とその母親との対話に、つまり母性愛の表現に懸《かか》っていて、宣教師の死の意味が少々はぐらかされている点なども、商業映画の弱さといったものであろうか。僕はこの映画より後に、たまたまテレヴィで、徳田秋声・新藤兼人の文藝映画「縮図」を初めて見たが、同じ旧作でも、貧しさを描いている点ではこの方に一層打たれた。つまりはアメリカ的楽天主義より身近だったせいなのだろう。

（一九六二年）

『怒りの葡萄』The Grapes of Wrath　製作年：一九四〇年（米）　日本初公開年：昭和三十八年　監督：ジョン・フォード　出演：ヘンリー・フォンダ、ジェーン・ダウエル、ジョン・キャラダイン、ラッセル・シンプソン

殺人の罪で服役していた農夫トム・ジュードは、仮釈放となり故郷オクラホマの農場に帰ってきた。しかし、わが家は空き家になっていた。一家はこの地で三代にわたって小作農を営んでいたが、砂嵐による凶作のため収穫が得られず、仕方なく土地を捨てたのであった。トムは伯父の家で家族と再会し、そして一家十二人は、ボロボロのトラックに家財道具を山積みにして乗り込み、新天地を

求め、旅立つのであったが……。一九三〇年代にアメリカ中西部を襲った凶作と農業の近代化によって職を奪われた農民労働者たちの苦難を描き、一九四〇年度ピュリッツァー賞を受賞したジョン・スタインベック原作の映画化。監督のジョン・フォードは、本作でアカデミー監督賞、ニューヨーク批評家協会賞を受賞した。

『縮図』 製作年：昭和二十八年（近代映協＝新東宝） 監督：新藤兼人 出演：乙羽信子、山田五十鈴、日高澄子、山村聡、宇野重吉、沢村貞子、殿山泰司

「陽のあたる場所」を見る

高見　順

「陽のあたる場所」はシオドア・ドライザーの「アメリカの悲劇」を映画化したものである。かつてスタンバーグもこれを映画化したことがあり、友人の菊岡久利君などはその方がすぐれていたという。それを、私も見たことは見たのだが、今日もう記憶がうすれて、比較ができない。ただ、記憶に残っているのは、女工の役をやっていたシルヴィア・シドニーが大変に可レンだったという印象だけである。今度のジョージ・スティーヴンスの「陽のあたる場所」では、女工の役をシェリー・ウィンタースがやっているが、これは可レン一点張りではない。その、可レン一点張りでない点に、私は感心した。はじめは、なるほど可レンな、田舎出のいかにもムクな娘として私たちの前に現われるが、男と関係して身重《みおも》になり男の言葉にしたがって堕胎をはかるけれど、うまく行かず、もうこうなった以上は結婚してくれと男にやみくもに、脅迫的にせまるあたり純情ではあるが、何か無知な感じをさらけ出し、可レンとばかりはいえない、ひとつの女のタイプを実に巧みに演じている。妊娠とともに、服装がだんだんだらしなくなって行く、そういう変り方もうまい。

一筋に男を思いつめる女心は悲痛だが、自分から心の離れている、それどころか自分に、嫌気《いやけ》がさしている男と、無理やり結婚したところで将来幸福かどうか疑問である。しかし女はそういう疑問には眼が向かず、ただ男の不実を怒り、怒ることで男の心をつかもうとする。男はそのため余計、嫌気がさす。

男を援護しているような私の書き方と思われるかもしれないが、女をそういう可レンを通りこした何かたまらない女にしたのは、しょせん、男である。悪いのは男である。工場づとめのわびしさから女工を誘惑し、そして社交界の花形の娘を知るや、男は身重の女工を捨てようとする。憎むべき男の所業ではあるが、そうした男を、この映画では、単なる悪徳の男として描いているのではない。「陽のあたらない場所」に生い立った男が「陽のあたる場所」へ出ようとするその野心には――その野心の現われはおぞましいが、しかし一キクの涙をそそがずにはいられないように描かれている。伯父に大会社の社長を持っている男だが、伝道事業に献身している貧しい母親の手で育てられ、学校も満足に行ってない。やがて伯父に拾われてその工場につとめたが、ロクな仕事は与えられない。華やかなパーティにも呼ばれない。貧乏育ちの無学無知の男が、一族にいることは家の恥だと伯父の家族は考えている。そうした偏見が、すなわち、「陽のあたる場所」へ出ようとする野心を男に抱かせたのである。そしてその野心が、富と地位の約束された、富豪の娘との結婚のために、身重の女を湖で殺そうと男に想い立たせる。

悪の根源は、「陽のあたる場所」と「陽のあたらない場所」というものが存在する社会機構の中にある。原作者ドライザーが、この野心の悲劇を「アメリカの悲劇」と題したのも、アメリカの社会への批判をこめてのことであろう。とはいえ、この悲劇はわれわれ日本人の心にも強く迫るものを持っている。

（一九五二年）

『陽のあたる場所』 A Place in the Sun　製作年：一九五一年（米）　日本初公開年：昭和二十七年
監督：ジョージ・スティーヴンス　出演：モンゴメリー・クリフト、エリザベス・テイラー、シェリー・ウィンタース、レイモンド・バー
伝道師の母と二人、貧しい家に育ったジョージ。ある日、シカゴのホテルでボーイをしていた時、たまたま水着工場を営む裕福な伯父と出会い、これが縁で伯父の工場で働くことになる。この工場で自分と同じく貧しく平凡な娘アリスと深い仲になるジョージ。だが、あるパーティで富豪の美し

き令嬢アンジェラと出会い、二人はたちまち恋に落ちてしまう。ジョージにとってアンジェラとの結婚は、貧しい境遇から脱け出し、憧れの上流社会への切符をも手にすることにもなる。しかし……。セオドラ・ドライサーが一九二五年に発表した「アメリカの悲劇」の2度目の映画化。貧しい母子家庭に育ちながらも立身出世を夢見る青年の悲劇を通じて、現代に生きる青年像、心の葛藤を見事に描いたジョージ・スティーヴンスの名作。監督のスティーヴンスをはじめ、6部門でアカデミー賞を受けた。

『アメリカの悲劇』 製作年：一九三一年（米） 日本初公開年：昭和六年 監督：ジョセフ・フォン・スタンバーグ 出演：フィリップス・ホームス、シルビア・シドニー、フランセス・ディィ

ピクニックを観る

井上　靖

　僕は映画はあまり見ない。観れば観たで面白いが、併し何か特殊な理由でもない限り、自分から出かけて行くということはめったにない。

「ピクニック」は原作がウイリアム・インジの有名な戯曲で、舞台劇「ピクニック」は一九五三年度のピュリッツア賞を受けたというし、しかもその演出家ジョシュア・ローガンが映画の演出をも担当しているということだったので、ふと「ピクニック」という映画を観てみる気持になったのである。それにピクニックという題もいい。

　この映画は観て面白かった。構成ががっちりしているのは原作の戯曲を殆どそのまま映画化しているためであろう。インジの戯曲はみなアメリカの西北部の小都市を舞台にし、そこに住む庶民の生活感情を取り扱ったものだというが、この作品もそうである。「ピクニック」は河出書房から翻訳出版されているので、それを読んだ。ほかの作品は知らないが、戯曲「ピクニック」は地味な手堅い感じの作品である。映画になるとかなり派手な物語に見えるが、併し、やはりその底を流れているものは目立たない地味なものと言うべきであろう。

労働休日の朝、キャンザス州のある小さな町の駅へ、貨車にただ乗りして来た体格のいい美貌の労働者風の青年が降りる。若し下車しなかったら、この物語は生れない。彼が下車したばかりに、その町の人たちの楽しい行事であるピクニックを舞台にして、一人の娘の運命が狂って行く。そしてこの物語は主人公の青年が町を去って行く翌朝で終るのである。

物語の筋は単純であり、アメリカならずとも、日本の地方の小都市にも、いくらでも起りそうな事件である。そして底のけ騒ぎのピクニックというものは、いかにもアメリカ人らしいものだが、そこに描かれている人々の生活感情はやはり我々に身近いものである。この戯曲の舞台化の成功は恐らく、何名かの登場人物の心の動きが誰にも身近く感じられる、そうしたところにあったであろう。

映画「ピクニック」は、原作に忠実に映画化されているが、併し、その面白さはかなり違ったものになっている。舞台劇と映画の違いを、演出家ローガンは恐らく誰よりもよく知っていて、それを使い分けていると思う。

映画「ピクニック」で最も印象的な場面はピクニックの場面である。この小さい町の人々は待ちに待っていたピクニックのために、郊外の河畔の会場へと詰めかけて行く。いろいろな余興や競技が行われ、老若男女の区別なく人々は騒ぎ楽しむ。やがてオレンジ色の太陽は平原の果に沈み、夕方になり、夜が来る。音楽が鳴り出し、ダンスが始まる。このピクニックの情景の時間的推移は、映画でなければ映し出すことのできないものである。この場面は実に見事である。どんな恋愛が生れても少しも不自然でない雰囲気が巧みに描かれている。短い言葉と少い会話、それだけで若い男女の心は充分自然に融け合って行く。これは映画だけの持つ強味である。その映画だけの持つ強みを、ローガンは十二分に利用している。

私はピクニックの部分が終ってから、早く物語が結末に到達しないことをはらはらして観ていた。ピクニックのあとの部分はできるだけ簡潔に取り扱って貰いたかった。映画の演出家でない舞台演出家ローガンが、しかもかなり描く顔を出し始めたからである。いい加減で切って貰いたかった。原作には「警官に追われ川を渡って来た」と一言で言われていることが、画面で具体的に示されると何と間のびのしたことになるか。朝になってからはなおさらである。

併し、このようにいろいろ文句はつけるが、それも映画「ピクニック」がいろいろの意味で非常に面白かったからである。

（一九五六年）

『ピクニック』 Picnic　製作年：一九五五年（米）　日本初公開年：昭和三十一年　監督：ジョシュア・ローガン　出演：ウィリアム・ホールデン、ロザリンド・ラッセル、キム・ノヴァク

無一文で友人アランを訪ねて来た流れ者のハル。折から町では労働祭恒例のピクニックが催され、人々はそれぞれ趣向を凝らして歌やゲームを楽しむのであった。やがて夜のとばりが下りる頃、ダンスパーティとなり、ハルはアランの婚約者マッジとダンスを踊り、二人は互いに心惹かれ合うことに……。カンザスの小さな田舎町を舞台に展開する恋愛劇で、一九五三年度ピュリッツァー賞を受賞したウイリアム・インジの舞台劇の映画化。一九三四年にベニー・グッドマンカルテットの演奏でヒットした「ムーングロウ」のメロディが印象に残る。ブロードウェイで初演された際に演出を担当したジョシュア・ローガンが、舞台に続いて監督した。

必死の逃亡者

柴田錬三郎

私は、むかしから、映画では、西部劇とギャング物を一番好む。この点では、街のアンチャンと趣向が一致している。「哀愁」だとか「黄昏のなんとか」というような題がくっついていると、絶対に観ない。で、西部劇とギャング物は、大半観ている積りである。西部劇の方には、颯爽たるヒロイズムを求め、ギャング物の方には、トコトンまでの残忍性を求める。ところが、屢々《しばしば》、これが入れかわったりしていると、ガッカリしてしまう。就中《なかんずく》、ギャング物に、甘っちょろいヒロイズムがハバをきかせると、腹が立って、中途で席を立たざるを得ない。

ギャング物は、徹頭徹尾、残忍性が横溢《おういつ》していなければ、面白くない。したがって、頭のテッペンから趾《あし》の裏まで兇悪な根性のしみわたっているギャングになり切れる俳優が登場することが、のぞましい。ジェイムス・キャグニイとハンフリイ・ボガートの両人なら、絶対信頼出来る。

私は、「必死の逃亡者」を観たら、もしかして、ワイラー先生が、ドタン場で、ボガートの悪党をして、安価なヒューマニズムに目覚めさせるのではないかとハラハラしていた。流石は、ワイラー先生だけあって、ボガートを悪党のままでくたばらせたので、ほっと安堵した次第であった。

「必死の逃亡者」は、ストーリイは、ごく単純である。平和な中産階級の家庭（主人・妻・娘・少年）へ、脱獄した三人組が押入って、恐怖のどん底へ追い込むが、とどのつまり退治されてしまうという話である。

面白いのは、被害者も加害者も追う警官も、すべて必死になってあがきつつ、自分たちのことしか考えないエゴイズムを発揮することである。

主人は妻子を救うことしか考えず、ギャングは逃亡のことしか考えず、警官はギャングを殺すことしか考えない。すなわち、主人は警察など信頼しないし、ギャングは少年を殺すことぐらい屁とも思わぬし、警官は一家を犠牲にすることはやむを得ないとする。最後まで、観客をひきずる緊迫感は、これによって生ずるのである。

勿論、人物の出し入れのテクニックが見事だから、固唾《かたず》をのませるのであるが、その各人の行動は、すべて、エゴイズムで裏打ちされているのである。もし、ボガート君が、途中で、少年に対して、いくばくかの慈悲心でも催したら、途端に、緊迫感は、日向の飴みたいに溶けたに相違ない。

　ワイラーの物では、「探偵物語」に感服したおぼえがある。あれもまた、乾燥したエゴイズムを心憎いまで描出していた。それでいて一方では、ミイハアを狂喜させる「ローマの休日」の如きお伽噺を作ってみせるのであるから、吉村公三郎以下日本の一流監督たちが、尊敬する名匠として彼を第一に挙げているのも当然であろう。

（一九五六年）

『必死の逃亡者』 The Desperate Hours　製作年：一九五五年（米）　日本初公開年：昭和三十一年　監督：ウィリアム・ワイラー　出演：フレデリック・マーチ、ハンフリー・ボガート、アーサー・ケネディ、マーサ・スコット
インディアナポリスの平穏な家庭に脱獄囚が押し入り、逃亡資金を得るため家族を人質に立てこもる。恐怖におののく家族。しかし警察に通報すれば家族の誰かが殺される。努めて平静を装い会社に出勤しなければならない主人。娘も恋人とデートに出掛けても窮状を伝えることが出来ない。やがて警察は脱獄囚がこの町に潜んでいることをつきとめたが……。アメリカで実際に起こった事件を基に描いたジョゼフ・ヘイズの小説の映画化。『ローマの休日』などで知られるウィリアム・ワイラー監督によるサスペンス映画の傑作。

『探偵物語』　製作年：一九五二年（米）　日本初公開年：昭和二十八年　監督：ウィリアム・ワイラー　出演：カーク・ダグラス、エリナー・パーカー、ウィリアム・ベンディクス

『ローマの休日』　製作年：一九五三年（米）　日本初公開年：昭和二十九年　監督：ウィリアム・ワイラー　出演：オードリー・ヘプバーン、グレゴリー・ペック、エディ・アルバート

「チャップリンの独裁者」を見る

高見　順

「チャップリンの独裁者」を見た。強い感銘を与えられた。私はいまから二十年前にすでに一度、これを見ている。それだけに感銘は複雑である。感銘を新たにしたということと違う。前に感心しなかったのだ。どうしてか、そのわけをこれから書くのだが、それがこんどの感銘を一層強いものにした。

二十年前にこれを見たとき、これのすぐ前に有名な「風と共に去りぬ」を見た。その映画のなかの場面で今日、私の記憶に残っているものがあるかというと、ないのである。だが「独裁者」のいくつかの場面は、私の記憶に残っていた。ストリップのバルーン・ダンスを真似た、地球儀をかかえて踊るところとか、チャップリンのヒンケル（ヒットラー）がジャック・オーキーのナパロニ（ムッソリーニ）と理髪屋へ行って、お互いにイスを高くして相手を見くだそうとするところなど、二十年たっても忘れなかった。「独裁者」がいよいよ日本に来ると聞いたとき私はそれを二十年前に見た者としていささか自慢顔で、それらの場面を人に語った。強い印象をこの映画が私に与えたことはたしかである。だがそれは感銘とはちがうのだった。

一九四一年（昭和十六年）の一月に私は画家の三雲祥之助氏とインドネシアへ行った。するとジャワのスラバヤの映画館で「独裁者」の封切上映が行われると新聞に出ていた。日本では輸入禁止の映画である。私たちは予定していたバリ島行きの日をのばして、その映画を見た。当時のインドネシアはまだオランダ領東インドと呼ばれていたころで、オランダの統治下にあった。そして本国のオランダは前の年の五月に、ヒットラーのドイツ軍の侵入に対して降伏をしていた。本国はナチ・ドイツに占領されていたが、植民地の蘭領東インドではまだ主権を保っているという奇妙な状態だった。

そんな状態の中で、私はオランダ人の観客と一緒に「独裁者」を見たのだ。オランダ人にとっては、本国をじゅうりんした憎むべきヒットラーがスクリーンで痛烈にやられているのだから、拍手かっさいしていいはずなのに、周囲の空気は異様だった。何か浮かぬ顔といった形容が考えられる異様さだった。ヒットラーの直接的な被害者からすると、ゲラゲラ笑ってはいられないのだ。じかにその身に痛みを受けているオランダ人の、そのヒットラー憎悪と、スクリーンのヒットラー風刺との間に何かずれがあるのだ。ヒットラーから直接に痛めつけられてない、いわば傍観者のアメリカのしあわせというのを、そこに感じているかのようだった。

そうしたふん囲気の中で日本人の私はスクリーンのヒットラーをどう見たか。日本とナチ・ドイツとが防共協定を結んだのは一九三六年のことである。そのとき、銀座通りの商店街に大きなナチの旗が飾られ、冬の風に、はたはたと鳴っていたのを私は覚えている。にがにがしい思いで、それを見たのを覚えている。そのころ「人民文庫」をやっていた私は、ナチを憎んでいた。だが、単純に憎むだけで、事はかたづかないと思われる事態が次々におこってきた。そうなると、そもそもナチを台頭《たい》させたものは何か、その権力の持続と拡大を許しているものは何か、それへ思いがゆかざるをえない。それがこの映画には描かれてない。日本人の私はオランダ人のような直接的な被害者ではないのだが、いや日本はナチ・ドイツの同盟国なのだから、加害者のがわにあるのだが、ナチの恐ろしさは、ヒットラー個人を笑いのめしてすまされることではないという気持ちでは、同じだった。

ヒットラーがムッソリーニをドイツに招いたのは一九三七年のことである。映画にもこれが出てくるが、ヒットラーはドイツの軍事力を誇示するためにメクレンブルクの陸軍大演習をムッソリーニに見せた。エッセンのクルップ工場も見せた。映画と違ってムッソリーニはすっかりヒットラーの術策にかかって、ナチの強力に目がくらんでしまった。アラン・バロックの「アドルフ・ヒットラー」の中の言葉をかりれば「ムッソリーニの致命的な第一歩」がここにあったのだ。このような事実が映画では無視されている。ヒットラーを何もかばうということとは違うのだが、映画における卑小化は、ちょっとどうかと思うなという気がした。チョビひげをはやした、ちょこまかしたヒットラーは、現象の印象としてもいかにも卑小な人物だが、しかしそんな人物に独裁の暴力をふるわせているものは何か、その大事なところがはぐらかしてある。それじゃ助からないと、いやな気がした。

それから二十年たった。ふたたびこの映画を見て、私はこの映画が私たちに訴えようとしている一見単純で重要なものを、昔の私は、ほかのことにまぎれて、混乱した目でしか見てなかったことに気づかせられた。この映画が訴えようとしているのはデモクラシーの援護であり、ヒューマニズムの強調なのだ。ヒットラーがどうのこうの、事実がどうのこうの問題ではないのだ。事実をうんぬんするならば、この映画に出てくるユダヤ人虐待を見て、昔、私は誇張があると思ったものだ。だが戦後、ユダヤ人の大量虐殺の事実が暴露されてみると、この映画の虐待など物のかずではない。それこそ事実とは違うのである。

自由というものに対して人々が懐疑と絶望を感じはじめたあの時代に、チャップリンはこの映画で希望と勇気を人々に与えようとしたのだ。それが今日、強い感銘として心に迫ってくる。自由への希望をチャップリンは、笑いとペーソスを通して、人々の心に与えた。勇気をもてと人々に訴えた。そうして彼の訴えたとおり、自由は暴力に打ちかったのである。当時は恐ろしく強力なものと感じられたナチが、たあいなくついえた。そのたあいなささをこの映画はついていたのだ。それを私は映画のたあいなさとみたのだ。

浅沼委員長の刺殺事件などから、暴力の横行にふたたびおびえねばならぬような暗い気持ちに陥っているとき、この映画は強い感銘を私たちに与える。暴力はどうして発生し台頭《たい》するのか、その原因を見きわめることも必要である。単に暴力を気分的に憎むだけでは、暴力の横行を防ぐことはできない。だが、そのとき、暴力否定の断固たる確信が何よりも大切なのだ。この映画はそれを教える。

（一九六〇年）

『チャップリンの独裁者』The Great Dictator　製作年：一九四〇年（米）　日本初公開年：昭和三十五年　監督：チャールズ・チャップリン　出演：チャールズ・チャップリン、ポーレット・ゴダ

ード、ジャック・オーキー、チェスター・コンクリン、ヘンリー・ダニエル
チャップリンが製作・監督・脚本・主演（二役）を務めた初の完全トーキー作品。この作品が製作された一九四〇年には日独伊三国同盟が成立、公開にあたりドイツやイタリアからアメリカに対して公開差し止めの横やりが入り、日本でも上映禁止となった。第二次大戦後も日本では長い間公開が見送られ、製作から二十年を経て公開に至った。

『風と共に去りぬ』　製作年：一九三九年（米）　日本初公開年：昭和二十七年　監督：ヴィクター・フレミング　出演：クラーク・ゲイブル、ヴィヴィアン・リー、レスリー・ハワード、オリヴィア・デ・ハヴィランド、トマス・ミッチェル、ハッティ・マクダニエル

◆ヒッチコックと乱歩（江戸川乱歩）

ヒチコック技法の集大成——見知らぬ乗客

同じ題名のパトリシア・ハイスミスの長篇小説（バンタムのポケット本も出ている）をハードボイルドの大先輩チャンドラーが脚色したもの。しかし結果としてはヒチコック自身の好みが最もあからさまに出ている。

ヒチコック近年の諸作は、なんとなくなまぬるく彼らしい味に乏しかったが、ここに往年のヒチコックがいる。しかも、この映画は彼のサスペンス・テクニック集大成の観さえある。実をいうと、余りにヒチコックすぎる所が、少々マンネリを感じさせるほどである。

嘗つての名作「疑惑の影」（一九四二年）「断崖」（一九四一年）などのような心理描写

は少いが、観覧車、メリゴーラウンド、ボートでくぐる「恋のトンネル」の見世物など、いかにもヒチコック好みの舞台メリゴーラウンドと殺人恐怖の組合せ、ラストの大破局、スリルとサスペンスはあり余っている。殊に殺人の場面を、地上に落ちた被害者の女の眼鏡の玉に写る、いびつに歪んだ影のスローモーションで現わしたところなどヒチコック手法の圧巻であろう。

（一九五三年）

『見知らぬ乗客』 Strangers on a Train　製作年：一九五一年（米）　日本初公開年：昭和二十八年　監督：アルフレッド・ヒッチコック　出演：ファーリー・グレンジャー、ロバート・ウォーカー、ルース・ローマン

遊園地での絞殺、メリーゴーランドでの格闘など印象的なサスペンスシーンが記憶に残るヒッチコック作品。パトリシア・ハイスミスによる完全犯罪小説をベースに、ハードボイルド小説で知られるレイモンド・チャンドラーらが脚本を練り上げた傑作ミステリー。

『疑惑の影』　製作年：一九四二年（米）　日本初公開年：昭和二十一年　監督：アルフレッド・ヒッチコック　出演：テレサ・ライト、ジョゼフ・コットン

『断崖』　製作年：一九四一年（米）　日本初公開年：昭和二十二年　監督：アルフレッド・ヒッチコック　出演：ケイリー・グラント、ジョーン・フォンテイン

ヒチコックの異色作——ダイヤルMを廻せ！

この作は舞台劇で成功した原作を映画化したのだが、ヒチコックはいつものくせを殆んど出さないで、舞台劇のままを映画化している。したがって場面は邸内の一、二室に限られ、全く変化がないにもかかわらず、少しも単調を感じさせない。さすがに大した腕前だと思う。その理由は、場面が変らなくても、カメラの方は観客の心理に即して絶えず動いているためだと思う。それともう一つは会話がすばらしい。殊に初めの方の、無関係の人物を呼びよせて殺人の決意をさせるまでの、心理闘争のある長い問答は、この映画の圧巻である。俳優も皆よくやっている。私としては、とぼけた顔をして実は鋭い洞察力を持っている探偵の持味に感心した。いつものヒチコックらしさが少ないけれど、やはりヒチコックでなくては出来ない映画であろう。ヒチコック臭の強すぎる「見知らぬ乗客」よりも、私にはこの映画の方が好もしかった。スリラー愛好家の見逃がせぬ佳品。

（一九五四年）

『ダイヤルMを廻せ!』 Dial M for Murder 製作年：一九五四年（米） 日本初公開年：昭和二十九年 監督：アルフレッド・ヒッチコック 出演：グレイス・ケリー、レイ・ミランド、ジョン・ウィリアムス、ロバート・カミングス

元テニス選手のトニーは、友人レズゲットに妻の殺害を依頼し、完全犯罪を企てる。しかしレズゲットが妻マーゴに抵抗され、殺害されるという予想外のことが起こってしまう……。ブロードウェイでロングラン公演を記録したフレデリック・ノットの舞台劇の映画化。舞台劇同様ほとんどロンドンのアパートの一室で物語は展開され、緊迫感溢れる作品となった。

恐怖の生む滑稽――ハリーの災難

このあいだヒッチコックに会ったとき、彼は殺人を笑劇化する興味について、しきりに語っていた。これはイギリス人にしかわからない味だとも云《い》った。「ハリーの災難」はその試みで、ヒッチコック映画としては異色の作品である。

恐怖と滑稽の結びつきには、滑稽が恐怖を生む場合と、恐怖が滑稽を生む場合との二つがあると思うが、前者は、ピエロの扮装をしてニヤニヤ笑っていたやつが、実は兇悪無残の犯罪者だったというような場合で、この滑稽は恐怖を倍加する。後者はその逆で「ハリーの災難」もそれに属するのだが、死体と犯罪の恐怖が、前者の場合ほど強く滑稽を生み、滑稽を引きたてているかどうか、私には疑問であった。

しかし俳優は皆たくみに使われているし、着色の風景は見事だし、十分たのしめる。ことに、舞踊の舞台から、はじめて映画に出たという若い女優シャーリー・マクレーンの魅力はすばらしい。

（一九五六年）

『ハリーの災難』The Trouble with Harry　製作年：一九五五年（米）日本初公開年：昭和三十一年　監督：アルフレッド・ヒッチコック　出演：シャーリー・マクレーン、ジョン・フォーサイス、エドマンド・グエン
美しい紅葉に彩られたバーモント州の丘にハリーという名の一人の男の死体が横たわっている。果たして誰が殺したのか。彼の死に関わったと自ら疑いを抱く人物たちが、その犯行を隠そうと死体を埋めたり、また掘り返したりを繰り返す……。男の死体を巡って繰り広げられるサスペンス悲喜劇。ジャック・トレヴァー・ストーリー原作の映画化。シャーリー・マクレーンのスクリーンデビュー作。

ヒッチコックのエロチック・ハラア

私はヒッチコックが日本へ来ることを知らないでいた。その頃、映画人にも会っていなかったし、新聞にものったそうだが、つい見おとしていた。そこへ突然、パラマウント社から英文の招待状が来た。十二月十三日夜、帝国ホテルで、ヒッチコック夫妻歓迎のカクテル・パーティーを開くから、出席してくれ、という文面であった。本当にヒッチコックが来るのかしらと、友達などにたしかめると、来るのだというので、安心してパーティーに出かけた。百人ほどの来会者は皆映画関係の内外人で、親しい人では植草甚一、双葉十三郎、筈見恒夫、清水俊二の諸君が来ていたが、作家の顔が一向見えないので、どうしたわけかと、見廻わしていると、木々高太郎君と香山滋君が並んでグラスを手にしているのが目についた。あとで主催者に聞いて見ると、作家では探偵作家数名に招待状を出しただけだということであった。そのうちの二人が出席したわけである。「ヒッチコックなら、会って見たいと思う作家も多いだろうから、もう少し広く呼びかければよかったのに」というと、主催者は「そうでしたね。どうも行き届きませんで」と答えた。

　立食のカクテル・パーティーだから、どの卓へでも行って、誰とでも自由に話せる仕掛けだし、主催者や来賓の挨拶なども全くなく、ヒッチコック夫妻は入口近くに立っていて、来会者の一人一人と握手し、一こと二こと話をして、あとは話したいものがヒッチコックに近づき、自由に話をするという作法であった。

　他に作家がいないものだから、木々君と私は、度々《たびたび》ヒッチコックとならばされて、写真をとられた。パラマウント・ニュースに入れますからといって、映画をとられたのも記憶している。あとで、そのニュース映画が東京の方々の映画館で上映されているということを聞いた。バーの女給などが、たいてい見ていて、先生が大きく出ていたと云《い》い、昨日見たとか、今日見たばかりだとか教えてくれたが、私も一度見たいと心がけながら、いつのまにか一週間がたってしまって、見ないままに終った。その映画をとられるとき、私はご愛嬌に、私より背の低いヒッチコック氏の肩を叩いて、「サア、笑いましょう」と云って、二人で笑ったのだが、そこが写っていたかどうか。

　パーティーではヒッチコックと話す機会が割合多かったのだが、私は英語を聴き取ることも、話すことも苦手なので、通訳つきだから、余り内容のある話は出来なかった。私は「続・幻影城」の「英米短篇の再吟味」の中に、ヒッチコックが序文を書いた、The Pocket Book of Great Detectives（1941）を引用しているので、そのことを話すと、私が正しい書名を云わず、ただ「アンソロジー」と云ったものだから、次に記す彼が編纂した傑作集のどれかと間違え、「あれは原作者の名でなく、編者である私の名によって、全作品が連続テレビになって、現に放送中だ」と得意らしく答えた。

彼の編纂したアンソロジーを、私は全部知っていたわけではなく、十五日の夜、出井《いずい》でヒッチコックと座談会をやったとき、同席していた人が四冊のアンソロジーを揃えていて、それに署名を乞うたので、はじめて知ったのだが、そのヒッチコック編の傑作集は左の四冊であった。

Suspence（1945）
Bar the Doors!（1946）
Hold your Breath（1947）
Suspence Stories（1949）

ヒッチコックはその席で、外にもう一冊あると云ったが、その書名は聞きもらしてしまった。

ヒッチコックは満五十六歳と聞いたから、私より四つ五つ年下だが、背は低いけれどひどく太っていて、巨大な赤ら顔をしているので、年上のような感じがする。とにかく大家の風貌である。気軽にしゃれとばしているけれど、内部には一流人としての自信満々、映画のこととなれば、他の著名監督などは眼中にない。キャロル・リードの「第三の男」なども、決してほめないのである。

ヒッチコック夫人は、やはり小柄で、愛嬌がよく、日本人みたいな感じである。私は京都あたりの、つつましやかで愛嬌のよい老婦人を連想した。老婦人と云っては気の毒だけれども、昔は美しかったが、今では額がぬけ上って、しかし肌の色艶はよく、姥桜の色香を残している老婦人なのである。この夫人はヒッチコックと結婚する前から、映画関係のライターとして知られており、現在もシナリオその他で夫君の片腕をつとめるヴェテランなのだが、そういうことを少しも顔に現わさない。あくまでもつつましやかな日本的細君である。

話して見ると、この夫人がヒッチコック氏よりも遥かによく探偵小説を読んでいることがわかったので、パーティーの席で、植草甚一君が執拗に食い下って、夫人を離さなかった。私もそばから時々口出しをしたが、植草君が勇敢に英語を喋りまくり、探偵小説談で肉迫するものだから、さすがの夫人もタジタジの体であった。植草君は私などの知らない新らしい作家を、たくさん読んでいるので、その最新知識で夫人を攻めたわけだが、夫人は書名などは覚えていなくても、内容を話すとすぐにわかり、合槌をうってくれるので、さすがによく読んでいると、植草君も感心するほどであった。

ヒッチコック夫妻の滞在は僅か四、五日で、京都を見せる予定だったのも、とりやめになったほどで、方々からの座談会の申込みも、皆断ったようであった。雑誌で座談会を約束できたのは「婦人公論」の木々高太郎君との対談会と映画世界社の座談会の二つだけであった。パーティーの当夜、読売の週刊雑誌の人が私を呼び出して対談の申込みをしたが、もうスケジュールが一杯で、どうにも出来なかった。

映画世界社の「映画の友」の座談会は植草、双葉両君など映画人だけでやることになっていたのだが、パーティーで、顔を合せたとき、私にも加わらないかと誘われたので、私もヒッチコックには興味があるので、すぐに承知して出席することにした。

その座談会はパーティーの翌々日十二月十五日の午後七時から数寄屋橋そばの日本料理「出井」で開かれた。当日ヒッチコックは朝から銀座、浅草と方々引っぱり廻され、木々君との「婦人公論」の座談会、それから歌舞伎座の勧進帳を一幕のぞいて、出井へかけつけたというわけで、非常に疲れていたと思うのだが、ヒッチコックは平然として、九時半ごろまで話し込んでしまった。恐ろしい精力家である。少しも疲れを見せない。日本座敷に不自由そうに横坐りをしたり、足をなげ出したりしながら、二時間半、大いに喋った。

「時間は?」と聞くと、「いつまででも、興のさめるまで」と、甚《はなは》だ愛想がよい。日本座敷のせいもあって、この座談会は、ザックバランな、くだけた面白いものになった。出席者は植草、双葉両君のほかに、雑誌社の人々、パラマウント社の人など数名、通訳には国際のPR永島京典君が当ったが、この人の通訳は大変よかった。ヒッチコック氏は皆の顔の見える長卓のはしに坐り、そのむこうに夫人、こちらに私が坐ったので、夫人とは向かいあったわけだが、そこで夫人のつつましさをまのあたりにした。

ヒッチコック氏は傍若無人で、日本酒はもちろん、ビールもウイスキーも呑まず、特別のワインでなければだめだというので、全く盃はとらなかったし、たべものも、ビフテキのほかはいやだというので、別にそれを作らせて、日本料理には箸をつけなかったが、夫人の方は、夫君の不作法をカバーする意味もあるのだろうが、日本食卓のエチケットを非常に気にしている様子で、日本酒も、おいしいと云って呑むし、箸も正しい持ち方で、日本料理を口にした。はじめに、前菜の小皿を花形に並べて、丸い重箱のようなものに入れたのが出たが、私は一度その蓋をとって、中を見てから、箸をつけるのは、あとにしようと思って、又蓋をしめた。すると、夫人はひらいていた自分の前の重箱の蓋を、びっくりしたように、急いでしめて、私の顔を見て、きまり悪そうに笑った。まだ蓋をとってはいけない作法だと思ったらしいのである。「いや、そうじゃない。いつひらいてもいいのですよ」と、私は又自分の方の蓋をひらいて見せたものである。

その前菜の中には、ウニとか、コノワタだとか、モロキュウだとか、外人の口に合いそうもないものが並んでいたが、夫人は我慢をして、それらを皆、箸ではさんでたべていた。そして、時々こちらを見て、愛想よく笑いかける。まあ、そういった実に好もしい人柄なのである。夫人は座談会中、ほとんど口を利かなかった。夫君の会であって、自分はその付添いにすぎないという、つつしみを忘れない態度であった。日本の奥さんたちでも、今では、こんなに控え目な人は少いだろうと思う。

座談のなかば、座がくつろいで来たころ、私は女中に数枚の色紙を買って来させ、硯《すずり》と共にヒッチコックの前に出して、サインを求めた。私はサインを集める趣味なんか無いのだが、座談会に行く前に、探偵作家クラブ会員のジェームズ・ハリス君と電話で話した折、同君から、「ヒッチコックに会うのなら、私のためにサインをもらってくれ」とたのまれていたので、そのことを話し、ついでに私にも書いてくれと頼んだのである（植草、双葉両君も色紙にサインをもらった）。それにはやっぱり日本の筆がよろしいと云ったら、ヒッチコックは器用に毛筆をとって、自分の似顔の戯画をかき、署名をしてくれた。私にくれた分には To Rampo, From Hitch とある。この「ヒッチ」というのは、彼の愛称なのである。アルフレッド・ヒッチコックだから、普通は名の方を愛称にするのだが、彼の場合は姓の方が愛称になっている。日本の映画人は、彼のことを「ヒッチさん」と呼んでいるというが、偶然、本国の愛称と一致したわけである。

ヒッチコックがこの色紙を書き終ったとき、私はそれを夫人の方に差し出して、あなたもここへ一緒に署名してくれと云ったら、ヒッチコックは、それはよした方がいいと云い、夫人も手を振って遠慮した。これは私のエチケットが間違っていたのかも知れないが、普通のアメリカ人などのやり方とちがうように感じられた。私の目にはヒッチの亭主関白ぶりと、夫人の東洋的つつましさとして写った。(両人とも英国人である)。

その晩の座談の内容は「映画の友」にのるのだから、ここには詳記しないが、通訳は甚《はなは》だよかったのだけれども、ヒッチコックは一つの話題を、ながながと、起承転結をつけて、物語のようにして話す癖があるので、一問一答のやり取りというわけに行かず、時間が長かった割には、話題は、少なかった。私の質問を例にとると、

「私は日本に来た、あなたの映画では『疑惑の影』『断崖』『レベッカ』『見知らぬ乗客』『ダイヤルM』『裏窓』を見ているだけだが、その中では『疑惑の影』が一番印象に残っている。小品だし、第一級の名優揃いというわけでもないが、私はほかの大作よりも、あれが好きだ」

と云ったら、ヒッチコックは即座にこれを肯定して、自分もあれが一番好きさだと云い、それから長々と「疑惑の影」の思い出話がはじまるという調子なのだ。先ずあのストーリイ作者が、自分のところに働いていた企画部の婦人の夫の無名作家であったことから、主役に全くの素人を起用して成功したこと、あの小都会の住宅を探すのに苦労した話、その町での撮影奇談の数々というぐあいに、一つの質問の答に一分も二十分もかかるというわけで、山と質問を持っている植草君、双葉君は甚だもどかしい思いをしたことである。

映画雑誌の座談会だから、私も映画の話の方に同調したしヒッチコックも探偵小説の話には余り乗って来なかったので、その方の問答は僅かしか出来なかったが、本格探偵小説の行きづまりについて感想を叩くと、彼はもともとスリラァ派、サスペンス派だから、ストレイト・ディテクティーヴ・ストーリイは生きた人間が描けないから、文学としてだめだ。文学的なサスペンス小説が流行するのは当然だという、例の「将棋の駒」説であった。私はそういう席で本格不滅論を説くわけにも行かず、ただ承わっておいたが、今更ら問答をするまでもなく、ヒッチコックは英のグレアム・グリーンや米のチャンドラーなどと近似性のある映画製作者だから、この意見は前もってわかっていることでもあった。

座談半ばに、ヒッチコックは、これから私の創作したサスペンス・ストーリイを話すと云い出した。しかし、御婦人の前では、少し話しにくいのだがと、躊躇している。座に雑誌の婦人記者などがいたからである。「家内は大丈夫だ、この話を度々聞いているから」というので、それなら、ここにいる日本婦人たちも大丈夫だから、話して下さいというと、その話をはじめた。たびたび通訳のために話を切って、小説のように話すのである。

話にはいる前に「どうか食事をしながら聞いてください」と断ったが、これがヒッチコック流の伏線であった。

南米の沙漠を一人の男が自動車を運転して横断旅行をしていた。すると一つのオアシスに行き当り、そこに立派な邸宅が一軒だけ建っているのを発見した。一夜の宿を乞うと、立派な紳士が出て来て、喜んでお泊めするといい、豪華な部屋に案内し、夜は豊かな晩餐を供してくれた。食卓には主人のほかに、若々しい夫人と、十七八の令嬢とが同席した。夫人も美しいが令嬢も美しかった。

夜は立派な寝室に案内されたが、真夜中になると、ホトホトとドアを叩くものがあった。「誰か」とたずねると、名は云わないで、幽かな声で、ここをあけてくれというう。やさしい女の声であった。夫人か令嬢かどちらかであろうと思った。けしからぬと考えるよりは、アラビアンナイトの人物のような淫蕩な気持になって、ドアをあけた。すると、その女は壁の蔭にかくれて、電灯を消してくれという。乞いにまかせて電灯を消した。寝室は真の闇となった。

女はベッドにはいって（この辺なかなか詳しく話した）営みを終ったが、いくらたずねても名は云わなかった。手触りでは夫人の方か令嬢の方か、少しもわからなかった。男は一夜が二夜、二夜が三夜と滞在をつづけた。主人夫妻は少しもいやな顔をしなかった。女は毎晩、男の寝室へ忍んで来た。いつも電灯を消させ、顔も見せなければ、名も云わないのである。それが母の方か娘の方か、いつまでたっても、男には見当がつかなかった。

昼間になると、夫人も令嬢も、まったくそしらぬ振りをしている。よくもこんなに白々しく出来たものだと思われるほどであった。

余り長くなるので、数日ののち、男はいとまを告げることにした。そのわかれの時、彼は夫人と令嬢とに握手をして、グッと握りしめて、相手の顔色をうかがったが、何の反応も現われなかった。二人とも、全くそっけない風をしているし、こちらの手を思いをこめて握り返すというようなこともなかった。実に不思議である。夜と昼と、こんなにまで人間がちがったようになれるものであろうか。男は、あの夜毎の女が夫人にもせよ、令嬢にもせよ、余りのそらぞらしさが憎らしくなった。

さて、いよいよその家を去るときになって、主人は男をかたわきに呼んで、打ちあけ話をした。「わたしが、こんな沙漠の中に住んでいるのを、変だと思っていらっしゃるでしょうね。お別れにのぞんで、そのわけをお話しします。実は私には二人の年頃の娘があるのです。一人はご存知のあの娘ですが、もう一人は、一間にとじこもって、誰にも顔を見せないのです」そうだったのか。夜毎に忍んで来たのはそのもう一人の娘だったのか。それにしても、誰にも顔を見せないというのは、なぜであろう。

ここまで話しこんで来て、ヒッチコックは、皆の顔を見廻しながら、ただ一こと「そのもう一人の娘はレプラだったのですよ」と云った。女たちはキャーと悲鳴をあげた。男たちも大声に笑いながら、胸をムカムカさせた。最初に「食事をめしあがりながら聞いて下さい」と云ったのは、意地の悪い伏線だったのである。

男たちは「こりゃ凄い、こりゃ凄い」と、お世辞を云った。私も「サスペンスというよりもエロチック・ホラアだね」と云った。するとヒッチコックは「ホラア」という発音がよくわからなかったらしく、二三度聞き返してから、「それはハラアだよ」と訂正した。Horror をホラアと発音しては通用しないのである。

それから「ハラア」の話になった。ヒッチコックはハラアを愛する。サスペンスと云っても、そのあとにハラアがあるのだ。私は彼の話からダンセニイの「二瓶の調味剤」を思い出した。ヒッチコックはイギリス人だけが本当にハラアを愛すると云った。極端なハラアには意識せざるユーモアがある。それのわかるのもイギリス人だけだと云った。私がその元祖はポーの「アモンチリャドウの樽」だと云ったら、そうだそうだと同意した。ポーはアメリカ人でいてアメリカ人でなかったからだ。

ナルスジャックとボアロウ原作の映画「悪魔のような女」のバスタッブの場面は、正にハラアだが、これはヒッチコック好みではないかと云うと、彼は「実はあの原作は自分がやろうと思っていたのだ」と云った。ところがヨーロッパのどこだったかで、「悪魔のような女」の監督に会って、酒を呑みながら話していると、先方から「いよいよ、あの原作を撮ることにした」と先手をうたれて、止むを得ず引き下ったのだという。だから、この次には、やはりナルスジャックとボアロウ合作の、別の作を映画化するつもりだと云っていた。

その題名も聞いたのだが、私は忘れっぽいので……。

そのほか、思い出すと、いろいろ書くことがあるようだが、余り長くなるので、このくらいにしておく。私の初期の短篇集の英訳本が、来年の春にはタットルから出るはずだから、出たら送るから、読んで下さいと云って別れた。

（一九五六年）

『第三の男』　製作年：一九四九年（英）　日本初公開年：昭和二十七年　監督：キャロル・リード
出演：オースン・ウェルズ、アリダ・ヴァリ、ジョゼフ・コットン、トレヴァー・ハワード

『レベッカ』　製作年：一九四〇年（米）　日本初公開年：昭和二十六年　監督：アルフレッド・ヒッチコック　出演：ローレンス・オリビエ、ジョーン・フォンテイン、ジョージ・サンダース

『裏窓』　製作年：一九五四年（米）　日本初公開年：昭和三十年　監督：アルフレッド・ヒッチコック　出演：ジェームズ・スチュアート、グレイス・ケリー、レイモンド・バー

『悪魔のような女』　製作年：一九五五年（仏）　日本初公開年：昭和三十年　監督：アンリ＝ジョルジュ・クルーゾー　出演：シモーヌ・シニョレ、ヴェラ・クルーゾー、シャルル・ヴェネル

第2章　ヨーロッパ映画を読む

「女だけの都」への所感

林芙美子

頃日《このごろ》、映画《えいが》に就《つ》いては非常《ひじょう》に不熱心《ふねつしん》で、ごくまれにしか観《み》にゆかず、たまに観《み》にゆけば、何《なん》だか旅愁《りょしゅう》にも似《に》た侘《わび》しさで帰《か》えって来《く》る私《わたし》です。だが、そのくせ、その不熱《ふねつ》心《しん》さのなかには、全々《ぜんぜん》映画《えいが》を見捨《みす》てたわけではなく、私《わたし》なりにささやかな恋慕《れんぼ》の気持《きも》ちもあり、何《なに》か希望《きぼう》を持《も》って出掛《でか》ける気持《おもい》もあるのです。

映画《えいが》に失望《しつぼう》する私《わたし》の気持《きも》ちのなかに、色々《いろいろ》なおもいが渦《うず》を巻《ま》いているのは、いったいどうしたわけなのかと、時々《ときどき》考《かんが》えてみる折《おり》がありますけれども、それには自分勝手《しぶんかって》なカイシャクをつけてしまい、此頃《このごろ》の映画《えいが》には、何《なん》だか青春《せいしゅん》がなくなっているのではないかと思《おも》ったりしているのです。

もう一度《ど》莫迦々々《ばかばか》しさに戻《もど》ってくれるとよいと思《おも》ったりもしています。——もう、よほど以前《いぜん》のことだけれども、われもし王者《おうじゃ》なりせばだの、黙示録《もくしろく》の四騎士《きし》、ナジモヴアの椿姫《つばきひめ》、カリガリ博士《はかせ》、ゴオールドラッシユ、血《ち》と砂《すな》、ブルウエンゼル、モロッコなぞ、何《なん》だか青春《せいしゅん》の溢《あ》ふれたよい映画《えいが》だとおもいましたが、あの、いまでも忘《わす》れがたい初々《ういうい》しい印象《いんしょう》は、いったい何《なに》から来《き》ているのかと、時々思《ときどきおも》い出《だ》すことがあります。

私《わたし》は、いまの映画《えいが》を昔《むかし》の映画《えいが》とくらべてみて、大変《たいへん》おとっていると云《い》うのではありませんが、魂《たましい》に触《ふ》れて来《く》るような藝術感《げいじゅつかん》は、現代《げんだい》の映画《えいが》には求《もと》め得《う》べくもないと思《おも》いこんでいるかたむきもあるのです。――何《なに》がいったい、私《わたし》をこんな風《ふう》にさみしくしているのか知《し》りませんが、何《なん》だか、世相《せそう》のせまさを感《かん》じ（これは日本《にほん》ばかりではなく、世界的《せかいてき》に）若《わか》い人間《にんげん》が痩《や》せさらばえてゆくような、ほんとうにさみしいものを感《かん》じているのです。物《もの》を語《かた》るにも、声《こえ》を小《ちい》さくし、恋愛《れんあい》をするにも陰花植物《いんかしょくぶつ》のようなもの哀《あわ》れさに細《ほそ》り、仕事《しごと》をするにも息《いき》せききって、こんなに民衆《みんしゅう》と云《い》うものが、民衆《みんしゅう》の輿論《よろん》と云《い》うものが、おばけのように去勢《きょせい》されている世相《せそう》に、どんな藝術《げいじゅつ》が生《うま》れて来《く》るのでしょう。

何《なに》も彼《か》も統《とう》一流行《りゅうこう》で、画家《がか》も文士《ぶんし》もすぐ一堂《どう》へ馳《は》せ参《さん》じて行《い》ってしまい、体面《たいめん》と云《い》うものをほしがる。――こんな世相《せそう》が度々《たびたび》あってはかなわないとおもいますがどうでしょうか。私《わたし》が、何故《なにゆえ》、こんなことを言《い》うのかと云《い》うと、先日《せんじつ》、「女《おんな》だけの都《みやこ》」と云《い》う、フエデの諷刺映画《ふうしえいが》を観《み》て、何《なに》か心《こころ》に徹《てっ》して来《く》るものがあったからです。

十七世紀《せいき》の頃《ころ》の一小都市《しょうとし》、フランドルの市政《しせい》を背景《はいけい》にして、皮肉《ひにく》きわまる諷刺《ふうし》が、フヱヱデの小気味《こきみ》のいい眼《め》で、まるでゴブラン織《おり》でも観《み》るような豪華《ごうか》さで仕上《しあ》げてありました。

私《わたし》は、この映画《えいが》を観《み》て、不図《ふと》ゴオゴリの「鼻《はな》」と云《い》う小説《しょうせつ》を想《おも》い出《だ》しましたが、この諷刺《ふうし》映画《えいが》は、何《なん》だかゴオゴリの作品《さくひん》に一脈通《みゃくつう》じているものを感《かん》じました。「映画《えいが》青春《せいしゅん》」と云《い》うのはこんなのを指《さ》して云《い》うのではないでしょうか。

ジヤック・フヱヱデの、以前《いぜん》の作品《さくひん》である、外人部《がいじんぶ》隊《たい》だとか、ミモザ館《かん》のような心境《しんきょう》小説的《しょうせつてき》な作品《さくひん》を観《み》た方《かた》には、この驚《おどろ》くべきフヱヱデの豹変《ひょうへん》ぶりにはすくなからず奇異《きい》の感《かん》じを持《も》つでしょう。全《まった》く、滝《たき》が流《なが》れるような熱情《ねつじょう》で、この作品《さくひん》は光《ひか》り輝《かがや》いているとおもいます。一人《ひとり》の俳優《はいゆう》たりとも無駄《むだ》に撮《と》らない心《こころ》づかい、登場人物《とうじょうじんぶつ》すべてが人間《にんげん》オーケストラの感《かん》じなのです。

外国《がいこく》の映画《えいが》、しかも欧洲《おうしゅう》の映画《えいが》で何時《いつ》も感心《かんしん》することは、主役《しゅやく》も端役《はやく》も混然《こんぜん》としていることです。どの人間《にんげん》を出《だ》して来《き》ても、あっぱれ主役《しゅやく》でありすぎるのです。

僧侶《そうりよ》に扮《ふん》しているルイ・ジユーヴヱの演技《えんぎ》の卓抜《たくばつ》さ、フヱヱデ夫人《ふじん》のフランソワーズ・ロゼヱのやりすぎる位《くらい》の巧者《こうしゃ》さ、ジヤン・ミユラの洒落《しゃ》れた扮装《ふんそう》、どれもこれも十七世紀《せいき》の人物《じんぶつ》になりきっていて、全《まった》く垢抜《あかぬ》けのした愉《たの》しさを映画《えいが》から感《かん》じました。

十七世紀《せいき》の頃《ころ》の市政《しせい》の無力《むりよく》さが、なお今日《こんにち》どこかの国《くに》にもあり得《う》るのですから、この諷刺《ふうし》は、観《み》ていて仲々《なかなか》手厳《てきび》しいと思《おも》いました。

無官《むかん》の太夫《だいふ》である藝術家《げいじゅつか》の反逆《はんぎゃく》は、こんなに素晴《すば》らしいものを産《う》むものかとフヱヱデの野心作《やしんさく》「女《おんな》だけの都《みやこ》」を私《わたし》は双手《もろて》を挙《あ》げて買《か》わずにはいられないのです。観《み》る人《ひと》の心《こころ》に任《まか》せ、全《まった》く「あなたまかせ」の諷刺《ふうし》が、こんなに洒落《しゃ》れたものにすっきりとゆすぎが利《き》いているのは、仏蘭西民族《フランスみんぞく》でなければ出来《でき》ないことでしょう。

ルイ・ベーツの音楽《おんがく》もよいとおもいました。シヤルル・スパークの脚色《きゃくしょく》も申《もう》しぶんなく、なかでも、ルイ・ジユーヴエの演技《えんぎ》は非常《ひじょう》に興味《きょうみ》がありました。全《まった》く、この「女《おんな》だけの都《みやこ》」は不思議《ふしぎ》な喜劇《きげき》です。——何《なに》がフヱヱデをしてこんな不思議《ふしぎ》な喜劇《きげき》をつくらしめたかが、私《わたし》には非常《ひじょう》に興味《きょうみ》がありました。

映画《えいが》だけは、雰囲気的《ふんいきてき》なものばかりにとどまっていて、大《おお》きな暗示《あんじ》を何《なに》も持《も》っていない作品《さくひん》が多《おお》いとのみ考《かんが》えていましたが、こんな道《みち》もあるのかと、兎《と》にも角《かく》にも私《わたし》は試写室《ししゃしつ》を出《で》てから、いっとき、この映画《えいが》のあと味《あじ》を愉《たの》しんで歩《ある》いていたのです。

生《うま》れて来《き》たからには、何《なに》かを生《う》まなければいけないとおもいます。不図《ふと》、日本《にほん》の映《えい》画《が》の貧弱《ひんじゃく》さにぞっとしてしまい気持《きもち》のかすんでゆくのをいなめませんでした。——金《かね》をかけたらば、すぐその結果《けっか》が生《うま》れないことには、とりかかれない。日本《にほん》の忙《せ》わしい映画《えいが》を、本当《ほんとう》にもうすこし何《なん》とかならないものかと思《おも》ったりもします。「文化《ぶんか》」と云《い》う言葉《ことば》を空疎《くうそ》にひけらかしているのは、いったいどこの国民《こくみん》でしょう……。

市長《しちょう》の娘《むすめ》になったミシヱリーヌ・シヱイレルの清楚《せいそ》な美《うつく》しさも私《わたし》の眼《め》をよろこばせました。ともあれ、かくもあれ、フヱヱデのこの野心作《やしんさく》に、私《わたし》は心《こころ》からトレ・ボンの声《こえ》をおくりましょう。傑作《けっさく》ではないでしょうが、フヱヱデの云《い》わんとする青春《せいしゅん》を私《わたし》は満足《まんぞく》して眺《なが》めずにはいられません。

全《まった》く、これはルウベンスの戯画《ぎが》とも云《い》いたい艶《あで》やかなものでした。バルザックの人間喜劇《にんげんきげき》です。出《で》て来《く》る人物《じんぶつ》がモラルを超越《ちょうえつ》した「人間《にんげん》」そのものなのです。

流《なが》れる雲《くも》、太鼓《たいこ》の音《おと》、女《おんな》ごころ、白鳥《はくちょう》の行列《ぎょうれつ》、女《おんな》の尻《しり》もち、この莫迦々《ばかば》々《か》しさには何《なに》か哲学《てつがく》があるとおもいました。

（一九二七年）

『女だけの都』La Kermesse Héroïque　製作年：一九三五年（仏）　日本初公開年：昭和十二年　監督：ジャック・フェデー　出演：フランソワーズ・ロゼー、ルイ・ジューヴェ
一六一六年、フランドルの小さな町ボームは、スペイン統治下の許、自由と平和を享受していた。年に一度の祭りの準備に湧き立つ中、スペイン軍が一夜の宿を求める報せが届く。スペイン軍の傍若無人な行いが記憶に蘇り、市長をはじめ町の役人たちは慌てふためく……。『大いなる幻影』『旅路の果て』など名脚本家として知られるシャルル・スパークによる世界映画史に残る傑作。

『われもし王者なりせば』　製作年：一九二七年（米）　日本初公開年：昭和四年　監督：アラン・クロスランド　出演：ジョン・バリモア、コンラート・ファイト
『黙示録の四騎士』　製作年：一九二一年（米）　日本初公開年：大正十一年　監督：レックス・イングラム　出演：ルドルフ・ヴァレンティノ、ウォーレス・ビアリー
『ナジモヴァの椿姫』　製作年：一九二一年（米）　日本初公開年：大正十三年　監督：レイ・C・スモールウッド　出演：アラ・ナジモヴァ、ルドルフ・ヴァレンティノ
『血と砂』　製作年：一九二二年（米）　日本初公開年：大正十二年　監督：フレッド・ニブロ　出演：ルドルフ・ヴァレンティノ、ニタ・ナルディ
『ブルウエンゼル（嘆きの天使）』　製作年：一九三〇年（独）　日本初公開年：昭和六年　監督：ジョセフ・フォン・スタンバーグ　出演：マレーネ・ディートリッヒ、エミール・ヤニングス
『モロッコ』　製作年：一九三〇年（米）　日本初公開年：昭和六年　監督：ジョセフ・フォン・スタンバーグ　出演：マレーネ・ディートリッヒ、ゲイリー・クーパー
『外人部隊』　製作年：一九三三年（仏）　日本初公開年：昭和十年　監督：ジャック・フェデー　出演：マリー・ベル、フランソワーズ・ロゼー
『ミモザ館』　製作年：一九三四年（仏）　日本初公開年：昭和十一年　監督：ジャック・フェデー　出演：フランソワーズ・ロゼー、ポール・ベルナール、アンドレ・アレルム

日本脱出の夢

開高　健

　東京とおなじように大阪は大空襲を浴びたから全面的に崩壊し、市は東西南北見わたすかぎりぼうぼうと広がる赤い原野と化し、子供の私の感覚では長年月にわたってそのままだった。地平線にゆっくりと落ちていく真円の夕陽を見て、しばしば、永遠にこのままなのじゃあるまいかと絶望したものだった。

　いわゆる〝復興〟は闇市からはじまったが、はじめのうちは地べたに物をじかにならべて売っていたのが、だんだんと屋台になり、テントになり、掘立小屋になり、マーケット街になりして苔の状態から立体の町へと変貌していった。しかし、大阪駅前などでは冬になると焚火をし、それにあたるのに十エンとられたり、駅の構内で長蛇の行列で汽車待ちをするのに腰掛けを貸すやつがあらわれ、それもまた一回十エンだったと思う。そういうことが常習と感じられるくらい何年もつづいた。

『我等の生涯の最良の年』などというアメリカ映画はすぐに輸入されて、ナンバ界隈の焼残りの映画館で上映されたが、戦前のフランス映画がつぎつぎと上映され、『巴里祭』、『旅路の果て』、『どん底』など、夢中になってでかけたものだった。映画を一つ見ると電車賃がなくなるので、トコトコと焼野原をぬけて何時間も歩きつづけて家へ帰らなければならなかったが、その苦痛はむしろひそやかな愉しみであった。

そのころ私が思いつめていたのは家ほどもあるパンのなかで寝ころんで暮らしたいということと、日本を脱出してどこか遠い国へいっちまいたいということ、この二つだった。夕方のにごった上潮のように餓死の恐怖と孤独が朝となく夜となく体に迫ってきて、浸透してきて、いてもたってもいられなくなり、パンを買う金をはたいてかけこむようにして映画館へ入りこみ、闇のなかでやっと一息つくのだった。『自由を我等に』もその頃見たのだと思う。日向ぼっことゴロ寝でアナーキーの愉悦を讃美したこの作品の澄明な朗らかさには背後に一種の力強さがあって、明るいさざ波に眼を浸すような感動があった。空腹の耳は鋭いもので、たちまちその主題歌をおぼえこんだ。家庭、労働、法律、刑務所、習慣、いっさいがっさいをケナしつけ、嘲り、せせらわらってア・ヌー、ア・ヌー、ラ・リベルテと大合唱する終末など、これほど聡明で、晴朗で、男っぽいシャンソンはその後聞かない。あのような映画もまたその後見ないでいる。

（一九七八年）

『我等の生涯の最良の年』　製作年：一九四六年（米）　日本初公開年：昭和二十三年　監督：ウィリアム・ワイラー　出演：フレデリック・マーチ、ハロルド・ラッセル、マーナ・ロイ

『巴里祭』　製作年：一九三三年（仏）　日本初公開年：昭和八年　監督：ルネ・クレール　出演：アナベラ、ジョルジュ・リゴー、レイモン・コルディ

『旅路の果て』　製作年：一九三九年（仏）　日本初公開年：昭和二十三年　監督：ジュリアン・デュヴィヴィエ　出演：ルイ・ジューヴェ、ミシェル・シモン、ヴィクトル・フランサン

『どん底』　製作年：一九三六年（仏）　日本初公開年：昭和十二年　監督：ジャン・ルノワール　出演：ジャン・ギャバン、ルイ・ジューヴェ、ウラジミル・ソコロフ

『自由を我等に』　À nous la Liberté　製作年：一九三一年（仏）　日本初公開年：昭和七年　監督：ルネ・クレール　出演：レイモン・コルディ、アンリ・マルシャン、ローラ・フランス

情婦マノンを観て

林芙美子

八日号のライフの表紙に、セシル・オブリと云《い》う仏蘭西《フランス》の女優の顔が出ている。野性的でまだ非常に若い。房々とした髪を顔へふりかかるように垂らして、その髪の間から、赤ん坊のような、あどけない眼がのぞいている。この女優が、情婦マノンでみとめられて、ホリウッドへ招かれたセシル・オブリである。

此《この》映画は、アベ・プレヴオのマノン・レスコオを現代化したもので、およそ、原作の筋とは遠いものだけれども、現代に生きる、マノンや、ロベールのような人物は、随分、私達の周囲に、みかけるものとして、監督のアンリ・ジヨルジユ・クルウゾウは、そこをねらって描こうとしたものであろうか。第二次世界大戦後の、ユダヤ人の悲劇をあしらい、これは、ルーマニヤ作家のゲオルギユの二十五時と、一脈通じる、戦争の悲惨が背景になっている。主人公になった、マノン役のセシル・オブリや、ロベール役のミシエル・オークレールの二人は、映画の情婦マノンに、打ってつけの俳優だと思った。地方にあって此映画を観られないひとのために、ここへ筋書を紹介してみよう。

ドイツの占領下に反抗軍に参加していた一フランスの兵隊、ロベール・デグリユは、仏蘭西の或る小さい町で、ドイツ人に転々と身をまかしていた、マノンという娘にめぐりあった。町の人達からののしられていたマノンは、ロベールにたすけられて二人はパリーへかけおちして行く。反抗軍の軍隊を裏切ってまで、ロベールはマノンに惹《ひ》かれて、パリーに出て行ったものの、戦争末期のパリーには、仕事はなく、そこには戦後の混乱と闇取引の市場と、私腹を肥やしている人間のぜいたくさとが交錯していて、田舎娘のマノンは、少しずつ強烈な虚栄の欲望でロベールを破滅の世界へ引きずりこんでゆく。マノンには闇取引をして映画館をやっている兄のレオンがいたが、妹のマノンを利用し始めて、若い恋人同士の生活を追いつめて行くのだ。マノンは兄の生活から、巴里の街の楽屋裏を覗いた気がして、自分の軀《からだ》を資本にすれば、如何なる贅沢も手に摑《つか》む事が出来、恋人のロベールと暢気な生活が続けられると思った。マノンは、レオンの商売仲間の金持ちであるポールに身をまかした。ロベールはマノンの不貞を怒ったが、マノンと別れる事も出来ない儘《まま》、マノンを許してしまう。それでもマノンは、自分の周囲にひしめいている贅沢さから、身を引く気にはなれなかった。

マノンはロベールに偽って、娼家の女になりさがり、そこでロベールに発見される。ロベールは、怒り悲しんだが、マノンは、ロベールに、許しを乞う。私にキスをして頂戴《ちょうだい》ロベールと、マノンが仲なおりを持ちかけると、ロベールは、こんな汚れた所では厭《いや》だと、マノンをたしなめたが、マノンは、愛しあっているもの同士にとって何処《どこ》も汚いところはないのよと、ロベールに甘えている。軈《やが》てまた、マノンは、外国へ連れて行こうと云う他の男の誘いに男と旅立とうとするが、ロベールは、その秘密を知ってレオンを殺し、マルセイユへ逃げて行く。マノンも身一つで、マルセイユ行きの汽車に飛び乗って行く。二人はパレスチナに向う貨物船に、ユダヤ人の亡命者の仲間にまぎれこんで行く。

パレスチナの沙漠地帯に着いた一群は或る日、アラビヤ人の一隊におそわれて、亡命者のすべては、射殺されてしまった。裸足であえぎながら歩いていたマノンも、ロベールも、重傷を負った。ロベールは沙漠で空しく逝ったマノンの為に、みずから砂丘に女のむくろを埋めて、自分もその上に倒れ伏してゆく。ロベールは砂を掘りながら、もう、マノンは完全に自分のものだ、何処へも行く必要はなくなったと云っている。

この映画は、かなりデコラチーヴではあるけれども、戦後の若い男と女の愛情を描いて、かなり、共感を呼ぶものがある。最後は一種の悲惨に終っているかの如くみせてはいるが、私は、このマノンとロベールの愛情の勝利を、この最後の画面で答えを得たような気がした。日本で云えばお染・久松的な映画でもあるが、この美しい青春は、愛情が最後の勝利を得たと云う骨子で、多分にヒュウマニズムの、強い反射光が心に残る。強い愛情が、この恋人同士の背景に、如何《いか》なる混乱がせめぎたてていようとも、その恋情までも、時代の波は斧をふりかざすわけにはゆかないのだ。ついに二人は、自分達の愛情を、時代の波のなかに見失う事をしなかったのだ。

亡命者が、パレスチナへ上陸して行った場面は、第二次戦争末期の、残酷な厳しさが、観客の胸を打たないではおかない。

パレスチナへ渡ってからの、沙漠の画面は、ひどくロマンチックで、画面の美しさとともに、ポール・ミスラッキイの音楽も成功である。

マノンが息を引きとるまぎわ、こんな事になったのも、あたしのせいよ。いつもあたしがいけなかったンだわ。でも、これで、誰も、わたしたちの邪魔は出来ない……。この時の、マノンのオブリは十九歳のオブリではなく、全く、ブレヴオの描くマノンの再来としか思えなかった。

ロベールに扮するミシエル・オークレールも、ロベールになりきっている。

マノンが、どんな汚いところでも、愛しあっているもの同士には、汚いところはない筈《はず》だと行った言葉が、いつまでも私の心に残った。

時代がどうであろうと、環境がどうであろうとも、本当の愛情の武器こそは、如何《いか》なるものも怖ろしいものはないという気がした。戦後の若い青春が、砂を噛《か》むような乱世のなかで、重い環境に敗北し、泡沫のように消えてゆき、愛情の一片すらも感じあわない若い、冷えたハートの世代に、監督アンリ・ジヨルジユ・クルウゾウは、憎しみに近い抗議をむけているような気がした。再び、青春よ芽吹き返せの意味が、この映画の終りになって、高く盛りあがっている、とも私は見た。この地球から、人間及び、人間的なものは、すべてむざんに失格してしまった。そのなかに、若い人達の、青春のみは、まだ、何処かに芽吹く余地があろうではないかと云った、ロマンチックな人間の息を、聴こうとする、製作者の耳が、この情婦マノンの一篇を世に贈ったのではないだろうか。

只、マノンの浮気な情痴のみを、この画面から見るのでは意味がない。結末に到って、始めて、此作品の思想が、私達の胸をゆすぶる。ばらばらに崩れたような筋でありながら、少しも、敗けるものがない。セシル・オブリと、ミシエル・オークレールの技を、私は高くかうものである。

（一九五〇年）

『情婦マノン』Manon　製作年：一九四九年（仏）　日本初公開年：昭和二十五年　監督：アンリ＝ジョルジュ・クルーゾー　出演：セシル・オーブリー、ミシェル・オークレール、セルジュ・レジアニ、ガブリエル・ドルジア
一九四四年、レジスタンス活動家ロベールは、ドイツ人相手に売春をしたことからリンチにかけられそうなマノンを救う。妖艶なマノンの虜となったロベールは、抵抗運動を止め、マノンを連れ、解放沸き立つパリへと向かう。真面目な生活を望むロベールに対し、贅沢な生活に憧れるマノンは耳をかさず、娼婦に身を落とすこともいとわなかった……。十八世紀のアベ・プレヴォーの小説「マノン・レスコー」を現代化した作品。マノンの死体を逆さに担いで砂漠をさまよい歩くクライマックスは映画史に残る。

映画チャタレイ夫人の恋人

伊藤　整

映画の「チャタレイ夫人の恋人」は、文芸作品の映画化としてはよく出来ていると思う。私は原作を抜きにしてこの映画を考えることが出来ないから、原作を知らない観客や批評家がこの作をどう受けとるかは分らない。しかし原作の精神を、よく理解し、それに映画的表現を与えているところは、敬服した。

もともと、小説としての「チャタレイ夫人の恋人」は、作者が何度か書き直したものであったのに、筋の展開には明確さが欠けている作品なのである。作者の主張や作中人物の議論や自然描写などで、溢れて沸き立つようになっている作品なので、小説としての筋はすっきりしていないものなのだ。その点から言うと、監督やシナリオ・ライタアは実によく原作を読みこなし、主要人物の特色をとらえ、必要な場面を生かしながら、単純化している。原作に同情と理解を持った頭のいい人の仕事だと思う。

炭坑主の貴族で、戦争で片輪になったクリフォドの生活も簡単ながらよく描かれている。その屋敷には、何代もかかって建て増されて大きくなった家、という原作者の述べた感じが出ているし、森番のメラーズの生活も原作に忠実である。彼が自分の住居と別に仕事をする小屋を使っているのは原作どおりであるが、観客にはその二つが重複して分りにくい感じを与えるのではないかと初めは気にかけた。しかし終りまで見れば納得がゆくであろう。

雨の中を裸体で二人が駆けるところは、多分カットされているのだろうと思う。だから、それに続いた場面には唐突な感じがある。私が心配したのは、ボルトン夫人という、坑夫の未亡人でクリフォドの看護に当る女性のことであった。原作では、愛についての理解を持つもの分りのいい女としても描かれており、またある所では、クリフォドのアブノーマルな愛欲の対象になりかねないようにも描かれている。通俗な映画の興味から言えば、後の方を強める危険がある。映画はその傾向をセーヴして、彼女のイメージを救ったばかりでなく、そのためにクリフォドの貴族型の怒りを描く程にクリフォドに一種の精神力を持てるだけの潔癖さを与えて、効果を高めることが出来た。

またメラーズの役柄は大変難かしいものだが、私の考では、この映画に出たエルノ・クリサという俳優が、よくやり遂げていると思う。この人物の持っている怒りやすい潔癖さと思想家風の面影は、当然ロレンスその人の写生である。原作者は大分自伝風にこの人物を描いて、少し病弱なところもあるようにしてある。しかし映画として、その点まで取り入れるのは、効果を弱めることになるだろう。この男優の肉感性が、性格の表現力によって、なまぐささを消し去られていたことは、非常に大きな救いであって、この点がうまく行かなければ、この映画は厭らしいものになり終る筈であったのだ。

コンスタンスになったダニエル・ダリューは少し優型だから、衝動の強さを示す点ではもの足りない所があった。しかし貴族の妻としての描き方から言えば、あのデリケートな感じでも筋は通っていると言っていいであろう。

コンスタンスの姉のヒルダは、もっと面白く使える役であったが、あまり成功していない。利かぬ気で、メラーズと争う所、それでいて妹のコンスタンスを庇《かば》い、クリフォドを憎んでいる所など、もっと生かせば、コンスタンスの役柄が引き立ったのである。そこを十分にやれなかったのは、俳優の力の足りないせいか、それとも監督がこの役をあまり目立たせまいとしたせいかだろう。なぜこうしたのか私にはよく分らなかった。

終りの部分に来て映画は大分原作と違っている。コンスタンスが自分の孕《はら》んでいる子をダンカンという貴族の子だと言ってクリフォドの追求を免れようとする所や、メラーズがコンスタンスの父である画家に逢う所があり、また最後は、メラーズがコンスタンスと農場を営む予定で、農事の実習に田舎へ行き、そこからコンスタンスへ送った手紙の形になって終っている。そういう所を省略して、映画はコンスタンスとメラーズが炭坑の町を、坑夫たちに見られながら手を組んで立ち去る場面になっている。この場面は原作とはっきり違うところである。しかし、このしめくくりは、決して原作の精神と矛盾していないし、映画としてはかなりいい思いつきだと言うべきだ。目に見える場面によってこの作品の結末を作ろうとすれば、どうしてもこういう作為をしなければならなかったであろう。

その他細かい所で、雉子《きじ》の子を育てる鶏小屋や、森のありさまや、家の構造等、私が原作を読んで心の中に描いていたものが、ほとんど正確に再現されていたことは、意外なぐらいであった。もしこれが、ただの映画として、原作抜きに見てもよい作品であるならば、文芸映画は原作を出来るだけ生かすことが正しいやり方の一つだ、と言ってもいいと思う。

（一九五六年）

『チャタレイ夫人の恋人』 L'Amant de Lady Chatterley 製作年：一九五五年（仏） 日本初公開年：昭和三十年 監督：マルク・アレグレ 出演：ダニエル・ダリュー、エルノ・クリーザ、レオ・ゲン、ベルト・ティッセン、ジャン・ミュラー

英国の炭鉱で財を成したクリフォード・チャタレイ卿は、大戦で重傷を負い、下半身が完全にマヒしてしまう。夫に献身的な妻コンスタンスではあったが、クリフォードから家名を継ぐ息子を望む告白を聞き、心が揺れる。そんな折、新しい森番としてメラーズがコンスタンスの前に現れる……。大胆な性描写で当時大きな社会問題となったD・H・ローレンスによる小説の映画化。

ジャン・コクトオへの手紙――「悲恋」について

三島由紀夫

敬愛するJ・コクトオ氏よ、敗戦後の日本の首都に再び貴下を見出すことは、あなたの「見知らぬ友」、若い私たちにとってどれほど大きな喜びでしょう。あなたの「美女と野獣」あなたの「悲恋」が私たちに一つの大きな覚せいをもたらしたことを、そもそもどういう言葉でお伝えしたらよいでしょう。私たちはこれらを通じてヨーロッパになお生きているギリシヤを、欧羅巴《ヨーロッパ》の藝術家たちが必ずいただいているあの憂わしい王冠「悲劇精神」を見出しました、敗戦後の私たちの責務も、正にその失われた壮麗の復活にあるのです。悲劇の復活。ニイチェの言葉を借りるならば「強さの悲観主義」「豊饒その物による一つの苦悩」の復活、もっと端的にいえばこの虚無と汚濁のなかからの生の復活にあるのです。

余人はしらず、第一次大戦後の狂乱の芸術――ダダ・シュールレアリズム――に対して私の抱いたあこがれと嗜好《しこう》とは、あくまでこのような苦悩にみちた生の回復と、その回復の途上であまりにも清澄な自然の・古代の・伝統の「生」へ投げかけられる呪詛《じゅそ》とにあったのです。この後者は、サルヴァドル・ダリの陰うつな絵の背景に、たとえば「見えない竪琴」や、とりわけ「ナルシス変貌」の背景にひろがっている冷い・透明な・冷酷な・壮麗な秋空によって表現されています。私はその秋空を愛したのです。この奇怪な絵をおびやかしている絶対的なギリシヤ的晴朗に、ヨーロッパ文化を不断に偉大ならしめている悲劇の精神を感じたのです。余人はしらず、私がコクトオ氏の作品の中にみとめ、それをみとめることによってコクトオ氏に異常な敬慕をささげはじめたゆえんのものも、ダリの絵の背景に見るような「永遠の秋空」にほかならなかったのです。あなたは何かの短文で「恐るべき子供たち」の大団円を人々が理解しないことを嘆げいておられたように記憶しています。私はおどろきました。フランスの読者ですら、あのカタストロフェの壮麗を理解しなかったのでしょうか。「秘密な『部屋』での芝居が観客の前にさらけ出される」瞬間に、観客たちがひとしく幻に見るあの絶望的なギリシヤの青空を、コロセウムの上に展開されるあの広大きわまりない晴朗な青空を、フランスの読者ですらもはや理解しようとはしないのでしょうか。いわんや日本の鈍骨批評家においてをや。

あなたの作品にはいつも一つの苦悩がさん然とかがやいています。この二つの活動写真にも、苦悩は歴然とかがやいています。それは生の根底にあって、生に秩序あらしめているところの苦悩です。アポロたらしめているディオニュゾースの苦悩でありです。これなしにアポロはありえません。

コクトオ氏よ、あなたの壮烈なかけ事が私たちを魅したのです。われわれは何ものをもかけないで楽々と「過剰」に達することができます。しかし「節度」に達するためには、われわれは全身をかけねばならないのです。こういう理解は大切なことだと私は考えます。なぜならアルチュウル・ランボオの、ロオトレアモンの、J・コクトオの、J・ラフォルグの仕事を、その亜流の乱雑な「過剰」から区別するものはこの点を措《お》いてはないからです。

それからまた、私たちはこれら活動写真の背後にいつも非人間的な気味のわるいビジネスライクな掌、悲劇作者の掌がうごくのを見ました。それにしてもコクトオ氏よ、この時代にあって、ギリシヤ運命悲劇の作者たちの王者のような冷酷無残な眼差《まなざし》をとらえたことは、あなたの勝利でなくて何でしょう。――「悲恋」の死の場面に、私は「恐るべき子供たち」の終章の同じモチーフを聴く思いがしました。永遠に網膜に映っている殺人事件の情景のような、抽象化され固定化された悲劇（「悲恋」のラストのモニュメンタールな装置はこれをよく象徴しています）を表現するために、あなたの掌が次第に温みを失い、あなたの目が温い光を失って行ったおそろしい過程をまざまざ見るような気がしました。芸術とは正《まさ》しく死の作業でもあるのです。パトリスと共にあなたは一度死んだのです。かぎりなく非運な死を。

マドレエヌ・ソロオニュの能楽のような挙止はなんと私たちのギリシヤ的幻想をよみがえらすことでしょう。わけてもマルクに見破られる月夜の池辺のあいびきに、私はアンティゴネが登場したのではないかとおどろきました。あの女優をポオの作品の映画化に使ってみたいものですね。「リジャイア」の「モレラ」の「ベレニス」の「エリオノーラ」の「アフロディット公爵夫人」の役にこれ以上ふさわしい女優は見当りません。また、マドレエヌ・ソロオニュとジャン・マレエの顔の骨格がどこか似ていること、恋人同志の顔に相似があること、そんな偶然の一致にまで私はこの作品の美の秘密の一つを発見したように考えました。さ事をのべれば限りがありません。城内に不吉な若さの笑いがひびく将棋の場面、あれはケルトの伝説の大事なモチーフであります。ルウゲイド・レッドストライプと人魚妻とが二人して死んだ夜、死を前にして将棋をさした古伝説はコクトオがニイチェの「永劫《えいごう》回帰」に意味せしめたような繰り返しによって、アルスター神話中のディアドラとニーシャが死を前にして将棋をさす場面の讖《しん》をなすのです。それはW・B・イエーツの詩想であり、またひろくアイルランドの悲劇作者の詩想でありました。ケルトの血はトリスタン・イズウ譚《たん》にも流れていることでしょう。アーサー王の円卓騎士の物語にあらわれるトリストラムとイソウド、ドイツ中世の伝説に登場するトリスタンとイゾルテ、フランス中世吟遊詩人に歌われたトリスタンとイズウ、そのどれにもディアドラとニーシャの恋物語は似寄っています。――そしていうまでもなく、不運な恋人たちのさす将棋の場面は、「運命」の象徴として、ギリシヤ悲劇にしばしばあらわれる不吉な予言と同様の、戯曲的契機をなしているものです。将棋をさす若い男女の若々しい笑い、マルクの動揺、叔母の勝ち誇ったような独白、ナタリイの憂い、マルクの結婚の宣言、パトリスの手から落ちる将棋の駒、「子供の時から知り合です」というパトリスの気のきいた皮肉なセリフ――あの一場面（ボルト・リシュなど）を思わせて、あなたの脚本の戯曲的構成の見事さを感じました。しかし総体的に、前半は脚本の勝利、（たとえば冒頭のふん囲気描写や人物の血縁関係の説明などすべて脚本の力です）後半は映画の勝利だと思いました。死の場面はある意味で映画的な強調法が、却《かえ》って演劇的な盛上りを弱めているように感じました。「第二のナタリイ」の心理描写に特にそれが感じられます。それがあの作品の伝説化をわずかながらさけているようです。何故なら中世のおトギバナシをモダンな奔放な構成で縦横にアレンジした「美女と野獣」に比して、

「悲恋」であなたが試みられたのは、厳格な古典的構成のなかに現代人の物語をとじこめることであったと思われるからです。

ニイチェ的詩想が強く感じられた一トこまとしては、山荘から連れ出されたナタリイを空しく呼ぶパトリスの絶叫の背景に、一度も山小屋を出すことなく、無限につらなる沈黙の山々、けわしい清麗な山脈の遠景だけを写し出した場面が挙げられます。あそこで山小屋を写さなかったこと、あとの島の場面でナタリイの写真の表を見せなかったこと、これが私のいう古典的節度の一例であります。

それにしてもトリスタン・イズウ譚のお膳立てが、一つ残らず、しかも無理なく、移植されていることに驚嘆を禁じえませんでした。領主マルク王は領主マルクに、トリスタンはパトリスに、黄金の髪のイズウ（アーサー王伝説によれば「美しきイソウド」）はナタリイに、白き手のイズウは第二のナタリイに、（現代の白き手のナタリイも、何と掛蒲団の上に座っていました！）カエルダンはリオネルに、邪魔立てする心悪しき侏儒《しゆじゆ》フロサンはアシールに、名犬ユダンはパトリスの愛犬にそれぞれ転化されています。あの名高い惚《ほ》れ薬《ぐすり》をはじめ（あの媚薬《びやく》の使い方のなんという巧みさ！）トリスタンが得意とした夜鶯《ナイチンゲール》の口笛も、イズウが手ずからする傷の治療も、マルク王の姿が水に映る不幸な逢瀬も、森の隠れ家も（マルクに発見される山荘の二人の寝姿に、丁度「剣一振」の間隔が保たれていたことは、あなたの周到な用意を示しています）白き帆を黒き帆なりといつわる第二のイズウの哀切な嫉妬も、トリスタンとイズウの最美の死も、すべてがよみがえり、すべてが息づいています。花嫁を馬にのせてつれかえるパトリス、城の玄関に威儀を正して迎える領主、あれこそ最も無理のない「現代の中世的構図」ではありませんか。私たちの国の批評家に非難の多い自動車屋の件《くだり》さえ、間《あい》狂言と見れば見られる素朴さを以て簡潔にえがかれているではありませんか。あなたも御承知のように日本の最も古い完成された詩劇「能楽」は、一つの古典的手法として、やや滑稽味を帯びた狂言を間にはさむのが通例であります。私は自動車屋で終始使われる伴奏のジャズ音楽が、それがとりわけパトリスの憂悶やラジオのダイヤルの雑音をひびかせるナタリイのみちたらぬ不安などの重苦しい心理に対比されて、ある美的なコントラストを示していることに気附きました。私はあのジャズをただのジャズとは聴かなかったのです。あれはギリシヤ悲劇の仮面に塗られているどろ絵具だと私には思われました。

私は再び声を強めていいたいのです。「悲恋」の登場人物が身につけている現代の衣裳（それはとりわけパトリスとナタリイに深い注意が払われているのですが）あの背広やスウェーターやワン・ピースや寝間着や乗馬服に、まことの中世のコスチュームにもまさる超時代的超自然的雰囲気を感じなかった観客は、この活動写真とは無縁な人間であることを。

東京のある大新聞の気の毒なほど鈍感な映画批評家が、この活動写真が中世の世界をそのまま写さなかったことに反対し、現代の人物が現代の衣裳であらわれてはぶちこわしである所以《ゆえん》を、さも夢想家らしい高飛車な口調で非難していました。コクトオ氏よ、この国では困ったことに、常識家のみが夢想する権利を持っているらしいのです。つまり「常識」という一番安全な夢想を。

あなたの意図にこれほど遠くこれほど低い精神が、あなたの作品に向って公然と口をきいている現象は私を悲しませます。伝説の現代化と言わずに、あなたは現代の伝説化と言われました。伝説化の一様式としてトリスタン・イズウ譚が借りられたのです。伝説ないし古典は、人間性の根底に横たわる悲劇の素朴な表現であり、表現の様式が一つの永遠不変の思想にまで高められ、また人間の美的倫理的思惟の普遍性が一つの無言の様式、純粋無垢《むく》な様式にまで高められた姿です。そこでは言葉が沈黙にまで高められ、動作が不動にまで高められると同時に、沈黙が千万言の雄弁のかがやきを発しています。日本では能楽が生き、ヨーロッパ人の心にはギリシヤ悲劇が生きています。運命という主題でさえ、そこでは透明で晴朗な一つの様式にすぎないのです。

トリスタンとイズウの伝説上の悲恋は、一つの永遠の様式・純粋不変の様式として、あなたを魅したのでありましょう。コルネイユの「ル・シッド」や、ラシイヌの「ブリタニキュス」や、ラファイエット夫人の「プランセス・ド・クレエヴ」や、ポリト・リシュの「恋の女」「昔の男」や、ラディゲの「ドルヂェル伯爵の舞踏会」や、あなたの「声」「恐るべき子供たち」や、それら凡《すべ》てを通じて一つの単純な人間悲劇の様式が見出されるのです。それはトリスタンとイズウと同じ、「真に恋する者は永遠に結ばれぬ」という悲劇の理念であります。運命の力に帰せられようが、帰せられることは何ものをも意味しません。この主題、この理念は、正しくニイチェのいうように、生の否定から生れた諦念のささやきではなく、生が生自身に強いられてたどる不可解な思惟の筋道なのです。理想主義に対する生の反発、いわばもう一つの暗黒の理想主義ともいうべきものがあるのです。それはいわば、生が生自身に何一つ完結を課すまいという意志と決意であり、あらゆる宗教的救済の反対側のものでありました。生はその永遠を保障するために、宗教がなしたような現世否定・生の否定へは向い得ませんから、生から、死を以てしか完結しえない一個の純粋な様式を作り出して、それの繰り返しによって生それ自身による完結を永遠に失わしめ、以て生そのものの様式の永遠を保とうとしたのです。ニイチェの「永劫回帰」とは、私のそんたくによれば、おそらくこのような生の畏怖すべき自己肯定の意志の発見に対して名付けられたものであったのでしょう。コクトオ氏よ、あなたはこのような破壊とたい落のいたましい世紀に生きて、又してもその根底に生それ自身の呪《のろ》うべき肯定意志を見出だしたのでしょう。あなたの言われる「現代の伝説化」とは現代人がこのようなギリシヤ的な生に目ざめることへの誘《いざな》いであり、一個の簡素な思惟の様式へ無理矢理に現代人をはめこむことによって、現代の美的悲劇的救済（宗教的救済と反対の）をはかろうとすることであったでしょう。この救済とは正に、様式にまで高められた生の純粋な苦悩、人類普遍の苦悩の触知に他なりません。こうしてあなたは現代人をあらゆる「諦念」から追放しようと試みたのです。まず生きてあれとあなたは教えているように思われます。生のみが生に耐えうるという一つの頑《かたく》なな酷薄な信念を、あなたの作品から私が読みとったにしても、それはもはや逆説ではありますまい。

コクトオ氏よ、私たちの貧しい感謝のしるしをおうけとり下さい。私たちはあなたが一日も早く、再び日本を訪れる日をお待ちしています。アンナ・ド・ノワイユにもまして、「地球の最も感じ易い一点」が太平洋をわたってくるその日を。

——一九四八・二・一八——

『悲恋』 L'Eternel Retour　製作年：一九四三年（仏）　日本初公開年：昭和二十三年　監督：ジャン・ドラノワ　出演：ジャン・マレー、マドレーヌ・ソローニュ、ジャン・ミュラー
ブルターニュの海岸近くにある城に孤児だった青年パトリスは伯父と共に住んでいる。ある日、伯父の再婚相手を求めてある島に渡ったパトリスは、島の酒場で美しいナタリーと出会う。彼女こそ伯父の再婚相手に相応しいと思ったパトリスは、ナタリーを連れ城に戻り、そして実の兄妹のように親しくなる。ところが、ある嵐の夜、城で共に生活している叔父の甥アシルに媚薬を飲まされたパトリスとナタリーは、兄妹としての愛情を越え、一人の女性、一人の男性として互いに愛し合うことに……。中世の伝説「トリスタンとイゾルデ」の恋愛物語を現代に置きかえ映画化した作品。製作当時、フランスはヴィシー親ドイツ政権下でコクトオは、戯曲「恐るべき親たち」などが上演中止となるなどファシスト一派から狙われる存在であった。そんな中、本作の製作プランを練っていたといわれる。ジャン・コクトオが脚色と台詞を担当し、『しのび泣き』や『田園交響楽』のジャン・ドラノワが監督した。

〝美女と野獣について〟

大岡昇平

一代の才人ジァン・コクトオの原作脚色演出「美女と野獣」は一九四六年度フランス映画界一等賞受賞作品である。戦後のフランスは戦勝国とはいえ、敗戦日本に劣らぬ荒廃窮乏の裡にあると伝えられるが、それでもこれだけの芸術的な作品が作れるとは、わが映画界の現状と比べてうたた羨望に堪えない。

「美女と野獣」の原名は La Belle et La Bête フランスではわが桃太郎ほど有名な童話である。直訳すれば「ベルと野獣」で「ベル」は「美しい」という意味の固有名詞であるが、これはフランス童話にいつも使われる女主人公の通称で、本当の名前は別にあるのだが、あまり美しいのでいつかこういいならわして誰も本名を呼ぶ者はない、ということになっている。

原作は十八世紀の女流童話作家、ルプランス・ド・ボーモン夫人。元来夫人の作品はあまりにも道徳的教訓的で文体も固苦しく、ペローの様な豊かな想像力に乏しく無味乾燥という定評になっているが、この「美女と野獣」だけはその筋の面白さから夫人の代表作として人口に膾炙《かいしや》している。「美女と野獣」という多少煽情的なテーマは以来、小説、劇、映画を通じ、何等かの形で常に繰返される、一種の型となっている。

コクトオが通俗性を不可欠の条件とする映画製作に当って、このテーマに目をつけたのは流石抜目のない思い付きだが、無論彼は教育家風のボーモン女史の話を鵜飲みにはせず、適当な潤色と近代的な感情を加えて、頗る映画的に変型している。

以下ボーモン夫人の原作とコクトオの脚色を比較して、彼の創作の跡を辿って見よう。

まずボーモン夫人原作の荒筋を紹介する。

「昔或る所に非常に富裕な商人があった。彼には三人の息子と三人の娘があって幸福に暮していたが、或時彼の商品を載せた船が嵐に遇って沈没した結果一挙に貧乏になった。虚栄心が強く貴族社会に出入したがっていた二人の姉娘はひどく絶望するが、慎ましやかな末娘のベルは悲しむ父親を励まして、健気にも畠を耕やしたりして家計を助けている。

所へ沈んだと思っていた商船の一隻が無事に港へ着いたという報せが入る。姉娘は忽ち元の金持になった様な気になって、港へ出発する父親に宝石や着物や色んなものを買って来てくれとせがむが、賢明なベルは一隻位帰っても借金を払えば一文も残らないというのを察して、ただバラの花を一輪摘んで来て下さいと頼む。

父親の商人は港へ着いたが、果してベルの予想の通り船と積荷は債権者に抑えられて、彼の手にはいくらも残らない。失望して帰る途中、夜森で道に迷う。ふと行手に灯を見つけてそれを頼りに行って見ると、煌々と燦いた無人の城で、美味しい食物を満載した食卓と柔かいベッドがある。幸福な一夜を明かした商人は明朝帰り際にふと花園で、バラの花を見つけてベルのために一輪摘み取る。途端に後で大きな声が聞えて、見るも恐ろしい野獣が現われる。(これが単に野獣となっていて、熊とも牛とも指定してないのはコクトオでも同じ。映画に出て来る獣のメイキアップが熊と獅子の合の子みたいな変な獣になってるのは童話に縛られてるので止むを得まい。ただ兎に角一城の主であるからあまり貧弱な動物では工合が悪い。)

野獣はいう。『私は道に迷っているお前に一夜の宿をかし、十分な食物を与えた。それなのに私の花園を荒すとは怪しからん。この恩知らず。命は貰ったから覚悟しろ』

父親は平身低頭して謝るが許して貰えない。ただもし娘の一人が身代りに死ぬならば許してやるという。三月の猶予を貰って商人はしおしおと家路を辿る。

父親の話を聞いてもベルは泣かない。「お前がバラなんかねだるものだから、お父さんが死ななければならなくなったのに、お前は涙一つこぼさないのか」という姉娘の非難に答えてベルは答える。「お父さんはお死にならない。あたしが身代りに行くのだから。」父親はどうせ老い先が短いのだからわしが行くといい、三人の息子は野獣を退治するといきまくが、結局ベルの決心動かし難く、父親は彼女を野獣の城に送って行く。

しかし意外城でベルを待っていたのは死ではなく、宝石、美しい夜服、美味しい食物等と申分のない豪奢な生活であった。召使の姿は見えないが、何処からともなく見えない手が現われて万端世話をしてくれる。野獣は毎晩夕飯の席に現われて、彼女が食べるのを眺めながら、暫く言葉を交すだけである。野獣はその醜い姿に似合わず、優しく親切で思いやりに充ちている。ただ一つ彼女を困らすのは毎日きっと『妻になってくれ』と繰返すことであるが、それも彼女が「いや」と答えれば、おとなしく『さよなら。おやすみ』といって引退って行く。彼女はだんだんこの親切な野獣に愛情を感じ始める。

空には一つの魔法の鏡がある。そこには時々懐かしい父親の家の様子が映り彼女を慰めるが、或日ベルは父親が悲しみの余り（彼は無論彼女が野獣に食われてしまったものと思っている）病気で死にかかっている姿が映る。彼女は野獣に家へ帰らしてくれと頼む。野獣はベルを離したくないが、結局憐憫に負けて帰宅の許可を与える。ただ「一週間たったらきっと帰って来てくれ、さもないと私は淋しくて死んでしまうだろう」という。彼女は固く約束する。翌朝目を覚ますと彼女は父親の家にいる。

喜びの余り父親の病気は癒る。しかし二人の姉娘はベルの幸福と立派な着物を羨み、偽りの涙を流して彼女を引止め約束の期限をはずさして、野獣との間をさこうとする。人のいいベルは今まで意地悪だった姉の愛情に感激して、うかうか計略に乗ってしまう。

しかし或晩、彼女は城の池の傍で死にかかっている野獣の姿を見る。野獣に対する愛情が目覚める。彼女は出発に際して野獣から与えられた指輪の力で一瞬にして城に帰る。池の傍で野獣は彼女の裏切りを悲んで自ら食を絶って死にかかっている。ベルは叫ぶ。『死なないで下さい。あなたの妻になります。』

この瞬間、野獣は美しい王子に変る。妖精の悪戯で彼は美しい娘が彼に結婚の承諾を与えるまで、恐ろしい野獣の姿に変えられていたのである。

二人は王子の国へ行き、王妃となって、幸福な生涯を送る。妖精が現われてベルにいう。お前が幸福を得たのは選択がよかったからです。お前は美貌にも才智にも目をくれず徳を選んだからです、と。」

こうしてボーモン夫人の童話は一場の婿選びの教訓をもって終るのであるが、コクトオの脚色にはこんなモラルはなく、もっと心理的に劇的になっている。

まずコクトオは原作では何の役目も務めない三人の息子を一人に減らし、その代りアヴナンという息子の友人を登場せしめる。彼はベルを恋し、結婚を申し込むが、ベルも心では愛しているが、父親を棄てるのを欲せず承諾を与えない。アヴナンは野獣に対する嫉妬から結局息子と一緒に野獣を殺しに行くことになるのだが、これはまた筋を追って後で述べる。一家におけるベルのシンデレラ風の下女の位置、姉達の意地悪、息子の乱行等、いずれもシテュエーシオンを劇的にするために、原作より誇張或いは附加潤色されているが、煩わしいからいちいち指摘しない。

最初の重大の変化は父親を城から送り返すために、野獣が「マニフイック」という何処でも乗手の思うところへ連れて行く白馬を与えることである。これは後にベルを父親に伴われて、一人で家を抜け出して野獣の城へ行かせるため、また城の所在を知らないアヴナンの一行を導くための発明であるが、これは別に一瞬にしてベルを父親の家から城へ運ぶ手袋（ボーモン夫人の原作では指輪）と共に、一つの話の中に魔法の運び手が二つあることになって、童話として煩雑になっているが、一方最後のカタストロフで、魔法の馬と魔法の手袋の競争となり映画特有の追っ駈けのサスペンスを生むという効用を持っている。

その次のコクトオの発明は、野獣と美女の一種のラヴシーンの設置であろう。ボーモン夫人の野獣は毎晩夕飯の席に現われて芸もなく「妻になってくれ」と繰返すだけであるが（そしてそういう直情を愛したのをベルの美点とするモラルがあるわけだが）コクトオの野獣は最初に「毎晩あなたに一つの質問をしたいのですが」「何ですの」「私の妻になってくれますかという質問です」「いけません」と一度いわれて以後は繰返さないという洒落た求婚者になっている。そのかわり失神したベルを腕に抱いて運んだり、眠るベルを覗うパントミームなどあって、典型的な「美女と野獣」的なシーンを長々と展開するわけであるが、コクトオの野獣は常に騎士的自制を持っていて、決して下賤に堕ちず屢々寧ろ一種の悲愴《パセチック》に達する。「その戸を閉めて下さい。私を見詰めてはいけない。私はあなたの視線に堪えられない。」と野獣は叫ぶ。

コクトオの発明した最大の悲愴はベルを父親に返す時の野獣の科白にある。

ボーモン夫人の原作では単に帰還を誓わせ、帰らぬと自分は死ぬと警告するだけであるが、コクトオではさらにベルに彼の持つ魔法の宝を全部与え「これが私があなたを信頼しているしるしです。これだけ信頼のしるしを与えればあなたはきっと帰って来る。私はあなたの心を知っている。」という。ここで「美女と野獣」の煽情的なテーマは一挙に愛せられぬ男の恋愛悲劇に高まる。だからこの信頼が裏切られた時、ただそれだけで野獣は「死んで行く」に十分なのである。ボーモン夫人の様に断食という尤《もつと》もらしい理由をつける必要はない。

死んで行く野獣を見て、ベルはいかに彼？が自分にとって必要な人間？であるかを悟る。彼女は彼を「愛の眼差」をもって見詰め、今にも「あなたを愛している」といおうとする。この眼差が魔法を解く。ボーモン夫人の原作の様に「あなたの妻になります」と明言するを要しない。すべてここでは魂の劇であり、結婚という外部的形式を必要としない。ここにもコクトオの脚色の近代的な特徴がある。

しかしこうしたコクトオの心理的な発明は道徳的なボーモン夫人よりは近代的であるけれど、むしろコルネーユ、ラシーヌに相応わしい古風な恋愛悲劇の風格を持っている。真にコクトオらしい発明はむしろカタストロフのアヴナンの「ダイアナの亭」の攻撃にある。ベルを父親の家に帰す時、「信頼のしるし」に野獣が与えた宝物の中に一つの黄金の鍵がある。これは城の一隅にある「ダイアナの亭」を開ける鍵であり、そこには「野獣の最大の宝」があるが、それは野獣が生きている限り野獣自身にも入って、それを享有することが出来ないという面倒な宝物である。すべてコクトオの発明であることはいうまでもない。

高利貸に責められるならず者のアヴナンはこの鍵の存在を知り、色と欲の二途かけて、この宝庫を破ろうとする。

ベルの帰還を望む野獣はベルへの信頼のしるしを加えるために、魔法の馬「マニフィック」に魔法の鏡を縛って、ベルの許へ送り届ける。（この作為はたしかに不自然である）

アヴナンと商人の息子はその馬に乗って、野獣を殺し宝庫を破る決心を抱いて壮途に上る。城に着く。しかし野獣よりもまず宝だ。彼等はダイアナの亭を探し当てるが、鍵で戸を開けるのに罠を感じ、屋根に上る。硝子張りの天井を透して、内部にダイアナの立像が見える。この時、魔法の鏡によって死に行く野獣の姿を見たベルは魔法の手袋の力で一瞬にして城に着く。死に行く野獣は「遅すぎた」と彼女にいう。

アヴナンは硝子屋根を破った。彼は息子に両手を握らせて内部にぶら下り飛び降り様とする。この時狩猟の女神ダイアナの像は静かに廻り、その手に持った弓はアヴナンを覗って射つ。矢は背中に当った。苦悶する彼の顔は野獣に変る。

この瞬間は丁度ベルが池の傍で死に行く野獣を「愛の眼差」で見詰めた瞬間である。

野獣は美わしの王子に変った。ベルの驚きと喜び。しかし彼女が何となく変な気持になるのは、その顔がアヴナンにそっくりなことである。当惑の裡にも彼女は無論生れ替った王子を愛し、二人は空を飛んで王子の国へ急ぐ。

この二重の変貌、及「ダイアナの亭」の意味について、即ちコクトオのこうしたいわば超現実的なパズルについて、今ここに解釈を加えるのは避ける。観客諸彦はよろしく作品によって各自その印象を反省されるがよろしかろう。私はただこの発明が映画の最後に到って突然しかも極めて短い間だけ、劇中最大の理想の美男子が出現するという映画構成上の欠点、及実際に俳優選択の困難を、巧みに回避しているということを指摘するに止めよう。

とまれこの「美女と野獣」がこれまで現われたあらゆる童話映画を凌ぐ、美事な構成、劇的な効果、空想的な魅力を持っていることは確かである。ジォールジュ・オリックの音楽についてはまた語るを要せず。ヒロイン、ジョゼット・デエの彫刻風な冷い美は「野獣」に恋される無関心な「美女」に相応わしく、アヴナンのジアン・マレエの若々しい眼は、多く四十を超したアメリカの美男俳優の持っていない魅力を持っている。

（一九四八年）

『美女と野獣』 La Belle et la Bête 製作年：一九四六年（仏） 日本初公開年：昭和二十三年 監督：ジャン・コクトオ 出演：ジャン・マレー、ジョゼット・デエ、ミシェル・オークレール

三人の娘を持つ商人が旅の途中で道に迷い、無人の古城に辿り着く。その庭に咲くバラの花を摘むと一頭の野獣が現れ、その罪で命を貰うといった。ただし、三人の娘の一人が身代わりとなるなら許すという……。末娘ベルが父の代わりに城に行くと野獣は思いのほか優しくベルは大切にされた。ある日、父親が病気なったことを知り、ベルが帰宅を願い出ると野獣はその願いを受け容れた、ただし一週間経って戻らなければ悲しみのため死ぬと……。ル・プランス・ド・ボーモンの童話を幻想的に映像化したコクトオの代表作。戦後、新着フランス映画封切第一回作品。

『ブルグ劇場』封切のころ

池波正太郎

ヴィリー・フォルスト監督の『ブルグ劇場』が、東京で封切られたのは、昭和十四年の秋で、私は浅草の大勝館で観た。

すでに『未完成交響楽』をはじめとして、フォルストの映画の、それは、まるで六代目・菊五郎や先代・吉右衛門が演じる二番目狂言を観ているような陶酔感に恍惚となっていた私だったから、この『ブルグ劇場』の、さらに舞台のドラマ・ツルギーを活用し、映画として消化しつくしたフォルストの腕前に感嘆したのはいうまでもない。

老年に達した舞台の名優が、生涯にただ一度、仕立屋の若い娘に抱く激しい恋情と失意のドラマは、今度、再見して、その演出の妙味を充分に味わうことができた。

だが、およそ四十年前の当時、若かった私たちの身には、遠からず戦場へ出て行かねばならぬ宿命が確定的であった。

（戦争が終わってみなければ、生きているか死んでいるか、それさえもわからない……)

と、おもえば、当然、自分の将来を展望することもできぬ。

(ああ、このつぎにフォルストの映画が観られるのは、いつのことだろう)

と、おもった。

そして、オーストリアの国立劇場の内部へ、裏面の描写へせまるフォルストの、あまりの巧妙さに、

(もしも、戦争に生き残れて、平和な時代が来て、自分が芝居の作者になれたら、どんなにいいだろう)

おもわず、夢想したものだった。幼少のころから芝居と映画の魅力にひたりこんでしまっていた私だったが、まさかに、その、はかない夢が現実のものになろうとはおもえなかった。中国との戦争は、いつ果てるとも知れず、太平洋戦争は目前にせまっていたのである。

しかし、そのときから十二年後に、私は大劇場の作者としてデビューすることができた。

その後、ずっと芝居の世界に生きてきて、いまも時折は舞台へ帰る私だが、こうして、四十年ぶりに『ブルグ劇場』を観ると、舞台をはなれて映画へ転じた当時のヴィ

リー・フォルストの、切っても切れぬ芝居の世界への執着が、しみじみとわかるようなおもいがする。
去年は『たそがれの維納』も再見したが、そのときは陶酔をこえて、私の全身は総毛立った。
これからの乾いた時代は、もう決して、フォルストのような監督を生み出さないだろう。

（一九七八年）

『ブルグ劇場』Burgtheater　製作年：一九三六年（独）　日本初公開年：昭和十四年　監督：ウィリー・フォルスト　出演：ウェルナー・クラウス、ウィリー・アイヒベルガー
名優ミッテラーが「ファウスト」を演じている。老いてはいるがその名声は高く、大劇場の楽屋口には大勢の観客が詰めかけている。しかし騒がしいことを嫌う彼は身代わりを仕立てて劇場を後にする。ある日、お忍びで街に出た際、教会で祈りを捧げる若く美しいレニと出会い心惹かれる。レニが仕立て屋の娘であることを知ると、早速ズボンを頼みに行く。そしてレニを知れば知るほどミッテラーは自らの年齢を忘れ、夢中になってしまう。芝居一筋に生きて来た老いたる人生に訪れた恋のときめきではあったが……。ウィリー・フォルストの名編。

『未完成交響楽』　製作年：一九三三年（墺）　日本初公開年：昭和十年　監督：ウィリー・フォルスト　出演：ハンス・ヤーライ、マルタ・エッゲルト

『たそがれの維納』　製作年：一九三四年（墺）　日本初公開年：昭和十年　監督：ウィリー・フォルスト　出演：アドルフ・ウォルブルック、パウラ・ヴェセリー

汚れなき悪戯

遠藤周作

この映画も原題は「マルセリーノ・パンと葡萄酒」というのだが、日本版では興行政策上だろう、「汚れなき悪戯」となっている。ひょっとすると仏蘭西映画「禁じられた遊び」のむこうを張ったのかも知れない。日本では基督教映画は受けないらしく、戦後、輸入された「聖ヴァンサン」は本国では再三、上映されているのに我国では非常な不成績だったらしい。それからカンヌの映画祭で「羅生門」と共に大賞をとったベルナノス原作の「田舎司祭の日記」、これもぼくが滞仏中、大変な人気だったが、遂に日本では閉めだしをくったようである。

この「パンと葡萄酒」も同じことで、大抵の映画評をみると「母を慕う少年マルセリーノの汚れなき悪戯」として解釈されている。つまり宗教的観点というよりは童心映画として一般観客も悦んだのだろうし、映画評もそれに応じたわけだ。しかしこれは基督教になじまぬ我国では当然やむをえぬことだろう。だが一応、オウソドックスな見方も許されると思うので、ここに一応、書いておく。

まず題名「マルセリーノ・パンと葡萄酒」は言うまでもなくカトリックの教義による基督の肉と血とを象徴したものだ。パンと葡萄酒は十字架にかけられた基督の肉と血だから、ここにマルセリーノの小さな「十字架と犠牲」の意味がつながるのだ。

マルセリーノの小さな十字架とは何だろう。それはすべての人間がこの地上で苦しまねばならぬ愛の渇きである。スペインの小さな村にある古い修道院の門前に捨てられたこの孤児は、彼なりに母親を地上に持たぬという愛の渇きに苦しまねばならなかった。修院の十二人の修道士たちは（この十二人の修道士はキリストの弟子、十二使徒を連想させるのである）天使のような少年を愛し守っているが、その愛も彼の十字架をはずすわけにはいかなかったのだ。

修院の中にはマルセリーノがはいることを禁じた屋根裏部屋があった。ある日、好奇心にまけたマルセリーノが中を覗くと、そこには基督の十字架像があった。少年はその日から、この痩せこけ、茨の冠をかぶせられた基督のために、修院の台所からパンと葡萄酒とを盗みだし、運んでやった。

思いがけぬ奇蹟が起る。「最後の晩餐」の日のように基督は十字架からおり、傷ついた手でパンを割り、葡萄酒に指をひたし、マルセリーノに「パンと葡萄酒」という名を与える。無邪気な少年はその名に悦ぶが、その名にかくれた犠牲の意味を知らない。知らなくてもよいのだ。なぜなら彼は基督につれられてこの地上から去り、母親に会う約束をもらうからである。だが、そのためには彼は死なねばならない。マルセリーノはこの犠牲を基督にたいする無邪気な信頼によってやりとげる。自分の死が、村から追放されかけていた修道士と修院との運命を救うという別の奇蹟を生むとも知らずに……

ぼくはこの映画をみながら「汝は幼児のごとくならずんば……」というありふれた聖句がマルセリーノを演ずるパブリート少年の表情に結実していることを考えた。この映画は一言でいえば、このあまりに有名なため、人々に忘れられかけたこの聖句にハッキリとしたイメージを与えたものなのだ。

（一九五七年）

『汚れなき悪戯』Marcelino Pan y Vino　製作年：一九五五年（スペイン）　日本初公開年：昭和三十二年　監督：ラディスラオ・バホダ　出演：パブリート・カルボ、ラファエル・リバレス、アントニオ・ビコ

丘の上の小さな村の修道院の門前に、ある朝、幼い男の子が捨てられていた。十二人の修道僧たち

に「マルセリーノ」と名付けられたこの男の子は、純真無垢な悪戯っ子で、修道僧たちに愛されて育つ。しかし、祭りの日の小さな悪戯がきっかけで村の混乱を招き、修道院を疎ましく思っていた村長から院の閉鎖を要求されてしまう。納屋に隠れたマルセリーノは、そこで十字架のキリスト像を見つけ、パンや葡萄酒を運び供えると奇跡が起こり、キリストはマルセリーノの望みを叶えるという。その望みとは天国の母に会いたいという切なる願いであった……。「マルセリーノの唄」も哀しい感動作。

『禁じられた遊び』 製作年：一九五二年（仏） 日本初公開年：昭和二十八年 監督：ルネ・クレマン 出演：ブリジット・フォッセイ、ジョルジュ・プージュリー

『聖ヴァンサン』 製作年：一九四九年（仏） 日本初公開年：昭和二十四年 監督：モーリス・クローシュ 出演：ピエール・フレネー、エーメ・クラリオン

『羅生門』 製作年：昭和二十五年（大映京都） 監督：黒澤明 出演：三船敏郎、京マチ子、森雅之、志村喬、上田吉二郎、加東大介、千秋実

『田舎司祭の日記』 製作年：一九五〇年（仏） 日本未公開 監督：ロベール・ブレッソン 出演：クロード・レデュ、ジャン・リヴィエール

映画の限界と映画批評の限界

福永武彦

「わが青春のマリアンヌ」という映画の批評を書くことを頼まれて、その試写を見た。これはあなた向きの面白い映画だそうです、と言ってすすめられたので、一体あなた向きというのは何処の辺が僕向きなのか、他人は僕をどっちの方に向いた奴だと考えているのか、これで分るという愉しみもあった。

ところで午後その試写を見て、同じ日の晩に、お金を払って「必死の逃亡者」というのを映画館で見た。なぜ僕が続けさまに別の、自分の見たい映画、つまり僕向きと自認する映画を見たかというのが、「わが青春のマリアンヌ」の批評になっているかもしれない。

そこでちょっと余談をさせてもらう。

僕は自分をひどく頑固な純文学専門家だと考えているが、誰しも弱みはあるもので、近頃はその弱みを巧みに衝かれて探偵小説の批評などをやらされた。映画の批評というのも、実は僕の第二の弱点なのだ。知っている人はあまりないが、僕は大学生の頃「映画評論」という高級映画青年向きの雑誌の同人で、アルバイトに映画批評をやっていた。勿論ペンネームを使っていたのだが、恥ずかしいからその名前は公表しない。沢村勉とか辻久一とか清水晶とかがその仲間で、「マリアンヌ」の試写の時に清水晶と十数年ぶりに会って、不意と懐かしくなったからこんな思い出を書くが、実は当時の僕の批評たるや、悪口の方で有名だった朝日新聞のQ氏に、一層輪を掛けたような点のからさ。たまたまQ氏が褒めかけたような作品でもあると、反動的に一層悪口を言いたくなるという生意気盛りで、今から考えるとあんなものは批評でも何でもありはしない。それでも御贔屓《ひいき》の監督というのがあって、御多分に洩れずフランス一辺倒だったが、ルネ・クレールを別格に、フェーデ、デュヴィヴィエ、ルノワール、それにワイラーなどがAクラスで、この辺の連中の作品は口惜しいがだいぶ褒めた。要するに芸術映画というのが好きだったので、それは決して咎むべきことではない。

戦争になって雑誌が潰れ、ろくな映画もなくなったし、戦後には病気をしたりして、この十年に十本くらいしか映画を見なくなった。その原因の一つにはお金を払って見るということも作用した。広告で大体の見当はつく。その位の勘はまだ残っているから、お金を出す以上は面白い必要があるし、面白いのはそうそうはないし、またその映画を見るためのお金と暇がないということもある。従って久しく御無沙汰しているうち、見ない映画があんまり沢山になり、若い人と映画の話なんかするのは無学（とやはり言うのだろう）の手前、恥ずかしいという破目に陥った。

そこで僕の発見したことは、映画は身銭《みぜに》を切って見なくちゃ面白くないということだ。ただで見るとなれば詰らなくても時間の損だけで済むが、お金を払った以上は物質的損害に加えるに、自分がその映画を選択したという責任、つまり後味というものがある。その映画に対して自己を投企した、と難しく言うことも出来る。詰らなければそれは自分の責任で、提灯を持った批評家のせいではない。僕は身銭を切った場合、大抵は失敗しないのだがそれでもまんまと騙された場合もないではない。例をあげれば、一番ひどかったのがディズニイの「ファンタジア」という超愚作で、その次が最近のウラノワ女史の「ロメオとジュリエット物語」だ。特に前者については、これを褒めた映画批評家や音楽批評家に対して、自分の責任は棚にあげてだいぶ腹を立てた。ここでその理由を書いていたら脱線も甚しいから止めるが、要するに映画というものは、まず映画であればいいので、文学とか音楽とか演劇とかバレーとかに、変に色眼を使ったものは宜しくない。それからこれは映画批評家の通弊で僕なんかも昔経験があるが、ヒチコックと言えばその作品がずらりと頭に浮ぶ、だからヒチコックはいつも奇抜なスリラーで、カザンなら演劇的リアリズムということになり、肝心の作品がそれまでの同じ監督の作品との比較に於て見られる。そういうことはさして大事ではないので、一つの作品はそれだけで充分に批評に耐え得るのだ。ついでに言えば、ディズニイだから天才的だとか、ウラノワ女史だからバレーの最高峰だとかいう事大主義は宜しくない。映画は綜合芸術だから、あまり一部分のファクターだけを取り出すべきではない。

以上の余談から、そろそろ「わが青春のマリアンヌ」に移ると、これは文学に色眼を使った映画の見本みたいなものだ。もともとこの監督のジュリアン・デュヴィヴィエは文学作品を映画化するのが好きな人だが、この作品の場合、映画の限界というものが原作を殺してしまっている。僕はメンデルスゾーンの原作を読んでいないから比較は出来ないが、文学なら、こうした幻想味は読者の空想を刺戟して、作品の外側に余分の厚みを加えることも出来るだろう。つまり八のものを十にすることが出来る。映画では、八のものは八だけの効果しかない。

湖のほとりに古城があり、鹿の群が遊び、霧が流れ、不思議な館に謎のような女が住んでいる。地の果といわれるアルジェンチンから来た少年が、この女に恋をする。これは文学的題材であり、僕は例えばJ・グリーンの「幻を追う人」、アラン・フルニエの「モーヌの大将」、ジイドの「イザベル」、コランの「野蛮な遊び」、グラックの「シルトの岸辺」等を聯想《れんそう》した。原作はドイツ文学だが、確かに映画はフランス的に翻案されている。ところでこういう幻想味が映画に移されると、エクランはすべて現実として疑う余地のないイマージュを、観客に押しつける。謎の女は本当に館にいたのだろうかという疑問は文学的なので、映画は画面にその姿を正確に映し出したのだから、観客は当然彼女は存在したと思う。それを存在しなかったように思わせるために、つまりその点を幻想的にするために、監督はナラタージュを初めとしてさまざまの細工を凝らすわけだが、それは観客の自由意志による空想ではなく、監督によって強制された空想であって、そこに観客がついて行けなければ、興味索然たるものになってしまうだろう。幻想映画としてはコクトーの「オルフェ」は素晴らしい傑作だったが、あれは幻想が現実そのものとして描かれているので、観客が勝手な空想をしなくても、監督の与えてくれた幻想が既に充分にふくらんでいたのだ。「マリアンヌ」の方はふくらし粉が足りないから、僕はしばしば眼をつぶって、小説でならここはこういうふうに行くところだろうなどと考えた。

そこから映画批評の問題を考えると、本来映画批評というのは観客に指針を与えることを目的としているから、最大公約数的意見を尊重しなければならない。あんまり個性が強くては、一般の観客の物指にはならない。「マリアンヌ」のような映画は、批評家が大人しく監督のイマージュに従って行きさえすれば、結構面白いと言うだろう。しかし僕のように自分自身の好みの強い者が見ると、監督の文学趣味が文学に復讐されているような気がしてならぬ。（断っておくが、この原作小説が傑作だろうなどと僕が考えているわけではない。映画から推察した限り、大したものではないようだ。それでも、文学は文学に違いない。）

この試写のあとで口直しに映画らしい映画を見たくなり、ワイラーの「必死の逃亡者」を見ることにしたが、これは明快な善玉悪玉映画で、身銭を切っただけのことは充分にあった。二時間ばかり、他のことは考えずに（僕は空想癖が発達しているから、映画の途中でも画面そっちのけで空想に耽るが）夢中で見ていた。こういう隙のない、きびきびした演出と、デュヴィヴィエの悠々と遊んでいるような演出と較べると、どうもアメリカの監督はまず観客の身になって映画をつくるが、フランスの監督は自分のためにつくっているような気がする。フレデリック・マーチという俳優は、昔は僕等が「大根マーチ」と悪口を言ったものだが、この作品では役にはまって見事だった。他の俳優もみんな玄人で、作品の中に過不足なく収まって、与えられた瞬間を程よく生きている。「マリアンヌ」の方は若手の俳優を監督が使いこなしているものの、どの一人も、身についた青春が画面からはみ出したところがどうにも素人くさい。というようなわけで、「必死の逃亡者」の方の批評は誰でも似ていようが、「マリアンヌ」の批評は人によってひどく違って来るだろう。

こんなことでは批評とは言えないが、短い枚数のことだし、むきになってデュヴィヴィエやワイラーを論じる気分にもならないから、余談ばかりした。映画というものは、見た人の一人一人が身銭を切っただけの批評家になればいいもののようだ。

（一九五六年）

『わが青春のマリアンヌ』Marianne de ma Jeunesse　製作年：一九五五年（仏）　日本初公開年：昭和三十一年　監督：ジュリアン・デュヴィヴィエ　出演：ピエール・ヴァネック、マリアンヌ・ホルト、イザベル・ピア

美しい湖のほとりに住む少年たちは、好奇心から対岸にある「幽霊屋敷」と噂される謎の古城の探検を試みる。しかし、少年たちの中でヴァジサンだけが仲間とはぐれてしまう。幻想的な城の中をさまよい歩いていると、美しい少女マリアンヌと出会う。マリアンヌの美しさに魅せられた彼は、数日後、再び古城を訪れるがそこには人の気配が全くなく、ただあの美しいマリアンヌの肖像画だけが残されていた。ヴァジサンはマリアンヌの面影を求め旅に出る……。『望郷』や『舞踏会の手

帖』などで知られる巨匠デュヴィヴィエによる幻想的な作品。

『ファンタジア』　製作年：一九四〇年（米）　日本初公開年：昭和三十年　製作：ウォルト・ディズニー　監督：ベン・シャープスティン　演奏：レオポルド・ストコフスキー指揮フィラデルフィア管弦楽団

『ロメオとジュリエット物語』　製作年：一九五五年（ソ連）　日本初公開年：昭和三十一年　監督：エンリ・アルンシュタム／エリ・ラヴロフスキー　出演：ガリーナ・ウラノワ、S・コーレニ

『オルフェ』　製作年：一九四九年（仏）　日本初公開年：昭和二十六年　監督：ジャン・コクトオ　出演：ジャン・マレー、マリー・デア、マリア・ガザレス、フランソワ・ペリエ

人間万歳＝デ・シーカの眼

檀　一雄

まったくの話、こんな愉快な映画を、ついぞ見たことがない。映画を見つづけながらも、見終った後も、この地上を女の四肢が埋め尽してしまって、いるような愉快な錯覚がこみあげてきて、あとあと哄笑がとまらなかった。そうして、これこそ、まさしく、私達の住みついている地上であり、まさしく人間界の出来事だと云う、強い人間万歳の気持にさせられるから不思議なものである。

やっぱり、ヴィットリオ・デ・シーカと云う監督がズバ抜けた人間通であるからに相違ない。

ナポリのだらだらの坂道を埋めつくしてしまっているような人間の群。その人間の群の間をかき分けながら歩き出してくる腹ボテのアドリーナ。私達はもうその瞬間に、この女体が持っている普遍の意味と、力に、圧倒されるのである。まるで、そのうしろのキラキラとまばゆい地中海も、ベスビオスの噴煙も、この孕み女を荘厳する為にだけある光背ででもあるようなあんばいだ。

ソフィヤ・ローレンと云う一女優の媒体をかりて、私達はこの地上を埋め尽す、健康で、屈托することを知らない全女類の底力を知るのである。

私はあまり映画と云うものを好まない。と云うのは大抵の場合が、暗がりの中で、そこばくの、人情を強要されるからである。しかし、この「昨日・今日・明日」は全く桁が違っていた。まことの人間が、ひしめき合って、屈托することのない堂々の人生絵図を繰りひろげるのである。底抜けの陽気さで、男女のならわいをさながらのあわれさでうつし出してくれるのである。

三つのオムニバス形式が、また巧みにアレンジされていて、ナポリとローマの愉快極まりのない赤裸々な人間噺の間に、ミラノの堅くて冷たい疑似恋愛の顚末がサンドイッチされている。ミラノ噺は時間にしても僅かで、ナポリ噺と、ローマ噺の、まるで裸な物語をクッキリと切り離して、丁度恰好な額像の役目をしているような感じがした。ナポリの明快な果実と、海と、人肌のムンムン人いきれがするような色調から、ガラリと冷たいミラノの街と街道の色調に変り、前後にまたローマの猥雑なアパートの室上に変る。その色彩の変化さえ巧みに按配されつくしているように思われて、この三つの物語が交互に響き合う面白さ、愉快さが、まことにおいしい御馳走のようであった。その御馳走も皿だけを見せるような高級割烹店の御馳走ではなく、例えば、イタリヤのそこここの街角にある大衆食堂の、にぎやかで、うまい、御馳走を大皿に盛り上げてもらったような楽しさであった。

男女と云うものはこんなにも楽しい仇敵であり、同志であり、この地上は、昨日も今日も明日も、この男女の戦いと抱擁で楽しく埋めつくされている有様が、まったく放胆な手腕で活写されている。みじんも退歩することのない陽気さで、男女の裸像を浮彫にしながら、人間のならわいに関する重大な証言をこころみている、と云ってもよい。その眼は実に健全で、澄んでおり、余程の人間通でなくては、こんな作品を物にすることは出来ないだろう。私はヴィットトリオ・デ・シーカ監督に脱帽したいほどであった。

羨望の気持でイタリーの街をゆく

私も四、五年前にイタリーに遊んだが、こんなことなら、小森和子女史あたりにくっついて、デ・シーカに会っておけばよかったなと、そんなとりとめないことを考えたくらいである。

ローマと言えば、バカバカしい思い出がある。パリーでも、ロンドンでも、私はほとんど観光バスには乗らなかったのに、ローマだけ、何の酔夢からか、観光バスの全部のコースに毎日毎日乗り換えていった。お蔭でローマだけは名所旧跡が滅茶苦茶に折り重って、一体ローマがどう言うことになっているのか、入り乱れて記憶が錯綜してしまっただけである。

だから、今思い出してハッキリするところと言ったら、スペイン広場の前のカフェの坐り心地だけだ。そこに坐りながら、葡萄酒を飲み飲み、イタリー美人達が尻をふりながらそぞろ歩く、その尻腰を眺めやった妬ましい記憶ばかりである。まったくイタリーの女達は美しかった。同じ地上に、同じ時間に生れ合わせてさりながら、こんな美人達とはオレは金輪際無縁で、指一本触れることが出来ないんだな、と云うまったく妬ましい気持であった。

その私を尻目にして、イタリーの美人達は、まったく威嚇するように尻を振り振り歩く。ソフィヤ・ローレンが尻をふりふりユラユラ歩くのを見て実に久方ぶりに、イタリーをうろついた日々の私の羨望の気持を思い出した。マーラのような素適な娼婦がいるんだったら、私だってウンベルト同然、外人部隊をでも志願して、マーラ通いをしたいものだと思った程である。

マルチェロ・マストロヤンニは、どれもよかったが、第三話のルスコニがマーラの尻振りとストリップで、吼するあたり、男のもどかしさと、あわれさで、見ている私までが全く逆上したくなるほどの可笑しさであった。
まったくの話、ザマを見ろと云いたくなるくらい、慾求不満の現代を吹きとばすような痛快な作品で、「腹ボテ！　サッサ」と斉唱して歩いてゆく子供達の向うの海までが、はてしもなくヴィナスを産みつづけているようにさえ感じられた。
そうして涙が出るような可笑しさの中に、人間のならわいの目出度さ、あわれさが、ふきこぼれるようにあふれ出してくるのだから、デ・シーカの快活な人間肯定の精神が、よほどしっかりしているのだと思わざるを得ないだろう。

（一九六四年）

『昨日・今日・明日』 Ieri, Oggi, Domani　製作年：一九六四年（伊）　日本初公開年：昭和三十九年
監督：ヴィットリオ・デ・シーカ　出演：マルチェロ・マストロヤンニ、ソフィア・ローレン、ティナ・ピカ
「逮捕されないために、いつも妊娠していなければならない闇タバコ売りの女と、そのためにエネルギーを使い果たし、身体がもたない失業中の亭主の話」「金持ち女の浮気相手の男が、彼女のロールスロイスを壊してしまう話」「魅惑的な娼婦に一目惚れしてしまった神学生の行く末を案じる

祖母が、娼婦にかけあい、神学生を諦めさせるよう懇願する。その願いを聞き入れた娼婦は、冷たく彼を袖にするが、その神学生、今度は絶望して外人部隊に入るといって祖母を困らせ、再び娼婦に引き留め役を頼む話」。ヴィットリオ・デ・シーカ監督が、マストロヤンニとソフィア・ローレンというイタリア映画界を代表する名優を配して製作した3話のオムニバス艶笑物語。

「恐怖の報酬」

高見　順

私は映画はそうとう観るほうだが、心ひかれるのは、映画の描写力を生かした作品である。文学でそれ以上の描写ができるものには大して関心をもたない。今度のフランス映画祭で観た映画のなかでは、「恐怖の報酬」と「夜ごとの美女」がおもしろかったし感心した。「陽気なドン・カミロ」（一九五一年）なら文学でもそれ以上のことをやれる材料である。たとえば、「恐怖の報酬」の最初の中米の暑くるしい描写。あれは映画でなければ出せないものだった。文学だと描きすぎてしまうのである。この映画には原作があるという。が、ああいう迫力は、映画的迫力であろう。

「恐怖の報酬」のよいところは、文学的でないということであろう。ニトログリセリンを積んだトラックが油で滑ったり、前の車が爆発したあとで立往生してこまってしまう。ああいうものだけでは小説は書けない。映画的描写の迫力によって支えられている。しかし、けして人間的なものから離れてはいない。人間から離れてしまった映画になってしまってはこまるのだ。ある閉された世界からの脱出ということ、そういう主題では「望郷」に似ているけれど、恋愛が主になっていないということには感心した。

アントワヌ・サンテクジュペリの「夜間飛行」の序文で、アンドレ・ジイドが、「この小説を読み終えたときにはほかの人間になっている」といっていたことと同じものを、この映画を観たあとで感じた。そうして、観おわったあとで、自分をとりもどすのに非常に時間がかかるほど、搏《う》たれるものがあった。追いつめられた環境を追及する、というやりかたは、たとえばグレアム・グリインの小説にも見られる。彼にはおなじ中米を背景にした「力と栄光」(ジョン・フォードが「逃亡者」(一九四七年)という題で映画化したそうである)などにくらべると、グリインの扱ったシチュエイションや追及のしかたにはもっと残忍な感じがある。「恐怖の報酬」はそうではない。追及の仕方のちがいであろう。

トラックが出発するまでの部分が長すぎるとか不必要だとか、そういう批評がフランスであったという。しかし、あれだけのことがなければ後半は生きてこなかったであろう。シャルル・ヴァネルが飛行機から降り立って現れるところなど非常におもしろい。そういう見るべきものもすくなくない。

最後にのこったイーヴ・モンタンも殺してしまうという主題。これはやはりそうすべきであろう。三人の男を殺してしまっているのだから、あのまま生きのこらせるのではおもしろくない。残った男も殺さなければ幕はしまらないといわなければならない。フォルコ・ルリの演っているルイジは非常によく描けていて印象にのこった。

私には技術的なことはわからないが、映画の描写力の限界を衝《つ》こうとしたものだというように見られる。また、私たちが問題にしている小説の濃密性というものが映画を見るときよく気になるものである。特定の場面の描写の密度を濃くすると、その場面だけが異質のものになりがちである。この映画ではそういう描写の狙いがなめらかに出ているのに注意された。

「恐怖の報酬」には一種異様の乱暴な調和の美しさというものがある。音楽の不協和音のような美しさである。ただ、これは私の東洋人的な考え方かもしれないが、そのなかに人間的な淋しさも描きだされていたなら、さらにその感銘はふかいものになったのではないだろうか。

（一九五四年）

『恐怖の報酬』 Le Salaire de la Peur 製作年：一九五二年（仏） 日本初公開年：昭和二十九年

監督：アンリ＝ジョルジュ・クルーゾー　出演：イヴ・モンタン、シャルル・ヴァネル、ヴェラ・クルーゾー、フォルコ・ルリ、ペーター・ヴァン・アイク

中米の油田で大規模な火災が起き、その消火作業にニトログリセリンを使い、その爆風を利用しようと考えた石油会社は、油田までニトロを運ぶトラック運転手を四〇〇〇ドルの賞金で募集する。五〇〇キロにも及ぶ山道、断崖絶壁の端にタイヤを乗り入れたり、危ない橋を渡るなど一触即発のスリルとサスペンスを積み重ねながらトラックは進む……。多額の賞金目当ての恐れを知らない男たちの強面の表情が、次々と訪れる恐怖によりだんだんと臆病な小人物に変貌していく。アンリ＝ジョルジュ・クルーゾー監督の人物描写が冴えたサスペンス映画の傑作。

『夜ごとの美女』　製作年：一九五二年（仏）　日本初公開年：昭和二十八年　監督：ルネ・クレール　出演：ジェラール・フィリップ、マルティーヌ・キャロル、ジーナ・ロロブリジーダ

『望郷』　製作年：一九三六年（仏）　日本初公開年：昭和十四年　監督：ジュリアン・デュヴィヴィエ　出演：ジャン・ギャバン、ミレイユ・バラン、リュカ・グリドゥ、リーヌ・ノロ

円環的な袋小路

寺山修司

もっとも衝撃をうけた作品を挙げよ、と言われたら、私はためらわず、文学でロートレアモンの「マルドロールの歌」、映画でフェリーニの『8½』と答えるだろう。二十代で「マルドロールの歌」と『8½』に出会ったことは、私の創作活動の決定的なクライシス・モメントとなった。

この二つの作品は、共に作者自身の「記憶」を扱っていた。だが、記憶は必ずしも作者の過去に「実際に起こったこと」ではなかったのである。

たとえば『8½』の場合、主人公のグイドはフェリーニ自身であり、同時に赤の他人である。フェリーニは、グイドの記憶を利用して（つまり過去の力を借りることによって）現在から身を守ろうとする。だが、同時に「現在」を強化することによって、グイドの記憶（つまり過去）からも身を守ろうとする。

この円環的な袋小路で、多くの幻想が生まれるのである。

パーティでの記者たちの「映画論」も、座興の心霊術も、少年時代の呪文アサ・ニシ・マサも、乞食娼婦のサラギーナも、フェリーニを袋小路から救い出す力とはならない。フェリーニは、グイドという分身を、家庭において、仕事場において、そして戯れの情事のベッドにおいて、徹底的に問いつめてゆく。その、もっとも難解な質問は、ただ「私とは誰か?」といった素朴なものなのだが、グイドはそれに答えることができないのだ。

おそらく、これは映画史上はじめてと言っていいほどの登場人物と作者のはげしい相克であろう。

ラストシーンで、少年時代のグイドと魔術師が指揮をして、現在のフェリーニを踊らせる場面には、もの悲しいカーニバルのジンタがとどろいていた。

資本主義社会は、いわば一つの壮大なサーカスだった。

人々は、芸人が綱から落ちるのを見物に出かけるのだ。そして、その真意をかくしながら、そのくせ、ことばだけは妙にやさしく呼びかけてくるのである。

「みんな、手をつないで! さあ、出発!」

(一九七八年)

『8½』Otto e Mezzo　製作年：一九六三年（伊）　日本初公開年：昭和四十年　監督：フェデリコ・フェリーニ　出演：マルチェロ・マストロヤンニ、クラウディア・カルディナーレ
イタリアを代表する映画監督として著名なグイドは、多忙から心身ともに疲れ、温泉治療に赴く。しかし、そこでも不仲の妻や愛人、仕事関係者が押し寄せ、神経が休まる暇もない。そんな彼にとっての唯一の望みはクラウディアとの逢瀬であるが、それも虚しくついえてしまう。そして孤独を求め、自分ひとりの世界を求めるようになり、心の軌跡を辿る少年時代の思い出にふけるようになる。醜く太った女の踊り、幻想と現実が混在するサーカスのような華麗な夢の世界……主人公グイドの心象風景をフェリーニならではの映像美で魅せる。フェリーニの自伝的要素が色濃く反映されているといわれる大作。

あたらしい純粋映画——〝5時から7時までのクレオ〟

遠藤周作

チャップリンの「街の灯」の新版がはじめて中学時代に親にかくれて見に行った映画で、その後、黒・白映画の名作を戦争時代、新宿光音座で幾度も見た私のような男には、映画というものは戦後の大型スクリーンになればなるほど、色彩映画になればなるほど、堕落していくのだという固定観念がぬけない。

こちらは映画の評論家ではないから、その理由を説明しろと言われても自信をもって言える筈はないのだが、やはりチャップリンの「街の灯」はその後の彼の作品にぬきんでた名作であるという気持がしてならぬ。そして「街の灯」はほとんど無声映画にちかく色彩映画でなかったからこそ我々を感動させたのだと思う。光音座で見たチェコの映画で「春の嵐」という作品は今、思いだしても感心しているが、あれもほとんどトーキを使わぬ黒・白映画だったからで、もし同じ監督がカラー・フィルムで再びあの作品をとったとしたら、あれだけの出来ばえにはならなかったのだろう。

要するにそれらの作品が今日でも私になつかしいのは、映画的だったからである。「映画はまず映像《イマージュ》」という考えを生かしてくれているからだ。

映画とは（純粋な形式では）なによりも全体的な映像《イマージュ》をみせるもので俳優やその演技、その他もろもろの附属物はそれに比べれば第二義的なものだ。演劇はそれにたいし何よりも俳優の演技をみせるものである。ところが映画がトーキになり色彩になるにつれ、映画は映像よりも俳優やその他もろもろの附属物が前面にのりだしてきた。極端な言いかたをすれば映画は演劇的要素を加えることによって不純になってきたのである。

こういう考えが黒・白映画で育てられた私の頭にある。「アラビアのロレンス」を見ても私が何よりも映画的に感心したのはむしろ砂漠の映像であってロレンスを演じた俳優の演技ではない。だから「抵抗」「広島、わが愛」「恋人たち」のような映画もそれが何よりも映像においてすぐれているから（これらの映画がわざわざ黒・白を使い、大型スクリーンを避けたのは当然だ）あれは優れた映画だったのだ。

「5時から7時までのクレオ」は極端にいえば映像《イマージュ》だけで見せる映画である。もちろんこの作品にクレオの死から生の発見などという映画評論家風の解説をつける人もいるだろうが、それは映画芸術の場合には第二義的なことであって、この映画は映像だけで生れた作品だから、本質的に映画なのである。

話のすじはごく簡単だ。胃癌の疑いを医師に宣告されたクレオという若い歌手が夏の日ぐれの五時巴里ポン・ヌフにちかい占師のもとに行き、七時、精密検査の結果をサルペトリエール病院に訊ねにいくまでの二時間を、ほとんど筋らしい筋もなく彼女の気分と意識の流れにそって街の風景、自宅での友だち、歩道の人、公苑、兵士との対話などをうつしたものなのである。であるから主人公クレオを演ずるコリンヌ・マルシャンもその他の俳優たちも一つ一つの画面の影像の一部要素にしかすぎない。

アニエス・バルダという女性監督は元来、写真家だったと同行した人に聞いたが、彼女は写真家であるゆえに映画の本質である映像そのものに力を注いだのは当然だと思った。

そこで、彼女は普通の監督が脚本にたいするのと全く反対の方法を使った。普通、監督にはまず脚本があり、それによって映像コンテを作るのだが、この映画の場合、彼女にはそれとは逆に、映像が第一にあって、それを生かすための脚本を書いたと言ったほうがよい。

まずその影像の基調となるのは当然のことながら光と影であり、これを色彩にすれば黒と白とである。影像を成立させる光と影、黒と白とをもっともあらわす人間の心理といえば生と死ということになる。そこで彼女は若くて美しいのに、癌の不安にかられるという矛盾した立場におかれたクレオを登場人物にした。クレオが主人公なのではなく、本当の主人公である影像の一部分としてそのような女性が必要だったからにすぎない。

だからバルダは光と影、黒と白との対比をふんだんにこの映画で使った。まず季節は巴里でもっとも光線と影との対比あふれた夏をえらんだ。クレオがさまよう巴里の街、街路樹、公苑、樹々の葉はこの季節に一番この対比に恵まれている。そしてこの光と影との中をクレオが生と死、若さと病気という対立を心にもちながら歩きさまようのである。

クレオが着るさまざまな洋服や帽子も注意ぶかく黒か、白かのものがえらばれている。最初は黒と白の水玉のドレス、そしてその裏には黒い裏地がはってあった。自分の家からふたたび外に出る時はこの水玉の洋服を黒いシンプルな服に着かえている。服装は光と影、主人公の生と死に応ずるように黒か白かのいずれかである。

歩道に出た彼女がふと眼にするのも黒いアフリカの木彫りであったり喪服を着た老婆である。そうでなくても心理的に黒い事物である。彼女は途中で昔の女友だちと無声映画をみるが、その映画は黒眼鏡をかけて外をみる男の喜劇だ。六時半に彼女はモンスーリイ公園でアルジェリアに行く兵士アントワヌに出会い、彼から単純なものの見かたというものを教えられる。黒眼鏡をはずすことを教えられる。そして二人が赴いたサルペトリエールの病院で病気が意外に軽かったことを知らされる。つまり白い色への復帰なのだ。

この映画はそういう意味で、もっとも映画的である。純粋小説《ロマン・ピュール》という言葉があるように純粋映画というものが存在するならば、それはこの作品のように影像だけに力を注ぎ、他のものをその附属物として扱うような映画をよぶのであろう。

（一九六三年）

『5時から7時までのクレオ』　製作年：一九六二年（仏）　日本初公開年：昭和三十八年　監督：アニェス・ヴァルダ　出演：コリンヌ・マルシャン、アンナ・カリーナ

ブロンドの美しきシャンソン歌手のクレオは、癌の疑いにさいなまれている。いまは5時……病院で検査の結果を聞く7時までにはまだ2時間ある。不安な思いでいるところに仲間の作曲家が持ち込んで来た新曲のタイトルは「君なくて」……。親しい女友達と会うが、そこでも彼女の鏡が割れるという不吉な兆候が表れる……。そんな中、公園でアルジェリアへ向かう若き兵士と出会い、互いに抱く不安な思いを共有することで心が休まり、自らの運命を受け入れる気持ちになる。そして

……。クレオの不安な心情を2時間の時の流れの中で描いた実験的な作品。

『街の灯』　製作年：一九三一年（米）　日本初公開年：昭和九年　監督：チャールズ・チャップリン　出演：チャールズ・チャップリン、ヴァージニア・チェリル

『春の嵐』　製作年：不明　日本初公開年：不明

『アラビアのロレンス』　製作年：一九六二年（英）　日本初公開年：昭和三十八年　監督：デヴィッド・リーン　出演：ピーター・オトゥール、アレック・ギネス、オマー・シャリフ

『抵抗』　製作年：一九五七年（仏）　日本初公開年：昭和三十二年　監督：ロベール・ブレッソン　出演：フランソワ・ルテリエ、シャルル・ルクランジュ

『広島、わが愛（二十四時間の情事）』　製作年：一九五九年（日・仏）　日本初公開年：昭和三十四年　監督：アラン・レネ　出演：エマニュエル・リヴァ、岡田英次

『恋人たち』　製作年：一九五八年（仏）　日本初公開年：昭和三十四年　監督：ルイ・マル　出演：ジャンヌ・モロー、アラン・キュニー、ジャン＝マルク・ボリー

心理のロマネスク——ルネ・クレマンの「居酒屋」

吉行淳之介

僕はおおむね気晴しのために映画館へ入る。観ている間は退屈しないで、戸外へ一歩踏み出したとたんに、それまで観たことが雲散霧消してしまう類の映画を好む。アチャラカ喜劇や西部劇やスリラー映画はその類であるが、文芸大作というやつはどうも苦手だ。必ずといってよいくらい原作より面白くないので、観客の精神に爪痕を残してやろうという製作者の意図がかえって煩わしくて閉口である。

そんなわけで、エミール・ゾラ原作「居酒屋」というのにはあまり気が進まずに試写室へ出かけて行った。苦手の文芸大作で、おまけにゾラは僕が食わず嫌いで敬遠している作家である。ところが、この映画は大そう面白く、同時に感銘深かった。感銘が深いと、僕は背中のまん中のあたりの皮膚が鳥肌立つ気持になるのであるが、その夜は戸外へ出てもその鳥肌をしばらくの間背負って歩いた。

それでは、この映画のどこに感銘したかと考えてみると、かなり曖昧《あいまい》である。映画が終って試写室を出てエレベーターを待っているとき、僕は傍の未知の人に「いい映画でしたね」と話しかけたい衝動を抑えていた。「まだ泣きたいわ、ヤセ我慢しているところなの」という女の声が聞えたので、声の方を見ると佐多稲子女史が壺井栄女史に笑顔を作って話しかけていた。僕はそういう佐多さんに大そう好感を持ったが、僕自身は涙は全然出なかった。この映画の原題には「ジェルヴェーズ」という女主人公の名前が付けられていることから分るように、ゾラの厖大な原作はジェルヴェーズ一人に焦点がしぼられて映画化されているそうだ。(そうだ、というのは僕は原作を読んでおらず、プログラムの解説にそのように書いてあるからである。尚、原作の題は「アソモワール」というのだそうで、「アソモワール」すなわち「大頭棒」とは牛馬を屠殺するための棍棒のこと、つまりアルコールが飲むものの頭にのぼり屠殺の様相を呈するという意味だそうである。)

僕は悲しいとか辛いとかあるいは同情のために涙を流すことのないタチなのだが、それればかりでなくこの映画の女主人公の気の毒な運命が印象深くて感銘したのではなさそうだ。いろいろ考えてみたが結局、監督ルネ・クレマンの腕の冴えと、俳優の名演技にたいして僕は感銘したものとおもえる。

舞台は、今から百年ほど前のパリの裏町である。物語はいきなり、放蕩亭主の朝帰りの場からはじまる。亭主の帰宅をイライラし悲しみ且腹立ちながら待っている女優の顔がじつに好い。プログラムの筋書きでは、亭主のランチエが初めて外泊した、ということになっているが、二人の間にできた上の子供が八歳というから一緒になってから長い間経っているし、ランチエというのは鼻の下にイヤラしい髭を生やした助平そうな男であるから、「初めての外泊」ということはなさそうだ。ただ、その女（つまり女主人公のジェルヴェーズ）の待っている表情に、「亭主に初めて外泊」とつい書いてしまいたくなるものが現れている。生活に疲れている感じと、鮮度の高い感情を持ちつづけている女の妙にういういしい感じの混淆、それがうまく現れている。マリア・シェルというドイツの女優である。

はやくも僕は女優と物語の中の人物とを混同しはじめたが、この物語の女主人公ジェルヴェーズは、そういう顔をしていなくてはならぬのである。現金なもので、女優が気に入ったとなるとその映画にたいして身の入れ方が違ってくる。数年前は、ローレン・バコールという女優が出てくると、かなりの愚作でも退屈しなかったものだ。そのうち、彼女のあまりにスゴンだポーズが鼻につき出したが、それが彼女の役柄だったのか、彼女自身の個性だったのかはっきり思い出せない。

ジェルヴェーズの亭主は他の女とどこかへ行ってしまう。その女の妹とジェルヴェーズとが、共同洗濯場で水浸しになりながら大喧嘩をする場面がある。柴田錬三郎氏が温泉場の旅館で、女中同士の摑み合いの大喧嘩を見たそうで、「女同士の摑み合いは、相手を殺してやろうという気持になってしまうらしく、ものすごいもんだ」と僕に語った。僕は柴田さんの幸運を羨んだが、この映画の摑み合いもものすごい。僕ははやくもマリア・シェル嬢に好意を寄せているので、相手女優シュジイ・ドレールの大きな眼の下った眼尻が好色そうにまたたくらみ深そうに見えるのを憎みながらシェル嬢に声援を送った。ついに彼女は俯伏せになった相手の上に馬乗りになり、相手のパンテイを引破って裸のお尻を板片れでパタンパタンと殴りつづけた。フランスパン型の裸の尻が、画面一杯になる巨大さでニュッと現れた壮観さに、僕は感激した。

ランチエに逃げられたジェルヴェーズは、やがて屋根職人のクポーと結婚する。ランチエとは同棲であって結婚ではなかったのだが、今度のは正式の結婚である。この正式の結婚ということに、彼女はあこがれていたのだが、その願いが叶ったわけだ。この男には、恋を恋する時期がある。そういうときには、髪の毛が長く女らしい匂いがしていれば恋人として間に合ってしまうものだが、女にも結婚と結婚する時期があるらしい。ジェルヴェーズの場合、多分にそれに当る。クポーが物足らぬとおもう気持が、彼女の裡に忍び入ってくる。その物足らなさは、精神面においてのことである。彼女が軽いビッコであることも、その精神内容を複雑にしているのかもしれない。セックスの面では、二人はうまく行っているらしい。ルネ・クレマン監督は、それに巧みな表現を与えている。彼女が寝ているベッドへクポーがうしろから潜り込み、毛布を引上げて二人の軀《からだ》はその下に隠れてしまう。波立つ毛布から白い腕が伸びて、細い指先が蠟燭の焔をハタとツマミ消すと、画面暗転。尚、この映画の官能描写の濃厚さ（べつに露骨な場面があるわけではないが）は、ＰＴＡが怒っている「太陽の季節」の比ではない。

妻の方が精神面において夫を喰い足らぬように思っているとき、登場してくる男は大たい相場がきまっている。芸術家気質のやつである。ここに登場する鍛冶工のクジェもその例に洩れない。パリの画家が生やしているような頰から顎にかけてのヒゲを生やした、無愛想な大男である。そして、この男がジェルヴェーズの魂の恋人、理想の男になるわけだ。

ここで一種の三角関係が出来上るのだが、そのうえジェルヴェーズの前の亭主ランチエが戻ってきて、一層錯雑したことになる。このランチエを、クポーはこともあろうに自分たち夫婦の隣室に下宿させるのだが、このクポーの心理はなかなか難しい。どうやら、クポーは、妻が心を寄せているクジェに対抗する切り札として妻の最初の男ランチエを自分側に抱き込んだ気配がある。ジェルヴェーズの宿望は小さな洗濯屋を開くことであったが、そのための貯金は、クポーが仕事中に屋根から落ちた医者代で消える。しかし、クジェの援助で彼女の宿望は実現するのだが、クジェが金を貸すことを彼女に申し出たときの画面のクポーの表情は見事である。以来、クポーは酒浸しの毎日を過すようになる。こわくて屋根に上る気がしない、というのだが、大きな理由は例の表情のうちに求められるのだろう。クジェに対抗してランチエを抱き込むことは、この男女関係を一層混乱させ破滅の方向へ追いやることを意味している。結局、ある夜、ジェルヴェーズはランチエの部屋に誘い込まれてしまう。それを知って、クジェは他の土地に旅立ってしまう。

クポーはアル中の発作に襲われて、洗濯屋の店をたたきこわし、病院へ連れ去られる。ランチエは、以前に馯落ちした女の妹（つまりジェルヴェーズと摑み合いの喧嘩をした女）の情人になる。残されたジェルヴェーズは、クポーが入浸っていた居酒屋へ入浸ることになる。

心理のからみ合いは、映画ではすべて眼に見える事柄を使って説明して行かなくてはならぬわけだが、この点ルネ・クレマンの腕の冴えはすばらしい。起伏の多い物語以上に、スリリングな効果を出している。人間をその環境と遺伝を追究することによって絡めとろうとしたゾラの作品であるが、この映画は「心理のロマネスクが主題だ」と言ってもよいようなところが多い。それにしても、この映画の時代は今から百年前なのだが、男と女のからみ合ってやっていることは、あまり変りのないものである。

（一九五六年）

『居酒屋』Gervaise　製作年：一九五六年（仏）　日本初公開年：昭和三十一年　監督：ルネ・クレマン　出演：マリア・シェル、フランソワ・ペリエ、マチルド・カサド

一八五〇年代のパリの裏町。ジェルヴェーズは、内縁の夫が家を出てしまったので、幼い子供をかかえ必死に働く。やがて彼女は屋根職人クポーと結婚するもクポーが誤って屋根から落ち大怪我を負ったため、借金をして洗濯屋を始めることになる。洗濯屋は繁盛するが、働く意欲を失ったクポーは居酒屋に入り浸り、自堕落な生活を送る。そんな夫に愛想をつかして戻ってきた内縁の夫とよりを戻すが、またすぐに女をつくって家を出てしまい、夫クポーはアルコール中毒で施設に収容されてしまう……。ひたむきに生きようとするも次から次へと裏切りに合い、ついに自らも酒に溺れてしまうヒロインをリアルに描いた秀作。エミール・ゾラの名作「居酒屋」をルネ・クレマンが演出した。ジェルヴェーズを熱演したマリア・シェルは、本作でヴェネチア映画祭主演女優賞を得た。

『太陽の季節』製作年：昭和三十一年（日活）監督：古川卓巳　出演：長門裕之、南田洋子、石原裕次郎、清水将夫、坪内美詠子、三島耕、佐野浅夫、岡田真澄、中原早苗、石原慎太郎

「ホフマン物語」を観る

佐藤春夫

ホフマン物語は近年珍らしく自分の見る気になった映画である。その高い評判よりもE・T・A・ホフマンの名が自分を誘ったからである。ホフマンは、ドイツロオマン派の夕栄えで、云わば、わが鏡花のような盛名と流行とを全欧洲に持った作家であった。時代はわが歌麿と同年代の頃とか。作風は鏡花から少しく情緒を減じてその代りに観念的なものを加えた点はやはりドイツの作家である。

我国では「水沫集」の「玉を抱いて罪あり」(スグデリイ嬢)の名訳によってその作風とその名とは久しく知られている。

ホフマンはその作品を自ら娯楽文学と称したと聞くが、まさしく西洋のくさ草紙ともいうべき奇趣と大衆性とがある。映画の素材として面白かろうと思われる所以である。

映画ホフマン物語はホフマンの短篇「砂男」と「大晦日の夜」それに「顧問官クレ

スペル」の三篇を組み合して作られたオペラを更にバレー化して映画としたものと云う。詩人であり怪奇な物語の作者で兼て作曲家また絵を能くした多才な芸術家ホフマンの夢幻世界が果してどんな風に取扱われているであろうか。

自分は実のところ、音楽も舞踊もまるでわからない。詩と絵となら、少しはわかっているつもりである。音楽と舞踊とを組み合せて絵にして見せるというのはトオキイの当然開拓すべき一分野への進出としてこの試みはたしかに一見の価値がありそうなもの。また鬼才ホフマンの作品の表現としても適当な方法らしいと思う。

自分は多くの期待を持って出かけた。夫妻一子を伴って甚だ模範的なアベックである。予め買い置いた場席も注文どおりである。性急だから結論を先ず云えば期待に反せず甚だ楽しく見られた。

とだけではあまりあっけ無いから映画の批評はすこしうしろめたいが細説する。先ずタイトルにつづいてすぐ出るニュールンベルクの昔の町の塔の聳え立った中空やそこに林立するウェザアコック（風見鶏）などが早くも我々の心を忌わしい現実からどこか遠くへ導き去るに有効であった。プロローグの「蜻蛉の踊り」は睡蓮の池の上で交尾する蜻蛉が交尾とともに雄を喰い殺すところを現わした踊りであるが、やがて展開しようとする人間の恋愛談の前曲として皮肉にも、妖しく奇異なそうして姿美しいこの踊りは人を魅了する。

全篇は居酒屋に於けるホフマンが酔中に思い出を語るような形に構成されているのである。室内装飾の浮彫のように見えたものがやがて人間になって踊り出すところなど格別に感心することもないが、またこの酔心地の表現を、気の重い訪問先の扉のノッカーが不意に蛇に変ったと書いているホフマン的手法に学んだものと見るべきであろう。

最初は「砂男」から取った部分でホフマンが魔法の目鏡のおかげでばね仕掛の人形オリンピアを恋人とする話、げにもあらゆる恋は色情という魔法の目鏡のせいに相違ない。ともあれオリンピアの踊はいかにも面白く人形ぶりに軽快単純な円舞も成功。ばねのゆるんで動作がのろくなって倒れたオリンピアの手のあたりにねじを巻く時ねじの金属的な音（今まで聞かれた唯一の自然な音）がかすかに耳に快く聞えるところや、たたき壊して四肢をもぎ投げ捨てられて床の上に落ちたオリンピアの首の青く透んだ明眸がぱちくりと動くそばにぜんまいの落ちている画面など印象あざやかに美しく情緒ならぬ情緒を味わわせる。

総じてこの着色は原色版風のあくどい鮮明華麗を避けて淡く高雅清楚に柔か味が出て大に快い。不渡を受取に行った銀行の画面一面にインキのとばっちりのような汚点があるのなども心理的な働きがあり変化があるよい表現である。原作の味もこのようによくこなれている。

次には「大晦日の夜」から来たヴェニスの恋であるが、「砂男」のパリよりもこの方のセットの方が場所柄で表現に容易なせいもあって月光を浮べた大運河を行くゴンドラなど巧に様式化されて変化にも富み娼婦ジュリエッタになった女優もその者らしい艶冶《えんや》な趣があった。その女に迷ってその望みのままに鏡中の映像を女に贈ったホフマンが恋敵として白い肋筋のある軍服姿のシュレミイルと決闘してこれを刺すあたりの脚色も大によい。こんな事は原作にはなく原作は最後の数行に大晦日の夜の賑わいをよそにひとり高山植物の花を卓上に投げ出してふさぎ込んでいるピイタア・シュレミイル（シャミッソー作の悪魔に影を売ったプラアグの大学生）と映像を女にやった男とが相会して、影や映像などは全く無用のものそんなものは無くても一向差支えないと影のない（祖国を失ったの寓意）男に映像を持たぬ男が怪気焔を上げるのだが、これは作者ホフマンがシャミッソーの大当りの作品を揶揄しシャミッソーのセンチメンタリズムを嘲笑うロマンティックアイロニイであるというが、これをホフマンがシュレミイルとの決闘に勝たせたと作り做したあたり甚だ面白い。文芸映画と云えば多くその作者名と題だけを借用して主題はおろか筋も満足には伝えなかったわが国のシナリオライタアはこういう気の利いた余裕綽々たる工夫化も、少し学んでみたらどうであろうか。

それにしても筋もちょっと捉えにくいこの映画は原作を知らない人々に果してどれくらい面白かろうかと、あたりを見てみると山妻《さんさい》（ではない奥方）も豚児（ではない令息）もその隣席の中学生らしいどこやらの坊っちゃんも至極ご満足げにじっと画面に見入って飽きない様子は、音楽を伴うこの華麗な幻想の世界では筋も何も必要がないらしい。それにしても自分はふと妙な気分になり出した。なるほど字幕の文句の拙劣の外は申分なく面白いのに、このどこからどこまでも芸術化された様式の世界で歌ならぬ普通の対話なり舞踊や舞踊めいた身の働きならぬ日常の自然な態度さてはこの華麗に奇異な様式世界ならぬ自然現象がせめて一片の雲または月の姿ぐらいでも素朴な自然の姿で見たいという慾望であった。あのねじの音が快いのも理由がある。僅々一時間半かそこらでそういう人工世界からの解放を望みはじめたのは、東洋人のせいか、自分ひとりの好みだろうか。

第三に取入れられている「顧問官クレスペル」というのは読んでいる筈だのにどうしてもどういう話であったやら原作が思い出せない。原作を知らないで果してどれだけ面白いかの疑問を偶然にもここで体験したわけであるが原作を知らないと興味は実に半減するように思う。やっと見ているうちに「顧問官クレスペル」とは自分の覚えている「蠱惑の提琴《クレモナア・ヴァイオリン》」の別名らしいと気がつきはじめたが、それまでは興味が半減していた。これはギリシヤの話であるがこのギリシヤの小島の古城風物のセットは今一工夫あり得ると思う。それでも、アントニアが病床に闖入した医師ミラクルから逃れようと部屋をあちこちするあたり（そこにホフマンが出て来てアントニアと会う前）ちょっと悪魔におそわれているような趣があってよかった。海の近いところだしあのあたりの音楽のとだえたところに波の音の自然などがあってもよかろうと思っているると終に近くなって唐草模様めいた枯木の枝や雑木林の梢などが出たのはこの人工世界のなかにやはり多少は自然が入っていた方がいいと製作者中に気がついた人があったのであろうと自分だけの偏った好みではなかったと安心した。あれはもっと早くヴェニスの空の一角に細い三日月か何かが出てもよかったと思う。或はギリシヤの古城に近い海のほとりに寄せては返す波などのたぐいがあっても他のセットの人工的な様式化と対比して興味を添えるかと云っても決してそう邪魔にもならなかったであろう。ああいう人工の芸術世界はあの立派に成功したものの場合にも精々二時間以内だという事は考えて置く必要があろうか。

ともかくも大へん面白く多くの事を教えられまた見かけによらず考えさせる映画で

あった。ただあの字幕の拙劣な日本文はもう少しどうにかならないものか。あれではあまり恥かしい。僕も意味さえわかればいいものと気むずかしくは考えていないが、あの生半可な韻文は誰が見てもきっと歯が浮く。

（一九五二年）

『ホフマン物語』The Tales of Hoffmann　製作年：一九五一年（英）　日本初公開年：昭和二十七年　監督：マイケル・パウエル、エメリック・プレスバーガー　出演：モイラ・シアラー、レオニード・マシーン、リュドミラ・チェリーナ
十九世紀末、パリで数々の名作オペラを残したドイツの作曲家ジャック・オッフェンバックの遺作「ホフマン物語」の映画化。ドイツ・ロマン派の作家E・T・A・ホフマンの幻想的な物語を3話にまとめ、オペラとバレエを華麗に美しく調和させた一遍。ドイツ、ニュルンベルクのオペラ劇場。人形オリンピアが他の人形と踊り出す第1話。ヴェニスでゴンドラに乗ったホフマンが悪魔の手先ジュリエッタに誘惑される第2話。唄うと死ぬといわれた歌姫がホフマンとの恋の歓びに思わず唄い死んでしまう第3話。幻想的なバレエの演出が見事な作品。

◆オリンピック映画の傑作

映画の感動に就いて――オリンピア第一部を見て

高見　順

映画「オリンピア」を見て、感動しない人はないだろう。この映画に就いて語るとなると、その感動に就いて語ることになる。

オリンピックという感動的な対象、素材だから感動するのだろうか。一応はそれにちがいないが、そのことについて、ちょっと考えてみる。

即ちこれほど感動的な素材は、下手に投げ出しても、感動的な映画に成り得る。ということも考えられるが、これほど感動的な強烈な素材は、それを映画的に征服するには、素材的現実に立ち向う映画技術もよほど高く強いものでなくてはならない。そうも考えられる。脆弱な映画技術だったら、現実の強烈さに負けてしまう。そしてそのチグハグなギャップが、たとえば下手な庖丁がいきのいい魚をなまらせ腐らせて了うように、折角《せっかく》の素材を台なしにして了うであろう。素材の感動性よりも、そうした醜体さが先きに目立って了うだろう。素材が強烈であればあるだけ、失敗率が多く、失敗の醜さも強烈になるだろう、そうも考えられる。

すると、この映画に感動したのは、この映画の技術に感動したということになる。素材の強さに匹敵する、或はそれを凌駕する技術の強さに。

次に、この映画の私たちに与える感動というのは、どういうのだろう。一番はっきりしているのは、――この映画を見て、私たちは民族精神の昂揚を感ずる。それが最も明瞭な形をとった感動だが、そうした感動の前提としての映画的感動ということが考えられる。これは、最初に映画的感動、それに基く民族精神の昂揚といった工合に二つにはっきり分けることは出来ないものであろうが、しかし抽象的には分けられる。

この映画的感動は、何から生れたものだろうか。この映画の宣伝文を見ると「単なる記録映画以上の芸術作品」云々《うんぬん》という言葉がある。その言葉を借りれば、この映画の感動は「単なる記録映画以上の芸術作品」たるその芸術性によるのだろう。

ところで、その「芸術性」は、なんの上に立っているかというと、——単なる記録映画云々と、何か蔑視されている他ならぬその「記録性」の上に立っているのである。「単なる記録映画以上の芸術作品」といっても、記録映画ということから離れた単なる芸術作品であっては、この映画の与えるような感動はありえない。この映画の感動は、あくまで「記録性」の上に生ずるものである。

即ち、この映画の与える感動は、他の芸術部門、つまり文学でも絵画でも伝えることのできない、純粋に映画的なものである。そして、その映画的芸術性は同じ映画と言っても、劇映画の芸術性とはちょっと違う芸術性であると思う。映画の記録的能力（他の芸術の持ちえない能力）による芸術性、——劇映画もこの能力の上に立っているけれど、それはうそをまことのように記録する能力、言いかえると、記録すると同時に隠し、そして隠すことによって表現する能力である。この映画の立っている記録的能力は、まことを飽くまでまこととして追及する、——現実のまことしては隠れている部分までも隠さず記録して行く、——表現的能力というより追及的な記録的能力、そうした能力である。

これは漠然と芸術的能力というより、やはり特に映画的能力というものだと思う。

この文章は、映画の素人かいっぱし玄人を気取って何か言っている感じを免れないが、こうしたことをムキになって考えさせるというのも、この映画の高さのためである。

映画の高さ。この映画の高さを言いあらわすためには、目下のところ「記録映画以上の芸術作品」といった言い方より、言いようがないようであるが、その高さを芸術的というのは、他にピッタリした言葉がないため、便宜的にそうした言葉を借りている感じがしてならない。言いかえると、その高さを単に芸術的と言っては、何か誤解が生じる恐れがあるとも思われる。「オリンピア」の立派さは単に芸術的というだけでは、はみ出て了うもののある立派さであった。

それを、芸術的という言葉で便宜的に現わすのは、芸術的とさえ言えば、高いということの代名詞になる、批評界の一種の習慣によるのではなかろうか。映画としてほんとうに立派なものは、しかもこの映画のように、映画の追及的記録能力による以外には現わし得ないものを現わしている映画の立派さは、——真に映画的という言葉で言っていいのではないか。それを現在の習慣では、芸術的という言葉で、映画的立派さを褒めることにしている。そんな気がする。

（一九四〇年）

『民族の祭典』 Fest Der Völker, Olympia Teil 1　製作年：一九三八年（独）　日本初公開年：昭和十五年　監督：レニ・リーフェンシュタール

一九三六年に開催されたベルリン・オリンピックの記録映画。レニ・リーフェンシュタール監督のもと、四十名以上のカメラマンが動員され、ベルリン・オリンピックで初めて導入された聖火リレーから開会式、陸上競技の各種目を、超望遠レンズや大クレーン、一〇〇メートルを走者と並んで移動撮影出来る装置などナチスドイツが技術の粋を尽くし、国家的威信をかけて描いたオリンピック映画の最高峰。日本勢の活躍もあり、日本全国で熱狂的な反響を呼び、戦前に公開された映画の興行収入としては、最高益を記録するなど、空前絶後の大ヒット作となった。

「美の祭典」

高村光太郎

「美の祭典」の全体に抒情性の濃厚なのを認めた。闘争のスリルよりも均衡の美を求める努力と意志とが著しい。体操と飛込とに一番多く時間を与えているのでもわかる。編集に於ける全体的構成の雄大なことと、撮影途上の細かい注意とは相変らず見のがし難い。常に個々の競技そのものよりも、その競技のうしろにある力と美とを表現しようとしているし、又馬の蹄の先とか、日本女性の足の指とか、各国人の表情の相違とか、雲と帆、雲と人とか、そういう数々の挿話のおもしろさを長からず短からず取り入れている緻密さがある。

体操の美には殊に感心した。人体の力の比例均衡を存分に満喫して満足した。無理の無い運動の流暢さが如何に鍛錬された力の賜であるかを見た。女学生の集団体操の撮影の順序には微笑した。最後の飛込の天と水と人体との感覚は圧巻である。尚お水泳の葉室君の顔がこの上もなく美しくて嬉しかった。

（一九四〇年）

『美の祭典』 Fest Der Völker, Olympia Teil 2　製作年：一九三八年（独）　日本初公開年：昭和十五年　監督：レニ・リーフェンシュタール

『民族の祭典』とともに『オリンピア』2部作を形成する一九三六年のベルリン・オリンピックの記録映画。監督は、『民族の祭典』と同じくレニ・リーフェンシュタール。『民族の祭典』が壮烈で行き詰まる競技と勝敗の記録で、ナショナリズム、民族意識が際立った構成になっていたが、『美の祭典』は、題名に相応しく、競技の勝敗より選手たちの美しいフォームを主体に構成されている。日本の選手団では、「前畑ガンバレ！　前畑ガンバレ！」の実況で知られる競泳女子二〇〇メートル平泳ぎで金メダルに輝いた前畑秀子や男子二〇〇メートルで同じく金メダルを得た葉室鐵夫などの雄姿が見られる。

第3章　憧れの映画スタア／映画人

◆チャールズ・チャップリン

Charles Chaplin（一八八九―一九九七）

ロンドン生まれ。芸人だった両親が、一歳の時に離婚、母に連れられ五歳で舞台に立つ。貧窮の中、母が発病し孤児院へ。十歳頃から端役出演し、一九〇七年カーノ一座で成功、一九一〇年アメリカ行きのチャンスを摑む。一九一三年マック・セネット及びキーストン社と契約。以後、「喜劇王」として世界映画史に燦然と輝く名作、傑作の数々を残した。

ペーソスとペースト

藤本義一

一番鮮明に記憶の底にあるチャップリンの作品は「チャップリンの殺人狂時代」と「チャップリンの独裁者」である。単なる喜劇ではない強烈な諷刺の苦さが作品の中に漂っている。

そして、この公開された昭和二十七年から昭和三十五年は、ぼく自身が映画界に飛び込んでいった時代でもある。この期間に芸術祭のテレビドラマ部門で橋本忍脚本、岡本愛彦演出による「私は貝になりたい」が好評を呼んだものだが、あのドラマを見た途端、これは「チャップリンの独裁者」を見事に裏返しにしたストーリーではないかと思ったものである。この映画の脚本は翻訳されたのを読んでいた。しかし「私は貝になりたい」は悲しみを悲しみとして終末をむかえる日本人心情戦争否定ドラマであり、諷刺の中に滲み出るものは乏しかったと思う。チャップリンの独裁者には、悲しみが笑いのすぐ横につながっていて、そいつがペーソスと呼ばれるものだと、二十二歳のぼくは発見したのだった。

日本映画でチャップリンのほろ苦さとペーソスを味合わせてくれた作品というと、故・川島雄三監督の「幕末太陽傳」しかないように思うのである。学生だったぼくは、この作品の監督に心を奪われ、押しかけ女房的に川島師匠の下で原稿の浄書屋、走り使いとなるわけだが、ある日、酒飲みながら、喜劇におけるペーソスとはなんぞやと師匠と語り合った時、チャップリンの名があがった記憶がある。

「どうも、日本映画は、ペーソスとペーストを間違っているような気がしませんか、君」。

師匠独特の皮肉であった。ペーストはパンの上にこってり塗る代物であるが、意識して味をつけるペーストからは、本物のペーソスは生れないという意味である。「悲しみの底に笑いがあるのではなくて、笑いの底に、ちらっと悲しみが横切っていくのがペーソス。」

これが結論であった。それ以降、二人で本物のペーソスを探り出そうとしたものの、結局見つからなかったものである。

ぼくは「街の灯」という作品だけを知らない。といって「街の灯」だけを見たいというのではない。過去のチャップリン作品を見れば、また映像の新しい発見がなされるだろう。若い諸君の感覚がチャップリンを如何に把えて報告してくれるかが楽しみである。

（一九七二年）

『チャップリンの殺人狂時代』　製作年：一九四七年（米）　日本初公開年：昭和二十七年　監督：チャールズ・チャップリン　出演：チャールズ・チャップリン、マーサ・レイ

『幕末太陽傳』　製作年：昭和三十二年（日活）　監督：川島雄三　主演：フランキー堺、小沢昭一

無国籍語の意味

井上ひさし

外国人のだれかが私の顔を見て「ディユー」と呼ぼうが、「エロハ」といいながら近づいてこようが、私は一向に平気だろう。

しかし、そのだれかが私に「神よ」と日本語で問いかけてきたら、私は大いにたじろがざるを得ない。私は神ではない。奇蹟どころかトランプ手品ひとつ碌にできない不器用者であるから、そのだれかが間違っているのはたしかだ。私は、そのだれかが自分をからかっているのだろうと判断し、足早やにその場を立ち去るだろう。それでもそのだれかが私の背中へ「神よ、神よ」と連呼するようだったら、私はポケットの中に十円硬貨を探りながら精神病院へ電話をするために、赤電話の方へ近寄って行くだろう。

ディユーもエロハもひとしく神を名指すことばであるが、その双方と私との間に、なんの約定的な意味関連がないので、私は平気だったことは言うまでもない。「ディユー」というフランス語や、「エロハ」というヘブライ語に驚くには、フランス語やヘブライ語と私との間に、学習という約定が出来ていなくてはならないのだが、映画に於てこの約定的な意味関連の最たるものはなにかを探せば、それは台詞とそれに対応するスーパーだろう。

チャップリンはこの約定的な意味関連をたいへんに嫌う。彼が目指すのはつねに自然的な意味関連だけである。

「モダン・タイムス」の全編を通じ、チャップリンがコトバを発するのは結末にただの一回だけであり、それもデタラメな無国籍語による歌だというのは非常に興味深いことだ。デタラメな無国籍語はどんな熱心な勉強家でもお手上げである。そんなものとどんな語学の天才でも約定は結べない。となると残るのは歌だが、これは、恋はよいものだとか、働くのは必要だとか、空腹は辛いとかいうのと同じく、自然的な意味関連である。よい歌なら世界中のだれにもよい歌だ、という意味を持つはずである。

左翼の闘士たちや哲学者たちのコトバは約定的な意味関連の最たるもので、素人はまず約定を学ぶことが必要となる。働く人たちによりよい暮しを約束するために身命を賭する闘士や、人が何のために生きているのかをつきとめようとする哲学者たちのコトバが自然ではなく、約定的であるというのはどうも変だな、と思われてならない。

約定的であるということは、約定を学習できない人を当然外へ弾き出す、ということになるからだ。

チャップリンは彼らと正反対のことを試みながら、彼ら以上に闘士であり哲学者である。それはデタラメな無国籍語がたいへんな雄弁に聞える世界、つまり自然的な意味関連の世界に、彼がしっかり足を踏んまえているからだろう。

約定は目まぐるしく変転するから、約定的なものはすぐ古くなる。しかし、約定とは関わりのない世界で心田からものをいうチャップリンはいつも新しい。そのことをデタラメな無国籍語が証拠立てているのだ。

（一九七二年）

チャプリンの復活

大岡昇平

「モダン・タイムス」に続いて「街の灯」が上映され、チャプリン・ブームといわれている。私のような戦前のファンにとっては思い出の映画だから、映画館へ足を運ぶのは当然として、残酷なマフィアものとポルノ好きと考えられている若い世代の間に、人気があるのは不思議なことである。

チャプリンの映画は、完全主義者の彼が念入りに仕上げたものである。しかしこのごろはハリウッド映画だって、多くのスタッフによってすみずみまで検討され、構成された作品に違いない。もっとも私は「ゴッドファーザー」（一九七二年）のヒットは、ギャングのファミリーのボスの古風な過保護主義が、孤独な群衆の共感を呼んだような気がしているけれど。

これらのチャプリンの古い作品には一九三〇年代の世相に対する批判と皮肉が含まれている。しかし「モダン・タイムス」のヒットは、チャプリンが先取りした機械文明による人間性喪失と画一化が、四十年たった今日ようやく日常的次元で実現されたからだというようには私には思われない。そういう文明批判と、作品の基底であるコミックとの間にバランスがあり、チャプリンの自己主張による統一があるから、一時間半の映画時間をこの上なく快適なものにしているのだと思う。

例えば「街の灯」はある平和群像の除幕式からはじまる。世話人の挨拶は、反トーキー主義者だったチャプリンによって、意味をなさない動物的な音に変えられていて、笑いを誘う。幕が除かれると、彫像の腕の中に寝ているのはチャプリンの浮浪者であるという皮肉——幕をかぶせた記念像が、浮浪者にとって、よきねぐらである——これはそれ自身現代の都市行政に対するアイロニイであるが、その瞬間機械的に国歌吹奏がはじまって、世話人は不動の姿勢を取らざるを得ない。この変な闖入者を排除することができない、という皮肉が続く。

この種の皮肉は人を笑わせるが、いつまでも同じものを見さされると、観る者の心に反対意見が生じるだろう。そこで場面は一転して、盲目の花売り娘に対する浮浪者のひたむきな恋にしぼられる。それは相手から「見られずに見る」というはにかみ屋の恋で、永遠の青春の感情に根ざしている。男にとって無制限に愛情を表出する機会であり、チャプリンの芸は十二分に発揮される。筋は貧乏な娘の救済に向って、人道主義的に展開し、手術によって、眼が見えるようになった娘の恩人の認知という、パセチックなラストで終る。

チャプリンはこの作品を「パントマイムによるコミックロマンス」と呼んでいる。メルヘン的な筋を支えるのは、喜劇役者チャプリンの芸である。それは「担え銃」「偽牧師」など、初期のドタバタ喜劇が定着した安定したものである。機械的な繰返しのおかしさ（「モダン・タイムス」の題材の機械化それ自身がおかしなものなのである）その他、映画のテクニックを利用したアクションや状況の誇張によって、笑いを増大する仕掛けである。

これはトーキーのセリフと、アクションの細分化によって、かえって失われたものであるが、一九七〇年代の観衆に妙にアピールするものを持っているらしいのである。時間の力によって、細部の欠点は洗い流され、その最も美しい部分だけがわれわれの心に触れるのである。

私が「街の灯」を見たのは、去年の暮れ、東和映画の試写室だったが、（東和は四十五年の歴史を持っていて、一九三六年には「モダン・タイムス」を制作の段階からタッチしていた）同じ日現代アメリカのマンガ映画「フリッツ・ザ・キャット」をやっていたので、ついでに見た。そして「街の灯」との間に、共通点を見いだして興味をそそられた。

「フリッツ・ザ・キャット」は一時間二十分の長尺マンガで愛国的なミッキイ・マウスや催眠的なディズニィ・マンガのアンチテーゼとして、アングラ的前衛的精神で作られたそうである。ヒッピー、麻薬、セックス、黒人問題など、一九六〇年以来、アメリカ社会がかかえている問題を、人物を動物にかえることによって、パロディ化し、刺激的に描き出している。

政治的意味はテクストが手に入らないでよくわからないが（台本が映画雑誌に紹介されているが、それはスーパーインポーズされた範囲内のもので、この映画を動画ポルノ、ナンセンスとして売り込もうという意図によって、若人向きに少しオーバーにアチャラカ化されている）いずれにしても、現実にあるイメージではなく、超現実的なデフォルメーションを許すアニメーションによって誇張され、より刺激的に作りかえられているのである。

セリフにハーレムのバーで録音されたというものが挿入されていたり、いまはない黒人歌手の感傷的な歌が流されたり、対照的に味づけがされている。そして全体の流れには、チャプリンのパントマイムと共通したものが感じられるのである。

「街の灯」は一九三一年、アメリカの大恐慌の最中に封切られた作品である。「フリッツ・ザ・キャット」は一九七二年のアメリカ社会のけいれんを反映している。社会的情念や固定観念が、この奇妙なマンガの歪んだ表現によって、解放されるということらしい。

「モダン・タイムス」や「街の灯」の背景をなす社会的条件のあるものは存続し、あるものは消滅している。ただ夢と超現実の世界への脱出の願望は、いつまでだっても同じなのだ。

「フリッツ・ザ・キャット」の終りには、動画の舞台となったニューヨークの町の写真が、タイトル・バックと共に映し出される。その場末風景は、「街の灯」に出て来る裏町と不思議に似ている。ニューヨークは今や古い町になりつつあるのである。

（一九七三年）

『モダン・タイムス』　製作年：一九三六年（米）　日本初公開年：昭和十三年　監督・主演：チャールズ・チャップリン、ポーレット・ゴダード、チェスター・コンクリン

『フリッツ・ザ・キャット』　製作年：一九七二年（米）　日本初公開年：昭和四十八年　監督：ラルフ・バクシ

◆ジャン・コクトオ

Jean Cocteau（一八八九―一九六三）

仏メゾン・ラフィット生まれ。パリのリセ・コンドルセーを卒業。一九〇九年「アラジンのランプ」を発表。以来、詩、小説、映画、評論、戯曲、シャンソン等多方面に渡って活躍。一九三〇年に『詩人の血』で監督デビュー。一九四五年『美女と野獣』でルイ・デリュック賞を受賞。一九四六年から亡くなる一九六三年までカンヌ映画祭名誉委員長を務めた。

コクトオ

林芙美子

歌舞伎座で逢ったコクトオは桃色のカアネイションを胸にして、薄茶のレースのような手袋をしていました。随分皺の深い顔をしていました。人間離れのした痩躯《そうく》で、鶴のようでした。百姓家の納屋あたりを飛ぶ雀のような不細工な私が、菊池先生のメッセエジと花束を持ってゆくのだから、動悸がするし、病気になりそうでした。その夜の花束は私の脊丈位もあってとてもきれいでした。ピンクと白と緑、コクトオは私から花束を受けとって、私と握手しましたけれど、驚いたことに、何と云《い》う無気味な掌なのでしょう。かさかさに乾いていて、淋しい手でした。四十いくつだったそうですけれど、だが、姿は青春を一人占めにしているような、しゃれた好みで、皮膚の色も明るく色彩的でした。コクトオがああ云っている、こう云っていると訳して貰ってききましたけれど、芝居を観ながら黙っていることも亦いいものだとおもいました。

　芝居を観ながら、私は巴里《パリ》でのコクトオのフィルムを憶い出していました。牡蠣の美味い頃だったとおもいます。ビユ・コロンビエでコクトオの「或詩人の生涯」と云った映画を見ました。黒白の美しいフィルムで、冗談に、あの映画はどの位かしらと人に聞いて貰うと、その頃のお金で二千円位のものでした。私は改造の水島治男氏へ手紙を書いて二千円でコクトオの映画が手にはいるのだそうだけれど、誰か金を貸してくれないでしょうかと呆《ぼ》んやり云ってみました。けれど、それはどうにもなりませんでした。いまは二千円だか、いくらするのか知りません。近々にコクトオの此《この》映画が来るそうですけれども、これは、たしかに面白い問題を投げることとおもいます。

　堀口大學氏が、コクトオを「ジャン・ジャン」と呼んでいらっしゃって如何《いか》にも愉《たの》しそうでした。自分の訳している人に逢った場合は、此親愛もヒレキ出来て、どんなにか愉しいのでしょう。

鏡獅子は私も初めてで驚いてしまいました。髪の毛で大地へ詩を書いていると、コクトオが評したのだそうですけれど、面白い表現だとおもいました。十六夜《いざよい》清心も観ました。廊下に出るたびコクトオは色々な人にとりまかれていました。秘書のマルセン・キールさんは閑散で、始終私と話しました。話すと云っても、私は日本語だし、キールさんは仏蘭西《フランス》語です。意味が通じるのだから面白いとおもいました。巴里へ行ったことがあると云う話や、ムーレと云う貝はうまいと云うことや、バルビゾンや、モンモランシイの旅は愉しかったと云うことや、ダンフエルの広場に面した宿にいたと云うことや、カルコに逢いに行った話や……キールさんは横浜がよかったと云う事や、日光は遠いかと云うことや、着物の袖の裏にまで模様がついていて面白いことや、芸者の唇の小さいこと襟の美しいこと、そんなことを話しあいました。菊五郎の楽屋を出しなに、私の腕をとってくれたのは何とキールさんなので驚いてしまいました。キールさんは若くてコクトオの好きになるような清楚な青年でした。

歌舞伎座の前で、コクトオの自動車を見送った時、コクトオは皆さんのいらっしゃる前で、私の手をとり、接吻するのです。そのような礼儀に馴れないものだから、私は一寸とまどいしてしまいました。――コクトオはいい声をしていました。二十日のペン倶楽部の晩、コクトオが放送局へはせつけてゆくと、残った私達はラジオを囲んでコクトオの声をききました。仏蘭西色の声です。明るくって若々しくて……。会場では、飾りつけの黒い小石を手に取り、何の実だろうと云って、私の手に半分わけてくれたのを、私も間違えて木の実とおもい嚙んだりしました。

コクトオの仏蘭西語にまけないで、隣席の私も日本語でおしゃべりしました。通訳してもらうめんどうさより、何か率直に弾《は》ぜてゆくような愉しさでした。だけど、途中で何かはがゆくなると、堀口さんや、芹澤さん、永戸さんに言葉をおたのみしてしまいます。日本の言葉も早く世界中通じるようになればいいなと、そんな大きな事を考えたりしました。日本人はどこへ旅しても日本の言葉で云えないのだから厭《いや》になってしまいます。菊五郎の楽屋で、菊五郎がべらべらとしゃべって、「これだけ通訳して下さい」とさっさと引きあげているのは立派だとおもいました。

いま頃は、あの痩軀《そうく》長身の鶴はどこを旅しているのでしょう。私が手鏡と、京都の首人形を贈ると、コクトオはペンがわりに、その首人形の棒の先きで字を書いていたそうです。堀口大學氏のお話では、コクトオが、色紙に何か立派に書いてあげたいと云ってましたとの事だったけれども、私は愉しみにして待っていよう。

ところで、コクトオは日本で読まれる位の読者を仏蘭西でも持っているのかしら……日本では随分愛されている詩人だともおもいます。

神経でぴりぴりしていそうなハイカラなコクトオ。ラジオで読んだあの憂愁のこもった美しい詩に応えるすべを私は知らない。音楽家で、画家で、詩人で何とめぐまれた人なのかとおもいます。射つとねらいがさだまって、夥しい猟がある、そんな幸運な作家だ、あなたは……。ドラマチックホテル、これは鏡の中を水にしてしまって底にホテルをつくった貴方の詩です。昇天教授室、私は不図、アメリカ航路で、あなたが、キールさんにむちをあててキールさんに昇天教授をしているのじゃないかとそんな気がしました。ではボン・ボヤアジュー！　元気で巴里へお帰り下さい。日本の御案内の方達も、いま頃はお疲れでぐうぐうおやすみでしょう。

（一九三六年）

稽古場のコクトオ

三島由紀夫

旧臘《きゆうろう》十五日の午後、朝吹登水子さんが私共夫婦を、コクトオの芝居の舞台稽古に連れて行って下さった。とにかく少年時代からあこがれのコクトオの実物を見ておきたいという気持と、岸恵子さんがその芝居の一つに主演しているのを見たいという気持と、この二つの理由で胸を躍らせて出かけたのは、われながら多少ミーちゃんハーちゃん的である。

ひどく寒い曇り日で、われわれはモンパルナスのカフェ・ドームで待合せ、そこから少し歩いて、とある学校の構内へ入ってゆき、その学校の地下にある客席三百（？）ほどの小劇場へ入った。ここは実験的上演のための劇場で、ここで一二週間のトライ・アウトをして、成否によって大きいところへ移るのだという。きけばコクトオはその若書《わかがき》の一幕物のいくつかの出版を、最近まで許可しないできたが、やっと最近になって許して出版されたので、それが上演されることになったのだという。三つの一幕物はそれぞれちがうスタイルで書かれているが、主題は共通していて「女の貞節」という問題を、いずれもが扱っている。第一のは安南の話で、「影」という題。亭主が戦争に永いこと行っていて、武勲を立てて勲章をもらって帰ってみると、育った子供がその顔を見て、「僕のお父さんじゃない」と言う。さては留守中女房が間男をしていたとカングって、女房を責めるので、女房は疑られた悲歎のあまり、川へ身を投げて死んでしまう。そのあとで、母親の死を知らぬ子供が、卓上のランプをともし、壁に映る父親の影人形の影を指さして、「これが僕のお父さんだ」という。亭主は自分の早まった誤解のおかげで、妻を失ってしまったという軽快な悲劇である。

第二のは、漁村の話で、同じく永いこと妻を置いてアフリカへ出稼ぎに行っていた男が、金を儲《もう》けてかえってくるが、妻が自分の顔を見忘れているのを幸い、自分は亭主の友人だといつわって、妻の貞節を試そうとする。貧窮の妻は、良人《おっと》と知らずその男を泊らせ、ちらつかせた大枚の所持金を奪うために、殺してしまったあとで、殺したのは自分の亭主であった、と気がつく悲劇だが、カミュの「誤解」に筋がよく似ているけれど、「誤解」よりずっと昔に書かれたものであろう。

第三は、すっかり調子のかわった洒落《しゃれ》のめした喜劇で、例の有名なローマの古譚《こたん》を題材にしている。死んだ良人の墓のかたわらで嘆き悲しんでいる妻が、その悲しみの最中に、墓守りの兵士と慇懃《いんぎん》を通じてしまうという話である。ここでは良人のミイラの棺が滑稽な顔をして立っており、はじめからコミックな調子で演じられている。

さて、三つを通覧すると、一等コクトオらしい香りの高いのは第一の「影」であって、岸恵子さんはその自殺する妻の役をやっている。ほぼ三十分ほどの一幕物である。すべてに支那劇のような様式化がとられ、人物は顔に面をつけ、あるいは外して演じ、良人の戦争の場面などでは、両手をひろげて戦闘機の戦いなどが演じられ、舞台は時空を超越して、迅速に悲劇の終局に到達する。妻が自殺したあと、何も知らぬ子供が、卓上のランプをともし、「ほら、こうしてランプをともすとお父さんがあらわれる」と言うラストは哀切である。

岸さんの妻の熱演を見、自殺の前の哀切な長ゼリフをきき、フランス語の巧拙を論じるより先に、私はその闘志と熱情に搏《う》たれた。いくら説明しても、わからない人にはわからないことだが、外国で外国人の芝居を、外国人俳優の間にまじって、日本人が外国語で演じるということがどんなに大変なことか、私には多少想像がつくからである。話が東洋の話で東洋人の役であっても、パリは特にフランス語のセリフのやかましい、観客の耳も肥えている場所である。そのどまんなかで、繊細な体つきの岸さんが、一人で戦っているという感銘は非常に強く、私は心を搏たれた。まだ稽古の段階であるし、演出に様式化が試みられていることであるし、岸さんの演技については決定的なことは言えないが、舞台上の楚々《そそ》とした姿と、美しい声と、東洋的貞節の愛らしさとひたむきさの表現では、フランス人の女優がこの役をやるより、どれだけ芝居を豊かにしているかしれず、コクトオも大満足だそうである。しかしコクトオは演出があんまり人形芝居化していることには反対のようである。

さて、そのコクトオだが、稽古場に茶いろの外套姿の長身のコクトオが現われたときには、一種の感激を禁じえなかった。これが永年憧れてきたコクトオその人だと思うと、後光がさしているようにみえた、というのは大袈裟《おおげさ》すぎるだろうか。

コクトオは医者から自分の芝居の稽古に立会うことは禁じられており、それというのも稽古というと昂奮しすぎるからだそうだが、果してわれわれのすぐ前の座席に坐って、舞台の役者にアクションを教えるときのコクトオの長い腕は、うしろへまでふりまわされて、その有名な美しい指が、あやうく家内のほっぺたを引っぱたきそうになったほどである。第二の芝居の稽古で、泊った良人の寝姿の恰好《かっこう》がわるいと云ってコクトオが注意したのは、いかにも形に敏感な人らしくて面白かった。コクトオは自分で肱枕《ひじまくら》の恰好をしてみせて、舞台へ教えていた。稽古の合間に、舞台の上で写真をとられることになると、昔からよく知っているコクトオが顔を出し、新聞社のカメラマンにサーヴィスをして、岸さんを前に立たせ、自分はおどけて背景のうしろから、様子をうかがうように顔をのぞかせたりして、芝居気たっぷりのところを見せた。

（一九六一年）

◆マリリン・モンロー

Marilyn Monroe（一九二六—一九六二）

カリフォルニア州ロサンゼルス生まれ。本名＝ノーマ・ジーン・ベイカー。モデルを経てフォックスと契約。一九五〇年『アスファルト・ジャングル』でチャンスを摑む。一九五三年に『ナイアガラ』、『紳士は金髪がお好き』などに出演、人気を決定づけた。その後もコメディセンスにあふれたセクシー女優として『七年目の浮気』『お熱いのがお好き』などに出演し、世界的な人気を誇った。

モンローの逆説

安部公房

マリリン・モンローが死んだとき、ぼくは何人もの人から——とくに、親しくしている女優さんたちから——まるで身内をなくしでもしたように、おくやみを言われたものである。どうやら、ぼくが、モンローの崇拝者であり、モンロー、もしくは、モンロー的女性にあこがれているのだと、誤解されていたらしい。

たしかに、ぼくは、しばしばモンローの名を口にした。演出家やプロデューサーには、「モンローのような女優さんがほしいですね」と、無いものねだりを飽きもせずに繰返し、また女優さんには、「そこは、つまり、モンロー・ウォークの呼吸ですよ」と、馬鹿の一つおぼえのように繰返したものだ。しかし、返ってくるのは何時も、分りにくい冗談に、無理に相槌をうとうとでもするような、馬鹿笑いだけにきまっていた。ぼくの言おうとしていることが、ほとんど相手には通じなかった証拠である。

もし、マリリン・モンローを、単なる一つのタイプとしてしかとらえないなら、たしかにそんな注文には、馬鹿笑いででも答えるしか仕方がなかったかもしれない。逆に、馬鹿笑いでしか報いられなかったということは、タイプとしてのモンローこそ、実は世間の通念だったことになりはしまいか。

むろん、その通念が、世間一般にとどまっているあいだは、べつに問題にすることもないだろう。チャップリンだって、常識的にはしばしばタイプとして受取られてきたものである。そして、タイプとしてのチャップリンの模倣が、馬鹿げているのと同様、タイプとしてのモンローの再現が無意味であるのも、当然のことである。

だが、果して、モンローを、単なるタイプときめつけてしまって差支えないものだろうか？　すくなくも、ぼくにとっては、そうはいかない。

たとえば、「ナイヤガラ」のモンロー・ウォークや、「七年目の浮気」の、地下鉄通風口でスカートが吹き上げられる場面のような、いかにも彼女らしい典型的なシーンのいくつかを思い出そうとして見ても、そこに注意を集中すればするほど、かえって彼女の実体は、ぼんやり薄れてしまうのだ。反対に、演劇的表現としての女性像を追いつめていこうとすると、たどりつくのは、いつもきまってモンローのイメージなのである。けっきょくぼくにとってのモンローは、実体であるよりは、表現であり、帰納的であるよりは、演繹的な存在であったらしい。

むろん、モンローは、モンローを演じ、モンローしか演じられないと、人々に思いこませることに成功した。それが、ハリウッドの商業主義の要求であったことも、事実にはちがいない。が、同時に、モンロー一流の文明批評だった点も、見のがすわけにはいかないと思うのだ。

俳優が、自分自身を演ずるということは、すなわち、裸になってみせるということだ。裸になると言っても、さまざまななり方があるが、商業主義が女優にそれを要求する場合、その裸はしばしば、文字どおりの裸を意味する。モンローはいさぎよくそれをやってのけもした。しかしその場合、演ぜられたモンローと、実体としてのモンローのあいだに、つねに可能なかぎりの距離をおくことを忘れなかった。だから、モンローが肉感的な表現をとればとるほど、そのエロティシズムは、不思議に鋭い批評になってせまってくるのである。

女性を演じて成功した女優は、いくらもいる。しかし、女性という観念を演じて成功した女優は、めったにいない。マリリン・モンローは、そうした数少ない女優の一人だったと、ぼくは考えている。

モンローを、セックスの象徴のように言う人がいるが、おおよそ誤解もはなはだしい。あの、くちびるをすぼめ、肉感にうるんだような、モンロー独特のスチール写真を見て、こみ上げてくる笑いを感じなかったとしたら、それはよほど愚鈍な人間である証拠だ。モンローは、そうした愚鈍とたたかうために、衣裳を厚くするのではなく、逆にますます肉体をむき出しにしていかなければならなかった。そしてついに、刀折れ、矢つきて、死をえらんだのだ。

ソ連の《イズヴェスチャ》は彼女の死を、「モンローはハリウッドの犠牲者である。ハリウッドは彼女を生み、そして殺した」と評したそうだが、一面の真実はついていても、すべてを言いつくしているとは言いがたい。「社会主義は、マヤコフスキーを生み、そして殺した」とは、簡単に言いきってしまえないのと、同じことである。どこの世界でも、過剰な批評精神の帰結は、いずれ不吉なものと、相場がきまっていたように思うのだが……

ハリウッドは、モンローを生んで、殺したかもしれないが、生む前に殺してしまっているわが国よりは、まだ罪も軽いかもしれない。とにかくぼくは、ここ当分、これまでどおりのモンロー主義でおしとおすつもりでいる。

（一九六二年）

『ナイアガラ』　製作年：一九五二年（米）　日本初公開年：昭和二十八年　監督：ヘンリー・ハサウェイ　出演：マリリン・モンロー、ジョゼフ・コットン、ジーン・ピータース

『七年目の浮気』　製作年：一九五五年（米）　日本初公開年：昭和三十年　監督：ビリー・ワイルダー　出演：マリリン・モンロー、トム・イーウェル、イヴリン・キース

大女優の異常

川端康成

マリリン・モンロオが睡眠薬の飲み過ぎで死んだと、新聞で見た。自殺か過失死か。「モンローはベッドのなかで電話器をにぎりしめて死んでいた。受話器ははずれていなかった。遺書はなかった」とロサンゼルス警察は語ったと、新聞に出ている。——四十年間も眠り薬につきまとわれて、その害毒も知る私は、モンロオお前もか、と思った。

二三年前、京舞いの東京公演の前祝いのような会が、築地の新喜楽にあった席で、吉井勇氏が私の前に来てすわって、君の「眠り薬」という随筆を読んだ、あれをまだつづけているか、自分もあの薬を連用し過ぎていたが、京都大学病院に入れられると、十日ほどで抜け切れた、と話された。昼間もお飲みになりましたかと私が問うと、飲むんだよと吉井氏は答えた。そしていまは？　とたずねると、それがやはりだめで、また飲むようになってしまったんだ、と吉井氏は声を落とした。新喜楽でも、京舞いの歌舞伎座ではなお、吉井氏はやせ衰えて見えたが、これは眠り薬のせいではなくて、すでに癌だったのを、死なれた後で私は知った。

「京都歳時記」その他多くの、吉井氏晩年の京都住まいの随筆は、親愛深く、文格高く、私は近ごろ京都でくりかえし読むが、四十五六年前、吉井勇氏の青春の祇園の歌にあこがれた、中学生の私は寄宿舎を抜け出して、夜の京都へ行ったことがあった。祇園、円山、鴨川あたりを夜通しさまようつもりだった。しかし、円山のしだれ桜（先代）が花盛りの春でも、夜の二時、三時とふけると、人影もなにもなくなったし、歩きくたびれた。私は小さい古宿の戸をたたいた。老主人が寝間着姿で起きてきて、客間はあいてないが、家族の寝どころに泊めてあげるという。狭い屋根裏部屋の家族たちの床の横に寝かせてくれたのは、怪しい少年を保護する親切だったろうか。朝飯もともにした後で、宿賃などいらぬと宿の人はいった。私はいくらかおいてきたようだが、まさに一宿一飯の恩であった。この思い出を私は吉井氏に話すのが恥ずかしくて、話す折りはもう失われた。私は戦前の浅草公園をよく夜通しほつき歩いたが、夜通しここは見るものがなにかあった。

このあいだ、中村錦之助さんに会った時、その兄の死を口に出すのは悪いと思いながら、時蔵さんが量を過ごしていた睡眠剤は私のと同じだったので、私が薬のためにおかしくなる様子をしゃべった。飲んでから眠るまでの間の薬酔いは、時蔵さんも私と同じようだったと、錦之助さんは話した。また、時蔵さんも眠り薬をやめるやめるといい、それには舞台を二月休まねばできぬといい、休める折りを切に待っていたのにと、錦之助さんは残り惜しく語った。心臓麻痺は舞台の過労の上に睡眠剤の害毒も加わったのでなかったか、私は今はその薬は使っていない。

自殺にしろ、過失死にしろ、マリリン・モンロオは女優としても、三十六才まで女としても、さぞつらく苦しかったのだろうと私は思う。自殺とすれば、遺書のないのがいい。無言の死は無限の言葉である。裸で死んでいたのなら、それもいいだろうか。ブリジット・バルドオも自殺をくわだてた。モンロオもバルドオも、またエリザベス・テエラアも、精神異常、異常性格にちがいないようだ。この異常が天運、天刑で、世界の人気女優にのしあげたのか、あるいは稀世《きせい》の成功が彼女らの異常を燃えあがらせて、身を焼きほろぼすのか。とにかく、日本の女優とはちがう、痛酷、苛烈な荒い風に、世界の大女優は吹きさらされているのだろう。文学者や画家も同じである。今のところ、日本のいそがしさは「藝術家」には防風林、なまあたたかい島国は、悲劇の緩和剤なのである。

先ごろ、ヘミングウエエ氏は自殺し、フオウクナア氏は心臓麻痺で急死したが、ドナルド・リッチイ氏の「現代アメリカ文学主潮」を読んでいた私は、その死をいたむ思いに暗い影がさした。日本在住のアメリカ人、リッチイ氏は、ヘミングウエ、フオクナア、スタインベック、このアメリカの三大作家が晩年に来ての藝術衰退をきびしく正しく論じ明かしているからだ。

（一九六二年）

◆ルイ・ジュヴェ

Louis Jouvet（一八八七―一九五一）

仏ブルターニュ地方クロゾン生まれ。一九一三年にジャック・コポーが劇団を創立する際に参加し、ヴィユ・コロンビエ座の舞台に立つ。一九二五年自らの劇団を創設し、アテネ座を本拠として演劇活動を展開。本格的な映画出演は一九三三年以降であるが、『女だけの都』『どん底』『舞踏会の手帖』など長年舞台で鍛えぬいた演技力と独特の風格ある風貌から強烈な印象を残した。

ルイ・ジュヴェの魅力

岸田國士

およそ俳優の芸術ぐらい、その「人間」が直接に、そして、むきだしに示される芸術はないであろう。これはあまりに当然なことだから、かえって、ひとがそれほど問題にしないのだろうけれども、古来、名優といわれるほどの俳優は、きっと例外なく、なによりも、「人間的魅力」において一個の稀有な存在であった、という事実を注意しなければならないと思う。

「人間的魅力」と、ひと口にいっても、その質にはいろいろある。俳優の場合には、——ここが往々間違い易いところだが。——必ずしも俗にいう美男美女である必要はなく、また、どんな相手にでも好感をもたれるというような種類のものではない。むしろ、たとえば、物語のなかの人物のように、いろいろな特質によってわれわれの興味を強くひく、人間としての「面白味」というようなものであって、そういう要素を豊かにもっている俳優でなければ、すぐれた俳優にはなれないし、また、そういう要素があってこそ、その才能も十分に生かされるのである。

ルイ・ジュヴェは、映画を通じて、日本にも非常に多くの讃美者をもっている俳優であるが、彼はもともと舞台俳優であり、演劇の世界に於て、一層価値ある業蹟を残していることは言うまでもない。

私は、一九一九年から二三年まで、パリのヴィユウ・コロンビエ座で、ジャック・コポオの協力者として働いていた頃の彼を識っているだけだから、ヴィユウ・コロンビエ座解散の後をうけて、彼が名実ともに、独自の演劇活動をしはじめた頃の、最も華々しい舞台に接する機会はなかったわけである。

コポオの下で、主として装置の考案を担当する演出助手のような仕事をつゞけていた彼は、時たま、演《だ》し物によって役を振られることがあるくらいで、コポオの信任は相当厚かったけれども、俳優としての実力は、まだ十分に発揮していなかった。

ほとんど独裁的といってもいいコポオの傍らで、彼は、一種不思議な勢力をもっていた。それは、もちろん、彼の見識の高さと、底知れぬ性格の幅とから来るもののように思われた。

寡黙で、無愛想で、時に皮肉でさえある彼は、その風貌の異教徒的な凄味と、その態度、音声のもつ特殊な無頼性とを意識的にうまく利用しているようであった。ところが、そういう、どぎつい一面も近代的知性のヴェールによって、渋い「男っぽさ」とでもいうべき雰囲気をほどよく発散させていた。

実際、私のみるところ、日常の彼と、舞台なりスクリーンなりの彼とは、メイキャップと衣裳とを除けば、そんなに違いはないのであって、いわゆる演技によって附け加えられた部分を探すのに骨が折れるくらいである。

彼の演ずる人物は、もちろん、彼の柄に合ったものが多いけれども、それにしても、かなりヴァライティーに富んだ持役の範囲をあれだけに立派にこなす秘密は、彼にあっては、それらの人物の生き方を、彼自身、そのままに生き得る精神――多面的であると同時に、強烈で、豊かな精神の持主だというところにある。

ジュヴェが好んで上演し彼自ら主役を買って出た戯曲は、初期に於ては、ジュウル・ロマン、後期に於ては、ジャン・ジロオドゥウの諸作であるが、この二人の作家のフランス劇壇に於ける地位を考えると、彼ジュヴェの功績はまことに大と言わねばならぬ。しかしながら、一方、ジュヴェの今日あるのは、また、この二人の作家の協力に負うところ少くないのであるから、俳優と作家との見事な結合が、ここでもまた、二十世紀のフランス演劇に、色鮮やかな花を咲かせたことになる。そして、そういう意味では、ジュヴェは、同時代のどの俳優よりも先駆的な仕事をしたにも拘わらず、しかも、その仕事が常にポピュラリティーをもつという異例を作ったことになる。

ジュヴェの扮する人物は、概して、諷刺喜劇の対象となる「戯画化された」人物であるが、その滑稽味は決して単なる滑稽味ではなく、常に、異状に強烈な性格の一面をのぞかせている。そこへ、彼の持味の、鋭さを含んだノンシャランスと、人をくったシニスムとが、それぞれの人物に、複雑で、痛快で、ほろ苦い味をつけ、時には、不気味な悪の臭気や、執拗な慾望の焔の如きものを撒き散らすのである。

ところで、彼の扮する人物が、どんなに卑俗な、またどんなに憎々しい存在であっても、そうであればあるほど、彼の演技そのものには、どこということなしに、厳粛な気品が漂っていることも、俳優としての彼の大きな魅力である。

この気品はどこから生れるかといえば、むろん、彼の人間としての、同時に、芸術家としての矜持から生れるものだと、私は信じる。

彼はその教養と、天才的感覚とによって、実に、自分自身をよく識り、自分に最もよく似合うものを正確に選ぶ。決して背伸びもしない代り、物事を断じて軽く扱わぬから、余裕綽々たる演技の呼吸がおのずから身についているのである。己惚れにあらざる自信が、彼ほど演技の底力になっている俳優を、私は未だ嘗て見たことがない。

（一九五一年）

◆ピーター・ローレ

Peter Lorre（一九〇四―一九六四）
ハンガリー、ローゼンベルグ生まれ。俳優を目指し、ウィーンを経てベルリンへ。そこで出演した舞台を見たフリッツ・ラング監督に見出され『M』に抜擢、一躍注目を集める。その後、パリ、イギリスと渡り、ヒッチコックの『暗殺者の家』で成功を収めハリウッドへ。『マルタの鷹』や『毒薬と老嬢』『カサブランカ』など特異な風貌の脇役として強烈な印象を残した。

故国喪失の個性――ピーター・ローレ

色川武大

ピーター・ローレという役者をご存じか。すこし映画好きのお方ならもちろんご存じであろう。そうでない方も、彼の写真を見れば、ああ、観たことがある、というだろう。いわゆるスターではないが、知名度はかなり高い。

しかし私の子供のころはそうでもなかった。『M』というドイツ映画が封切られて、その中で殺人鬼の役をやっていたが（後年それが彼のデビュー作だったと知る。その前は小劇団で三枚目を演っていたそうだ。笑劇と怪奇劇はほぼ同質のものだから少しも不思議ではない）、これがなんだか可愛くて、ヴィヴィッドで、そうして社会のどこにも居場所がないという感じが、すっと諒解できた。

小学校の三年か四年生くらいのことだが、勉強机の前の柱に雑誌から切り抜いた彼の写真を貼っておいたことがある。後にも先にも、私は他人の写真を座右においたことはない。

「なんだい、気味のわるい顔――」

と母親にいわれたが、中学に入って戦争が烈しくなっても、写真はそのままにしておいた。『罪と罰』というフランス映画でラスコリニコフを演じたときのものだ。まだ当時は晩年のように太っておらず、ズングリムックリで、寸のつまった顔にギョロ眼、それがシャープで、成人したらああいう顔になればいいな、と思っていた。

役柄が特殊なわりに、当時の欧州映画には続々登場し、『O・F氏のトランク』『上から下まで』『F・P・1号応答なし』『暗殺者の家』『間諜最後の日』などいずれも癖のある映画で、いわゆる名匠に使われていた。もっともその半面、B級映画にも出てくる。題名を失念してしまったが、彼はピアニストで殺されてしまうが、怨念がピアノにとりついて、自分を殺した女がくるとピアノが鳴り出す。怨念でピアノが鳴るというアイディアは後年別の映画でも見たが、これはあくまでB級作品らしく、彼の指先だけ現れて鍵盤の上を動き廻る。

ピーター・ローレはハンガリー人だと思うが、たぶんナチのせいであろう、戦火に追われるように、ドイツからフランスの映画界に移り、イギリスに渡り、とうとうアメリカのハリウッドまで来てしまう。それが、最初のイメージの、どこにも居場所がなさそうだ、という感じのリアリティになって、私のような当時のはみ出し者には奇妙な親近感を感じさせたものだ。

もっとも実際の活動は戦後になってから知ったのだが。

当時、欧州映画のタレントたちは争ってアメリカに避難していて、そのうえ復員などもあって人材がだぶついていたと思う。そのせいか、故国では大きい名前だった役者がずいぶんつまらない端役で出演していた。コンラート・ファイト、ハンス・ヤーライ、マルセル・ダリオ、アルバート・パッサーマンなどが苦闘しているわりに、ピーター・ローレは亡命先でもわりに順調だった。

戦後ひさしぶりにお目にかかったのは『カサブランカ』のヤミ旅券屋だったと思う。

印象的だが役は軽い。そのころは苦闘時代だったらしく、モトさんという日本人探偵になってB級シリーズを撮っている。我々が考えると日本人であんな顔は居ないが、要するに何人だか始末に困る顔だったのだろう。あいかわらずスパイ役だとか、アフリカに居る故国喪失者の役が多い。『望郷』のアメリカ版では、ペペ・ル・モコを追い廻す現地人の刑事を演っている。

孤独で、臆病で、そのくせ世間に執着を持つためにますます正体不明になるという彼の持味は、実をいうと欧州映画、特にドイツ、フランス映画のころにもっともヴィヴィッドだったと思う。ハリウッドに来てからは、変わった個性や外貌がハリウッド式にパターン化されて、やや光を失ったように思う。私もハリウッド映画から観はじめたら、単なる性格俳優としてとおりいっぺんの関心しか持たなかったにちがいない。

戦後まもなくのころだが、新聞にピーター・ローレの訃報が載ったことがあった。そのとき近親者に死別したようなショックを受けた。会ったことも、口をきいたこともなくても、深く身体にしみこんでいる人物というものがあるものなんだなとそのとき思った。

ところが彼は健在で、『マルタの鷹』『永遠の処女』『渡洋爆撃隊』『毒薬と老嬢』と多彩に使われ、『仮面の男』では主役になっている。このあともう一度数年してから、また新聞に訃報が載ったことがあったが、当時は外国のニュースは、かなり混乱していたのだろうか。

『仮面の男』という映画は、E・アンブラーのスパイ小説の映画化だが、なかなか小味な作品だった。ピーター・ローレは主役なので、かえって狂言廻しになっていささか精彩がないが、ピーターースンという正体不明の大男に、シドニイ・グリーンストリートという巨漢の怪老人が出ていて、これが魅力だった。地下鉄の追いかけ場面など、大男の老人の動きがスピーディで迫力があった。

この二人は同じワーナーブラザーズの専属のせいか、同じ映画でしょっちゅう共演しており、大男小男のコントラストがよく、ワーナーの戦時将兵慰問映画『ハリウッド玉手箱』では、はっきりコンビとしてコントをやっている。

そういえばあの映画はなんといったろうか。アラン・ポーの『大鴉』の映画化なのであるが、やっぱり思い出せない。いかにもB級らしい凄い邦題がついていたが、今調べて見たら『忍者と悪女』だった。この題名ではなんとしても憶えられない。ホラーのスター、ボリス・カーロフとヴィンセント・プライスが、古城の中で忍術くらべをするというのもウレしいけれど、ピーター・ローレが鴉にされてしまった男を演じていた。鴉だか人間だかよくわからないなんていう人物は、この役者をおいて演じ手がなかろう。

ピーター・ローレのハリウッドにおける代表作は（たぶん、人はちがう答をだすだろうが）、私は、フレッド・アステアとシド・チャリシイの軽喜劇『絹の靴下』だと思う。これは昔の『ニノチカ』（エルンスト・ルビッチ監督）をアステア風喜劇に直したものだが、ピーター・ローレは、こちこちの共産党員チャリシイ嬢の供をしてソヴィエトから来た軟骨人間で、花のパリで大いに楽しもうとしているのだが、やはりロシア人で、もうひとつチグハグになっている。彼は何故か（独特の体型からくる劣等感でもあるのか）ロシア人のくせにダンスができない。アステアとチャリシイの鮮やかなダンスを、うらやましそうに眺めているが、ついに、俺のダンスはこれだ、という。

そうして机と机の間に肱をかけてぶらさがるようにし、足だけこちょこちょ動かすのである。彼はこの映画の中で、踊りたくなる気分になると、一人でその恰好になって足を動かしはじめる。どうも、私は涙線がヨワいらしく、映画を見ていてしょっちゅう涙を流すのであるけれども、この場面でも、ほろりとなった。

ダンスひとつ、人と肩を並べて踊れないような、実に独特の恰好で、長いことよく生きてきたね、と私はスクリーンの彼にささやきかけた。

私もパラノイア的気質で、子供のころからどうしても人々の列からはみだしてしまう。それでひっこみ思案だけれども、内心は頑固で、おくればせに列のあとからついていくということをしない。ピーター・ローレの不思議なダンスは象徴的でなにをやっても自己流の不細工な形にこだわってしまう。

もっとも私のような男はやっぱり少数派で、ピーター・ローレに親近感を感じる人は、すくないのだろう。昔、編集者のころ、塩田英二郎さんとウマが合ってよく飲み歩いたりしていた。夢見るユメ子さんなどの漫画でおなじみだった人である。塩田さんに、私としては最大級の讃辞を呈したつもりで、

「塩田さんは、ピーター・ローレに似ていますね」

塩田さんはなにもいわなかったが、すくなくとも嬉しくはなさそうだった。塩田さんは、漫画の人物と同じくスマートなプレイボーイを自認していた。それ以来、ピーター・ローレのことは私だけの密室においておくことにした。

ローレン・バコールの自伝を読むとピーター・ローレが友人の一人として、しばしば登場してくる。彼は人あたりのいい、なかなかのインテリとして記されている。それはそうだろう、ハンガリーなまりの小男で、二度三度、転々と亡命をくり返してきたのだから、すくなくとも表面は、ソツのない、当たりのやわらかさを備えざるを得ないだろう。

そういえば、デビュー作が、フリッツ・ラング、それからG・W・パプスト、イギリスに渡って、若き日のアルフレッド・ヒチコック、と大監督の作品登場が多い。独特の個性が眼をひいたのだろうが、人に好かれるタイプでもあったのだろう。それは、パラノイア的傾向とは矛盾しない。

もう一人、ハンガリー出身のホラー俳優で、ベラ・ルゴシという俳優が居る。ドラキュラの初代役者である。けれどもドラキュラに魂を奪われる主人公はドイツ貴族で、後年のクリストファー・リーのほうが瀟洒でいい。ベラ・ルゴシは短軀赭顔で白塗りをしても似合わなかった。

ドラキュラほど当たらなかったが、『狼男』（一九四一年）というルゴシ主演の別のホラーシリーズがあり、満月の夜になると牙がニュッと伸びて、月に吠え、人を襲うという怪人、このほうが土臭くて持味に合っていたように思える。

（一九八九年）

『M』　製作年：一九三一年（独）　日本初公開年：昭和七年　監督：フリッツ・ラング　出演：ピーター・ローレ、エレン・ヴィットマン

『罪と罰』　製作年：一九三五年（仏）　日本初公開年：昭和十一年　監督：ジョゼフ・フォン・ス

タンバーグ　出演：ピーター・ローレ、エドワード・アーノルド
『O・F氏のトランク』　製作年：一九三一年（独）　日本初公開年：昭和八年　監督：アレキシス・グラノフスキー　出演：アルフレッド・アベル、ピーター・ローレ
『上から下まで』　製作年：一九三三年（仏）　日本初公開年：昭和十一年　監督：G・W・パプスト　出演：ジャン・ギャバン、ミシェル・シモン
『F・P・1号応答なし』　製作年：一九三四年（独）　日本初公開年：昭和十年　監督：カール・ハートル　出演：パウル・ハルトマン、ハンス・アルバース
『暗殺者の家』　製作年：一九三四年（英）　日本初公開年：昭和十年　監督：アルフレッド・ヒッチコック　出演：レスリー・バンクス、エドナ・ベスト
『間諜最後の日』　製作年：一九三七年（英）　日本初公開年：昭和十三年　監督：アルフレッド・ヒッチコック　出演：ジョン・ギールガッド、マデリン・キャロル
『カサブランカ』　製作年：一九四二年（米）　日本初公開年：昭和二十一年　監督：マイケル・カーティス　出演：ハンフリー・ボガート、イングリッド・バーグマン
『カスバの恋（「望郷」リメイク）』　製作年：一九三八年（米）　日本未公開　監督：ジョン・クロムウェル　出演：シャルル・ボワイエ、ヘディ・ラマール
『マルタの鷹』　製作年：一九四一年（米）　日本初公開年：昭和二十六年　監督：ジョン・ヒューストン　出演：ハンフリー・ボガート、メリー・アスター

『永遠の処女』　製作年：一九四三年（米）　日本初公開年：昭和二十二年　監督：エドマンド・グールディング　出演：シャルル・ボワイエ、ジョーン・フォンテイン

『渡洋爆撃隊』　製作年：一九四四年（米）　日本初公開年：昭和二十六年　監督：マイケル・カーティス　出演：ハンフリー・ボガート、ミシェル・モルガン

『毒薬と老嬢』　製作年：一九四四年（米）　日本初公開年：昭和二十三年　監督：フランク・キャプラ　出演：ケイリー・グラント、プリシラ・レイン

『仮面の男』　製作年：一九四四年（米）　日本初公開年：昭和二十五年　監督：ジーン・ネグレスコ　出演：ピーター・ローレ、シドニー・グリーンストリート

『ハリウッド玉手箱』　製作年：一九四四年（米）　日本初公開年：昭和二十三年　監督：デルマー・デイビス　出演：ジャック・ベニー、ロバート・ハットン、デーン・クラーク

『忍者と悪女』　製作年：一九六三年（米）　日本初公開年：昭和四十年　監督：ロジャー・コーマン　出演：ボリス・カーロフ、ピーター・ローレ

『絹の靴下』　製作年：一九五七年（米）　日本初公開年：昭和三十三年　監督：ルーベン・マムーリアン　出演：フレッド・アステア、シド・チャリース

◆ジェームス・ディーン

James Dean（一九三一―一九五五）

インディアナ州マリオン生まれ。ジュニア・カレッジの演劇科、カリフォルニア大学の演劇部を経てハリウッドのエージェントと契約するが芽が出ず、その後ニューヨークへ移り、ブロードウェイの舞台でチャンスを摑む。一九五四年、アクターズ・スタジオに入り演技指導を受けている時に、エリア・カザンの眼にとまり『エデンの東』の主役に大抜擢され、デビュー。『理由なき反抗』に続いて出演した『ジャイアンツ』の完成直前、一九五五年九月三十日、愛車ポルシェ・スパイダーで交通事故に遭い、二十四歳の若さで世を去った。

ぼくはジェームス・ディーンのことを
思い出すのが好きだ

寺山修司

墓場はいちばん

安あがりの下宿屋だ
そのうち　みんな
いつか　そこで　間借り
金持　貧乏人
おんなじように　土ん中
　　　　――ラングストン・ヒューズ

ジェームス・バイロン・ディーンというのが彼の本名である。インディアナ州の、名もない農家の娘が、自分の息子につける名前に「バイロン」などという不世出《ふせいしゅつ》の詩人の名を加えたのは興味深いことだ。

詩人になりたかったのに、農業をひきついだ母親のミルドレッドにとっては、息子のジミィが「バイロン」のようになることが、せめてもの夢だったのであろう。

ぼくは、インディアナ州マリオンで、日当たりのいい納屋《なや》の片隅で、息子のために、本を読んでやっている母親を思いうかべる。それはちょうど、わが国の東北地方で、「いっそひと思いに家出して流行歌手になりたい」と思っていた農家の娘が、夢破れて嫁《とつ》いで行き、生れてきた娘や息子にひばりとか、美智也とかいう名をつけて、子守唄のかわりに歌謡曲をうたってやっている風景に似ている。

だからジェームス・ディーンは「母親っ子」であり、最後まで、父親ウイントンに嫉妬《しっと》しつづけて、父ぎらいの一生を過ごす……ということにもなったのである。

ジミィは、子供のころに「望みごっこ」という遊びをやった。これは遊び、というよりむしろ「お祈り」のようなもので、ジミィが夜寝る前に小さな紙片《しへん》に「靴下がほしい」とか、「古いジャズのレコードがほしい」とか書いて、枕《まくら》の下に入れて眠る。すると母親がそっとその紙片をとり出して読み、翌日にはかなえてやったのである。

母親のやり方がうまかったので、ジミィはこの「望みごっこ」の紙片を読むのは神さまの力だと考えていた。しかし、ジミィが八つになったとき、母親はがんで死に、ジミィはひとりぼっちになってしまった。

ぼくはジミィが、「望みごっこ」の紙片に「ママを生き返らせてほしい」と書いたかどうかは知らないが、書いたとしても、それを神さまが読んで、翌日その願いをかなえてやることなど、出来やしなかった。

だから長いあいだ、ジミィは紙片のかわりに、死んだ母親の髪の毛を枕の下にしいて寝て、それが枯草《かれくさ》のようにカサカサになっても、捨《す》てようとはしなかったのである。

そして、それから、ジミィの親類での「やりきれない」居候《いそうろう》生活が始まっていった。

どっかへ走ってゆく汽車の
七十五セント分の切符を　くれよ
どっかへ走ってゆく汽車の
七十五セント分の　切符だよ
どこへ行くかは
わかりゃしない
ただ　もう　ここから　逃げてゆく
——ラングストン・ヒューズ

映画スターにあこがれるのは（わが国の場合でも）中流家庭に多い。貧しさのどん底であえいでいる人たちは、パンを追うことでいっぱいだし、上流の、ほしいものがなんでも手に入る人たちにとっては、スターの生活などは夢ではないからである。

ぼくは、地方の港町で生れたが、ぼんやりとカモメのとんでいる海を見ながら、平凡に始まり、平凡に終るであろう自分の一生を想像してゾッとして、「いっそ、どこでもいいから、お金のある分だけ切符を買って遠いところへ行ってみたいな」と思ったものである。

　どっか遠いところへ行ったら、なにか思いがけないことが、待っているかも知れない……そうしたら、自分の一生も平凡な官吏《かんり》の子ではなくてすむだろう。

　この「どこかへ行ったら」という感情こそは、中くらいの家で生れたすべての青年たちにとって、いわば共通の思想のようなものではないだろうか？

　ジェームス・ディーンのあの皮ジャンパーの人なつっこい顔にも、いつでも気軽に旅立てる気軽さがある。彼も「どっかへ行ったら」と考えた世代の一人であり（あまりにも早く死の国へ行ってしまったが）、なんとかして、日の当たる場所へ出たい、と考えていた一人だったと考えられるのである。

　ジミィは学校の成績だって代数B、書取D、美術A、心理学B……と中くらいのものであり、家畜の世話や、乳しぼり、乾草刈《ほしくさか》りで一生を終りかねない境遇にあった。

　彼が俳優になって「他人の人生」を生きてみることによって、せめてもの生きがいを発見しよう、と考えたかどうかは知らない。ただ、彼は子供のころから（母親が死んでからぬけがらのようになって）他人の真似をするのが好きだった。それは、ただの道化《どうけ》た真似《まね》ごとではなくて、他人そっくりになることで、自分でなくなることが出来たからかも知れない。

「ぼくは人間ぎらいなんかじゃない。ぼくの一番きらいな人間は、ぼく自身だ」

そのジミィが、自分を忘れるために俳優にあこがれるのは自然のことである。

しかし、彼は高校時代の英語の時間に、教科書のリーディングで、読んでいるうちにわれを忘れて（いつのまにか自分でなくなって）台詞《せりふ》ばかりに読んでいると、同級生が、「おい、ディーン。なに読んでんのかよ。おまえがジョン・バリモアみたいな名優だってことは、もうわかったよ」と言ってどっと哄笑《こうしよう》し、教室じゅうがクスクスと笑いの渦《うず》にまきこまれるや、恥かしくなって、その同級生をなぐり倒してしまった。

そして退学にさせられることになってしまったのである。

デニス・ストックの写真集『ジェームス・ディーン』の中に、彼がハリウッドへ行ってからのアパートの写真がある。チェリストのパブロ・カザルスの肖像画と古い靴下。詩集とネジまわし。空缶《あきかん》、闘牛《とうぎゆう》の角《つの》にかけられたケープと旧式のポータブル。そしてモーツァルトのLP。

それらの中で、靴の裏をこちらに向けて（顔は見えない）ジミィが眠っている。愛されたい、と思いつづけながら、死ぬまでだれにも愛されなかった男。（その、ほんとうの顔をぼくは見たことがないのだが……）。

『エデンの東』の主人公キャルとジミィとを混同するのは、よくない。二人は非常によく似ていたが、別べつのものである。

ただジミィにとっての不幸は（芸術的には幸福だったが）自分を忘れるために俳優になりながら、いつも自分そっくりの人物の役が与えられていたということである。子供のころから愛に飢《う》え、「望みごっこ」で好きなピア・アンジェリの名を書いた紙《し》片《へん》を枕《まくら》の下にしいて寝ても、手に入れることの出来なかったジミィ……。

フットボールやオートバイで疾走《しっそう》して「われを忘れる」ように、映画スターになってわれを忘れようとしたジミィも、（芝居がうまかったばかりに）自分の思うような俳優にはなれなかった。

母親をはさんで反目《はんもく》しあっていた父親との関係が『エデンの東』の中で思い出させられ、抜け出したいと思っていた農村を『ジャイアンツ』の中で復習させられる。そして、彼は一作ごとに自分自身に返ることをせまられつづけて、「バイロン」よりも十二歳も若く死んでしまったのである。

ぼくが今、これを書いているホテルの窓の下の河岸《かし》を、若い労働者ふうの男が歌いながら通って行く。「人の好かれて、いい子になって、落ちてゆくときゃ、ひとりじゃないか」

もしも　でかい札束《さつたば》　持ってたら
パッカードを一台買うんだがな
ガソリン　いっぱい　つめこんで
そいつを　後へ　すっとばす
でも　ぼくは百万ドル　もってない
ほんとは　もってやしない
十セントだって――

――ラングストン・ヒューズ

ぼくが考えているのはジミィのことだろうか、キャルのことだろうか？

それさえぼくには、よくわからない。ジミィの年譜には輝かしい演劇歴がいっぱいあって、ディヴィッド・ブラム賞やベリィ賞などの栄誉や家の新築、リズとのゴシップまではなやかに記されているが、キャルのほうは、スチール写真の中で、深い表情で、じっと遠くを見つめているだけだ。

そして――ぼくはキャルにもジミィにも逢ったことがないのだが、二人がまったく別べつになることが出来たのは、「いちばん安あがりの下宿、墓場」の中ではなかろうか、と考える。

ぼくは、一九五五年の秋の日没時に死んだジミィのような天才の青年俳優はあまり知らない。しかし、ジミィはいつでも「違う、違う。みんなが愛してくれてるのはキャルであってぼくではないのさ。だって、ぼくを愛してくれるやつなんかいやしないからね」と言っていたのではないだろうか。——だからぼくは俳優になって「愛されるキャル」に化けてみせるんだと、心に決めていたジミィの顔が思いうかぶ。

ジミィは死んで、キャルはまだ生きているのに、キャルが死に、ジミィがまだどっかに生きていると思っている観衆たちがあまりに多いと、ぼくさえ時には面くらう。

キャルはみんなのものだが、ジミィはだれのものでもない。自動車競走の好きだったジミィは、今こそジミィ自身だけのものなのだ。

『エデンの東』　製作年：一九五五年（米）　日本初公開年：昭和三十年　監督：エリア・カザン　共演：ジュリー・ハリス、レイモンド・マッセイ、ジョー・ヴァン・フリート

『ジャイアンツ』　製作年：一九五六年（米）　日本初公開年：昭和三十一年　監督：ジョージ・スティーヴンス　共演：エリザベス・テイラー、ロック・ハドスン、キャロル・ベイカー

第4章　文豪文士と映画

The Red Shoes

A CAROL REED PRODUCTION
THE THIRD MAN
COTTEN
VALLI
WELLES
HOWARD
第三の男

◆「カリガリ博士」を巡って

「カリガリ博士」を見る

谷崎潤一郎

上

浅草のキネマ倶楽部でやって居《い》る「ドクトル・カリガリのキャビネット」を見た。評判が余りえらかったので多少期待に外《はず》れた感もしないではないが、確かに此《こ》の数年来見たもののうちでは傑出した写真であった、純芸術的とか高級映画とか云《い》う近頃流行の言葉が、何等の割引なく当て篏まるのは恐らくあの映画位なものであろう。

第一に話の筋がいい。狂人の幻想をああ云う風に取り扱うと云うこと、それは私なども始終考えて居たことであるが、単なる一場の思いつきでなくあれまでに纏《まと》めるには多大の努力を要したであろう、そうして幻想の世界と現実の世界との関係が大変面物が現実にも生きて居るフランシスは、恋人のジエーンや、その終りめが殊にいい。狂人の白く出来て居る。作者は先ず物語りの始めにフランシスと云う狂人の収容されて居る癲《てん》狂院を置き、それからそのフランシスの妄想の世界に移って奇怪なる事件の発展を描き、最後に再び癲狂院の光景を見せて終って居る。その終りめが殊にいい。狂人の脳裡に存在する幻想の中に生きて居た人々、ドクトル・カリガリや、夢遊病者のツエザーレや愛人のジエーンや、それらの人々が現実の世界に戻った後にも猶残って居て、フランシスの周囲を彷徨して居る。即ち妄想の中のカリガリ博士は実はその病院の院長でありツエザーレやジエーン等は矢張《やは》りフランシスと同じく其処《そこ》に収容されて居た狂人の仲間であって、フランシスはいつの間にか彼等《ら》に自己の空想を加えて勝手な人物を作り上げて居たのである。彼の幻想の原となった所の人物が現実にも生きて居る人々であり、而《しか》もそれらの多くが等しく狂人である所に、此の物語りは一層の余韻と含蓄とを持って居る。なぜなら、観客はあの不思議なフランシスの夢が終りを告げて場面が再び病院の庭へ戻って来た時、そうしてそこに夢の中の種々なる人物が狂人として徘徊するのを見せられた時、その一つ一つの狂人の頭の中にも亦《また》フランシスのそれのような幾つもの奇怪なる世界があるであろうことを連想せずには居られないからである。観客の見たのは或る一人の狂人の幻覚であるが、同時に無数の狂人の幻覚を考えさせられる。たとえばジエーンは自分を女王だと信じて居る狂人である。彼女が終りの場面で、「朕、女王たる者は恋愛の為めに結婚すべきにあらず」と勿体ぶった様子でフランシスを斥《しりぞ》けるところなど、此の一語に依って此の妙齢の狂婦人の脳裡に、如何に荒唐にして絢爛なる天国があるかを想わざるを得ない。人は此の写真を見て現実の世の息苦しさを感じ、同時に人間の魂の生き得る世界が無限に広いものであるのを感ずる。さすがに、物質的な亜米利加人などの思いも及ばぬプロットである。アマデウス、ホフマン等の流れを汲む独逸浪漫派の芸術が、ここに血筋を引いて居ることがそれとなく看取される。

中

次ぎに此の映画は、文学的価値を充分に持っては居るが、しかしどうしても映画でなければ表わせない所を摑まえて居る。悪く云えば所謂《いわゆる》表現派の絵画を展開した一幅の絵巻物に過ぎないとも云えるけれども、矢張り絵だけではあれ程に表わせないに違いない。恐らく此の種類の物語ほど映画に適したものはなく、他により以上効果のある表現の形式はあるまいと思う。そこに着眼したのは偉いには偉いが日本の如き現状ならば知らぬこと、西洋に於て今迄《まで》誰も此の方面を開拓しなかったのが不思議のようにさえ思われる。新しき試みとしては已むを得ないことだけれども、まだまだあれでは突っ込み方が足りない。所謂表現派の主張が、果して遺憾なく大胆に発揮されて居るかどうかは大いに疑問である。

舞台装置は大体に於て成功して居る。作者の表さんとする感情があの不規則な直線や曲線の組み立てに依って可なりよく出て居る。が、茲《ここ》に一考すべき事はあの不自然な背景の世界に出演する俳優の動作である。私にはどうも、あの装置とあの俳優等の演技との間には、或る不調和があるように思われる。どうせ彼処まで行くのなら俳優の動作をもっとあの装置と一致するように、即ち其の演技をもっと不自然に、もっと絵画的にさせた方がいい。背景の方では影を描いたり遠近法を用いたりして相当の距離を見せてあるのに、そこを人間が通り過ぎる為めに折角のイリュウジョンが破れてしまうなどは、何とかして救う方法はないものだろうか。たとえば町の祭りの雑沓の場面、カリガリ博士の逃げて行く山路、病院の中庭など、そこへ人間が出て来ると、何となくせせこましい感じがする。あれなどは構図の上でも今一と工夫して欲しいし、俳優のしぐさにも大いに研究の余地がある。

下

私の考えでは、俳優がもっと大胆に実演劇の要領を離れて、象徴的の演出を試みなければいけないと思う。第一に服装なども、あの舞台装置のデザインと調和するような、もっと現代離れのした人工的な様式を選ぶ必要があったろうし、顔の作りなどももっと単純に、毒々しくやった方がいい。そうして凡ての俳優が人間としてでなく傀儡として動いて居るような感じを起させなければいけない。一つ一つの俳優の動作をもっと機械的にして、それに伴う姿態の曲線が、悉《ことごと》くあの背景の中に融け込むようにして欲しい。でなければあの背景とあの人物とは、全く流派を異にする二人の画工に依って描かれた画面のような感じを与える。兎《と》に角《かく》俳優があまり在来の芝居をし過ぎて居る、あまり動き過ぎる、此の意味で私は舞台監督のやり方に最も多くの不満を感ずる。全体として俳優の動きの少い場面の方が、より強い効果を見せて居る。カリガリ博士がキャビネットの側に侍して、馬車の中で静かに眠って居るところなど非常にいい。私には彼処が一番印象が深かった。

それから、撮影や現像の技術の方面に於いても、もっと新機軸を出し幻想を豊かにする手段があったろうと思う。不規則なアイリスを用いるくらいではまだまだ飽き足りない。もっとクッキリした抜けのいい場面だの、もっとボンヤリした不鮮明な場面だのが、ところどころに乱雑に入り交って居る方がよくはなかったか。最初にフランシスの生れた町の全景が現われる所など、あんなフラットなものでなく、度強い光線を与え、度強い着色を施して、毒草のような感じを持たすべきであろう。その方が余計重苦しい陰鬱な気分を出したであろう。群衆の激動や感情の錯愕《さくがく》などを現わす場面で、人間が動くと共に建物や景色の線などが歪んだり曲ったり何本にもなって顫《ふる》えたりしたなら、更に面白かったであろう。

舞台装置との関係を離れて、単に俳優の技芸だけを取り出して見ると、ウエルネル、クラウス氏のカリガリ博士は可なりの出来栄《できばえ》であった。いやに肩だの腰だのをガタガタやらせて、何だか歌六の体つきを想わせるような騒々しい所もあったが、ああ云《い》う役としては先ず已《や》むを得《え》ないだろう。あの人物は凄いばかりではいけない、凄い中に多少の滑稽味がなければならない、そうして其《そ》の為めに一層凄味を深めるのである。それからフランシスの友人のアランがいい。クローズ、アップになった時の顔つきや様子には、いかにも神経質な意志薄弱な青年の風貌が傷々しく現われて居て、殆んど長く正視するに堪えないような心地がする。芸の力にも依るのだろうが其《そ》れよりも寧《むし》ろタイプが当て嵌まって居るのである。ああ云う顔を眺めて居ると、一つの長い芝居を見るよりは遥に複雑なさまざまな空想を呼び起される。

兎に角こう云う高級なものがシルヴー・スクリーンの世界へもボツボツ現われて来たことは、何より喜ばしい心強い現象である。日本であんなものを作ったとして、それが果して公衆に受けるかどうかは疑問であるが、外国物があれだけに認められて居る以上、立派なものでさえあれば少くとも都会の人は見てくれるであろう。そう云う時代が来ることも決して遠くはあるまいと思われる。何も表現派とか独逸式とかに限ったことはない、ああ云う材料を取り扱うには表現派が最も適して居るが、しかしあればかりでは直に行き詰まってしまう。写実派もいい、浪漫派もいい、悪魔主義、自然主義、人道主義、古典主義、――凡ての流派が競い起って、恰《あたか》も文学に於けるそれらの如く各美しい花を咲かすべきである。その時代はやがて来るのだ、私はそれを楽《たのし》みにして居る。

（一九二一年五月十八日記）

『カリガリ博士』　製作年：一九一九年（独）　日本初公開年：大正十年　監督：ロベルト・ウィーネ　出演：ウェルナー・クラウス、コンラート・ファイト、フリードリヒ・フェーエル

カリガリ博士と名乗る男が予言者として興行中、次々と殺人事件が起こる。被害者の友人フランツが博士を怪しいとにらんで追求すると博士は精神科病院へ逃げ込む。フランツが病院長に面会を求めるとそこに現れた院長はカリガリ博士であった。フランツは他の医師の協力のもと、博士を監禁拘束する。しかし最後にはフランツ自身が精神障害者であり、彼の話は全て妄想であったことが明かされる……。映画史に残る先駆的な作品。

「カリガリ博士」

佐藤春夫

僕は近頃、活動写真はあまり好きでなくなっているんだが、表現派というものはどんなものだろうかと思って、表現派に敬意を表する意味で、「カリガリ博士」を見に行ったのだ。そうして、すっかり感心したよ。『時事新報』の文芸欄に出た谷崎潤一郎君の批評は適切な批評であった。大体、僕も同感だ。実際、今まで観た物のうちでも、文字通りに芸術映画と云《い》えるのは、まああれ位のものだろう。外の作品には、場面の絵画的な面白味や、筋や、動作の好奇的な、或る意味の挑発的な興味を有するものは、随分あるが、あのフィルムのように、一つの心持——独逸人の所謂 gemuet それが全篇を通して流れているのは、何とも云えない。殊に、その意味では前半が秀れている。

二人で、医者と主人公のアランとが、対坐しているプロローグがあって、突然、アランが生れたという、奇妙な形の町が、眼の前へ出て来る時には、否応《いやおう》なしに、あっけにとられて、その奇妙な世界を肯定せざるを得ない、あの効果は、あまりに唐突に出て来たために成功している。それから、祭の雑沓の場面で、洋傘のような、風車のような、何んだかわからないものが、二つか三つか、クルクルと廻っていたのは、大変、エフェクティヴだった。

また、アランの恋している娘が、一人凝乎と坐っている後に、水仙に似たような形の、矢張《やはり》、えたいの知れない造り花が、卓上に置いてあったが、何となく、青い花というのが、あんな風なものかと思えるような気がして画面全体を冷い、浄化したものにしていた。

また、その娘が、夢遊病者に攫《さら》われていく時に、娘の敷いている大きなシーツが、娘の軀《からだ》と一緒に、夢遊病者の手に掴《つか》み上げられて、暫くの間、部屋の中をズルズルと引摺られていくのが、何となく、浪にでもさらわれていくような気がして、美しく、物凄かった。あそこなどは、確に成功しているね。

これは、谷崎君の言ったことだが、「場面が時によって朦朧としたり、また思い切って、ハッキリしたりした方が、一層よかったろう。」というのはいい批評だ。全体にもっと思い切った様々な試みがあってもいい。背景に奥行の感じが乏しいのなどは、第一の欠点である。これはうまくいくかどうかは知らないが、場面によっては、事実ある様々の景色の中から、面白そうなところを、トリックでつぎあわしたり、重ね写真にしたり、そういうような方法で、人工的の背景ばかりでなくもっと、自然的の背景も取入れられないものかね。

役者のことはよくはわからないが、やはりカリガリ博士に扮した役者が、一番努力しているのだろう。それからアランもいい。初めは快活な青年であるが、何時の間にか、重っ苦しい狂人の表情になっているところが、如何にも自然でいい。又アランの友人のフランシスという役をした役者は、柄が合っている為《ため》か、一寸出て来るだけだが、如何にも近代的な意志薄弱なデカダンをハッキリと浮上らせていた。「私は何時、死ぬだろうか」と云《い》い乍《なが》ら、アランが止めるのをきかずに、カリガリ博士の夢遊病者の方へ、恰《あたか》も彼自身が夢遊病者ででもあるかの如くに、進みよっていく形が、ハッキリ僕の眼に残っている。

お祭の日に、屋根裏に閉籠《とじこも》っている、あの一寸したところもいい。一体に役者の顔には、余程、行届いた吟味がしてあったようだ。彼等の顔には、それぞれ、俗っぽくない、独特の美しさがあった。僕なども、表現派なら一役つとまるぜ——冗談。

話の筋は、観てい乍ら考えたことだが、アマデス・ホフマンの「砂売」という奴《やつ》に大分似ている。「砂売」と云えば、あれなども、映画にしたなら成功しそうなものだがなあ――。

　同じ表現派の「アルゴール」というのも観たが、この方はまるで駄目だった。一体、「カリガリ博士」のようなものが、表現派には一番適したものなので、これから表現派のものが出ても、あれ程、成功するかどうかは一寸疑われる。この意味では、「カリガリ博士」は、最初から表現派映画の行きづまりを示したものとも案ぜられる。狂人の世界をああいう風に取扱うことは、一寸した思いつきででも出来ることだ。――尤も、「カリガリ博士」の出来栄はただの思いつき以上ではあるが。

　普通人の日常生活の中にあるものを、表現派は或は取扱わないかも知れないが、若し、取扱ったら、どんな風な、やりかたでいくだろう。一寸見せてもらいたいような気もする。表現派のことはよくは知らないが、矢張、独逸人のロマンティシズムから、結局、有りふれたようなものは、あまり、取扱わないかも知れないが……。

　これは表現派のものではないが、近頃観た伊太利のある写真では、人間も自然も、馬鹿にヒョロ長く――エルグレコの絵のように――映っているように感じられたものがあったが、僕の見損いかしら。それとも、そんな風に写るレンズでもあるのかしら。一寸いい気持がしたよ。若《も》し、細長く写ったり、平べったく写ったりするレンズがあるのなら、表現派でも、そんなものを、時には使ったりしたらどうだろう。ただの物好きではなく、必然的に効果を奏するようなこともあると思うが。その伊太利の写真などと云うのは、人間や自然が、細長く、ヒョロ長く見えたために、全体が、シャレた、軽快なスッキリした気持がした。

（一九二一年）

『アルゴール』　製作年：一九二〇年（独）　日本初公開年：不明　監督：ハンス・ウェルクマイスター　出演：エミール・ヤニングス、ハンナ・ラルフ

映画と想像力

内田百閒

映画の雑誌に、自分は余り映画を見ないと云う事を寄稿するのは変な様にも思ったが、或はその中に愛好者諸君に取って他山の石となる事があるかも知れない。

映画と云う用語が既に私などには生硬に思われて、使いにくいのであるが、それでは活動写真と云った方がいいかと云うに、決してそうは思わない。第一、活動写真と云うのは長過ぎるので、その言葉が一般に用いられた当時でも、略して単に活動と云ったが、活動などと呼ぶよりは、映画の方がいい事は勿論である。ただ私自身が使い馴れない為に、両方の言葉を混用して話を進める事を諒として戴きたい。

その活動写真時代に私が一番よく通った活動写真館は、新宿の電車通にあった当時の武蔵野館と溜池の葵館であって、その外神田の東洋キネマや目黒キネマにも馴染がある。牛込館は中がざわざわして余り好きではなかった。木曜日の代り目には殆んど欠かさずに見に行ったが、そうやって毎週見馴れていると、新らしい物を一日でも遅れてみるのは恥の様な気持がしたのは、今から考えて見ると不思議である。「カリガリ博士」を見た時の興奮は今でも忘れる事が出来ない。活動館を変えて二度か三度か見直しに出かけた。その当時は学校の教師をしていたので、授業時間に教壇の上から頻りに活動写真の話をして聞かせたが、私は独逸語の教師であって、話の種は多くは独逸映画であったから、どこかで本題の独逸語の授業に関係のつかなかった事もない。がらにもなく役者の名前なども覚えて、エゲナーとかコンラト・ファイトとか云う役者とは、画面の中で顔馴染になった。「カリガリ博士」と同じ系統の物をいくつか見たが、今では外題も大方忘れてしまった。領主が馬に乗って、釣鐘マントの様な物を羽織り、その裾を風に翻して土手の上を帰って来ると、その下で何かお祭りをして、踊り廻っていた領民達の上に、領主の黒い大きな影がかぶさって来ると云う画面を思い出す。それにも私は非常な感銘を受けたので、又学校でその話をした。私にそそのかされて、見に行った生徒もあったに違いないと思う。

私が活動写真に夢中になっていた当時は、運よくすぐれた映画が続々と輸入された様に思う。就中《なかんずく》コンラト・ファイトの「ヂキール博士とハイド氏」を見た時は、思いも掛けない感激を受けて、終わりまで息もつけない気持がした。たかが活動写真だと思っているその活動写真から、それ程の感激を受けて、私は腹の底まで純粋な気持になった様に思われた。又次の別の映画を見て、その感銘を濁すのがいやだと云う様な真面目な気持になり、「ヂキール博士とハイド氏」がすんだら、後は全部見残して、その儘、帰ってしまった事がある。ジョン・バリモアの「ヂキール博士とハイド氏」はそれより以前に封切されていたが、私はそれを見ていなかった。ファイトのを見た後でどこかの館にバリモアのが再映されたのを見に行ったけれど、芝居が勝ち過ぎて私にはファイトのを見た時の半分の興味も起こらなかった。

そう云ういい物にも出会ったけれど、概して云えば活動写真と云う物は馬鹿馬鹿しいと云う気持がその当時でも腹の底にあった。何もする事がないとか、或は何かするのが気が進まないとか云う時の暇つぶしに見に行くのはいいが、わざわざその為に出掛ける程の物でもないと思われた。よかった物だけを記憶し、それを後になって思い出すと、面白かったと云う風にも思われるが、実はその幾つかのすぐれた物の外に、数もわからぬ程下らない映画を見せられている。自分で一かどのファンである様なつもりでいた時からの不満が段段こうじて、活動館の座席に腰を掛けているのが退儀になり、いつの間にか足が遠くなってしまった。

それから後は、ほんの思い出した様な機会にしか見ていない。「カリガリ博士」とか「ヂキール博士とハイド氏」とかいう様な物の外に、私は亜米利加喜劇の活動写真が好きであって、ベン・タービンが一番の贔負《ひいき》であった。それからバスター・キートン、ロイド、マーレー、コンクリンなどみんな馴染である。でぶのロスコー・アーバツクルは私が活動好きになる以前に全盛を極めたらしいが、私が見に行き出してからでも二つや三つは、封切であったか再映であったか覚えていないが見た覚えはある。アルコール中毒患者の療養所で、何だか知らないが瓦斯療法の様な事を行う際に、瓦斯が出過ぎて患者が毛布を引きずった儘《まま》ベッドから浮き上がり、病院の廊下の天井に近い辺りをふらふらと流れて行くので、そこいらで運動していた軽症の患者達が、そんな変な物を見るのは、自分の病気が再発した為の幻覚であると思って、あわてて銘銘のベッドに寝てしまう話など、今思い出しても愉快である。真面目な物を見ていて馬鹿馬鹿しくなるのは退屈で困るが、初めから馬鹿馬鹿しい物にはその心配がない。万事大袈裟な画面の中で、あわて者が嚔《くさめ》をしたらそのあおりで絨毯がまくれ上がり、御馳走の用意の出来ている食卓がひっくり返ったが、そう云う活動写真なら、今でも見たいと思う。

当時のチヤプリンはしつこくて、あんなものは見たくもないと思っていたが、私共の知らない内にチヤプリンは活俳から大芸術家になっているので驚いた。それで敬意を新たにして「モダン・タイムス」を見に行った。面白かったけれど、仕舞まで見るのに骨が折れた。もう一度見直すなどと云う考えは毛頭起こらなかった。それは画面が退屈な為ではなく、こちらが草臥《くたび》れるのであって、責は私に在る。平素しょっちゅう映画に親しんで、気持を鍛錬し忍耐心を養っておかなかったから、たまに世評嘖嘖たる傑作に接しても、十分な鑑賞が出来ないのであると思った。

しかし「モダン・タイムス」を見て面白かったと云う事と、封切当時に方方の新聞雑誌に書き立てられた識者達の批評や感想とは、どうも私の中では調子が合わない。批評や感想を読むと随分深酷な芸術品であって、牧師の奥さんが紅茶を見ておなかを鳴らす音にもチヤプリンの泣き笑いが聞こえる様だと云うのもあったが、活動写真を見るのに、そう立ち入った事を考えてかかるのは毒ではないかと私には思われる。しかしそれは私の考え違いであって、批評家達の云っているのが正しいのであろう。活動写真も進歩したが、それと共に見物はまた見上手になって来たに違いない。従って批評家も、うがった事を云わなければ一般が納得しないのであろうと云う所までは想像する事が出来る。私などは活動見物の不勉強の為に、今一般に通用する勘どころが解らなくなったのであろうと思う。「モダン・タイムス」で一番感銘の深かったのは、チヤプリンが造船所から逃げ出して、後を気にしいしい、ふらふらと人混みの中へまぎれ込んでしまう所であると云ったら、笑う人があるかも知れない。実は私はその瞬間にふっと涙が出かかったのであるが、その感傷の源は画面に在ったのではないので、チヤプリンが山高帽子をかぶり、例の足どりでふらふらと向うへ行くのを見たら、十何年も昔に今目の前に見るチヤプリンと同じチヤプリンを見たと云う自分の懐旧感が不意に湧き出した迄の事である。

「モダン・タイムス」は本当のトーキー映画でなかったから助かったが、私は活動写真を見ていて人声が聞こえたり、音が響いて来たりするのは実に困る。そう云う事を発明する側から云えば、目に見せるだけでなく、音も聞かせると云う事は一つの手柄であるに違いない。視覚聴覚だけに満足すべきではなく、今に雪の景色が映ったら、観客席がぞっと寒くなるとか、雨の景色はレーンコートを著《き》て見るとかと云う風に進歩するかも知れない。帝國劇場の出来た当時に、イルキーと云う英国の旅役者の一座が来て、横浜のオデオン座であったかゲーテー座であったか忘れたが、そこで先ず興行して、それから帝劇に乗り込んで来た。サロメをやった時私は見に行ったが、幕の上がる前に舞台で香木を焚き、開幕と同時に観客席にそのにおいが流れる様にした。私は四階のオリンポスにいたのでその香りは私共の所までは来なかったけれど、芝居にも既にそう云う分別があるのだから、活動写真でも観客の嗅覚の事をおろそかにするわけには行かないであろう。花園が映れば芳香がただよい、戦場なら腥《なまぐさ》い風が吹いて来ると云う風に工夫をする必要があると思われる。

しかしそう云う事の実現は望ましい事であるかどうか解らない。活動写真を鑑賞するのは観客の眼でもなく、耳でもなく、想像力なのである。観客に一通りの想像力が備わっている以上、雪の景色を見れば寒いと感ずる事が出来る。煙が画面にみなぎれば、むせっぽいと思う事も出来る。従って大濤《なみ》の崩れるのを見れば、その響を聞く事が出来る筈である。トーキーなどは余計なおせっかいであって、観客の想像力を侮辱している許りでなく、屢《しばしば》こちらの想像の音響と喰い違ったり前後したりして邪魔になる。私が最初に活動写真を見たのは、頗ル非常大博士駒田好洋の時代であるが、その当時に見た「ナイヤガラの瀑布」「米西戦争」「トランスヴールの戦」などを今思い出しても、戦争の場面には銃声が聞こえた様に思われるし、ナイヤガラはとうとうと鳴って画面にしぶきを上げていたとしか思われない。

私がトーキーはうるさいと云うと、人に笑われる。それは考え方が古いのであって、今映画の有声無声と云う事は既に比較ではない。映画は必ず音を伴なう物であって、今の若い者は無声映画を知らないでしょうと教えてくれる。トーキーがそれ程までに普及しているとは知らなかったが、或はその通りであろう。同時に、若い者は映画を見ても想像力を働かす範囲が以前よりはずっと狭くなっているから、しょっちゅうそう云う物に親しんでいると、段段に現実的になって来るであろう。想像力のない者は人一倍勉強しないと追っつかない。若い者はトーキーのお蔭で一層世路の艱難を嘗めるであろう、と云う様な事まで私は心配する。

（一九二八年）

『ヂキール博士とハイド氏』　製作年：一九二〇年（独）　監督：F・W・ムルナウ　出演：コンラート・ファイト、ベラ・ルゴシ

『ヂキール博士とハイド氏（狂へる悪魔）』　製作年：一九二〇年（米）　日本初公開年：大正十年　監督：ジョン・S・ロバートソン　出演：ジョン・バリモア、ニタ・ナルディ

◆映画界を斬る

映画は「芸術」にあらず

柴田錬三郎

先日、こころみに、深夜、映画館に入って、やくざ映画を観《み》てみた。だいたい想像した通りの光景であった。観客の大半は、パチンコ人種とみた。もし、パチンコ屋が深夜営業をすれば、かれらは、映画館には入らないであろう。パチンコ人種が、「こころの山脈」など、観る道理がない。刺激のつよいやくざとエロをもとめるのは、当然である。

映画の危機がさけばれているが、一年間に十三億人も映画館にゾロゾロ入っていたのが、おかしい現象であったので、三億人に減少した今日が、あたりまえの状態であろう。

主婦と子供と老人は、テレビを観るし、学生は受験勉強に夢中だし、若い女性たちは、おしゃれ代で手一杯であろうし、サラリーマン族は、諸事高値の折柄、莨代《たばこ》も節約しなければならぬので、せいぜい週刊誌を買うくらいしか余裕はない。となると、売春防止法によって欲求不満状態にあるパチンコ人種ぐらいしか、映画館には足を向けてくれないのである。しかも、かれらは、昼間は働いているから、深夜ということになる。

昼間、映画館が、閑古鳥が啼いているのは、やむを得ない。

にもかかわらず、映画人たちの発言をきいていると、良心的な映画芸術を口にしている。どうもおかしい。本気で、そう考え、信じているのか。

「芸術」というのは、一般大衆のためにつくられるものではない。自分自身のためにつくられるものだ。純文学雑誌が百万も部数をもつ時代が到来すれば、私は自説をひっ込める。純文学雑誌は、せいぜい二、三万の部数である。それでも、半分は返品される。出版社にとっては、割の合わない仕事である。また、ベートーベンの第九に耳をかたむける人が、いったいどれくらい、あるか。ピカソの絵を愛する人が、どれくらい、あるか。

映画は、一作に三百万人以上を動員しなければならぬ娯楽ではないか。

「芸術」として存在するしろものではない。若い「意欲的」なヨーロッパの監督が、わけのわからぬ、変てこな映画をつくると、これを「芸術」だとみなし、ほめたりしているが、とんでもない錯覚である。

大衆に金を払わせるものは、「芸術」であってはならない。「娯楽」でなければならない。「芸術」というものは、本質は、全く面白くないものである。もし、それがすこしでも面白かったら、それは「芸術」の枠から、はみ出してしまっているのである。「芸術」には、一般大衆に理解させようとする努力が払われる必要はない。それが判る人だけに、提供されるべきものである。

映画が、どう考えても「芸術」として成立つわけがない。それをどうして、映画人たちは、「映画芸術を」とうそぶくのか。阿呆らしい話である。

私が、これまで眺めて来た映画界は、およそ、封建的、閉鎖的であった。映画会社の首脳陣をはじめ、監督以下スタッフは、自分たちの頭脳だけを使って、決して、他の世界からの頭脳を誘致しようとはしなかった。

文壇には、多くの空想力に秀でた作家たちがいる。それらの作家のナマの頭脳を、どうして、映画界は、利用しようとしなかったか。ただ、原作を買い入れるにとどめていたのである。

映画界では、黒沢明が天皇のように云われて、かれが作る映画には、ジャーナリズムがさわぎたてる。かつて、「隠し砦《とりで》の三悪人」という映画を、つくっているが、大量の金を運ぶのに、しばしば危険に遭い、それをつぎつぎと突破する、というストーリイをつくるのに、黒沢明はじめ脚本家数人が、旅館にとじこもって、半年も費した、ときいた。

私は、「隠し砦の三悪人」を観て、数人文殊の智慧を合せて数箇月も費さなければ、つくれぬストーリイとは、思えなかった。せいぜい、一週間もあれば、つくれるストーリイではないか。閉鎖的な世界だから、そういう無駄な努力をしなければならぬのである。

それはともかくとして、「隠し砦の三悪人」は、一応面白く出来ていた。コケの一念で、金と時間をかければ、われわれを面白がらせる「娯楽」がつくれる。

ところで、私は、三年あまり前に、某映画会社から、脚本をたのまれた。私は、その時、

「私に脚本を書かせれば、金のかかる映画になりますが、それでもいいですか」

と、念を押した。そのかわり、面白いという点では、まちがいない脚本をつくってみせる、と約束した。会社の首脳は、承知した。

私は、某シナリオライターを助手にたのんで、京都の旅館に四、五日こもって、ストーリイをつくった。私には、自信があった。

やがて、脚本を脱稿して、会社に渡した。

すると、私の予感していた通り、会社は、ナシのつぶてで、なんの返辞もして来なかった。脚本料を支払ってくれただけであった。金がかかりすぎることと、つくるのがむずかしい、という理由で、オクラにしてしまったのである。

私は、日本の映画会社及び映画人に対して、失望した。

金がかかる、といっても、ハリウッドのスペクタクルの十分の一もかかるわけではないし、つくるのがむずかしい、といっても、一万人に馬を走らせろ、というような無理な注文をつけたわけではない。

一人のスターを、ロケーション地に一月も足どめさせるのが困難なのだ、というようないいわけをされては、話にならない。また、大木を伐り倒して、渓流上へ、橋を架ける程度の見せ場が、「とても出来ません」としりごみされたのでは、面白い映画をつくりようがないではないか。

そして、その映画会社は、もっぱら、やくざとエロをつくって、深夜、パチンコ人種を招き寄せては、急場をしのぐことになったのである。

私は、やくざもエロも否定するものではない。パチンコ人種にとって、そういうしろものも必要なのであろうし、安あがりにつくれるなら、それでもいい。ただ、やくざとエロばかりつくるのは、自滅の道を辿《たど》っていることだ、と知っていながら、つくっているのは、どういう神経なのか、さっぱり合点しがたい。もっと面白い娯楽をつくる頭脳を、誰も持ち合せていないのか。そういう頭脳を、ほかの社会の人が持っていることに、気がつかないのか。

映画会社の首脳陣は、そういう秀れた頭脳に対して、スターのギャラの二倍ばかり支払うことを、考えてみたらどうなのか。

（一九六六年）

『こころの山脈』　製作年：昭和四十一年（近代映協＝東宝）　監督：吉村公三郎　出演：宇野重吉、山岡久乃、吉行和子、奈良岡朋子、殿山泰司

『隠し砦の三悪人』　製作年：昭和三十三年（東宝）　監督：黒澤明　出演：三船敏郎、上原美佐、千秋実、藤原釜足、藤田進、志村喬、三好栄子

西方の音——映画「ドン・ジョバンニ」

五味康祐

先日、フルトヴェングラーの指揮したオペラ『ドン・ジョバンニ』の映画を見た。フルトヴェングラーが死ぬ四カ月前にザルツブルグ音楽祭で指揮したものの実況録画（天然色）で、オペラ全曲を映画で見るのは私には初めてである。フルトヴェングラーのモーツァルトのオペラというのも初めてだから、大変に興味があった。見おわって、腹が立ってきた。

映画そのものは実によくできている。はじめにザルツブルグのスケッチがうつり、カメラは祝祭劇場のオーケストラ・ボックスに入ってくるフルトヴェングラーの姿を捕える。聴衆の拍手にこたえて彼は客席に向かって一礼し、くるりと後ろ向きになる。実際に劇場で見た場合もこれは変わるまい。映画は、この指揮台に立つ巨匠の指揮棒の動きと、われわれに見なれたあの銀髪の生え際の禿げあがった、おでこの大きな風貌を大写ししてくれる。一瞬の重苦しい静けさののち、さっと指揮棒が振られてモーツァルトの三大歌劇のうちでも、最も美しい序曲が鳴り出す。私は目頭が熱くなった。フルトヴェングラーのワグナーやベートーヴェンの名盤は何枚となく聴き込んだが、指揮ぶりを目のあたりするのは初めてだ。けっしていい格好とは申せない。カラヤンがベルリン・フィルを率いて最初に来日したとき、かぶりつきで二度見たがあのカラヤンの方が、よっぽど、指揮は颯爽としていた。フルトヴェングラーのは老いた百姓が何か、黙々と畠を耕す精勤さを思わせるものがある。時々、首をせわしなく振り、左手で砂を摑みとるように手をにぎりしめては、低弦音のfをひき上げようと顔のあたりまであげる。それも力をこめて指をにぎるのではなく、てのひらを上にして五本の指が、軽く、しまるのだ。各奏者にたえ間なく目は配られているが、けっして鋭い目つきではない。右手のタクトはフィルムの回転するスピードを越える速さで、終始、小刻みに振られている。モルト・アレグロを要求するときはタクトより首のふりざまの方が早くなる。そんな指揮だ。まぶたに覆い垂れるような長く白い眉毛、見れば見るほどでっかい額、フルトヴェングラーは西洋人に珍しい面長な顔立ちだが、それもあごの方は細くなっているので生え際のぬけあがったおでこが、一層、特徴的である。曲がクライマックスになるとカラヤンは「えーい。えーい」と掛け声を出していたが、解説によればフルトヴェングラーも時には足でドンと、指揮台を踏み鳴らして興奮するらしい。映画では、この足ぶみは終《つい》に写らない。しかし、今は故人となった偉大なこの指揮者のこれほどなまなましい指揮ぶりを映画だから今に再現できるのである。この点で、たしかに映画『ドン・ジョバンニ』はわれわれに有難い。だが肝心な音楽がまるで、ひびいてこないのはどういうわけか。

ドン・ジョバンニを歌っているチェーザレ・シエピは、一九五八年だかに英国デッカから出たクリップス指揮の『ドン・ジョバンニ』でも同じ役をやっている。ドンナ・エルビィラを歌うデラ・カーザも、オッタ－ヴィオのアントン・デルモータもクリップス盤でそれぞれ同一役を演じていた。いってみれば、このレコードを聴きなれた私にはフルトヴェングラーとクリップスの歌わせ方の違いを聴けば済むのである。モーツァルトのこのオペラで、重要な役割のレポレロが、クリップス盤と映画では違うが、その差違も含めて、とにかく音楽がきこえてくれねば話にならない。鳴っているのは不必要にボリュームを大にした鈍重な和音の唸りとスクリーン一杯に咆哮する歌声だけである。レコードの方がいいなどと私はいうつもりはない。レコードと比較する以前の問題だ。それほど、音が悪い。

むろん、オペラというのは、本来、舞台装置のととのった華麗なステージに人物のしぐさや動きを見て聴く方が楽しいにきまっている。いかなフルトヴェングラー・フアンも、幕があがれば舞台しか見ないだろう。オペラグラスなるものがあるのからみれば、登場人物の喜怒哀楽がアップで写し出される映画は、オペラ観劇の一つの理想形態といえる。エルヴィラの女中を誘惑するためドン・ジョバンニが、レポレロと扮装をかわるところ、また第一幕第五場、ジョバンニの邸内の踊りの場で有名な『ドン・ジョバンニのメヌエット』を、舞台上の楽士たちがヴェランダで演奏すれば、別の二つのオーケストラがコントル・ダンスとワルツを奏するあたり、《舞台の見えないレコード音楽》ではしょせん味わえぬ楽しさである。ドン・ジョバンニが炎の中へ絶叫しながら消えてゆく最後の場面も同様だ。視覚をともなって初めて、享受できる愉悦というものは断じてある。しかしこんなことは、映画なら初めから分かっていることだ。われわれは芝居を見たくてすわっているのではない。エーデルマンのレポレロが、どれほど巧者に、表情ゆたかに剽軽さを演じて見せても、アリアを歌っても、肝心ののどがつぶれていてはオペラは台なしではないか。表情が大写しされるだけに、耳にこころよいはずの音楽的感銘が削減される場合だってある。クレオパトラは決して美人ではなく、ただ非常な美声の持主で、その会話が実に魅惑的だったから、「美しかった」と『プルターク英雄伝』に書かれているが、いわば映画の音のわるさはクレオパトラの鼻を低くする以上のとがを犯していた。

私はクリップス盤のほかに、フィッシャー＝ディスカウがドン・ジョバンニを歌ったドイツ・グラモフォン盤を近ごろは愛聴している。もう古い録音だが、この方はステレオだから、ステレオ音に慣れた耳が一そう、映画の音の悪さを顰蹙させたのかも分からない。私はまた映画館の経営者の家に成人した人間で、そもそもH・i・F・iマニアになったのが、映画館で使っているトーキー用スピーカー（ウエストミンスター）をなんとか自宅で鳴らしたいと、病みつきになったのにはじまっている。以来、トーキー音には常人以上の潔癖さを持つようになったが、映画『ドン・ジョバンニ』を私は日比谷公会堂の二階正面で見た。二階正面というのは、スクリーンのうしろにあるスピーカーの音を、最もダイレクトに聴く位置である。日比谷公会堂はせいぜい政治家の胴間声をきく所だから、映画館に常備されたスピーカーよりさらに程度のわるい音しか出さない。つまり音の条件はすべて悪すぎるところでこの貴重な映画を私は見せられた。これは私の不幸であって、映画そのものの価値とは別事だと一応は思ってみる。しかし、どうもそれだけではなさそうである。

疑念の二、三を言ってみよう。映画『ドン・ジョバンニ』は、序曲が終わるとすぐ第一幕第一場、騎士長ドン・ペドロの邸宅の夜の庭を写し出す。レポレロが旦那は家の中でお楽しみだのに俺は見張番、早く俺も紳士になりたい、などと不平をこぼしている。エーデルマンのレポレロは音楽大の友人Mに言わせるとはまり役で、歌も実に巧みなものだそうだが、レコード（グラモフォン盤）で聴き慣れたカール・コーンに較べて、かくべつ上手とも私には思えない。やがて左手石段から、目を覆ったドン・ジョバンニと「殺されたって離しはしない」と歌うアンナ（エリザベート・グリュンマー扮）がもみ合いながら降りてくる。グラモフォン盤ではE・ジュリナックが英国デッカ盤ではダンコがこのアンナを演じているが、早くもこの場面で私は疑問につき当たる。アンナは、このあと騎士長の父を殺されてドン・ジョバンニへの復讐を誓う女だが、三人の女性（エルヴィラとアンナと村娘ツェルリーナ）の中では、主役格で、ある意味でドン・ジョバンニへの敵役である。「しかし彼女ほど十九世紀を通じて誤解された女はない。ある人々は彼女は冷やかで愛らしさがないと説き、他の人々——たとえばドイツ浪漫派の詩人ホフマンは、彼女がドン・ジョバンニを愛していたという仮定によって彼女の謎を解こうとした。だがこんな解説はナンセンスだ」A・アインシュタインは言っている。つまり石段をもみ合いながら降りてくる時、すでに彼女はドン・ジョバンニに貞操を奪われた後なのである。しかもジョバンニは、彼女の婚約者ドン・オッターヴィオに仮装して望みを遂げた。アンナは、事がおわってから自分の錯覚に気づいて、愕然とし、にくい男の正体をあばこうとする瞬間にオペラの幕は上がっているのだが、そんな、貞操を奪った男への曰く言い難い哀感はスクリーンのグリュンマーからまるで感じ取れない。ダンコのアンナにも、ステレオ盤のジュリナコにも、何か心細げなあわれさがあった。映画のグリュンマーは不埒者をなじる女丈夫の強情さばかりが目立つ。これは、彼女が大女で、というより婚約者オッターヴィオを演じるデルモータが貫禄に欠け（背も高くない歌手だから）余計にそう感じたのかも知れない。あるいはアンナを熱演しすぎているのかも分からないが何にせよ、アンナが、すでに身を許してしまったか、まだ許す前に不埒な男の正体をあばこうともみ合ったのかは、爾後のドラマに決定的な差をもたらすだろう。オペラが進展するにつれ、彼女とジョバンニの間にただならぬ気配のあるのをおとなしいオッターヴィオまでが感知して、一度は真相を追求するくらいだから、許してしまったことは聴衆には分かってくる。分からないのは当のオッターヴィオだけで、彼の詰問に、彼女がなんでもないと答え、「それでほっとした」と洩らす一語はいっそう悲喜劇的な感興を聴衆に与えるわけだが、そうならなおさら、アンナの開幕発端のこの役づくりは、もしフルトヴェングラーの演出なら私は採らない。――もっとも、同じドイツ人のホフマンとてアンナはジョバンニを愛する程度に解釈した。フルトヴェングラーも、あくまで肉体関係以前と見たかったのかも知れない。（アインシュタインはこの解釈について、十九世紀では誤解されるが、ふたりに関係のあったことは確実で、十八世紀の聴衆には誰の目にも明白なはずだと言い、さればこそ一切の謎は解けると説明している。すなわち、彼女に対するドン・ジョバンニの無関心――これは、彼がエルヴィラその他無数の女と同様に彼女をすでにものにしたからである――、ドン・オッターヴィオを愛しているのに彼のものになるのを彼女が拒むこと、さらに誘惑者が死んだあとのフィナーレでも、なお、婚約者の希望を一年経ってからかなえるとはぐらかすこと――これらが説明される、と。)

私は映画を見るまで、ドン・ジョバンニという蕩児をなんとなく教養をきわめた、むろん容姿端麗な、今日的にいえばエレガントなプレイボーイと想像していた。『フィガロの結婚』のケルビーノはドン・ジョバンニの前身だと、キエルケゴールが書いていたのを読んでいたためかも知れない。ケルビーノは周知のとおりソプラノである。エレガントな青年を、だから成長後のドン・ジョバンニに仮託したわけだが、フィッシャー＝ディスカウの風貌よりシエピの容姿は数段、そんな蕩児らしい。エーリッヒ・クライバーの指揮した『フィガロの結婚』で、シエピはフィガロを演じている。別のステレオ盤（ドイツ・グラモフォン）でフィッシャー＝ディスカウは伯爵を歌っている。漠然とそんなことも記憶にあったから、私の内面ではごく自然にドン・ジョバンニの像ができていた。映画で、シエピは見事にこの偶像を毀してしまった。私にすれば毀されたというべきだろう。さきのアンナ同様、レコード音楽だけで創りあげていた像の方がほん物ではないのかと、今でもまだ思うからだ。

第一幕第二場、あかるい夜明けの街道の場を見るといい。ドン・ジョバンニとレポレロの主従が町角で旅装の女（実はジョバンニに捨てられた女エルヴィラと後で分かる）をひっかける場面だが、旅亭のかげで、彼女の近づくのを待ち受ける主従のありようは、軟派の不良学生――それも無頼の愚連隊の態たらくである。今だって繁華街へ行けば軽薄なこんな青二才が「よォ、お茶のみに行かねえかよォ」と呼びかけるだろう。ドン・ジョバンニは、だが貴族のはずだった。騎士長を一撃で刺し殺す剣の達者でもあり、豪壮な邸宅に住んでいる。ダンディーかも知れないが無頼漢ではないはずだ。演出がわるいのか、シエピの人柄がそうなのか、この舞台に見たのは品さがった野卑な二人の私語でしかない。街角の壁に身を凭らせ、片足を半歩ふみ出し、その足を小刻みに貧乏ゆすりさせている。好色漢のリアリズムとしても、最も低級な姿勢である。オペラ・ブッファなら、こんな低俗さが滑稽譚となるわけのものではあるまい。モーツァルトの音楽ではないか。歌謡曲で演じられるオペラではないのである。

わたしはスペインをよくは知らないし、ドン・ジョバンニが十七世紀ごろのスペイン貴族と漠然と思い込んで見ているに過ぎないが、こんな愚連隊まがいの男に誘惑される女どもに、どうしてオペラが要るのか、と思う。女性は男とちがって、成長するのに時間は要らない。男に誘惑されて、一挙に生まれる。「もっと正確に言えば、その瞬間に生まれることをやめるのである」――キエルケゴールが日記に書いた、これは血を吐くような誘惑者の言葉だが、こんな誘惑にかかってこそ女の悲恋はオペラ・ブッファの台本に登場できる。そう私には思えるので、ドン・ジョバンニを憎みきれないエルヴィラにつまりはモーツァルトの音楽を聴けるのである。言い代えればドン・ジョバンニに重点をおいたとき、女主人公はエルヴィラであり、女の側で誘惑者を見ればヒロインはアンナとなる。その二つながらに、はじめのグリュンマーと第二場のシエピで、私は裏切られた。落胆するために大好きなフルトヴェングラーのこの映画を私は見たことになるのか。

反論の余地はある。前にも述べたがカメラは主要人物に焦点を合わせ、当然、画面一杯に一人ないし二人の挙措だけがうつし出される。いかに実況録画とて、実際のステージはスクリーンの何倍もの広さであり、そういう広さを演技力で埋めるには幾分の所作の誇張はやむを得ないだろう。

シエピやグリュンマーは、言ってみればオペラの舞台で歌っているので、それを映画的に、拡大して見る方が間違っているのである。誇張するのは出演者ではなく、カメラだ。といって、映画は本来カメラが捕えた動きをしか写すことはできない。つまり裏切るためにオペラは撮影されており、裏切られにわれわれはそれを見にゆく仕儀となる。――とすれば、そもオペラをなんのため映画化する必要があるのか。

大へん当たり前なことわりで言うなら、登場人物の動作やら衣装やレチタティーヴォの口ぶりなどで、レコードを聴く以上に、オペラの進展が理解される。映画の一番の効果はこの「分かり易さ」にあるだろう。『ドン・ジョバンニ』の舞台を見たことのない人は、一度は見ておいていい映画である。だが買いかぶってはならない、天然色カラーで騎士長とドン・ジョバンニの剣戟が眺められるからといって、このオペラを少しも理解したことにはならない、ということをむしろ自戒しておく方が枢要である。キエルケゴールはモーツァルトの他のいかなるオペラよりも『ドン・ジョバンニ』に感動したが、それはエルヴィラを演じたウィーンの女優が、歩きつきから身のたけ、着物の着こなしまで、忘れようと努めた恋人レギィネにそっくりだったからだ。キエルケゴールにとって、オペラ『ドン・ジョバンニ』でもっとも重要な人物はエルヴィラだが、オペラを見たからエルヴィラへの理解が深まったわけではないだろう。

それに、映画を見ておけば分かり易いというが、声楽を専門に勉強でもしていない限りは、歌っているアリアやレチタティーヴォが逐語的にわれわれに理解できるわけはないのだ。原語を解さぬわれわれは、あらましの場面々々のストーリーを知っていて、その人物の所作で、今はあのくだりを歌っているなと察するにすぎない。しかもこれなら、レコードを聴いて舞台の進展を想像するのとさほどかわりはないはずだ。むしろ対訳を読みながら聴いている方が、手間はかかるが台詞の一語々々に理解がゆく。そしてそれで、オペラを音楽として享受するには十分なはずなのである。とすればますます、なんのために映画を見る必要があるだろう。一度は見ておくべきかと言ったが、一度見れば足りるものが由来、芸術であるわけはない。

見おわってから、隣の席にいた音楽大の学生らしい青年が、「うまいなあ」と歌手の演技力に感心していた。あるいは歌がうまかったのかも分からないが、声楽家でない私にとっては、まるで芸術的感銘のない記録映画だった。せめてフルトヴェングラーの音だけでも、まっとうな録音で——もしくは再生音で——聴けたならと、この点は重ね重ね口惜しいと思う。フルトヴェングラーは序曲の場面にしか写らないが、彼の指揮が芸術を感じさせない道理はなかったはずだ。映画は私を裏切ったが、トーキーの音のわるさはこの意味で実にフルトヴェングラーを冒瀆した、そう言いたいくらい腹立たしい、無神経な映写機の再生音である。モーツァルトをこの上なく愛する人の善意によってもたらされたフィルムだと聞くが、こんな粗雑な映写機で回して、貴重な音楽芸術もないものだ。主催者は何を間違えて日比谷公会堂なんぞで公開したのだろう。口惜しくてならない。

（一九六六年）

『ドン・ジョバンニ』　製作年：一九五四年（独）　日本初公開年：不明　監督：パウル・ツィンナー　演出：ヘルベルト・グラーフ　指揮：ヴィルヘルム・フルトヴェングラー　ウィーン・フィルハーモニー管弦楽団、ウィーン国立歌劇場合唱団

映画人は専門家の物知らずになってはいないか?

池波正太郎

映画が大好きである。しばらく映画を見ないと、原稿を書いていても、気分が乗らない。映画のリズムとテンポが身体に充満していないと、仕事も調子が出ないのである。だから、映画はよく見る。よく見るが、近頃は、どうも気分が時々ひっかかる。映画作りの専門家たちはいわゆる、専門家の物知らず、というやつに、なってしまっているのではないのか、と思うのである。

映画という部門の専門家を自任しているだけで、実際の世の中がどう動いているのか知らず、かんじんの世の中が、そして大衆が、何を求めているのだか解らなくなってしまっているのではないか、と思うのだ。

歌舞伎を別にした芝居、即ち大衆演劇が、亡びてしまったのも、それが原因だった。だから、映画の大好きな私としては、他人ごととは思えないのである。

最近の映画界では、映画専門家の、物知らずから生まれた固定化した路線映画ばかりが、作られすぎる。たしかに、今や日本映画の技術陣の力量は、外国にひけ目を感ずることなく上達している。監督の演出力も、ライターの話術も、キャメラの技巧も、相当なものだ。

しかし、映画そのものが内蔵し、扱う主題が、近頃とみに、がっくりと下落してしまったのが問題である。スタッフの技術は向上しているから、何とか貧しい主題を、努力でカバーして、見せてはいる。だが、そんなことをすればするほど実は真の映画好きにとっては、得心のいかない作品が出来てしまう。根本的なものが、たりない。どっぷりと本質的な映画の楽しみに、ひたれないのである。

これでは、だいいち、製作現場の人たちが、くさってしまうだろう。現場が気の毒である。こんな優秀な技術をもっている人たちに、充実した、本当に大衆芸術的な面白さをぞんぶんにもりこんだ、作品を撮らせてみたいものだ、とつくづく思う。

何も、大金をかけて、七〇ミリ・スペクタクルを展開しろ、とはいわない。もう少し、知恵をつかってほしい。たとえば、これは映画ファンとしての私の、一つの夢だが、三島由紀夫さんを、主演者にもってくる。題材は時代劇である。彼は剣道を本式に習っているから剣をつかえるし、そういうことが好きだから、きっとギャラも安く、出演してくれるにちがいない。主題は敵討ちだ。追うものと、追われるものが、峠の茶屋で会う。背景はそれ一つ。役者は、彼とその相手の武士が一人、女が一人の、計三人だけでいい。

いいシナリオで、セリフをできるだけ少なくし、追うものと追われるものの心理と、二人の戦いのテクニック、それに女を一人からませた葛藤を、じっくりとえがきこむ。そんな映画が、工夫できないものだろうか。

そしてまた、大島渚のような、鋭い技術をもっている監督に、何で日本映画界は、もっとポピュラーな作品を、工夫して撮らせないのだろうか。たとえば内田吐夢が「飛車角と吉良常」を、撮ったように。「飛車角と吉良常」の、役者に対する芝居のつけかたの巧さは、絶妙だった。小道具の置きかた一つ、音の聞かせかた一つが、実に映画好きをたんのうさせる、魅力をもっている。あの、技術の巧さと、主題は、どこのものでもない、日本独特のものである。

その、日本映画独特の、映画好きをたんのうさせるような作品が、もっともっと、ほしい。げんに外国映画では、楽しく面白い映画が、ぞくぞくと、ふえてきているではないか。

カラー・ワイドの映画の画面は、あの荒々しい、アメリカの広野を舞台にした豪快なスペクタクル・ドラマをえがくのに、ふさわしいワクである。あれは、海の向うのアメリカの、自然と、風土と、人間の生活から、生まれたものだ。
では、日本の自然と、風土と、人間の生活が生み出す、映画の楽しさとは、いったい何なのか。それを考え、工夫してほしい。
たとえば「それには複雑なわけがある」などという、外国語の直訳みたいなセリフをつかうような、時代劇を作ってくださるな。字引きをひけば、「複雑な」と同じ意味の「こみいった」という、立派な昔からの日本語があるのである。そういう何気ない気の配りが、今の日本映画には、つくづく欲しい。

（一九六九年）

『人生劇場・飛車角と吉良常』　製作年：昭和四十三年（東映東京）　監督：内田吐夢　出演：鶴田浩二、藤純子、辰巳柳太郎、高倉健、若山富三郎、大木実、左幸子、松方弘樹

◆映画を巡って

頻々《ひんぴん》たる文藝作品の映画化に就いての感想

――映画的批評眼を

川端康成

1

ただ少しばかり、多過ぎるというだけです。

映画のストオリイは、人生の中になくって、文藝作品の中にあると――一体、誰がそんなとんでもないことを考えはじめたのでしょう。

そのとんでもない考えが、宗教的な迷信のように広まってしまうなんて――。

迷信は恐しいものであり、恐しいものであるから、勿論いつもまちがっています。

2

しかし、ストオリイを借りるのはまだいいのです。シナリオ作者がストオリイを捜す手数が省け、従って人生に対して怠け者になるということは、或は大変結構なことかもしれません。

ストオリイを売る、われわれ文藝家に取っては、とりわけ万歳でありましょう。ただわれわれが少々気味悪いと思うのは、文藝作品はストオリイ以外に、映画的価値なんて断じてありはしないと、ひそかに冷笑しているところの脚色家、並びに監督であります。

怠けて居《お》っても、冷やかさがあれば、いつも迷信の敵であります。

3

映画的である――この言葉は文藝作品の技術の批評の場合に、目下のところ、褒め言葉として使われてると見て差支えありますまい。

文藝的である――この言葉は映画の技術の批評の場合に、目下のところ、貶しい言葉として使われているように見受けられます。

この流行物品は——二つのうち前の方は特に、文藝家の一人としての私は、幾多の条件をつけても尚、承知出来ないものであります。けれどもしかし、映画の脚色家から見れば、万歳であるかと思います。この万歳にも、幾多の条件のつくのは勿論でありましょうが——。で、つまるところ、映画の脚色家に、与えられた文藝作品の技術を映画的に批評することが出来るならば、またそうすることを忘れないならば、それで問題はないのだと思います。

云《い》い直せば、原作に忠実でないことが、先ず第一に望ましいのです。

4

一例として申しましょう。

私の小説が映画化されるならば、その手法が原作とちがっていればいる程、そしてその違い方が映画的であればある程、私はその映画を尊敬するでしょう。

拙作「浅草紅団」の脚色について私は云いました。

筋も、人物も、何もかも、まるで原作とちがったものでいい。脚色者自身の「浅草紅団」を書いて下さい、と。

これは幾ら私でも、特別の場合であります。そういうよりしかたのない原作だからであります。

しかし、文藝作品の脚色に対する私の気持は、いつもこの場合に近いものでありま す。

たとえ「浅草紅団」が映画化されて「浅草紫団」になろうと「銀猫団」になろうと、活字の「浅草紅団」は一字も消されずに残って居りますから。

5

原作さえよければ、いい映画が出来るということは、或はほんとうでしょう。

ただ一つ、原作の文藝的技術に映画的な批評が加わっているならばです。

この「批評」の批評が盛んになりさえするなら「少しばかり多過ぎる」と、私がはじめに書いた心配もありません。

文藝を映画で批評する――とは大ざっぱですが、批評するものとされるものとの距離が遠いと、そこに活発な創造の起ることが、度々あります。

文藝作品の脚色家や監督を、私は一種の文藝批評家として見ます。傑れた批評家であるならば、創造的でないわけはありません。

（一九三〇年）

『浅草紅団』　製作年：昭和五年（帝国キネマ）　監督：高見貞衛　出演：小宮一晃、徳川良子、葉山三千子、若葉馨

「原作者は百パーセントの藝術派の花形、文壇有数の浅草通、題材は浅草公園を故郷として生活している人々の群、その数奇を極めたる生活―現代の浅草それは寧ろ近代社会悪を背に健康で明朗で自由な楽園かも知れない。この楽園の扉は眞に開かれた。監督は『都會双曲線』名新進高見貞衛、正に一九三〇年度の映画」（昭和五年、映画宣伝チラシより）

志賀さんと映画

阿川弘之

二月号に載った「志賀直哉歌舞伎放談」が好評なので、続いて今度「志賀直哉と映画」という題で随筆を書かないかという話が『藝術新潮』からあって、然し私は甚だ不適格だと思った。映画は時々観るが、不確かな観客で、俳優の区別などがよくつかず、外国映画の女優はどれでもディートリッヒのように見える始末で、熱海に一日志賀先生を訪ねて話を聞いてからという事にした。

一月三十一日、小雨。来意を告げると、

「映画の話は随分して、種切れになってるからね。」

といわれ、私は昨年正月号の婦人倶楽部に出た「原節子との対談」や、毎日新聞（二六・一一・一〇）に載った「熱海文人映画よもやま談義」や、もっと前、高峰秀子との対談記事もあった事など思い出した。

「此の頃僕も康子（夫人）も、京マチ子に凝ってるんだよ。谷崎（潤一郎）君が讃《ほ》めてるんでね、此の間中谷（宇吉郎）君と一緒に、『浅草紅団』を見たら中々面白いんだ。それで、其の次康子と町へ出た時、康子は見たいんだけど、僕が二度見るのは気の毒だというんで、遠慮してるから、構わないからって云《い》って入ったんだが、二度見ても面白い。所が済んだら五時十分で、帰りのバスの具合が悪いんでね、とうとう其の儘もう一度、結局三度見たよ。それを書くといいよ。」

弟の志賀直三氏と小林秀雄氏が来訪中で、間もなく稲村の木村庄三郎氏夫妻、続いて話の中谷宇吉郎氏も見え、賑やかで、私はノートなど持ち出していたが、あまり話も聞けなかった。

「それで然し今度は『志賀直哉と落語』、『志賀直哉と義太夫』という事になるかね。どうも、出版社の御用を一々聞いてると、切りがないな。あさって週刊朝日の『妻を語る』で写真を取りに来るんだが、今迄度々《までたびたび》云われて断っていたんだが、一寸《ちよつと》義理もあって、断れなくなって、家内さえ承知ならと言う事になったんだが、康子は頭の後が薄くなって透いて見えるからね、背後から写して『我が河童を語る』というんなら書こうと云ったら、それはいやだと言うんでね……。」と、笑話になったりした。

それでも、翌日の朝と合せて、可成《かな》り色々な談話を聞く事が出来た。

最初に見たのは、明治時代、十幾つかの時活動写真が初めて日本に入って来た折、神田の錦輝館でであるという。大写しというものは無いので、野外劇で遠くの方でジャンヌ・ダークが火焙りになる所や、騎兵の走る場面、波が打ち寄せて来る所、それが初めは幻燈のように静止して写っていて、廻し出すとパアッと動き出す。駒田光洋という「頗る、非常に」と言うのが癖の弁士がいて、「エヂソン氏の活動写真」と云い、舞台に其のエヂソン氏の肖像を画いたビラが出ていた。学習院で片瀬の水泳に行っていて、黄海々戦の記念日の演芸会で、シーツを吊るし、ランプを置いて、裸おどりをやって影絵を写し、「ヘボソン氏の黒色活動写真」と云っていた。皆がおどると志賀少年は幕の蔭で、手風琴《アコーディオン》でブカブカアメリカンマーチを弾いたものだそうである。五十数年来のファンであろう。近頃もよく熱海の町まで足まめに映画を見に出て行く。子供が覚えて、「志賀さんの小父さんが来てた。」等と云っているそうだ。

大分前に見たものだが、「誓いの休暇」は面白かった。戦後のものでは「旅路の果て」「逢びき」「赤い靴」等を面白く思ったと云う。「赤い靴」は、初め大阪で観た時には、音楽と色とに魅せられて、其の方ばかり見ていたが、次に熱海で観た時には話の筋としても大変面白いと思ったそうである。同じ映画を二度観る事はよくあるらしい。

「あの（『赤い靴』の）支配人はあの男なりに一種の藝術至上主義者で、それに較べると若く音楽家の方は実にエゴイストで、つまらん奴だね。女が愈々《いよいよ》舞台に立つ事になって、あの支配人が自分の部屋の中で飯を食わす所があるだろう、僕が昔ボートの選手をしていた時の経験でも、甘い物を食うと息切れがするしね、天ぷらだの油物を食うと、漕いでいて腕が張って来るよ、その経験から云っても、あの支配人の注意している事がわかるね。男の音楽家の方が、『嫉妬だ』というと、支配人が『そうかも知れないが、自分のはお前の云う意味とは違う』という意味の事を云う。踊り子をよして結婚する女にプラットフォームで別れる時、男の踊り手が女に向って、『お前はもう自由で、これから何でも食べられるのだ』と云うね。面白かったよ。只あんまり色や音楽が綺麗で、一遍見たんでは、他の事が眼に入らなかった。」

「『ハムレット』と『ヘンリー五世』、ああいう歴史物は大体あまり好きでないんだけど、両方とも面白かった。然し好きな映画と云うと『五十四番街』という、非常に気楽な、ルンペンの話なんか、ああいう気楽なものも好きだね。尤《もっと》も西部劇はあまり頭に残っているのが無い、ゲーリー・クーパーは割に好きなんだけど。」

「コクトーの物はどうも面白くないね。それからイタリヤの映画、骨折って拵《こし》らえている点では好意を持つんだけど、暗い感じがいやなんだ。ソ連の映画では『シベリヤ物語』は面白かった。『夜明け』は、福田（蘭童）が見て、リズミカルだと云っていたけど、人がすうと向うへ遠去かって行くと、別の人が画面をすッと横切る。そして画面が切れる、そういう事を非常に考えて作っていると思ったね。『石の花』は観なかった、惜しい事をした。」

英国映画で「天国への階段」も観る機会が無かったと云う。男の役者で、以前「愚かなる妻」という作に出たシュトローハイムなど頭に残っているし、「椿姫」のグレタ・ガルボなどもよく思ったそうである。

然し、先生は周知のように美術品、西欧の絵画や彫刻、それから特に東洋の古美術からは、色々な面で自分の仕事への刺戟や影響を受けた人であるが、映画からは未だ特にそういうものを受けた事はないとの事であった。昔（大正の中頃）妹と一緒に京都へ行っていて、町でひょっこり小山内薫に逢い、丁度小山内の出た、軽井沢の雪景色を写した「路上の霊魂」という写真が上映されている時で、別れてからそれを観、夜先斗町《ぽんと》の鴨川おどりを見に行くと、其処《そこ》で又小山内薫に逢った。其の頃活動写真が未だ芸術としてちゃんと独立出来るものかどうか、分らなかったので、気楽な意味で其の事を小山内に訊くと、小山内は、やはり機械でやる仕事で、其の可能性は無いような事を云った。そして自身もやはり、まあこれがまともな芸術にはならないもののように思ったという。

古いもので「ジゴマ」などは通俗なつまらないものと思ったし、皆が多少感心した「カリガリ博士」なども、一寸面白かったけれどもそれを藝術とは認めなかった。

「日本の映画も然し相当なものになって来たね。アメリカのつまらない物に較べれば、ずいぶんましなものがあるね。戦後のもので、『暁の脱走』、『羅生門』だって中々面白いし小津（安二郎）のものなんぞも、テンポがのろくてまどろっこしい事もあるけど、個人的に知っているせいもあるが、好意を持って観ているんだ。此の間『別れ雲』というのでは福田（蘭童）の細君（川崎弘子）が、非常に自然で中々うまいと思った。よく旅興行をやってるから、旅ではもっと芝居をするんだろうけど、その芝居がちっとも出ず、自分では固くなって……なんて云ってたが、余裕綽々とやっててよかったよ。」

「シナリオをね、何か面白い筋を考えて、――自分の仕事じゃあないけど、専門家にそれを書いて作って貰ったら一寸《ちよつと》面白いとも思うんだけど……。」

志賀先生の作品で映画になったのは「赤西蠣太」が一つだけである。これは私の手許の記録では、脚色監督が伊丹萬作、蠣太と原田甲斐が片岡千恵蔵の一人二役で、その他按摩の安甲が上山草人、伊達兵部が瀬川路三郎、銀鮫鱒次郎が原健作、小波（原作は小江）が毛利峯子という顔ぶれで、昭和十一年の六月封切の、日活提供、千恵蔵映画製作所の作品であった。

先生は今では、自分の作品の形が壊されるというので、作品の劇化映画化の申出はすべて断っている。「暗夜行路」を映画にしたいという話もあるそうであるが――。

映画の「赤西蠣太」も、出来て最初に見た時は一寸挨拶に困ったという。

「自分のあれに全く無いものが入って来るからね。二度目に伊丹萬作の『赤西蠣太』と思って見たら、面白かった。」

「然し此処（熱海）にいちゃ、持って来て試写で観せて貰えば別だが、多少高級なものは興行的に成り立たないから、駄目だよ。此の間『ファウスト』を試写で見たが、これを熱海でやって人が入るかどうか危ぶんでたね。『ファウスト』は面白くはあったけど、活動に現れただけでは、ゲーテは相当な老好色漢だね。新鮮な洗濯娘とのあれなんか、シナで一盗二婢三妾四妻という、二婢の趣味だからね。八十にもなって、十六七の娘に恋したなんぞ、いくらゲーテでも張り倒したくなるよ。そんな事、讃めるのは少しおかしい。もっと批判の余地があると思うね。」

「ニュースも面白いけど、面白いと思ってると、途中でポッと切れて終りになるんで、もっとゆっくり見ていたいと思うよ。文化映画では、昔富士の裾野の野鳥の生態をうつしたのが、非常な根気の仕事で、頭にのこってるね。」

話が此の辺まで来た時、少し疲れたらしく、夫人の方に向いて、

「おい、所で……。」と突然遊び事の方に話が変った。それで私はノートを閉じた。

先生は席を変えて坐り直し乍ら、ビタミン剤を飲んで、

「どうも、一寸の旅でこれじゃあ、困る。」と少し腹立たしげに云った。前々日まで伊豆をまわって三日間旅して来た疲れが出ているらしかった。しかし其の云い方が、如何にも、「僕も此の若さで」とくっつきそうなので私はおかしかった。先生は今年数え年七十である。

因《ちな》みに先生の作品の中で、映画の事を書いたものは、昨年評判になった「朝の試写会」と、もう一つあまり知られていない作だが、「馬と木賊」(昭和十六年)の中に、「馬」という映画の事が出て来る。それから「秋風」(昭和二十四年)の中では、「逢びき」という映画の事に話が触れている。其の他「映画コンクール」(昭和二十一年)、「『第七のヴェール』と『旅路の果て』」(昭和二十二年)等という短い文章もある。


(一九五二年)

『誓いの休暇』 製作年：一九三七年（独） 日本初公開年：不明 監督：カール・リッター 出演：

カール・ラダッツ、インゲボルク・テーク
『逢びき』　製作年：一九四五年（英）　日本初公開年：昭和二十三年　監督：デヴィッド・リーン
出演：シリア・ジョンスン、トレヴァー・ハワード
『赤い靴』　製作年：一九四八年（英）　日本初公開年：昭和二十五年　監督：マイケル・パウエル／エメリック・プレスバーガー　出演：モイラ・シアラー、アントン・ウォルブルック
『ハムレット』　製作年：一九四八年（英）　日本初公開年：昭和二十四年　監督：ローレンス・オリヴィエ　出演：ローレンス・オリヴィエ、ジーン・シモンズ
『ヘンリー五世』　製作年：一九四五年（英）　日本初公開年：昭和二十三年　監督：ローレンス・オリヴィエ　出演：ローレンス・オリヴィエ、レオ・ゲン
『五十四番街』　製作年：不明　日本初公開年：不明
『シベリヤ物語』　製作年：一九四七年（ソ連）　日本初公開年：昭和二十三年　監督：イワン・プイリエフ　出演：ウラジミール・ドルージニコフ、マリア・ラドイニア
『夜明け』　製作年：一九五〇年（ソ連）　日本初公開年：昭和二十六年　監督：グリゴリー・ロッシャリー　出演：アレクサンドル・ボリーソフ、ニコライ・チェルカーソフ
『石の花』　製作年：一九四六年（ソ連）　日本初公開年：昭和二十二年　監督：アレクサンドル・プトゥシコ　出演：ウラジミール・ドルージニコフ、タマーラ・マカーロワ
『天国への階段』　製作年：一九四六年（英）　日本初公開年：昭和二十五年　監督：マイケル・パウ

エル／エメリック・プレスバーガー　出演：デヴィット・ニヴン、キム・ハンター
『愚かなる妻』　製作年：一九二二年（米）　日本初公開年：大正十二年　監督：エリッヒ・フォン・シュトロハイム　出演：エリッヒ・フォン・シュトロハイム
『椿姫』　製作年：一九三七年（米）　日本初公開年：昭和十二年　監督：ジョージ・キューカー　出演：グレタ・ガルボ、ロバート・テイラー
『路上の霊魂』　製作年：大正十年（松竹キネマ研究所）　監督：村田実　出演：小山内薫、英百合子
『ジゴマ』　製作年：一九一一年（米）　日本初公開年：明治四十四年　監督：ヴィクトラン・ジャッセ　出演：アルキエール、ジョゼット・アンドリオ
『暁の脱走』　製作年：昭和二十五年（新東宝＝東宝）　監督：谷口千吉　出演：池部良、山口淑子
『別れ雲』　製作年：昭和二十六年（新東宝）　監督：五所平之助　出演：沢村契恵子、川崎弘子
『赤西蠣太』　製作年：昭和十一年（千恵蔵プロ＝日活）　監督：伊丹万作　出演：片岡千恵蔵、志村喬、上山草人
『ファウスト』　製作年：一九二六年（独）　日本初公開年：昭和三年　監督：F・W・ムルナウ　出演：イエスタ・エクマン、エミール・ヤニングス
『馬』　製作年：昭和十六年（東宝）　監督：山本嘉次郎　出演：高峰秀子、藤原鶏太、竹久千恵子
『第七のヴェール』　製作年：一九四五年（英）　日本初公開年：昭和二十二年　監督：シドニー・ボックス　出演：アン・トッド、ハーバート・ロム

ある地方都市のハリー・ライム

井上ひさし

〈東和〉という固有名詞がはっきりと頭に刻み込まれたのは、『バグダッドの盗賊』からである。そのころのぼくは、お涙頂戴式のはったりをかけていえば、カトリック孤児院に収容中のみなし子（じつは母親がいまだに存命しているのだからとんだ羊頭狗肉である）、ポケットはいつも空《から》で、映画代の捻出に苦心惨憺していた。そこで目を付けたのが孤児院の図書室の書架に並ぶ洋書だった。それらの洋書のなかから、英文法書や、語学入門書を、こっそり持ち出し、大学生相手の古本屋に売った。

もっとも、図書室は間もなく閉鎖された。洋書を持ち出していたのは、ぼくひとりではなかったからだ。十四、五人いる高校生がひとり残らず大学前の古本屋街の上得意になっていたらしい。院長は「犯人が自分から名乗り出るまで図書室は再開しません」という紙をドアに貼りつけた。

こんなわけで観たい映画を観ないですごすこと数か月、すこしいらいらしはじめたとき、ぼくは「キネマ旬報」で、東和が『バグダッドの盗賊』の封切に先立ち、その宣伝法をファンから募集していることを知った。そこで一晩徹夜して、宣伝プランを原稿用紙で二十枚ほど書いて送った。〔……盗賊という題名にひっかけ、まず宣伝部員に泥棒の扮装をさせ、白昼、繁華街を走らせる。別の宣伝部員がそのあとを「泥棒！　泥棒！」と叫びつつ追う。やがて泥棒は捕えられるが、そのときは弥次馬が人垣をつくっているはずだから、かねて用意の宣伝用の大きな横幕を出し、二人でひろげてみせる〕と、まあ、この程度の思いつきを十数案、大急ぎでこしらえあげたのだった。

選考結果はやはり「キネマ旬報」誌上に発表された。佳作（二千円）のところに自分の名前が載っていた。これが、ぼくの名前が活字になった最初である。

これで味をしめ、高校時代は投稿をもっぱらとした。何十回となく感想文をあちこちへ送りつづけたが、小才しかなかったのだろう、一度も入選しなかった。ただし、まるでだめ、でもない。いつもきっと佳作なのである。

『第三の男』が公開されたのは、高校三年のときで、このときも、封切館と地元の新聞との共催で、感想文コンクールが行なわれた。〔……オーソン・ウェルズ扮するハリー・ライムが生きていて、しかも凶悪なるペニシリンの密売者であることが明らかにされたとき、わたしは戦慄した。じつはわたしも洋書の、いわば密売者だったことがあるからである」というような文章で、その感想文は書きはじめられていたとおもう。あとは自分の悪事をハリー・ライムの吐く名台詞集で自己弁護した。

ぼくは、佳作の賞品の、その封切館の三か月間の無料パスを狙って投稿したのだが、これが入選して、全文が新聞に載ったのには困った。新聞掲載のあくる日、孤児院の図書室は再開された。ドアの横に「井上君が犯人でした。彼は犯行のすべてを新聞に告白しましたから、自分から名乗り出たものとして、図書室をあけることにしました。院長」という紙が貼られていた。

（一九七八年）

『バクダッドの盗賊』　製作年：一九四〇年（英）　日本初公開年：昭和二十六年　監督：ルドヴィッヒ・ベルガー／マイケル・パウエル　出演：サブー、コンラート・ファイト

スリラー映画

松本清張

小説と映画

いま、読書界では推理小説ブームと言われているが、映画界にもスリラーものが勃興してきた。勃興というほどでもないかも知れないが、とにかくその数が多くなりそうである。

最近の映画は小説に接近したように思える。どちらが近づいてきたのか知らないが、多分、映画の方が小説の要素に傾いたのではなかろうか。私は小説の映画化の傾向を言っているのではない。観客が読者を兼ねている現象をいうのである。一般の読者は、いわゆる中間小説のひろがりによって、かなり眼が高くなっている。しかし、これはあくまで一般論で、つまり、中間小説は、より低い読者も、より高い読者も吸収してふくれ、この読者層の眼が映画に向っていると言いたいのである。言いかえると、映画の観客の眼が、中間小説程度に変ったと言うべきであろうか。映画の製作者はそれを承知している。その証拠に、近ごろの映画の多くは中間小説程度の知性と面白さをもっている。

しかし、中間小説も、そろそろ壁につき当ろうとしている。相も変らぬお話ばかりでは読者が飽《あ》いてくるのは当然だ。このマンネリズムの隙間から推理小説、もしくはその手法を応用した小説が進出してきたように、映画でもスリラー的なものが伸びてくるように考えられそうだ。

映画が商業主義的である以上、製作者がいかにして観客を集めるかに腐心するのは当然である。うけることを狙う点ではジャーナリズムより露骨かも知れない。彼らは絶えず迷える昆虫のように鋭敏な触角を働かしている。この場合、小説の読者の傾向が有力なデータになることは無論である。

雑誌の編集者が小説のマンネリズムに苦悶しているように、映画製作者も作品のそれに困惑している。現在までのところ、日本の映画はメロドラマ的な要素を多くもったものが主流であった。映画製作者は、そういうものを作っていさえすれば間違いないと信じてきた。だが、それは作品自体の行詰りと、観客大衆の眼が洗練されてきた理由でくずれてきた。映画評がマスコミに乗ってひろく大衆の眼についてきたこともその原因の一つになろう。映画製作者が封切に先だって載る新聞や週刊誌の批評をどんなに気にしているか、今ほど著しいときは過去になかったであろう。それは興行成績を左右するくらいに影響があると彼らは考えている。観客はそれほど成長したのである。

このことは、メロドラマの行詰りを破るため、今後つくられるであろうスリラーものに警告となろう。ありきたりの通俗ものでは、決して観客は満足しない。ピストルが鳴り、刺激的な場面がつづき、はらはらする追跡がはじまり、武装警官の大挙出動で解決する在来のチャチなものでは、観客はあくびをするか逃げ出すに違いない。また、今どきこんな古い型を踏襲しようとする製作者もいないであろう。

また、スリラーと言えば、たとえば麻薬窟や暴力街や密輸団を道具立てに使わなければ成立しないと考える製作者も次第に少くなるだろう。これも古い型だとは彼らも承知している。

では、これからのスリラーものはどのように作られるべきか。映画製作者は腕を組んで考え込んでいるに違いない。

ドラマは人間の拡大《エンラージ》

私はこの本のはじめに、日本の古い探偵小説が詰らないのは、トリックや意外性の筋のために、人物の性格が類型的であり、心理がないからであると書いた。いったい、現実性のない心理に読者がどうして興味を持ちえよう。現実性と言っても、私は実在性のことを言っているのではない。よしそれが非実在的なものであっても、その世界がわれわれと共感していれば、つまり普通では気づかぬ自分の潜在している心理に共通していれば現実性を感じるのである。『黒猫』や『アッシャー家の没落』を読んでいてもその時間、少しも荒唐無稽の空疎を感じないのはそのためである。しかし、これはポーのような天才だけがよくすることで、日本の下手な亜流を読まされてはたまらない。

このことは、そのままスリラー映画にあてはめたい。スリラーといえば恐怖を与えればよしと思い、縁日に出る化物小屋みたいに道具責めしても、それはスリラーではない。「フランケンシュタインもの」が三級品以下であるゆえんである。

現在のわれわれの恐怖は、生首やぶら下った血染めの片腕ではない。それはあくまで日常の生活から出発していなければならない。普段の心理から理解されなければならない。

われわれは平凡な生活をくり返している。しかし、現代の複雑な対人関係は無数の糸によって相互につながっている。この糸は利益関係という形而下の生活条件の上に、それぞれの心理という形而上の現象が絡み合っている。われわれはいつも他人に対して無形の加害者であると同時に被害者である。また、誰もが日ごろは気づかぬ潜在意識をもっている。何事もない時はそれが現われないかも知れないが、生活条件にちょっとした狂いが出たとき、そのかくれた意識が出てくるのである。現代の複雑な社会機構では、われわれは、いつ何どき、行動上の加害者になり、被害者になるか分らないのである。

その眼で自分の周囲を見ると、この平凡な生活も常に危機に満ち満ちているのだ。現代の恐怖とは、そういうものなのである。

映画はそういう現実の恐怖を出してほしい。われわれの奥に潜在している心理を摑み出して、それを拡大してみせてほしい。もともとドラマは人間の拡大《エンラージ》である。

その心理の設定が出来たら、事件はひとりでに出来あがるであろう。われわれの生活の上に、いつか起りかねない事件を見せつけられたら、観客はスリラーを実感をもって観るだろう。

木々高太郎氏によると、ヒッチコックが日本に来たとき、こう言ったそうである。自分がかつてつくった映画に、幼児が時限爆弾を知らずに教会に運ぶ場面があった。

観客はそれが爆弾であるから、はらはらして見ている。何も知らない幼児は、教会に行きつくまで、途中で道草をくったり、わき見をしたりしてのろのろと歩く。爆発時間は刻々と迫るから観客は手に汗を握る。この、はらはらさせる手法がスリラーのコツだという。

ヒッチコックの説明ながら、これは単純である。だが単純なのは、それが原型だからだ。もし、時限爆弾の代りに生活上の重大な危機であり、その爆発を知らずに身近に運んでいるのが幼児でなく市井の生活者であったら、現実感は盛り上るであろう。そういうことは、一ぱいわれわれの周囲にあるからだ。

被害者の眼

画面の人物が何も知らずに、観客だけが彼の危険を承知してなりゆきを観ているのは、たしかにスリルを生じさせるだろう。ヒッチコックの『断崖』は、画面の妻は知らないが、その夫の殺意を観客は知っている。それで、どうなることかと凝視するのだ。それは妻に同情しているからである。『裏窓』では、覗きを感づいた殺人者が近づいてくる。覗き見をした当人は足が不自由なので逃げることが出来ない。また偵察に出た恋人が殺人者のアパートに入って行動するのを観客が気づかう。この二つがスリルのもり上げだったが、それは観客が二人に同情しているからだ。またウィリアム・ワイラーの『必死の逃亡者』では脱獄囚に家を占領された善良な市民の家族の運命を心配して見つめる。木下恵介の『風前の灯』では、強盗に見張りされている小市民の一家を描く。

してみると、スリラー映画にはどの人物かに観客の同情がかかっているように仕組まれているようだ。だが、これは単なる同情ではなく、観客がその被害者の眼になっているのである。観客は被害者と同じ心理で恐怖している。そうなると、画面の被害者は観客に同化するだけの生活と心理をもっていなければならない。曖昧な性格や突飛な生活の人間では、どんなにそれが善良な人間に設定されても、観客は縁のない他人の眼で眺めるであろう。さすれば、危機を身近なものと感じないだろうし、スリルは生まれない。極端な話がキングコングにさらわれた婦人に観客はスリルを感じはしない。

被害者と同様に、加害者もまた観客の隣に住んでいる人物になっていなければならない。その点では、この人物も、観客の潜在心理と共通する性格が確立しなければならない。市民の平凡な生活が脅かされる設定で似ているが、『風前の灯』が『必死の逃亡者』にはるかに及ばないのは、小品のせいだけでなく、強盗に入ろうとするチンピラどもがまったく類型化しているからである。

ヒッチコックでも『知り過ぎた男』や『間違えられた男』は私は佳作だと思っている。前者では外国の大使館に幼児が誘拐されるという筋が、われわれの生活とは離れている。後者も、瓜二つの人間が犯罪の嫌疑をうけるという設定が、やや現実から遠い。

なるほどそういうことがあるかも知れない。ことに人相が似ているので間違えられることはよくあることだが、それを死刑囚という極限のところに設定したところに不自然さが感じられる。

いくら起りそうな事件でも、あまり特殊なものにすると普遍性がなくなり、つくりごとめく。スリラーは観客につくり話を感じさせたら、絶対に恐怖の効果を与えることが出来ない。要するに日常の平凡な生活から起る恐怖が、スリラーに実感を起させるのではあるまいか。

またスリラー映画の大げさな身ぶりは効果を半減する。これでもか、これでもか、と観客を責め立てる演出は避けた方がよい。ことに犯罪映画をセミ・ドキュメント風に撮った方がわりと成功するのは、演出を抑えて写実を感じさせるからである。その方が内容の緊迫感を与える。それにつけても思い出すのは、黒沢明の『野良犬』である。あれは、現在の彼の意欲作などの野心作よりも傑作である。最後の場面で刑事が犯人を捕えるところはすべての音楽を消し、ただ遠くにテンポのゆるいピアノの音を入れて、格闘する二人の荒い息づかいを聞かせるだけである。格闘の背景は、黒い雲も走らず、強い風も吹かず、おだやかな初秋の美しい野菊の原だ。その静けさが、精魂を尽す格闘に恐ろしいくらいな迫真性を出した。私は『野良犬』こそ『羅生門』より黒沢の代表作だと思っている。

いま、スリラーや犯罪映画を企画するとき、映画関係者が必ずといってもよいほど『野良犬』を口に出すのは当然である。

映画の特殊性

映画と小説とは相似性があるが、相違する点も無論ある。小説は何時間も何日間もかかって読むことが出来るが、映画は二時間くらいで終了せざるをえない。この時の拘束が、観客に考える余裕を与えない。謎解きを主とした推理小説は、読観客はで速度をゆるめたり休んだりすることで、謎を考えることが出来るが、考えるこ絶えず忙しく画面の流動に眼をさらされることを余儀なくされる。つり、とは、映画の考えに観客がひたすら従ってゆくことだ。たとえば『真昼の暗黒』はすぐれた映画だが、あの中の共同犯の不合理性を見せる数々の場面は、映画の考えであって観客の主観的な考えではない。小説では、データだけを出して推理を読者に任せることが出来るが、映画ではそれは困難である。小説の読者は本を伏せて己れの推理的思考に陶酔することが出来るが、映画ではその余裕がなく、受け身に立つばかりである。謎解きを主とした推理映画のむつかしさがここにある。画面が観客に強制して説明する推理過程が、その知的の程度において、観客のそれと一致しなければ、はなはだ詰らないものになる。

それにくらべると、加害者の企みも見せ、被害者の危機も見せるスリラー映画は安心である。そこには思考の負担が少くなり、行動だけでスリルを描くことが出来る。どんなにうまい文章で描写し、読者にイメージを作らせても、現実の視覚の結像には追いつかない。

『恐怖の報酬』は何の変哲もない、危険なニトログリセリンをトラックで山に運ぶだけの話だが、文章だけではとてもあの画面ほどの迫力のあるスリル感は出ない。私は原作をよんでいないが、読んでも映画ほどの戦慄は感じまい。これは映画だけがもつ特技である。

言いたいことは、スリラー映画だといって、何も特殊な世界に題材をもってゆく必要はなく、たいそうな身振りをすることもない。われわれの平凡な生活に密着したところに置きたいのだ。危機《サスペンス》はどこにも伏在しているはずである。

映画製作者には、スリラーものでもどこかにメロドラマの添えものをしなければならぬという固陋《ころう》な妄念《もうねん》があるようである。これは意味のないことだ。作品をふやけさせる以外に何の役にも立たない。メロドラマを挿入しなければ客にうけないという信仰は、もう捨てた方がよい。観客はそれほど甘くはない。メロドラマ自体が壁につき当っている現状を自覚すべきだ。何を苦しんでメロを入れるのか。

そのことがよく分るのが、小説が映画化された場合である。必ずと言ってもよいほど必然性のないメロが注入されている。それは職人的技術だが、その故に原作も傷つき、映画も傷ついている。世にもこんな馬鹿馬鹿しい有害な作業はない。これが改められないかぎり、優秀なスリラー映画は生まれてこない。

最後に、映画作家のオリジナリティの貧困な現状を挙げておきたい。多分、彼らはあまりに忙し過ぎるのであろう。

（「推理小説の周辺」より）

（一九七四年）

『風前の灯』製作年：昭和三十二年（松竹大船）監督：木下恵介　出演：佐田啓二、高峰秀子

『知りすぎていた男』 製作年：一九五六年（米） 日本初公開年：昭和三十一年 監督：アルフレッド・ヒッチコック 出演：ジェームズ・スチュアート、ドリス・デイ、ダニエル・ジェラン

『間違えられた男』 製作年：一九五六年（米） 日本初公開年：昭和三十二年 監督：アルフレッド・ヒッチコック 出演：ヘンリー・フォンダ、ヴェラ・マイルズ、アンソニー・クエイル

『野良犬』 製作年：昭和二十四年（新東宝） 監督：黒澤明 出演：志村喬、三船敏郎、淡路恵子、木村功、千石規子、千秋実

『真昼の暗黒』 製作年：昭和三十一年（現代ぷろ＝独立映画） 監督：今井正 出演：草薙幸二郎、左幸子、松山照夫、菅井一郎、加藤嘉

映画に現われたユーモア

獅子文六

芝居と、小説と、映画と、三つ較べてみると、ユーモアを味わうのに、最も便利な方法は、映画ではないかと思う。一番割りの悪いのは小説で、ほんのツマらないユーモアを生み出すのに、何百も何千も、原稿紙の字穴を埋めて行かなければならないのだから、バカバカしい。ちと、御同情ありたきものだ。

いつかも、なにかに書いたことだが、昔の電気館のニコニコ大会ぐらい、生涯のうちで笑わされたものはない。尤《もっと》も、あれをユーモアの笑いといえるかどうか、という事になるとムツかしくなるが、そんな問題は別にした。ともかく可笑《おか》しい事は、非常に可笑しかった。笑いに酔って、涙が出ることさえあった。考えてみると、西洋風の笑いに影響されたのは、後にマークトウェンだとか、カミだとかを読んだ時よりも、年少の頭脳に印象されただけに、あのニコニコ大会の映画から受けたものの方が、大きかったのではないかと思う。それは、その頃愛読していた漱石の「坊っちゃん」の笑いでもなければ、鯉丈の「八笑人」の笑いでもない新しい笑いで、初めてシュークリームを食った時のような悦びだったと思う。

とにかく、新馬鹿大将やハム君チビ君から、ルネ・クレールの諷刺映画に至るまで、僕は実に長いこと、映画のユーモアを見せて貰ったことになる。その間実に、多くの喜劇映画の型や質が現われた。チャップリン映画は云わずもがな、マック・センネットのエロチック喜劇、降《くだ》ってウィル・ロジャースの静かなユーモア、それからマルクス兄弟の瘋癲《ふうてん》的ユーモアなぞ、一寸考えただけでも、いろいろある。

マルクス兄弟といえば、あのユーモアは、かなり珍らしいものであった。ファンテエジイなぞという、生易しいものではない。純然たるグロテスクである。観ていると、眼が回る。頭が痛くなる。気持が悪くなる。精神病院を参観してる時のような気持になる。巴里の芸術家達が、マルクス兄弟を礼讃したのは、決して単なる気紛れではないと思う。あんなユーモアは滅多に現われないだろうし、また、あれ一つで結構な代《しろ》物《もの》でもある。

チャップリンを道化役者としてでなく、笑いの詩人として最も早く認識したのも、やはり巴里の芸術家だった。僕はチャップリンの映画は殆んど全部観た積りであるが、最後に巴里で観た「街の灯」は、それほど感心しなかった。あんなに感傷的、自己惑《わく》溺《でき》的になっては、ユーモア芸術としてのみならず、作品としても面白くないと思った。彼は十九世紀的なものを多分にもっているから、今のように自由な境遇になれば、あいうものが出てくるのだと思う。やはり、頂点作は「キッド」を推すべきだろう。大衆的ユーモア作品として、ディッケンズの小説と匹敵すると思う。

ルネ・クレールの作品になって、初めて、われわれは現代の笑いに接し得る。一体、クレールの映画を、笑いの方面から見ないで、なにかムツかしい理窟をつけなければ承知の出来ない一部の人々には、賛成できない。諷刺というものは一部の人々の考えてるように、カンカン・ガクガクのものではない。それに、クレールの諷刺というものが、なにもそれほど考え込まねばならぬような、深遠なものではない。彼もまた、多少の意味で、映画を商品として制作しているのだから、人々を娯しませることを忘れるわけがない。

実際、チャップリン以後、シンからわれわれを笑わしてくれるのは、クレールのほかにない。「自由を我等に」でも、「幽霊西へ行く」のようなものでも、実にオカしくてオカしくて、耐らん場面がある。前者の刑務所の作業室とか、後者の大西洋の船中とかに、そんな場面がある。昔、チャップリンの身振りがオカしかったように、今度は、監督の芸がオカしいのだ。クレールの場合は、アイデアで笑わせられることが多い。「ル・ミリオン」「巴里祭」「最後の億万長者」皆もう一度観たいものばかりだ。クレールの「笑わせる映画」の最初の作品は、ラビッシュの喜劇「イタリーの麦藁帽子」を撮《と》ったらしいが、それは観ていない。

話は変るが、佐々木邦氏なぞは、漫画の映画を観て、少しもユーモアを感じないばかりか、肉体的苦痛を起すと云っている。実際、視覚的にひどく疲れさせられる代物である。最初はあんなではなかったが、技術が豊富になって、却《かえ》って、刺戟を追い過ぎるようになった。しかし考えてみると、あれはアメリカの子供に観せる映画である。アメリカの子供というものは、始末にいけないラフな神経を持っているから、あれで、ちょうど感度が合うのだとも思う。僕は大人の観る漫画映画が、どうして早く出来ないのだろうと、いつも不審に思っている。大人の漫画だったら、恐らく、ヨーロッパの方が面白いものができるだろう。荒唐無稽のユーモアを生むのだったら、どうしたって、線画に敵《かな》う方法はあり得ない。

線の映画ぐらい、大きな将来性をもってるものは無いかも知れない。活動写真が、新しいダイメンションを発見することになる。僕はよく考えるのだが、歌麿がまだ生きていて線画の製作に従事したら、どんなことになるだろうという事だ。あのニョロニョロした手脚の線が動き出し、あの細い眼がウインクし、あの衣服の襞《ひだ》が揺れたら、実に破天荒な観物だろうと思う。ただ、声だけは一寸想像できないが、これは富本とか薗八とかいう音楽を借りたら、解決できるかも知れない。

日本映画に現われたユーモアを語る資格を、僕はあまり持っていない。殆んど何も観ていないといっていい。だが、演劇の方で喜劇が最も遅れている現象は、恐らく、映画にも発見できるのではないかと思う。第一にユーモア映画のよき企画少き事、第二に、よき喜劇俳優乏しき事等が、原因ではないかと思う。喜劇を添物と考え、喜劇俳優をデブ男か、オカメ女の異名と考えるうちは、よいユーモアが画面に生まれるわけがない。

だが、藤原釜足という役者だけは、僕の狭い見聞のうちで最も嘱望し得る一人だ。およそ彼ぐらい、平凡な一日本人の体軀容貌を備えた役者はない。まるで、平凡の典型の如きパーソナリティである。そこに、彼の絶大なる強味があるのだと思う。彼は、あらゆる平凡な日本人の笑いと、悲しみを唄う資格をもってる。芸からいっても、素直で、真実で、P・C・L有数の技術者である。

僕は「坊っちゃん」の中のウラナリを観て、彼に注目し始めたのだが、その後、大体に於て、期待を裏切られていない。しかし、会社や監督は、彼を充分に生かして使っているかどうか、疑問だと思う。「唄う世の中」なぞというのを観ると、アメリカ映画臭い雰囲気の中に、彼の芸はまるで調和しない。キートンの真似みたいな事をやってるが、器用でコナしてるだけのものだ。あんな事をやっていては、当人の損でもあり、会社の損でもあると思う。前にいう通り、彼は現代日本人として濃い属性をもってるのだから、日本の現実から生まれた役、演技を与えなければ、ウソである。僕は彼の主演で、牛乳配達かなんかの生活を、シミジミ描いた喜劇が観たい。日本の現代の真実がそこに示されれば、とりもなおさず、それがよいユーモア映画になるわけだ。

（一九六九年）

『キッド』　製作年：一九二一年（米）　日本初公開年：大正十年　監督：チャールズ・チャップリン　出演：チャールズ・チャップリン、ジャッキー・クーガン

『幽霊西へ行く』　製作年：一九三五年（仏）　日本初公開年：昭和十一年　監督：ルネ・クレール　出演：ロバート・ドーナット、ユージン・パレット

『ル・ミリオン』　製作年：一九三一年（仏）　日本初公開年：昭和七年　監督：ルネ・クレール　出演：アナベラ、ルネ・ルフェーブル

『最後の億万長者』　製作年：一九三四年（仏）　日本初公開年：昭和十年　監督：ルネ・クレール

出演：マックス・デアリー、レイモン・コルディ

『イタリーの麦藁帽子』　製作年：一九二七年（仏）　日本未公開　監督：ルネ・クレール　出演：アルベール・プレジャン、ジム・ジェラルド

『坊ちゃん』　製作年：昭和十年（東宝P・C・L）　監督：山本嘉次郎　出演：藤原釜足、丸山定夫、徳川夢声、竹久千恵子

『唄の世の中』　製作年：昭和十一年（東宝P・C・L）　監督：伏水修　出演：藤原釜足、岸井明、谷幹一、渡辺はま子

この映画と私――「戦場にかける橋」

今日出海

昨年（一九五六年）の春頃東宝の森岩雄氏の紹介でサム・スピーゲルという製作者に会った。彼は「戦場にかける橋」という映画を作ろうとして協力を依頼した。依頼しながらも重厚なサムは私を信じるに足る人物かどうかを観察し、計量し、判断し、何回か会っているうちに全く態度が一変して、親友のような言葉使いになった。

私もサムのいつもゆっくりと物静かな口のきき方や大きな身体つきに似合わず細く、鋭い眼差や考え深い広い額の裏に隠された渦巻く想念を色々と推量して、一本の映画に傾ける異常な情熱に先ず打たれた。

彼が「戦場にかける橋」の原作を読み、それから頭の中でそれが生々と動き出すまで約一年間考えつめた結果、そのストーリイを私に喋り出した。彼の話を聞いていると斎藤大佐もニコルスン中佐もシァーズ少佐も実在の人物のように生々と私に伝わるのだった。余人を混えず二人だけで、このストーリイを話し、検討した。まだ脚本が出来上る前のことで、（これも何度書き直したことか）そしてそれから二、三週間後にニューヨークから脚本が届いた。

まことに丹念な脚本で、且つ驚いたことはサムの話はこの脚本通りだったことだ。だが「アリスのような町」で日英間の捕虜問題となると日本は神経質になって居り、相当世論もうるさかったから、この脚本については私は多々不満の点があった。私は文学者として見ればこの方が複雑で面白かったが、右の如く相当に日本の世論に触れるような日本人の解釈が気に入らなかった。

サムは直ちに改作して全く別個な脚本を送って来た。これならば大丈夫だろうと私も愁眉を開いた。するとまた彼は日本に飛来して俳優の選考について相談した。アレック・ギネス、ウィリアム・ホールデン、ジャック・ホーキンス等と共演して一歩も遜色のない俳優といえば早川雪洲以外に人はない。

私はマキノ光雄君（先日、亡くなられた）に頼んで雪洲の交渉をして貰った。その時は私もセイロンのロケ地へ行くつもりだったが、新聞の連載小説を持っていると何カ月かの外国旅行は不可能で、この点今でも残念に思っている。尤もヘンリイ・大川は戦争中軍隊生活を知っているので、彼が俳優として、また製作者や監督の片腕としてセイロンへ行ってくれたので全幅の信頼を置けたわけである。

セイロンの支那人や混血児を日本兵に仕立てることは容易なことではなかったろう。暑いところで兵隊達は戦闘帽をキチンとかぶることはせず、一寸目を離すと忽ちアミダにかぶるので、それだけでもヘンリイは群集撮影となると傍へつききりで指導したという。

ロケ地はコロンボから三四十哩離れたジャングルの中で、橋を作る材料の運搬はこれ亦難事業だったらしい。象を数十頭雇い、これが材木を運んだ。それから道路を作って自動車を通るようにしてから汽車を運んだのである。一カットもセット撮影はなく、すべて現地ロケだけに汽車を運ぶだけでも想像を絶する大事業だったらしい。現に道路完成前にカメラ助手達の乗った自動車が絶壁から転落して死亡した悲劇も忘れてはならぬことであろう。

かくして人も住まぬジャングルの中で七カ月の撮影生活が始まったのである。嘗て米国の某女優はセイロンのロケでその堪え難い暑さと生活の単調さに数週間で逃げ出して帰った事実がある。彼女は契約を破り、給料を返上してもこのロケは厭だと云ったが、そのコロンボの町から密林地帯へ三四十哩も入ったところで七カ月もこもっていたデイヴィッド・リーン監督を始め、スタッフ一同の労苦は察するに余りある。

ホールデンがセイロンへ行く途中日本へ立寄った時、私は会うことが出来た。彼はアレック・ギネスを非常に尊敬していて、彼と共演するということでこの役を喜んで引受けたと云っていた。ギネスは日本では馴染が薄いようだが、本国のイギリスでは非常に人気のある舞台俳優で、シェークスピア劇では欠くことの出来ない名優である。米国でも東部の知識階級人の間には圧倒的な人気がある。「戦場にかける橋」ではギネスの巧まざる名優振りが満喫出来る。渋い彼のような演技は低い大衆受けのするハリウッド的演技とは対照をなして、イギリス人らしい地味で堅実な味が滲み出ている。

サム・スピーゲルはギネスが出演するという承諾の返事を受取った時、映画が興行的に成功するかどうかよりも、これは立派な作品になるという自信を強めていた。斯《こ》う各国の名優が揃うと早川雪洲が彼等を向うに廻して一歩も引けをとってはならぬと思った。彼はハリウッドで、またパリで世界的な名優の間に立混って数々の映画をとって来た経験と閲歴がある。だがギネスにしろ、ホールデンにしろ若い世代の人々で、彼等とどのように調和と均勢をとるか。私は映画を見て三国の代表俳優のトリオに陶然とした。俳優陣もミスはなかった。リードの演出も重厚で手堅く見事な出来栄えで、彼の地位を確立する劃期的な作品に仕上げた。

カメラは照明器具もないジャングルで申し分なく美しい撮影技術を示している。サムの話ではジャングルは猛獣が潜んでいるので通行にはセイロンの武装警官が一々つき添うことになっているそうで、その他毒蛇もいるし無気味なところだという。セイロンに駐在する米国大使は釣りが好きで、長い特別な長靴を履いても蛭《ヒル》に吸いつかれると云っているほどで、この撮影は想像を絶する困難と闘って遂に打勝った記録映画というべきだろう。

サムが突然出来上ったフィルムを自ら持参して来日した。羽田で大勢の新聞記者に取巻かれ、インタヴューをしたが、「来日の目的は？」と問われて彼は返事に窮していた。その後で、ホテルに向う自動車の中のことだが

「コンさん、この映画が出来たらあなたと二人だけで見ようと約束した、あの約束を果たしに来たまでだ」とサムが言った時、私の眼頭が熱くなった。確かに去年そんな約束をしたことを憶えている。然しそれは単なるその場の話だと思っていたのに彼は一年間忘れずに胸にたたみ、今その約束を履行したのである。

彼は着く早々流感にやられ、三日ホテルに寝たきりで、八度余の熱を押してニューヨークへ帰って行った。帰り行く彼を見て私は映画製作の鬼のような彼に年来の知己の感を深めるのだった。

（一九五七年）

『戦場にかける橋』 The Bridge on The River Kwai 製作年：一九五七年（英） 日本初公開年：昭和三十二年 監督：デヴィッド・リーン 出演：ウィリアム・ホールデン、アレック・ギネス、早川雪洲、ジャック・ホーキンス、大川平八郎
一九四三年、ビルマとの国境に近いタイのジャングルにある日本軍捕虜収容所。所長の斎藤大佐は、タイとビルマを結ぶ鉄道建設のため、国境のクワイ河に鉄道用の橋を建設する命を受け、イギリス軍士官ニコルソン大佐ら捕虜たちに建設任務につくよう命令する……。第二次世界大戦中、ビルマ＝タイ戦線で日本軍が行った「死の鉄道建設」の実話をもとに、フランス人作家ピエール・ブールが創作したベストセラー小説の映画化。主題曲「クワイ河マーチ」も世界的にヒットし、アカデミー賞でも作品・監督・主演男優など7部門で受賞した。

第5章　文豪文士、映画を語る

太宰治先生訪問記

関千恵子

二月九日、私のかねてからお慕いしていた作家太宰治先生をお尋ね致しました。先生のあのキラキラと輝やくような、お作を、常々愛読させていただいていると云うだけではなく、私にとって、太宰先生は、私の恩人でもあるのです。それは、私が、始めて抜擢出演させて頂いた、あの吉村監督の『看護婦の日記』こそは、実は、太宰先生御作の『パンドラの匣』が原作であるからです。

省線三鷹駅から、約十五分位。丁度、私が先生のお宅へ行った時先生は、お床を延べてお休みになられていた。『なに、宿酔ですよ。』と仰言って、お起きになって下さる。

それから一時間半程、新潮社の方が見えるまで、お邪魔してしまう。随分お尻の長い奴だと、後で先生にそう思われなかったか知らと、心配致してます。けれど、先生のお傍に居る時は、うれしくって、一時間半が、ほんの十分か十五分位の感じでした。

映画はあまり御覧にならない由

『あれも癖でね。観はじめると、続けて見ますが、見ないとなるとさっぱり見ません。最近のでは、〝小麦は緑〟を観ましたよ。あの、ちょっとふけた女優は何て云うんですか。』

『ベット・デヴィスです』

『そう、デヴィスは良かった。それから〝失われた週末〟は、アル中が出るから、見てはいけないなんて、友達がいうんです。』

先生は、そんなに、お酒を召上るのか知ら、さっきも宿酔いだなんて云われてたけれど……。

『お酒、随分召上るのですか』

と、そんな無しつけなことを、お訊ねしてみる。

『そうですね。おいしいもんじゃない。決して美味ではないけど、呑みますよ。闘いなんだ。ドウンて知ってますか。デイ、ダヴリエヌ、ドウン。夜が明ける時の、暁ともちがう。その少し前の、あの瞬間。あれはかなわない。憂鬱ですね。暁よりもっと生臭くって。そんな時、呑みたくなります。此の間、書いたんだけど、犯人がドウンに堪え兼ねて、犯罪を白状してしまう、そんな事、ありますよ。』

先生らしい観方。先生は素晴らしい。そんなこと心で呟く。先生の作に〝みゝずく通信〟というのがあって、高等学校の生徒が、先生らしい主人公に向って、『先生はもっと気難しい方だと思っていましたのに』と云う場面がありますけれど、私は失礼な言い方ですけど、想像していた先生と、現実の先生と、ピッタリ。それで、甘えて、いちばん怖ろしい事を伺う。

『先生、〝看護婦の日記〟は如何でした。』

『あれは、つまらなかった。途中で出ちゃった。面白くないんだもの。お客だって、お愛想に笑ってくれているんだ。』

私はどきんとする。

『あの越後獅子になった徳川夢声ね。あれはいけないね。重々しすぎる。みんなが刺身を食べている時に、一人で蟹を喰っている感じだ。それに、ヒバリだって、あんなヒバリはないね。まるでスズメだよ。』

それなら、私は、マー坊でなくダー坊だったかも知れない。『すみません』と、心の中で謝る。

『大体、日本人には、軽さ、いわゆるほんとうの意味の軽薄さがないね。誠実、真面目、そんなものにだまされ易いんだ。芭蕉だってワビ、サビ、シオリ、この外に、晩年になって、カルミ、という事を云っているけど、尤《もつと》も少しも、軽くはならなかったけれど、兎に角、軽みは必要だ。僕は、映画俳優では、ルイジュヴェ、それから羽左衛門がいいな。いけないいな。軽いよ。どうも一般に、重々しすぎる。何かと云うと、ベートウヴェン。いけないいな。モツアルトの軽み。あれは絶対だ。』

そうも仰言られる。

『文学だってそうですよ。誠実、真面目。そんなものにごまかされているんだ。可笑しい話だ。ルイ・ジュヴェですよ。あの雰囲気は楽しい。日本では、高田浩吉、あのひとには軽薄があるんではないかな。古いものだけど〝家族会議〟の高田浩吉はよかった。それから丸山定夫。このひともいい。』

いつか、大分以前だけれど、西尾官房長官をお訊ねした時も、長官は、『芝居をしすぎるのはいけない。いつでも肩を怒らしているのは変だ。』というようなことを言われたけれど、それと、同じ意味が含まれているように、思われる。本当に、そうだ。

勉強、勉強、と心に誓う。

『先生のペンネームの由来をお聴かせ下さい。』

こんな事も伺ってみる。

『特別に、由来だなんて、ないんですよ。小説を書くと、家の者に叱られるので、雑誌に発表する時本名の津島修治では、いけないんで、友だちが考えてくれたんですが、万葉集をめくって、始め、柿本人麻呂から、柿本修治はどうかというんですが、柿本修治は、どうもね。そのうちに、太宰権帥大伴の何とかって云う人が、酒の歌を詠っていたので、酒が好きだから、これがいいっていうわけで、太宰。修治は、どちらも、おさめるで、二つはいらないというので太宰治としたんです。』

と云って、笑われる。笑うと云えば、大映ファンの方が、写真を撮る時、小説新潮二月号に載っている写真は、笑って、奥様に、さんざいじめられた由で、

『今日は笑いませんよ。笑うと、口は耳までさけ、歯は三本。なんて云われますから、そんなに、僕の口は大きい？』

などと云われるので、本当にそんなに大きくないから、『いいえ』と、お世辞でなく、私は、そう申上げると、

『それでも、笑いません。絶対に笑わない。』

と、仰言って、それでも、気軽るに、私と並んで下さる。

ドウンのお話。軽みのお話。色々と為になるお話を伺わせて頂く。

帰りにおねだりして頂いた、先生の書かれた、伊藤左千夫の歌。

池みずは
濁りににごり
藤なみの
影もうつらず
雨ふりしきる

註・太宰治原作〃パンドラの匣〃は昨年（1947年）七月大映多摩川で映画化され、監督は吉村廉、出演者は折原啓子、小林桂樹、見明凡太郎、杉狂児、徳川夢声でした。本文中にある、越後獅子、ヒバリは看護婦が名付けた患者のニックネームです、老詩人大月（徳川夢声）が越後獅子、患者小柴（小林桂樹）がヒバリでした。関千恵子は看護婦正子（マア坊）でデビューしました。

（一九四八年）

『看護婦の日記』　製作年：昭和二十二年（大映）　監督：吉村廉　出演：小林桂樹、折原敬子、見明凡太郎、関千恵子、徳川夢声、杉狂児、奈良光枝

『小麦は緑』　製作年：一九四五年（米）　日本初公開年：昭和二十二年　監督：アーヴィング・ラパー　出演：ベティ・デイビス、ジョン・ダール、ナイジェル・ブルース
『失われた週末』　製作年：一九四五年（米）　日本初公開年：昭和二十三年　監督：ビリー・ワイルダー　出演：レイ・ミランド、ジェーン・ワイマン、フィリップ・テリー
『家族会議』　製作年：昭和十一年（松竹）　監督：島津保次郎　出演：佐分利信、高田浩吉、高杉早苗、及川道子、桑野道子、斉藤達雄

永井荷風先生　映画ゾラの『女優ナナ』を語る（聞き手「スクリーン」編集部 角田敏夫・石井柳子）

ゾラの作品は映画化しやすいか

永井　日本の映画はやっぱし金を出して見にいかんわけだよ。こっちの方が見でがあるもの。昨日の（永井先生原作初の映画化「渡り鳥いつ帰る」）は割に日本映画としてはよい方だろうが、なんといっても日本のは感情を顔に出すことはしませんね。「ナナ」はなかなかいいですよ。

角田　最初に一つ先生に原作と比べて話していただきたいと思うのですが。

永井　きょうのをみれば原作を読んだのとそんなに違やしません。田舎のところは全部とってある。ナナが買ってもらった田舎に別荘がありましょう、そこにね中尉になるのと大学のと二人いるのです。それのところは全部はじめからかいていない。楽屋にくるところもかいてないが、その一面は全体にとってある。競馬のところはとってないね。
角田　ヴァリエテ座なんかの……。
永井　原作と似ていますね。楽屋の中なんかほとんど。サルディニア王子のくるところのあそこはあの通りです。それから銀行のお客のスティネール、あそこはみんなそうだ。
角田　大体ゾラのものはリアリスティックにかいてあるから映画にしやすいでしょう。
永井　やりやすいでしょうね、舞台はちゃんとできているし。
角田　今度『居酒屋』も映画になるのですが、盛んに映画化されるというのは、版権の関係もあるでしょうが、現在でもフランスではゾラは相当高く評価されているということなのですか。
永井　それはまつられているものだからいいものはいいでしょう。だけど古いことは古い。読んでも古い気がするもの、ゾラのものを読めば。『居酒屋』は映画化してもいいと思う。せんに「夢」というのがゾラのもので出てる。大体『居酒屋』にはナナのことがちゃんとあるんだ。それがなかなか難しいんだよ、ゾラのものは。
角田　不思議にここ二、三年ゾラのものがつづきます。
永井　ええ、ドレヒュス事件を扱ったものがありましたね（映画題名「ゾラの生涯」）。

あれは伝記みたいなもんでしょう。ゾラそのものが証言に出るところがありますね。あれはニュースだよ。肖像の出ているのと役者の顔が実によく似ていましたね。それから汽車のがありましょう?

石井　『獣人』、最近のでは『嘆きのテレーズ』。

永井　あれは、『嘆きのテレーズ』は題が変ってましたね。「テレーズ・ラカン」です。よござんした。なかなか渋かったですね。こんどのは舞台が派手だから普通の人にはこの方が一等ですよ。

原作との相違

石井　原作のナナは体が大きいような気がしましたが……。

永井　肉体がいいのです。十六で子供を産んで舞台に出たのは十八ですから。きょうのは、みたんじゃもっととっていますよ。もうずっと年とっている女だよ。ちょっと小柄にみえるしね。しかし僕がみた「ナナ」のうちでは、今度の「ナナ」が一番原作に近いでしょう。昔英語でしゃべる「ナナ」を見たがフランスものを英語のでみるととても変な感じがする。フランスものはフランス語でないと具合が悪い。

角田　先生が最初ゾラをお読みになったのはいつごろですか。

永井　二十一、二ぐらいでしょうか。かなり古いですよ。
角田　最初は英語の翻訳でしょうね。
永井　英語ですよ。小栗風葉のころなんだ。
角田　アメリカで随分お読みになったんですか。
永井　ええ、フランスの本屋がありましてね。
石井　きょうの「ナナ」で先生はどこの場面がよろしかったでしょうか。
永井　一番しまいのところがうまいよ、二人とも。
角田　殺すところですか。
永井　あれはなかなか両方ともうまい。
石井　原作との相違なんかどうでしょうか。
永井　最後は全然違ってるね。原作と構成を比べてみると映画をつくる人は参考になりますね。田舎の方は全部とっちゃったんだもの。ドイツとの開戦でホテルの下は軍隊が通る。それを見物が押しよせてみている。ホテルの上で死ぬという、その点の対照は原作はうまいですよ。しかし、映画の最後ね、役者がうまい。あれはなかなかうまいよ。日本の女優なんかあれだけはできないよ。それから男もうまいよ。前からちょっと煩悶したりするのはいかにもうまいですよ、あれは。フランスの映画の人は普通みな芝居のできる人なんですね。日本のものは全体が金もかかっていないし、安っぽいよ。そして苦心していません。これをやるんだったらやる前によほどケイコやなんかしてますよ。大体脇役も揃っている。フォンタンとか、スティネールもね。公爵のヴァンドーヴルという馬をもっている人もずっとうまい。だからあの競馬があって、競馬のところは原作の味がよく出ている。ナナが馬車のところでパッと立ったりしてね。あそこのところはみんな派手だから見物にいいですよ。

石井　原作は馬の毛の色とナナの髪の色と同じでナナが喜ぶんですね。

永井　そうです。

石井　映画では手袋と鞍の色を同じにしていました。

永井　相当に苦心はしていますよ。

角田　ナナは親分はだで散財するところがあってもいいと思うのですが、指輪なんかどうやって使うか見せるところがなかったですね。

永井　もらったものを使ってしまうということはただゼイタクな生活というわけですからね。

角田　なにかそういうところが原作ではやたらにやってしまうのでしょう。

永井　困ったやつらにやってしまうわけだ。——街で淫売たちとナナがつかまるところがありましたね。あそこだけはやっぱり出してある。
角田　僕たちは戦後の風景としてしか知らないのですが、ヨーロッパでは昔からあるのですか。
永井　あれは時々やるんですよ。それをナナが知って助けるとか、病院に入ったのに物をもって行ってやったりするところがある。
角田　先生のフランスにいらっしゃったころとは……。
永井　おんなじですよ。ちっとも違わない。
角田　これは普仏戦争じぶんですか。
永井　普仏戦争じぶん、ナポレオン三世。
石井　ナポレオン三世のころなんてありましたか。
永井　用語の中にある。しまいの戦争のところがなかったが。
石井　新聞記者らしいのが威張っていましたが。
永井　劇評家で原作にもちゃんとありますよ。そいからあの男の役者の方もみんなすっかりある。シャンペンを楽屋へもって来て飲む、あの楽屋にありましたね。
角田　男のアパートから追っぱらわれるところがよかったと思いますが……。
永井　あれはなかなかいいですよ。

角田　ああいうところはちょっと先生の作品のようなところがありますね。

永井　西洋人は多いよ、女をひどいめに合わすところが。「渡り鳥」の芸者屋の色男よりひどいよ。

角田　舞台の裸もあんなもんですか。

永井　きょうの舞台はみんな肉ジュバンを着てましたね。あの時代、ナポレオン三世時代は向うでも肉ジュバンを着てましたよ。いまみたように進歩してないもの。しかし向うは背中とここ（胸を押える）は普通でも出すからね。

角田　あのころのヴァリエテというのはどんなものでしたか。

永井　ちょっと寄席がかっている。あまり音楽はやらないもの。あのヴァリエテはあのころではいい方でしょう。本当に真面目な音楽はやらないもの。

石井　先生があの映画をおつくりになったらどう結末をおつけになります？

永井　うん、僕はやはり原作の方がいいと思う。下の往来を戦争に行く軍隊がカツカツ行く国家的に大きなことがあって、ホテルの二階で子供の病気がうつって死ぬところが非常に具合がいいですよ。

石井　ナナのそういう面は今日の映画では全然出てませんね。

永井　自分の子供を預けた田舎へ行ったりする、そっちは全然ぬかしてある。これ二時間近くかかっても、子供のところと田舎を入れたら入らないでしょう。
角田　やはりあの女優を非常に強く出しているから……。
永井　え、そう、病気で死ぬところを入れたってちっともなんじゃありませんね。
石井　金が欲しいところしか出ていませんね。片方に子供がいると子供のために働くと日本人的になるのでしょうね。
永井　しかし随分金をとるところが沢山あって、その方じゃ盛んな女だね（笑）。物をもらったり、金をもらったりする。すべてそればっかりで動いている。はじめは女工なんですものね。そこからいきなり出て、まあつまり舞台で成功するというようになっているもんだから……。

フランス役者はみな芝居もの

石井　きょうの俳優じゃ誰が一番よいでしょうか。
永井　伯爵なんかよかった。シャルル・ボワイエですね。あれはなかなかうまかったですよ。そのほかじゃあんまりちゃんとした役はないな。銀行家もいれば、あそこの座主がいたね、芝居の、あれもなかなかうまいよ。小間使もなかなかいいですよ。僕は原作をみたときあんなばあさんではないと思った、あの女中は。きょうは非常にばあさんにしてるよ。

石井　ナナになったマルチーヌ・カロルはどうですか。

永井　いいですね。

石井　私には一番最初ナナが出て来たときにノドのところが筋ばってて、それが小説を読んだときの感じと全然違うので……。

永井　あれは年とって見えるよ。

石井　でもだんだんよくなりました。

永井　だんだんよくなりましたね、演技ですね。

石井　相手役ローズになったのが……。

永井　初めに出ていましたね……。

石井　とても体がいいから、ナナが見劣りがしました。

角田　きょうのナナになった女優のような顔はフランスには多いですか、ああいう顔は。

永井　そうでもありませんよ。あれはなかなか派手な顔だ。目は大きいしね。あのパンパンなんかに出てくるのはフランスにはよくあるよ。モーパッサンの、女郎屋から田舎へ行く、あれなんかは普通にある。きょうのなんか特別の顔をしてるよ。それから女中のゾエというのでも、よくああいうおばあさんがいますよ。

角田　フランスの人とアメリカの人と比べてどうですか、映画のことでなく。

永井　アメリカにはいいのはいませんよ。男のできそこないみたような（笑）。それはヨーロッパへいかなければダメ。イタリアでもイタリアらしい女がいる。ドイツへいけばドイツらしい女がいる。向うの国はちゃんと特徴があるのですよ。イギリスの女はみんな地味でね、ちょっと、いい女というのはいませんよ。

角田　やっぱりフランスがいいのですか。

永井　そうでしょうね。しかしイタリアにもなかなかいいのがいますし、ロシアにもいいのがいますな、「大音楽会」なんかに出てくるのは。

角田　よくごらんになるんですね。

永井　しかし映画というものは記憶しないものだ。きょうのだって誰の次に誰が出たという場所はもう記憶していない。映画ってどうして芝居やなんかと違って忘れてしまうのだろうね。細かいところをみんな忘れてしまいましたよ。早いからでしょうね。舞台も目録をみてもかいてないのですからね、忘れたらそれっきりですよ。筋も大体の筋だけでね。細かいところの筋は全然忘れてしまうね。きょうのところは芝居の舞台のところ、楽屋のところだって沢山ありましたからね、もう忘れちゃうもの。

石井　きょうの色彩はいかがでしょうか。
永井　色はいい色でした。やっぱり色のあるのをみたら色のないのはみでがありませんね。
石井　楽屋など沢山出るので色があった方がいいでしょうね。シネマスコープみたいに大きいのでやったらどうでしょう。
永井　やっぱり大きい方がいいでしょう。
石井　先生はアメリカのものはおきらいでしょう？
永井　西部劇は筋はみなくてもたいてい分るよ、看板をみれば……（笑）。それに戦争映画もきらいだ。

浅草でよくフランス映画をみる

角田　映画はよくごらんになるのですね。
永井　フランス映画は言葉を聞きに行こうと思ってよくいきます、たいてい浅草で……。
石井　やっぱり好きでごらんになるのが一番面白いでしょう。他になにか今まで原作小説の映画化作品で面白かったものはありましたか。

永井　モーパッサンの「メーゾン・テリエ」（邦題「快楽」）がなかなかうまかった。あれは原作の通りだよ。田舎へ行くときから、女郎屋のところ、すべてが。それからお寺のところで何となく老人が出てきて泣くところがありますね。あれなんかなかなかいいよ。こんだの「ナナ」は、これはなかなか複雑で大変ですよ、大物ですよ、あいうものから比べると。

角田　短編はサラッと行きますからね。

永井　行きます。二階からけ落とされてビッコになる女がいるでしょう。海岸のところで車に乗せて亭主が歩くところがありますね。あれなんかは原作の通りだ。あれは人物が少くて簡単なものでしたがね。

角田　「腕くらべ」のようなもんですね。

永井　「腕くらべ」なんかは芸者を沢山出してやるのは大変だよ。それは日本ではとてもできない。

角田　きょうのような規模でやりますとね。

永井　松竹の大谷さん、ウンというてもやらないもの。脚本もできて、かいたのがあるんです。その通りにやればいいわけです。

角田　原作に忠実な脚色というわけですね。

永井　僕はすっかり読んだ。なおすところも、やはり芝居でケイコしているからね、筋だけの人物を組立てるのはとてもうまいですよ。きょうの（「女優ナナ」）で田舎の方はずっととっちゃった理由が分ったよ。あれ入れないでいいんですよ。きょうの方でにぎやかに相当に見えるから、ワキの筋へいくと長くなるばっかりで、また別のものが出て、かえって散漫になりますからね。でもこんだのはいい方ですよ。トルストイの「アンナ・カレーニナ」など、僕はみに行ったが、あれなんか原作を読んでたら全然ダメですよ。あれは英語でやっていた。汽車で雪が降って、死ぬる時がおしまいでしょう。あれなんか原作よりなんとなくすべて軽くできている感じだね。こんだのは割にそうじゃない。競馬のときも割ににぎやかだし、楽屋のところも原作に近いですからね。「赤と黒」も僕は早くみに行ったがね、あれもスタンダールだから。うまいね。前の方はちっともやらないで、少し世の中に出てきてからやっていましたからね。映画では親父にいじめられるところなんかの一番でだしの方はずっとやっぱりとってある。

角田　最近のフランス映画と戦前のフランス映画とは？

永井　「別れの曲」なんてのはフランス映画でしたね。あれをみに行ったことがある。浅草の公園劇場の小屋で、バラックで、あそこはよくフランス物がきたんだ。

角田　近ごろのフランス映画は姦通ものが非常に多いのですが、姦通は実際多いのですか。

永井　西洋は一体に姦通が多いのです。フランスばかりではない。

（一九六三年）

『女優ナナ』Nana　製作年：一九五五年（仏）　日本初公開年：昭和三十年　監督：クリスチャン＝ジャック　出演：シャルル・ボワイエ、マルティーヌ・キャロル、ノエル・ロクヴォール

フランス第二帝政期にフランスとプロイセン王国との間で勃発する普仏戦争の直前。生まれつき淫蕩なナナという娘が、さまざまな男を踏み台に、やがてパリのヴァリエテ座の女優となり、社交界の花形となる。そしてナポレオン三世の侍従である伯爵を手玉に取り、伯爵の家庭を崩壊させてしまう。その後、ナナは男優フォンタンに惚れ入れ上げるが、逆にさんざんに食い物にされ、悲惨な最期を遂げることに……。エミール・ゾラの小説の再映画化。

『渡り鳥いつ帰る』　製作年：昭和三十年（東京映画＝東宝）　監督：久松静児　出演：田中絹代、森繁久彌、久慈あさみ、桂木洋子、高峰秀子

『ゾラの生涯』　製作年：一九三七年（米）　日本初公開年：昭和二十三年　監督：ウィリアム・ディ

ターレ　出演：ポール・ムニ、ジョゼフ・シルドクラウト

『獣人』　製作年：一九三八年（仏）　日本初公開年：昭和二十五年　監督：ジャン・ルノワール　出演：ジャン・ギャバン、シモーヌ・シモン

『嘆きのテレーズ』　製作年：一九五二年（仏）　日本初公開年：昭和二十九年　監督：マルセル・カルネ　出演：シモーヌ・シニョレ、ラフ・ヴァローネ

『大音楽会』　製作年：一九五一年（ソ連）　日本初公開年：昭和二十八年　監督：ヴェラ・ストローエワ　ボリショイ劇場創立一七五年記念音楽映画

『快楽』　製作年：一九五二年（仏）　日本初公開年：昭和二十八年　監督：マックス・オフュルス　出演：ダニエル・ダリュー、ダニエル・ジェラン

『アンナ・カレーニナ』　製作年：一九四八年（英）　日本初公開年：昭和二十六年　監督：ジュリアン・デュヴィヴィエ　出演：ヴィヴィアン・リー、キーロン・ムーア

『赤と黒』　製作年：一九五四年（仏）　日本初公開年：昭和二十九年　監督：クロード・オータン＝ララ　出演：ジェラール・フィリップ、ダニエル・ダリュー

『別れの曲』　製作年：一九三四年（仏）　日本初公開年：昭和九年　監督：ゲツァ・フォン・ボルヴァリー　出演：ジャン・セルヴェ、ジャニーヌ・クリスパン

「映画革命」に関する対話

司馬遼太郎：岡本太郎（時事通信記者）

親子二代の活動ファン

岡本　このところ、司馬遼太郎と映画界とのコミュニケーションが、かなり濃密なものになってきたという〈伝説〉があるんだが。（笑）例の石原プロの第二回作品「城取り」（原作は「城を取る話」）の企画なんかが、そういう〈伝説〉を生んだのかも知れませんね。

司馬　ぼくはね、映画界については全く無知な者であったし、現在でもそれに変わりは一つもないんだ。ぼくが映画界なるものを多少なりとも知ったとすれば、それは君からなんで……。君だとか、田村嘉（東映京都テレビ企画者）や、高田正雄（東映京撮演技課長）などという新聞記者時代の友人が、映画のジャンルに入っていったこと以外、映画界との関わり合いというと、〈原作者〉としての付き合いしかないわけや。とにかく、その無知たること、「クローデット・コルベールは男だ」と言って、田村君に笑われたくらいやから推して知るべしだ。（笑）

岡本　それはともかくとして、素朴な映画ファンだった時代あたりから話してもらいましょう。

司馬　いまだって素朴なファンに違いはないんだが、ぼくの親父がまたたいへんな活動写真ファンでね。少年時代、活弁を聞きに連れていってもらった。ちょうどトーキーへ移り替わる頃で、「血煙り荒神山」といったタイトルの阪妻のサウンド版を見て「発声映画なんてもんはアカン」と思ったな。えらい音声が悪くて、阪妻が咆哮してるだけで言語にも何もなってなかった。（笑）

岡本　ぼくも千葉県の田舎町で、その頃のサウンド版を見ましたが、さっぱり判らなかったな。そういうもんだと思っていた。（笑）

司馬　人間って、新しいものには反撥するという意識が常にあるでしょう。だから、トーキーなんて映画を破壊するもんやと思ったな、常に人間の心理に起る〈保守現象〉なんだが……。

夢を買いに映画館へ

岡本　記憶に残ってる映画というと？

司馬　ぼくらの時代は、受験勉強だとか、軍事教練とか、面白くないことばかりだったんで、つい〈活劇〉を見てしまう。わざわざ深刻になりに映画館へゆきはしませんからね。「シーホーク」「キングコング」とか「駅馬車」「大平原」……。そんなもんだな。洋画は新世界座、日本映画は千日前の常盤座あたりで見ました。とにかく、映画館には〈夢〉を買いにいったんだな。自分とは別の人間になりにゆくところや、映画館というもんは……。

岡本　戦後はどうだったんです？

司馬　兵隊から帰って、あんまり見んようになりましたね。でも話題になってる映画は「見なくちゃいかん」という焦燥感に駆られて、まア七割くらいは見てるかな。この〈焦燥感〉て奴が、ぼくは映画の最大の武器やと思うんだ。友人との座談なんかで「あの映画はよかった」という話がよく出るでしょう。そういうとき、自分が見てなかったら大事なもんを落してしまったような、えらい〈悔恨感〉にとりつかれてしまう。この大衆心理を活動屋は見逃しちゃいかんな。最大限に利用すべきですよ。

岡本　映画は小説と違って、発表形式が〈時間〉というものに制約されていますからね。いつでも見られるというもんじゃない。縁日の見せ物で「見ないと一生の損だよ」とやる呼び込み――これですね、映画興行のコツは。
司馬　そう。映画の観客動員のメソードは、いろいろ発達してきたけれど、この〈焦燥感〉に訴えるというプリミティヴな宣伝手段を忘れてはいけない。君たちみたいに映画をタダで見てる人や（笑）映画を商売としているクロウトたちは、この大衆心理というもんを忘れがちなんや。動いてるバスを追っかけるような気持……。この心理を、もっと刺戟せんといけないな。

感動なくして批評はない

岡本　あなたは〈映画記者〉をとうとう経験せずに終ったんだが……。
司馬　ぼくが映画界というものに対して、一つの〈偏見〉を持っているのは、新聞社に入ったとき先輩の記者から「文化部だけはゆくな」ということを言われた。文化部といっても、映画や演劇の担当記者という意味だったんですが、「あれは泥沼やからなア」と、その先輩が言うんだ。むろん、その意味するところのものは判らずじまいになってしまったんだが……。いまではこの〈偏見〉のために、映画というものを知らなかったということ、いや、知ろうとしなかったことを非常に惜しいと思っている。小説という〈大衆芸術〉に携わるものとして、重大な欠陥を持ってしまったという後悔がありますね。

岡本　それは〈映画〉そのものに対しての偏見についてなんで、〈映画記者〉に対する見方はどうなんですか？

司馬　君には悪いが（笑）何のために映画ジャーナリストをやっているのか？　という疑問は、いまでも捨て切れないね。むろん〈偏見〉ということもあるでしょうが、ぼくの主観的印象から言ってそうなんだ。というのはね、映画記者は毎日〈試写〉を見るのが仕事や。ところが、〈映画〉とか〈小説〉というもんは〈感動〉を人にあたえるものなんで、毎日〈感動〉してる商売なんてありえないと、ぼくは思うんだ。普通の〈市民感覚〉から言って……。

岡本　まあ、最後までお説をうかがいましょう。

司馬　だから、映画記者は〈感動〉をイナして見るという〈技術〉を身につけざるをえない。そうでないと身が持たんところがある。（笑）こういう技術者が映画紹介の紙面を作るんだから、そこには〈感動〉とか〈初々しさ〉というもんがなくなっている。したがって読者も喰いついてゆかんと、ぼくは思うんや。

岡本　これは〈批評〉というものをどう考えるかという問題になってくるんじゃないか。創作する者と批評する側との間に、永遠に介在する問題ですね。

司馬　ぼくはね、いまここで〈純粋評論〉を展開するつもりはないんや。ただ、こういうことを言いたいんだ。どんなに詰らんチャンバラ映画でも、お客さんは映画に食い入るように見ている。要するに、映画記者の姿勢とは決定的に違うんです。そしてね。映画記者は紙面を作る段になると、非常に〈知的な〉観念操作を加えて批評を書く。まさか、いい加減なチャンバラ映画や物欲しげな愛情映画を、クロウトの記者たちが一般の観客と同次元に立って書けはしないからね。したがって〈感動点〉がボヤけてしまうんだ。ぼくは〈感動〉の入らぬ批評はありえないと思ってる。ゾッこん惚れこむか、罵倒して否定するか——厳密にいうとそのドッチかしかない。中途半端な批評なんてありえないよ。ちょっと極端な物の言い方をしてしまったが、そういうわけで、ぼくは〈映画〉には全くタッチせずに、新聞記者生活を終ってしまったんです。最後は文化部の記者であり、部長ということだったんだが、〈映画〉だけは絶対に触わらなかったな。（笑）

岡本　幸いにも……。（笑）

ミロのヴィーナス以上

司馬　ぼくはえらい〈感動屋〉なところがあるんで、「赤い風車」という映画の一場面を見て「これはたいへんなことになりやがった」と思った。あのなかに酒場のシーンがあったでしょう？　みんな酒をあおって、タバコの煙りが渦巻いている。そのなかで踊り子が一人踊っていて、まあ、いわゆる猥雑な感じの雰囲気なんですが、その色彩の美しさに「絵画はもう駄目やな」と、瞬間に思った。いまでもハッキリ記憶してるけれど、タブローの上の絵具と違って、光を透過した色彩の美しさというものは凄いんや。

岡本　あなたが美術記者をしている頃でしょうね。

司馬　とにかく絵画というものを見なくてはならん期間があって、ずいぶん、展覧会まわりはやりましたよ。しかし、何百何千と見て、この「赤い風車」のワン・カットに勝る絵画はなかったと言ったっていい。たとえに出しては申し訳ないが、石川滋彦画伯の海の絵のブルーが非常に美しいと言われていたし、ぼく自身もそう思ってきたが、もはや色彩映画のブルーには敵わない。光を透過するという物理学的な現象によって、映画のブルーは絵画のそれを超越したと感じたんですね。むろん、その後、こういう比較学的色彩論が誤りということは判ったが、とにかく、当時は腰が抜けるほど驚いたんだ。

岡本　やはり、あなたはその当時から作家だったんだな。常に〈感動〉という一点か

ら物を見つめていた。ぼくたち映画記者は〈色彩映画〉が登場しても腰を抜かすほどには驚かなかったですからね。（笑）

司馬　つい先日「大列車作戦」を見て、本物の機関車が惜しげもなく破壊されるのに、またまた驚いた。（笑）わずか五百円か六百円で、そういう場面を見ることが出来る。ミロのヴィーナスを見にゆくよりも、はるかに値打のあるシーンがふんだんにあって、しかもベラ棒に安い。えらいゼイタクをさせてもろうたと、しみじみ思った。こういう感動は、毎日〈試写〉を見てる人には、観念としては理解できるか知らんが、心では判ってもらえん。（笑）

岡本　そういう意味では〈映画〉は安いですね。もっとも、金を払って損をしたという〈映画〉のほうが多いけど。（笑）

映画は最高のゼイタク品

司馬　とにかく〈映画〉というものは、われわれの持っている二十世紀の芸術のなかで飛び抜けてゼイタクなものだ——ということを、映画人はもっと強烈にアッピールしなくちゃいけませんよ。判りきったことと思うか知らんが、このこと自体、いまの観客は理解していない。なぜかと言うと〈映画〉が余りに安直に見られるからです。

だから、そんなにゼイタクなものとは思わないんだ。本当は、二十世紀に生れた幸福を、涙して喜びつつ見なくてはいかんのに「ヒマやから見とこうか」くらいにしか感じてない。しかも、そのように飼育したのは、映画人自身なんやからなア。（笑）

岡本　最近になって、ようやく映画界の内部にも自己批判の声が聞かれるようになりました。主としてテレビとの対抗点をどこに求めるか？といった思考路線ですが……。

司馬　ぼくは簡単なことだと思うんだ。お客さんがイージーに見にゆけんようにしたらいい。まず、田舎の映画館を整理することですね。都会でも場末の館は転業させて、一流の映画館だけ残す。そして、観客がフロアに入ってきたときから「これはゴージャスなもんや」と驚くような――いわばホテル・ニュー・オータニ式の雰囲気（笑）を盛り込む。場内では必ずオーヴァーはぬがし、ちゃんとした姿勢で見させる。ちょうど、十八世紀の芝居見物と同じようなマナーを要求するわけです。話は飛びますが、日本の〈茶道〉だって、あんな面倒くさいマナーが出来たのは、お茶の値段が高かったからだ。一服が千円くらいはしたろうから、〈茶道〉というセレモニーも出来たんで、もしも安価なもんやったら、あんな作法なんか成立しませんよ。

岡本　確かにそうですね。だから〈映画〉も金屛風の前に坐わらさなくてはいけない。

司馬　テレビという非常に安直なものが出現した以上、開き直らんといかん。その昔、帝劇にゆくようなゴージャスな気持で、映画見物をするように仕向けてゆくべきです。

これでは外食券食堂なみ

岡本　映画の興行形態に、こうした変革をもたらすためには、やはり製作からして変えてゆかねばならないわけですが第一の問題は〈過剰生産〉ということでしょう。

司馬　観客のほうは要求もしてないのに、毎週新しい映画を配給せんならん〈産業生理〉になっているようですが、三カ月に一本で十分ですよ。外食券食堂みたいなことは（笑）一日も早く止めるべきだ。粗悪な映画を見せられたお客さんは、もう二度と映画には帰ってくれない。昔の人ならもう一度付き合ってくれるかも知れんが、現代はテレビとかボーリング、ゴルフとかのレジャーが氾濫しているから、いっぺん〈映画〉を離れたが最後、もう戻ってきはしません。

岡本　とにかく、一週間という単位で映画を上映するような〈産業生理〉を変革することですね。

司馬　革命が必要なんや。それも〈映画産業〉がつぶれてからではなく、その以前に自己革命を起さないかん。そのためには、いろんな無駄を外科的療法で排除することですね。単純にいうと、歩兵一個中隊さえあれば戦えるところへ、後方に主計や軍医や法務官といった非戦闘員が倍も控えていて、さっぱり戦線に弾丸が届かない。こういう非常に日本的な現象は一日も早く切り捨てるべきだ。
岡本　よりよい映画を、より多くの大衆に見てもらう、ということですね。〈企業目的〉は実に単純なものなんですが、ホワイト・カラー的な機構がたいへん巨大に、複雑になってきてるもんですから、第一線の戦士たちが身動きできなくなっている。これを何とかしなければいけませんね。

明日の勝利者たるためには

司馬　一転して、映画人の〈大衆把握〉について、ぼくは言いたいんだが……。今日の〈大衆〉は古い映画人が思ってるような大衆では、もう、なくなっていることを、勇気をもって認識すべきですよ。前にも言いましたが、安っぽいチャンバラ映画や、物欲しげな愛情映画で喜んでいた〈大衆〉は、みんなテレビに去ってしまった。現在、そういう〈大衆〉はいないと断定すべきなんや。ところが、そういう〈大衆〉が、ときどきテレビから離れて、チョロチョロ映画館に入ってくるもんだから、映画人は動揺してしまうんですね。「柳の下にドジョウが何匹」というような甘い妄想に取りつかれてしまう。ですから、断固として、そういう〈大衆〉は切り捨てるべきだ。映画は自分だけの〈大衆〉を凝視していればいい。

岡本　なるほど。純粋な〈映画大衆〉とは一体、なにと定義すべきなのでしょう。

司馬　それはね、国電に乗って丸の内に通勤してくる人たちですよ。それが純粋の〈映画大衆〉だ。国電に鮨詰めになりながら週刊誌を読んでる人たちですね。今日の週刊誌は、昔の「キング」や「講談倶楽部」なんかより遥かに表現は高度なものだ。だから、古い映画人がしていたように、自らのレベルを下げて〈大衆〉と低い興味点で手を握る必要はなくなった。昔はレベルを下げることが、クロウトとしての映画人の〈技術〉だと考えていた。クロウトの栄光と苦心とは、そこにあったわけです。現代はそれがなくなって、シロウトこそ映画製作者の資格があると言うべき時代になったんだ。

岡本　アマチュア革命時代ですね。

司馬　そう。しかし、映画界はまだクロウトが物を言う時代と錯覚してますよ。そして、自己のクロウト性をどこで発揮したらよいか戸惑っている。また、自己のクロウト性を一〇〇パーセント信頼できなくなって悩んだり懐疑したりもしているんです。しかし、いまはクロウト根性を捨て去って、原始のシロウトに回帰すべき時なんだ。しかし、このシロウトに帰るということは、いかに困難な精神操作であることか！　それをや

りとげた者こそ、明日の、いや、もう今日のだが……勝利者でありうると、ぼくは思うんです。　（一九六五年）

『血煙り荒神山』　製作年：昭和四年（太秦）　監督：辻吉郎　出演：大河内傳次郎、酒井米子
『シーホーク』　製作年：一九四〇年（米）　日本初公開年：昭和十六年　監督：マイケル・カーティス　出演：エロール・フリン、クロード・レインズ、ブレンダ・マーシャル
『キングコング』　製作年：一九三三年（米）　日本初公開年：昭和八年　監督：メリアン・C・クーパー、アーネスト・B・シュードサック　出演：フェイ・レイ、ロバート・アームストロング
『駅馬車』　製作年：一九三九年（米）　日本初公開年：昭和十五年　監督：ジョン・フォード　出演：クレア・トレヴァー、ジョン・ウェイン、トマス・ミッチェル
『大平原』　製作年：一九三九年（米）　日本初公開年：昭和十五年　監督：セシル・B・デミル　出演：バーバラ・スタンウィック、ジョエル・マクリー、ロバート・プレストン
『赤い風車』　製作年：一九五二年（英）　日本初公開年：昭和二十八年　監督：ジョン・ヒューストン　出演：ホセ・ファーラー、シュザンヌ・フロン、ザ・ザ・ガボール
『大列車作戦』　製作年：一九六四年（米）　日本初公開年：昭和三十九年　監督：ジョン・フランケンハイマー　出演：バート・ランカスター、ジャンヌ・モロー、ミシェル・シモン

収録著者プロフィール（五十音順）

阿川弘之（一九二〇—二〇一五）広島県生まれ。『春の城』『雲の墓標』『山本五十六』他。
安部公房（一九二四—一九九三）東京生まれ。『砂の女』『他人の顔』他。
池波正太郎（一九二三—一九九〇）東京生まれ。『鬼平犯科帳』『剣客商売』他。
伊藤　整（一九〇五—一九六九）北海道生まれ。『チャタレイ夫人の恋人』翻訳、『変容』他。
井上ひさし（一九三四—二〇一〇）山形県生まれ。『道元の冒険』『吉里吉里人』他。
井上　靖（一九〇七—一九九一）北海道生まれ。『氷壁』『天平の甍』他。
色川武大（一九二九—一九八九）東京生まれ。『狂人日記』『怪しい来客簿』他。
内田百閒（一八八九—一九七一）岡山県生まれ。『百鬼園随筆』『贋作吾輩は猫である』他。
江戸川乱歩（一八九四—一九六五）三重県生まれ。『幻影城』『パノラマ島奇譚』『陰獣』他。
遠藤周作（一九二三—一九九六）東京生まれ。『沈黙』『海と毒薬』他。
大岡昇平（一九〇九—一九八八）東京生まれ。『武蔵野夫人』『野火』『花影』『レイテ戦記』他。
開高　健（一九三〇—一九八九）大阪生まれ。『裸の王様』『オーパ』他。
川端康成（一八九九—一九七二）大阪市生まれ。『伊豆の踊子』『雪国』他。
岸田國士（一八九〇—一九五四）東京生まれ。『由利旗江』『落葉日記』『暖流』他。
五味康祐（一九二一—一九八〇）大阪市生まれ。『柳生武芸帳』『薄桜記』他。
今　日出海（一九〇三—一九八四）北海道生まれ。『天皇の帽子』『海賊』他。

佐藤春夫（一八九二―一九六四）和歌山県生まれ。『田園の憂鬱』『お絹とその兄弟』他。
獅子文六（一八九三―一九六九）横浜市生まれ。『悦ちゃん』『自由学校』『大番』他。
司馬遼太郎（一九二三―一九九六）大阪市生まれ。『竜馬がゆく』『国盗り物語』他。
柴田錬三郎（一九一七―一九七八）岡山県生まれ。『眠狂四郎無頼控』『剣鬼』他。
高見　順（一九〇七―一九六五）福井県生まれ。『故旧忘れ得べき』『如何なる星の下に』他。
高村光太郎（一八八三―一九五六）東京生まれ。『道程』『智恵子抄』『典型』他。
太宰治（一九〇九―一九四八）青森県生まれ。『走れメロス』『斜陽』『人間失格』他。
谷崎潤一郎（一八八六―一九六五）東京生まれ。『痴人の愛』『春琴抄』『細雪』他。
檀　一雄（一九一二―一九七六）山梨県生まれ。『花筐』『火宅の人』他。
寺山修司（一九三五―一九八三）青森県生まれ。『血と麦』『田園に死す』『あゝ荒野』他。
永井荷風（一八七九―一九五九）東京生まれ。『あめりか物語』『ふらんす物語』『濹東綺譚』他。
林芙美子（一九〇三―一九五一）山口県生まれ。『放浪記』『浮雲』『清貧の書』他。
福永武彦（一九一八―一九七九）福岡県生まれ。『塔』『草の花』『風のかたみ』他。
藤本義一（一九三三―二〇一二）大阪生まれ。『法善寺横丁』『鬼の詩』他。
松本清張（一九〇九―一九九二）福岡県生まれ。『点と線』『砂の器』他。
三島由紀夫（一九二五―一九七〇）東京生まれ。『仮面の告白』『潮騒』『金閣寺』他。
吉行淳之介（一九二四―一九九四）岡山県生まれ。『驟雨』『暗室』『夕暮まで』他。

収録作品出典・底本一覧

第1章　アメリカ映画を読む

「怒りの葡萄」とアメリカ的楽天主義　「文藝」1963年2月号
「陽のあたる場所」を見る　「共同通信」昭和27年9月　『高見順全集』第16巻　昭和46年10月勁草書房刊所収
ピクニックを観る　「スクリーン」1956年5月号
必死の逃亡者　「知性」1956年3月号
「チャップリンの独裁者」を見る　「毎日新聞」1960年10月28日
ヒチコック技法の集大成——見知らぬ乗客　「アサヒグラフ」1953年4月29日
ヒチコックの異色作——ダイヤルMを廻せ！　「アサヒグラフ」1954年9月15日
恐怖の生む滑稽——ハリーの災難　「アサヒグラフ」1956年2月12日
ヒッチコックのエロチック・ハラア　「新青年」1956年2月号

第2章　ヨーロッパ映画を読む

「女だけの都」への所感　「スタア」1937年5月号
日本脱出の夢　『東和の半世紀』1978年刊
情婦マノンを観て　「小説新潮」1950年10月号
映画チャタレイ夫人の恋人　「スクリーン」1956年3月号

ジャン・コクトオへの手紙──「悲恋」について　「キネマ旬報」1950年4月中旬号
〝美女と野獣について〟「映画春秋」1948年新春号
『ブルグ劇場』封切のころ　「東和の半世紀」1978年刊
汚れなき悪戯　「キネマ旬報」1957年2月21日号
映画の限界と映画批評の限界　「群像」1956年5月号
人間万歳＝デ・シーカの眼　「映画芸術」1964年8月号
「恐怖の報酬」「映画の友」1954年1月号
円環的な袋小路　『東和の半世紀』1978年
あたらしい純粋映画──〝5時から7時までのクレオ〟「群像」1963年7月号
心理のロマネスク──ルネ・クレマンの「居酒屋」「群像」1956年11月号
「ホフマン物語」を観る　「群像」1952年7月号
映画の感動に就いて──オリンピア第一部を見て　「映画の友」1940年7月号
「美の祭典」「キネマ旬報」1940年最終特別号

第3章　憧れの映画スタア／映画人

ペーソスとペースト　『ビバ！ チャップリン　喜劇王チャップリンのすべて』昭和47年10月28日発行
無国籍語の意味　『ビバ！ チャップリン　喜劇王チャップリンのすべて』同右
チャプリンの復活　「読売新聞」1973年1月6日

コクトオ　「文藝」１９３６年７月号
稽古場のコクトオ　「藝術新潮」１９６１年３月号
モンローの逆説　「新潮」１９６２年11月号
大女優の異常　「毎日新聞」１９６２年８月10日
ルイ・ジュヴェの魅力　「藝術新潮」１９５１年２月号
故国喪失の個性――ピーター・ローレ　「なつかしい芸人たち」１９８９年９月　新潮社刊、『色川武大　阿佐田哲也全集』14巻　１９９３年１月　福武書店刊所収
ぼくはジェームス・ディーンのことを思い出すのが好きだ　寺山修司メルヘン全集３「ひとりぼっちのあなたに」マガジンハウス刊所収

第４章　文豪文士と映画

「カリガリ博士」を見る　「時事新報」１９２１年５月号　「活動雑誌」１９２１年８月号
「カリガリ博士」「新潮」１９２１年８月１日号
映画と想像力　「映画朝日」１９３８年11月号、『新輯　内田百閒全集』第８巻　１９８７年８月　福武書店刊所収
映画は「芸術」にあらず　「週刊朝日」昭和41年３月11日号
西方の音――映画「ドン・ジョバンニ」「藝術新潮」昭和41年５月１日号
映画人は専門家の物知らずになってはいないか？　「キネマ旬報」１９６９年５月上旬号
頻々たる文藝作品の映画化に就いての感想――映画的批評眼を　「映画往来」１９３０年５月号

志賀さんと映画　「藝術新潮」1952年3月号
ある地方都市のハリー・ライム　『東和の半世紀』1978年
スリラー映画　「推理小説の周辺」『黒い手帖』1974年中央公論社刊所収
映画に現われたユーモア　「獅子文六全集」第13巻　昭和44年8月　朝日新聞社刊所収
この映画と私——戦場にかける橋　日比谷映画劇場プログラム　1957年12月

第5章　文豪文士、映画を語る

太宰治先生訪問記　「大映ファン」1948年5月号
永井荷風先生　映画ゾラの『女優ナナ』を語る　「スクリーン」1955年8月号
「映画革命」に関する対話　「キネマ旬報」1965年3月上旬号

編者あとがき

根本隆一郎

日本ではじめて映画雑誌が登場したのは、明治四十一年（一九〇八）前後だといわれている。〝前後〟と特定できないのは明治期の雑誌に関する調査が大変難しいことがあります。いずれにしても、日本で最初に映画が上映されたといわれる明治二十九年（一八九六）頃から僅か十年ほどで、日本における「映画」と「活字文化」との邂逅は始まったと考えられます。

明治の終わりから大正期を経て、昭和に入ると映画は戦前の黄金期を迎え、映画雑誌も隆盛を極め、日米開戦までの十五年間に一〇〇誌を超える雑誌が発刊されたようです。映画の黎明期には「見世物」の延長程度に思われていたものが、その後、文芸や音楽、絵画などと並ぶ芸術、「第八芸術」と呼ばれるようになり、明治生まれの作家たち、谷崎潤一郎や直木三十五、川端康成の世代になると映画はより魅力のある新たな表現手段として捉えられるようになる。そして「文字による表現」以上に「視覚描写による表現」、「映像表現」に魅かれ、谷崎や川端のように作家自身が実際に映画創りに関わったり、直木や川口松太郎のように映画と文学の世界を分け隔てなく横断する作家も現れるようになりました。

その後、昭和十五年（一九四〇）、定期刊行物統制令により、映画雑誌協会監督下の二社に刊行が限定され、限られた雑誌しか発行出来なくなりましたが、敗戦後、映画は戦後の黄金期を迎え、同時に映画雑誌も昭和二十五年（一九五〇）までの僅か五年間に八十を超え発刊されます。ここでも多くの作家たちがこぞって原稿を寄せ、高見順、三島由紀夫、吉行淳之介らは、映画評論家と伍するほどさまざまな映画雑誌に名を連ねています。以後、昭和三〇年代後半から急速に映画が斜陽化し、大衆文化の雄としての座を明け渡すまでが、映画と作家、文豪・文士にとって最も良き時代であったと思います。

文芸に関するものとは異なり、純粋に一映画ファンとして表現出来る「映画評」「映画エッセイ」というステージは、作家たちにとって、より自由で遊び心が発揮出来るものだったのではないかと想像されます。映画が夢であり憧れであった頃……。映画を愛し、そこに浪漫や未知の可能性を感じた作家たちが、映画雑誌はもとより、新聞や「小説新潮」「群像」「文藝」などの文芸雑誌、また「藝術新潮」「アサヒグラフ」など多岐にわたる媒体にこぞって映画評、映画論を寄稿し、熱く映画を語り合った時代がありました。作家としての豊かな感性と観察力、幅広い尺度、味わい深い表現で記された文章は一般的な映画批評家とは異なるものがあり、それ自体がひとつの作品（読みもの）としての力を秘めています。本書では、そんな魅力に溢れた原稿を集めてみました。

掲載原稿の選択にあたっては、出来るだけ全集等に再録されていない、各作家の映画評としてあまり紹介されていないもの、〝いま読んでも面白い〟〝映画を見ていなくても読みものとして面白い〟〝読むと自然に映画が見たくなる〟という思いに駆られるものを選んでみました。中でも、太宰治や司馬遼太郎のインタビュー、対談記事などは、初出以後おそらく紹介されたことがなく、作家の内面をも垣間見ることが出来る興味深いものと思います。

「文豪・文士たち」が誘う映画の世界に触れることで、改めて映画の魅力、言葉の力を感じていただけたらと思います。

本書は文庫オリジナルです。

本書収録の作品は著作権者のご了解を得て収録しておりますが、岡本太郎（時事通信記者）様のご連絡先が不明でした。ご関係者の方がいらっしゃいましたら編集部宛て、ご一報いただきたくお願いいたします。


本文の表記につきましては、読みやすさを考慮し、著作権者ご了解の下、原則として、新漢字・現代かな遣いに改めています。

また、本書の中には今日の人権意識に照らして不適切と思われる表現・語句がございますが、作品が発表された時代背景や作品の価値、作者が故人であることを鑑み、原文どおりとしました。ご理解いただきたくお願いいたします。

（編集部）

ちくま文庫

文豪文士《ぶんごうぶんし》が愛《あい》した映画《えいが》たち——昭和の作家映画論コレクション

二〇一八年一月十日　第一刷発行

編者　根本隆一郎（ねもと・りゅういちろう）
発行者　山野浩一
発行所　株式会社　筑摩書房
東京都台東区蔵前二—五—三　〒一一一—八七五五
振替〇〇一六〇—八—四一二三
装幀者　安野光雅
印刷所　株式会社精興社
製本所　株式会社積信堂

乱丁・落丁本の場合は、左記宛にご送付下さい。
送料小社負担でお取り替えいたします。
ご注文・お問い合わせも左記へお願いします。
筑摩書房サービスセンター
埼玉県さいたま市北区櫛引町二—六〇四　〒三三一—八五〇七
電話番号　〇四八—六五一—〇〇五三

ISBN978-4-480-43491-3 C0195

5　コトバ

II

田中小実昌ベスト・エッセイ

I

1　ひと

スリコギはこまる

ぼくの名前は田中小実昌。タナカ・コミマサと読む。ペンネームですか、ときくひとがいるがそんなとき、ぼくは、こんなバカなペンネームはありませんよ、と言う。ペンネームとして、考え出すような名前ではないからだ。

小《こ》実《み》昌《まさ》という名前は、父がつけた。そのころ、父は、千駄ヶ谷の市民教会という組合の教会の牧師をしていたが、父は、なんでもつっこんで考える男だったから、ぼくの名前も、生まれるずっと前から、あるいは何年も前から考えていたのかもしれない。

父は、ぼくの名前について、字画のこととか、あるいは、小実昌という字が左右対称になっていることなど、あれこれはなしてくれたが、父がはなさなかったことが、この小実昌という名前にこめられていたのではないか。

父は、神の役に立つ子を、と祈って、この名前をつけたはずだ。世の中の役に立つ、といえばわかるが、神の役に立つ、というのはわからない。けれど、父はそうおもったのにちがいない。

父の祈りにもかかわらず、ぼくは恥ずかしい毎日を送っているので、こんなことを書いたことはないが、ウソをつくわけにはいかない。

それはともかく、小実昌という名前が、いいとかわるいとかってことは、もう、ぼくにはなんとも言えない。

父の祈りをおもうと恥ずかしいけど、ぼくは、田中小実昌――タナカ・コミマサになってしまったのだ。もう、タナカ・コミマサとして生きるよりほかはない。それについて、ぼくには言葉はない。

ただ、小実昌という名前は、なかなか便利なようである。というのは、田中という姓のひとがたくさんいるので、たぶんに、ほかの田中サンとまぎれるからだ。

夏のあいだ、ぼくは、アメリカのマサチューセッツ州の大学町にいたが、ある女のコから手紙がきて、日本国民は、けっして、K・タナカを忘れていない、と書いてあった。

ほんと！　だれかさんもK・タナカだ。ぼくもK・タナカだ。うちにある昭和49年版の東京23区の個人名電話帳を見ると（どうして、こんな古い電話帳しかないのか？）田中清さんというひとだけで、一一六名もいる。東京じゅう、そして、電話帳にのっていない田中清さんは、もっとたくさんいるだろう。

だが、田中小実昌は、たったひとりだ。おそらく、ニホン全国でも、ぼくひとりではないか。

ということは、田中小実昌《たなかこみまさ》です、と言えば、それだけで、ぼくだというアイデンティフィケーションができるわけで、ほかの田中さんとまぎれることはない。

いわゆる姓名判断などでは、字画とか、四季の名前はあんまりつかわないほうがいいとか、いろいろ言うけれども、ぼくは、名前の発音が問題にされないのが、ふしぎでしょうがない。

名前がだいじなものだとするならば、まだ赤ん坊のときからよばれる、名前の音がいちばんだいじではないか。

だって、名前の字は、いわば記号みたいなものだけど、コミマサとよばれるものは、コミマサという存在であり、また、コミマサ、コミマサとよばれて、コミマサの存在ができていく。

ぼくは、コミマサと名前をよばれるのが好きだ。ガキ根性が抜けず、甘ったれた気持ちもあるのだろうが、新宿あたりでは、タナカさん、なんて言うひとは、ほとんどいない。

若い女のコでも、ぼくのことを、
コミちゃん、コミさん、
と呼ぶし、なかには、

「コミ！」

とどなりつける飲屋やバーの女のコもいる。こっちだって、その女のコの名前は、呼びすてだから、それでかまわない。しかし、

「コミ！」

とどなりつけられても、ちっとも痛くないが、スリコギなど用意しておいて、

「コミ！」

とどなりながら、ぼくのハゲ頭をひっぱたくのはこまる。

そんなことが、たびかさなると、ソ連の生理学者のパーブロフ博士の犬じゃないけど、コミ、とよばれるだけで、条件反射がおき、ハゲ頭にガツンと痛みを感ずるようになるかも知れない。

コミショウという言いかたも、こまる。理由はなくて、いやだからだ。小実昌の昌だけが音というのもへんなものだ。

だったら、いっそ小実昌《しょじつしょう》と言ったらよさそうだけど、舌を嚙みそうで、そこまで丹念にやるひとはいない。

だけど、小実昌はショウジツショウでもコミショウでもなく、なによりも、本人がコミマサと呼ばれるのが好きなのだから、どうか、みなさん、コミマサと呼んでやってください。みんながぼくのことをコミさんと呼ぶので、ぼくの苗字がコミだとおもいこんでた女もいたっけ。

言葉の顔

アメリカの町のバーで飲んでいて、なんどか、「オーサー（author）ですか」と言われた。まえには、ないことだった。まえは、ただ、ライターだった。

オーサーというのは、ある本の著者のことで、ライター（書く人）とはちがう、とぼくはおもってたので、アメリカの町のバーで、「あなたはオーサーだそうですね」なんて言われるたびに、「わたしはライターです」とこたえた。

でも、なんで、近ごろ、アメリカの人たちは、オーサーなんて言いだしたのか。オーサーは、ニホンでは、ぼくなどが学校で英語をおそわってるころは、わりと、みんなが知ってる英語だった。いまみたいに、ライターがニホン語になっていないころなので、ライターというやさしい英語のほうを知らなかった。

アメリカの人でも、英語が読める人たちならば、オーサーぐらいは知ってるだろう。しかし、近ごろになって、ぼくなんかにも、オーサーか、なんて言いだしたのは、テレビのせいかもしれない。テレビで、話題になってる本などを紹介し、この方がオーサー（著者）の……みたいなことから、活字として読むだけでなく、オーサーという言葉を口にだしてつかうことをおぼえたのではないか。

それに、ライター（ただの書く人）よりも、オーサーのほうが、相手を尊敬してるみたいだ。オーサーに -ity をくっつけると、オーソリティにもなって、権威ありげでもある。

どこの人も、りっぱな言葉、重い言葉をつかいたがるんだなあ、とぼくはいい気持ではなかった。

ミュージシャンのなかにも、アーチストと称する人たちがいる。新聞や週刊誌などにも、今週来日のアーチストは、なんて書いてある。そんなアーチストのなかには、自分がアーチストとよばれるのをきらってる人もいるだろうに。

護美箱と書いたゴミ箱を街の通りのあちこちで見かけた。駄ジャレにしても、気持のわるい文字だ。

感動という言葉が、やたらつかわれるようになり、これも流行かとおもったが、いまだに、たくさんの人がつかっている。まえは、感激をふつうにつかったのに、感動のせいかどうか、あまり耳にせず、また見かけない。

オーサーだが、いま、英和辞典をひらいてみると、著者、著作者という訳語のつぎに、作家、著述家という訳語もあった。

ぼくは、オーサーは、ある本の著者のことだとおもっていたが、これで見ると、一般的な作家のことにもつかわれているのだろうか。

アメリカの町のバーで、「あなたはオーサーだそうですね」なんてぼくにはなしかけた人は、たしかに、一般的な作家のことを言ったのだが、くりかえすが、まえには、こんなことはきいたことがなく、近ごろになって、そうよばれるのは、どうしたことか。言葉がりっぱになり、美しくなるのは、ぼくにはいやなことだ。

女家族の中でのボク

うちには娘が二人いる。娘たちの歳は知らない。「で、おたくの娘さんのお歳は?」などときかれ、ぼくが、知らない、とこたえると、相手はけげんな顔をするが、冗談だとおもうらしい。

だが、ぼくは娘たちの歳は知らない。知らないけれども、娘たちとはいっしょに暮しているんだし、必要なときは、「おまえ、いくつ?」ときけばいい。ところが、そういう必要なときは、かつて、一度もなかった。

だから、ま、娘の歳を知らないでもいいではないか。もっとも、ぼくなんかは、必要なことは知らないで、知ってることと言えば、不必要なことばかりだが……。

しかし、うちの娘の歳をきくひとは、どうして、うちの娘の歳が知りたいんだろう。それこそ、なんの必要があるのだ? ところが、うちには娘が二人もいる、と言うと、たいてい「おいくつ?」とたずねる。世の中の人たちは、いろいろふしぎなものだ。

娘たちの歳は知らないが、それを知る目安みたいなものはある。上の娘は、浪人なしで、大学をでて二年になる。下の娘は、浪人二年して、今は、大学二年生だ。

下の娘は大学の寄席《よせ》研にはいっている。落研《おち》（落語研究会）ではない。寄席研にはいったのは、落研のほうは、やる気がある者がおおいが、寄席研は、やる気がない者ばかりだからだそうだ。

寄席研なので、漫才もやる。上の娘が、下の娘のために、漫才の台本を書いてやる、と言った。「風が吹けば、桶屋がもうかる」という話をごぞんじだろう。ところが、風が吹けば、桶屋がもうかるはずなのに、最後のところになって、ひっくりかえり、どうしても、桶屋がソンしてしまう。なんどやっても最後には、桶屋がソンするのだ。

ぼくはモノを書くのが商売だが、こういうものは、こんなふうにアイデアがでれば、言葉のやりとりなどは、どうにでもなる。

しかし、上の娘は、このアイデアによって、妹がやる漫才のための台本を、一字でも書いたようすはない。この話がでたのは、夕食のときで、ぼくも娘たちもワインを飲んでいたのだが、それっきりになってしまったようだ。

娘さんといっしょにお酒を飲むなんてたのしいですね、と言うひとがいるが、ぼくと娘たちとは、おなじテーブルでワインを飲んだりしているが、いっしょに飲んでるわけではない。みんな、それぞれ、かってに飲んでるのだ。

ぼくは、飲むと、すぐ酔っぱらい、その酔っぱらいがえんえんとつづくわけだが、娘たちは飲んでも、どうってことはない。ケロッともしていない。ただふつうだ。

それが毎晩だから、ワインも山梨市の醸造元から、一升びんで百本、いっぺんにとりよせている。

それをもってきた運送屋のオジさんが、こんなにたくさんのブドウ酒を、いったい、だれが飲むんですか、ときいたので、「いや、娘が二人いてね」とこたえたら、運送屋のオジさんがへんな顔をしていた。

うちの女房は筑豊の炭坑の育ちで、実家は福岡市にある。今は、あまりしないが、前は、博多風の鶏の水炊きをよくやった。鶏を二羽買ってきてやるのだが、うちでは鶏の足もたべる。鶏の腿ではない。爪だけ切って、あの長い足も鍋にいれて煮る。

まだ娘たちがちいさかったころ、自分の顔の巾よりもながい、鶏の足を両手でもって、二人がならび、ちゅうちゅう、しゃぶりながら、母親へのお世辞もあってだか、「ママ、おいしいねえ」なんて言ってるのを、遊びにきていたぼくの友人が見て、「おまえのうちは、鬼と、鬼の子を飼ってるのか」とため息をついた。

上の娘は、渋谷の歯医者さんではたらいている。この娘は管理栄養士という資格があるのだが、歯医者さんで、どんなことをしてるのかは知らない。

娘は、職業安定所の紹介で歯医者さんにいった。ぼくのところは、娘たちの受験とか、就職とかいったことについて、ぜんぜん、なにもしてやっていない。

ぼくだって、娘たちが、自分のいきたい学校にいけたらばいいとはおもう。就職についても、おんなじだ。ただ、なんにもしないでいる。

それどころか、娘は、どこかに仕事の口があったのに、ぼくの娘だということで、ことわられた。

世間では、就職のことでは、だれかの世話になるのは、あたりまえのことのようになってるが、娘自身も、それはきらいらしい。だから、渋谷の歯医者さんにも、自分ひとりで職安にいき、就職した。

これは、たぶん、ぼくが、「おれは、だれかの紹介で就職したことなぞは、一度もない。どうせ、どこかに就職しても、わるいことをして、やめさせられるんだから、だれかに紹介されたりしていたら、そのひとにあいすまない。それで、いつも、新聞広告を見たり、職安にいって、仕事をさがした」と自慢にもならぬことを言うのを、娘はきいていたのだろう。とんでもない教育をしていたわけだ。

受験についても、娘二人とも、まったく、なんにもしてやっていない。上の娘が大学受験の前の夜、ぼくは、例によって、だらだら飲んでいて、娘二人もおしゃべりかなんかしているとき、女房がどなった。

「アサミ（上の娘）今、なん時だとおもってるの。もう十時よ。勉強しなさい！」

これは、ホントの話なのだ。ふつうならば、長いくるしい受験勉強の日々のあと、受験の前の一週間、ないしは二日や三日は、勉強をしないで、ゆっくりからだをやすめるというところだろうが、受験の前夜に「もう十時よ。勉強しなさい！」と母親がどなってるくらいだから、どんなふうかおわかりになるとおもう。

下の娘は寄席研で仕入れたネタなどを、夕食のときに、話す。たとえば、例のクラーク博士の「ボーイズ・ビー・アンビシャス」（少年よ大志をいだけ）、をもじって「ボーイズ・ビー・アンダーシャツ」、少年よ下着をきる、なーんてさ。

角川映画と角川文庫の「見てから読むか、読んでから見るか」を、これは上の娘が、「読みながら見る」

「えー、このたび、金沢大学と埼玉大学が合併いたしまして、新大学の名称は、両大学の字を一字ずつとり、金玉大学、キンタマ大学と……」下の娘が、ぼくに注意した。「オヤジ、かならず、金沢大学のほうを、さきに言うんだよ。埼玉大学をはじめに言っちゃうと、タマキン大学になるからさ」

＊

うちには娘が二人いて、それに、女房と、メスの猫、メスの犬……こんなふうに言うと、うようよ女ばかりいるなかに、男はぼくひとりみたいだけど、べつに、そんな気はしない。

　ぼくのほかは、女ばかりと言うても、不自由なこともなく、トイレも、二つとも腰掛けだが、そのほうが、ぼくもらくでいい。

　また、女たちのなかに、ぼくひとりが男で、だから、だいじにされるようなことがあるかといえば、それもない。

　だいたい、女房や娘が女だろうか。あるところに、ぼくが女が三人いて、と書いたのを、下の娘が読み（うちの者が、ぼくの書いたものを読むことは、たいへんにめずらしい）オヤジ、インチキだよ、女三人って、女房と娘二人じゃないか、とわらった。

　ということは、娘は、自分たちや母親は女ではない、とおもってるわけだ。また、父親のぼくも、男だとはおもっていない。オヤジはオヤジだもの。

　娘が二人、と言うと、やはり男の子がほしかったでしょう、と同情してくれる人がいる。こういう人には、ほんとにこまる。

　べつに、男の子がほしいと思ったことはない、とこたえると、「いや、いや、それは、娘さんたちにわるいと考えてるからで、ほんとのところは……」とくいさがってくる。「そんな……」とぼくが首をふると、「ああ、男の子は、ほしくなかったんですか？」とききかえしたりして、まったくこまってしまう。

　ぼくは、赤ん坊が生れることになったとき、男の子がほしいとも、女の子がほしいとも、なんにもおもわなかった。そして、さいしょが女の子で、つぎも女の子だったときも、べつに、どうともおもわなかった。ただ、ま、ぶじに生れてきて、ほっとした。それだけだ。男の子、女の子なんてことは、なんにもおもわなかったんだから、どうってことはない。

げんに、娘が二人いる。これは、いいとかわるいとかってことではない。男の子がほしいとか、女の子がほしいとか言うひとの気持のほうが、ぼくには、さっぱりわからない。

昔の武士の家かなんかで、男の子がいなくて、家督をつぐ者がないと、家が断絶するなんてことならべつだけど、なんだって、男の子がいなくて娘二人の父親は同情されなければいけないのか。

娘たちも、男の兄弟がいたら、というようなことは、ぜんぜん、考えたこともあるまい。男の兄弟がほしいとかいうどころか、そんな考えさえも頭にはなかったとおもう。

くりかえすが、げんに、女の子ふたりなのだ。いや、おそらく、女の子という意識も、ほとんどないのではないか。きょうだい二人、それにオフクロ、オヤジ……そういう家なのだ。

ただ、姉、妹ってことはあるかもしれない。姉さんは姉さんらしくとか、妹は妹らしくとかいったことではない。また、やはり、姉、妹は意識しているというようなものでもない。意識なんてことよりも、意識するしないにかかわらず、姉と妹なんだもの。そして、オフクロとオヤジ。

娘二人はなかがいい。いつも二人でくっつきあっているというふうではないが、とってもなかがいい。

これは、ぼくはたいへんにうれしい。げんに、きょうだいなかがわるく、ケンカばかりしてるようなきょうだいだっている。

うちのなかで、娘たちのやることが、きちんときまってるというようなことはない。あることでは、かたっぽうが、いつもソンをしているみたいなこともあるだろう。

昨夜、下の娘が、散歩にいくか、と犬に言った。うちの犬は、うちのなかにばかりいたがって、外にでるのをこわがる。

しかし、夜の散歩だけは、よろこんでいく。ただし、そのコースはきまっていて、クルマなどのとおる通り（じつは、そんなにクルマもとおりはしない。ぼくの家の近くはしずかなところだ）はさけて、せまい道を、ぐるぐるあるくだけだ。

ともかく、昨夜、下の娘は、「わたしだけでなく、だれかが、チイ（犬の名）を散歩につれていっていいのよ」と言った。

犬を散歩につれていくのは、たいてい、下の娘なのだ。上の娘も、十回に一回ぐらいはいく。昨夜、ぼくは、ウーン、おれが犬の散歩にいったっていいんだな、とおもった。おもったが、いったことはない。女房はおもいもしないだろう。

臆病な犬で、散歩といっても、せいぜい五分ぐらいなものだ。しかし、散歩という言葉は知っていて、散歩にいくのをよろこぶ。

昨夜は、散歩に出かける犬と下の娘を、猫がじっと見ていた。それで、「ミヨ（猫の名）もいっしょに散歩にいきなさい」と上の娘が言うと、しばらくして、ゆっくり腰をあげた。

もったいぶる、なんてことは、ニンゲンのうちでも、それこそもったいぶったオジさんがやるぐらいだとおもってたら、うちの猫は、あきらかにもったいぶるのだ。

動物がもったいぶるなんて、ぼくには大発見だった。いつも、犬の散歩のときには、猫はもったいぶって、ゆっくり腰をあげ、じゃ、いってやろか、という態度をする。

猫がもったいぶるわけで、家をでると、猫が先頭にたち、つまりリードしてあるくのだそうだ。これは、たとえば、散歩コースの路地に猫がいたりすると、臆病な犬は、もうごけず、そんなとき、猫がよその猫を追っぱらうらしい。

猫が半歳ぐらいのとき、生れて一カ月の犬をもらってきた。臆病な犬だが、まだ赤ちゃんで、たぶん、わけはわからずに、猫になついた。うちの犬小屋には、チイ、ミヨ、と犬と猫の名前がかいてある。事実、昼間などは、猫が小屋のなかにいることがおおい。だから、犬小屋ではなく、犬猫小屋なのだ。

犬のほうが、からだは五、六倍は大きいが、どうも、犬は猫のことをおかあさんだとおもってるらしい。だから、おふくろにはかなわない、とおもうと同時に、あまえてもいるようだ。

＊

上の娘が生れたときは、ぼくは失業していたのでよかったが、下の娘のときは、夫婦ゲンカになった。

そのころ、ぼくは米軍の医学研究所につとめていて、ぼくが仕事にいってるときに、赤ん坊が生れたら、電話してくれ、と言ったことから、女房とケンカになったのだ。

「どうして、電話するのよ？」女房はきげんをわるくした。

「ぶじに生れたかどうか知りたいからさ」ぼくはこたえた。

「そんなこと、夕方、うちにかえってくれば、わかるじゃないの」

「いや、もしものことがあるといけないからさ」

「もしもって、なによ。お産っていうのは、いそがしいのよ。電話なんかしてられないわ」

「バカ、おまえに電話しろと言ってるんじゃない。ノンちゃんに電話させろ」

そのとき、女房の妹のノンちゃんが手伝いにきていた。ノンちゃんはいい娘だけど、やはり、女房の妹だ。どちらも、たかが赤ん坊が生れたぐらいのことで、わざわざ、ぼくに電話なんかしたくない。

電話をかけてくれれば、おれが安心するから、たのむ、とおねがいしても、二人ともプリッとしている。それで、こんちくしょう、とぼくはどなり、夫婦ゲンカになった。

ぼくが書いた小説の原稿を、女房がチリ紙交換にだしたこともある。二カ月ほどアメリカにいて、かえってきて、時差ボケなどでぼんやりしているときに、原稿が〆切ですよ、と催促された。

しかし、その原稿は、アメリカにいく前に書いておいたのだ。そして、女房がチリ紙交換にやってしまったことがわかった。五十五枚の小説だ。

ぼくは青くなるほど腹がたち、階段をけとばして、足が痛く、よけい頭にきた。こうして、十五、六分も大むくれにむくれ、なんとかしずまってきたら、女房が言った。

「いい小説だった?」

いやもう、ぼくはカッとなったなんてものではない。言いかえす言葉がないではないか。

つい三、四日前、娘たちと女房が話していた。

「おかあさんは字を書くのがうまいから、ひとりになったときは、字を書くアルバイトをしたら?」

「そうねえ、ま、それは、そのときのことよ」

そのうち、ぼくが死んじまうことは、女房や娘には、あたりまえのことらしい。じつは、ぼく自身もそうおもってる。

だが、これは、ぼくにとっては、たいへんにらくなことだ。ぼくが死んだら、家族がどうなるかなんて考えなくてもいいんだもの。

ところが、娘たちが、「オヤジが死ぬ前に、おかあさんが別れるってこともあるわよ」と言った。

いや、もう、うちの女房は、ほんとに、別れたがる女だ。結婚して以来、ずうーっと、別れる、別れる、と言いつづけている。

結婚して以来ではない。結婚する前から、別れる、別れる、と言って、結婚した。こんな女といっしょに暮してごらんなさい。どんなにひどいものか。だから、ぼくは、ノーベル平和賞をもらってもいいとおもっている。こういうひどい女を女房にして、自分ひとりの身でうけとめ、世のもろもろの男性に危害がおよぶのを、ふせいでいるんだもの。

画家の野見山暁治は、女房の兄貴で、ふたりはなかのいい兄妹だけど、ある日、しみじみ言った。「おれは、あいつの兄貴でよかったよ。結婚だけは、しないでよかったからな」

「ほう、娘さん二人ねえ。ひとりは、男の子がほしかったでしょう」なんて同情してくれる人とおなじように、「娘さんをお嫁にやるときは、小実さんだって、つらいでしょう」みたいなことを言う人にも、こまる。

なんで、娘が結婚したら、ぼくがつらいのよ？　もし、娘がだれかと結婚するなら、結婚したくて結婚するのだろうし、それを、なぜ、ぼくがつらい気持にならなければいけないのか？

娘さんが嫁にいくときは、あなたでも泣きますか、なんて、ほんとに、みんな、安メロドラマのなかの人物みたいな気でいるらしい。

娘が嫁にいくと、やはり淋しいもんだよ、と言う。嫁にいかなくたって、今夜、かたっぽうの娘が食卓にいなければ、どうしたんだろう、とおもう。娘がふたりともいなくても、女房は平気なようだが、ぼくはシュンとしている。そんなふうだったら、娘が嫁にいけばなおさら、みたいなことを、また言うかもしれない。

だが、娘がお嫁にという言葉に、それこそ、安メロドラマの思い入れがあるのではないか。いなければ淋しいだろうが、ただ淋しいだけでいいのではないか。

やはり男の子がいないとか、娘がお嫁にいくときはとか、安メロドラマの言葉に酔ってるのだ。

言葉ではない、実感だと言う人は、まったく安っぽく自分で自分にダマされてるのだろう。

ひとの悪口を言ったって、しようがない。だけど、こんなふうだと、うちの娘たちはお嫁にはいきそうもないなあ。

いや、娘たちよりも、まず、女房がどこかにお嫁にいってくれないかなあ。

優雅な仲間たち

ぼくには、有名な人の友だちは、あまりいない。また、有名人とつき合うとロクなことがない。

いつか、野坂昭如と佐木隆三にむりやりひっぱられて、東大紛争というのを見にいき、足の骨にヒビがいってしまった。

東大図書館のよこの地下通路に、まず、野坂昭如が、ひらりと飛びおり、つづいて、佐木隆三が、またひらり、それを見て、ぼくも、ひらりといったつもりだったのが、ドサッと落ち、ヤラレた、とおもった。野坂昭如は元少年院あがり、佐木隆三は元八幡製鉄、ぼくとはからだの訓練の度合いがちがうのを忘れていた。

しかも、だれかにつき落されたわけでもなく、自分で暗い通路にとびおりて、あるくこともできずしゃがみこんでるだけで、見ている者さえない。ほんとに心ぼそく、バカらしく、もう、こんな連中とはつき合うまいとおもった。

また、後藤明生とも、ときどき飲むことがあるが、ぼくの酒も、そうとうにダラ酒で、ダラダラといつまでもキリがないけど、後藤明生のは、手拍手をとって軍歌をうたいながら、玉砕調で暴力的で、飲めば、かならず朝になり、あかるくなるまでつづく。こっちはもう眠くってしようがなく、だいいち、ぼくは軍歌はきらいなうえに、ウロおぼえの歌詞ならともかく、一字一句正確に長々と荘重にやられたんでは、たまったものではない。それに、後藤明生の軍歌をきくと、兵隊の頃のアメーバ赤痢がリバイバルしてくるのか、タチの悪い下痢がおこり、だから、逃げだそうとすると、キサマ、くらわっすぞ、と九州弁でどなりながら追いかけてくる。

川上宗薫も、なにしろ、国電の吊皮にぶらさがって、となりにきたガキみたいな女のコを口説くという見さかいのない実戦派だから、こんなのといっしょにいたら、失神遺恨のある男性に、いつ、どんなインネンをふっかけられ、そのとばっちりをうけるかわからない。

そんなわけで、有名人とつき合うとロクな事はなく、そういった人種はなるべくさけ、品がよく、優雅な——連中と、ぼくは飲む。

そのなかでも、つき合いが長いのが、東京中央郵便局の前で靴《ゲツ》みがきをやってるゴウちゃんだろう。さいしょにあったのは、渋谷松濤《しょうとう》町の鍋島侯爵の邸で、そのころ、駐留軍の将校クラブに接収されていたが、ぼくとゴウちゃんはお姫様の部屋を占領し、いっしょに煙突掃除などをやっていた。

その後、ぼくは行方不明になり、ゴウちゃんは、ぼくをさがして横浜にいき、横浜でうろついているうちに、朝鮮の戦争にひっぱっていかれ、仁川上陸作戦と北朝鮮からの米軍撤退作戦の両方にいって、おまえのおかげでひでえめにあったよ、と言う。

ゴウちゃんは、ぼくが犬を殺させて、その肉を梅谷昇のうちにもっていったことも、いまだにうらんでいる。でっかい赤犬で、それをワナにかけ、ゴウちゃんがぶっ殺したんだが、殺すところを見ると味がわるくなると言って、ぼくは逃げていて、料理した肉だけをパクパクたべ、梅谷のうちにまで、飯盒ではこんだのだそうだ。

梅谷昇は小学校のときの友だちで、兵隊からかえり、はじめて大学にいった日に、校庭でぱったりあい、おなじ文学部の哲学科だとわかった。それで講義にはでず、浦和の梅谷のうちにいって、ごちそうになったんだが、それっきり、二人とも、ほとんど大学にいかず、ぼくも梅谷も退学させられてしまった。ゴウちゃんも退学で、ほかも、まともに学校を出た者はあまりいない。

梅谷は、いつだったか、五円玉ひとつしかなくて、川崎の競輪場からぼくのところまであるいてきたが、その後行方不明になり、なんでも、新聞配達やラーメン屋の住み込み、それから弁当屋ではたらいてたらしいが、また姿を消し、今はどこにいるかわからない。

ほかに、熊谷幸吉、通称クマさんというワセダの中退がいて、築地の河岸ではたらいてたけど、これまたおかしくなって、河岸《かし》をやめちまい、どうするんだろうとみんなで心配していたが、めでたく荒川区尾久のサッポロ・ラーメン屋のチーフにおさまった。チーフって言われるのは、あたしもはじめてでね、とクマさんは、中華鍋の鍋さばきを見にこい、としきりにさそう。クマさんにさいしょにあったのが、中華ソバのチャルメラの先生としてだから、やはり、この商売には因縁があったんだろう。

さて、ここのところ、いちばん顔をあわせてるのは、ヘイさんこと吉村平吉先輩かもしれない。

ヘイさんは、かの有名なポン引のヘイさんで、今は現役ではないが、吉原のゆいしょただしいところに根城をかまえ、東京じゅう、いや、浜松、大阪、いたるところに出没している。銀色にかがやく長髪で、目もとやさしく上品で、お酒のほうも女性も慎み深い情熱があり、その点、このぼくとわりに似ていて、なかよくつるんであるいている。女性の趣味が一致していても、ひったくりっこのケンカにならないのは、おたがいのこの慎み深さと、もしかしたら教養のせいかもしれない。

さて、ついさっき、電話がかかってきて、電話口にでた同居しているエカキの野見山暁治が（ぼくにはホモのけはない）、外人の女らしいが、英語かフランス語かドイツ語かロシヤ語か、さっぱりわからないと言う。電話をかわってぼくはわらっちまった。サチからの電話だったのだ。サチの電話じゃ、どこの国のニンゲンだってわからない。サチは新宿で知りあった啞の女のコなのだ。げんにむかいあってればともかく、電話で啞とはなしをするというのは、まことにまどろっこしい。

サチも、とつぜん行方不明になり、新宿駅中央口あたりでフーテンをしてるともきいたが、二カ月ぐらいあってなく、せっかく電話してきたんだから、とっつかまえたく、今、どこにいるんだ、とたずねても、サチにはわかってるのかどうか（すこしはきこえる）、こっちは、やたら新宿の店の名前をならべるだけで、とうとう、ダメだなあ、とサチは電話でため息をついた。

路地に潜む陽気な人びと

　新宿ゴールデン街の『奈々津』で午後六時にあうことにした。新宿区役所のほうからゴールデン街にはいっていくと、『奈々津』はいちばん奥の路地にある。

　この路地にはもとは銭湯があり、ゴールデン街の女性たちがネグリジェ姿で湯道具をもってかよったものだ。新宿の町からつぎつぎに銭湯がなくなっていく。ゴールデン街のこの花園湯がまっさきになくなり、新宿コマ劇場の裏の歌舞伎湯、もとの都電の大久保車庫の前の喜楽湯、と消えていった。

　新宿ゴールデン街は戦後は青線だった。新宿二丁目などのもと遊廓の赤線に対する非合法のおんな屋街だ。非合法なのに、路地をはさんで、ちいさな二階建てのおんな屋がミニ団地みたいに整然とならんでいた。当局の御指導によるおんな屋団地だろう。非合法なおんな屋を計画的に一か所に集めたというのがおかしい。

　だが、赤線廃止で青線もなくなる。でも、店も女たちもたいていのこっていて、まえは非合法だがおおっぴらなおんな屋街だったのが、あやしげな、あとではキャッチ・バーと言われるような店がおおい、いささかヤバい路地になる。

そんななかで、もとの青線とはまったく関係のない、いささか素人《しろうと》っぽい店ができた。『奈々津』のななめむこうあたりにあった『お和《かず》』だ。『奈々津』も古い。ただし、このあたりの路地は、世間ではヤバいところだとおもわれているので、やはり、ふつうの人たちはこない。『お和』の客は週刊誌の記者などがおもだった。

ゴールデン街で古い店は、ほかには『プーサン』があった。しかし、『プーサン』は引越し、『お和』はとっくになくなった。モノを書く人たちがよくやってきた『まえだ』も古いほうだったが、ママの前田孝子が死んで、店はもうあかないだろう。しまったままのドアの前には、ときどき、だれかがお花を供えていくという。

さて、午後六時に『奈々津』で待合せをし、さっそくビールからサントリーの白になった。新宿でぼくがよくいく店では、サントリーの白をおいてる店がおおい。新宿歌舞伎町五番街の路地の『小茶』もそうだった。『小茶』のせまいカウンターの隅で売れっ子映画監督の渡辺祐介がからだをちぢめて、台本にカット割りを書きこんでいたのをおもいだす。歌舞伎町五番街もなくなった。区役所通りをへだてた柳街もそっくり消えてしまった。『小茶』は明治通りに近い新田裏のほうに引越した。

『奈々津』ではカウンターより一段上のところに、いささか古風なアルミの鍋が四つぐらいならんでいて、蓋をとると、その日のオカズがはいっている。事実、酒のサカナというよりもオカズっぽく、ぼくは夜飲んでるのが晩ゴハンで、オカズふうのものが好きだ。珍味と称するものなどは大きらい。

この晩の『奈々津』のオカズは、まずシューマイを煮たのをたべた。中国料理ではパオなんとかと言うときいたが忘れた。それから筋子のショウ油漬け。味つりがよくておいしい。ほかに肉と野菜の煮物。

いつかは日本海から送ってきたイワシを焼いてもらったが、とてもうまかった。べつのときは、小田原の港の早川あたりで客が釣ってきたキスを御相伴になった。焼いたキス、天ぷらにしたキス。

キスをたべながら、釣ってきた人とスメルトの話になった。スメルトは色もかたちもキスによく似ている。ただし、どうも別な魚らしい。スメルトはアメリカ西海岸のカナダとの国境に近い北西部では有名だ。シアトルでよくたべた。魚屋でスメルトを買うと、ぼくたちがニホン人なので「テンプラ?」と魚屋のおにいちゃんがわらいかけたりした。

明治のころ、シアトル東部のスポーカンのニホン人魚屋が、この魚にあやかって、自分の女房に寿女留《すめる》という名前をつけたときいた。この魚のニホン名はキュウリ魚だという。魚なのに野菜のキュウリのにおいがするからだそうだ。

いや、アメリカ西海岸の北部ではスメルトは有名だが、ニホンではこの魚のことを知ってる人は、『奈々津』ではじめてあった。この人は小田原の港の早川でキスを釣ってるだけでなく、世界のあちこちで釣りをしてるらしい。

『奈々津』をでて、おなじ新宿ゴールデン街の『しの』にいく。『しの』でもカウンターの一段上にオカズがならんでいる。蓮根《れんこん》の煮物、コロッケなどは、ぼくは大好きだ。惣菜屋のコロッケはうまくないが、手造りのコロッケはおいしい。

『しの』のママは歌がうまい。素人でもカラオケが得意な人がいるが、そんなのではなく、オペラ歌手のように堂々とうたう。もっとも、よほどきげんがよくないとうたわない。

『しの』にはギターの流しのマレンコフがくる。マレンコフはスターリンのあとのソ連の首相だ。首相をやめさせられ、シベリアで発電所の所長をやってたあと、消息不明になったが、とつじょ、ギターを抱いて新宿の街に姿をあらわした。

マレンコフとぼくはほぼ同年で、昭和初期のかるーいモダンな歌を、マレンコフはよく知っている。ぼくとは長いつきあいで、『しの』にいくと、ママが電話でマレンコフをよぶ。『しの』には若い女のコの客もいたりして、なかよくなり、わいわいさわいで飲むこともある。

『奈々津』はゴールデン街のいちばん奥の路地だが、さいしょの路地には『〇羅治《わらじ》』がある。『〇羅治』の主人のケンちゃんも堂々とうたう。こんなひとたちは素人ではない。ケンちゃんは映画畑の人でもある。この店にも、めずらしくおいしいものがあったりして、やはりギターの流しの次郎さんがくる。次郎さんも流しにおおい演歌声ではない。マレンコフは客にうたわせて、自分ではあまりうたわないが、ソフトなやさしい声だ。まったく演歌調ではない。ほかのどこのギターやアコーデオンの流しも演歌調のくさみがあった。そんなところも新宿ゴールデン街はとくべつなのだろう。しかし、ギターの流しもほんとにすくなくなった。まえは、いつも黒っぽい着物のバイオリンの流しのおじいさんもいたが……。

路地をひとつもどって『唯尼庵《ゆにあん》』にいく。ゴールデン街は路地と路地のあいだに、からだをよこにしなければとおれないような、せまい通路がある。ぼくは両足ともしびれ、動作ももたもたしているが、こういう通路を逃げるときははやい。

『唯尼庵』のママはおキヨだ。だいぶまえ、おキヨは『薔薇館』のママをしていた。新宿ゴールデン街のもと青線に関係のないママたちの特徴は、まえは自分も新宿で飲んでまわってたノンベエだったたってことだ。死んだ前田孝子も芝居をやっていて、新宿でよく飲んだ。ゴールデン街から新宿二丁目にうつった『あり』のママの曜子さんもかつては陽気なヨッパライで、伊勢丹デパートのなため前をはいった『ボタンヌ』あたりでよくあった。『ボタンヌ』はまわりの飲屋がみんな取りこわされたあと、たった一軒だけのこっていて、うしろに共同トイレがこれまたぽつとあるだけ、そんなところで飲んでるのはおかしな気分だった。

『あり』は新宿ソープランドのとなりで、『あり』にいくとき、ソープランドの名前をタクシーの運転手に言うと、へんな顔をされた。ぼくの連れの女のコをソープランドに売りにいくとまちがえられたこともある。

『あり』のママの曜子さんとぼくは来世を契っていた。今世《こんせ》は曜子さんは忙しいそうで、来世になったのだが、「そのかわり、十八歳で処女でおヨメにくるからね」と曜子さんが言うので、「そんなのキモチわるい」とぼくは首をふった。

ところが、曜子さんの今世の最後の相手は色川武大だときいて、ぼくは来世を契るのはキャンセルしたくなった。

色川武大とは『まえだ』でもあったし、『あり』や甲州街道のむこうのもとの旭町の、ドヤ街の裏壁と裏壁のあいだの裂け目の奥の、ドヤの住人でもいかない、ひどい飲屋の『姫』でもあった。ここは夜の女やオカマなどがあつまる店で、ぼくはモノが言えないサチという若い女となかがよかった。こんなところでも色川武大はにこにこおだやかな態度だった。『姫』も『姫』をとりかこんだドヤの建物もとっくになくなった。色川武大も死んじまった。

『あり』には優子とよくいった。優子は自分では歌はうまくないとおもってたが、ほんとにやさしいうたいかたをするコだった。前田孝子は自分は歌はへただと言ってたが、ある種の歌には迫力があった。カラオケでじょうずぶって、得意になってうたってる連中とはちがう。

浅草の猿之助横丁の『かいば屋』の主人のクマさんこと熊谷幸吉も、『あり』でよく飲んでいた。クマさんも飲屋（『かいば屋』）の主人になるずっとまえからしたしくしていた。ひところ、クマさんは野坂昭如さんの家に住みこんでいたが、いったいなにをやっていたんだろう。クマさんもなくなった。猿之助横丁の『かいば屋』は奥さんがひきついで、けっこう繁盛している。

『あり』のママはもとはプロの歌手だった。ハワイのステージにもでていた。このひとも、よほどノッてこないとうたわない。『あり』はいまは将棋のプロたちがやってくる。

『唯尼庵』とおなじ路地に『クラクラ』がある。ここの主人ははみだし劇場の戸波山文明だ。ここはいつもたこ八郎が飲みすぎで寝ていた。たこ八郎とはいっしょに旅をして、ストリップ劇場にでた。そのとき、たこ八郎が小説家の役をやり、「わたしはもと直木賞作家である」と言ったのにはわらっちまった。たこ八郎はもと日本フライ級チャンピオンの斉藤清作で、直木賞作家にも、もとがあるとおもってたのだ。

『クラクラ』のカウンターの隅にはたこ八郎の胸像がある。そう言えば、たいていこのあたりで、たこ八郎はべろんしゃんになっていた。

戸波山文明や俳優の山谷初男、歌手の新谷のり子なんかといっしょにブラジルにいってきた。アマゾンの上流を船でさかのぼったとき、戸波山文明はたこ八郎のちいさな骨を川に投げいれた。タコちゃんはアマゾンにいきたいと言ってたそうだ。アマゾンの町マナウスの近くにはタコちゃんの叔父さんもいて、ぼくたちをたずねてきた。

『唯尼庵』のキヨがママだった『薔薇館』は荒れぎみににぎやかで、薔薇のトミーと異名をとった冨田幹雄、のちの作家の夏文彦がカウンターにとびのっては、藤純子の緋牡丹博徒をうたったりした。

ここで、ぼくは前田孝子をひっぱたいたことがある。女をたたくなどサイテイのことだが、孝子が酔っぱらって、どうしようもなかったのだろう。それはともかく、さわぎをききつけて、ヤクザが三人ぐらい『薔薇館』にとびこんできた。

ゴールデン街にもヤクザがいたのかと、みんなびっくりしたが、このヤクザがぼくと前田孝子とのあいだに割ってはいるのではなく、やにわに、孝子の首をしめだし、孝子は悲鳴をあげて、さけんだ。

「このひとは、わたしのコイビトです」

いやや、おどろいたなあ。とつぜんコイビトなんて言われてさ。ヤクザたちもギョッとしたのか、さっと逃げていった。いや、ヤクザは女をたすけたりはせず、とりあえず、ぼくの味方をするのよ。

前田孝子は食道ガンになって手術をし、その後、病気がよくなったというので、新宿副都心の京王プラザホテルで、なん百人もあつまって大パーティがあった。

そのとき、六本木に店をもってるが、これも新宿の大ヨッパライの椎名たか子と新谷のり子とぼくの三人で、ブラジルにいくことが、ほんのなん秒かできまった。

ブラジルのサンパウロにはおミッちゃんこと佐々木美智子の家がある。おミッちゃんはアマゾンのマナウスでもレストランをやっていた。ブラジルのおミッちゃんをたずねていこうというわけだ。

おミッちゃんはゴールデン街で『むささび』という店をやっていた。日大闘争の議長の秋田明大がこの店にはよくきていた。おミッちゃんは『黄金時代』なんて店もやってたが、とつじょ、南米のアマゾンにとんだ。ブラジルのサンパウロのおミッちゃんの家はりっぱな邸宅で、その本館はニホン語の本を集めた私設の図書館になっている。

その家に、新谷のり子、椎名たか子、山谷初男、戸波山文明などとのりこんだのだ。アマゾンの上流のヒオ・ネグロ（黒い川という意味）では、戸波山文明はピラニヤを釣った。ピラニヤはめずらしい魚ではなく、アマゾンではごくふつうの魚なのだ。トバちゃん（戸波山文明）が釣ったピラニヤは二十センチほどだったが、針をはずすのは慣れた現地の人がやった。へたをすると指の一本ぐらいくいちぎられるとのことだった。

そしてブラジルに二カ月ほどいて、東京にかえってくると、『まえだ』の前田孝子が入院していた。結局、ガンはなおっていなかったのだ。前田孝子が死ぬと、いろんな新聞にその記事がのった。新宿ゴールデン街のちいさな飲屋のママが死んだのが、こんなにニュースになるとはおどろいた。

『まえだ』はカウンターに六、七人、そしてちいさな座敷があって、ここは四人すわれば、もういっぱいだった。

奥に二階にあがる階段があったが、これも幅がたいへんにせまく、またやたらに急だった。その二階に長いあいだ、『まえだ』のママは住んでいた。

ぼくが酔っぱらうと、「コミ、うえにいって寝ろ」とママに二階に追いあげられた。しかし、ぼくがひどく酔ってると、急な階段があがれなくて、ほかの客がみんなで、ぼくのお尻をおしたりした。

それでも、二階まであがりきらず、せまくて急な階段のはしに顎をかけ、ぶらさがって寝ちまうこともあった。

「正月の出初式のハシゴのりみたいに、器用なもんだろ」

ぼくが自慢をすると、「なーに、軒先にぶらさがった荒巻きの鮭だ」とわる口を言う者もいた。

『まえだ』の二階では、なくなったマンガ家の滝田ゆうさんともいっしょに寝たことがある。滝田さんはふとっていて、マンボウみたいにお腹《なか》がふくらんでいる。そんなからだなので、寝がえりをうつと、布団をみんな滝田さんのほうにもっていかれ、こっちは布団なし。冬の寒い夜などはガタガタふるえた。滝田さんもなくなった。

新宿ゴールデン街は三分の一ぐらいの店は閉鎖になったが、まだみんながんばっている。『唯尼庵』のおキヨもあいかわらず酔っぱらってるし。

2　おんな

シイ子のこと

シイ子は、炬燵の上にキャンデーをおいた。

キャンデーの包み紙のようなドレスを着た女のコ、なんて言いかたが、アメリカのペーパーバックの本などには、ちょいちょいでてくる。

シイ子の服は、炬燵のフトンの上にドングリころころみたいなカッコでのっかったキャンデーよりも、もっとキャンデー的だった。

おまけに、そのキャンデー的な服のお腹《なか》のところが、およそキャンデー的でなくせりだしてるのが、おかしい。

いや、おかしい、ということが言えるものではなく、パセチックにさえ見え、そんなところは、あんがいキャンデー的なのかもしれない。

シイ子は、キャンデー的な服のせりだしたお腹に手をやって、キャンデーを口のなかにほうりこんだ。

「お腹に赤ちゃんができたら、甘いものがほしくなったの。コミちゃん、キャンデーたべない？」

ぼくは首をふり、シイ子は、あかいくちびるをうごかして、キャンデーをなめた。だれでも、赤いルージュをつければ、くちびるはあかくなるけど、シイ子のくちびるは、いつもべったり赤い。そういえば、顔もキャンデー的だった。

「わたし、子供のころから甘いものはきらいでさ。だから、おやつのときでも、おばあちゃんと、トコロ天をたべてたの。ところが、妊娠したら、とたんに、甘いものがほしくなっちゃって……。コミちゃん、キャンデーをたべなさいよ」

「おれ、ニンシンしてないもん」

「どうして、男は妊娠しないのかしら。ううん、女ばかり妊娠して、男は妊娠しないのは不公平だとか、そんな意味じゃないの。わたし、女だけが妊娠するのが不公平だなんておもわない。わたし、わたし英二さんの赤ちゃんがほしいわ。だけど、英二さんに赤ちゃんをうんでもらいたいなんて気はしない。やっぱり、わたしが英二さんの赤ちゃんをうみたい。でも、不公平なんてことではなく、ふしぎな気持がするの。女が妊娠して、赤ちゃんをうむってことが……」

シイ子のまるくつきだしたお腹のなかの子は、部谷英二の子だ。部谷は、ある広告代理店にいる。そんなに大きな広告代理店ではないが、部谷は取締役という肩書の名刺をもっていた。

シイ子が部谷とつき合ってるということは、すこし前からきいていた。つ、き、合、って、る、なんてコトバはぼくはきらいだが、実際に、ふたりはそんな関係になってたらしい。

部谷には女房がいる。シイ子は、まだ学生だった。ある大学の文学部の独文科の学生だ。

独文科とキャンデーみたいな服と、非キャンデー的（あるいはキャンデー的）にせりだしたお腹と……学生運動とかいうものとのからまりがあったともきいた。

部谷は、女房と別れると言ったそうだ。部谷には子供がない。女房は病身だという。病身ってことが、どんなことかは、ぼくはしらない。ある男の女房も病身だときいていて、ぼくは、やせて、いつも着物をきている女だとおもっていたら、昔のアッパッパみたいなワンピースの下から、ボウリング場の屋根の上にのっかってる看板のピンみたいなぶっとい足がでた女で、それでも、やはり病身らしい。

女房が病身なので、亭主がほかのところでほかの女と寝る、なんてことは、むかし昔の吉屋信子さんの小説ぐらいのものだとおもっていたら、実際に、かなり常識的に、そんなのがおおいのにおどろいた。

こういうことを性欲の問題というのだろうか。

しかし、こんな場合でも、ほんとに計算してみたら、健康な女房をもらった亭主よりも、ほかの女とも寝ている、病身の女房をもった亭主のほうが、じつは、病身の女房とよけい寝ているということもある。

だから、これは、実際の性欲なんてことよりも、飢餓感のようなもののせいかもしれない。

それに、性欲というものは、たとえばその強弱を、はたして計《はか》れるものだろうか。週刊誌に書いてある週何回みたいなことでなく、あなた自身、ぼく自身は、はたして、性欲が強いのか、弱いのか？　また、性欲が強いとか弱いとかってことは、いったいどういうことなのか？

女房（ないしは亭主）が病身だから、飢餓感のようなものがあるというより、あなたの飢餓感が、女房（や亭主）を病身にしてるのではないか。

＊

「シイ子、お腹がおおきいわよ」

新宿、花園、歌舞伎町あたりを飲みあるいてる仲間の、やはり、女のコが、さいしょに、シイ子のお腹がふくらんでるのに気がついたようだ。

じつは、もう、そのときには、シイ子のお腹はかなり大きくなっていて、ぼくは気味がわるくてさわらなかったが、男のコたちは、かわるがわる、シイ子のお腹をなでて、「ほんとに、ふくらんでらあ」と感心し、シイ子は、「ね、ウソでなくて、ちゃんと妊娠してるでしょ」とよろこんでいた。

シイ子は、今ではいささかオールド・ファッションになったが、ゼンガクレン風のものの言いかたもする女のコで、「性の解放」といったことも、なん度か、シイ子の口からきいた。

「性の解放」ってことは、どんなことなのかぼくにはわからないが、シイ子がキャンデー的なあかいくちびるでそれを言うと、ぼくはかわいくて、おかしく、「性の解放」といっても、性とかセックスとかがきりはなされてあるわけではなく、性とはつまり、ぼくたちの生で、その生はまた、死といっしょになって生で、だから、生からの解放、ないしは死からの解放がなくて、性の解放なんてこともあり得ない」と理屈をこねてからかい、「だいたい、おまえ、いろんな男と寝れば、性の解放だなんておもってるんじゃないのか。だったら、おれにもやらせろよ」とせまったが、「コミちゃん、冗談もいいかげんにしなさい」と、てんで相手にされなかった。

ほんとに、シイ子は、ぼくのまわりの男たちとも、あれこれ寝ていて、なぜ、ぼくだけが、フラれるというところまでもいかず、わらいとばされたのか、ぼくは腹をたてるよりもふしぎで、シイ子にたずねてみた。

ところが、シイ子は、「だって、コミちゃんとあれをやるときのポーズなんてものも、想像できないんだもの」とまたわらった。

つまりは、ぼくとの性行為が想像できないと言う。しかし、セックスというものは(この言葉にも、たいへんに抵抗がある)行為だろうか。また、関係だろうか。

ある小説のなかで、ぼくは、セックスは、行為でも関係でもなく、物ではないか、と言ってみたりした。これは、とんでもない仮定で、その仮定が、なんらかの証明によって、事実になる、というようなものではなく、そんなとんでもない仮定をたてて、考えてみたかったのだ。これは、セックスという言葉に抵抗があるのにもからんでいて、セックスといえば、自明のことみたいにおもわれてるのが、ぼくには、みょうな気がする。

この自明という言葉は「完結したもの」と言いかえてもいいかもしれない。

つまりは、われわれの外に、対象としてあるもので、なにかの手段で、それを処理したり、定義したりできるものだ。

その定義したのが、セックスという言葉なのだろう。しかし、セックスは、われわれの外にあるものだろうか。性は、われわれの生であり死でもあるとすれば、われわれの外に、対象としておくことはできまい。

あれこれ、へんなことを言いだして、しかも言ってる本人にもわからないことをしゃべり、みなさんとまどっていらっしゃることだとおもうけど、セックスのこと、性のことは、いろんな性のことに関した本とはちがって、わからない、わからない……とぼくはつぶやきつづけているのだ。

だが、わからないからしかたがない、とほっておくより、それこそしかたがない不可知論のようなものではなく、生きてるかぎりは、わからない、わからない……とつぶやきつづけ、問いつづけなければいけないものだろう。

さっき、ある仮定をたてて、考えてみたかった、と言ったが、考えるという言葉も、適当ではないかもしれない。

＊

セックスにつき、生について問いかけるというのは、自分自身に、おまえはなんだ、と問いかけることで、われわれは、自分自身を対象にして考えるというようなことはできず、だから、現実に生きることで、セックスすることで、といっても性行為だけのことではないが）問いかけているのだろう。

それはともかく、シイ子が「性の解放」と言っていたときには、結婚制度からの性の解放とか、生殖から解放された性といったことを考えていたのだろう。

しかし、シイ子はアパートを借り、タンスとか布団とか家事の道具などを、そこにはこびこんだ。ふつう花嫁道具と言われるものだ。

そして、部谷とそのアパートで所帯をもち、赤ちゃんをうむことをたのしみにしていた。

だが、花嫁道具をアパートにはこびこみ、新所帯の用意がおわったあとで、シイ子は赤ん坊をおろした。

もうあんなに大きなお腹をしていたのに、よく赤ん坊がおろせたもんだ、とぼくたちはおどろいたが、土壇場になって、部谷が女房と別れ、シイ子と所帯をもつことはできないと言いだした、とシイ子は話した。

しかし、ぼくたちには、土壇場もなにも、部谷が女房と別れないことは、はじめからわかってるようなものだった。

だけど、部谷がわるい男、というわけではあるまい。女と男とのこともふくめて、ニンゲンのすることに、はたして、いい、わるい、と言えるようなものがあるだろうか。

また、ぼくは、結婚制度からの解放、生殖からの解放を言っていたシイ子が、部谷を女房と別れさせて自分が女房になり、また、あんなにも赤ん坊をうみたがったことはおかしいとも言わない。

おかしいにはちがいないが、ごく自然のことのようにもおもうのだ。

アパートを解約し、花嫁道具を自宅にはこびかえしたシイ子は、なん日も泣きどおしで、部谷のことを恨み、これで、ほんとに目がさめた、もう、あんな男とはあわない、と言っていた。

そんなふうにシイ子がベソをかくのをながめながら、酒を飲んでるとき、ぼくが、ある映画俳優と対談したことをはなすと、シイ子は、涙でよごれた顔で、「わあ、あのひと！　その映画俳優すてき。前から大好きなの。いっしょに寝たいわ。コミちゃん、紹介してえ」とぼくにすがりついた。

よけいなことだが、ぼくは、女のコがつかう（男のコもつかうが）紹介して、という言葉をきくと、背中がチリチリする。紹介なんて、女と男との愛を切り売りで買うような気がするからだろう。（ぼくは、あんがいおセンチなのかな）

部谷にはあんなひどい目にあって、わたしは大きな傷をうけた。そんなわたしを、家族の者は、ほんとにあたたかく、よくしてくれるけど、男からうけた傷は、やはり、男でなくてはいやせない、コミちゃん、（その映画俳優を）紹介してよ、おねがい、とシイ子は言うのだ。

男からうけた傷が、映画俳優と寝ることで、いやされるのか。

もちろん、ぼくは皮肉な気持になったのだが、それよりも、やはりふしぎな気がした。女はふしぎなものだ。男もふしぎなものだろう。

その後、シイ子は若い男のコと、よくいっしょにあるいていた。そして、ぼくに、「わたしのボーイフレンドよ」と紹介した。

わらうと目がなくなってしまう、坊や坊やした男のコで、大学でのシイ子の同級生かなんからしい。

そのうち、新宿での女のコの仲間が、「シイ子は、また、お腹がおおきくなってるわよ」と言いだした。

ほんとに、シイ子のパンティ・ストッキングの上からさわってみると、下腹が、地球がまるいみたいにまあるくつきでている。

シイ子は、赤ん坊をおろした病院で、赤ん坊をうんだ。

れいのボーイフレンドともなん度も寝ただろうが、ボーイフレンドの子ではない。やはり、部谷の子だそうだ。

そして、シイ子はその子を自分のうちでそだてている。もちろん、部谷が女房と別れるということはあるまい。また、シイ子が、今でも部谷とつき合ってるかどうかもしらない。

ということは、部谷は自分の子とつき合っているのだろうか？　親と子がつき合うようではかなしいが。

ともかく、シイ子が街にでてこないのでわからない。シイ子は、もう、おそらく新宿なんかにはこないだろう。

シイ子にとっては、たぶん、ある《性と生》の季節がおわったのにちがいない。こんな言いかたは、もともと対象にはできないものを、自分の外のものとして対象化した、安直な言いかただけど、そんな気がする。

だいたいシイ子は、それこそパセチックなくらい、ごくふつうの女のコで、ごくふつうの女、ごくふつうのニンゲンは、自然ないし、自然物のように、性や生の季節があるのかもしれない。（このごくふつうという言葉も適当ではないけど、いわゆる東洋流な考えかたでは、ニンゲンも自然のうちみたいなところがあるし）

＊

「あなたにとって、性とはなにか？」というアンケートが、ある雑誌からきた。

このあなたにとってということは、あなたの生や死、そして性は、あなただけのものであって、だれも、あなたの生を生きることも、あなたの死や性を代行することもできないというような意味だろう。

このアンケートをうけて、ぼくはこまってしまった。じつは、これを書くように言われたときも、ぼくは、いっしょうけんめいことわった。

くりかえすが、ぼく自身にもわからない（言葉にできない）ことを、どうしてあなた方にわかっていただけるだろう。

性教育といったものの性や、性科学の性などは、普遍的な言葉にしてつたえることができるが、それは、あなたの性、ぼくの性ではなく、たとえ、性知識がふえたところで、極言すれば、ぼくの性（生）には、なんのカンケイもない。

といったわけで、ぼくにとっての性について、あれこれ考えてみて、まあ言えることは、ぼくの場合は、ぼくが男だ、ってことではないかとおもった。

あなたの場合には、あなたが女……つまり、ぼくがぼくで、あなたがあなただってことだろう。

しかし、ぼくは（あなたも）男であることを選んで、男になったのではない。男として、ある父母の子として、ある状況のなかに、どうしようもなく、具体的に、現存しているのだ。

ぼくが男だということは、女というものがあるからだろう。近頃では、モノセックスということが、流行のように言われているが、ほんとに、モノセックス（単一性）

ならば、岩石に性がないように、性というものもないはずだ。

しかし、男と女というのは、はたして質的な差のようなものなのか。はじめにニンゲンという粘土があり、それに、きざみ目とふくらみをつけると、女と男になるのか。

性について書いたものを読んでいると、女と男の性差をもとにして考えたものばかりなのに、ぼくはおどろく。

男と女は、性差と言えるものだろうか。セックスを、男女の関係とみるのも、性差的な考えだろう。

いや、極端な言いかただが、それこそ性的に考えるならば、ニンゲンなんてものはなくて、ただ、女と男があるだけではないのか。実存主義でいうDasein（定在、定有）とは、そんなことではないのか。

女があって男があり、男があって女がある、それが性の根本といった定義的本質的な考えかたでなく、くりかえすが、どうしようもなく、女として、男として生きている……。尊敬する哲学者松浪信三郎先生のご本『実存主義』（岩波新書）からの、ぼくのまちがった受け売りかもしれないが、それこそ、「実存が本質にさきだつ」ということではないだろうか。

ともかく、「性」を問題としてみると、とんでもないことになるだろう。

近頃やかましい老人問題も、問題として解決できることは、施設の問題とか、老人年金の問題とか、ほんとにかぎられている。

だいいち、あなたにとって、老人になったときのあなたは、あなたの問題だろうか。嫁とシュウトメといったことも、問題あつかいするから、どうしようもない。

これも、カトリックの哲学者の考えの受け売りだが、問題とは、適当な手段でもって解決できるか、解決できないとわかれば、そのままにしておくよりしかたがないものなのだ。（問題にたいして神秘がある）

老人のことも、嫁とシュウトメも性も、問題ではないので、解決はできないし、解決できないとほうっておくこともできない。

解決なんてことでは処理できないのを、哲学者でなくても、心やさしいひと、すなおに生きてるひとは知っている。そして、こういうひとは、すなおに生きるなんてことが、とうていできないことも知ってるひとたちだ。そんなところから、愛というものもうまれてくるのだろう。

おしめり危険地帯

ゴムまりおキンちゃん

そのキカイをもちいると、ホルモンの分泌をうながし、肌につやができ、グッと若返り、食欲もましてスタミナがつく。だから、あちらのほうも、一度は二度、二度は三度とおつとめがきき、またそれだけでなく、感度も良好になり、だから……とおキンちゃんは、天にむかって、ふわふわとからだがもちあがっていくカッコをした。

天ニモノボル気持？

と、紙にかくと、おキンちゃんは、大きくうなずいた。おキンちゃんは唖のホステスだ。もっとも、その店はバーとかキャバレーとか名がつくものではない。

裏側がある地図があるならば、その裏側あたりにのっていそうな入口のない路地の奥の飲屋だ。

おキンちゃんは、色が白くてころころふとっていて、口はきけないが、やたらにそうぞうしく、壮烈に酔っぱらう。酔っぱらえば、かならず玉砕だ。

おチビさんでゴムまりみたいにまるっこいからだが、男たちの膝から膝にバウンドして、しまいには、床にころがりおちて、やるならやってみろ、ガッついた日つきをしてながめてないで、男なら……男なら、バッチリ抜いて、かかってこい、と、コトバにならないが、タンカをきる。

いつだったか、できあがりぐあいが、まだ玉砕のてまえだったとき、ころころ、店からとびだして、そこいらにあったハシゴをひっかついであるきはじめた。

ぼくもハシゴの片棒をかつぎ、いったいどこにいくのかとおもってると、新宿御苑の塀にハシゴをたてかけて、おキンちゃんはのぼりだした。

「おいおい、なにをするんだ?」

あきれてると、ハシゴをのぼりかけた途中で、おキンちゃんはふりかえり、今夜は御苑で寝る、とゼスチュア語で言った。

あとで、また、おキンちゃんが酔っぱらったとき、しみじみきいたんだが、おキンちゃんは御苑が好きで、よくいくんだけど、夕方になると、守衛のオジさんにおいだされちまう。だから、一度でもいい、夜、御苑の草の上で寝たかったんだそうだ。

かねがね、そんなあこがれをもっていたのが、飲んでエンジンがかかり、ハシゴをかついで、ってことになったらしい。

あんたも、塀をのりこえて、御苑で寝ないか、とおキンちゃんは、ハシゴの下のぼくをしきりにさそった。

空にはキラキラお星さま、草をしいて、のびのびからだをのばし……ロマンチックなムードよ、とおキンちゃんはハシゴの上で、両手をかさねて、頬っぺたの下にあて、首をすこしまげて、夢みるプリンセスみたいなカッコをし、おっこちそうになった。

御苑の塀は、ごぞんじのようにかなり高いが、さいわい、ちかくの建築現場からかっぱらってきたハシゴも、けっこうタッパがあり、塀をこせないことはない。

夜間出入禁止の御苑のなかで夏の一夜をあかすのも、たしかにロマンチックだが、冷房がきいたホテルのベッドのなかで、ホット・アイスクリームみたいな女のコと（そんなものがあるかな？）ひんやりして熱い夜をすごすのも、またロマンチックだ。

（ちかごろ、ぼくは、ものの考えかたが保守的になったらしい。やはり、歳のせいだろうか？）

ともかく、ぼくは、おキンちゃんの星の夜の御招待をことわった。こんなとき、おキンちゃんは、口がきけないだけに、あっさりしている。バイバイ、と手をふり、ハシゴをのぼった。

ところが、むこう側におりるハシゴはない。しかし、のぼったときのハシゴはある。おキンちゃんは、身ぶりで、ハシゴの尻《けつ》をおしあげろといい、自分は片手で塀につかまって、片手でハシゴをひっぱりあげようとした。

心配していたが、ゴムまりみたいなのが塀の上にのっかっていて、そんな器用なことができるわけがない。

「あっ！」と、これは、自前の声で、おキンちゃんは悲鳴をあげ、おしあげたハシゴのはしにしがみつき、塀の内側におちていった。

ハシゴがはねあがり、塀の上でシーソーをする。下はなにがあるのか、かなりの高さからの墜落だ。たとえ、命はたすかっても、どこかがぶっこわれたりして、そこから、赤い血がパッとふきだし……

ワン・ワン・ナイン……一一九番のオジさん！　救急車！

しかし、救急車がくれば、こんなところでなにをやってたのか、と叱られるだろう。おキンちゃんが、家宅侵入罪になるのはしかたがないが、このぼくまで、ハシゴの片棒をかつぎ、その尻《けつ》をおしあげてやったりしたというので、家宅侵入幇助罪かなんかをおっかぶせられるかもしれない。

ボイーンと地ひびきがして、おキンちゃんのからだは地上に落下し、そして、おそろしい沈黙がおとずれた。

「だ、だいじょうぶか？」

ぼくは、塀のそばにかけよった。しかし、おキンちゃんは、まるっきり返事をしない。

コドモが高いところから落っこったりしたときも、痛いよう、とガナったり、ワッと泣きだすより、だまってるときのほうが、危険だそうだ。

「おキンちゃん！」

おれはさけんだ。ところが、よこの植込みのほうから、ひょいと、おキンちゃんのまるい顔があらわれた。顔をしかめ……だが、わらっていて、そのまるまっこいからだぜんたいで、ゴムまりがおちてバウンドする真似をした。声をださないはずだよ。口がきけないんだもの。

話がカーブしちまったが、おキンちゃんが買った、その**とき**もバッチリ効くというキカイは、おヘソに静電気をおこすキカイなんだそうだ。

といっても、発電所みたいにでかいものを、ヘソの上にのっけるわけではなく、やや大きなバックルみたいなのがついたベルト状のものだった。

こいつをお腹にまいて寝ると、ほこらほこら、ホルモンがにじんでくるらしい。

耳もとでふったが、ちっぽけな、つまんない音がするだけで、それほど高級なキカイがはいっているとはおもえない。

しかし、おキンちゃんは、それこそ、ありがたい音までするのか、といった顔つきで、きこえない耳にそれをちかづけ、うやうやしくふってみた。

電気をおこすキカイだから、じかに、肌にくっつける必要はないとのことだが、やはり、直接あてたほうが効きめがおおいとおもったんだろう。おキンちゃんは、おヘソにペタンコとキカイをのっけてる、実物を見せてくれた。

ぼくは、なるほど、といった顔をして、とくに、ヘソまわりの肌や、ヘソドのくぼみやふくらみが、ホルモンが効いてきたせいか、カッコよくなったと身ぶりでほめ、キカイをはずさせて、おヘソの穴に耳をあて、いい脈をしてる、と保証した。

おヘソに脈があるとは、耳がきこえないおキンちゃんはしらなかったらしく、生まれてはじめての発見だったようだ。（あれ、おたくもおヘソに脈があるのをしらないの？　自分のはわかりませんよ。こんど、ガールフレンドとホテルにでもいったとき、なにかなさる前に、彼女をあおむけに寝かせて、おヘソにぴったり耳をくっつけてごらんなさい。ドキンドキン音がきこえるはずだ。なぜだか、すんだあとは、あまり脈がはっきりしない）

さて、ぼくは、はずしたキカイをもって、おヘソだけでなく、乳房のさきっちょが、こりこりピンとおったつまでこすったり、また、ヘソ線にそい、下にずらしていき、谷間のしげみにしばらくおしあてたりしたが、そのあと、指さきで、しげみのホルモングあいをためしたところ、アナふしぎ、指さきがすいつけられて、ビリリと感電し、使用説明書どおり、おへソでやめとくほうがぶなんだとおもった。

なにしろ電気のキカイだから、しめり気がおおいところは危険だ。

ジプシー・ローズをしのぶ

ジプシー・ローズが死んだ。ジプシーは、戦後第一のストリッパーだとぼくは思っている。戦前には、ストリップなんてものはなかったから、ストリップ史上ナンバー・ワンってことになる。ジプシーは、昭和二十五年、浅草常盤座で、初めてストリップの舞台に立った。その前の年、九州からサンダルをはいて東京にやってきたばかり、まだ十五歳だった。

ストリップという言葉も、そのころからニホン語になった。じつは、ストリップという言葉をニホンで使いはじめたのは、当時、常盤座でショーの演出をやっていた正邦乙彦さんで、正邦さんは、この十五歳の九州娘を拾いあげて、おべべを脱がしたひとだから、ストリップの歴史は、ジプシー・ローズからはじまったともいえる。

ともかく、正邦さんはジプシー・ローズというストリッパーの生みのおとうちゃんで、後に旦那さんも兼用することになった。

その正邦さんから、突然、長距離電話がかかってきて、ジプシーが死んだことを知った。変死だという。ジプシーと正邦さんは、山口県の防府で「ジプシー・ローズ」というスナックをやっていたのだ。

正邦さんが気がついたときは、ジプシーは死んでたらしい。二十日の午前十時すぎのことだ。

グラインドの女王

ジプシー・ローズは天才型のストリッパーだった。ほかのストリッパーたちが、努力してもなかなかできなかったことを、涼しい顔でやっていた。腰を前後にヒクヒク動かすバンプや、おヒップをグルグルまわすグラインドなども、ジプシーがはじめたようなもんだ。

腰をまわすぐらいカンタンだと思っていらっしゃるかもしれないが、下腹からおヒップの二つの丘を波うたせながら、くねくね、ぐるぐるやるのは、なみたいていではない。たいてい、腰をまわす前に、目をまわしちまう。

そのグラインドを、全盛時代のジプシーは（そしてまたストリップの全盛時代でもあったが）東劇バーレスクでの「グラインド・ホテル」（もちろん、往年の名映画グランド・ホテルをもじったもの）では、一回に五四〇回、一日で一六二〇回、十五日興行で合計二四三〇〇回もやったという。

グラウンドの英雄という言葉があるが、まさに、グラインドの女王だ。

そのジプシー・ローズが死んだ。変死というので、警察からもきた。飲みすぎの心臓マヒらしい。

前から、アル中というウワサがあったが「アル中だなんて、とんでもない。近ごろはビールしか飲まないから、アワ中よ」と、ご主人の正邦乙彦さんと笑っていたのに――。

酒が好きだったローズ

ジプシー・ローズは、なにもかもケタはずれのストリッパーだった。からだつきもケタはずれ……といっても、オッパイが三つあったり、ジャイアント馬場なみのサイズだったわけではない。

ともかく、ウエストがすごかった。あんなにみごとにくびれたウエストにはぶつかったことがない。

いくらバストがりっぱでも、おヒップがはりきっていても、ウエストがシマらないとドラム缶だ。

人気もケタはずれだった。ギャラのほうもケタはずれ。旅に出るときは、旅費、宿泊費などいっさい向こうもちで、日ダテ（一日）三万五千円とった。いまから十何年も前のことだ。

そのジプシー・ローズが、この二十日に死んだ。どうも、飲みながら死んだらしい。前から、ジプシーはお酒が好きだった。しかし、静かな、いいノンベエだった。だが、ジプシーが酒で死んだというのは、妙な気持ちがする。

ジプシー・ローズが、初めてストリップの舞台に出たときは、いわばヘレン滝の穴ウメだった。

ヘレン滝は、当時、浅草常盤座の売れっ子ヌードだったが、お酒が好きで、酔っぱらっては舞台にアナをあけ、みんな困っていた。だから、演出の正邦乙彦さんが、九州から出てきたばかりの、まだ十五歳だったジプシーを口説いて、脱がせたのだった。

そのジプシーが、また酒で……。

ハンド・バッグの中

ジプシー・ローズが山口県の防府にいく前に、ぼくはジプシーと浅草で飲んだ。ジプシーはストリップをやめ、防府でキャバレーをやるという。「いつかは、やめなきゃいけないんですもの」といった。

ジプシー・ローズといえば、ずいぶん昔のストリッパーみたいだが、なにしろ、はじめたときが、たった十五歳だから、まだ三十をすぎたばかりで、からだもそんなに衰えてはいなかった。

それに、お金の計算が、まるっきりできないのだ。そんなジプシーにキャバレーの経営なんかやれっこない。

「どうせだめだから、早く帰っておいでよ」

と飲みながら、ぼくはなんどもくりかえした。

それはともかく、ガマグチという名の飲み屋を出て吉原のほうにいきかけて、ジプシーがハンドバッグを忘れた、といい出し、ぼくもいっしょにとりにもどった。

「あんなハンドバッグなんかどうでもいいけど、なかを見られると恥ずかしいから……」とジプシーはいう。ハンドバッグのなかに、どんなものがはいっているのか、ぼくはエッチな想像をしたが、いったいなにがはいっていたと思います？

なにもはいってなかった。

「からっぽのハンドバッグなんて、恥ずかしいじゃない」とジプシーはいった。

そして、この二十日に、山口県の防府で死んだ。もちろん、キャバレーは赤字だった。

酒神と心中

こんなハガキがきた。例の黒ワクの死亡通知だ。もっとも、黒ワクだったのは昔のことで、いまでは、たいていグレーになっている。

謹啓、去る四月二十日、ジプシー・ローズこと（志水敏子三十二歳）はスナックバー・ジプシーの階上にて（推定）午前十時二十八分、酒の神バッカス氏と心中致しました。

「追って正邦乙彦氏変死す」

告別式は二十二日午後二時二十八分より、三田尻老松町明覚寺にて、仏式で行いました。

昭和四十二年四月下旬

山口県防府市三田尻銀座スナックバー・ジプシー　喪主（実妹）志水栄子

戦後のストリッパーのうちでも別格だった大スター、ジプシー・ローズが死んだことは前にも書いた。だから、死亡通知を受け取っても、べつに驚かないが「追って、正邦乙彦氏変死す」というのにはぎょっとした。

ジプシー・ローズを見つけ出し、脱がし（おフロに入れたわけではない）すばらしいストリッパーに育てあげたのは正邦乙彦さんで、ジプシーが死んだことも、山口県の防府から、正邦さんが電話で知らせてくれたのだ。

ジプシーのあとを追って、自殺でもする気なのだろうか？　さっそく、防府に電話したが、正邦さんの居所はわからない。もし、どこかで正邦さんが、これを読んだら、死ぬのだけはちょっと待ってほしい。

セックスにマメな女の構造は?

こういう女性は大変こまる

「セックスといえば、恥ずかしいこと、あるいはみだらなことのようにおもってる人たちがおおいようですが、セックスが人生のすべてではありませんけど、やはり、人生でのだいじなことですものね」

あるパーティで、ある女性が、にこやかに、しかし、ちゃんとした口調で言った。ぼくがエロ小説を書く、スケベなオジイとして世間にとおってるので、ぼくに同情し、またハゲましてくれたらしい。

この女性は、大学教授の奥さんで、たいへんにちゃんとしたひとなのだが、いわゆる進歩的な考えをもってるようだ。

せっかく、この奥さんは、ぼくに同情してくれたが、ぼくは、へえ、へえ、と逃げてしまった。

男でもそうだけど、ちゃんとした考えをもつ、ちゃんとした女というのは、ぼくにはこまる。

ベンキョウ家の女、努力家の女というのもおそろしい。

以前の参議院選挙のとき、「免許取得数日本一として、テレビにもでました、××でございます」と言っている女性候補がいた。

さいしょは教員免許、つぎは自動車の免許。……なんてぐあいに、このひとは、努力し、勉強し、つぎつぎに免許をとっていったのだろう。

政見発表のテレビを見ていても、意志の強そうな、がんばり屋の顔で、たいへんに精力的のようだった。

しかし、ぼくは、こんなひとが女房だったり、そばにいたりしたらとおもうと、ゾッとする。

なにもドロボーをするわけでもなく、世間的にはわるいことなんかしてない女で、免許をたくさんとったからといって、だれも文句は言えないが、こういう女はこまるんだなあ。

でも、これは、ぼくのかってな考えで、むこうでも、ぼくみたいないいかげんな男、だらしなくて、なまけ者の男などはまっぴらだと言うだろう。

れいの大学教授の奥さんは、昔からの知り合いだが、結婚した当時、「わたし、まじめにセックスを勉強してるのよ」と言った。

まじめにセックスを勉強されたんでは、かなわない。しかし、女性にとっては、セックスは、妊娠、出産につながる、つまりは生殖行為なのだ。不まじめに考えてたら、とんでもないことになる。

じつは、今、気がついたんだが、セックスは生殖行為なんだよなあ。生殖なんて言葉にそれこそ、いたるところでお目にかかり、げんに、今、自分でも生殖行為という言葉をつかいながら、セックスは生殖行為なんだよなあ、と今さらびっくりしてるようでは、どうしようもない。

ともかく、そんなふうだから、男と女のことについての、女性がエッチさを感ずる、その感じかたは、男性とは質的にはちがうのではないか。

セックスをよりたのしくするために、研究しましょう、なんてことが女性週刊誌には書いてある。

これは、お料理の味をよりよくするために研究しましょう、といったのとおなじみたいだ。

だいいち、味覚も性感も、感覚の種類がちがうだけで、感覚のたのしみ、こころよさそのものをいけないことだと否定しないならば、どんどんたのしめばいいし、そのための研究をしたって、いっこうにさしつかえあるまい。

それどころか、セックスをよりたのしくすることは、人生をゆたかにする、なんてことになる。

そして、女たちは、すなおにそんな言葉を信じてしまう。女たちの性質がすなおなのではなく、ただ、すなおに、そんな言葉がはいっていく素地があるからだ。

ぼく自身の実績はまことにオソマツだが

ぼくはスケベ・オヤジということになっている。たぶん、ぼくはスケベだろう。だが、女にたいしての実績みたいなものはない。

だいたい、ノンベエの大ヨッパライのなまけ者だ。

それに、うんと若いときから、ずっと大酒を飲んできた。

すこし前だが、昔の軽演劇の連中があつまったとき、ポンを打った者は生き残ったが、ノンベエはみんな死んじまったねえ、というはなしがでた。

ポンはヒロポンで覚醒剤だ。こいつの注射を一年打ちつづけると、骨がカスカスになって、死んで、火葬場で焼いても、骨のかたちがなく、何か灰みたいになっちまう、なんて言われてる。

そのおそろしい覚醒剤の注射を打ってた者は生きのこり、ぼくみたいなノンベエで、まだ生きてるのは、ぼくひとりぐらい、と、みんなは言う。

それは、ヒロポンを打ってたひとたちは、注射をして、なにかをやろう、という気があったからではないか。

ヒロポンの注射をしながら、脚本を書いてた文芸部の先生もいた。踊り子と振付の先生がヒロポンを打ちあって、夜どおし、舞台で踊りの研究をしていたこともあった。

そして、夜があけるころには、二人かさなるようにして、舞台にころがって眠ってしまっていた。この二人がデキてるのは、むろんのことだ。

ヒロポンを打って、セックスにはげんだカップルもあっただろう。

ともかく、注射をしながら、なにかにはげんだのだ。

もともと、戦争中、飛行機工場などで徹夜で緊張して仕事をするための覚醒剤だもの。

ところが、ノンベエのほうは、酒を飲んでなにかにはげむということはない。ただ、うだうだと酒を飲み、翌日は二日酔になる。

ごくたまに、いっしょに飲んでいた、やはりヨッパライの女と、酔いつぶれて、いっしょに寝ても、こっちは、飲んでるときがオマツリだから、寝てからオマツリどころではなく、グースカ寝ちまう。

なにかやるとすれば、目がさめてからだけで、そのときは、おたがい二日酔で、顔を見あわせ、相手のなさけない面に、クスッとふきだしても、頭にひびいて、イ、テ、テ……と顔をしかめる。

おまけに、こういうときは、おなじ部屋に、たいてい、ほかにも、酔いつぶれたニンゲンがいるもので、二日酔どうしふたり抱きあって、というわけにはいかない。

そんなわけで、ぼくの女の実績はまことにお粗末で、たとえば、女の数では、川上宗薫先生の万分の一、だから、宗薫先生が万コ、女とマンコしなければ、ぼくは一コもできない。

女性からセックス談義を長々と聞かされて

世の中には、ほんとにセックスにマメなひとがいて、あきれたり、感心したりする。

ぼくは、毎日、映画を見ても平気だが、それをきいて、バカじゃないかとおもったり、ゾッとするひともいるだろう。

おなじように、毎日のようにセックスを、みたいなことをきくと、ぼくはゾッとする。

だいぶ前のことだが、ある家である女性にあった。

この女性は、なん時間かのあいだ、えんえんとセックスの話をした。

しまいには、立ちあがり、柱を抱いて、それに、足もからみつけ、腰をつかったりした。

べつに特殊な職業の女性ではない。すぐ近くに家がある、社長の息子の奥さんだった。

社長とこの息子はいっしょにすんでおり、オヤジの会社の専務か常務をしていたようだ。

この奥さんはやせても、ふとってもいないが、運動でもやっていたのか、弾力《ばね》ぐあいのよさそうな、ひきしまったからだつきをしており、お嬢さんっぽい顔だちの、なかなかの美人だった。

その顔だちどおり、ちゃんとした、いい家に育って、社長の息子のところにお嫁にきたのだろう。

ところが、まだお嬢さんっぽい顔だちの若奥様が、立ちあがって、柱に抱きつき、腰をくねらせての大実演なのだ。

彼女のセックス談義と言ったが、じつは、Y談といったものではない。Y談には、べつにオチはなくても、なにかユーモアがあるものだ。

しかし、彼女のはなしは生々しいだけで、ユーモアなどはまるっきりない。

だいいち、若い奥様が柱に抱きついて、腰をふってる姿を見せつけられてごらんなさい。

そして、「ほら、なんだっけ、親子丼じゃなくて、オヤコ茶碗、うーん……」なんて、柱にだきつき、身をもって説明しながら、うなったりする。

親父と息子がおなじ女とやる、親子ドンブリのことなのだ。

親子ドンブリという言葉も知らないでは、Y談にはならない。

おそらくは、いい家のお嬢さん育ちの彼女が、柱に抱きついて、腰をつかいながらのセックス談義をしたりするのも、じつは、義父の社長と息子の亭主のせいのようだった。

はなしをきいてると、たいへんにセックスにマメな父子らしいのだ。

社長のオヤジが女が好きで、息子もまた女が好き。

だから、父子して、親子ドンブリをたのしむというのも、ちょいちょいあったみたいで、それを息子の嫁の若奥様が、さもおもしろいことみたいに、むしろ得意になってしゃべってる。

この社長一家で熱海かなんかに旅行したとき、社長さんが芸者と寝て、やってるのを、息子や息子の嫁のこのひと、いや、家族みんなでのぞきにいって、そりゃ、おかしかった、というはなしも、若奥様はした。

家族みんなといえば、社長の奥さんの義母ものぞいていたのかもしれない。

そのとき、社長のオヤジが芸者とやっていて、親の血をうけた、もっと若い亭主がやらないはずはなく、やはり芸者とやってるのを、この若奥様は、またみんなとのぞいたりしたのではないか。

そして、「まあ、うちの旦那が、あんなカッコで、セッセとはげんじゃって……」と、みんなといっしょに、ほんとに、ケラケラわらってたのならいいが、いくらかでも心のなかで無理をしていたら、あわれでもある。

お嫁さんのこのひとは、義父の血をうけてるわけではない。

まさか、こんなにセックスにマメな父子の家に嫁にくるとは知らなかったのではないか。

そして、結婚し、いっしょにくらしだし、びっくりして、逃げて帰ろうという気にもなったが、いろんな事情で、それもできず、だったら、と、家族みんなでオヤジと芸者のセックスをのぞいてみたりするのに、自分もくわわるようになったのか。

結婚するまではかくれていても、このひとに、もともと、セックスにマメなところがあったのなら、それもいい。

しかし、げんに、ぼくなどがあきれるほど、セックスにマメなひとがいるように、マメでないひともいるのだ。

亭主が、おっぴらに、あちこちの女とセックスをするのなら、とこの若奥様も浮気をはじめたかもしれない。

そして、浮気の相手と、それこそセックスをたのしめるなら、これも、またいい。

だが、くりかえすけど、もし、この若奥様がセックスにマメでないとしたら、浮気をしたって、そんなにはたのしくないはずだ。

たのしくもないのに、亭主がやってるからと、惰性でつづけていたりしたら、あわれなことになる。

若奥様の浮気を亭主が知って、オレにのぞかせろ、なんてことで、亭主は、たのしんでのぞいてるのに、若奥様は、そのため無理してヒイヒイ、へんな声をだしてみせたりしたら、たいへんにあわれなことだ。

おたがいマメ同士なら問題はないけれど

酒を飲まない人が、酔っぱらいと同席したとき、どんなに苦痛かということは、ぼくみたいなノンベエにもわかる。

しかし、ふつうの場合は、酒を飲まない人は、なるべく酔っぱらいの相手をしないようにするか、また、逃げだしてしまえばいい。

しかし、セックスにマメな男ないし女が、酒が飲めないようにセックスにマメでない相手といっしょになったらどうか。

酒とちがい、セックスは、ふたりでやるものだし、こまるにちがいない。しかたがないので、相手のマメさにあわせたり、それよりも、マメなやつも、だんだんマメでなくなるというほうがおおいのではないか。

前につき合ってたアメリカ人の夫婦で、奥さんが七つぐらい歳上だったが、この奥さんがセックス好きで、亭主が休みの日などは、一日じゅう、ベッドのなかにいることもあった。

この奥さんは、自分のプッシイは、もう歳だから、ダークがかった、なんとかの色だけど（アメリカ女のプッシイにも、どどめ色みたいなのがあるらしい）亭主のコックは、ローズ・ピンクのフレッシュな色で、それをにぎって、吸ってると……と、これも生々しいだけで、Y談にもならないことをしゃべっていた。

ぼくがつき合ってたころは、亭主も若く、また結婚して間もなくて、セックス好きの女房につき合うこともできただろうが、今は、いったい、どうなってるか？

セックスにマメな女で、相手の男が、そのマメさにうんざりしてきて、別れると、つぎは、もっと若い男、と、だんだん歳の若い男にかわっていくのがいた。これは、男の場合もおなじ傾向のようだ。

なんだかじめじめしたことを書いた。

ぼくは、なにごとにもマメでなく、とくに、セックスについては自信がなく、はっきりダメで、セックスにおそれのようなものをもってるらしい。

そして、セックスにマメな男女が、あきもせずに、せっせとセックスにはげむというのも、また、あわれだ、みたいな気持なのだが、これは、まことによけいなおせっかいで、セックスにはげんで、たのしいのなら、けっこうなことではないか。

3 旅

東京乗合自動車

新宿駅西口のバス・ターミナルでバスにのろうとしたとき、うしろから、声をかけられた。

「コミ・パパ、どこにいくの?」

九〇円の料金をいれながら、ふりかえると、新宿・ゴールデン街の「プーサン」のカッちゃんだった。ぼくは、うーん、とうなった。どこに行くのか、自分でも知らないのだ。

「このバスでどこにいくのよ、コミ・パパ?」

カッちゃんの目はよくひかる。その目で、じっと下から見上げてる。ぼくは、どこ行きのバスかもわからずに、のった。しかたなく、ぼくはこたえた。

「バスにのって……遊んでるんだよ」

こんどは、バスの運転手さんが、ぼくの顔を見た。

このバスは、新宿西口・中野駅経由・野方行のバスだった。大久保通りにはいって、右に柏木教会、東京薬科大、このあたりは坂で、道の両側が石垣の切通しみたいになっている。この石垣の上の家に住んでる、昔の有名な鉄道大臣の娘だというひとをたずねていったことがあったっけ。このひとは、ほんとにお嬢さんらしいひとで、しかし、もうおばあさんだった。だけど、どうして、ぼくはそんな家にいったのか？

バスにのってると、電車や地下鉄とちがい、理髪店の赤白青のねじねじ棒も、そのとなりの食料品屋の店さきのヒマそうな籠のオウムも、身近に親しく感じる。

バスは坂をくだり、どぶ川になる。この川のちかくに、作家の小島信夫先生の家があった。画家の風間完さんの家は、今でも、このあたりにあるのかもしれない。

うーん、あの奥の家の石柱に、酔っぱらってしがみつき、「今夜は、ぜったい、やらないわよ」とわめいた女がいたっけ。女のほうで、真夜中におしかけてきたのに。

中野刑務所《ストッケード》で、タバコの吸殻をひろって、かくれて吸っていた焼酎ジミーのまるい黒い顔。このバスには終点はなく、野方駅あたりでぐるっとまわって、かえってきた。

近頃、ぼくはよくバスにのる。本を読むのもめんどくさく、映画館のなかにとじこもってるのもうっとうしいときなんかは、バスにかぎる。

要するにヒマなのだ。流行作家とはちがい、ぼくなどは、月のうち五日ぐらい（それも、夜はちゃんと酒を飲んで）仕事をすればいい。だから、映画なんかも、ほとんど見てしまってるのだ。

それに、バスは映画よりも、なによりも安い。こんな安いレジャーはないだろう。ぼくは銀座に映画の試写を見にいくときなどは、雪ヶ谷大塚からバスにのり、中原街道をとおり、御殿山をこえ、品川にでて、芝、新橋をへて、銀座にいく。バス代は九〇円。これを東横線の田園調布、中目黒からの地下鉄でいくと一八〇円で倍、しかも、バスはレジャーになる。レジャーと実益をかねるものなんて、そうザラにはない。

新宿⇅浅草も、このところ、ほとんどバスだ。こんなたのしいルートを、地下鉄になんかのったらもったいない。新宿から市ヶ谷にくだり、外濠を見てはしり、後楽園のよこから壱岐坂をあがって本郷、妻恋坂をくだり、蔵前橋通り、鳥越神社、ほそい鉢巻きに紺のハッピ姿の、ミコシが好きな女のコとは、鳥越の姐さんのところであったが……蔵前で左にまがり、駒形のどぜう屋……。

「こんど、あのどぜう屋につれていってやるからな」

「こんど、こんどって、いつも、バスの窓から見るだけじゃないの」

「あそこはな、タタミが敷いてあって、すわるようになってるんだ。おまえ、ちゃんとタタミにすわれるのか?」

新宿でふらふらしている女のコなんかも、ぼくのおかげで、バスをおぼえらまって、顔を見ると、「オジちゃん、バスにのろう」と言う。これまた、こんなに安いデートはない。

さて、バスは浅草雷門、松屋デパート前で、ほとんどの人がおりてしまうが、ここはがまんしていて、馬道《うまみち》をすすみ、左にまがって、言問通りにはいり、観音裏、花屋敷でおりよう。欲をかいて、もうひとつさきのバス停まで、とおもったら、左に国際通りにまわりこんで、逆もどりして、浅草六区だ。このままのってたら、新宿にかえってしまう。

バスをおり、ぶらぶらあるいて、浅草千束・猿之助横丁のクマさんの店「かいば屋」へ。でっかいグラスに、焼酎をたっぷりいれて、炭酸でわる酎ハイで、女のコと乾杯。バス代をふくめ、これも安上りなデートだ。

＊

東京だけでなく、ぼくはどこにいっても、バスにのる。パリで、地下鉄《メトロ》をおぼえると便利だというが、便利なだけで、地下鉄のトンネルの壁とニラメッコしていてもしようがない。

パリの町のいちばん外側をぐるっとまわってるバスがあり、昔、城門でもあったのか、たとえば「リラの門《ポルト》」とかそういったバス停がおおいバスにのると、安い料金で、たっぷりパリ見物ができる。

それも、おきまりの観光コースや、有名地や建造物などとちがい、それこそ身近に、ナマに、そしてかってに好きなようにいける。ぼくはフランス語はしゃべれないが、バス路線の地図はかんたんに手にはいるし、これさえあれば、気楽なものだ。

ロンドンの二階建のバスにものった。がんじょうそうなオバさんの車掌が大奮闘で、トラファルガー広場のそばをバスがはしってるとき、北アイルランドからのイングランド兵ゴーホームのプラカードの竹竿をもったニホン人らしい若い男を見かけたりした。

ニューヨークでも、ほとんどバスにのっていた。つぎのバス停でおりるとき、ニホンのバスだと、ビーッとおすボタンがあるのだが、これが、どこをさがしてもない。かなりあわてたが、座席の上によこにはってある紐をひっぱるのだった。

これは、ニホンでも、チンチン電車、バスみんなやったことだ。しかし、いつごろから、ニホンでは押しボタンになったのだろう。それを、世界でもっとも最新流行の町と言われているニューヨークのバスが、いまだに紐をひっぱるのはおもしろい。

土佐の高知にいき、バスに鼻があるのがおかしく、うれしかった。昔のバスには、みんな鼻があった。

だから、バスの前のほうにすわっていて、バスが前の車すれすれのところで停止するときなど、ついふつうの車のことをおもい、ボンネットのところの部分の鼻がぶつからないかと、ひやっとするものだ。

しかし乗合バス（ああ、この言葉も古くなった）には鼻があっても、観光バスには鼻はなかったよ、とあるひとがおしえてくれた。

そういえば、まだ観光バスなんてものもないころの終戦後、進駐軍の子供たちを、東京の街のあちこちでひろい、またおろしていくスクール・バスにも鼻はなかった。

シンガポールにはいやに胴体の長いバスがあり、ロサンゼルスのダウンタウンをはしるミニ・バスも安くて、おもしろい。だけど、タイのバンコクのバスは、お年よりなどにはむりだ。らんぼうな運転もおっかないが、みんな、まだバスがはしってるうちにとびのり、とびおりる。バンコクのひとは、バスにのるのをスポーツだとおもってるようだ。

＊

東京交通地図「バス・ルート・マップ」という本が、書店にでている。定価は八〇〇円で、各区別のバス路線、各バス乗場案内図などもある。今までにも、都バスの路線案内みたいなものはあったが、東京都内のバスのことならぜんぶというのは、この本がはじめてだろう。

この本をかこんで、戦争中、戦後の木炭バスのはなしなどもでた。ガソリンがないので、バスのうしろにカマをくりつけ、これに木炭や薪などをほうりこみ、尻から黒い煙をだしてはしっていた。馬力がたりないので、急な坂などになるとうごかない。それで、乗客がおりて、うしろから、ヨイショ、ヨイショとおした。しかし、カマで燃えてるので、熱いところをさけて、おす場所も心得ていた、なんて言いだす者もある。

夜店でつかうカーバイドを燃してるバスもあったんだぜ、とぼくが威張ったら、これも知ってるひとがいた。ぼくは、カーバイド・バスのうしろに自転車でずっとくっついていて、あのにおいにふらふらになり、自転車ごと崖からおちそうになったことがあった。

ぼくなんかが子供のころは、バスは、チンチン電車なんかより新しい乗物で、ちょっと意気ごんでのったものだが、チンチン電車の車掌のオジさんはこわくなくても、バスガールのおねえさんはこわかった。

意地悪なバスガールのおねえさんもいたし、ぼくたちがバスのなかでさわぐと、本気になって小突くバスガールもいた。年齢もあまりちがわなくて、バスガールのほうもしんけんだったのかもしれない。

いつだったかの日曜日、新橋から豊島園行のバスにのった。このバスは二時間ぐらいかかり、九〇円で、たっぷりたのしめる。だが、逆に、時間がかかるので、遠くまでいくひとは、バスになんかのらない。

乗客は、途中でおりたりのったり、なん度もいれかわる。バスの乗客は、バスは近所のものだとおもってる。だから、バスのなかで顔をあわせ、あいさつをしたり、ならんですわっておしゃべりをしたりしてる光景には、しょっちゅうぶつかる。バスは御近所の乗物であり、和やかな乗物なのだ。

だから、なかにはおせっかいなひともいる。だれかが道をきくと、みんなであつまって、あのバス停でおりたほうがいい、いや、かえってこっちが近い、とまとまらないで、きいたひとがこまることもある。

さて、この新橋—豊島園のバスだが、市ヶ谷の各町をとおり、左手に左官大学校、右に新潮社なんかを見て、早稲田から目白にかかったときには、乗客はもう二度ぐらいのり替っていたが、前のほうにいる、痩せたサングラスをかけた男だけは、新橋からずっといっしょで、この男が、ちらちら、うしろをふりかえって見ている。赤い半袖シャツを着て、ヤクザみたいな男なのだ。

バスは目白通りをいき、江古田、そして、練馬区役所前のバス停にきたとき、男はサッとたちあがると、ドアがしまる直前に、バスからとびおりた。

バスはうごきだし、男はバスとは反対のほうに、いっしょうけんめいかけていく。ぼくはキョトンとしたが、乗客はいれかわるのに、ぼくひとりは、新橋からずっとのっており、男はぼくにつけられてるとおもったんだろう。だから、まだいやがる、とちょいちょい、うしろをうかがっていたのだ。このぼくが刑事に見えるわけがない。あの男のほうが、へんなヤクザにつけられてるとブルってたにちがいない。

アメリカのニューオリンズでは、エリア・カザンの映画で有名な「欲望という名の電車」はなかったが、欲望という名のバスがあったので、うれしがってのった。欲望行のバスなのだ。ところが、このバスは、途中で白人はみんなおりてしまい、肌の黒い人たちばかりになった。欲望《デザイア》ストリートは黒人街《ハーレム》になってたのだ。

バスの降り口からもぐりこんできた黒人の少年二人がぼくに金をだせ、とおどしたり、それを黒人の運転手がバスをとめて、追いだしたりしたが、用もないへんなやつがまぎれこんで、とみんなめいわくそうにしていた。用がないのは、一目見りゃわかるもんな。

だけど、バスにのるのはたのしい。

おいしい水道の水

北海道にいくときは、たいてい、まっすぐ釧路にきてしまう。さいしょに北海道にいったとき、東京の品川埠頭から大雪山丸にのって釧路にきたのがくせになったのだろうか。大雪山丸は積荷のつごうで一日出発がおくれ、食事はでないが、船室で寝ていきなさい、と船の事務長さんが言ってくれた。

釧路駅前市場。和商市場で秋鮭（まえは秋アジと言っていたんじゃないかなあ）、根《ね》若布《わかめ》、公魚《わかさぎ》、海鞘《ほや》などを見て、これからの旅なので買えないのをざんねんにおもいながら、そのむこうの食堂にいき、同行《パートナー》のマリと磯チャンポンと豚丼を注文した。

こういう豚丼は北海道にしかない。さいしょに豚丼をたべたのは帯広だった。豚丼というから、牛丼の牛が豚にのりかわったのかとおもったら、鰻丼《うなどん》ふうだった。

磯チャンポンは鍋みたいに大きな丼に、エビ、イカ、帆立貝、カニ、鮭もはいっていて、ちりレンゲもふつうの四倍ぐらいあった。こんなでかいレンゲは、はじめて見た。そのことを、あとでマリにはなすと、「へえ、そんなにレンゲが大きかった？」

とうたがっている。ふつうのでかさではなく、あんなにドどーでかいレンゲが、マリの目にははいらなかったのか。

食堂を出て、釧路駅のほうにあるきだすと、駅ビルがぼんやりしていた。霧がかかってるのだ。駅ビルの姿がかくれるほどの霧ではない。でも、うっすらぼんやりしている。

アメリカ西海岸に二カ月ばかりいてかえってきて、すぐ北海道にきたのだが、そんな旅づかれみたいなことが関係あるのかないのか、釧路駅ビルにうすい白い紗の布《きれ》でもかけたように見える霧に、センチメンタルな気持ちになる。

釧路から川湯へ各駅停車の二両連結のディーゼル車。釧路駅のまわりも霧。釧路川をわたるとき、川に舫《もや》った漁船の帆柱にも霧。湿原ははるかに霧にけぶっていて、眠っていて夢でも見てるようだ。

ちいさな駅にとまると、むこうのホームに子犬がよちよちはしってきた。古びた、草がおいしげったようなホームだ。すると、もう一匹、子犬っぽくからだのまるまっちいのが、ころぶようにしてあらわれた。ホームから一本ほそい道が奥にのびている。そのさきに家があり、白い、ちいさな母親犬がちらっと見えた。子犬二匹はディーゼル車をむかえにでてきたようでもない。プラットホームをあそび場にしてるのか。なん日かして、こちらにかえってくるとき、ディーゼル車の窓におでこをくっつけるようにして、この駅をさがしたが、見つからなかった。

川湯駅から川湯温泉までバスにのる。料金二百二十円。もう夕方で、このバスは車庫入りだったのだが、その途中まで、終点からマリとぼくをのせてくれた。ホテルに近いようにと……。

川湯温泉にくるのは、はじめてだ。ホテルからあるいてすぐのところに、ぱらぱら飲屋やスナックがある。ホテル代も飲代も安い。このあと、知床半島のウトロに泊ったが、ここはわりと高かった。

炉ばた焼「むかい」で、ほっけを焼いてもらう。つぶ貝のたれづけ焼き。野菜サラダは、レタス、トマト、アスパラ、きゅうりのほかにカマボコとゆで卵の輪切りもはいっていた。魚のすり身の天ぷら。

こんど、アメリカ西海岸のサンディエゴで魚のすり身を買ってきて、味噌汁にいれた。外国の魚屋ですり身を買ったのは、はじめてだ。魚のすり身のことを、フィッシュ・ケーキという。ケーキには一定形に圧縮した固《かた》まりという意味もあるのを、おもいだした。魚のすり身は一定形でも固まりでも、圧縮してもいないが、やはりケーキなんだなあ。

スナック「クラウン」にうつる。ぽりぽりとコンニャクと鳥肉の煮たのをたべながら、サッポロビールの生と酎ハイ。川湯の町の通りで、大きな笊にはいったぽりぽりをえりわけているのを、なんどか見かけた。ぽりぽりは白っぽいキノコ。とりはじめだったらしい。ぽりぽりという名は北海道だけだそうだ。ぼくははじめてきいた。

このスナック「クラウン」で、ほかの客がこないうちに、カラオケで「浅草の歌」と「梅と兵隊」をうたう。「浅草の歌」サトウ・ハチローの作詩で〽強いばかりが男じゃないと、という歌をごぞんじの方もあろうとおもう。

しかし、「梅と兵隊」はあまり知られていない。「麦と兵隊」がヒットしたので、つくったのだろう。この「梅と兵隊」のカラオケがあるのは、川湯温泉のこのスナックと、神戸の古い花町福原のバーぐらいか。

北海道は水道の水がおいしいが川湯の水道の水はつめたく、とくべつおいしかった。水源は摩周湖で裏摩周からひいてくる自然水だとか。

ホテルをでて、川湯バスターミナルにぶらぶらあるいていく。前夜あちこちで飲んだあたりをよこぎる道だ。川湯駅にいくバスは発車まですこし時間があるので、バスのなかにバッグをおいて、あたりを散歩する。

神社があって、横綱大鵬の銅像がある。大鵬はこのあたりの出身なのだろうか。神社の境内に四本柱の高い屋根の土俵もあった。

神社の近くにゆでタマゴのにおいがする川が流れていた。たいした川幅ではないが、水量はたっぷり。川の水がきれいに澄んでいる。東京に住んでると、水が透きとおった川など、なかなか見られない。だから、うれしくなって川面をのぞきこんでいた。川の両側にこんもりしげった草。ゆでタマゴのにおいは温泉の硫黄のにおいだろう。川の床が白い。酸化した硫黄なのか。川床はなめらかそうだが、いくらか波をうちウエーブしていて、いまはもう見れなくなった、よくつかった洗濯板のようでもある。

川湯駅への道はまっすぐな一本道。バスの右手のひろい畑のむこうの山の中腹から白い煙が山肌にそうようにたちのぼっている。ひと筋の煙ではない。そんな煙がいくつか、からみあってるのもある。温泉の白い煙なのだろう。こんなのを、どこかで見た。九州の九重山あたりか。あそこは目の前に山がそそりたっていたが、ここは、のんびりとむこうに山がつらなっている。

バスの左手に牧場。牛がいる。襟裳岬にいったとき、バスの窓から、背はひくいが、がっしりしたからだつきの馬が見え、「いまでは、ニホン全国、馬は競走馬ぐらいになってしまった。けど、北海道にはな、こういう馬もいるんだ」と同行の女のコに威張っておしえてやったら、「コミ、あれは牛よ」と言われた。

ディーゼル車が川湯駅をでてしばらくはしると、木立のなかにはいった。トンネルをとおり、また、ディーゼル車の両側の窓とも、木に木がかさなる。

たいらな林のあいだをいくのではなく、ディーゼル車の両側ともにちいさな崖みたいになっていて、その崖には木がはえており、ディーゼル車のよこに小高くなってる崖の木の枝は、ざわざわと屋根をなでるようでもある。

ディーゼル車は木々のあいだをもぐってすすんでいる。木の名前はわからないが、かなりたくさんの種類の木があるようだ。そんなに大木はなく、雑多な木が、ディーゼル車の窓のすぐ前に、そして、木々のむこうにまた木々が……。

木々のなかにとっぷりひたりきっている。ディーゼル車がごっとんごっとん、のろいのもいい。

木々のあいだがきれて、すこし視界がひらけてくる。馬鈴薯《ばれいしょ》畑はきれいに掘りとられ、地面もならされている。そして畑の一隅に馬鈴薯がつみあげられて山になっていた。こうやってたくさんの馬鈴薯が山になってると、一コ一コのときとちがった、うっすら赤みをおびたかがやきがにじみでる。北海道では馬鈴薯というよび名がのこってるみたいだったが、こんどは、じゃがいもが、よく耳にはいった。スナックや飲屋でだす「じゃがバター」もそうだし。

ディーゼル車が、ただ木々のあいだをいき、つみあげられた馬鈴薯がうっすら赤く見えて、けっしてほわっとうきあがるような気持ちでもなく、かといって沈みこむのではない……ただ、かるいあくびもでそうな、もう古い言葉になったアンニュイめいたものか。

マリは北海道にいったらトウモロコシを、と意気ごんでいたが、このあと、ウトロや網走に泊り、釧路にひきかえし、根室にもいったけど、マリはトウモロコシをたべただろうか。トウモロコシがない季節だったようだ。

バスが斜里の町をでてからの、ほんとにまっすぐのびている道は、さすが北海道だとおもう。こんどはじめて、あれがビートだ、と斜里の近くでおそわった。マリはビートがなんだか知らなかった。

網走では網走湖のそばのホテルに泊った。テレビのニュースで網走湖にアオツコがでたと言っており、湖面に模様をえがいて水を濁《にご》している赤潮を青くしたようなものを、ホテルの部屋の窓から見おろして、あれがアオツコなのかな、とはなしたりした。

ホテルの前から美幌までバスにのった。女満別のあたりから、黄金《きん》色の稲の穂がはろばろとつづいていた。ほんとに黄金の穂波が、はてもなくうねっていた。

美幌駅前の「君の名は」の映画ロケの記念碑。ラジオで「君の名は」の時間がくると、銭湯の女風呂がガラガラになった、と言われたものだが。釧路でも根室でも、なぜか町のお風呂屋にいったなあ。

ブレーメンふらふら

サンマは目黒、オムレツはハワイ

アムステルダムのスキポール空港で、ドイツのブレーメン行のシティ・ホッパー機に、空港バスからおりてあるいてのりながら、「わあ、シティ・ホッパーかあ!」とマコはすっとんきょうな声をだしてよろこんだ。

バーを飲みあるくこと、バーのハシゴをする人をバー・ホッパーと言うんだそうだ。毎晩のように、マコはニューヨークでバー・ホッピング、バーの飲みあるきをやってたのだろう。そのあいだ、ぼくは東京にいてマコのかえりを待っており、いっしょにヨーロッパにきた。

シティ・ホッパー機は、バーからバーではなく、町から町にぴょんぴょんとんであるくという意味だろうか。

「バー・ホッパーのわたしたちには、まったくぴったしの名前のヒコーキだわ」

マコはすっかりごきげんだ。シティ・ホッパー機は通路をはさんで、二人ずつ十三列ほど、乗客五十人ばかりのちいさい旅客機だ。高度も雲の上につきでることはなく、地面を這うようにのろのろうごく、というわる口もきいた。

このあたり、オランダから北のドイツ、デンマーク、ポーランド、もしかしたらロシアまでつづく、はてもない平野だ。山らしいものと言えば、たいてい町を出はずれたところにある清掃工場の燃やしたカスをつみあげたもの。「ゴミの山！」とブレーメンに住む、うちの下の娘の亭主のディルクが、これまたうれしそうに、それをゆびさし、ニホン語で言う。

ブレーメン空港では、マコの旅券にはった顔写真がすこしめくれかけてたとかで、出入国管理官に別室にまでつれていかれ、いくらか長い時間がかかった。ドイツの出入国管理官や警官のカーキ色の制服は、ヤボったく見えるし、好きではない。帝国陸軍のカーキ色の軍服もドイツの真似をしたのだろうか。

ブレーメンにいるあいだに、マコと二週間ばかりロンドンにいってきたが、そのかえりには、入国管理の席にはだれもいなかった。このまえは、あんなにうるさかったのに、こんどは係官さえいない。イミグレーション（入国管理）のことでは、とくに若い女性が泣かされてきたが、各国ともに、だんだんゆるやかになってるようだ。

ブレーメン空港には、ディルクとその女房のうちの娘のりえ、ちいさな息子のカイ

（ニホン名は開）がむかえにきていた。

どでっかいフォルクスワーゲンのワゴン車にのって、ディルクの家の近くのホテルまでおくってもらう。いまはドイツでは製造をやめてるらしいが、ちいさないわゆるカブト虫車でフォルクスワーゲンは知られてたが、こんな大きな車があるとは！　ブレーメンにはメルセデス・ベンツの工場もあるけど、そのトラックもヨーロッパではめずらしくない。この大きなフォルクスワーゲンでなら、アフリカの砂漠にもいけるそうだ。

夕食は、ホテルからあるいて三分ぐらいの、娘とディルクの家でたべた。もとは通りをへだてて、ドッベンという運河を前にした商人の邸宅だったという古い家だ。ニホン流に言うと五階。いちばん上の階を、いまサンルームに改造してるため、家のなかがゴタゴタし、ぼくたちはホテル住い。まえは、ぼくは地階の夏なおひんやりと寒い部屋で寝ていた。

ドイツでは、夕食には火をとおさない（料理をしない）ものをたべるのがふつうらしい。娘の亭主のディルクなどは、夕食にいわゆるごちそうをたべると、腹工合がわるいなんて言っている。しかし、チーズだってオランダのゴーダ、フランスのカマンベールなど五種類ぐらい、生ハムやサラミもあって、慣れると、けっこうおいしい。

しかし、この夜は、ぼくたちのために、娘のりえがハンバーグとオムレツをつくってくれた。そのハンバーグをマコがしきりに「おいしい」とくりかえす。それに、りえがまた感心した。「ハンバーグなんて、ごくふつうにたべるものなのに、それを、マコさんがおいしいって言うのは……。マコさんがいつも外食をしてるからかしら？」

肉屋で売ってる、そのままたべられる、お惣菜のハンバーグのことを、このあたりではフリッカデーレという。なん年かまえ、フランスとの国境に近いフライブルクにいったとき（哲学者のハイデガーが、ここの大学の学長をやったことがある）、ドイツの国会議員の奥さんだというひとが、「フリッカデーレなんて、名前からして北ドイツ的だわ」と言った。りえが「うちのとうちゃんは、あの安惣菜のフリッカデーレが好きで……」とからかったからだろう。

フリッカデーレはひき肉のつなぎにはんぶん以上パンがはいってるそうで、「なんで肉屋ではなく、ベーカリィで売らないのか」とディルクはジョークを言う。ディルクは医者だが、ジョークばかりをしゃべってる。ともかく、ぼくは家庭でつくるちゃんとしたハンバーグより、肉屋で売ってる安惣菜のフリッカデーレのほうが好きだ。

ぼくはオムレツがおいしかった。子供のころから、ぼくはタマゴとジャガイモが大好きだった。大きくなっても、タマゴとジャガイモで酒を飲んでいる。オジイで死にかけていてもかわらない。昔は、「玉子焼なんて子供が食うもんだ。玉子焼なんかで酒を飲むな」とうるさいノンベエのオジさんに叱られたものだ。

東京のぼくのうちのオムレツはひき肉もタマネギもおおすぎる。ぼくが大好きなタマゴはからだによくない、とうちの女房は信じきっているらしい。それで、ひき肉などをおおくするのか。しかし、これではひき肉をたべてるんだか、タマゴをたべてるのかわからない。ブレーメンの肉屋のフリッカデーレとおんなじだ。いや、ニホンではタマゴは子供はともかく、成人のからだにはよくない、と信じている、とくに主婦がおおい。しかし、これには個人差もあり、おおむね迷信だろう。

りえといっしょに、アメリカ西海岸の北の町シアトルにいたことがあり、このときも、ぼくが好きなので、りえはよくオムレツをつくってくれた。シアトルのわりと近くに、ワラワラというところがあり、ワラワラのスィート・オニオン（おいしい玉ねぎ、実際の発音はアニオン）は有名で、これがはいったオムレツはなかなかいける味だった。

ところが、シアトルからハワイのホノルルにうつり、ここでりえがつくったオムレツは絶品だった。ワラワラのスィート・オニオンなんかより、ハワイの玉ねぎのほうが、ずっとおいしかったためらしい。サンマは目黒にかぎり、オムレツはハワイにかぎるのか。

ぼくはタマゴが好きで、あちこちの町のオムレツ専門店にもいった。サンフランシスコのチャイナタウンのすぐそばのオムレツ屋では、メニューにジェリー・オムレットがあったので、よろこびいさんでというふうに注文した。ニューヨーカー誌にもよく書いていたジョン・オハラの短編を訳してたとき、そのなかにジェリー・オムレツというのがでてきたのだが、いったいどんなものか見当もつかず、ぼくがはたらいてたアメリカ陸軍の医学研究所の兵隊たちにきいてまわったりした。翻訳をやっていて、本のなかにでてくるものごとに、現地で実際にぶつかるのは、ほかの者にはわからないよろこびだろう。

しかし、ジェリー・オムレツにはがっかりした。うすら甘いジェリーが玉子焼のなかにはさんであるだけのものだったのだ。こんなものを、おいしがってたべる者がいるのかとふしぎだった。

ぼくが翻訳をやりだしたのは、エラリー・クイーンズ・ミステリ誌の日本版で、編集長だった都筑道夫さんが、『郵便配達はいつも二度ベルを鳴らす』のジェームズ・M・ケインの短編をえらんでくれた。このなかに、ハード・サイダーがあり、アルコール度のあるリンゴ酒のことらしい。ニホンでアサヒ・シードルが売りだされるずっとまえのことだ。で、はじめてアメリカにいったとき、ニューヨークのバーを飲みあるきながら、サイダーのことをきいてまわったのだが、バーテンダーが知らないという。ぼくはとほうにくれたような気持になった。

ところが、そのあとなん年かして、夏、マサチューセッツ州のアマーストというカレッジにいたとき、ある人にクルマにのっけてもらい、リンゴのジュースを農家からガロンで買ってきた。防腐剤のはいってないジュースで、風とおしがよくて陽の光が直接あたらないところにおいておくと、なん日かで自然に発酵するという。リンゴのサイダーは、バーで金を払って飲むものではなく、自分のうちでつくるのだとのことだった。ジェームズ・M・ケインの短編のハード・サイダーも、農家の自家製だった。

でも、アマースト大学の寮で、ぼくがつくったサイダーは、褐色の泡のかたまりがぶくぶく浮いており、はなはだババッちかったが、ぼくひとりでおいしがって（おもしろがって）飲んだ。ぼくでも酒がつくれるというのは感激だった。しかし、実際にはリンゴのジュースがはいったプラスチックのガロン壜を、どっこいしょ、と陽がささない窓ぎわにうつすだけで……。

さらになん年もたち、イギリスではパブでリンゴのサイダーのドラフト（生）もあることを知った。じつは、こんどマコとロンドンにいたときも、朝の（と言っても、だいたいお昼の十二時すぎだったが）イングリッシュ・ブレクファスト（目玉焼とベーコンとソーセージ、それに豆までついたイギリス式朝食）を、ぼくはいつもパブでたべたが、このときも、サイダーを一パイントの大きなグラスで飲んだ。二日酔にはほろ甘いサイダーはじつにおいしい。ほんとのことを言うと、これを書いてるのは、ロンドンからドイツのブレーメンにもどり、またマコとふらふらやってきたベルリンのホテルだけど、ベルリンでも毎晩、アイリッシュ・パブでサイダーとコーンを飲んでいる。

はなしがさかのぼるが、スィート・オニオン（おいしい玉ねぎ）で有名なワラワラのことを、ぼくはシアトルの近くだと言ったけど、おなじワシントン州のなかだが、旅客機でいったというはなしもきいたし、ほんとはどれだけはなれてるのかは知らない。アマゾン川の河口の町とされているベレンが、実際に川と海が合流するところから百四十キロもあるときいた。それに河口と言っても、まことにあいまいで、上海から復員するとき、船はとっくに海にでたはずで、まわりには陸らしいものはなんにも見えない大海原なのに、揚子江（長江）がおしながす濁流のなかを、船は半日以上もすすんだ。ぼくは河口がすきだ。そのあいまいさというか、はてのない茫洋さも気にいっている。

ワラワラのコミュニティ・カレッジの学生だという、二人のニホンの女のコにシアトル・タコマ空港で声をかけ、日本レストラン「ミカド」の炉端にさそったことがある。シアトルでのぼくの友人の板前のスティーヴが、ちょうどミカドをやめたときで、ひと晩、客もつれて店で食事をしていい、とオーナーに言われていたのだ。

コミュニティ・カレッジというのは、その地域の大学で、たいていちいさく、入学もめんどくさくないらしい。ミカドにきた女のコたちは、炉端でワラワラの肉《み》の厚いスィート・オニオンを焼いてもらい、おいしい、おいしいとたべていたが、かたっぽうの女のコがフランス文学科だときいて、ぼくはおどろいた。

パリのソルボンヌ大学やロンドン大学でならともかく、玉ねぎがご自慢のアメリカの地方大学に、わざわざニホンからやってきて、フランス文学を勉強するとは！ところが、この女のコはそんな大学でフランス文学をやったのに、世界でもたいへんにすぐれたフランス文学研究の俊英になり……というのならおもしろいけど、性質もよさそうで、かわいい女のコだが、いまごろは、フランス文学などとは縁の遠い奥さん稼業してるのではないだろうか。

ニホン人観光客はブレーメンに泊らない

ブレーメンは人口は六十なん万人とかで、ドイツではハンブルクについで、二ばんめに大きな港町らしい。ヴェーザー川にのぞんだ港で、河口までは六十キロほどあるという。そのあいだ、まったくの草っ原か畑のなかを、大きいのは二、三十万トンの船がゆっくりすべっていく。河岸まででないと川の水面は見えず、はるかにつづくトウモロコシ畑なんかのむこうに、大きな船体がぽっかり浮いて、草の上をうごいていくのには、はじめて見たときは、まったくたまがった。

河口のブレーマーハーフェンはちゃんとした町で、この町の交響楽団もあり、ニホン人の団員もいるそうだ。大きな魚市場もあって、これまた河口はどこまでが川やら海やら、はなはだ茫洋としている。その河口からすこしさかのぼったところに、鉄とコンクリートの人工島が岸からすこしはなれてあった。岸とのあいだには橋もある。海のトーチカだ。第二次大戦のとき、連合軍の上陸作戦にそなえて、ドイツではポーランドからスペインまで、長い沿岸のところどころに、こういった海のトーチカをつくったらしい。まことに珍奇な構造物で、ぼくはあきれて見ていた。

ブレーメンの娘の家の近くにも、散歩してあるいてまわれるところだけでも、十いくつかの防空用の建造物がある。ニホンでは土地の下を掘って防空壕をつくったが、ドイツでは地上の建物でニホンふうに言うと四階建てぐらいの高さか、コンクリートのがっしりした建物で、爆撃にそなえて窓がない。

ニホンの防空壕はいまではなくなってしまったけど、この防空建物はなにしろやたらに壁も厚く、堅牢無比にできてるので、とりこわすにも莫大な費用がかかる。というわけで、ちいさなコンサートなどにつかってる建物はあるけど、まだほうりっぱなしで、古びてるのがおおいようだ。ドイツについて書かれたものはたくさんあるが、こういったことについては、読んだおぼえがない。

ブレーメンに着いた日、娘のりえはその息子のカイにマコのことを「おねえちゃん」と言った。いまのドイツでは従来のオットーとかハンスとかって名前のかわりに、カイなどがはやっているらしい。まだ三歳とすこしながら、父親のディルクに似た皮肉屋のカイは、おねえちゃんよりももっとわるい言いかたはないかと考えてたようで、しばらくすると、マコのことを「おばさん」とよび、マコがおこると、またしばらく考えて、「赤ちゃん！」とさけんだ。

やっと赤ちゃんの域を脱したカイには、赤ちゃん、というのは最大の侮辱語らしい。たとえば、乳母車にのりたがるカイに、りえは「赤ちゃんみたい」と言ったりする。

カイはりえやぼくたちにはニホン語でしゃべり、父親のディルクとはドイツ語ではなす。そのときの、ヤァ（うん）という発音が、たった三歳なのに、またごく初歩のみじかいドイツ語なのに、まことにニホン人ばなれして、ドイツ語っぽく、「ヤァ」よりも「ヤ！」みたいにうなずく。表情もドイツ人っぽい。

この夏は、ニホンもたいへんに暑かったそうだが、アムステルダムもブレーメンに着いたときも暑く、そのせいでりえは風邪をひいた、と言っていたが、人前《ひとまえ》（という表現もそもそもニホン的だけど）でも大きな音をたてて洟《はな》をかみ、「りえちゃんはドイツ人のご主人と結婚して、すっかりドイツ人になったのねぇ」とマコはへんなところで感心していた。ニホンの女性なら、よこをむいて、そっとハンカチを鼻にあてるのだろう。いや、欧米人のようにハンカチではなくティッシューか。

ディルクと娘の家の前の通りは、歩道のほかは石畳で10番の電車がはしっている。その電車の音さえも、住宅地のしずけさをますような、なにか本質的にしずかなところだ。ドイツではあちこちで見かけるのだが、歩道のまんなかに幅一・五メートルぐらいの自転車の通路もある。それだけ歩道が広いってことか。石畳は十センチ平方ぐらいの石を敷きつめてあり、専門の石畳職人がいて、ひとつひとつ、たいていはすこしかたちのちがう石を、槌でたたいてはめこんでいく。ローマの時代からかわらない作業だろう。

娘の家のあたりはそんなに静かな住宅の通りなのに、ハウプト・バーンホフとよばれてる中央駅からは、あるいて十一、二分か。この中央駅はプロイセンの大宰相ビスマルクのころに建てられたとかで、いまだに現役でつかわれている。

まんなかに大きな円屋根、それが長方形の建物の上にのっかり、まことに優美な姿だ。北ヨーロッパは運河と鉄道の国でもある。

中央駅を扇の要《かなめ》みたいに見れば、左てにあるいて十一、二分のところに、ディルクと娘の家があるアム・ドッベン。右てのほうにいくと、やはり十一、二分で繁華街の中心で、途中、水鳥がおよいでる濠にかかった橋をわたる。これは長い長い公園の一部で、ブレーメンの町は公園と抱きあわせになってるような感じもある。公園がすくないニホンの都市とはちがい、欧米の町は公園の面積が広い。アメリカのマサチューセッツ州のある大学町などは、公園と林と大学のキャンパスのなかに、大きな家がかくれるようにたっており、一カ月ぐらい滞在していたあとに、じんわり町の姿がにじみでてくるようだった。

中央駅からアム・ドッベンのほうにいく通りは、ほとんど人はあるいていないのに、右ての繁華街への通りには、人がぞろんこぞろんこいる。ただし、これは夏のあいだだけかもしれない。このあたりは夏が観光シーズンらしい。ぼくは夏にしかブレーメンにいったことはない。寒いのがきらいなぼくは、冬に北ドイツになんかいけたものではない。

中央駅の前では、あるきながらアイスクリームをたべてる人がおおい。これも夏の日だからだろうか。いまおもいだして、あまりにもアイスクリームをたべてる人がおおく、おかしな気持になる。

また、繁華街のほうにぞろんこぞろんこあるいてる観光客のなかには、けっこうニホン人もいる。ニホン人観光客はいるところにはいるが、いないところにはまるっきりいない。ニホン人の観光客はどこからかブレーメンの中央駅にきて、一時間か一時間半ぐらい、たとえばブレーメンの音楽隊の銅像などを見て、また列車にのってどこかにいくのだろう。ブレーメンのホテルに泊るってことはないようだ。

娘の家のほうからも繁華街へはいつもあるいていく。中央駅を扇の要とするならば、扇をひらいた底辺をいくことになる。乳母車をおしてだから、ゆっくりあるく。こちらも、途中でお濠の水を見ながら公園をぬける。公園をでたところに魚屋がある。ブレーメンでは魚屋は上品な店とされている。事実、上品なさっぱりした服装の奥さんなどが魚を買いにくる。ブレーメンはヴェーザー川の河口まで六十キロで、魚をたべるのをたのしみにこの町にくる、という人もぼくは知っている。クルマで二時間ぐらい内陸に住むディルクの名付親（ゴッドファーザー）だ。ほんの一時間、内陸にはいったハノーファーでも、ブレーメンよりもぐっと魚屋はすくないという。ついでだけど、ニホンではハノーヴァーと表記してある。くりかえしだが、どうして現地の発音を、ニホンではつかわないのか。

トイレが不安でこまってる

アムステルダムの中央駅はCENTRAAL STATIONと書いてあり、中央駅でかまわないとおもうが、ドイツではハウプト・バーンホフで、中央駅とよぶよりも、ぼくは本駅と訳したいのだが、わがままな名前のつけかたみたいな気がし、えんりょして、中央駅と意訳しておく。

中央駅にはトイレもあり、料金は五十ペニッヒ、半マルクだ。ブレーメンはパリ名物だったエスカルゴ（かたつむり）式のトイレが、まえにはなかったのに、ぐーんとふえ、ぼくはよろこんでいる。ぼくにとっては、どこにトイレがあるかということは、とてもだいじなことなのだ。

ぼくは昭和十九年の暮れに山口の聯隊《れんたい》に入営した。志願兵のほかは、外地につれていかれた。いちばん最後のほうの現役兵だろう。

そして、すぐに中部中国につれていかれたが、長い行軍のあいだじゅう下痢になやまされた。よく生きていたとおもう。それからずっと、七十歳に近いいままで、いつトイレにいきたくなるか不安でこまってる。しかし、ほんとは兵隊にいくまえ、佐世保の海軍工廠《こうしょう》に勤労動員にいってるときに、ひどい下痢になって以来のことで、兵隊にとられるまえから、腹はおかしかった。

ドイツのエスカルゴは五十ペニッヒ貨か十ペニッヒ貨五枚でないとドアがあかず、ドイツではなくてロンドンでだが、テームズ川をこしたうんと南のほうで（あるいは東かもしれない）とつぜんトイレにいきたくなり、さいわいエスカルゴを見つけたが、それ用のコインがなくて泣いたこともある。

ブレーメンの中央駅のまわりには、ニホンふうに言うならば屋台みたいなたべもの屋もある。しかし、ニホンの屋台みたいにちいさくはないが、人々はカウンターにたってたべる。

ドイツはソーセージが名物だけど、なん種類かのソーセージを売ってるが、わりと色が白く、グレイがかったひょろ長いソーセージをちいさな丸パンにはさんでたべるのが、ぼくは好きだ。

パンはちいさく、ソーセージはうんと長いので、パンの両はしからソーセージはだらーんとつきでて、ソーセージのヤジロベエみたいだ。パンにはバターはついてない。アメリカでは、たいていパンにバターがついてるが、ヨーロッパはちゃんとしたレストランのほかは、バターはない。それどころか、昼食はパンなしで、じゃがいもだけ。

クルマで一時間ほどはなれたハンブルクにいったかえり、ディルクが運転するクルマで村のレストランによったことがある。村の人たちぜんぶが腰をおろせる大食堂がつかわれないままにあったり、そのほか広い部屋がいくつもあり、ところが、せまいバーに村のオジさんたちがあつまり、タバコの煙がもうもうと、なんてレストランだったが……。この村のレストランは、こんどいったときにはなくなっていた。

ここで、ぼくはディルクにすすめられ、自家製のソーセージというのをたべた。矩《く》形《けい》の皿にはいり、白っぽいグレイの色で、スクランブル・エッグのようなかたちをしていた。ソーセージのかたちをしていないソーセージなのだ。

たいへんにおいしくたべたが、このソーセージにしても、ブレーメンの中央駅のまわりの屋台のソーセージも、ドイツのソーセージはとくべつおいしいってことになってるけど、ニホンでも真似てつくれないことはあるまい。しかし、一般のニホン人には好きなソーセージの味があり、だから、そんなソーセージばかりが店にはでまわり、ぼくはこまっているのだろう。ぼくは自分がとくべつな男だとはおもっていないが、一般の人というのは、ほんとにこまる。

中央駅からたべものの屋台をとおりこし、娘の家のほうにくると、貸自転車屋がある。ここでマコは自転車を借り、ブレーメンの町をのりまわしていた。自転車であるいてると、ぼくみたいにバスにのってる者には見えない町の姿も見えてくる。また、バス路線以外のところにもいける。マコはアムステルダムでも自転車を借りた。キプロス島でも、またオーストラリアのシドニーでも、マコはホテルのプールで泳いでいた。ぼくも泳ぐのが好きで、また自転車であちこちにいってたが、いまは両足ともにしびれている。

『オットー』というシリーズ映画

さて、その貸自転車屋から一分ぐらいのところに、ブレーメンの中央郵便局がある。これは巨大な建物で、鉄道の線路にそい、いくつもの貨車の引込線もあるらしく、市内電車の停留所から停留所まで、えんえんと大きな建物がつづく。東京の中央郵便局なんかよりはるかに大きい。ブレーメンは東京の人口の二十分の一ぐらいだろう。それなのに、こんなに大きな郵便局とは……。ぼくが見たかぎりでは、世界最大の郵便局だ。

その郵便局のよこ、電車通りのむこう側に映画館ビルがある。一階にはホールと映画館が二つ、そして、二階にはちいさな映画館が六つある。

その二階の第一シネマにはいったら、もう東京の試写で見た映画だったので、そういうことはしてはいけないのだが、廊下にでて第二シネマにうつると、また見た映画。それで、第三シネマに……と、つぎつぎに第六シネマにまでいき、これも見た映画でがっかりした。ぼくは東京にいるときは、月曜日から金曜日まで、毎日、二本ずつ試写を見ている。まるっきりの映画の見すぎで、もうビョーキだろう。

しかし、ニホンには輸入されないドイツ映画もあり、りえの家からはあるいていけるこの映画館ビルで、オットーという有名な喜劇俳優が主演した、その題名も『オットー』というシリーズを、四編まで見た。なん年ものあいだブレーメンにいってたことになる。

このシリーズの舞台は北海（ノルトゼー）のなかのドイツ領の島で、オランダ沖からつづくフリジア諸島のなかの島だろう。ブレーメンはヴェーザー川の港で、北海に面した河口までは六十キロ、北海はごく身近なところなのだ。

北海の島は風も強く寒い。やたらに寒いらしい。あんまり寒くて、島には奇人変人がおおい、とドイツのほかの地方の人たちは信じている。しかも、ブレーメンはまるっきりほかの地方ではなく、北海の島はおとなりか親戚みたいなものだ。

オットー映画の三編か四編で、島のおばあさんが、日ねもす小エビの皮をむいてるシーンがあった。この小エビはヴェーザー川の河口でも名物になっており、河口近くに小エビとりの漁船が四、五隻ならんだ港もある。

ほんの一センチ半ぐらいの、ちいさなちいさな小エビで、ディルクとりえはヴェーザー川の河口にいくたびに、一キロとか二キロとか、これを買ってくるのだが、皮をむくのにすごく時間がかかる。夫婦がむかいあって皮をむいてると、かならず夫婦げんかになると言われてるぐらいだ。

じつは、皮をむいたこの小エビもある。映画『オットー』にでてきた、皮むきのおばあさんは、一日じゅうだけでなく、毎日毎日、小エビの皮をむいているだろう。そして、これは自分の一家がたべるためのものではあるまい。

皮をむいた小エビは値段も高い。しかし、それよりも、味がおちるというので、りえとディルクは皮つきの小エビを買ってきては、夫婦げんかをしている。

しかし、北海の島はやたらに寒いので、変人奇人がおおいというのはおかしい。ニホンでも、東北地方の秋田などは、たいへんに寒く、だから背中をかがめてあるき、顔にも風よけ雪よけの布などをまいており、そんな格好で道で人にあっても、もごもごとしか口はきけない。それで、ずーずーの東北弁になったのだ、とぼくたちが子供

のころは、ニホンのほかの地方の人たちは信じていた。しかし、これは北海の島の人
に変人奇人がおおいというのとおなじで、まったくの誤解ないしは迷信だろう。いや、
はっきりわる口なのかな。まともな理屈みたいで、それを信じて疑わないひとがおお
くても、ただのわる口ってことはある。
ヴェーザー川の河口近くの港にならんだ、この小エビとりの漁船の網は、なにしろ
エビがほんとにちいさいので、たいへんに目がこまかく、漁船じたいのかたちも、ほ
かの漁船とはかなりちがっていて、ぼくはうれしがって見ている。
この漁船が舫《もや》ってるちいさな港のすぐそばには、シーフードの屋台があり、サカナ
のフリッカデーレ（ハンバーグ）なども売ってるが、ニシンの身をまるいパンにはさ
んだのがおいしい。
ニシンの身は塩と酢で〆《しめ》てあるが、なにしろ身は大きく、パンからはみだしていて、
そのはしはだらーんとぶらさがっている。おまけに、あのいかにも生ぐさそうなニシ
ン色だ。ぼくは東京生れだが、北九州にほんのすこし、あとは広島県の呉のそだちで、
ニシンなんか見たことがなかった。サンマだって呉の人たちは知らず、牧師だった父
のところにサンマの干物が送られてくると、教会の人たちがこわごわのぞきこみ、
「ひゃあ！　蛇みたいな魚だ」ときみわるがったものだ。
おまけに、ニシンはイワシによく似ているが、かたちもすこし大きく、味もにおい

もちがう。だから、西日本の人たちはニシンをイワシの偽物あつかいにする。いや、偽物ならまだいいほうで、ニシンをイワシのバケモノとおもってる者もいる。

ヴェーザー川の河口で、さいしょ、娘のりえがニシン・パンをこちらにさしだしたとき、ぼくはうしろにからだをひくようにして、大きく首をふったが、ひと口たべてみて、たいへんにおいしいのにおどろいた。

こんどの旅では、九州生れのマコは、とうとうニシン・パンはたべてみようとはせず、おびえたような顔で、にげていった。小エビとりの漁船とサカナの屋台は、海のそばで背中あわせ。ぼくたちはスロープをのぼって、海を見おろす陽ざしのあかるい土手の上で、ニシン・パンをたべた。

4 映画

題名に苦労した「怒りと響きの戦場」

チェコ映画祭でグランプリをとったという「怒りと響きの戦場」。あたりまえのことだが、まことにロシア的だ。極端にいえば、スターリン批判を映画にしたようなもので、だから、独ソ戦のはじめ、ドイツ軍がモスコーにせまっている戦場のようにどころか、忙しい戦場のどまんなかで、さかんに議論する。

原作がシーモノフの有名な長編「生者と死者」のせいか、やはりダイジェストの感じがつよく、それこそ消化《ダイジェスト》がうまくいってないところもあるが、けっこうおもしろかった。

映画学校の先生なら、まとまりのいい作品に、いいお点をくれるかもしれないけど、ぼくはただの映画ファンで、しかも野次馬ファンだ。長編の映画化のため、最後まで面倒をみきれなかった人物のことを、あれこれ野次馬的な想像をめぐらし、二時間三十五分の上映時間を短く思った。

この映画、日本語の題名をつけるのに苦労したんじゃないかな。ぼくが訳したカーター・ブラウンのコミック・ミステリーThe Loving and Deadは、おそらくこの原作の英訳名The Living and the Deadをもじったものだろう。それほどポピュラーな題名だが、日本語で「生者と死者」とすれば、負傷者とつづきそうだし、やはり映画にもなったノーマン・メーラーの戦争物「裸者と死者」ともまぎれやすい。ともかく、一字ちがってイがヒになれば、ヒ（イ）カリとヒビキの戦場と、専売公社の内輪もめみたいな題名ができあがる。

ひとのことはいえない。The Loving and the Deadのほうも「愛する者と死す者と」みたいな題名も考えたが、凱旋門を書いたレマルクの「愛する時と死する時」の焼き直しみたいで、とうとう「夢みるは死のおもかげ」といううえたいのしれないタイトルにおちついた。

早起きしたので、自由ヶ丘劇場に行く。この日は九時二十分からはじまった。東京でもいちばん朝の早い健康な映画館だ。八時すぎからやっていることもある。三本立てをみてうちにかえり、昼寝をして、まだ競輪のおわり二レースに間に合う。まことに充実した一日をおくれるわけだ。

映画は、まず「あしやからの飛行」。隊長さんのリチャード・ウィドマークが、字幕では大佐になっていたが、肩章をごらんなさい、銀色の樫の葉で、あれは中佐だ。ふつうよびかけるときは大佐と同じように、カーヌルという。だから、小説を訳すときなど、しまいまでハッキリしないことがあるが、映画ならおメメをちゃんとあけていればわかる。大佐は鷲の肩章。

ジョージ・チャキリスも、追憶の場面はべつとして、少尉ではなくて中尉だろう。少尉も中尉も、これまた、ふつうルテナンというが、少尉さんの肩章（または衿章）は金棒で、中尉は銀棒。白黒映画では見わけがつかないのを、天然色なのにもったいない。

西部劇の「帰って来た男」。いつも主人公に味方をしてくれるが、どう見ても悪役面《づら》の新聞記者が、やはりわるい人でした。ミステリーの登場人物の紹介に、犯人と書いてあるようなものだ。ほかに歴史物の「無敵の七人」。

エルビス・プレスリー「青春カーニバル」の試写会は、若い女性でいっぱいだった。エリザベス・テーラーを看板にした「クレオパトラ」でも、たまにはリズではなく、クレオパトラをみにくる人もあるだろう。しかし、プレスリー映画は、かれがハワイで魚を釣ろうが、メキシコのアカプルコに行こうが、ラスベガスでバンザイしようが、いとこ《カズン》にキスしようが、ただプレスリーだけをお目当てにファンはやってくる。

プレスリーは空手が強く、日本製のオートバイであちこち渡りあるいている男。なぜ日本製のオートバイに乗っているかと思ったら、オートバイが故障して動けず、そのあいだに好きな女のコができたりして、いろいろ忙しいので、部品をあつめにくい日本製で時間をかせぐためだったらしい。

カーニバルの女座長に、昔なつかしいバーバラ・スタンウィックが出ていた。永遠の娘役といわれた人だが、そうとう皺がよっている。美人ってやつは、いつまでもきれいでお若いが、ある日、とつぜん、皺くちゃのババアにかわり、中年のおばちゃまの時代がないのは、どういうわけだろう?

ジャリがおもしろがる〝おとなの映画〟

八月十五日、日曜日。映画館にはいったら、いっぱいだった。大映と松竹の封切映画をやるところで、この前きたときは封切四本立てで、お客は四人しかはいっていなかった。こんなに混んでるのは、どういう現象だろう？　日曜日でも、ガラガラにすいていているときもある。八月十五日の終戦記念日には、なにかの理由で映画を見ることにしてる人が多いのか？　それとも、旧盆だからか？

暑くなってから、映画館の入りがふえたような気がする。冷房装置のあるところへ涼みにくるんだろう。昔、興行界では、二月と八月は厄月にされていた。寒かったり暑かったりすると、客足がにぶったのだ。

しかし、いまでは逆になっているのかもしれない。寒いときは、映画館に暖まりに行き、暑いときは冷えに行く。ただし、この日、この映画館は冷房装置が故障。満員の人いきれのなかで、ぼくは、大雨にでも降られたみたいにアセでビショビショになりながら、それでも入場料が惜しく、三本立てをしまいまでがまんした。

こうして見た映画は、松竹「あの娘《こ》と僕」〝スイム・スイム・スイム〟と副題がついている。主役の橋幸夫は、水上スキー屋のアルバイト青年。この青年には、ピカソの若いときみたいに、赤と青のエポックがあり、赤い夏の思い出の女性は夏圭子。青い夏の思い出の女性は桑野みゆき。そして、思い出を話して聞かせている相手のイエロー・トーンの女性は香山美子。女優さんたちが水上スキーをするシーンはユーレイみたいにアンヨなし。しかし、橋幸夫がやるときは、ちゃんと足からうつってた。さすがはプロ・ボクサーあがり、体育には自信がありそうだ。

大映「続兵隊やくざ」。続という字がつくと、たいてい俗っぽくなるが、しかたがないでしょう。ドタバタでとおしたほうが、かえってスッキリするんじゃないかな。中国人の部落を襲撃して、病気のじいさんとまだ若い娘をしばりあげ、初年兵の銃剣術の練習台にしようとするところなど、八月十五日の映画館のなかで、みんな、どんな気持ちで見ていただろう。

この前の戦争では、さいわい、ぼくは銃剣で捕虜を刺したりしないですんだが、問題はこれからだ。これからも、そんなことはしたくない。

残りの一本は大映「若親分出獄」。ヤクザの親分が殺され、海軍士官の実子（市川雷蔵）が白い手袋に短剣をつって帰ってくる。そして、みごとにおやじさんのカタキを討つんだが、そのときには、ちゃんと背中に入れ墨《モンモン》がはいっていた。海軍兵学校出の士官さんに入れ墨《モンモン》をいれたものはいないから、帰ってきて、いそいで彫らしたんだろう。インスタント・イレズミですな。

　ユナイト映画「潜行」。この映画を見て「おもしろい」とぼくがいったら、元「マンハント」編集長の中田雅久さんが「どこがおもしろい?」と、さからった。中田さんは尊敬する先輩だから、ぼくは、ていねいに説明した。「近東の石油王国から、ひげをはやした悪い摂政（まだ、いい摂政というのをみたことがない）がくるのを、イギリスの秘密情報部員が二人、ロンドン空港へ偵察に行くだろ。あのとき、傘をさして、画面の上下に二人が顔をならべてたのがおもしろい」

「へえ、あれで、おもしろいのんか?」中田先輩は、まだ後輩にさからう。ぼくは冷静さを失わず、言葉をつづけた。「わるいほうの行動隊が《ああ、もうやめた》と、さっさとおりちまうところがおもしろい。こんなことは、スパイ映画には、あんまりないよ」

「はあ、それでおもしろい?」

「おもろないか?」ぼくは、やや熱くなってきた。「それにさ、親英派の、つまりいいほうの王子が、ガキのくせにツンこらスカシてて、どすけべなのもおもしろい」

「ふうん、さよか」中田先輩は、まだおもしろがってくれない。ぼくは、ついにどなった。

「バカみたいな主人公のアメリカ人が、ほんとにバカで、バカをみたのは、決定的におもしろい。とにかく、これは、おとなのスパイ映画だ」

そのとき、中田先輩はとても気にさわることを言わはった。

「あんなあ、おとなの映画やいうておもろがって見てるのは、みんなジャリや。おまえみたいにな」

呉《くれ》の「とうせんば」

広島県呉市の三条三丁目のバス停で、呉二河本通《にこうほんどおり》循環のバスにのった。映画を見にいこうとおもったのだ。ぼくは、もとの軍港町の呉でそだった。このバス停から三城通りをとおり、屋根瓦が段々にかさなった三津田の丘をのぼっていくと、ぼくの家がある。

バスは呉三津田高校のてまえを右にまがり、三津田橋をわたった。三津田高校は広岡ヤクルト監督のでた高校だが（このころはヤクルトの監督、今は西武の監督）、前身の呉第一中学校に、ぼくも二年半ほどいた。三津田橋は、小学校のときにとおった橋だ。

二河川ぞいにバスはすすみ、山手橋、上山手橋のところで右折した。町の映画館にいくのには、たいへん遠まわりのようである。もっとも、映画館が、呉の町のどのあたりにあるかは、ぼくは知らない。

バスの窓から市場が見えたので、つぎのバス停でおりた。市場では、ギザミなどの色もあざやかな瀬戸内海の魚が目をひいたが、市場をあるきながら、ここは、もしかしたら、「とうせんば」ではないかとおもった。

三津田の丘の独立教会にうつる前、ぼくは、本通九丁目のバプティスト教会にいた。そして、この教会のすぐ前から、「とうせんば」という、人でごったがえした市場がはじまっていた。どこまでつづくかわからないような、長い長い市場だった。

ぼくが子供だったので、そんなふうにおもえたのかしれないが、軍港町の呉はにぎやかな町だった。ひところは、広島よりも人口がおおく、となると、全国でも六大都市につぐ町だ。

「とうせんば」が、どんな文字なのかは知らない。市場の通りをくると、川があった。これは、境川？　この川は、ひどい臭《にお》いのどす黒いどぶ川だった。今のほうが、よっぽどきれいな水が流れている。帝国海軍も海軍工廠《こうしょう》もなくなり、戦災で焼けたあとの呉は、閑散とした町になった。

映画館は、バプティストの教会がある本通九丁目（今は丁目がちがうらしい）に二つ、中通のほうに二つあったけど、ざんねんだが、みんな見た映画なので、あるいて、三津田の丘の家にかえった。

子供のとき、「大衆楽」という映画館で「この太陽」を、母につれられて見た。原作は有名作家の牧逸馬、脚本・監督村田実、主演夏川静江、小杉勇、島耕二、入江たか子と、当時の大スターがならんでいる。昭和五年の映画で、ぼくが小学校にいく前の年だ。子供のぼくには、この映画はさっぱりおもしろくなかった。

上野駅で電車をおりて、おどろいた。西郷さんの銅像のほうにあがっていく石段の下まで、人でいっぱいで、あるくこともできない。春の上野の人出を、あらためて知った。それに、春もうららの日曜日だ。

世界傑作劇場で「戦争のはらわた」を見る。サム・ペキンパー監督の映画で、これだけは見ていなかった。ぼくみたいにダメな兵隊で、戦争みたいなしんどいことはまっぴらだったのに、どうして、戦争映画がおもしろいんだろう？　ドイツ軍の下士官（ジェームズ・コバーン）が主人公だけど、相手は米軍ではなくロシア兵で、うまくできている。しかし、ぼくは、日本軍が負けるアメリカ映画を見ていても、ひどいシーンなどがないかぎり、なんともない。げんに、日本軍は負けたんだもの。

世界傑作劇場とおなじ二階に日本名画劇場があって、「男好きな女は一発で勝負する」をやっていた。階下は上野スター座で「ポルノアメリカ・指を濡らす女」「獣色変態の世界」。

映画がおわり、階段をおりていくと、裏はすぐ不忍池《しのばずのいけ》だった。いつだったか、寒い日に、不忍池で、星新一さんにあった。星さんは、なにをしに、こんなところにきたのか、とぼくにたずねたが、ぼくも、おなじことを、星さんに言いたかった。

じつは、ここまで書いて、自転車にのり自由が丘の武蔵野推理劇場にいき、「スター・ウォーズ」を見てきた。去年の夏、サンフランシスコの中国街《チャイナタウン》の映画館で、この映画を見たのだが、英語のセリフがききとれず、なさけないおもいをした。こんどは、ニホン語の字幕《スーパー》があったが、やはり英語がよくわからなかった。しかし、いわゆるスペース・オペラ映画としては、おもしろい映画だろう。

はなしはちがうが、今朝、食事をしながら、上の娘が、近頃の米英映画は、最後に The End の文字がでない、と言った。なるほどそうで、それで気がついたが、日本映画も、おわりに、「完」とか「終」とかいうのが、すくなくなった。しかし、フランス映画のおわりの Fin、イタリア映画の Fine は、まだまだあるようだ。

フランス映画社配給「木靴の樹」。スタンダードの画面で、十九世紀末の北イタリアのロンバルディア地方の田舎を舞台にしてる映画だが、近頃めずらしく、感心して見た。

さいしょ、あれ、とおもったのは、映画にでてくる百姓たちが、干草をすくって納屋につみあげるシーンなども、その手つきが、たいへんに慣れていたのだ。

それに、鵞鳥《がちょう》の首を鉈《なた》ではねるときの無造作な自然さなど、まことに百姓らしい百姓仕事ぶりで、俳優たちを、よほどじっくり訓練したんだな、とおもってたら、このひとたちは、ほんものの百姓なのだそうだ。

エルマンノ・オルミ監督は、今まで日本では作品が上映されていないが、俳優も素人ばかりをつかい、自分でオリジナルストーリイを書き、この映画では、撮影も編集もやっており、つまり、手作りのようにして、映画をつくる監督らしい。

自分がつくりたいように、映画をつくるのだろう。こういう映画はめずらしく、個性がしみでて、新鮮だ。これは、わがままがゆるされた大巨匠の作品とはちがう。大巨匠のわがままがゆるされたのは、そのわがままがゼニをとれたからだ。馬がなん千頭かそろわなきゃイヤだなどと言う、大巨匠のわがままは、どうしようもなくウケることを考えてしまう、甘い、あるいは、ちゃっかりしたわがままだろう。いや、ぼくは大巨匠の悪口を言ってるのではない。この映画のオルミ監督なんかとは、はじめから、つくろうとする映画がちがうのだ。

インターナショナル・プロモーション配給「郵便配達は二度ベルを鳴らす」。一九四二年の、ルキノ・ヴィスコンティ監督の第一回作品ということだ。ヴィスコンティ監督は、バート・ランカスターが老教授になる「家族の肖像」、遺作となったイタリア貴族社会を描いた「イノセント」など、評判の高い大監督だが、一九四二年につくられ、公開二日間で、ムッソリーニ政府に上映禁止にされたというこのさいしょの作品が、最後の作品の「イノセント」につづいて、ニホンで公開されることになった。

この映画の原作は、アメリカの作家のジェームズ・M・ケインの「郵便配達はいつも二度ベルを鳴らす」で、ぼくが訳したものが、近く出版されることになっている。

原作は、アメリカでは有名な犯罪《クライム》サスペンスで、弁護士と地方検事とのかけひきや大逆転、その前にも、おかしな殺人未遂があったり、最後には、またもや、すべてがひっくりかえったり、そういったストーリイで、だから、原題名も「郵便配達はいつも二度ベルを鳴らす」なのだろうが、主人公の放浪性のある若い男と、カリフォルニアの、クルマなんかもあまりとおらないハイウエイぞいのガソリンスタンドも兼ねたギリシア人のレストランの若い女房との男女のパッションが、それこそパッショネートに書いてある。

ヴィスコンティ監督は、舞台もイタリアのポー河ぞいにうつし、弁護士のかけひきなど、まるっきりカットしてしまって、女と男とのどうしようもない激情《パッション》の映画にしている。後年のヴィスコンティ監督の作品のがっちりしたしつこさ（もともと、そういう性格でも、この監督には、なにか、しつこいパッションがあるみたいだ）が、この第一回作品にも、ちゃんとでている。

ぼくのB級映画館地図

B級映画というものはない。ある食堂にいくと、AランチとBランチがあり、Bランチ、と注文すると、Bランチというものがくる。しかし、B級とハンコをおした映画はない。

旅をしていて、川をわたるときに、ぼくは、いつもおかしな気持になる。たとえば、一級河川大井川なんて立札がたってるからだ。一級河川があるからには、二級河川もあるのだろう。川に一級や二級が、とぼくはおかしい。だが、建設省では、全国の川に一級とか二級とかの階級をつけてるらしい。

でも、映画でも、「犬神家の一族」や「八甲田山」はB級映画ではあるまい。「ロッキー」もB級映画とは言えまい。「ロッキー」はあんまり製作費はかかっていないということをきいた。ほんとか、ウソかはしらない。だが、やはり、B級映画ではあるまい。だいいち、あんまり貧乏ったらしくはない。

もっとも、わざと貧乏ったらしい映画をつくるひと（ひとたち）はあるまい。だけど、できあがった映画は、なんとなく貧乏ったらしいのがある。

ショボクレているとまではいかなくとも、晴れがましくない映画。大作という意気ごみなどがない映画はある。昔は、あきらかに、そえ物的な映画があった。レコードで言うと、裏面みたいな映画だ。

めんどくさいから、そういう映画を、かりにB級映画とよばせてもらう。だが、屁理屈がしちめんどくさくなるが、二級河川があるようには、B級映画なんてものはない。

そんなB級映画が好き、と言えば、逆にカッコよくきこえる。また、気取ってるようでもある。

それに、大作でもなく、評判にはならなかった映画を、どこかの映画館で見て、あ、こりゃイケるな、とおもうと、自分が発見者になったみたいで、自慢したい気持にもなる。もっとも、そんなことが自慢できるのは、ほんのかぎられた仲間うちだけで、自己満足におわれば、いいほうだ。

つまり、ぼくはB級映画が好きだが、そんなうじうじした、それでいて気取ったところも、大いにあるわけだ。

しかし、ぼくは、「犬神家の一族」なんかおもしろくないんだから、しようがない。見ていて、なんだか恥ずかしい。そして、「不連続殺人事件」はおもしろかった。「不連続殺人事件」をB級映画とは言わない。

この映画は、「花の応援団」で会社をもうけさせた曾根中生監督のATGでの意欲作で、意欲作というのも、B級映画とよばれるものとは、またちがうだろう。だが、「犬神家の一族」みたいな晴れがましさはなく、マジメな探偵映画なので、ぼくは好きだった。

ATG作品といえば、森崎東監督が「黒木太郎の愛と冒険」をつくった。「盛り場渡り鳥」シリーズなどで、ぼくの好きな監督だ。

新宿ゴールデン街という名で有名になる前の、元青線の新宿・花園の裏をとおるチンチン電車の線路が見え、そこに、なぜか、ストーリイにカンケイのない黒い犬が、いつもすわっていた、あの「盛り場渡り鳥」シリーズだが、これはB級映画だけど、「黒木太郎の愛と冒険」は意欲作で、その意欲的なぶんが、ぼくはおもしろくなかった。

ことわっておくが、ぼくは、はなはだかってに、映画を見ている。ただ、ぼくにとって、その映画がおもしろかったり、あまりおもしろくなかったりするだけのことだ。だから、これはいい作品、なんてことは言えない。言うつもりもない。だから、そういう言いかたにきこえるところがあったら、口がまちがったとおもってください。

おかしいのは、超大作みたいなふれこみの映画でも、封切館でなく、二番館、三番館、番外館とながれていくと、封切館では見る気がしなかったのが、なんだか気やすいような気持で見にいける。しかし、今では、昔みたいに、二番館、三番館といったはっきりしたフィルムのまわりかたはないようだ。

そんなことで、横浜伊勢佐木町の「ニューテアトル」で「戦争のはらわた」と「スカイエース」を見てみるか。「スカイエース」はイギリス映画の大作だし、「戦争のはらわた」も有名なサム・ペキンパー監督の映画だが、二本立650円なら、ま、B級気分で見れる。かえりには、横浜橋のギリシャ・バー、「スパルタ」にひさしぶりにいき、オリーブ油をつかった、酢っぱい唐辛子のはいったギリシャ・サラダで一杯やろか。

それから、川崎銀星座。ここで見た大友柳太朗主演の映画で、浪人者が村人にきらわれながら、村人に武器をもたせ、野武士とたたかうという「七人の侍」とそっくりのがあったが、だれの監督で、なんという映画の題名だったのだろう。

川崎銀星座は、今週は、「聖母観音大菩薩」(若松孝二監督)「レイプ25時・暴姦」(長谷部安春監督)。聖母の松田英子はまだ若いから、つめたい海にはいってもどうってことはないが、殿山泰司のおとうさんが、ひやっこい海にはいると、ぼくはクシャミした。もっとも、そのあと、海べの小屋で、トノさんは松田英子と抱きあって寝るというシーンになるのだが。

つぎの週は、「続次郎長三国志」、「次郎長三国志第三部」、そのまたつぎの週は、「次郎長三国志・甲州路殴り込み」、「港祭りに来た男」、みんなマキノ雅弘監督だ。東映時代劇全盛のころのものだろう。

この映画館は、川崎の映画街にはいったところのパチンコ屋の二階にある。料金は500円。階段式になった客席で、客層が、新宿、浅草、板橋、亀戸なんかとまたちがう。川ひとつ渡っても、川崎は東京ではないのだろう。だいいち、おばあさんが見にきている。

ぼくの家は東玉川というところにある。横浜の映画館へは、田園調布から東横線だ。東横線の新丸子には、モンブランという映画館がある。ここは、いろいろ、おもしろい映画をえらんでやったところで、ぼくは、毎週のように、自転車で多摩川をこして見にいっていた。

しかし、今は、ポルノ映画の専門になったのでいかない。ぼくは、ポルノ映画に出演することはあっても、ポルノ映画はあまり見ない。

だいぶ前では、神代辰巳監督の「一条さゆり・濡れた欲情」また、田中登監督の「実録阿部定」「屋根裏の散歩者」などはおもしろかったが、ぼくはファック映画にはヨワい。

ニューヨークの安い映画館で、ファック映画の三本立みたいなのをやっているが、友人につれていかれたけど、すぐ眠ってしまって、目がさめたら、もうタイクツでしようがなく、そうそうにでてきた。

川崎の映画館には、池上線の雪ヶ谷大塚から蒲田にいき、国鉄にのりかえて、六郷の鉄橋をわたっていく。

＊

早稲田松竹にもよくいく。ここで、前に、「L・B・ジョーンズの解放」と「暗殺の森」を見た。後作はモラビアの原作だそうだが、ふしぎな映画だった。「L・B・ジョーンズ」は、ロード・バイロン（詩人のバイロン卿）・ジョーンズという南部の町の裕福な黒人の葬儀屋が、白人たちに殺される映画で、ウイリアム・ワイラー監督だが、こういった映画館で見ると、いかにもB級映画という感じで（それでいて、やはりちゃんとつくった映画だって感じはかわらない）おもしろかった。これもふしぎな映画だ。

早稲田松竹は、こういうふしぎな映画をほりだしてくるので好きだ。二本立で300円という料金も、都内では最低のほうだろう。

高田馬場には、西友ストアの地下に「パール座」という映画館があり、ここも料金300円。学生街の映画館は料金は安くても、学生割引がないところがおおい。

ここで、「ダウンタウン物語」と「ラストコンサート」の二本立をやっている。「ダウンタウン物語」は、近頃では、ぼくにはいちばんおもしろい映画で、二度見た。そして、「ラストコンサート」は、いちばんおもしろくないほうの映画だった。これも、ふしぎな取りあわせだ。

渋谷の「全線座」も二本立で均一料金300円だったが、閉館になってしまった。映画館がさびれたときでも（つい、このあいだまでそうだった。今でも、昔みたいではないが）ここは混んでいたが、あるとき、年の暮れにいくと、がらがらに空いていた。とくべつ混んでるとおもったのに、学生たちが冬休みでかえったからだろう。

さて、新宿にもどってきて、新宿昭和館（料金600円）は、ずらり東映ヤクザ映画の三本立だ。昭和館地下はポルノ映画の三本立。階上《うえ》はキルキル、階下《した》はイクイクというところか。

新宿ローヤルは、新宿ゴールデン街にも近く、おなじみの地下の映画館。一本立で料金は300円。今週は、「新・動く標的」をやっている。

この映画は、ぼくの大好きなB級映画だ。こんなのがB級映画というのだろう。力まず、大きく見せかけようとせず、気らくに、おもしろくやっている。

いささか古いはなしのはこびかたもなつかしい。そして、ラストになってわかったのだが、ロス・マクドナルドが原作だった。リュー・ハーパーという主人公の私立探偵は、ロス・マクドナルド物のなつかしい私立探偵リュー・アーチャーだ。

ジーン・ハックマン主演の「ナイト・ムーブス」も私立探偵を主人公にした、それこそB級映画らしいB級映画で、ぼくはおもしろかった。

これが、ロバート・ミッチャム主演の「さらば愛《いと》しき女よ」やポランスキー監督、ジャック・ニコルソン主演の「チャイナタウン」となると、おなじ私立探偵が主人公でも、B級映画ってわけにはいかない。

いや、それも封切当時のことだ。きれいな晴着でも、ショーウィンドーに飾られてる新品のときのはなしだ。年月がたち、古着屋の店さきにぶらさがってれば、晴れやかさはなくなり、B級のにおいがしてくる。「砂の器」はどこの映画館にいっても、大作面《づら》が目立つだろうが、この二本の映画は、安料金の映画館にまわっていけば、B級映画っぽく見えるだろう。大作めかした厚化粧などしていない、ちゃんとした映画だからだ。厚化粧の映画は、二流館、三流館でも厚化粧がじゃまして、その場にあったB級映画にもなれず、厚化粧がかえってわびしい。

歌舞伎町の新宿座も1200円じゃなあ。おなじ歌舞伎町の名画館ミラノは、おなじ一本立300円だが、新宿ローヤルにくらべると、ぐっと上品で、客層も若い。ここも、よくきた映画館だけど、ここのところ、ほとんど見た映画ばかりで……。

伊勢丹デパート裏の、「テアトル新宿」は料金400円、二本立。ここも、上映する映画をよくえらぶところで、いつも、たいへん混んでいた。だから、はやく目がさめたときには、ここにきたものだ。

はやくから映画をやっているのは、池袋の文芸坐に文芸地下。文芸地下では、日曜日は、朝の八時からはじまることもあり、早起きの勤勉なひとはお出かけになるといい。今週は、「月光仮面」と「笛吹童子」の二本立だ。これは、もちろん、子供向けの映画で、こういう、コドモの映画をよろこぶ大学生のおにいさんなどもいるが、ぼくはガキだから、ガキの映画は、おもしろくない。

文芸坐は、もとは人生坐といっていた映画館の流れではないのか。人生坐は、場所もちかい、護国寺のほうにいく都電の電停のちかくにあった。文士経営（三角寛）ということで、いろんな企画をやり、池袋名物でもあった。オールド・ファンには、なつかしい映画館だろう。

文芸坐は、たとえば、雑誌「ぴあ」の案内には、東口日勝映画角左折と書いてある。だが、ぼくは渋谷から池袋にいくので、山手線のホームは、わりと西口よりにあり、だから、西口側の北口にでると、すぐ地下ガードがあり、これをくぐって、文芸坐にいくルートを発見し、もっぱら、これをいっている。

ところが、やはり、すなおに東口にでたほうがはやい、と言う女のコがあり、いっしょに、いきは北口からガードをとおり、ぼくのかえりは、その女のコの主張する東口ルートできてみたが、どちらも、自分のほうが近い、とがんばっておわった。

どちらの道が近いかという、こんな単純なことでも、意見がわかれる。だから、好きな映画、きらいな映画が、各人ちがうのは、あたりまえのことだろう。

たとえば、「ダウンタウン物語」を、ぼくはたいへんおもしろく見たが、推理作家の都筑道夫さんは、いやな映画だ、と言う。映画のことでも、ぼくは都筑道夫さんをいたく信用しているのだが、こんなふうにちがう。いや、「ダウンタウン物語」は、ぼくが熱をいれてるわりには、みんな、あんな映画はきらいだ、と言う。

文芸坐への道のことだが、いったん池袋西口側の北口にでて、地下ガードで、つまり、東口のほうにひきかえしてくるルートという、その発想のおもしろさを買ってくれないか、とぼくはその女のコに言ったが、女のコは、「このオジイ、頭がおかしいんじゃないかしら」といった目つきで、ぼくの顔をじっと見た。

映画館でもそうだが、とくにストリップ劇場は、しらない町にいったときなど、どこにあるのかさがすのも、また、たのしみのひとつだ。ま、ひとにきかないで、さがしてごらんなさい。目抜きの大通りなんかには、ストリップ劇場はなく、へんなところに、しかし、いってみると、まことにストリップ劇場らしいところに、あるものだ。

こういったストリップ劇場は、もとは、たいてい映画館で、それも、大通りの封切館なんかでなく、ダウンタウンのなかでも、ちょいと裏通りの場末の映画館ってところだろう。

池袋にもたくさん映画館はあるが、西口ピース座（料金600円）に、よくいった。ここは、客席のうしろに、なんのためか、奥の壁にくっついた棚があり、この上に、いつも、だれか寝ている。今は、ポルノ映画を各週にいれていて、今週は、「新宿酔いどれ番地・人斬り鉄」「ダボシャツの天」「大奥浮世風呂」の三本立。

先々週は、「寅さんシリーズ」三本立だった。「寅さん」は、もともとB級映画だろう。だが、松竹代表作品みたいになってしまったためと、B級映画など毛ぎらいしてるひとたちのために、つまりは、「寅さん」を見て、自分は、けっしてB級映画を見てるのではなく、もっとりっぱな、いい映画を見てるとおもいたいひとたちをダマすために、ゼニもつかい、いろいろやって、上品な映画にしている。しかし、もともとB級映画だから、こういう映画館でも、ちゃんとサマになる。

＊

ぼくのうちから、いちばん近い映画館は、自由ヶ丘の武蔵野推理劇場だ。ほんとは、自由ヶ丘劇場のほうが一〇〇メートルぐらい近いのだが、ここは、最近は、ポルノ映画ばかりなので、敬遠している。

武蔵野推理劇場は料金400円、上映映画をよくえらんだ、いい映画館だ。近所のせいもあるが、武蔵野推理劇場にしかいかない女がいる。待ってれば、武蔵野推理劇場で、みんな間にあうと言うのだ。ごもっともだが、この女の言うことは、いちいちごもっともで、クソおもしろくない。

ともかく、武蔵野推理劇場は、いつも、おもしろい洋画をそろえており、それなのに、観客はすくなくて、ぼくは、たのまれもしないのに、あちこちで宣伝してまわってたのだが、このあいだの日曜日にいくと、席がほとんどふさがっていて、自分のことみたいにうれしかった。

武蔵野推理劇場には、自転車でいく。目蒲線の奥沢駅のよこ、奥沢神社の前をとおり、王選手のコマーシャルの亀屋万年堂のそばの東横線の踏切をこすと、右手に熊野神社があり、その前が武蔵野推理劇場だ。

三軒茶屋にも、ときどきバスで映画を見にいく。洋画の三軒茶屋映画(料金500円、たいてい三本立)で、休憩中に、若い男に、どうして、三軒茶屋中央(料金700円)のほうにいかないのか、と言われた。

「どうしてって、どうして?」ぼくはめんくらって、ききかえしたが、三軒茶屋中央でやってる映画に、ぼくがでてるのだそうだ。なんという映画かは忘れた。

この若い男は、映写技師だそうで、二つの映画館を一人でかけもちでやってるときいて、ぼくはおどろいた。もとは、ひとつの映画館の映写室に三人ぐらいいて、映写室のなかは、夏は暑いのだろう、ときどき、交替で、ひょろりとひとりでてきては、ふーっと大きな息をつき、汗をふいていた。それがきまって、ひょろりとやせた男で、ふとった映写技師など、いっぺんも見たおぼえはないが、これは、いったい、どういうことだろう。

三軒茶屋からバスでもいいし、東京ではいちばん新しい地下鉄の新玉川線で渋谷へ。閉館になった全線座のことはもう書いたが、東急文化会館6階の東急名画座、一本立300円。道玄坂の渋谷文化もおなじみだ。二本立で400円。午前中、わりと早くからやっており、あくのを待ってはいったことも、なん度もある。そして、たいてい、まっすぐトイレにいそぐ。毎日の二日酔いで、いつも、お腹をピイピイやってるからだ。ここは地下で、客席のなかに、どかーっと、でっかいコンクリートの柱が立っており、そのうしろにすわると画面が見えないから、ご用心。今は、「タクシー・ドライバー」と「大統領の陰謀」の二本立。「タクシー・ドライバー」はB級映画の傑作だろう。

山手線で渋谷のおとなりの恵比寿は、前には、おなじみの映画館があったが、今は、ポルノ館がひとつ。

目黒は、今でも、目黒オークラでポルノ映画をやってるけど、ピンク映画全盛のころには、オークラ・チェーンのピンク映画館やストリップ劇場がならび、東京でのピンク映画のメッカの感があった。

五反田の映画館にも縁がなく、山手線では、新橋までいっちまう。新橋では、上を国電がはしっているガード下の新橋第三劇場（邦画二本立）と新橋文化（洋画二本立、どちらも料金400円）は愛用の映画館だ。ただし、頭の上をゴトゴト国電がとおっていく音が気になるひとには向かない。新橋文化では、今、「地中海秘密作戦」と「姿なき殺人」をやってるが、「姿なき殺人」はジョーン・クロフォードの主演で、もう見た映画かもしれないけど、題名からして、二本とも、B級映画だということはまずまちがいない。

きょう、見にいってもいいのだが、きょうは日曜日で、このガード下の映画館は日曜日は休みなのだ。日曜日は、ふつうの映画館なら、かき入れどきなのに、逆に、休むというのはめずらしい。

それは、この二つの映画館とも、勤めにでてるひとが、仕事の合間に、ちょろっと見にくるからだろう。勤めといっても、丸の内の大会社の社員や、霞ヶ関のお役人などは、仕事の合間に、ガード下の映画館などにはこない。そこが、新橋という町が雑多で気やすいところだ。

おとなりの有楽町、日比谷には縁がない。銀座あたりで、ぼくがはいるのは、銀座文化（料金350円）と並木座（名作二本立、400円）ぐらいだが、銀座文化は冷房のききすぎはこまったけど、安直に一本立が見れて便利だったが、このあいだいくと、なにかみょうな雰囲気なんだな。近頃は、どこの映画館でも、観客がふえているのに、銀座文化は逆にへって、どうも、ホモ映画館になったらしい。

並木座のほうは、なにしろ、毎週、名作二本立だから、マジメな映画館だが、来週の「キューポラのある街」「私が棄てた女」なんかの浦山桐郎マジメ二本立などもわるくない。

なぜか、神田の映画館にも縁がなく、とすると、つぎは上野ってことになる。上野にもたくさん映画館があるが、ぼくがいくのは、上野傑作座（洋画一本立、料金300円）と、そのおとなりの日本名画劇場（邦画一本立、料金300円）。ここは、先週は「夜のいそぎんちゃく」だった。これが日本名画というのは、うれしい。

主演は渥美マリだが、彼女は、いったいどうなっちまったんだろう。いつだったか、上野傑作座の鉄の高い階段をおりてきて、上野駅前をとおりこし、昼定食300円（映画とおなじ値段だな）という看板が立っている食堂があったので、これは安いとおもってはいったが、ここの味噌汁には泣いた。

塩鯖に、指の爪大のタクアン三キレと味噌汁で、これがまた、なんともうすい味噌汁なのだ。それでも、シジミが二つはいってた……とおもったら、うすい汁にうつった自分の目玉だったという落語があるけど、ほんとに、汁をのぞきこむと、ぼくの目がうつってた。

そして、ひょいと目をあげると、食堂のオジさんが、水道の蛇口をひねって、じゃーっとヒシャクにうけ、それを味噌汁の鍋のなかにいれてるじゃないの。

山手線をぐるっとまわって……と言っても、ぼくがうちからいくときは、渋谷・池袋とまわっていくのだが、大塚の商店街のなかに、大塚名画座（洋画二本立、300円）と鈴本キネマ（邦画二本立、500円）という、好きな映画館がある。この映画館をでて、マーケットで揚げボールを買い、新宿ゴールデン街の飲屋にいき、「おまえさん、どうして、そういう下品なたべ物が好きなんだい」と飲屋のママに悪口をたたかれながら、揚げボールをサカナにジンを飲んでると、よこにいた女のコが、揚げボールをひとつちょうだい、と言う。

そして、どこで買ってきたのか、とそのコがきくので、大塚で映画を見たあと、マーケットで……とはなすと、そのコも、大塚名画座と鈴本キネマを愛用してるそうで、気があって、B級映画、B級映画館をほめたたえて、新宿を飲みあるき、酔っぱらい……それから、どうなったのかなあ。

揚げボールといえば、目蒲線の西小山の映画館にも、よく、近くのマーケットで揚げボールを買って、もっていった。

西小山の映画館は、三業地のよこをながれる、柳並木のどぶ川のそばにあり、邦画となりの三本立と洋画三本立の映画館がならんでいた。それを、こちらの映画館をでて、となりの映画館へ、と三本立のハシゴをすることもめずらしくなかった。

＊

Ｂ級映画が好きなどと言うのは、キザッたらしいが、じつはぜいたくなことかもしれない。

世の中には、一年に一本ぐらいしか映画は見ない、というようなひとは、いくらでもいる。いや、ニホン人は、一人で一年になん回ぐらい映画を見る、というのは統計上の数字で、映画なんかは、ぜんぜん見ないひとも、たくさんいるだろう。

そして、かりに、一年に一回ぐらいしか映画を見ないひとが、たまに映画を見ようってことになると、やはり、評判の大作ってことになっても、むりはない。

しかし、さいわいなことか、不幸なことかわからないが、ぼくには、映画を見てまわる時間はたっぷりある。事実、仕事をしてる時間よりも、映画を見てる時間のほうが、よっぽど長いといったら、会社や役所でうんうん仕事をしてるひとは、びっくりするだろう。

ぼくみたいなモノ書きは、月のうちに五日ぐらい仕事をすればいい。そのほかの時間は、じっくり長編を、なんていけばいいのだが、とりあえず遊んじまうから、ヒマだ。

ヒマだから、ショルダー・バッグをぶらさげ、電車にのり、バスにのり、たまには、自転車にのって、ふらふら、映画を見てまわってる。そんななかで、大作とか、意気ごんだ映画なんかでなくて、おもいがけず、ちょっとおもしろい映画にぶつかると、うれしい。

しかし、おもいがけずというのは、おもしろくない映画のほうがおおいわけで、おもしろくない映画でも見るというのは、やはり映画が好きでこりないのか、ヒマをもてあましてるのか。ともかく、ぜいたくなことだろう。

大作は金がかかる。金をかけて大作をつくる。その金は回収しなくてはいけない。そして、そんな映画の製作費は、とほうもない金だ。

とほうもない金を回収し、そのうえ利益をあげようとすると、それこそ、年に一回ぐらいしか映画を見ないようなひとがよろこぶ映画でないといけない。

つまり、ふだんは映画なんか見ていないひとたちの映画をつくる。そんな映画が、ぼくたちにおもしろいわけがない。

古い映画で恐縮だが、ジャン・ポール・ベルモンドの主演で「ある晴れた朝突然に」という映画があった。原作はハドリー・チェースでぼくはこの本を訳した。誘拐にからまるサスペンスだ。

サスペンスは、おたがいのチエくらべ、だしぬきっこくらべで、スキがあらばはいりこもうという、水ももらさぬ攻防がミソになる。

原作は、サスペンス物では腕ききのハドリー・チェースだから、そんなふうに展開していた。

ところが、映画は、水ももらさぬどころか、大ジャブジャブの、大水もれ。原作料もちゃんと払ってるんだし、なぜ、原作どおりに、サスペンス物らしい映画をつくらないのか、ぼくはふしぎだったが、そういうことが、映画ではむりなわけではない。やらないだけのことだ。そのかわり、モーターボートが大きな凧をひっぱり、ジャン・ポール・ベルモンドが、それにのってあそんだりしている。ストーリイには、まるっきり関係のないシーンで、これがけっこう長い。

映画は、じつにフィルムをだいじにする。ときには、こっけいなくらいだ。たとえば、映画やテレビで電話器がでてきたら、かならず、こいつが鳴りだす、だれかが電話をかける。電話器なんて、どこにでもあるものなのに、それがただ画面にうつってるってことは、ぜったいにない。

それなのに、こまかく、シーンをつないで、水をもらさぬサスペンスにできるところを、それは、ごっぽりアナをあけて、ジャン・ポール・ベルモンドは凧にのってあそんでいる。

これは、たまに映画を見るひとには、水ももらさぬサスペンス・シーンのたたみかけなんてのは、めんどくさいだろう、と映画製作者がおもったからで、こんなふうにして、娯楽大作になる。

映画「八甲田山」を見て、感銘をうけた、という投書が新聞にのっていた。指導者というものについて、この投書者は考えさせられ、感銘をうけたらしい。

映画を見ていて、だれがなにを考えようとかってだが、ぼくは映画を見て、感銘をうけたというようなことはない。また、感銘をうけようともおもわない。

それに、小粒だが、ぴりりとしたいい作品なんてものも、ぼくにはどうでもいい。くりかえすが、ぼくは自分かってに、そして自分なりにぜいたくに映画を見ている。弁当を買って、安い料金の映画館にいくというのも、考えてみれば、ぜいたくなことだろう。

しかし、そのぜいたくをたのしんでいるわけではない。考えてみれば、ぜいたくだ、というだけのことだ。

浅草六区の映画館にもよくいくが、たいてい三本立で、これまた、浅草の観客は、やはり、ほかとはちがうような気がする。

冬には、お燗をした一合びん入りの甘酒を売ってたりする。浅草六区で映画を見たかえりは、たいてい浅草千束、猿之助横丁のクマさんの店「かいば屋」で酎ハイ（焼酎ハイボール）を飲む。

三輪《みのわ》で映画を見たときは、おなじ三輪の「中里」で、やはり酎ハイ。亀戸、錦糸町、ヒマだからどこにでもいくが、近いので、大森の大森みずほ（邦画三本立、料金900円）や大森エイトン（洋画二本立、料金900円）などもよくいく。

大森にはバスでいくが、蒲田は、池上線でまっすぐ。西口商店街のイトーヨーカ堂の四階には、テアトルカマタとカマタ宝塚の邦画三本立の映画館がならんでいて、どちらも料金700円。

カマタ宝塚では、なぜか、よく、岡本喜八監督特集というのをやる。そのなかに、「血と砂」という、ぼくのしらない映画があった。「血と砂」といえば、闘牛士が主人公の、サイレント時代から、なんども映画化されている有名映画だが、これは、三船敏郎が主人公で、中国戦線の少年軍楽隊のはなし。少年軍楽隊というものがあり、おまけに前線にまででていたということは、ぼくも初耳だった。

だけど、こんなふしぎなことを創作するわけはないから、ほんとにあったんだろう。

もちろん、ほんとにあったことと、映画とはちがう。ここにいくときは、池上線をおりて、蒲田の駅ビルで弁当を買う。映画を見ながら、なぜ弁当をたべるのよ、きいただけで、わたしは恥ずかしいわ、と女たちは言うが、三本立の映画を見てりゃ、腹もへるわな。

5 コトバ

コトバというのがわからない

つかえない文字があれこれあって、こまる。いまつかえないコトバと書こうとして、コトバなんて、わかってないのに気がついた。コトバとはなにか、わかってない、とも書けない。コトバとはなにか、と、つまりはコトバを、いわゆる対象とすることもできないからだ。

こんなふうに、つかえない文字だけでなく、世間では、ふつうにつかってる言いかたもつかえない。また、気がついたというのもウソだなあ。まえから、わからないでいたんだもの。ただし、コトバってのもわからないが、わからないからとほっとくわけにはいかない。コトバ、コトバ……とつづけていくよりしかたがない。コトバについて考える、という言いかたもできない。

文学という文字もつかえない。これもわからない。文学について書かれたものを、いくらか読んだが、わからない。たぶん、文学とは、たとえば、書かれたものを読んで、理解するものではないのだろう。しかし、コトバとちがって、文学、文学……という気はない。

近代も現代もわからないから、つかえない。波多野精一は『時と永遠』の序で、将来と未来のちがいをあげ、（中略）今日の学界は、おおかた長き過去を有する習慣の惰性によってであろうが、「未来」に対して偏愛の念を抱くらしく、（中略）「将来」は単純に積極的に事柄の根源的意義を言い表はすものとして優先権を要求する（中略）と書いている。だが、ぼくは未来も将来もつかえない。しかし、未来も将来も、つかえなくても、あまりかまわない。未来や将来のことなど、ほとんど書かないからだ。

芸術もわからないし、つかわないが、これは目下のところ、カンケイない気持でいる。ただ、くりかえすが、ごくふつうの文字で、つかえなくて不便なのが、たくさんあるのだ。たとえば、昔がつかえない。まえは、などと書いている。まえは、昔なんて文字は気にならなかったし、書いてもいただろう。ところが、昔が気になりだして、書けなくて、こまっている。ほんとに、昔ってなんだろう。いまではないわけで、いまではなくて、なんなのか？

映画はよく見るが、タマゴやジャガイモが好きだとは言えるけど、映画が好きとは言えない。「映画が好きなんですねえ」なんて言われても、「よく映画は見ます」とこたえるだけだ。

こんなふうなので、ぼくがつかえない文字、言いかたで、だれかがなにかたずねても、こたえられないで、たずねた相手にもあいすまなく、こちらももどかしい。

ただし、昔などは、しゃべるときには、ぼくは、ちょいちょいつかってる。たぶん、いいかげんな気持でつかってるのだろうが、そのあたりも、よくわからない。じつは、わからないことばかりなのに、それでも、コトバをつかってるみたいだけど、コトバをつかうというのも、どういうことかわからない。

ぼくのお師匠さん

あのころは、ちゃんと、冬はさむかった。

冬のはじめは、ぼちぼち寒く、真冬になると、はっきりさむかった。

そんな真冬の日に、ぼくは、北多摩郡狛江町（今の狛江市）の中村能三さんのうちにつれられていった。

能三さん（ノウゾーさん、とぼくたちは、この大先輩のことを、友だちみたいによんでいる）のうちは、狛江町覚東の松林の奥にあり、能三さんは、トンカチをもって、羽目板かなんかをぶったたいていた。

建って間がない家というより、まだできあがってない家だったのではないか。知り合いの大工さんと能三さんの二人で建てた家だともきいた。

ともかく、ぼくをつれていった女が、「このひと、翻訳をやりたいんだって」と言うと、能三さんはぼくの顔をじっと見つめて、たずねた。

「きみは、翻訳をしたいそうだが、名誉がほしいのかね。それとも、金がほしいのか？」

ぼくはおったまげ、能三さんの顔を見かえした。

翻訳をやると、名誉か金か、というくらい、名誉か金が手にはいるのだろうか。

あとになって、このはなしをすると、能三さんは、「そんなバカなことを言うわけがないじゃないか」とわらった。

その後、能三さんのところには、なん度もたずねていったが、それが、いつも真冬の寒い日だったような気がする。

まだ農村といった感じの狛江町覚東のまがった農道のそのまたまがった道の奥の能三さんの家は、小豆のシャーベットみたいな霜柱や、雪がのこった黒土といった書割りにはよく似合ってたためだろうか。

そして、能三さんのうちにたずねていくたびに、ぼくは、特製の焼酎をごちそうになった。夏ミカンの皮などのはいってる焼酎で、香ぐわしいにおいがし、いつも、ぼくは、たくさん飲んでは酔っ払った。

だから、翻訳のお手伝いみたいなことをはじめるまでに、ぼくは、もう何年間も、能三さんのうちにいっては、中村屋特製の焼酎をガブ飲みしていたわけだ。

事実、能三さんの奥さんは、ぼくのために、と特製焼酎をつくってくださった。

そんなあいだに、能三さんが、「ためしに、これを訳してみろ」とオー・ヘンリーの短編をくれた。

オー・ヘンリーの短編といえば、たいへんに有名だ。原書で読んでるひともおおいだろうが、いざ訳すとなると曲者で、訳しやすそうで、事実、難解という文章ではないのだが、どうにもわからないところがでてくる。

そんなふうなので、昔、ある有名文庫にはいっていたオー・ヘンリー短編集の訳などは、ところどころ、あるいは一頁ちかくも、なんのことやらさっぱりわからなかった。

ま、ぼくもわからないなりに訳して、能三さんのところにもっていくと、いろいろまちがってるところをおしえてくださったあとで、「きみは若いのに、えらいむつかしい漢字をしってるんだねえ」と能三さんは言った。「そうですか……？」ぼくも、あらためて、自分が訳したものをのぞきこむと、なるほど、ぼくなんかぜんぜん知らない漢字がずらずらならんでいる。じつは、中国文学をやっていた先輩に訳の清書をたのんだら、こんな漢字過多になってしまったのだ。

だいぶあとになってのことだけど、中村能三さんから注意された。

「コミよ、きみの訳は仮名ばかりおおくて読みにくくてしようがない。もっと、漢字をふやしたらどうかねい」

しかし、ぼくはがんとして首をふった。

「翻訳は、名詞だけを漢字にしろ、あとは、みんな仮名でよろしい――と言ったのは、能三さん、あなたですからね。ぼくは、師匠のおっしゃったとおりにします」

じつは、ぼくは漢字は知らないのだ。いや、わからない漢字は字引をひけばいいが、字引をひいても、原稿用紙に書けない。

たとえば、庭なんて字は、直線、曲線がいりまじり、いくら、字引をひき、天眼鏡でのぞいても、そのとおりに書き写すことができない。

それで、翻訳をやってるあいだは、漢字は原稿用紙のマス目のよこに仮名で書き、ほかの者に、漢字になおしてもらっていた。

このほかの者というのが、さいしょに、ぼくを中村能三さんのところにつれていった女で、そのあと、この女といっしょになり、たいへんにかなしいことになった。

いつだったか、野坂昭如さんとはなしていて、「タナカ・コミマサの訳は、新しいスタイルの訳文だとおもったら、なんだ、ただ漢字をしらなかっただけなのか」とわらわれた。

小説を書くのに、今どき、師匠とか先生とかいえばおかしいけど、翻訳には、いわゆる技術的に（あるいは知識上の、と言っていいかもしれない）ベンキョーしなければいけないことがたくさんあり、そんな意味で、中村能三さんは、ぼくのお師匠さんだ。

もっとも、夜ふけて、新宿・花園の路地あたりで能三さんを見つけ、「師匠……」とおいかけると、（これが、また、師匠はいつも女のコをつれてるんだな）ああ、わるいやつにぶつかったという顔で、女のコをうしろにかくなそうとする。

しかし、ぼくだって、山下諭一さんに（かれは、翻訳では、ぼくのおとうと弟子だとおもってるらしい）兄《あに》さん、なんて新宿でよびかけられたら、逃げだしたくなるけどさ。

＊

ぼくの翻訳の師匠の中村能三さんが、作家の海渡英祐さんのお宅でマージャンをしていてなくなった。ちょうど、マージャンの牌《パイ》をとってきたときに、ガクンといったらしい。

中村能三さんは、みんなにしたしまれ、ぼくなどは師匠なのに、ノウゾーさんとよんでいた。ノウゾーさんがなくなったとき、いっしょにマージャンをしていたのは海渡英祐さんに、現在では二人ともいちばんの売れっ子翻訳家の永井淳（I・トーラント『アドルフ・ヒトラー』集英社など）と柳瀬尚紀（D・バーセルミ『死父』集英社など）で、ノウゾーさんと、この三人はとてもなかがよかった。

中村能三さんは、うんと前は、クローニンの『城塞』サマーセット・モームの『要約すると』サキの『サキ短篇集』またアガサー・クリスティの遺作となったミステリ『カーテン』なども訳している。プロの翻訳家としては、『風と共に去りぬ』の大久保康雄先生とともに、草分けのひとだった。

そのとき、ノウゾーさんとマージャンをしていた三人はびっくりし、たいへんなショックだっただろうが、永井淳などは、ノウゾーさんがとってきて、まだ手ににぎっている牌を、ノウゾーさんの脈をみながら、同時に手のひらをひらいて見たそうで、七索《チーソ》かなんかの、つまんない牌だった、と悪口を言ってやがる。

だから、ぼくは、ノウゾーさんのとつぜんの死は、じつは殺人で、いっしょにマージャンをしていた三人のうちに犯人がいることを、ノウゾーさんが最後にとってきた牌が、だれが犯人かしめしている、ミステリでいうダイイング・メッセージだぞ、とおどかしておいた。

そういうことは、推理小説を書く海渡英祐さんが専門だが、なにしろ被疑者のほうだから、どうしても、このぼくか、だれかほかの者が、七索の牌のダイイング・メッセージの謎を解明し、犯人をとっつかまえなければいけない。

お通夜で、こんな冗談が言えたのも、ノウゾーさんが大先輩、ぼくには師匠なのに、えらぶらない、いいひとで、いつも、みんなといっしょにあそんでいたからだ。

しかし、翻訳ではいい師匠で、名詞以外はみんな仮名にするぐらいの、やさしい文章を書け、とおそわり、漢字を知らないぼくは、これだけは忠実にまもり、おまえのは仮名ばかりで、そりゃひどすぎるよ、とおこられた。

翻訳あれこれ

翻訳は裏切り行為だ、とよく言われる。さいしょに、そう言ったひとは、ヨーロッパ系のひとだったとおもう。ヨーロッパ系のある言葉から、ほかのヨーロッパ系の言葉に訳すのも、なかなかもどかしく、そのひとは、翻訳は裏切り行為だ、となげいたのだろう。

しかも、これは、つまりはヨコ文字からヨコ文字に翻訳する場合のことだ。英語からニホン語に訳すときなど……ぼくもそれをやってきたのだが……ヨコのものをタテにするわけで、裏切りの度はもっとふかい。

中国ものの翻訳で、ほんとに感心することがある。ヨコのものをタテにした翻訳にはない味わいがあるからだ。また、中国文学のひとたちは、ニホン語の文章もいい。

くりかえすが、たしかに、翻訳は裏切り行為をやってるようなものだ。なくなった森有正さんは、フランス語のchienは、ニホン語の犬ではない、と言った。

英語ならば、ドッグは犬ではない、ってことになる。そして、これは、森有正さんがおっしゃるとおりだろう。

ニホン人とフランス人、ニホン人とアメリカ人がちがうように、ニホンの犬とフランスの犬、アメリカの犬とちがうのは、あたりまえのことだ。

事実、アメリカの犬は、ニホンの犬とはちがう。ニホンの犬の声は、ワンワンかキャンキャンってことになっているが、アメリカの犬の声は、バウワウだ。そして、事実、たいていのアメリカの犬は、ワンワンとか、キャンキャンとかって声はださず、バウワウ、とほえる。

アメリカ人が、ニホン人よりからだが大きいように、アメリカの犬も、たとえ雑種でも図体がでかいんだもの。声もひくくなる。バイオリンよりも、チェロやコントラバスのほうが音がひくいのとおんなじだ。

そのほか、いろんな意味で、森有正さんが、chien は犬ではない、と言ったことがよくわかる。

だけど、chien もドッグも、翻訳するときには、犬、と訳すよりしかたがないではないか。こんな、かんたんなことからでさえ、もう、翻訳の裏切り行為ははじまっている。

だから、わたしは翻訳本は、ぜんぜん読みません、読むときは、原書で読みます、という方がある。それだけ、いろんな外国語で原書が読める方はしあわせだ。

また、翻訳は裏切り行為なので、わたしは翻訳はやりません、という方もある。そんなひとのことも、けっして、わるくは言えない。

しかし、外国の本で……あるいは、本ではなく、短編でも詩でも……とてもおもしろいものにぶつかったとき、それを、自分が日ごろしゃべったり書いたりしている母国語、ニホン語に訳してみたくてしようがない、とおもうひとたちもおおいのではないか。

金子光晴訳の『ランボオ詩集』はすばらしい本だが、金子光晴先生が「ランボオの詩の翻訳を手がけたのは、二十代の時のことであった」とこの本のあとがきに書いている。そのほか、ボードレールの『悪の華』など、金子先生は「省略なく、全部訳してみた。語学力の未熟ばかりでなく、詩の語彙《ごい》も豊かでない訳者は、原詩の俤《おもかげ》をゆがめてみすぼらしいものにした罪を感じないではいられない」とも言っている。

これは、金子光晴先生のごけんそんの言葉だが、また、事実、そんなふうにおもっていらしたのだろう。金子先生が、二十代のときから翻訳を手がけた……そのころは、金子先生はフランスでくらしていたらしい……この『ランボオ詩集』が本になったのは、五十年もあとのことだった。

金子先生がランボオの詩が大好きで、それを、なんとか、ニホン語に翻訳したい、というお気持が、ぼくには、涙がにじむように……しかし、顔もココロも、へ、へ、とわらいながら……よくわかる。

また、金子先生は、「まったくの詩のしろうとの人たちにわかりやすい訳しかたをした」ともおっしゃっている。

これは、金子先生自身が、「……ランボオの詩は難解な詩というふうに宣伝されすぎたきらいがある。……（しかし）彼の作品は、そんなに謎めいたものにみたされているわけではない。彼がハッシシュや、アブサン酒で泥沼の中を這い回っているときに書いたとおぼしい作品でも彼の作品がフランスの合理性に貫かれていて、そこに神秘や、一点のまやかしもないことに気がつくはずである」というお気持があったからだろう。

この本のなかにもあるランボオのれいの有名な詩も、ふつうは、『酔いどれ船』といった訳題名だが、金子先生の訳は『酔っぱらいの舟』だ。

くりかえすが、翻訳は裏切り行為だ、というのは、まったくそのとおりだろう。そして、だから、自分は翻訳はやらない、というひとのコトバも、よくわかる。ただし、コトバはわかっても、そんな気持がわかるわけではない。

翻訳は裏切り行為だ、とつくづくおもうのは、翻訳をやってる当人だろう。翻訳のもどかしさ、とくに、ヨコのものをタテにするむつかしさ、はがゆさ、なさけなさは、翻訳は裏切り行為だ、というコトバさえも吐けないくらい、どうしようもないものだ。

＊

岩波文庫のベルクソン『創造的進化』真方敬道訳を、たいへんにおもしろく読んだ。おもしろい、というのは失礼な言葉かもしれないけど、いろいろほかの言葉もかんがえたが、たとえば、感激というのも大げさだし、感服なんて言葉だと、なんだか、ぼくもフランス語の訳ができそうで、ウソになる。

また感動という言葉が、近ごろでは、流行語みたいになってるが、著者が読者の感動をねらった本なら、感動したってかまわないだろうけど（ぼくは、そんな本は読まない）ベルクソンには感動なんてカンケイあるまいし、訳者の真方敬道先生の訳も、まちがっても、感動なんかはねらっていない。

ぼくは小学校の六年生ぐらいから、ベルクソン（そのころも、また、つい近ごろまで、ベルグソンだった）の訳本を、あれこれ読んできた。フランス語はぜんぜんダメなぼくは（英語のミステリぐらいしか、ぼくは訳したことはない）訳本で読むよりしかたがない。

そして、おなじ岩波文庫の河野與一訳のベルクソンの本なども、ぽちぽちと読んだ。河野與一先生の訳は、しっかりした名文で、そのほかの方々の訳も、いい訳だとおもう。

でも、なぜか、ベルクソンの『創造的進化』の真方敬道先生の訳が好きなんだなあ。これは比較の問題ではない。河野與一先生の訳は名文だが、今では古めかしいとか、名文すぎる、とか言ってるのではない。河野先生の訳は、きりっとしまった、ほんとの名文だ。

哲学こそは、真に普遍的な、真理のうちでも真理的な真理を語るもの、なんてふつうおもわれているようだけど、じつは、小説を読むのとおなじように、哲学の本も読んでいいんじゃないか、とぼくはおもいだした。

普遍的な真理なんてことは、物理とか科学とか、そんなところだけで便宜的に通用するもので、それは、糸のさきの錘りが自然に下にぶらさがってるように、ニンゲンが自然に、低い（たぶん物質の）ほうについていているときのことだ、とベルクソンは言ってるみたいにきこえる。

とにかく、ベルクソンの、かるくはずんでる（錘りみたいに、だらんと、身動きできずぶらさがってるのではない）精神が、真方敬道先生の、これも、こだわらない、それこそ自由な訳文に、ぴったりあらわれているようで、くりかえすが、ぼくはこの訳本が大好きで、長いあいだ、ショルダー・バッグのなかにいれて、もちあるいていた。

＊

昭和二十二、三年ごろ、ぼくは、ウィリアム・サローヤンの『わが名はアラム』のなかのひとつの短編を訳した。しかし、その翻訳をどこかの出版社にもっていこうなどとは、考えもしなかったし、だいいち、ウィリアム・サローヤンがアメリカで注目されている作家だとも知らなかった。

昭和二十一年の八月、終戦からちょうど一年たって、ぼくは中国から復員してきた。そして、両親がいる広島県呉市のアメリカ軍政府の炊事場《キッチン》で、すぐはたらきだした。

そのころからぼくは兵舎《バラック》にある、G・Iブックとよばれた、アームド・サービシズ・エディションは読んでいた。

これは、戦争中のアメリカ軍の兵隊のためのペーパーバック本で、兵隊たちには、たぶん無料だったとおもう。

近ごろのアメリカのペーパーバックの本のことは知らないが、前は、ペーパーバック本は、すこし古くなると、本の背中のところのにかわが、ぽろぽろかたくなり、よく、ページがばらばらになった。

しかし、G・Iブック（アーミイ・エディションとも言った）は、やはり、戦場にもっていくためか、ペーパーバックなのに、あんがいじょうぶな本だった。

G・Iブックは、よこ長のペーパーバックで、アメリカの本では、よこ長の本はめずらしい。

イギリス連邦軍のアーミイ・エディションで、ふつうのペーパーバック本のように、たて長のものがあった、と小鷹信光さんは言うが、ぼくも、イギリス連邦軍ではたらいていたこともあり、見てたかもしれないけど、おぼえていない。

アメリカのG・Iブックは、すぐ手もとにある本を、今、本棚からだしてきたが、『アラビアのローレンス』の作者のT・E・ショウの訳によるホーマーの『オデュッセイ』とか、レマルクの『凱旋門』など、フィクション、ノンフィクション、詩やエッセイまで、じつにたくさんの本がある。

そして、みんなよこ長だが、かたちは、大きいのと、ちいさいのと二種類あった。

しかし、ウィリアム・サローヤンの『わが名はアラム』はG・Iブックで読んだのではないとおもう。そのころ、ウィリアム・サローヤンはまだ新進作家というところか、その作品がG・Iブックになるような作家ではなかったのだろう。

昭和二十二年の四月、ぼくは東京大学文学部哲学科に復学し（といっても、実際に学校にいくのは、はじめてだった）おなじ四月に、東京渋谷の東横デパートの四階にあった「東京フォリーズ」という軽演劇のベニヤ板劇場の舞台雑用係になった。

そして、このベニヤ板劇場が、二、三カ月後に火事で焼けると、おなじ渋谷・松濤町のもとの佐賀のお殿様、旧鍋島侯爵邸を接収したアメリカ通信師団の将校クラブのバーテンになった。

ウィリアム・サローヤンの『わが名はアラム』のなかの短編を訳したのは、旧鍋島侯邸の米軍将校クラブでバーテンをやってたときだとおもうが、はっきりしない。旧鍋島侯邸の将校クラブの二階には図書室もあり、この図書室から、ベン・ヘクトの黒い表紙のりっぱなハードカバーの短編集をかってにもちだして読んだが、これもおもしろかった。

ベン・ヘクトは、ハリウッドでも、ずばぬけて高額の脚本料をとっていたシナリオ・ライターだと言われた。

ハードボイルド・ミステリの元祖といわれるダシル・ハメットもハリウッドで脚本を書き、わが愛する私立探偵フィリップ・マーロウ『さらば愛《いと》しきひとよ』などのレイモンド・チャンドラーもハリウッドではたらき、『ある雨の朝パリに死す』(原題名は『バビロン再訪』)のF・スコット・フィツジェラルドもハリウッドで仕事をしたが、みんな、金のためにハリウッドにいったけど、うまくいかなかった、というふうに言われている。

およそハリウッドとは縁のなさそうな南部の作家ウィリアム・フォークナーも、ハリウッドの映画の脚本に名前がでている。しかも有名な映画、つまりはヒットした映画の脚本家のひとりとしてクレジット（タイトル）に名前がでており、いい作家も、金のためにハリウッドにいき、みんなダメになる、ときめてしまうことはできないのではないか。すくなくとも、ウィリアム・フォークナーみたいな作家が、ちゃんとした映画の脚本家のひとりになってるのだ。

ともかく、そんなハリウッドで、ひとりとびぬけて高額の脚本料をとっていた（と、ジョン・ヒューストンもうらやましがって書いている）ベン・ヘクトは、アメリカでは有名な脚本家、作家なのだろうが、そんなことも、ぼくは知らなかったけど、ヘクトの短編集はおもしろかった。

しかし、ベン・ヘクトの短編は、つまりはストーリイのおもしろさで、ウィリアム・サローヤンの『わが名はアラム』の短編には、それまで、ぼくが読んだことのない、ふしぎな、しかも生々しいおもしろさがあった。

ま、そんなわけで、サローヤンの『わが名はアラム』の連作短編のなかから、みじかくて、いちばん翻訳しやすそうなのを訳してみたのだが、どうしてもわからないところが、二カ所ぐらいあった。

もちろん、ぼくが考えたってわかることではなく、将校クラブにくる小説好きの将校や、ほかのいろんなアメリカ人にきいてまわったのだが、どうしてもわからない。

ウィリアム・サローヤンは、小ざかしい言いかたをする作家ではない。まことにあけっぴろげで、やさしい言葉をつかい、言葉をヨロイにして身を守ったり、飾ったりということはない。

ところが、そんなふうに、ごくかんたんな、やさしい言いかたをしてるのに、なんともわからないところが、ちょろっとでてくる。

このことは、あとになり、ぼくが翻訳で食っていくようになってからも、ずっと、ぼくはナヤまされた。翻訳をやっていて、わからないところがでてくるのは、ごくふつうのことだ、それをうまくゴマかすのが、翻訳家の腕ってものだよ、とぼくは翻訳の先輩にお説教されたりしたが、ぼくはとくべつ小心なのか、ひとつ、わからないところがあっても、気になってしようがない。

翻訳は裏切り行為だ、と言ってるのはけっこうだが、その翻訳で食っていくとなると、裏切りを商売にすることになる。

翻訳者にとってつらいというよりも、つらい、という言葉さえつかえない因果なことは、原作がどういうことを書いてるのか、その意味が、ちゃんと、ぜんぶわからないと、翻訳はできないのだ。

意味をきらう作家もいる。小説は意味するものであっても、意味されたものではつまらない、と意識しておもってなくても、そんなふうに書いてる作家はおおいだろう。

ところが、翻訳者は、そんな作家の作品でも、やはり意味されたものとして、どんな意味なのか、くりかえすが、そこからしか翻訳はできない。

ある外国語からニホン語に、コトバをおきかえるだけならば、意味に苦労しなくてもよさそうだが、そんなことは不可能だ。たとえば、英語からドイツ語への訳などの場合には、ごくかんたんなことなら、あるいはできるかもしれない。だが、ほんとに、ごくかんたんな、アイ・ラブ・ユー、ぐらいのことだ。

まして、ヨコ文字からタテ文字の、ニホン語の翻訳のときは、原文の意味をはっきりきめないと（原文を書いたご本人は、意味なんか、どうでもよかったり、意味をケイベツしてるときでも）翻訳にはならない。

学校の英語の試験の単語の問題ならば、ロックは岩で、また岩以外のことを書いたら点はもらえないけど、一冊の本を翻訳するときには、あるページにでてきたロックという言葉は、いったいなになのか、つまりは、なにを意味したものかを、まるごと、その本一冊のなかから、さぐり、きめなければいけない。そして、ロックだけにしても、岩と訳してはおかしいことが、じつに、しばしばある。

道ばたにおちていたロックをひろって、投げた、なんてときは、やはり、岩ではおかしい。ま、石だろう。岩をひきちぎっては投げたりするのは、豪傑岩見重太郎ぐらいのものだ。

しかし、こんなことは、ごくごくかんたんなことで、翻訳には、ほんとにどうしようもないことがいっぱいある。だから、翻訳は裏切り行為だ、なんてことどころか、もともと不可能な、無理なことをやってるとしかおもえない。

それでも、おもしろい作品にぶつかると、翻訳したくなる。これだって、ほんとに好きな作品、惚れた作品は、惚れてるからこそ、翻訳なんてできるもんじゃありませんよ、と言う人もあるだろう。そんな人の、そういうコトバも、ぼくはわかる。しかし、そういう人と、いっしょに酒を飲む気はしない。むこうだって、おんなじだろう。

『親友《パル》・ジョーイ』　J・オハラ

この『親友《パル》・ジョーイ』は、どこで見つけてきたんだろう。ジョン・オハフのこの本の評判をきいて、買ってきたりしたのではない。そのころ、ぼくは、この本の著者のジョン・オハラの名前もしらなかったのではないか。戦後、ぼくはあちこちの米軍の施設を渡りあるいた。たいてい、わるいことをしてクビになるか、人員整理で、だから、しかたなく、あちこちを渡りあるいたのだ。

そんなとき、アメリカ兵が読みすてた雑誌や本などを、ひろってきては、読んだりした。

ウイリアム・サローヤンの名前もしらず『わが名はアラム』をひろってきて読み、いままでにはない小説のようにもおもい、だいぶ興奮したのをおぼえている。ぜんぜん味はちがうけれども、ハックスレーの『すばらしい新世界』も、やはりハックスレーの名前もしらずに読み、たいへんにおもしろかった。

しかし、こんな本の読みかたは、なんとも、時間が不経済だが、かなりぜいたくな読書かもしれない。

『親友《パル》・ジョーイ』も、そんなふうにして、どこかからひろってきた。それが、いつ、どこだったかはわからない。

いま、この机の上に、その本があるのだが、ペーパーバックのペンギン・ブックで、表紙には、マンガ風に、マイクをにぎって歌をうたってる若い男がかいてある。そして、灰皿の上に、しろい煙をゆらゆらのばしているシガレット。マイクは、昔のマイクなので、かなり大きい。

本の右上に著者の名前があるのだが、頭文字なしに、John O'haと、O'haraのあとのraがちょんぎれているのに、今、気がついた。著者の名前を、ちょんぎって、表紙にのせた本などは、これまでに見たことがあるだろうか？

ともかく、どこからかひろってきた『親友《パル》・ジョーイ』に、ぱらぱらと目をとおし、ぼくはおやおやおや、とおもった。

すごい英語なのだ。だいいち、読んだって、なんのことか、さっぱりわからない。

これは、ジョーイという、シカゴあたりをうろついてる歌手が、ニューヨークで評判の楽団のバンドマスターをやってるテッドという友達にあてた手紙なのだが、誤字、脱字、ウソ字、当字《あて》、もうたいへんなもので、しかし、そんなことはまだ見当がつくが、その文章というより、語り口が、ほんとに、独特のおしゃべりのままのようで、いったい、なにを言おうとしてるのか、頭をかかえこんでしまう。翻訳では、それを、そっくりそのままというわけにはいかないのがざんねんで……とある女に言うと、コミさんの生原稿を、そのままコピイしてのっけりゃいいじゃないの、とヌカしやがった。

ともかく、ぼくは、すっかり、この『親友《パル》・ジョーイ』が好きになってしまい、翻訳したい、とおもった。

ぼくは、しばらく、翻訳業をやっていたことがある。つまらない本ばかり訳していたのだが、恥ずかしいけど、七十なん冊も訳している。しかし、ぼくは不勉強の勉強ぎらいで、自分で選んで訳したという本は一冊もない。だから、自分でさがして（じつは、偶然、そこいらからひろってきたのだが）訳したいとおもい、訳したのは、この『親友《パル》・ジョーイ』がはじめてってことになる。

『親友《パル》・ジョーイ』が気にいったのは、さいしょは、そのものすごい英語だったが、読んでいくと、これが、また、たいへんおもしろい。

だいいち、この手紙を書いてるジョーイという歌手が、まことにかるがるしい人物なのだ。かるがるしいうえに、小りこうで、女好きで、目さきのことばかり考え、イリノイ州の田舎者どもは、とニューヨーク育ちを鼻にかけている。だが、なかなか愛すべき人物で……と、そこいらの小説では、こうなるところだが、それもない。ぼくが、この『親友《パル》・ジョーイ』を翻訳してみたいとおもったのは、まず、そのあたりからだろう。

そんなところを、作者のジョン・オハラがきりすてることができたのは、ジョーイの書いた手紙ということもあるかもしれない。これは、ジョーイの私信なのだ。客観性などは、はなからない。客観性のない小説というのは、ふつうに考えてるのとは逆に、おそらくは、上等な小説ではないのか。客観性がないことこそ、小説の本領ではないか、ともぼくはおもう。しかも、これはニホン流の私小説といったものでもない。

しかし、そんなふうなので、訳すとなると、はなはだやっかいで、ぼくひとりでは、とても翻訳することはできない。さいわい、これを訳そうとおもいたったとき、ぼくは、米軍の医学研究所ではたらいていて、アメリカ兵のいい先生がいた。わからないところをたずねる、といったことではなく、はんぶんぐらい、こうではないか、と先生の意見をきいたものだ。翻訳の場合、アメリカの小説ならば、アメリカ人のインテリにたずねれば、たいていわかるとおもうのは、大きなまちがいで、翻訳のためのいい先生を見つけるのは、なかなかむつかしい。

この『親友《パル》・ジョーイ』を訳そうとおもいたったとき、さいわい、ぼくは米軍の医学研究所にいて、なんていったか、じつは、いい先生がいたから『親友《パル》・ジョーイ』を訳す気にもなったのだ。

『親友《パル》・ジョーイ』以外のジョン・オハラの短編は、昨年の夏、マサチューセッツ州のアマーストという大学町にいたとき、ぽちぽち訳した。

そして、マサチューセッツでの夏がおわって、ニューヨークにでてくると、ちょうど、ブロードウエイで『親友《パル》・ジョーイ』のミュージカルをやっていた。いまでも、そのミュージカルはアメリカでは評判作、名作として、再演されているのだろう。

哲学ミステリ病

ひところ、ぼくは翻訳でたべていた。翻訳したミステリの本などは百冊近くになるかもしれない。うちの女房は、翻訳だけが、ただひとつ、ぼくがやった正業のようにおもってるフシがある。

ぼくはあちこちのアメリカ軍ではたらいていたからG・I（米兵）が読みのこしたミステリ、ＳＦなども、手あたりしだいみたいに読んだ。

そして、翻訳にあきたころから、自分でもミステリじみたものを書いた。だが毎回、犯人がつかまらない。ないしは、事件めいたものがおこっても、じつは犯人はいない、なんて小説ばかりだった。これには、都筑道夫さんなんかもあきれていた。

子供のころからミステリは好きで、またベルグソンの「笑い」なんかも読んでいた。ぼくはなんでもごちゃまぜの男だ。あるときから哲学書が好きになったり、ミステリが好きになったりということはない。いつも、ごちゃまぜに読んでいる。

しかし、ミステリという言葉はいい言葉だ。ミステリは謎ってことだもの。推理小説というのとはちがう。探偵小説でもない。ただミステリアスな展開で読ましていけば、りっぱなミステリだろう。

哲学もミステリを追う。ほかの学問でもミステリに挑むみたいだが、ミステリを解体して、合理的なものにつくりかえる。

哲学が追いもとめるミステリは、かくされた、くらいミステリではない。日の前にさらけだしてる、あかるいミステリだ。しかし、あかるく目の前にありながら、ぼくたちには見えないミステリ。

それを知や感性や共通感覚なんかで再構築するのが、ふつうの哲学のようだが、それでは、やはりあるものの見方、考えかた、世界の解釈でおもしろくない。ほかの学問とおなじで、ミステリを解体して、ミステリでなくしてしまうからだ。

ぼくたちはミステリに挑戦されている。ミステリにぶつかられ、こっちはフンサイされて、ミステリの渦のなかにまきこまれる。そのときはじめて、ぼくたちはミステリの大いなるよろこびをうけるだろう。

ミステリを知る、理解する、整合した言葉でミステリを説明してみても、ミステリのよろこびもくるしさもふれることはできないだろう。こちらから手をだして、ミステリにふれるのではない。ミステリにからだごとフンサイされるのだ。

哲学はミステリを追うものだと言ったが、じつは、哲学（哲学するニンゲン）はミステリに追いかけられている。その事実を、認めるというより、受けるのが哲学の第一歩だろう。

哲学を、たとえ最高という形容詞をつけても、知識の学問のように考えてるひとは、ちかごろはいない。いまから、一八〇年以上もまえに死んだドイツの大哲学者イマヌエル・カントは、ニンゲン（理性）は自分ではどうしても解決できないことを、追いもとめるようにできている、みたいなことを言っている。

解決できないことにやっきになるなど、理性らしくないが、そういうものだろう。哲学は問題を解決するのではない。ある川のこのあたりに橋をかけたいというのは問題だろう。問題がだされれば、いろんな方法で解決しようとする。かける橋を、この場所からべつの場所にうつすのも、ひとつの解決だろう。また、たとえどこでも、いまの技術では橋はできないというのも、解決の答えになる。ミステリ小説は、これの類だろうか。

しかし、哲学はある問題を解決しようとするのではない。もろもろのことがおこってくる本源、根拠のミステリのせまりに身をさらす。ミステリをうける。謙虚にミステリをうけるなんてことではない。なんどもくりかえすが、ミステリにフンサイされる。ぼくは過激な哲学ミステリ病なのかな。

如是閑と蘇峰

長谷川如是閑の評論は、同時代のものとして読んできた。如是閑よりも十二歳上で一八六三年生れの徳富蘇峰でさえも、太平洋戦争がはじまるまえの十日間ぐらいは、毎日新聞に、膨大な長編の「近世日本国民史」のかわりに、開戦をあおりたてる、「この期におよんで、いまだにアングロ・サクソンの驥尾に付せんとする乎」なんて、記事をのせ、こりゃ、たいへんなアジ文章だな、とぼくなんかもなまなましく読んだものだ。

長谷川如是閑は、福地源一郎や沼間守一、尾崎行雄、犬養毅、三宅雪嶺、島田三郎や、徳富蘇峰などの、いわゆる大記者のあとの世代で、記者というよりは、如是閑みずからの造語だという文明批評家といった感じだ。しかし、大阪朝日で天声人語などを書いていたときの如是閑は、ほんとに新聞記者だったかもしれず、如是閑の評論を同時代のものとして読んだなど、ぼくのかってなおもいこみもあるだろう。

よけいなことだが、長谷川如是閑は先輩の徳富蘇峰をずっと批判してたのではないか、とぼくは考えていた。対抗なんてのはケチなニンゲンのやることだが、たとえば徳富蘇峰の〈国家主義〉などには反対だったはずだ、とおもっていた。

しかし、いままで読んだかぎりでは、徳富蘇峰についての批判めいたものはなにもなく、ただ一ヵ所だけ、こんなところがある。「その当時からの一流記者（大記者）であって今日まで孤塁を守っていた徳富蘇峰も……」

批判どころか、親しみを感じさせる文章だ。長谷川如是閑と徳富蘇峰とでは考えかたや立場もずいぶんちがっていたはずなのに、それにもかかわらず、親しい気持をもつということがありうるのだろうか。蘇峰もすぐれた記者、いい記者だったにちがいない。すぐれた記者どうしに、なにかかようものもあったのか。

徳富蘇峰は一九四三年に第三回の文化勲章をうけた。これは、在野人の徳富蘇峰などにやるためにつくった勲章のように、ぼくはおもった。そして、戦後になり蘇峰は文化勲章を返上している。文化勲章を返上してる人物はほかにはいない。そして、やはり戦後の一九四八年に長谷川如是閑は文化勲章をうけてるのがおかしい。如是閑は一九六九（昭和四十四）年に満九十四歳を目前になくなった。戦争がおわって二十四年間も書きつづけていたのだ。こんなことも、如是閑を同時代の人とおもわせたのかもしれない。

しかし、長谷川如是閑の同時代と、ぼくの同時代感とでは、たいへんなちがいがあり、それもおもしろい。如是閑の人物評は有名だが、天才画家と言われた青木繁のことを書いた文のいちばん最後はこんなふうだ。

丁度六七年前、自分が本郷森川町に下宿して居た頃、遂い傍の追分に下宿してゐた彼は、二三度自分を訪ねて、其の論理の貫徹しない天才的の議論を吐きかけた。多少誇張された噂であつたが、彼が行方不明となつたと聴いたのは夫れから間もなくの事であつた。今彼の画集を見て、自分がこれだけの事をいふのも、其の時の彼の俤《おもかげ》を忘れることが出来ないからである。

青木繁といえば、ずいぶんまえの画家で、たしか尺八や作曲で有名だった福田蘭童の父だときいている。福田蘭童は美人女優とさわがれた川崎弘子と結婚したが、川崎弘子はぼくがコドモのときの松竹のスターで、青木繁は、その夫の福田蘭童のそのまた父親だから、大昔の人ってことになる。

その青木繁は、如是閑にとっては、六、七年前は、つい近所に下宿していた男で、二、三度、自分をたずねてきて、論理の貫徹しない天才的な議論を吐きかけた、という。ぼくには遠い昔の人が、如是閑にはまったくの同時代人だ。いや、如是閑は一八七五年、青木繁は一八八二年の生れだから、青木繁は七つ歳下の男で、七歳という歳の差は、いちばん歳のひらきを感じるあいだかもしれない。

論理の貫徹しない天才的な議論という言いかたにも、若いエカキが、論理がめちゃくちゃな議論をまくしたてて、というふうだ。しかし、みょうな議論をふっかけられ、はなはだめいわくだったみたいではない。天才的な議論というのは皮肉だが、いい絵はかいてるけど、へんな論理で、とかわいくおもっている感じもある。

ぼくも二十代のころは、まわりにエカキ、ないしエカキのタマゴがたくさんいて、この連中の議論には辟易した。まったく、エカキの理屈というのは、めちゃくちゃだった。

しかし、いまおもうと、そのへんな議論もなつかしい、なんてのはよくある言いかたで、甘い、センチメンタルな思い出にすぎないことがおおいが、このごろでは、ぼくのまわりで、理屈はとおらなくても議論をする者などは、まったくいなくて、もともと屁理屈好きのぼくはさみしい。

また、其の論理の貫徹しない天才的な議論を吐きかけた、という如是閑の文章がいい。それは、如是閑が文章がじょうずだった、おもしろい言いかたをしたというだけではあるまい。如是閑はよく相手を観察し、これまた観察するだけでなく、論理のとおらぬ理屈には、いくらかうんざりしながら、愛情をもってきいてやっている。なにしろ、相手はわざわざ自分のところにたずねてきて、論理のとおらぬ理屈でも、熱心にしゃべってるんだから……。これだって、とりすました、ないしは権威主義的な相手のところには、近所でも、ひょいとたずねていって、みょうな理屈をふっかけたりはしない。如是閑は有島武郎についても、こんなふうに書いている。

　有島君は、外の如何なる人間であるよりも先づ詩人であつた。従つて有島君の行動は、彼れの詩に対する理解の下に、始めてよく解さるべきものであるらしい。然るに私は、有島君の詩人としての心境に対して、最も乏しい理解者であつた。同君との交りに於て、私達は殆んど「詩」を仲間に入れなかつた。それほど私自身は、有島君を理解する地位になかつたのである。

「或る女」などを書いた有島武郎を詩人だとする者が、如是閑以外にもあったかどうかはしらない。しかし、この文などは、ただの同時代人にたいするものというより、親しい友人へのあいすまない気持がにじみでている。有島武郎の詩人的な素質、心境に気がついていたら、有島武郎を心中で死なせないですんだかもしれない……というすまない気持だ。こういう、かたくなでない、やさしい気持が、対する人を同時代人、友人、おなじ世界の人として見ることになる。

　長谷川如是閑の「権力の外に在る世界」という評論などを読むと、子供の遊びの世界では、だれも権力者がいるわけではなく、指導者はいても、それがいつのまにか交替して、ほかの者がつぎつぎに指導者になり、まえの指導者は、どうってことはなく協同者になっている、といったことが書かれている。

　大人《おとな》の世界ではこうはいかない、子供の遊びの世界だからこそ、権力機構でなくても、なごやかにいってるのだ、ということを如是閑はよく知っていながら、でも、げんに子供のあいだでは……と書く。

この文章などは、長谷川如是閑はアナーキストかとおもわれるほどだが、理想をもつものは、素朴なアナーキイさにあこがれるのがふつうなのではないか。

如是閑は、明治のはじめの政治家たちは、信念、理想があったが、いまの政治家はただ現実的だ、と言っている。世間では理想をかかげる者をバカにするけど、理想がなければニンゲンではない。もっともニンゲンではない者はめずらしくなく、会社員だったり、軍人だったり、文部省の役人だったりする。

如是閑は「滑稽な中等教育の要旨」という評論のなかで、こう言っている。

階級生活の産み出した観念の重大な錯誤の一は、彼等の生活組織には超越的の絶対理法があつて、一切の制度組織はすべてその理法に依従《いじゆう》すべきであると信じて、頻《しき》りにそれを求め、それに拠《よ》らんと企てることである。

この不思議な焦慮は、彼等の組織が、彼らの生活自体に内在する矛盾のために行《ゆ》き詰《づ》まりの状態に達すれば達するほど烈《はげ》しくなる。だから組織が末期的になると、何かしら、哲学的な、宗教的な、抽象道徳的な、精神統一的な、神秘作用が、その組織の行詰まりなり動揺なりを、打開し、安定せしめるかの如くに考へて、益々《ますます》内容の空疎な抽象観念が高調される。

これが書かれたのは一九二八（昭和三）年だが、如是閑が書いたことが、ほんとに末期的な行詰りになり、戦争中のあのヒステリー状態がおこり、戦争に敗ける。

この文のなかに「……国家ノ為ニスト唱へ、身ヲ立ルノ基《もとい》タルヲ知ラズシテ……空理虚談ノ途ニ陥リ……」という引用があり、これは、明治五年八月二日の太政官の学問を奨励する布告だという。

国のため、とむちゃな理屈や精神統一をはかるのはよくない、と明治五年の太政官が布告しているのだ。明治初年には理想があった、と如是閑が言うのには、こんな事実にもよるのだろう。それ以後、戦後はるかにたったいまでも、国のため、というのがよくないこともある、と言った政府の役人がいるだろうか。

これを書いてるうちに、岩波書店のこんどの長谷川如是閑集の第一巻に、徳富蘇峰について書いてるものがあるのを知った。それには、「……蘇峰が、明治十年代の政府の動向に対して自由主義者として立ち上った、彼自身の近代的精神を失って、時代に迎合するに至ったのも……」とはっきり書いてあるのを言いたしておく。如是閑は明治初年ごろの英米ふうの自由な考えが好きで、厳密さを誇るドイツ流のやりかたがきらいだったようだ。

ぼくは題名はいらない

ぼくには『自動巻時計の一日』という小説がある。昭和四十六（一九七一）年に河出書房新社で本にしてくれた。しかし、これを書いたのは、それよりもなん年もまえで、もう原稿は古びてきいろくなっていた。

これが本になるとき、題名はないままにしてほしい、となんども編集の龍円正憲さんにたのんだがきいてもらえず、『自動巻時計の一日』というへんてこな題名になった。自動巻時計なんて、いまではありやしない。時計を腕にはめてると、腕のうごきで自動的にネジが巻かれるという時計だ。あとではみんなちいさな電池にかわった。

じつは、これを書いてるときから、ある一日のことをただ書いてるんだから題名はいらない、とぼくはおもっていた。なにかストーリイをつくり、あるいはテーマをきめて書くのではない。ただ書いている。

テーマないしストーリイがあるのならば、それをしめす題名といったものも、読む人にとって目安になるかもしれない。

レポートないし報告書を書くときには、テーマをしぼりこみ、なるべく簡潔にわかりやすく書くこと、などと言われる。テーマのない報告書やレポートはない。題名はテーマをしめすには便利だろう。

しかし、ぼくが書くものには、べつにテーマはない。これだって、テーマかストーリイのない小説など考えられないという作家がほとんどだろう。ぼくみたいなのは、ほんとに特殊なのかもしれない。でも、だから言いたいのだ。ほかの作家が自分が書く小説に題名をつけてもいっこうにかまわない。そういう小説を書いてるんだもの。しかし、ぼくが書くものには題名はいらない。

ニホンの作家の九割以上が小説の題名がきまってから書きだすらしい。題名というのはたいへんにだいじなことなのだ。それで、どういうことを書くかきまるんだもの。なにを書くかがきまらなくて書きだすひとはない。ところが、ぼくはそうなんだなあ。

池波正太郎さんの連作短編を読んでいて、あ、これはまだストーリイができてなくて書きだしたんじゃないかな、とおもったことがあった。ところが、やはりそうだったことを、池波さんは随筆に書いていた。ふだんは、きちんとストーリイをこしらえてから書くのに、この短編はめずらしくちがってたので、随筆にお書きになったのだろう。こんな場合には、まず題名がきまってから、小説を書きだすということはあるまい。

しかし、この短編の主人公が、池波さんの住居の近くらしい池上の本門寺に、雪の日に出かけていくことは考えていたらしい。それに、小説を書きおえたときには、ストーリイもちゃんとできてたわけで、題名をつけるのにも、そんなに苦労することはない。

この短編の場合、書きはじめのときは、ストーリイはできてなかったが、プロットはあったというべきか。じつは、ストーリイとプロットのちがいがよくわからなくて、あれこれ考えたことがあった。いま、英和辞典をひくと、plot（プロット）のところに、（詩、小説、脚本などの）筋、構想、仕組とでていた。これではストーリイとあんまりかわらない。

しかし、プロットはもともと陰謀、たくらみというような意味らしく、たとえば、あの学長はやめさせよう、と教授たちがはなしているのがプロットのようだ。でも、どうやってやめさせるか、その方法、手段はきまっていない。ストーリイというのは、方法、手段のことかな。

アリストテレスふうの言いかたをかってにすると、プロットは可能態で、ストーリイは現実態ってところか。いま、バッグにいれてもちあるいてる、文庫クセジュのフエルナンド・ファン・ステンベルゲン著、稲垣良典、山内清海訳の『トマス哲学入門』によると、神はまったき現実態で人間は可能態みたいなことをトマス・マクィナスは書いてるらしい。

また、より道してしまった。ぼくはふらふらより道ばかりしている。ともかく、ぼくはプロットとかストーリイとかは考えないで書いている。ただ書いている、とまえに言ったけど、何にも考えないで書けるわけがない。あれこれ、いっぱい考えてる。しかし、ストーリイとかプロットは考えず、もやもや、ごっちゃにたくさん考える。考えながら、それを書く。書くことは考えることだ。

でも、筋道だって考えてるのではない。だから、考えるという言いかたもいけないのだろう。わーっと、いろいろおもう。同時に、てんでアサッテの、まるで逆なこともおもったりする。

さっき、プロットは可能態でストーリイは現実態か、みたいなことをおもいつき、うまいことをおもいついたな、とすこしウヌボレた。ところが、映画を見る地下鉄のいきかえりや、試写室のなかで読んでいるフェルナンド・ファン・ステンベルゲンの『トマス哲学入門』には人間は可能態で、神はまったき現実態みたいなことが書いてあり、なるほど、とうなずいた。しかし、ぼくの感じでは、神はまるでストーリイ的ではないんだなあ。ニンゲンは神までも物語にしたがる。しかし、神こそは物語ではない。ストーリイからほど遠い、という言いかたもよくない。まるっきりちがうことなんだもの。でも、そうなると、ストーリイは現実態で、神もまったき現実態ってのはどうなるか？

いや、そんなことを、もやもや、ごっちゃにおもっていては、それをごっちゃのまま書くことはできるが、題名なんかつけられませんよ。題名があって、内容の整理ができるどころか、もともと整理されないことを書いてるのに、題名があればおかしなことになる。しかし、『自動巻時計の一日』が本になるときも、題名なしでやってくれ、とぼくはしつこいぐらいたのんだのに、編集者の龍円さんは、「書店で本が書棚にならんだとき、題名のところがなんにもなかったら、どうやって読者は本をえらぶんです？」とケンもホロロだった。ぼくがわるいジョークでも言ってるとおもったのだろう。

しかし、題名がない絵は、いまではめずらしくない。それに、小説にいちいち題名がついてるのは、ほんの近年のみじかい期間のことだ。どうして、小説は絵みたいにいかないのか。くりかえすが、論文やレポートにはテーマがあっても、小説はそんなものがなくても書けるから小説ではないのか。

ある雑誌に、ちょいちょい小説を書いてたとき、「また、題名がないんですか。題名も原稿料のうちですよ」と編集者に言われた。それで、「じゃ、題名のぶんだけ原稿料をひいてくれ」とこたえたら、「題名はぜんぶの原稿料のはんぶん」とにがい顔をされた。あーあ、どうにかならないか。

II

勤労奉仕から動員へ

ぼくは東京の渋谷区の日赤産院で生れた。大正十四年（一九二五年）四月二十九日の天長節（天皇誕生日）だ。ぼくの父は東京市民教会の牧師をしていた。この教会はおなじ渋谷区の千駄ヶ谷にあったが、そのころの地名は、東京府豊多摩郡千駄ヶ谷町大字千駄ヶ谷四九一番地で、千駄谷小学校の前、明治通りのななめむこう側、いまは第八宮庭というマンションがあるあたりらしい。

ここに、東京市民教会とその付属幼稚園があった、とぼくをつれていって、おしえてくれたのは、マンガ家の岡部冬彦さんだ。ぼくの父が園長だったこの幼稚園を岡部冬彦さんは卒業している。また、三木鮎郎さんもこの幼稚園にいったそうだ。東京市民教会と幼稚園の土地は、徳川本家から借りたもののようで、おもしろい。

東京市民教会は、アメリカ西海岸のシアトルの日本人教会の牧師だった久布白直勝先生が奥さんの廃娼運動で有名な久布白落実先生といっしょに、苦労してつくった。アメリカなどのミッションからの援助なしに、独立した自由な教会をもちたいとおもったのだろう。

内村鑑三も、さいしょに札幌で集会所をつくるとき、ミッションの金は借りたくないし、と苦労したことが、内村鑑三著のもとは英文の『余は如何《いか》にして基督《キリスト》信徒となりし乎《か》』に書いてある。内村鑑三はアメリカのマサチューセッツ州のアマースト大学神学部を卒業している。ぼくは、ひと夏、アマースト大学の寮にいたことがあるが、同志社大学を創立した新島襄もここの卒業生で、新島襄のことは、しょっちゅう話にでてきたけど、内村鑑三がここの卒業生だってことは、ニホンにかえってから知った。内村鑑三がミッションの援助をうけず、独立した集会をもったからだろう。内村鑑三が札幌農学校でおそわった、れいのクラーク博士は、アマーストの町にあるマサチューセッツ州立大学の前身の農科大学の教授や学長もしたようで、内村鑑三はアマーストには縁があったのだ。よけいなことだが、州立大学のキャンパスに、ニホンからおくられた銀杏の木があって、ニホンの臭い木、とこの木を知ってる者は、わらいながら鼻をしかめる。銀杏はアメリカではめずらしい。そして、銀杏の実がおちるときの、あの臭さも異様に感ずるらしい。

東京市民教会だが、大正九年（一九二〇年）六月八日に落成した新会堂でさいしょの礼拝がおこなわれたが、これが久布白直勝牧師の告別式だった。久布白直勝先生は結核で六月三日になくなったのだ。

そして、翌大正十年（一九二一年）九月にぼくの父が東京市民教会の牧師になり、大正十四年四月にぼくが生れ、そのころから、父ははげしくなやみだしたらしい。信仰がわからなくなったということだが、教会の牧師が信仰がわからなくなり、なやんだりしてはこまる。また、同時に父は足もとからぼこんぼこんとつきあげられてたのではないか。ふつうは、聖霊を感じるなどと言うが、聖霊は感じるものかどうか。

父は東京市民教会をやめて、九州の小倉の西南女学院附きの牧師になったが、ここをやめて、八幡製鉄の持ち山の山番をしていたときいた。八幡製鉄のえらい人のなかに父の信者がいたのだろう。しかし、山番というのは、どんなことをしたのか。ぼくはちゃらんぽらんだが、父はマジメな男だから、山番の仕事もちゃんとしたとおもうけど、となりあわせの家二軒のあいだをぶち抜いて住んでたというから、ここでも集会をやっていたのではないか。

その後、父は若松にうつったようで、昭和四年（一九二九年）広島県の軍港町呉のバプテスト教会の牧師になり、幼稚園長もやった。

いまは丁目がかわったが、この教会は呉市本通九丁目から中通《なかどおり》にぬけるせまい道に門があった。このせまい道を、毎日、たくさんの人がとおった。教会の門のななめ前は市場の入口で、この市場は、アーケードのように白い布が通路の上にわたっており、布はうすよごれてねずみ色で、風が吹けば、風をはらんでふくらむ。市場は混雑し、長い市場で、どこまでもどこまでもつづく。うちの幼稚園にいってたぼくは、この市場のはては知らなかった。市場のおわりまでいったことはなかったのだ。市場の名前はトウセンバといったが、どんな漢字をあてるのか、いまだに、ぼくは知らない。この市場とほぼ並行して、本通九丁目からチンチン電車が遊廓のある朝日町にいっていた。

そのころの呉の町はニホンでもいちばん人口が稠密なところだったそうで、広島からきた人も、呉は、ほんまに、ようけ人がおるのう、とびっくりしていた。

その呉の町のなかでも、バプテスト教会の前の道は、せまいせいもあるが、ぞろぞろ人があるいていた。教会の門の外側には、たいてい一組ずつの乞食がいて、大きな、りっぱな犬をつれてる乞食もいた。ぼくが転校した小学校で、教会の門のよこで乞食をしていた男の子とあい、なかよくなったこともある。

教会のなかに、酔っぱらいのトーフ屋が寝泊りしていたのをおぼえている。この酔っぱらいが寝てる部屋は酒くさく、垢くさく、ひどいにおいがした。酔っぱらって、商売用のトーフがこまかくつぶれてぶちまかれ、あおむけに道にひっくりかえり、「さぁ、殺せ」なんてわめいている、映画のシーンみたいなのも、なんども見た。しかし、なんで、父はあんな酔っぱらいを、教会のなかに寝泊りさせていたのだろう。

うちの教会の前のうちはテント屋で、ずいぶん繁盛したのか、店はどんどん大きくなった。急に需要がふえた商売だったのだろう。

昭和七年（一九三二年）ぼくが小学校一年生のとき、おなじ呉市のなかの東三津田に引越した。山の中腹に、ぽつんとはなれてぼくの家があり、あとで、教会も雑木のあいだにできた。教会といっても、日本家屋で、十字架もない。十字架のない教会など、ぼくのうちぐらいではないか。この教会は、ミッションとも、ほかのプロテスタントの教派ともぜんぜん関係のない独立教会だ。

東三津田の山の南の斜面が、いちばん上の稜線まで、ぽっかり教会の土地で、その面積がどれくらいあるのかは、ぼくは知らない。呉駅で列車をおりると、ぼくの家と教会のあるところは、すぐわかった。瀬戸内海には段々畑がおおく、段々畑が山頂にまでたっしていたりする。また、段々畑がなくても、このあたりは禿山にちかい山だった。そんなあいだに、ぼくのところは、遠くからでも木々のみどりが見えた。

ぼくの家よりすこし下のおとなりには、山（とよんでいた）の世話をする人の家族の家があり、この人は農業学校をでた人だったが、花をつくるのが好きで、いろんな花がいっぱいあった。そのほか、イチゴ畑、ミカン畑、西洋ビワの木、イチジクの木、ザクロの木などもあった。西瓜もなんどかつくったが、ちいさいのしかできなかった。

ところが、三年前の夏、はじめて、大きな西瓜が二つできた、とぼくの妹が東京のぼくのうちにきて、言った。妹はもう孫もいるが、妹の主人が、ぼくの父の死後、ここの牧師をやっている。しかし、できた西瓜も、ある朝起きてみたら、カラスがなかの実だけを、そっくりきれいにたべてたそうだ。そのカラスのたべかたのきれいさに、妹は感心していた。

はなしがそれたが、山の世話をする人がいなくなった。中国で戦争がはじまり、世の中はめまぐるしく変っていたのだろう。戦争をすると、いろんなことが、びっくりするほど変る。教会も貧乏になったのかもしれない。

畑のある家は、家の者はみんな畑仕事を手伝う。うちの父も、足がわるい母も畑仕事をした。しかし、ぼくは、まるっきり畑仕事は手伝わなかった。あるとき、切りおとして、うちの裏の空地へおろしてきたミカンの木を、父が、薪《たきぎ》にするために枝や幹を適当な長さに切るように言った。これは、たいへんめずらしいことだった。ところが、ぼくはノコギリで、右手の甲にケガをした。ぼくは右ききなのに、右手がつかれたのか、左手でノコギリをもってたらしい。医者にいき、なん針か縫い、ミカンの木の薪づくりは、それっきりになった。

ぼくは、たいへんに不器用で、手もからだもうごかない。だから、手をうごかすことはきらいだ。つまり、はっきりナマケ者だけど、ニンゲンがかるいので、買物をたのまれたりするのは、ちっともかまわない。しかし、買物が好きなわけではない。だから、これとこれを買ってきてとリストをわたされると、ほいほい出かけていく。これも弁解だろうが、そんなところもあるのだ。

呉は海軍サンの町で、海軍工廠はニホン一の巨大な工場だったのかもしれない。当時としては、とてつもない軍艦の戦艦大和も呉海軍工廠でつくった。バプテスト教会の前のテント屋の社長も海軍をやめた人で、そんな人が呉の町にはたくさんいた。


アルバイトというコトバも、あれこれ意味が変った。さいしょ、ぼくが耳にしたところは、ティーテル・アルバイトと言って、博士の学位《タイトル》をとるための研究や勉強の意味につかっていた。それが、ナチス・ドイツのアルバイト・ディーンストを真似て、勤労奉仕のことになった。そして、戦後、いまみたいな意味でつかわれだした。

おかしなはなしだが、ぼくは、どんなアルバイトもした気はない。戦争中、呉一中（現三津田高校）のときにいったのは勤労奉仕で、まだ、アルバイトという言葉はつかわれていなかった。また、勤労奉仕もせいぜい二度ぐらいだろう。

呉の町の北にそびえている灰ヶ峰のむこうに勤労奉仕にいったのをおぼえている。じつは、この勤労奉仕しか記憶にない。灰ヶ峰の裏側のほうを見るのは、ぼくははじめてで、こんなところに、広々とした高原があるのにおどろいた。人でごったがえしている呉の軍港から、たった山ひとつへだたったむこうに、とびっくりしたのだ。

ここでの勤労奉仕はジャガイモ掘りだった。大きなジャガイモで、うちの畑のジャガイモの倍はあった。それを、オヤツにはまるごと茹でてくれ、塩をつけてたべた。そのころは、サツマイモも農林一号とかいうのがでていた。大きなサツマイモだが、味はおちるとのことだった。

昭和十六年（一九四一年）十二月八日に太平洋戦争がはじまった。ぼくは中学四年生だった。太平洋戦争がはじまるまえのことを戦前と言う人がいるが、あきれてしまう。戦争はずっとまえからつづいていた。太平洋戦争がはじまったときには、ぼくたちは、もう長いあいだ腹をすかしていた。一食、たべ足りなくても腹がすくのに、それが、なん日もなん年もつづくのだ。

昭和十七年（一九四二年）四月、ぼくは旧制福岡高等学校に中学四年からはいった。中学の同学年で文科にはいったのは、ぼくひとりだった。

旧制福高（福岡高等学校）では、一年目に落第し、二度目の一年がおわった春休みに、福岡の郊外の九州飛行機の工場にはたらきにいった。動員法ができるまえで、正式の勤労動員ではなかったのかもしれない。

九州飛行機の工場では、さいしょのうちは、仕事がなくて、ストーブのまわりでダべったりしていたが、そのうち、おなじクラスの連中も旋盤のつかいかたをおぼえたりして、忙しくなった。

しかし、ぼくが旋盤のバイトを折ったりするとメイワクをかけるというので、雑用をするていどだった。そして、工場の建物をまわってあるいてるうちに、金ノコギリで、ふとい非鉄のパイプをきる工場にいることにした。自分でかってにきめたのだ。

ぼくがそんなわがままができたのは、ぼくはヤクザだとおもっており、ほかの者もそれをみとめていたからだ。この九州飛行機の工場で、ぼくたちは、ヤクザに役にたたんという意味があるのを知った。この材料はヤクザと言えば、ダメな材料で、役にたたないということなのだ。英語ではノウ・グッド、映画屋《カツドウ》の言葉だとN・G。なにをやってもヤクザならば、ぼくが好きなところにいき、なるべくジャマしないように、というわけだろう。

大きな非鉄のパイプをきる工場では、金ノコをパイプにあて、きり口に油っぽい水がじょぼじょぼながれるようにしておけば、たいていぶっといパイプだから、ときどき目をやるぐらいで、ほっといてもいい。たいへんにラクな仕事で、だから、オバさんたちがやっていた。ここならば、ぼくにもつとまるというわけだ。もっとも、ここでも、ぼくは材料をとりにいくとか、雑用だった。

旧制福高の二年生になり、六月にはいったころ、文科系の同級生は佐世保の海軍工廠に勤労動員された。ところが、ぼくひとり学校に残った。動員は法律によるもので、病気で休んでる者ならともかく、どうやって、学校は、ぼくを動員にいかせないようにできたのか。

ぼくは学校に残り、小使のオジさんと防空壕を掘ったりしていたが、友だちがいないのでタイクツでしようがない。

それで、ぼくも佐世保の海軍工廠にいきたいと言うと、動員は動員法にしたがい、かってにずる休みしたり、逃げだしたりしたら、法律で罰せられるんだぞ、と学校側はぼくを心配してくれた。徴用工にとられそうな者が、徴用をまぬがれたら、これくらい、うれしいことはないだろうが、そこまでは、ぼくは頭がまわらない。ただ、同級の友だちといっしょにいたくて、ぼくは佐世保にでかけた。

佐世保海軍工廠でも、ぼくはあちこちの職場をまわってあるいたりしたが、雑役の組にいれてもらった。級友たちは旋盤をまわしたり、マジメにはたらいていた。根が勉強好きでマジメな連中だ。それに、みんな誇りをもっている。雑役をやれ、など言われたら、フンガイしただろう。そういう連中だから、あとでは、それぞれ、ちゃんとした地位になっている。誇りがなくては、えらくはなれない。

ところが、ぼくには誇りみたいなものはない。たたけばホコリがでるくらいだ。佐世保海軍工廠の工場の雑役の仕事のうちでも、ぼくは、ほかの者がやりたがらない便所の掃除などをした。便所掃除はきつい仕事ではない。らくな仕事で、それに、海軍の便所はきれいなものだ。そして、便所掃除をしてれば、あとはサボッてても、文句は言われない。

佐世保海軍工廠ではたらいているうちに、同級生のなかから、一人、二人、と兵隊にいく者がでてきた。昭和十九年（一九四四年）からは徴兵年限が満十九歳にさげられ、十九歳のぼくも徴兵検査をうけていた。文科系の学生は、前年の昭和十八年に入営延期がなくなっており、この年がいわゆる学徒出陣の年だ。

このころは、いろんな志願の制度があり、どっちみち兵隊にとられるのなら、志願のほうがマシだという者がおおかったが、ぼくがどこかに志願したところで試験にパスするはずがなく、また志願する気もなかった。

そんなわけで、昭和十九年十二月の二十日すぎに、山口聯隊に入営し、五日間、内地にいただけで、中国にはこばれた。

佐世保海軍工廠では、ぼくたちに月給三十円ぐらいはらってくれ、これは、ぼくがはたらいて、はじめてもらった金だった。

父と特高

中学の一年から二年になるときの春休みに、うんと映画を見た。昭和十四年、一九三九年のことだ。ぼくのうちは広島県の軍港町の呉にあったが、ぼくは福岡の西南学院中等部にいっていた。

呉の県立第一中学校の入試におちて、九州の福岡の西南学院にはいったのだ。なぜ、わざわざ両親のところを遠くはなれ、福岡の西南学院にいったのか、いろいろ事情はあっただろうが、ぼくのまわりにはそんな子供はいなかった。ぼくはいくらかめずらしい経験をしたことになる。もっとも、西南学院中学部の寄宿舎には、朝鮮や台湾からきてる者もいた。それどころかぼくと同室の五年生の今福はアメリカの二世で、はるかに遠いカリフォルニアからきていた。

学校が休みになると、福岡から両親がいる呉にかえる。西南学院の春休みはとくべつ長かった。ほかの中学の春休みは、せいぜい十日ぐらいなのに、西南学院の春休みは、たっぷり一カ月はあった。これは、西南学院にいる外人の宣教師たちが長い休暇をとり、御殿場あたりにいくからだときいた。ともかく、休みが長いのはうれしい。ぼくは、わざわざ福岡の西南学院にいった甲斐があった、とおもった。そんなわけで、長い春休みを、呉の両親のところにいて、ぼくはあそんでいた。映画もうんと見た。

そのころは、中学校では生徒が映画を見るのを禁じていた。映画についての思い出の記みたいなのはたくさんあるけど、禁じられた映画のことは、あんまり読んだことがない。

しかし、ぼくたちは中学のあいだじゅう、映画を見るのは学校で禁じられていて、映画が見たくてたまらないのに映画が見られないというのは、ほんとにせつないものだった。

だから、ごくたまに学校で映画を見につれていってくれるときは、それが待ちどおしく、遠足の前の日どころではなく、わくわくしたものだ。

そんなふうにして見た、ドイツのオリンピック映画の、「民族の祭典」は、そのこまかな場面までしっかりおぼえていて、真似をした。円盤投げのシーンのスローモーション撮影の真似なども、じつに念入りにやったものだ。学校の教室でもさかんに真似をしたし、また、だれもいないところでも、ひとりで黙々と、真似の練習をし、芸をみがいたものだ。

ぼくは、水泳の競技のときの、プールサイドに陣どった各国のアナウンサーの実況放送の真似がお得意だった。各国語がいりまじっての実況放送で、もちろんどの国の言葉もインチキだったが、ヤンヤの喝采をうけた。スローモーション撮影の真似などは、ほかにもやる者がいたが、これはぼくにしかできないことだった。マージャン卓をかこんだ各国人の各国語のマージャン風景はタモリが有名だが、そのまえに、なくなった藤村有弘がこれがうまかった。しかし、オリンピックの各国語による実況放送のパロディなんて、そのころは、だれもやってなかった。ぼくは風呂にはいって、ひとりで、これの練習をしたりした。

映画を見るのは中学校では禁じられていたが、ぼくの中学校は西南学院で福岡にある。しかし、春休みで、遠くはなれた広島県の呉におり、ここまでは先生の目はとどくまいというわけで、のんびり、せっせと、ぼくは映画を見にいった。自由を味わってる気持だった。自由というものを感じたのは、このときあたりがはじめてだったかもしれない。

もう、ぼくはコドモではなくなったのだろう。コドモではない、なにかがはじまっていた。でも、かってに映画を見にいけたぐらいで、自由だ、と感じるなんて、まだコドモの類だと言われるかな。

小学生のときは、映画は見ていた。大都映画とか、あまり知られてない極東キネマ、全勝キネマなんて映画のだ。忍術映画がおおく、それに、なぜかたびたびロボットがでてきた。チャンバラの最中にロボットがでてくるのだ。あのころの子供はロボットが好きだった。

そして、中学の一年から二年になるごろから、モーレツに大人の映画が見たくなり、ちょうどそのときの春休みだった。

季節も春。寒い風におびえることもない。ぼくは学校の勉強はやらないほうで、両親も勉強をすすめたりはしない。好きな本を読んだり、小学校のときの友だちをたずねたり、くりかえすが、ひとりで映画を見にいった。この町のほかの中学生たちは映画が見れないが、ぼくはおおっぴらに映画館にいける。得意とまではいかないが、ありがたい、うれしいことだった。

その春休みに、松竹映画の「純情二重奏」を見た。高峰三枝子、木暮実千代に細川俊夫が主演している。細川俊夫はひきしまったからだつきで、いや味のない美男スターだったが、主演はすくなかった。

「純情二重奏」は万城目正作曲の主題歌は有名で、いまでも、ぼくはこの歌をうたうことがある。昭和十四年から五十年も、この歌をうたってたというのは、よっぽど、この歌が好きなのか。いや、好ききらいより、なにかがあるのではないか。ぼくは大正十四年（一九二五年）の生れで、昭和の年がぼくの年齢とおなじになる。昭和十四年、まだローティーンのぼくのなかで疼きだした甘ずっぱいものが、六十歳をいくつかこえたいまも、おなじように疼いているのだろうか。

〽森の青葉の　蔭《かげ》に来て
なぜか寂《さび》しく　あふるる涙

高峰三枝子がうたうこの歌は、こうして書くと、さみしい、涙っぽい歌みたいだが、当時としては、そんなにしめっぽくはない、むしろほのかにあまいメロディだった。

映画もいわゆる松竹大船調の娯楽作品で、しつこくはないし、またベストテンにはいるような作品でもない。

西南学院中学部の寄宿舎では、一学期に一度、みんなで映画を見にいっていいことになっていた。その映画を、寄宿舎にいる生徒たち自身できめた。これはたいへんススンでることとだった。ほかの中学、ぼくが中学二年の二学期に転校した広島県立呉第一中学校でも、一年間に一度か二度見る映画は、学校当局、先生がきめていた。（入試におちた呉一中に、ぼくは西南学院から転校してきたのだ）

西南学院の寄宿舎では一学期に一度、生徒自身が見る映画を決めたが、全員で相談することは実際には無理で、三年生の福田がイニシアチブをとってきめていた。

その福田がきめる映画を、ぼくは、へえ、といつもおもっていた。たいてい、松竹大船のあまい、かるい映画だったのだ。それこそその年度のベストテンにはいるような、しかつめらしい、世間に評判がいいような映画ではなく、また、日活映画によくあるような、泥くさい、たとえば長塚節原作の「土」みたいな映画でもなかった。

福田はベストテン映画に反発していたのではあるまい。でも、教訓的な映画やしかつめらしい映画はきらいで、ただただ、おもしろい映画が好きだったのではないか。世間の評判などで見る映画をえらばずに、ひたすら、自分の考えで、好きな映画をきめたのだろう。

ぼくはそれに感心した。感動の名作なんてものはどうでもいい、と悟った。それが中学の一年生のときだ。中学の一年生なんて、なんにもわからないガキだ、とバカにしてはいけない。

中学の一年生でも、すっきりわかるものはわかる。昭和十二年、ぼくが十二歳のときに、中国との戦争がはじまったが、ぼくは、たとえみじかい期間でも、軍国少年だったことはない。戦争というのはしんどいな、とすぐわかった。

中学にはいると教練の時間がある。これが、ぼくにはたまらなかった。教練のときは、足にゲートルをまく。このゲートルが、うまくまけない。すぐ解けてくる。そうすると、教練の教官には叱られるし、うろうろ叱られてばかりいる。

ぼくは小学校のころから、当時としてはめずらしい肥満児で、百貫デブ、とわる口を言われた。足もふとって、ぷりぷりまるく、だから、ゲートルがうまくまけないで、すぐずりおちてくる、と同情してくれる者もあったが、教練の教官にそんな弁解はできない。

とにかく、そんなに教練ぎらいで、軍国少年になるわけがない。あのころは、みんな軍国少年だったというのはウソっぱちだ。ぼくみたいなコドモだってていた。

西南学院の寄宿舎にいた福田は、映画についてはちゃんとした目をもっていたが、三年から四年になるときに落第して西南学院をやめた。北九州のどこかのお寺の息子だということだった。

いまの西南学院とちがい、そのころは、たとえば、おとなりの修猷館なんかにはいれない、勉強のあまりできない者がおおかった。福田はそのなかでついていけず、落第したのだから、よほど勉強にはむいてなかったのだろう。

しかし、くりかえすが、まだ中学三年生なのに、あんなふうに映画が好きで、映画にたいする自分の考えをもっていた者なら、将来はそれなりの人物になったのではないか。もっとも、あのころは、やがて、みんな兵隊にとられたから、戦死でもしてれば、それっきりのはなしだ。それっきりなんて、無造作な言いかただけど、戦死は、そういう無造作なものだった。

福田は色が白い、ぽちゃっとした肌のやさしい男だった。西南学院をやめ、寄宿舎の部屋をでていくとき、親がわりだとかいう姉さんがひきとりにきた。もう結婚してる姉なのか、福田とはかなり歳がひらいていたが、色白なのはおなじで、端正な顔だちの、たいへんな美人だった。荷物の整理などやっている美人の姉のそばで、福田はメソメソ泣いていた。福田とは、それっきりあっていない。

あれから五十年もたち、いまごろになって祈るようにおもってもせんないことだが、福田さん、どうか、戦死なんかしないで、生きてておくれ。

松竹映画「純情二重奏」を見た年の夏がおわると、ぼくは広島県立呉第一中学校に転校した。あとで野球の広岡達朗さんがでた三津田高校の前身の中学校だ。呉の町は東南《(ママ)》と北が山にかこまれ、南が軍港の呉港だった。

呉一中（呉第一中学校）は町の西側の山からおりてきた尾根のいちばん下にあり、そのおなじ尾根の南のスロープの人家としてはいちばん高いところに、ぼくの家と木立のなかに教会があった。平屋の日本建築の教会だ。うちの父は自分たちだけのどこの派にも属さない教会を、この山の中腹にたてた。山の尾根までずっと教会の敷地で広大なものだった。

呉一中へははしって坂をくだれば、たったの五分ぐらい。学校が近いのはべんりで、らくだ。

ぼくが呉一中に転校したころから、じわじわ、世の中はくるしくなってきた。戦争のためだ。まだ腹いっぱいたべることができたが、タマゴなども手に入りにくくなった。物価の値上り、インフレもすごいようだった。

タバコの値段なども、あれよあれよというように高くなった。それを皇紀二千六百年の奉祝歌の替歌としてうたった。タバコを吸わないぼくもうたったし、女学生の妹もうたった。

呉一中でのぼくの担任は仁木盛雄先生だった。仁木先生は東大の理学部卒業で、インテリらしいインテリだった。ふつう、インテリというよびかたは、バカにしてつかうことがおおいが、ほんとのインテリはすくない。また、インテリにも時代性があって、昭和の初期からせいぜいこのころぐらいまでが、インテリらしいインテリがいたのではないか。戦争がひどくなってからは、インテリもくそもなかった。また、戦後にはインテリなんてものはいない。

仁木先生も牧師の息子で、呉の片山町のメソジスト教会の教会員で、静かな、おだやかな人だった。ぼくは呉一中ではやっかいな生徒で、問題ばかりおこし、そのたびに担任の仁木先生は苦笑した。

とくに、教練の集団脱走事件では、ぼくが首謀者とされ、ずいぶん険悪なところまでいったらしい。いろんな人の伝記などを読むと、学校でストライキをおこしたり、先生たちを手こずらせたことが、むしろ誇らしげに書かれているが、ぼくは自慢するどころではない。こちらはごくふつうのことをやっているつもりなのに、学校では大問題になっている。だから、ぼくとしては、どうしようもない気持で、ほとほとこまった。

仁木先生も、ぼくのために、たびたび、あやまってあるいたようだ。配属将校に両手をついてあやまったこともあるらしい。それをきいたのは、仁木先生がなくなる直前のことで、ぼくは知らなかった。仁木先生がだまってたからだ。「両手をついてあやまるなんて、ぼくとしてははじめてのことで、一生に一度のことだったよ」と仁木先生は言い、ぼくはきょうしゅくした。これも五十年もたって、はじめてわかったことだった。

こんなふうに言うと、戦時中のくらい谷間とか、いやな時代とか、ひいてはくらい青春なんてことになりそうだが、それはひとがかってに名前をつけたことで、そんな十把ひとからげみたいなものではない。

教練の時間にヘマをやったり、ヘマどころではない放校になりそうなことをして、そのときはひどくしょげてしまっても、もともと警戒心がたりないのか、すぐ忘れて、またおなじようなことをやらかす。そうして、しまった、とおもうのだが、それでも懲りずにくりかえす。ぼくも懲りない男なんだなあ。ひとつは反省がない。反省がなければ懲りないのもあたりまえか。

戦時中のくらい時代と言えば、父がなにかで九州にいくときなど、列車が下関に近くなると、かならず特高の刑事がしらべにきた。その刑事を相手に、父ははなしこんだ。父は、本気で特高にも伝道をし、アーメンをつたえるつもりだった。特高がこまった存在だってことはわかりきっている。でも、父はいやな顔もせず、めいわくがりもしないで、自分からはなしかけるようだった。

ぼくは県一中の四年がおわると、旧制の福岡高等学校に入学した。だから、西南学院のときも、福岡高校のときも、なんども、父といっしょに福岡にいったが、そのたびに、父は列車のなかで、特高の刑事につかまっていた。

でもくりかえすが、これをすぐ、戦時下のキリスト教会と特高というふうにとると、ことがちがってくる。そんなチャチなものではない。

くりかえすが、父はいつも、特高の刑事に気やすくはなしかけていた。特高なれがして、癒着しあっていたというのでもない。ただ、父はふつうとかわらず、特高の刑事に、「ま、そこに腰かけなさい」といったぐあいだった。

だから、ぼくも平気だった。特高の刑事がちっともこわくなかったし、父と特高の刑事がはなしている内容もきいていなかった。自分の父が、すぐよこで、特高の刑事の取調べをうけているのに、まるっきり平気というのは、信じられないようなことだが、事実、ぼくはそんなふうだった。くらい青春なんてチャチで安手な言葉なんか、ふっとんでしまう。

女のコとはまるで縁がなかった。これは、呉一中に転校してからもおなじだった。ぼくだけではない。みんな女のコには関心があるのだが、はなしかけるチャンスがないのだ。通りをあるいてる女学生のそばによっても、逃げてしまう。

ところが、福田のリッちゃんだけはべつだった。リッちゃんはセミやトンボとなかがいいという。セミとトンボはあだ名で、あまりていどのよくない私立の女学校の生徒だった。

市場などがある、町のなかのわりとごみごみしたところにリッちゃんの家はあり、セミとトンボは近所の娘だった。いまで言えば、つっぱりの女のコだ。でも、リッちゃんは、ぼくと同級で中学二年か三年生、トンボとセミはひとつ歳下で、女学校（中学）の一年か二年だった。

つっぱるといっても、市場の人ごみのなかをあるくとか、せいぜい、首にホータイをまくぐらいか。女学生たちは、いつも、学校できめられた制服を着てなきゃいけない。そのころは、スカートの長さをのばすようなこともしない。せめてものおしゃれが、首にホータイをまくことだった。

首にオデキができたからみたいなことで、ホータイをまくのではない。風邪をひくと、首にホータイをまいたのだ。風邪でホータイ……なんて、あきれかえってふきだしそうになる。

しかも、風邪をひいてもいないのに、学校の先生に風邪をひいたとウソをついて、首にホータイをまく。おしゃれのために……なんとおさなく、涙がでるほどいじらしく、そしてバカバカしいではないか。

トンボとかセミとかいうあだ名も、女のコのあだ名にしてはおかしい。いったい、どんなことで、そんなあだ名ができたのだろう。べつに、トンボはメガネをかけてたわけではない。

ともかく、福田のリッちゃんはトンボとセミとなかがいいと大評判で、ぼくたちはみんなうらやましがったが、それでも、リッちゃんは通りでトンボやセミにあって、ひとことと、ふたことと言葉をかわすていどだったのではないか。まちがっても、手などにぎったことはあるまい。それでいて、たいへんにとくべつなことのようにおもわれていた。

リッちゃんはバレー部の選手で万能の運動選手だったが、勉強はできなかった。京都の立命館大学にいく、というのがリッちゃんの口ぐせで、それでリッちゃんというあだ名になった。リッちゃんはのぞみどおり立命館大学に入学した。そのころの私立大学は、ごく一部のほかは、ほとんど入学試験がないのとおなじだった。

リッちゃんはまだ三十代で死んだ。結核だった。リッちゃんはスポーツマンで、がっしりしたからだだったが、戦争中に結核になったらしい。それが、ずっとなおらないで、死んでしまった。

呉一中の三年のときだったが、ボソ（あだ名）がたびたび鼻血をだし、その理由をみんなに問いつめられ、白状した。ボソの父親は会社の社長で、町なかのいいところに屋敷があって、広い庭にかこまれていた。

その庭の塀のむこうに、ちがう通りに面した旅館の裏の離れがあった。その離れの二階の座敷で、海軍さんが若い女房とやってるのを見て、ボソは鼻血がとまらなくなったのだという。

海軍さんというのは兵曹（下士官）かなんかだろう。海軍さんも若く、旅館の離れの二階の座敷で、昼間でも、若い女房とやりっぱなしでやってたらしい。

呉は軍港で、要港はべつにして、ほかにも九州の佐世保や横須賀が軍港だったが、呉の軍港がいちばん大きく、町の人口もおおかった。

ボソが鼻血をだしたのは、連合艦隊が呉に入港してたときだ。連合艦隊は、時代によってちがうが、一年のうち半年ぐらいは、ひとつになって演習し、行動している。そして、演習の合い間に、連合艦隊ぜんぶが呉に入港するようなこともある。

ながいあいだ洋上で訓練をし、艦内生活をつづけたあとで、たとえば呉に入港し、上陸すると、たいていの者は遊廓にいく。呉にも朝日町というところに大きな遊廓があった。あとで廃線になったが、本通九丁目（いまは四丁目）から遊廓行のチンチン電車がでてたくらいだ。

しかし、女房持ちは遊廓にいくのがバカらしい気にもなる。遊廓の女を買えば性病の心配もあるし、高い金がかかる。それに、これも、いまの人たちは想像できないだろうが、遊廓のお女郎でも、ほかの商売女でも、金で買った女は、キスなどはもってのほか、させてくれなかった。ただのっかって、しこしこ腰をうごかしてるだけだ。

まして、連合艦隊が入港し、海軍さんたちがどっと上陸したときなどは、遊廓の女たちはたいへんにいそがしく、そうでなくても、よほどのなじみでないかぎり、キスなどするのは女郎の恥とされてるときで、まことにお粗末な行為だっただろう。

そんなお女郎さんよりも、女房のほうがよっぽどいい、女房だって、長いあいだあってなければ、なおさらしたいだろうし……。

というわけで、連合艦隊の寄港地に電報や手紙で、女房をよびよせる者がいた。かなりの数の女房持ちの海軍さんがそうしていたのではないか。半年かなんカ月かの合同訓練がおわれば、連合艦隊は解散し、第一艦隊、第二艦隊とそれぞれの艦隊は所属の軍港にかえり、女房がいる家にもどることができるが、そのまえに連合艦隊の寄港地に、女房をよぶのだ。このことで有名な電報がある。

チンタツサセニコイ

というのだ。チン立つサセにこい。いかにも、そのものズバリの電文のようだが、当時は、朝鮮の釜山のすぐ近くの鎮海が海軍の要港で、そこにいた艦隊が鎮海をたって佐世保にいくので、そちらのほうにきてくれ、という女房あての電報の電文だということだった。

実際に、そんな電報を打った海軍さんがいたかもしれない。フィクションめいてるが、たいてい事実のほうが意外でおもしろい。

ま、そんなことで、連合艦隊の寄港地の呉によびよせた若い女房と、長い洋上訓練のあとで上陸した海軍さんの夫が、旅館の離れでやりにやったところでふしぎはない。

季節は暑いころか、旅館の座敷は二階だし、窓をあけていて、それを、ボソはやはり二階の自分の部屋から見ていたのか。もっとその座敷に近い、庭の奥の木にのぼって見ていたこともあるらしい。それで、ボソは鼻血をだしては学校にきた。

ボソは、いまでは入学試験がたいへんにむつかしい国立医大にいき、医者になった。

ボソとも、その後ずっとあっていない。

連合艦隊がそろって呉湾に入港するときは、まことに壮観だった。なにしろ大船団なのだ。これほどたくさんの艦艇が一カ所にあつまっているのは、ちょっと見ることはできない。商業用の船舶では、ぜったいに見れないことだ。

呉湾はふところが深く、商業港としては大きすぎ、軍港だからこそつかえるのだと言われた。その軍港としても、まだ湾が広すぎるのではないかという批難もあったとのことだが、その広い大きな湾が、連合艦隊がはいると、もういっぱいで、呉湾にはいりきれない軍艦が湾の外にも停泊していた。

ぼくの家は、その呉湾をはるかに見おろす山の尾根の南のスロープにあり、湾の内外や軍艦などがよく見えた。夕方五時になると、各軍艦からラッパが鳴りひびき、カッターが吊りさげられ、これに上陸要員がのって、いっせいに海軍桟橋にむかってオールを漕ぎだす。

それはまったく絵を見るようで、小人国の海戦に勝ったガリバーが、捕虜にした敵艦隊を何艘もたくさんロープでひっぱり、肩にかけたロープが根本では一本になっていて、さながら、ちいさな船がひきずられてる絵にそっくりだとおもった。

ぼくが小学校の五年生ぐらいのとき、講談社の絵本が発刊になり、もう絵本などを見る年ごろではなかったが、大きなみごとな絵に感心した。その講談社の絵本のなかでも、ガリバー旅行記は気に入っていて、そのなかに、捕獲した敵艦隊をロープでひっぱってかえってくるガリバーのそういう絵があったのだ。

午後五時、海上の陽はまだあかるく、波のない湾内を、海軍桟橋という一点にむかい、見えない糸でたぐりよせるように、各軍艦からおろされたカッターが、いっせいに、けんめいにすすんでいる。広い湾内と、白い小さな、たくさんのカッター。

女のコにはまるっきり縁がない。映画を見るのも、学校で禁じられている。もちろんテレビはない。ラジオは、大相撲の実況放送を、ラジオに耳をくっつけてきいたのをおぼえてるから、うちのラジオは性能がわるかった。

小学校の四年生の夏、呉の呉港中学が甲子園で優勝した。物干し竿とよばれた、ほかのプロ野球選手よりも五センチも長い特製のバットをふりまわしていた、のちのミスター・タイガースの藤村富美男が投手で、甲子園での決勝戦の相手校は熊本工業だった。

これも、あとで巨人軍にはいった川上哲治が熊本工業にはいたが、このときの甲子園の決勝戦には出場していたかどうか。

夏の日だから、ぼくはディーゼル車（そのころはガソリンカーと言った）にのり、狩留賀《かるが》というところの海水浴場に泳ぎにいってたが、大人たちはみんなラジオの前にあつまり、泳いでるのはちいさな子供たちだけだった。

海水浴場では、事故があって溺死者がでたりすると、しばらくのあいだ、だれも泳いでる者がいなくて、海がきれいに空いたものだが、そんなふうだった。

藤村富美男は、たしか、ぼくとおなじ二河小学校出身で、ぼくたちのころは中国との戦争でなくなっていたが、小学生のころから、少年野球、いまのリトル・リーグのスターだった。藤村の家は、ぼくの家からそんなに遠くはなく、がっしり肩幅の厚い牛みたいな藤村の姿を、なんども見かけた。藤村富美男はたいへんに人気のある阪神タイガースの大スターだった。

小学生のときは、夏休みなどは毎日、列車の定期を買って、泳ぎにでかけた。狩留賀とか天応《てんのう》、むかいの江田島にある高須海水浴場にはポンポン船でかよった。

台風の日でも泳ぎにいった。もちろん、海水浴場には、ぼくとつれの男の子ぐらいしかいなかった。そんな日に、よく、親が泳ぎにいくのをとめないものだぜと批難する者もいたが、ぼくが泳ぎにいきたいのなら、父はゆるしてくれた。そして、父は祈っていたという。祈るぐらいなら、父はぼくが泳ぎにいくのをとめたらよさそうなものだが、父はとめずに、そして祈った。また、ぼくがぶじであることを、イエスに祈ったのでもあるまい。そんなのはニンゲンの欲得の考えで、祈りではない。また、そういう祈りならば、はじめから泳ぎにいくのをとめたほうがいい。

中学生になっても、夏のあいだは、ほとんど毎日のように泳ぎにいった。勉強はしなかった。呉一中は一学年四クラス、二二〇人ぐらいで、ぼくはペーパー・テストだけなら、二五番ぐらいだったが、教練や図画や工作、それに正課の武道（ぼくは柔道）の点などがはいると、ぐっと順位がさがった。

全課目が十点満点でぼくは教練が三点ということもあった。ぼくのつぎに点がわるい者が七点で、あきらかに懲罰点だった。

教練三点はしかたがないとして、図画や用器画までも懲罰点の三点というのは、なさけなかった。ぼくは図画はすごく下手だが、美術学校出の図画の先生は好きだったのだ。この先生は佐渡島出身で、ひどい東北訛りだった。たとえば、キの発音がチになる。だから、曲線もチョクセンで、直線と同じ発音だった。先生が「えー、このチョクセンは」と言うと、生徒がききかえす。「センセイ、チョクセンって、どっちのほうのチョクセンですか?」先生が顔をまっ赤にし、うなりながらこたえる。「うーん、まがったほうのチョクセンだ」

実際は、先生と生徒のあいだで、こんなやりとりがあったわけではない。みんな、ぼくがつくったことで、つまりは創作落語だ。これを雨の日の休み時間に教室でやると、これまたやたらにウケた。ところが、こういうことが、ちゃんと先生の耳にはいってる。だったら、用器画の三点もしかたがないか。

柔道も、そのころは結核の類の病気の者がおおく、肺浸潤や肋膜炎で休学まではしないが、ずっと柔道の時間は一学期ぜんぶ柔道着はきないで、見学してる者が七点とか八点で、ずっと柔道をやってるぼくひとりが三点というのは理解できないことだったが、腹をたてたというのは、ずっとあとの戦後になり、ひとにはなしたりしたときのことで、じつは、あんまり腹もたたなかった。

しかたがない、とおもってたのだ。それに、なによりも、げんにあまり腹がたたなかったのがおかしい。まことにありがたいことで、いま、こうして書きながら、あのとき、ひどく腹がたたなくて、ほんとによかった、ありがたかったとおもっている。

理不尽などと腹をたてていたら、気がへんになり、あの時代のことだから、死んでしまっていたのではないか。特高の刑事に列車のなかでしらべられても、いやがりもせず、ちっともめいわくな顔もしない父をそばで見ていたことも、かかわりがあるのだろう。しかし、ぼくはまだ中学生のくせに、カイザルのものはカイザルへ、なんて悟っていたのではない。懲りないガキが悟るわけがない。なんだか自然にあまり腹もたたず、ありがたいことだった。

ハミだした両親

ぼくの母は明治十三年、父は明治十八年に生れた。ふたりとも晩婚で、母はうちの女房のおばあさんとおなじ歳だった。一世代《ひと》ズレてしまっている。

いまは大分県の日田《ひた》市のなかにはいっている小野村というところで、母は生れてそだった。十なん代もつづいた旧家で、母の父、ぼくのおじいさんは、維新で日田の代官になったそうだ。それも、まだ歳が若く、年齢をいつわって、代官にされたときいた。徳川三百年のあいだ、ずっと反徳川の家で、それで明治維新で代官になったらしい。

そんな家だから、母もいずれはいい家に嫁にいくことになってたのだろう。ところが、いまの歳で十四歳ぐらいのときに、母は足をケガして、別府の病院にはいった。そして、母のはなしによると、病院でバイキンが傷口にはいり、二度も足を手術したらしい。

いまならば、その手術のあと、つらくてもリハビリをやり、足ももとどおりになったかもしれないが、どうも、母はリハビリみたいなことはやらなかったようだ。

それで、母は片足がまがらなくなった。足がわるい女になったのだ。さいしょは、母がどう感じたかはわからないが、足がわるくて、ちゃんとした家にヨメにいけないのなら、そのほうがいい、とおもったのではないか。

たぶん、入院のあとで、母は福岡のミッションスクール福岡女学院にいきだす。別府で入院中に、福岡女学院系のメソジスト派の宣教師にあったりしたのだろう。

また、おじいさんも、この娘《こ》は足がわるくて、まともな結婚はできないから、と福岡の学校にやることにしたのだとおもう。

いまでは、日田と福岡はバスで二時間ぐらいしかかからないが、そのころは、まだ鉄道もないときで、まず大分県を東によこぎって別府か大分にでて、そこから船にのり、国東《くにさき》半島をまわり、周防《すおう》灘をとおり、関門海峡をこして、福岡にいったらしい。

小野村は福岡県との境の英彦《ひこ》山の大分県側だが、英彦山をこえられないため、ここから福岡までなん日もかかった、と母ははなしていた。

母は学校での勉強にはむいていたにちがいない。福岡女学院の高等部もでて、女性としてはめずらしい神戸女学院の神学部にもいった。また母校で国語の先生になり、古典をおしえたらしい。コドモのとき、小野村の自分のうちで、さいしょに読んだ本が「源氏物語」だったそうで、これをきいて、びっくりした。ぼくは旧制高校で「土佐日記」を読んだり、「枕草子」をかじったりしたが、「源氏物語」はむつかしく、とっつきようもなかったからだ。母は福岡女学院ではドーミトリ（寮）にいたが、はんぶん以上はアメリカ人の宣教師の若い女性たちだったらしい。年齢もあまりはなれてはおらず、友だちみたいな、こういった女性たちと、がやがやくらしていたのではないか。母はわりと自然な英語をしゃべり、あとでは、ニホンにいるアメリカ人のためにニホン語の先生もした。これはいい金になった、と母ははなしていた。

ぼくの父は勉強好きでマジメな男だったが、受験勉強などてんでやる気はなかっただろう。ほんとにマジメならば、受験勉強なんてバカらしい。いまよりももっと、昔の人たちは立身出世を考え、そのためには、しゃにむに受験勉強もした。

ところが、あとでの父をごらんになるとわかるが、立身出世など、まるっきり父はおもってもみなかったようだ。こういう男はほんとにめずらしい。

ニューヨークからシアトルにいて、かえってきてから、あまり日がたっていない。シアトルにいたとき、川辺さんというお金持で奇特な人がたてた、りっぱな老人ホームにあそびにいったりしたが、ここに山本トクさんという九十四歳のおばあさんが住んでいた。頭のいい、はなしのおもしろい方で、日系人としては最長老みたいな人だった。このおばあさんは、ぼくの父の実父、実母の両方の親戚で、父のことを種助伯父さんとよんでいた。父のことなどを知っているのは、もうわたしぐらいでしょう、と山本トクさんははなしていた。

父が生れたとき、ぼくのおばあさんはおじいさんの山本仁右衛門さんと離婚していて、だから、父はあとで認知された庶子だった。父は四歳のときに田中家に養子にいったが、ながいあいだ、自分が養子だと知らなかったらしい。それが、アメリカにいったりして、戸籍の書類が必要になり、それで自分が田中家の養子で、しかも庶子だと知ったのではないか、とトクさんは言う。

父の母は山本仁右衛門さんと離婚したあと、成田さんと結婚し、またなん人も子供を生んでいる。そういう人たちや、山本トクさんなんかと、父がいききしだすのは、アメリカに約十年ぐらいいて、ニホンにかえってきたあとではないか、と山本トクさんは考える。

おばあさんは、さいしょは馬杉という人と結婚したが、この人は西南の役で戦死したそうだ。西南の役なんて、西郷隆盛がでてくる、もう歴史でしか知らないことに、ぼくのおばあさんが関係があったなんて！

この馬杉でのはじめての子は、あとで東京工大の教授になったらしい。その妹、父の異父姉は大橋という人と結婚、大橋さんは海軍中将になった。その長女の愛子さんとは、ながいあいだ、ぼくはしたしかった。うちの教会の人でもあった。たいへんにきれいな人で、またきれいな東京弁をしゃべった。

父がアメリカで日本領事館にだした書類には非移民というハンコがおしてあった。戦争中の最大のわる口「非国民！」みたいで、おかしい、とぼくは山本トクさんにはなすと、「うちの主人も非移民でした」とトクさんはわらった。どちらも移民ではなく、勉強するということで、アメリカにわたったらしい。「種助伯父さんも、うちの主人もニホンでは労働なんかしたことがなかったから、アメリカでも石にかじりついてもはたらこうという気がなくてね」

父はアメリカにいくまえ、実父の山本仁右衛門さんにあったらしい。そのとき、「みんなアメリカに金を稼ぎにいくが、おまえは金もうけなんか、できないだろう。金もうけは無理だから、なにかひとつ技術をおぼえてこい」とおじいさんは言ったそうだ。

ところが、父は技術もおぼえないで、ヤソになってかえってきた、と山本トクさんはさもおかしそうだった。

父はシアトルに長いあいだいて、ロサンゼルス近郊のパサデナにうつり、神学大学にいってたが、卒業まで二カ月ぐらいのとき、おじいさんが病気というのでニホンにかえった。ニホンではバプテストの神学校をでた。

そして、母と結婚するのだが、ぼくが生れたころから、父はおかしくなった。それまでも、アーメン、ソーメン、冷やソーメンで、人々からは変人あつかいされていたのに、牧師でありながら信仰ということがあやしくなり、アーメン、アーメン、とつきあげられて、どうしようもなくなった。

　とくに外国の人には、ゆるぎない、がっちりした信仰で一生をつらぬいたように見える人もいるが、それははたして信仰だったのだろうか。じつは信仰ではなく、その人の信念みたいなものではなかったのか。かわらない一貫した信念もある。しかし、信仰とはちがう。信念はその人のとじられたココロからくるのだろう。信仰はその逆で、ひらききったものだろう。ココロでさえない。父は信仰のかわりに、受けと言った。

　ぼくが小学校一年生のとき、もとの軍港町の呉《くれ》の山の中腹に引越して、父とその仲間は自分たちだけの独立の教会をつくった。山の中腹の家は、足のわるい母にはたいへんだっただろう。長い花崗《かこう》岩の石段なんかものぼりおりできず、そばの山道をあるいた。

濃いインキの手紙

毎週、広島市の「主の僕の友」から葉書がくる。日曜日の集会にあつまった人たちの寄せ書きだ。文章はなくて、アーメンと名前がかいてある。名前は十ぐらいだが、寄せ書きなんてものを知ってる人も、いまはすくないのではないか。

ぼくの父は牧師だったが、自分たちだけで、どこの派にも属さない教会をつくった。ぼくはその父の息子、つまり先生の坊っちゃんというわけだ。しかし、ぼくは教会のことはなんにもやっていない。それどころか、ストリップ小屋の舞台にでたり、毎日、酔っぱらっている。それなのに、ただ先生の坊っちゃんということで、毎週、日曜日の集会にあつまった人たちが寄せ書きをくださる。坊っちゃんと言っても、ぼくはもう七十歳に近い。こんなババッチイ坊っちゃんがあるか。それに、毎週というのはたいへんなことだ。

父からの手紙はいつも葉書だった。父は字がへたで、古い言葉だが書生っぽい字だった。書生さんというのは学生さんみたいな意味だろうか。

中国の革命の父とよばれてる孫文の書いた文字「天下為公」がサンフランシスコのチャイナタウンの入口の門に額になってかかっている。また神戸の舞子のいわゆる六角堂でも孫文の書を見たが、これがまた書生っぽく、中国人にしてはうまくないけど、それがぼくは好きだ。毛沢東の字はわきあがる雲のようにいきいきと力強く、専門の書家か詩人のようだけれど、ぼくは孫文のへたな字のほうが好きだ。

父の葉書の字は孫文の字みたいな質朴なよさはなくて、ただもうへたくそ、これも古い言葉だが金釘《かなくぎ》流だった。しかし、律義に字を書いた。父はもともと律義な男で、字もへたなりにマジメで律義だった。

ぼくは字がへただ。これはもう言語に絶する。父の字はへただったが、まだ、へたという言葉で表現できる。ぼくの字はへたとも言えない。ただあいた口がふさがらず、これが字なのかとみんなあきれはてる。

それに、ぼくは律義な男ではない。字もいいかげんに書きなぐる。ぼくが両親あてに書いた葉書などは、まるっきり判《はん》じ物《もの》（暗号文）みたいで、それを判読するのに、たっぷり一日か二日はかかった、と父も母もわらっていた。

あとで、ぼくが翻訳をやってたころ、ときどき、ぼくが吹きこんだテープを、女房が原稿にしてくれたが、この個所にくると、「砂漠でオアシスにあったような気が……」と編集者が言った。

中学校にはいったとき、書道の先生がぼくの字を見て、あきれるというよりびっくり仰天し、それまで書道は段以下は十級までだったのに、ぼくのために二十級をつくった。

母はりっぱな字を書いた。うまい字をとおりこして、りっぱな字だった。そして、父はいつも葉書だったのに、母はたいてい長い手紙をよこした。巻紙に毛筆の文字のこともあった。

昔のニホンの女性は、水茎のあともあざやかに、と形容されるように、ほそく長いつづけ文字を手紙などには書いた。しかし、母の字はほそくもなければ長くもなく、とにかくりっぱな字だった。母はうちをはなれて遠くでずっと学校にいっており、ふつうの女性の身だしなみの字とはちがう字を書いたのだろう。

それに、母のインキの文字が濃いブルーだったのをおもいだす。ぼくはうすいブルーのインキの万年筆をつかう。外国では washable blue というインキを買っている。洗いながすようなブルーという意味だろうか。とにかく、あんまりへたな字なので、インキにまでえんりょがある。

母の濃いブルーの文字の手紙が、ありありと目にうかぶ。なつかしい、なんて気持ではない。もっと切実なもので、かなりやりきれない気もする。母は頭もよく、勉強もよくできて、ひとにもそれこそ人気があったのに、足はわるかったが、父と結婚し、ぼくみたいな息子を生んで、それでおわってしまった。

　横井愛子さんも、ぼくにいつも長い手紙をくれた。愛子さんは父の異父姉の娘だった。父は海軍の技術中将、夫も海軍の航空士官で少将になった。おもしろい手紙で、身のまわりのことが、こまごまと、いきいき書いてあった。でも、ぼくにそんな手紙をくれたのは、やはりぼくが父の息子だったからだろう。愛子さんはあとで乙恵と名前をかえた。

　そのほか、ぼくにお手紙をくださる方はたくさんいる。そして、みんな季節のごあいさつみたいな手紙ではなく、ほんとに生きてる日常のことが、くりかえしではなく、そのときどきのこととして、それこそいきいき、ありありと書いてある。ぼくは手紙にはめぐまれている。手紙ばかりではなく、ずっと、めぐまれっぱなしの男なのだろう。

昭和19年……（抄）

入営したのは、山口の聯隊で、はっきりおぼえていないが、昭和十九年の十二月二十五日あたりではなかったかとおもう。ぼくのうちはキリスト教会だが、おやじがつくった独立教会で、クリスマスのパーティーなどはやらない、みょうな教会だった。だいいち、うちのおやじは、キリスト教ではないと言っていた。あれは教えではないのだそうだ。教えではなくて、イノチだ、血だ、十字架だ、なんてことをおやじは言ってたが……。

山口の聯隊でも身体検査があり、いわゆる即日帰郷になる者があり、青い顔をしてくやしがっていたけど、ぼくはうらやましくてしようがなかった。体力検査で、営庭をはしらされたときも、ぶらぶら、いちばんビリからはしったが、もちろん、こんなことでは、うちにかえしてはくれない。

軍隊というところは、いろいろはなしはきいていたが、やはりみょうなところだった。掃除のやりかたがわるい、と、ほんとに床をなめさせたりするぐらいなのに、室内は、けっしてそんなにきれいではない。それが、だいいちに、おかしかった。入営した日に、食事のとき、古兵さんが便所のはなしをしてると、そのまた古参兵の兵長殿がどなった。「コラッ、クソをくってるときに、メシのはなしをするな」まことに軍隊らしい言葉で、ぼくはひとりでうれしがった。

しかし、山口の聯隊にいたのは五日間だけで、ぼくたちは、九州の博多から軍用船にのせられ、朝鮮の釜山にむかった。博多では、水茶屋のもとの料亭にとまった。ぼくの義理のおばあさんは水茶屋の料亭の養女だったというが、むかし昔、このあたりで芸者をしていたのではないか。玄界灘にでると、船は、やたらにゆれた。そのゆれる船のマストの上で、順番に対空監視をやることになり、もともと高所恐怖症のぼくは、ほんとに生きた心もちではなかったが、順番をゴマかしたか、ほかのやつをおだてて代りにやらせたかしたのか、マストにのぼった記憶はない。

釜山からの列車は、いわゆる広軌の汽車で、これも生まれてはじめてのった。しかし、列車の通路をはさんで、片側の座席は三人掛け、もういっぽうが二人掛けで、それにぎっしりすわればやはりきゅうくつだ。それに、一日や二日の汽車の旅ではない。なん日も、足をのばせないでいるというのが、どんなに苦痛か、これもはじめてしった。だから、しまいには、藤井という男とならんで、座席の下に寝た。座席の下はやや足がのばせるが、そのかわり、顔もからだも、ちょっとでもうごかすと、座席の底にぶつかり、これまたきゅうくつだった。

そんなことよりも、山口の聯隊で、ぼくは脱走の疑いをかけられた。入営して三日目、脱走を計画している者があるというので、隊内がばたついていた。新しく入営した初年兵らしいだれかが、民間人の服を、そっとゴミ箱のなかにかくしておいてたというのだ。そのウワサをきいて、ぼくはいやになった。じつは、入営した翌日、それまで着ていた民間人の服を、小包にして、うちに送りかえすように言われた。しかし、ぼくはやたらに不器用で、小包をつくりかかったが、包み紙がぶっちゃばけたりし、めんどくさいので、学生服も靴もゴミ箱にほうりこんだのだ。それを脱走の計画だなんて……、ぼくは、班長殿にもうしいで、かなりしぼられたが、ぶんなぐられるようなことはなかった。というのも、軍隊では、脱走はたいへんなことなのだ。脱走兵は、重い罪をうけるが、脱走兵をだした責任者も、それこそ責任をとらされる。まして、山口の聯隊は、ぼくたち現地部隊の初年兵を、かりに入営させ、あずかってるのにすぎない。脱走の計画ではない……とぼくがもうしでたことで、みんなホッとしたのではないか。しかし、戦時下のこの物資がたりないときに、まだ着られるだいじな衣服や靴をゴミ箱にすてるとは……と、これも叱られるより、あきれられた。

そんなわけで、脱走計画の証拠品にされていた学生服や靴も、ほかの初年兵が小包にこしらえてくれた。釜山から朝鮮半島をとおり、昭和二十年の正月の朝は、南満州鉄道の大虎山という駅でむかえた。ここで、水筒をもって、お茶をいれにいき、指にこぼれたお茶が、すぐ凍ったのをおぼえている。そして、山海関から天津をとおり、済南、徐州をへて、揚子江の南京の対岸、浦口に列車がつくまで、十なん日かかっただろうか。さげっぱなしで、のばすことのできない足はみんな、ぱんぱんにふくれあがっていた。それはともかく、揚子江にはがっかりした。世界の大河ということで、あれこれ読んだり、聞いたりしていたが、赤茶っぽい水の、いくらか川幅がひろいというだけの、つまんない川に見えた。それは、ぼくが瀬戸内海でそだち、ちいさな海や、ほそ長い海を見つけていたためだろう。だから、浦口で列車をおり、揚子江の対岸の南京を見ると、つい、ぼくがそだった呉の町から、おむかいの島の江田島を見るような気になってしまったのだ。そうすると、いくらせまい海でも、海は、やはり水の量感がちがい、なんだ、これが揚子江か……とおもったらしい。川と海をくらべちゃいけない。

揚子江は蒸気船（古めかしい言葉だけど、ほんとにそんな感じの船だった）でわたったが、船のなかの便所でヒイヒイ、キンタマをかきむしってるやつがいた。おなじ中隊の大友という、歌のうまい初年兵で、山口の聯隊に入営する前の晩、これが最後だというので、山口の遊廓にいき「あら、明日は入営なの。それじゃ、サービスするわ」と、よくしめてくる女郎にあたったが、そのとき、サービスついでに、毛虱《じらみ》もうつされたのだそうだ。

（……）

揚子江を蒸気船で南京にわたったぼくたちは、ワキン公司というところに泊まった。もとは、英国資本の紡績工場だときいたが、大きな工場で、しかし、ぼくたちがさいしょの夜寝た場所はコンクリートの床はあっても、爆撃のため屋根はなく、雪が降りこみ、こんな経験もはじめてだった。ワキン公司から、ぼくたちはちかくの丘に、毎日、演習にいったが、ここで、爆撃を見た。といっても、かなりはなれた南京城内への爆撃で、それでも、米軍機の爆撃があるあいだは、演習はやすみで、ぼくたちは丘の中腹に寝そべったかたちで腹ばいになり、爆撃を見物した。Ｂ27（だったとおもう）からふりまかれる爆弾は、遠くから見ているので、ちいさく、あわいベージュ色で、それがすーっとおちてきて、地上に近くなると、なぜか姿が消え、そして、火柱がたち、どどーんという音がひびく。爆撃を見るのも、ぼくははじめてだった。その爆弾の飴色がかったたちっこいかたちが、シラミの卵に似ている、とぼくたちはわらった。シラミがたかりはじめたのは、入隊後いつごろからだろう。とにかく、軍隊といえば、シラミとひびくみたいに、ぼくにとっては、兵隊のときとシラミとは、くっついている。こんなにシラミがいて、生き血を吸われていたら、死んじまうのではないか、とぼくは本気で考えたこともあった。それで、逆にシラミを食ってやれ、と口のなかにほうりこんだりしたが、いくら腹がへっても、自分のからだにたかったシラミだけはうまくなかった。

　ある日の演習で、藤井がおかしくなった。藤井は、朝鮮の釜山から、朝鮮半島、中国大陸を横断しての、揚子江までの長い長い列車の旅で、足がのばせないくるしさに、ぼくとならんで、座席の下にもぐって寝た男だ。いくらかヤクザっぽい男で、ぼくとは気があっていたが、演習の最中にひっくりかえって、うなりだした。それで、みんなでかついで、ワキン公司にもどっていったのだが、もう意識はなく、コンクリートの床にころがり、からだをぴくつかせて、ひきつけをおこしてるようすは、それこそ、断末魔の姿だった。コンクリートの床に、じかにころがってる藤井をとりかこんだ将校たちの革の長靴が目にうかぶ。あの将校たちは、ワキン公司に泊まっていた、ぼくたちとおなじ通過部隊の軍医かなんかだったのだろうか。しかし、軍医たちにしても、断末魔の藤井を、ただ見おろしてるだけで、どうしようもなかったのかもしれない。

ともかく、藤井の死は、尋常な死にかたではなかった。前日あたりから流れていたウワサは、どうやらほんとだったのだ。悪性の脳炎が流行《はや》っているというウワサだ。南京についてから、三日ぐらいのことで、分隊でもいちばんなかのよかった藤井は、みんなといっしょに演習に出かけたのに、それから三、四時間あと、コンクリートの床の上をのたうちながら死んでしまった。

それから四、五日後、ぼくたちは、深い雪のなかを、空からこぼれておちそうな、大つぶの星を見上げながら、南京城内のもとはある女子大学だったというところにうつったが、脳炎は、ますますひろがっていった。なかでも、谷口のことは忘れられない。谷口は、広島県の呉一中での同級生で、大隊通信の初年兵だったが、もと女子大の建物で、ぼくたちの中隊とおなじ部屋になった。だから、その夜も、点呼がすんで、就寝になる前、ぼくは谷口に、ソッとタバコの火をかしてやった。脳炎は空気伝染をするとかで、毛布にもぐりこみ、うとうとしかけたとき、はげしい悲鳴がおこった。悲鳴は、この世のものとはおもえぬくらい、高く、おそろしく、ぼくは目をさまし、「あ、またか……」とおもった。

こんな悲鳴は、脳炎にかかった者しかしない。やがて、衛生兵がきて、大隊通信の連中が寝ているところから、だれかが担架にのせられたが、そのときになって、それが谷口だとわかった。ほんの一時間かそこいらまえ、ぼくがソッとタバコの火を貸してやった谷口なのだ。谷口は病院にはこばれ、間もなく死んだという。となりの中隊にいた、前にも書いたが、ぼくの小学校時代の友だちのオッチョコも、この脳炎で死んだ。

ぼくたちは、たった五日間内地にいただけで、大陸にきた。まだ兵隊としての訓練は、ほとんどうけていないのに、南京についたとたん、こんなふうに、名誉の戦死は、ばたばた出ている。ほんとに、これらの者は、名誉の戦死として、家族には報告されてるのだ。ぼくたちの仲間の初年兵で、敵のタマにあたって死んだ者などきいたことはない。だが、死んだ者はおおい。みんな、こんな名誉の戦死だ。ぼくたちがいた、もと女子大の便所には、いわゆる、抗日スローガンの落書が、たくさんあった。それが、消しても、消しても、また新しく書きくわえられており、兵隊だけがはいる便所なのに、いったいだれが書くのだろうとおもった。

ぼくたちが寝泊まりしている建物のうしろは墓地で、ときどき、お葬式の列がやってきた。中国の葬列には、楽隊がつく。なんという名の楽器なのか、足もとにまでとどくような長い楽器もあった。それが、ニホンの流行歌もやるのだ。しかも、ニホンでは、戦時下だというので、発売禁止、放送禁止になっている甘い曲をやっているのがおかしかった。まだワキン公司にいたころ、冷凍の魚をはこぶ使役にかりだされたとき、イカの冷凍をかっぱらうように命ぜられ、長方形の冷凍のかたまりのイカを肩にかついで逃げたが、重くて、つめたく、肩からすべり、たいへんにかつぎにくいものだった。戦争に負けたあと、塩の袋を背中にのっけて逃げたことがあったが、この時も塩が重いのにおどろいた。

南京を出発する朝、村井少尉殿の、ふがふが空気洩れがする訓示をきいているあいだ、雪のなかで豚がおっかけっこをしてあそんでいた。村井少尉殿は、ぼくたちの大隊の初年兵を内地までつれにきた責任者だが、なんだかおじいさんで、言うこともはっきりしなかった。雪のなかであそんでいる豚のなかには、雌の豚のお尻にのっかって、腰をうごかしてるやつもいる。それを横目で見ながら、ぼくは、「春だなあ」と胸のなかでつぶやいた。まだ二月で、南京の雪は深く、じつは、いちばん寒さもきびしいときだったのかもしれない。だけど、陽はあかるく、また、豚があそぶのを見るのは、はじめてだった。これからさきの、どこにいきつくかわからない長い行軍の出発に、「もう、春だから……」と自分をなぐさめる気持ちも、ぼくにはあったのかもしれない。豚のなかには、黒い豚もいた。黒い豚も、中国にきて、はじめて見た。雌豚のお尻にのっかって腰をうごかしてる豚も、本番をやっていたわけではあるまい。だいいち、まだ子豚なのだ。子犬も、おなじようなことをやる。子豚も子犬も、おとなになってすることをおさないときからリハーサルしてるのだろうか。本能がさせることだから……と言われるかもしれないが、子豚や子犬のリハーサルを見ていると、本能とはふしぎなものだとおもう。内地では、ぼくは、豚がさかるのも、子豚がこんなリハーサルをするのも見たことはなかった。そういえば、近頃の犬は、どうしてさからないのだろう。ぼくたちが子どものころは、道で犬がさかると、みんなで大さわぎをして、バケツで水をぶっかけた。近頃の犬は、ニンゲンどもの裁判で、公然ワイセツ罪にひっかけられるのをおそれているのか。雄犬は、さいしょ、雌犬のうしろにのっかり、股のあいだから、ふとめの口紅みたいなのをちょろっとだして、腰をうごかしてるが、そのうち、くるっとからだをいれかえて、お尻とお尻をくっつけ、犬が西向きゃ尾は東というけれども、西も東も頭になって、つながっている。そのときの犬の表情だが、雌犬のお尻にのっかり、腰をうごかしてるときは、ハアハア、息づかいもせわしいことがあるが、お尻だけがつながって、西と東に頭がむいたときは、それこそ、そっぽをむいたようによそよそしい顔つきをしているのがおかしい。

（……）

雪のあいだの道をおりていきながら、ぼくは、宿舎にしていた建物をふりかえり、いくらかおセンチな気持ちになった。前にも言ったが、ここは、南京城内でもしずかなところにある、もとは女子大学だった。ぼくたちがいた建物は、女子大の本館などからもはなれた丘の上で、中国の女子大生たちの寮かなんかだったのかもしれない。やはりニホン内地の洋館とはちがう、重厚なレンガ造りの建物で、これもニホンにはない、青とグリーンの色調に壁が塗ってあった。だから、ほんとは、ロマンチックにも見える建物やまわりの風景なのだ、と、ここに寝泊まりしてるあいだ、なん度も、ぼくは自分に言いきかせた。しかし、兵隊が泊まってるところに、ロマンチックもくそもない。雪と落葉樹の林をバックにしたこの青とグリーンの建物のなかで、中学時代からの友人の谷口もふくめ、たくさんの初年兵が、脳炎のために、ほんとにばたばた死に、生きのこった者は、毎日、毎夜、からだじゅうにたかったシラミに血を吸われた。南京には女がいただろうか？　バカなことを言っちゃいけない。ニンゲンのはんぶんは女だ。しかし、ぼくは、南京の街で、若い女を見た記憶はない。もっとも、外出をしたのは、たった一度きりで、それも隊伍をくんで、孫文をまつった中山廟《ちゆうざんびよう》に参っただけだ。

　中山廟は、なんだかできたてみたいで、植えてある樹もあまり茂ってなく、大きな廟《やしろ》が、空にむかって露出してる感じだった。そして、ぼくたちが中山廟にお参りしてるあいだに、アメリカの戦闘機がきて、すぐ頭の上で、蚊柱がたってるみたいに、ぶんぶん、そんな音をたてて、空中戦をはじめた。だから、ぼくたちは、はしって中山廟からかえってきたのだが、途中の公園のようなところのりっぱな石のベンチが、米軍機の機銃掃射でやられたのか、まっ二つにわれ、その下に、頭がつぶれた日本兵の死体があった。ま、そんな外出だ。しかし、若い女は見かけなかったが、果物は見た。もうそのころは、内地では果物屋なんかはなかったのに、南京の街では、果物屋の店さきに、いくらかしなびた色だが、果物らしいものがならんでいたのだ。

　それに、纏足のおばあさん。纏足は、今、女のコのあいだで流行しているアゲ底の靴をはいたカッコに似ているが、足首からさきだけ、ちいさな女の子の足のようにすぽんとほそく、そのかたちだけでなく、路地にひびく、纏足のコッコッという音が耳にのこっている。そんな路地をあるくと、揚げ物のにおいがして、ぼくたちは腹を鳴らした。油条《ユウヒヨウ》とよんでいた、ねじねじの揚げのようなもの。指の大きさぐらいのユウヒョウのもと（？）を油の鍋にいれると、ひゅるひゅるっと、十五センチぐらいの長さにのびる。中国独特の、あの揚げた油のにおいだけでも、たまらなくおいしそうで、ぼくたちはその味と腹ごたえを想像し、ツバをのみこんだ。しかし、ぼくたちにはユウヒョウを買うことはできなかった。隊列をはなれて、そんなことをすれば、ひどいビンタをくらっただろうし、だいいち、ぼくたちは金をもっていない。

チョビ券という日本占領地区の銀行券で、兵隊の給料をもらうことになっていたのだが、ぼくは、終戦まで、たったの一度も、兵隊の給料はもらっていない。（れいのグアム島の横井さんに、政府は兵隊のときのぶんの給料を払ったのなら、ぼくにもくれたらどうだい。いや、そんなものは、欲しかない）

それはともかく、横浜の南京町にいくと、ぼくは、通りの角にある中国粥《かゆ》の店に、いつもよる。このあいだも、中村敦夫さん主演のテレビ・ドラマ『追跡』シリーズに部長刑事の役で出演したとき、南京町の入口に近い、横浜・加賀町警察署の前でロケがあり、そのかえりに、この店で粥をたべた。ここの粥は、米の粒がわからないくらい、とろとろに炊いてあり、その上に、ユウヒョウとほそ長くきった生ネギをのせてたべる。つまり、ぼくは、あの中国の南京の路地で、腹をならしてにおいをかいだユウヒョウを、この横浜・南京町の粥屋で、大きな粥のドンブリを手にもち、ふうふう息をふきながらたべるのだ。このユウヒョウは、歯ごたえもあっさりした、いくらかたよりない味だが、兵隊のときの、たべたかったユウヒョウのこうばしい油の、とてつもない味とにおいがからまって、ぼくの喉の奥におちこんでいく。げんに、目の前にあるものの味だって、現身《うつしみ》のものだけではない。ものの味なんて、それこそ即物的なものだけど、味をつくるほうではなく、それをたべる人も、そのときどきで味をつくっていってるのだろう。そんなことでもいわゆる現象学の考えかたはおもしろい。

南京から蕪湖というところまでは鉄道があり、ぼくたちは貨車にのった。それからの長い行軍のあいだ、ぼくたちは、あのときはらくだった、と、この南京・蕪湖間の貨車の旅を、夢のようにおもいだしたものだ。貨車だから荷物もつんであるが、ぼくたちは足をのばして寝そべることもでき、なんだか年よりみたいに、あきずに内地のはなしをした。蕪湖では、大きな中国家屋の廃屋のようなところに、ほかの大隊の初年兵たちといっしょにいれられた。この建物の裏は揚子江で、ぼくたちは、赤茶っぽくにごった揚子江の水で、飯盒《はんごう》をあらい、洗濯をした。

荷車にたった一匹、ごろんとのっかった二、三メートルもある魚も見た。揚子江でとれた魚だそうだ。これは、生まれてそれまで、ぼくが見たうちでも、いちばん大きな魚だった。瀬戸内海には、こんなばかでっかい魚はいない。すると、班長殿が、ああいった魚は、戦争で死んだ人間の肉をくってるから、あんなにぶっといのだ、と解説した。おなじようなことは、あとになって洞庭湖の近くでもきいた。古兵さんは、なにかといっては新兵をおどかす。

いよいよ、蕪湖から行軍をはじめる朝、出発前の、村井少尉殿の訓示をきいていて、ぼくは、とほうもない気になった。正式の背のうではなく、ズック製の背のうみたいなものをしょって立ってるだけで、ぶったおれそうになったのだ。これからさき、なん十日、なんか月かかるかわからない行軍を、こんなことでやっていけるのか。さいしょから、ぼくはひょろつく足であるきはじめ、だから、ほんの一時間たらずあるいたとき、銃声がして、土手のようになったところのかげに伏せたときは、やーれやれ、という気持ちだった。土手の斜面には雪がのこり、雨も降っていて、服はどろだらけになったが、あるかないで、伏せていられるだけで、どれだけらくかわからない。しかし、銃声はすぐにやんで、ぼくたちは、また歩きはじめたが、それから二時間ほどあとに、第二分隊の男が、カクンとひっくりかえった。そして、いくらひっぱっても、ぶったたいてもおきあがろうとしない。召集兵の、もうオジさんの衛生兵をよびにいくと、「こりゃ、もういけん。塩をふいとる」と言った。そういえば、この男の顔や、上衣の袖からでた手は、うっすら白くなっており、それが露でもおりたみたいになんだかかがやいてみえた。ニンゲン、疲れきってたおれると、からだのなかの塩分をふきだし、そうなると、もうダメなのだそうだ。だが、行軍がはじまったばかりで、まだ三時間もあるいていないのに……。この男は、からだはそんなに大きくないが、幹部候補生になることをたのしみに、張りきってた男だったのに……。

召集兵で年配の衛生兵は、断末魔にからだのなかの塩をふいたのだといったが、ぼくは、心霊術の写真で見かける生きる力、生（精）気のようなものが、死にかけて、からだから脱けていってるのではないか、とぼんやりおもいながら、泥と雪の上にカエルのようにひっくりかえったその男を見おろしていた。

戦闘と行軍とはくらべられるものではないだろうが、行軍のほうがよっぽどつらい、というはなしは、よくきいた。その行軍を、内地からつれてきただけで訓練もなにもうけてない初年兵にやらせるのは、死に追いやるようなものだ、と同情する声もあった。しかし、それにくわえて、ぼくたちは、もう長いあいだ、満足にものをたべてないのだ。たとえば、甘いものがわりと自由に買えたのは、せいぜい中学の二年ぐらいまでだった。中学の三年のときには、もう食糧も配給で、腹をへらしはじめていた。それから、なん年も、腹をすかせていたのだ。戦争は、太平洋戦争ではじまったのではない。昭和十六年十二月八日より前のことを、戦前などと言うやつは、バカなだけでなく、腹がたつ。

行軍をはじめて二日目か三日目、曹長殿がハナをたらしていた。長屋のガキみたいな、青々とした二本棒のハナだ。それに土埃がくっついて、みんみん蟬の背中みたいな色になっている。軍隊で曹長殿といえば、兵隊の神様みたいなものだ。この曹長殿も、支那事変の初期から、中国各地を転戦していた。

その曹長殿がハナをたらし、ほんとに肩で息をしながら、あるいている。曹長殿はマラリヤの熱がでていたのだ。マラリヤは、やたら高い熱がでる。41度なんてこともめずらしくない。こんなときは、ただじっと寝てるだけでもつらい。しかし、行軍の最中だから、寝てるわけにはいかない。行軍の隊列からおくれたら、どうなるのかはわからない。行軍の一日目、あるきだしたとたん、弾丸がとんできたが、敵は見えなかった。あるいていても、敵は見えない。だが、落伍したら、すぐ、敵が鉄砲をもってあらわれるのかもしれない。だれも、そんなことはわからない。実験した者はないからだ。だから、落伍した者はないが、あるきながら死んだ者は、ちらほらいた。

前にも言ったが、行軍一日目の、まだ三時間もあるいてないときに、カエルを裏がえしにしたみたいにひっくりかえって、体内の塩をふいて死んだ男がいた。

ある男はあるきながら、なん度もつんのめり、だから、さいしょは、背のう、などの装具を、みんなでかわりにもってやり、そのうち、足がうごかなくなったので、やはり交代でかつぎあげてすすんでいたが、そのまま死んじまった。その男は、おいていってくれ、としきりにくりかえしていたが、みんなでひっかつぎ、また、かついでるほうだってふらついてるのに、それでもひっかついで、気がついたら、息をしなくなっていた。生きてる兵隊を残して行軍をつづけたら、だれの責任になったのだろうか。あたりを見まわしても、敵のかげもかたちも見えないのだが、ぼくたちは、敵だらけのなかをあるいているという。なにしろ、内地でみた地図では、あの広い中国大陸のほとんどを日本軍が占領してるみたいだけど、ほんとは、日本軍の勢力がおよんでたのは、そのなかのわずかな点と線だけだったらしい。点というのは、南京《ナンキン》とか漢口《ハンカオ》とかいった都市で、線とは、つまり行軍をしてるぼくたちなんかのことか。

はなしはちがうが、兵隊で中国にいっていた、とぼくが言うと、「女はどうでした？」ときくひとがおおい。兵隊と女、というのは、輪ゴムのかき揚げみたいに、きってもきれないものだとおもっているのだろう。そんなとき、ぼくは、いつもこたえる。

「女？　とんでもない。女どころか、敵の兵隊も見なかったよ」

ところが、『日本人とユダヤ人』を出版し、その著者のイザヤ・ベンダサンは、じつはご本人の出版主ではないかと言われている山本七平さんがお書きになったものによると、「中国軍は、姿が見えない」というのは、中国戦線にいたベテラン将兵たちが等しく言ってたことだそうだ。
　さて、この曹長殿だが、ぼくたち初年兵を内地まで受領にくる役目があたえられたのは、そのあいだに、結婚式をあげておヨメさんをもらうことがきまってたからしい。ぼくたちの中隊の初年兵を受領にきた者はもうひとりいて、乙幹の伍長さんだったが、おかしなことに、このひとは、お父さんが後妻をもらうことになり、内地にいるあいだに、その結婚式にでている。
　こんなふうに言えば、かんたんなことのようだが、湖南省の奥地から、なん十日、なんか月もかかって、内地まで、ぼくたち初年兵をうけとりにきてるのだ。（そして、七、八か月以上もたち、やっと、ぼくたちを現地までつれてきたときには、部隊はすでに、揚子江上流の宜昌のほうに移動しており、ぼくたち初年兵は、現地のほかの部隊に編入されたが、行軍とマラリヤですっかりやせっこけた曹長殿と伍長さんは、これからまた、えんえんと行軍をしなきゃいかんのか、となさけない顔をしていた）
　ともかく、曹長殿は、はるばる内地までおヨメさんをもらいにきたのに、ほんの何日か、おヨメさんと寝ただけかもしれない。そのおヨメさんの肌が忘れられないのか、南京につき、もとは英国資本の紡績工場だというところに寝たときも、曹長殿は、色が白い、それこそ女のコみたいな肌の初年兵をよんで、いっしょに毛布にくるまって寝た。もとは工場の建物だから、コンクリートの床で、だだっ広く、それに、ぼくたちの部隊だけでなく、ほかの通過部隊の連中も、ずらっと、はるかかなたまで、ならんで寝ている。そんななかで、曹長殿は、色が白い初年兵を自分の毛布のなかにひきいれ、この初年兵がまた、こんなことははじめてらしく、キャア、キャア、それこそきいろい声をあげている。光景として見てもぼくにとっては、とほうもない光景におもえたが、ニヤニヤわらって見ている者もない。軍隊というところは好奇心もなくなるのだろうか。

（……）

行軍に落伍したぼくは、九江から武昌まで、揚子江を船でさかのぼった。もう終戦の年で、揚子江には機雷がブカブカ流れていて、船での交通はできないとのことだったが、緊急の医療品が不足して、舟底のあさい船ではこぼうということになったらしい。ぼくたち落伍した初年兵は、その機雷監視なのだ。ぼくは、さっそく、船首の機雷監視をやらされたが、揚子江の水はにごっていて、なんにも見えない。

「機雷は、どのあたりに浮いているのでありますか？」と、船舶輸送の暁部隊の見習士官にたずねたら、「水面下一メートルぐらいのところだ。よく見ておれ」と言われたが、たとえ、ぼくの目に機雷が見えてもうそのときはおしまいだろう。つまり、まっさきに死ぬための機雷監視だが、どうしようもないとなると気はらくだ。ほんとに、今かんがえてもおかしいけど、ぼくは恐怖もなにも感じないで、（あっちこっちで、機雷でやられた船を見ていながら）行軍をしないですむのが、ただありがたく、船のへさきに足をぶらさげ、のんびり、まわりの景色をながめていた。

　さいしょ揚子江を見たときは、バカみたいに、つい海と比較して、なんだチンケな川（水？）だなとおもったが、こうして、ちいさな船のなかからながめると、なるほど、はるばるとむこう岸が見えないところもある。船が川岸に近づいたときには、土手をゆく花嫁行列とならんではしったこともあった、花嫁さんは輿《こし》にのって、男たちの肩にかつがれ、行軍がはじまった日は、雪まじりの泥のなかをあるいたが、もう春がきて、柳はみどり、花はくれない、やさしい春風もふいている。いつドカンとくるかわからない機雷のことなんか考えるのはもったいない、という気持ちもあったのかもしれない。武昌で行軍してきた連中においついたが、みんなやせっこけ、目だけがひかっていた。廃墟のような中国家屋が宿舎でうすぐらい土間に、みんなころがって寝ていたので、よけいなにかの動物のように、目がひかって見えたのかもしれない。武昌からは夜行軍だった。昼間はアメリカの飛行機がくるのだ。ぼくたちが、雁とあだ名をつけていた、雁のかたちに似て機首が長いＰ51戦闘機がおもで、こいつが機銃掃射をしたり、百ポンドの爆弾をふりまいたりして小うるさく、おまけに昼間の野宿なので、なにかと睡眠をじゃまされ、はっと気がつくと眠りながらあるいてることは、しょっちゅうだった。そんなふうに、夜の行軍をつづけていくうちに、逆の方角から、ぞろぞろあるいてくる兵隊がふえてきた。広西省あたりの米空軍基地をつぶす、いわゆる桂林作戦がうまくいかず、転進（わが国軍には退却というコトバはない）してきた兵隊たちだ。くらい夜道ですれちがうとき、その兵隊たちは、自分等がやっと転進してきた方に、なんで今からぼくたちがいくのか、といぶかしがり、戦争はもう負けだよ、とちいさな声でささやいた。

前にも言ったけれども、この長いながい行軍は、やっと目的地についてみたら、ぼくたちの部隊はどこかにいっていなかったのだが、長い行軍のおわりごろ、ぼくは、ほかの分隊の連中に、おそろしいことをする、と言われたことがあった。長い行軍のおわりちかく、中国ではめずらしく温泉がわいてるところで、各分隊（といっても初年兵ばかりだが）に米がわたされた。その米をぼくは、みんなあつめて、山の中に捨てたのだ。くどいようだが、行軍しながらたおれて死んでいく者も珍しくない。ぼくたちは、ほんのわずかでも持ってるものをかるくしようと、ほんとになんでもすてた。しかし、そんな場合でも、兵隊は、最後まで弾薬だけはもっている――ときいていたが、小銃の弾丸なんか、まっさきにすてたほうだろう。だが、米はちがう。弾薬はくえないが、米はくえる。その米をすてるなんてことは、考えられないことだった。しかし、あと何日かあるけば（原隊はいなくなってたが）目的地につく。そこには、かならず食糧もあるはずだ。クタバリかけ、みんなやっとあるいてるのに、重い米なんかしょっていくことはない、とぼくはけしかけ、分隊の全員から米をあつめ、すてた。もちろん、ほかの物ならともかく、米をすてるなんて……と反対する者もあったが、ぼくはおさえつけた。行軍に一度は落伍していながら（軍隊では、行軍に落伍するというのは、たいへんなことなのだ）ぼくは、初年兵仲間でガキ大将みたいになっていた。

目的地の大隊本部についた翌日の朝の点呼で、おなじ初年兵だが、第二分隊の分隊長代理をやっていた森山がたおれた。森山は担架で運ばれていくときも、たおれたことを口惜しがっていたが、そのまま立つことはできず間もなく死んだ。肺をやられていたとかきいたが、行軍のための衰弱がひどかったのだろう。それにしてもやっと行軍がおわったその翌日に倒れるとは……とみんな同情した。森山はまじめな男で、旧制の中学をでており、幹部候補生の、それもいわゆる甲幹の試験に合格して将校になることを、いつも、はなしていた。行軍に落伍すれば、幹部候補生にはなれない、といわれ、森山は、無理してあるきつづけたのかもしれない。もちろん、ぼくがすてた米も、森山は死にかけながら、しょってきたのだ。ぼくたちがしょってきた物は、ほかにもあった。岩塩だ。これは、南京を出発するときから、はるばる背のうにいれてもってきた。中国の奥地では、塩がたいへんに貴重だということだった。ニンゲンは塩なしでは生きていけない。米や麦がなくても、カボチャをたべても生きていけるけど、（事実、終戦のころは夏でもあるし、カボチャばかりたべさせられた）塩がないと、ニンゲンは死んじまう。というわけで、一キロほどの岩塩をもたされたのだ。ところが、大隊本部につき、うやうやしく、背のうのなかの岩塩をさしだすと、なんだこんなもの、とざらざらすてられてしまった。長いあいだの行軍で、雨にあらわれ、汗もにじみ、ぼくたちがもってきた岩塩は、ただにがりだけで、しょっぱくもなにもない、ちいさな砂利のつぶつぶにかわっていたのだ。

ぼくは牧師のうちに育ち、聖書のれいの山上の垂訓のなかにある〈塩もしその効力を失はば、何をもてか之に塩すべき。後は用なし、外にすてられて人に踏まるるのみ〉（マタイ伝第五章一三節）といった言葉を読んできたが、このときはじめて、塩のききめがなくなったら、（塩が塩の味がしなくなったら）という意味がわかった。無意味な砂利の山になった岩塩のヌケガラは、もう白い塩の色も失せ、そのそばに、やはり山になって、脱ぎすてられた行軍中の軍衣にたかったシラミのほうが、よりあつまって白いかたまりになり、なにかはしゃいで、うごめいているようだった。

長い行軍のあと、ぼくたちは鉄道警備の中隊に編入された。エッカン線という鉄道だ。揚子江をはさんで漢口《ハンカオ》の対岸の武昌から、はるばる、南の都の広東（今の広州）までの鉄道だが、全部開通してたわけではあるまい。ぼくたちも、武昌から、このエッカン線にそって……というより、ほとんど線路の上をあるいてきた。エッカン線の枕木は鉄で、だから、ほんとは枕木ではなく、枕鉄というべきかもしれない。鉄の枕木なんて、はじめて見たが、木とちがって、泥がついたりすると、すべりやすい。おまけに、軍靴の底には鉄の鋲《びょう》がうちつけてあり、鉄橋をわたるときなど、なんどヒヤッとしたかわからない。

ぼくたちの中隊があったのは、湖北省のうちなのか、もう湖南省にはいってたのか、わからなかったが、湖南省だったらしい。中隊本部といっても、中隊長のほかは、内務係の准尉さんに曹長殿、中隊事務や衛生兵の兵長殿など六、七人いたぐらいのものだ。ここで、ぼくたち初年兵はみじかい期間だが教育をうけた。ただし、教育中でも、銃には実弾をこめていた。なにしろ、まわりはみんな敵地区なのだ。中隊本部のよこを川がながれていたが、この川のむこうも敵地区だそうで、ぼくは、なんだかふしぎな気持ちで、川のむこうをながめていた。川は、水が流れているところが二十メートルぐらいあっただろうか、川幅はたいしたことはなかったが、水量は多く、びっくりするほど大きな魚が、ピチッとはねあがるのが見えたりした。めずらしく水が澄んだ川で、中国のあちこちを転戦してきた古兵さんたちは、口々に、このあたりのように、内地の風景に似たところはない、と言っていた。松の木があり、菜の花が咲き、川の水も澄んでいるといったことだ。ぼくは、この川には、とくべつインネンがある。それは、ぼくがダメな兵隊だったからだろう。中隊長は、ぼくのことを、帝国陸軍の兵隊ではない、いや、中国人の苦力《クーリー》にもおとる、とおこっていた。中隊長が腹をたてるのも、むりはない。たとえば、幹部候補生の試験の途中でぼくがおいかえされてきたときも、中隊長はおこった。だいたいぼくは、幹候（幹部候補生）の試験なんか受けたくなかったが、旧制の中学を出た者には、その資格があり、有資格者はみんな試験をうけなければいけなかった。それで、しかたなく、ほかの連中といっしょに、大隊本部まで幹候の試験にいったのだけど、筆記試験の前の口頭試問で、「おまえのようなやつは、甲幹（将校コース）にも乙幹（下士官コース）にもなる資格はない。かえれ」と言われ、中隊にかえってきた。口頭試問のとき、試験官の将校に、歌をうたえ、と言われ、歌をうたったら、「かえれ！」とどなられたのだ。そして、中隊にかえってくると、中隊長が、「かえれ」と言われて、かえってきたのか、とおこった。兵隊は、死んでも命令をまもれ、と、それこそ命令されている。歌をうたえ、と命令されて、歌をうたったのがどこがわるいのか。かえれ、と言われてもかえらなければ、命令違反ではないか。もっとも、なぜ、幹候の試験官が、歌をうたえ、なんてことをぼくに言ったのか？　ほかの幹候の試験を受けた連中で歌をうたわされた者はいない。だとすると、おまえはなにが得意か、と試験官にきかれ、「射撃であります」などとこたえるところを、ぼくが、「歌であります」と言い、試験官も、いきがかり上しかたがないような気持ちで、「じゃ、歌ってみろ」と命令し、それで、ぼくが軍歌でもうたえばいいのに、李香蘭（山口淑子さん）の「夜来香《イエライシャン》」かなんかをうたったのかもしれない。

　今、こうして書いていて、おもいだしたが「じゃ、歌ってみろ」と試験官に言われたとき、「どんな歌でもいいでありますか?」とぼくはききかえし、これまた、試験官もひっこみがつかず、「かまわん」とこたえ、そしたら、ぼくが、〽忘れられない……とはじめたような気もする。厳粛な幹候の試験場で、「夜来香」の哀しくもスイートなメロディーはやはりこまるわけで、試験官がびっくりして、おこったのも、あたりまえだともいえる。

　よけいなことだが、軍隊はいやでいやでしようがなかった、というのに、位をきくと、将校だったひとがいる。ひとはそれぞれだし、事情によってもちがうだろうが、軍隊がいやでいやでしようがなくて、将校になるものなのか、ぼくはふしぎだ。ぼくたちみたいに、幹候の資格がある者は、強制的にその試験を受けさせられたとしても、軍隊のきらいな者が、はたして、将校になれるだろうか?　軍隊ぎらいは、どうしたって態度にでる。そんな態度では、むこうさんのほうで、将校にはしてくれない。軍隊ぎらいというのは、敬礼ひとつでも、幹候の試験にとおる者のようには、できないものだ。ぼくは敬礼もできないし、風呂も焚《た》けなかった。焚きかたがへたでそこいらであつめてきた木のきれっぱしが、うまく燃えてくれないのだ。だから、川から水を運んできて、やっと、腰をおろして、火をつけ、これから楽ができるときになると、ほかのやつが代わっちまう。つまり、ぼくは、風呂焚きでも炊事でも、川から水をはこんでくるだけで、ま、そんなことから、中隊本部のよこをながれる川とは、とくべつなインネンがあったというわけだ。それに、川原に干した洗濯物の監視もやらされた。洗濯物の監視は楽みたいだけど、かならず、敵のヒコーキがくるのにはこまった。

機首が長い、ぼくたちが雁とあだ名をつけていたP51戦闘機で、川のむこうの山のあいだからエンジンをとめ、すうっと低空ですべりこんできて、機銃掃射をはじめるのだ。川原には遮蔽物もないし防空壕もほってない。だから、P51戦闘機がやってくると、ただ、ヒヤーッ、と逃げまわる。テキさんは、日本兵一人を見つけても、追いかけてくる。マン・ツー・マン方式の人間狩り《マンハント》のスポーツをたのしんでいるのだろうか、戦闘機とニンゲンのマン・ツー・マンでやられるこっちのほうはたまらない。それはともかく、川原で洗濯物の監視をしながら、ぼくは、ふしぎな気持ちで、川のむこう側をながめていた。こちら側とちがい、川のむこう側には川原はなく、川っぷちにまで木がはえている。それほどたくさん木がおいしげってるわけではないが、てきとうにぼさぼさの雑木林だ。こいつが、何日ながめていても、人かげらしいもののうごきもなく、またノロシカなんて動物が、はねてる姿も見えない。ただ、あいだに川がながれ、そのむこうにしずかな雑木林があって、そこが敵地区なのだ。ぼくは、この敵地区にたいして、ロマンチックな気持ちもでてきたようだ。しかし、川を渡るどころか、川のなかばまでもいかなかった。だって、むこうは敵地区なんだから……。うまく説明できないけど、そんなのが戦争なんだな、と、今ごろになって、ぼくは、へんに実感をもっておもいだす。それにしても、まわりは敵地区ばかりなのに、敵兵の姿は見なかった。だれかも言ってるように、中国戦線は、ほんとに敵兵が見えない戦線だったのか。はっきり顔まで見た敵兵は、空をとぶヒコーキのパイロットだけというのもおかしい。

　今、ぼくがこうしてしゃべってるのは、終戦の年、初年兵で中国にいたときのことで、二十九年前のことになる。そこで、つまらない計算をしてみて、愕然とした。二十九年前といえば、もうぼくが小学生になっていたころからさかのぼっても、日露戦争あたりだ。だから、これを読んでるひとたちも（小学生ではないだろうけど）ぼくが日露戦争のはなしをきいてるような気でいるのではないか。日露戦争については、乃木大将の旅順要塞攻略とか、東郷元帥の日本海海戦とか、ぼくも、あれこれはなしをきいていた。しかし、ぼくにとっては、それはあくまでもはなしで、源平の合戦のはなしと、たいしてちがわなかった。

　ぼくのうちの教会に坂田のオジさんという信者がいて、このひとは日露戦争で金鵄勲章をもらったということだった。セーラー万年筆を創業した社長さんだ。なんでも、どことかの戦闘は大激戦で、ロシア軍の弾丸が、それこそ雨あられのようにとんできて、背のうを前におき、身うごきもできないでいたとかで、坂田のオジさんは、腕に負傷していた。あとになってしらべたら、前においた背のうに敵の銃弾が二発もはいっていたそうで、敵弾雨あられという光景がホーフツとする。だが、やはり、物語を読んで、合戦の模様がホーフツとするのとおなじで、坂田のオジさんの、あさぐろい腕にきざまれた傷跡にさわってみても、ぼくには日露戦争のことは、物語でしかなかった。ということは、ぼくがこうして、しゃべってることも、きいてる者には、ただの物語、それこそ戦争のはなしなのだろうか。あの戦争が、物語なのか？　ぼくにとって、あの戦争は、じつは、あのという言葉もつかない。言いかえれば、ぼくにとっては、歴史でもないのだ。歴史とは、あの毛虫がこの蝶になるのを見るようなものだろう。毛虫を、げんに目の前に見ている者には、蝶の姿は見えない。見えるなんておもうのは、観念がつくりだす錯覚だ。

あんたのガールフレンドの、そのフーコもユミもおばあさんになる。だが、あんたには、おばあさんのフーコやユミは見えない。実在しないといってもいい。これは、想像できない、といったチャチなことではない。だから、あんたのガールフレンドのフーコやユミがおばあさんになるのは、それこそ奇跡なのだ。ところが、この奇跡は、ごくふつうにおこっている。歴史とは、奇跡がごくふつうにおこってるのを見ることだろう。しかし、逆に、ごくふつうにおこってることが、じつは奇跡だということも、歴史をする者は知らなくちゃいけない。

戦地といえば、慰安所にいったか、慰安婦とやったか、とみんな言う。掘立小屋みたいな慰安所の前に、兵隊たちが長い列をつくっていて、「おーい、まだかあ。はやくしろ」と待っている。なかの慰安婦は、上にのっかってる兵隊が発射しおわると、寝たままで、枕もとにかけてある布をとって、ボンボをふき、「はい、つぎ」と、これまた寝たまま、ボンボをだしたまま、つぎの順番の、もうズボンをさげて、待っている兵隊をよぶ。そんなふうだから枕もとにぶらさがってる布には、兵隊たちのデチトロ（精液）がべたべたくっついて……といったはなしは、ぼくもきいた。また、大隊本部のそばの村には、慰安所があるということだった。あれが慰安所だよ、とゆびさしておしえてもらった記憶もある。だが、見えたのは屋根だけだ。屋根だけでは、ほかの家屋とかわらない。だから、ぼくは慰安所を見たわけではない。

だいいち、ぼくは、昭和十九年の暮れに山口の聯隊にはいってから、終戦まで、いや終戦後も、軍隊にいるあいだ、外出というものは一度もしたことはない。外出をしないで、慰安所にいくことはできない。もちろん、慰安婦も見ていない。ぼくたちの中隊のすぐちかくにも、ちいさな村があり、ときどき、古兵さんに焼酎を買いにやらされたが、あの村には女がいただろうか。男だけの村なんて、あるわけがないから、女もいたはずだが、女を見たという記憶はない。ぼくたち初年兵は討伐なんかにでる前に終戦になったが、古兵さんたちからは、よく討伐のはなしをきいた。討伐のときには、それぞれスペシャリストの兵隊がいるらしい。女のほうのスペシャリストのKの上等兵は、女を見つけると、片手で銃をもち、片手で軍袴（ズボン）のボタンをはずしながらはしる、と古兵さんたちは、そのときのK上等兵の真似をしてわらった。しかし、追いかけられる女の身になったら、たまったものではない。また、その女が、自分の女房や恋人や妹だったらどうか……。だれでも考えそうなことだが、兵隊はそんなことは考えないらしい。貨幣《かね》をさがしだすスペシャリストは、床の下に埋めたり、壁のなかに塗りこんだ貨幣を、うまく見つけてくるそうだ。そこいらじゅう掘ってまわったり、ぜんぶの壁をぶっこわすわけにもいかないので、たとえば、壁のなかに貨幣をかくしてるときは、壁をたたいて、その音でここがあやしい、とわかるのだというう。飴をとってくるスペシャリストもいた。これも、かくしてある飴をかぎだすとくべつの才能があったらしい。飴の壺だとおもったら、便器で、しょっぱい飴だなとおもいながら小便を飲んだというはなしもきいた。なかには落花生をかっぱらうスペシャリストがいて、これは広島出身の少尉殿で、略奪した落花生の袋を中国人の苦力にしょわせ、手をのばして、その袋から南京豆をとっては、ぼりぼりたべながら、討伐の行軍をつづけたそうだ。炊事のＨ上等兵は油を専門にドロボーするスペシャリストだが、ある討伐でせしめてきた油で天ぷらをつくったらそれをたべた者ぜんぶが、ひどい下痢をした。食用だと考えていたのが傘に塗る油だったという。非食用油でも、いろいろあるだろうに、どうして、傘用の油ってことになったのか、ぼくは、それがおかしい。

蚊帳《かや》をとおしているので、その初年兵の顔は、よけい青ざめ、ユーレイじみて見えた。おまけに、両手のてのひらをあわせ、なさけない声を出している。「これだよう……」なにがこれなのか、ぼくは蚊帳のなかからたずねた。ぼくは下痢がひどく、マラリヤの発熱もつづき、中隊から大隊本部、そして旅団本部がある村の野戦病院におくられてきた。検便の結果、アメーバ赤痢の菌もでた。昼間でも、伝染病患者の小屋で蚊帳のなかにいれられていたのは、マラリヤをほかの傷病兵にうつさないためだ。肉がそげおち、ラッキョウみたいに頭のホネのかたちを見せて、首がながくなってるその初年兵は、「これ、これだよう」とぼくをおがむような恰好で、手をあわせ、くりかえした。

だが、蚊帳のなかのぼくをおがんでるわけではなく、じつは降参のしるしだった。戦争に負けたというのだ。そのときのぼくの気持ちは、「へえ……」とおもっただけだった。やっと戦争がおわったのか、とホッとし、うれしくなったのは、しばらくたってからのことだ。しかし、それこそ、まわりはみんな敵地区のなかで、戦争に負け、これからどうなるのかという不安もべつになく、ただ、ぼくは、「へえ……」とおもい、蚊帳の外で、降参のかたちに手をあわせてるその初年兵の姿がおかしかった。ほんと、こうして手を前であわせて、赤鬼にしばられ、地獄の針の山にひっぱっていかれる亡者みたいなカッコで……。

座間地区の駐留軍で働いていたとき、陸軍少尉だったという男がいて、そのときの写真を見せてもらったが、ガキ面で軍刀をつって肩をいからし、七・五・三で軍服をきた子供みたいでおかしかった。あのとき、蚊帳の外で手をあわせていた首ばかり長い初年兵の姿を写真にとっていて、今、それを見たらどうだろう。兵隊のときのぼくのまわりの者や、ぼく自身も、今、見ればただやせてるとか、ぼろっ布《きれ》みたいにきたないなんてことではなく、それこそ因果物みたいに見えるのではないか。でなければ、ユーレイか亡者だ。あの初年兵も、伝染病の小屋にいたから、結核かなんかだったのか。それよりも、生きて内地にかえることができたのだろうか。もちろん戦争がおわったあとのほうが、ぼくたちの仲間はたくさん死んでいる。戦争に負けた、ときいたあとで、総攻撃の命令が下った。ぼくたち病人も、みんな総攻撃をやるのだそうだ。重要書類も焼いているという。だが、どこにむかって総攻撃するのかは、だれも、わからなかった。戦争に負けたんだから、もう階級もなにもあるものか、と言ってる初年兵がいて、ぼくたちも、そうだそうだ、と相づちをうったが、その男がひどくひっぱたかれ、ぼくたちはだまりこんだ。そしてマキョウというところにうつされた。掘立小屋の伝染病棟がなくなってしまったのだ。ぼくなどは、まだあるけたが、重症患者はどこにいったのだろうか？

マキョウはいいところだった。いいところなんて、粗雑な言いかただけど、マキョウはよかった、と、あとでよくはなしたものだ。マキョウは川のなかに温泉がわいていて、炊事場の前にはカボチャが山のようにつんであった。だから、毎日、カボチャばかりたべさせられ、それも不味いカボチャで、うんざりしたが、とにかく腹にはいるものはある。また、温泉がわいてるので、マラリヤの発熱がはじまって、真夏だというのに、フトンを何枚もかさねて寝ていても、悪寒でからだがガタガタしてるとき、湯にはいったりした。しかし、これは、あとで高熱になってから割れるように頭がいたく、やっと湯からはいだして、ノビてしまったり、結果はよくなかった。

温泉がわきだしてる川では、毎日、魚を撃った。川岸の岩の上から、ねらいを定めて、ズドンと小銃で撃つのだ。ねらいが正確ならば、小銃弾は魚にはあたらない。ほら、水のなかは光の角度が屈折してるじゃないの。しかし、弾丸はあたらなくていい。いや、あたっちゃこまる。魚がバラバラになってしまうからだ。弾丸はあたらなくても、そばをとおれば、魚は内臓のどこかが破裂し浮いてくる。しかし、魚は浮くが、スッポンは川の底に沈む。だから、潜ってとってこなきゃいけない。死んで沈んだとおもったら、生きてるスッポンで、おったまげたこともある。スッポンは、食いついたら、カミナリが鳴るまではなさないというからだ。とったスッポンをスキヤキにした記憶もある。スキヤキというからには、醤油と砂糖があったのだろうか。マキョウでは、ぼくは、下士官たちの当番みたいなことをやっていた。班長殿（下士官）のなかには、砂糖や醤油をもっていた者があったのかもしれない。ともかく、鉄砲でサカナを撃つのは、はじめての経験だった。おそらく、これからもないだろう。というようなことで、マキョウはいいところだった。しかし、マラリヤの発熱はしょっちゅうで、熱がでると、昼間でもナイトメア（悪夢）を見てるようだった。

マキョウには、N班長もいた。N班長は、ぼくたちの中隊の軍曹さんだが、マキョウの兵舎では、いつも、うつぶせに寝ていた。尻《けつ》を、ぼくたちの仲間の初年兵に小銃でブチ抜かれたため、あおむけに寝ると、尻の傷跡が痛いのだ。

ぼくたちの中隊は、本部には、中隊長以下七、八人しかいなくて、ほかの者は、みんな、いくつかの分哨にわかれて暮らしていた。その分哨のひとつで、N班長が腹ばいになっておしゃべりをしているとき、ぼくたちの仲間の初年兵のAが銃の掃除をやっていて、弾丸がとびだし、N班長のお尻にあたったのだ。N班長のほかに、いっしょにしゃべってたK上等兵も、ならんで腹ばいになっており、弾丸は、二人の尻をブチ抜いた。このことがわかったのは、初年兵のAが、牛のあとから、ぐるぐるまわりながら、なにかぶつぶつつぶやいてるのを、ほかの分哨の者が見つけたからだった。この分哨では、ちいさな囲いのなかで牛を飼っていて、初年兵のAは、牛のうしろにくっつき、夢遊病者のようにあるいてたらしい。それで、不審に思い、分哨のなかにはいってみると、N班長とK上等兵が、尻の肉をふっとばし（K上等兵のほうが、てまえにいたのか、弾丸が貫通していたときいた）血だらけになって、身うごきもできず、うなっていたというわけだ。Aは中隊本部につれていかれ、監禁され、自殺のおそれがあるというので、監視がついた。しかし、そのとき、N班長とK上等兵が腹ばいでなく、あおむけに寝ていたら、どうなってただろう。尻の肉でなく、二人とも、デチ棒もタマもふっとんでたかもしれない。それはともかく、Aは軍法会議にかけられる、と、ぼくたち初年兵は、自分がやったことのようにおびえた。Aは色白で、肌がすべっこく、ぼくたち初年兵を内地まで受領にきた曹長殿が、南京の、もとは紡績工場だったという屋根のないコンクリートの床の上で、いっしょの毛布のなかに抱いて寝て、こまってた男だ。

　昭和二十一年の夏に復員し、一年か二年かたった夏、ぼくは、海水浴場でAにあった。ぼくの両親がいた呉市から船にのっていく、江田島の高須という海水浴場だ。

「タナカあ……」とよびとめる者があり、ふりむくと、Aが松林のなかでオニギリをたべていた。海水浴にきてるのに、Aはぜんぜん陽焼けをしておらず、あいかわらず、色白のすべっこい肌で、マジメで、おとなしい町の青年といったところだった。

Aは材木屋の事務をしてるとかで、近く結婚するというようなことを、しずかな声ではなし、ぼくは口にはしなかったが、Aのためにも、戦争がすんでよかった、とおもった。あのまま戦争がつづいていたら、Aはどうなってただろう。いや、ぼく自身どうなってたか……。Aは、ぼくにオニギリをすすめた。そのすすめかたも、おだやかで、はにかんでるようだった。食べるものがなかったときのことだ。そして、ぼくも松の木の根っこに腰をおろし、Aにもらったオニギリをたべてるときに、からだを潮で濡らし、耳に水でもはいったのか、小首をかしげた格好で若い娘がやってきた。Aが近く結婚するという娘さんらしい。肌はAよりもしろかったが、おなじように口かずがすくなく、平和な夫婦になりそうだった。オニギリも、この娘さんがつくったのだろう。

みんな女のはなしをしなくなっていた。そして、自分たちが、だいぶ前から、女のはなしをしなくなっていることにも気がついていなかった。女のはなしのかわりにぼくたちは、あきることなく食物のはなしをした。オハギとボタモチのちがいなどは、なん日、いやなん十日しゃべりあっただろう。ただし、これは口がきける者のことだ。ほとんどの者は、口をきく元気もなく、寝ているだけだった。

　ぼくは、マキョウから中隊にかえったが、また下痢とマラリヤがひどく、旅団本部があった村におくりかえされてきた。しかし、もとの伝染病患者の小屋はなくて、もっとひどい、大きな物置のようなところに寝かされた。ここは、昔の牢屋みたいで、新入りの患者は、一段ひくい板の上に寝かされ、命をとりとめた古顔の患者が、一段高いタタミ（といっても、筵《むしろ》のようなものだったが）の上に寝ていた。もちろん、新入りの患者のほうが病状はひどくて、ほとんどが板の上に寝かされたまま、息をひきとった。このとき、ぼくの中隊からは、乙幹の軍曹と四年兵の上等兵とぼくの三人がおくられてきたのだが、乙幹の軍曹は、ついたあくる日に死んだ。死んだ顔は歯をむきだすようにし、そっ歯に、デコレーション・ケーキにつかうフィップ・クリームのようなものがべったりついていた。軍曹は高熱がつづいていたのだが、なんの熱かはしらない。

　四年兵の上等兵は、しずかな口をきく、オジさんみたいなひとで（召集兵だったんだろう）これも、一週間ほどで死んだ。このひとは栄養失調で顔がだんだん茶っぽいような色になり、死んだときは、ほんとにほうじ茶みたいな色をしていた。ぼくのとなりにいた初年兵も栄養失調で、便所にいったら、赤い血がすとーんと出ました、なんて軍医に言い、軍医は、へえ、赤い血がすとーんとねえ、とわらっていたが、ある晩、「寒《さぶ》い、寒《さぶ》い……」とほそい悲鳴みたいな声をだすので、せめてぼくの体温であたためてやろうと、抱いて寝たが、朝、目がさめたら、死んでいた。衛生兵がカンフル注射を打ちにきたら、死んでたので、衛生兵は「おい、タナカ、かわりにおまえに打ってやろう」とぼくにカンフル注射を打ってくれた。

　それでも、マキョウから中隊にかえったころには、戦争に負けたあとの、なんだかヤケッパチな陽気さがあった。モチ米ばかりをたべていたときもある。モチ米でモチをつくるのならともかく、何日も、ふつうのゴハンのかわりにモチ米の飯をたべさせられるのはたまらなかった。たべのこしたモチ米を、藪のなかにすてた記憶もある。ということは、たとえモチ米でも、たべのこすほどあったというわけだ。

　そのあいだ、中隊はあちこちに移動し、うごくたびに、ぼくたちは、モノがなくなっていった。日本軍から接収した米を保管している倉庫のそばに泊まったこともある。この倉庫はもとは弾薬庫かなんかだったのか、頑丈な赤レンガの壁で、窓もすくなく、それにごつい鉄格子がはまっていた。だから、ぼくたち日本軍の兵隊も、なかにはいって、米をさしくって（ドロボーして）きたいが、それはできなかった。ところが、中国兵たちは、この厳重な倉庫のなかの米をちゃんとさしくった。もちろん、倉庫のなかには入れない。倉庫のなかに入らないで、どうして、倉庫のなかの米を、かっぱらうことができるか？　だが、このたいへんなミステリーを、中国兵たちはカンタンに解決した。さきを三角にとがらした長い竹の筒を、窓の鉄格子のあいだからいれ、竹筒のさきを米俵につっこんで、俵のなかの米を、竹筒にぬきとったのだ。物売りの中国人の女たちも、たくさんやってきた。魚売りのオバさんは、魚にしきりに水をかけていた。魚が乾いて、目方がへらないようにだろう。

　すこし高いところに立って、ぼくたち日本兵を見物している二人連れの若い女もいた。中国人の若い女なんか見るのは、はじめてで、見物されてるぼくたちも、あきずに、二人の若い女をながめていた。そのうち、二人の若い女は小高いところに立ったまま、いちばん上の中国服を脱いだ。その下は、色もあざやかな、なまめいた中国服で、ぼくは息をのんだ。中国服は、こんなふうにかさね着ができて便利だが、あの二人の若い女は、どうして、上の服を脱いだのだろうか。単純に暑かったため、とはおもえない。あるいてくる途中は、目立たない服装でいて、それから晴れ着を見せたのではないか。晴れ着になった若い女たちは、やがて、ぼくたちの中隊のS上等兵をからかいだした。S上等兵は、ふっくらした頰のいい男で、顔をあかくして、からかわれていた。

G線上のアリァ　しゃり・まん・ちゅうより（抄）

ストリップ誕生

戦争がおわり、一年たって中支からかえってきたら、おやじが、おまえは東大の文学部にはいってる、といった。

もちろん、試験もなにもないが、生きてるか死んでるかわからんのに、のんきな話だ。事実、おれはいっぺん、殺されてた。中塩マキというそそっかしい友人が、中学の同窓会の雑誌で、黒枠のなかにいれてしまったのだ。おやじとおふくろがおどろいて、マキにたずねたら、中支でおなじ部隊にいたハモニカの上手な、やはり中学の時の友人が情報元《ネタ》だとわかった。で、さっそく、その友人の家にいってみると、やっと内地までたどりついたのに、栄養失調で死んじまってた。

ともかく、終戦翌年の八月に、うちへかえったが、マラリヤにアメーバー赤痢《せきり》にパラチフス、おまけにコレラまでやったあとで、なんとも情けないからだだった。ナチの強制キャンプの連中をうつした写真なんかをみると、あの頃の自分と、まわりのやつらを思いだす。

そこで、まず栄養をつけることにし、米軍の兵舎の炊事場《キチン》にいき「アイ・ウオンナ・ジョッブ」というと、炊事班長《メス・サージャン》が「カ・モン」と医務室にひっぱっていき、電話で軍医をよんだ。軍医は、おれをまっぱだかにし、皮膚病なんかをしらべてたが、O・K、とうなずき、前に着てたものはボイラーの罐《かま》で焼けといった。かわりに炊事班長が、G・Iの服をぶらさげてきた。

戦争に勝った国の肉とタマゴとポテトをたらふく食って、土色にしなびてしまってたおれのからだがふくらみだした。いいかげんふくらんだところで、クビになった。なんでクビになったかは、おぼえてない。

で、学校にいき、復学届というのをだし、研究室をのぞいたら、そこにいたやつらが、みんなわらった。たぶん、頭に毛がなかったからだろう。だいぶ栄養をつけたが、頭の毛だけは、はえてこなかった。

そのころ（昭和二十二年四月）、渋谷の東横デパートは二階までが売場で、三階は映画館、四階には寄席と軽演劇の劇場《こや》が二つあった。その劇場の一つ東京フォリーズの前に、文芸部員募集という札《ふだ》がはりつけてあるのをみて、楽屋にいき、たずねると、かんたんにいれてくれた。もっとも、月給は四百円か五百円ぐらいだ。

なにしろ、闇物資はともかく、おおっぴらに売る品物なんかあまりなかった時代だからしかたがない。東横デパートは、まだましなほうで、新宿の伊勢丹も、銀座の松屋も、進駐軍に接収されていた。

文芸部員といっても、ぼくのやることは、小道具をはこんだり、タライのなかで豆をころがして波の音をだしたり、幕をひっぱったりする雑用だった。

バラエティは、かならずラインダンスではじまり、ステージに一列におどり子がならんでるんだけど、幕をひっぱってあけていく、ぼくの尻《けつ》をねらってけとばすことを、こいつらがおぼえた。

しゃくにさわるので、ある日、ぼくの尻のほうに、いきおいよくのばしたハイヒールのさきをつかみ、つぎつぎにぶっころがしてやった。客の入りがわるく、おどり子たちも舞台に熱がなかったのだ。

ところが、おとなりの寄席は、当時よく売れていた『リベラル』という雑誌の名前をとり、リベラル落語大会なんて看板をだし、終戦までは禁止になってたエロ落語をやって、わんさと客をあつめていた。

エロといっても、今かんがえれば、たいしたことはない。しかし、道徳科の教科書にのってるようなはなししかできなかった戦争中にくらべれば、たいてい学校は吉原大学しかでてないとおっしゃる師匠たちは、じつにたのしそうにしゃべってた。

もっとも、大ぜいのお客さんの前でするはなしだから、そんなにひどいのがあるはずがない。

終戦のあくる年、ぼくは中国の南京でコレラにかかり、コレラ病棟（といってもコンクリートの上に、テントを張っただけだった）にいれられたが、そこに、あとになって、いま関西で大活躍をしている師匠たちが保菌者ということではいってきて、死にそこなったぼくは、毎晩、落語をきかせてもらった。そのなかには、ずいぶんきわどい、こってりしたのもあったけど、わりと罪のない小咄《こばなし》をひとつ、うけ売りしておこう。

乞食の父娘《おやこ》が、右や左の旦那さま、と往来で頭をさげている。おやじのほうは目がみえない。だから、前においた箱のなかにお客がおゼゼをほうりこむと、娘が、「おとうちゃん、いれてくれはった」とおしえる。するとおやじさんが「大《おっ》きいのか、ちっさいのか」とたずねる。金額によって、お礼のいいかたがちがうわけで、大きな貨幣《おかね》だったら、声をはりあげて「おありがとうございます」というのだ。

さて、この子がだんだん大きくなってきた。鬼も十八、番茶も出ばな、お菰《こも》さんの娘でも、年頃になれば野郎がほっておかない。いつのまにか、ボーイフレンドができたけど、メクラのおやじがてんでうるさい。娘とボーイフレンドは不自由なランデブーをつづけてたが、ある晩、おやじが寝こんだのを見とどけて、ボーイフレンドをひっぱりこんだ。

おやじさんが目をさまさないよう、はじめは、おしずかに、おしずかにやってたが、だんだん、吐く息、吸う息がはげしくなり、ややこしいうめき声も、もれてきた。そいつが、とうとうおやじさんの耳にもはいり、おやじ、はんぶん寝ぼけた声でたずねた。

「娘や、どないした?」

「おとうちゃん……いれてくれはった」

「へえ、大《おっ》きいのか、ちっさいのか?」

「おっきいのや、おとうちゃん」

「おありがとうございます」

えー、ばかばかしいおはなしはこれくらいにして、もとにもどりますが、となりがエロで客をあつめてるのなら、こっちもエロでと、すぐ、あさはかなやつは考えるらしく(いや・ハリウッドの大プロデューサーだっておんなじだ)、わが東京フォリーズも、バラエティに「エロスの祭典」みたいな題をつけてみたが、やることは、たいしてかわりはないので、どうもパッとしない。終戦直後とちがい、フラダンスでいくら腰をふっても、お客さんが満足しない時代になってたんだろう。

五月の第一週だったか、バラエティに「乳房のてんぷら」というタイトルをつけ、あくどい看板をはでにおったてた。レストランでご注文に応じてというバラエティで、そうめん一丁《いっちょう》といえば、やせっこけた歌手が、なよなよとルンバをうたったり、かつどん、と声がかかって、藤娘をおどったり。

しかし、看板だけでも、けっこう客はあつまった。いつの世でもスケベーだけはおいらしい。戦地で腹がへってるときには、だれも女の話をする者はなく、ぼたもちとおはぎの相異点についてなんてことばかり議論してたが、たとえメリケン粉がほとんどはいってないパンをたべ、豆だらけの麦飯や海草のそばをくってても、いちおう自己保存ができると、種族維持ということを、かんがえるとみえる。

このバラエティの作者は、食いけと色気の両方をねらったのかもしれないが、色気のほうはさっぱりだった。ラストの乳房のてんぷらのシーンで、プリマドンナのRが、スネークダンス（蛇踊）でやたらにからだをくねらせ、エロを発散したつもりだったが、客席はまるっきりわかない。

三日目の第一回のバラエティのとき、

「おっぱいどうした！」

と客席からどなったやつがいた。

「乳房のてんぷらだなんて、大テンプラじゃねえか！」

ほかのやつもわめく。

おどりおわって楽屋にかえってきたRは、バラエティのふりつけをやってる川島をつかまえ、「あたし乳《にゆう》バン（ブラジャー）とるわ」といいだした。さほど決心したような口調でもない。

「インチキみたいにいわれるの、いやよ。ラストで、ちょっと乳バンとるぐらいだったら、あたしは、へいき……」

このRという女は、当時、二十《はたち》か二十一ぐらいだった。その頃の言葉のアプレゲールにはちがいないが、ことさら、それまでの習慣とかモラルみたいなものにレジスタンスをするというようなふうもなかった。ナイーヴに生まれついてたんだろう。この時も「シャクにさわるから、ストリップをやって、みんなをアッといわせてやる」という態度とはちがってた。はだかになるから、ギャラをよけいくれともいってない。

劇団主にすれば、ねがったりかなったりだし、ほかの連中（ただし男）もスケベーぞろいだから、やれやれ、とけしかけた。

さて、いよいよ、二回目のバラエティ。乳房のてんぷらのシーンのラストになった。Rがステージのまんなかのタップ台にあがると、客席のライトもきえ、まっくらになる。進行係（つまり舞台雑用）のぼくが、いそいで（いくらか手がふるえたかな）ブラジャーのホックをはずす。頭の上に両手をあげたRのポーズがきまって――。

「ライト！」

舞台も客席もパッとあかるくなる。ほとんどのお客さんは、ただポカンと見あげてるだけで、はじめのうちは、オッパイに焦点があわなかったらしい。やっと、客席がざわつきはじめたころ、舞台は、ふたたび暗転。

Rは、べつにふだんとかわらない顔でタップ台をおりた。

「お兄さん、乳バンかして……」

とぼくに手をさしだす。背中でブラジャーをしめあげてやりながら、

「平気だね」とおれがいうと、

「あら、どうして？」

Rは、かえってふしぎそうにききかえした。

ラストで、Rが乳バンをとった効果はてきめんだった。東横デパート四階にあったせまい劇場は、連日満員。毎日のように、大入袋というやつをもらった。ただし、なかにはいってたのは、紙幣にちがいないが、たいてい一円か二円だ。いくら戦後二年目とはいえ、一円や二円じゃしようがない。焼酎《チュウ》なんか、今と、あんまりかわらない値段だった。

ともかく、はだか（そのころは、まだストリップという言葉はなかった）のおかげで、客はうんとふえ、二週間続演することになった。東横デパートの、おなじ四階でむかいあってる空気座は、すっかり客足をとられてしまい、それまでも不入りつづきだったので、一時、劇団は解散してしまった。

そこで、わが東京フォリーズは、約二倍の広さがある空気座がつかってた劇場にうつり、入場料も十五円に値上げして、さて、いよいよ、これから……と劇団主は、ごきげんでソロバンをはじいたと思うんだが、かんじんのRが、もうハダカはいや、といいだした。

なだめても、すかしても、ギャラもあげるといって口説《くど》いても、「いやなものはいやよ」という返事。ちょいとした気まぐれで、ブラジャーをとったんだろうから、気がかわってしまえばおしまいだ。

せっかく大きな劇場にうつり、いくらか宣伝費もかけたところでRにだだをこねられ、劇団主はよわったらしい。しかし、一度、はだかでしめた味はわすれられない。

女西郷の全スト

Rのかわりをさがして、あちこち劇場関係をあたってみたが、まだ、その当時は、オーケー、ブラジャーをとりましょう、という勇ましいおどり子はいなかった。

しかたなく、はだかなしで初日をあけ、三日めの朝、楽屋に顔をだすと、ものすごいドタ靴がぬいである。だれの靴だろうとおもってるうちに、ふりつけの川島といっしょに、劇団主のところによばれた。

劇団主のそばに、ともかく、でかい女がすわっていた。鼻のほかは、目も眉も、すこぶる雄大、アンバランスで、チビの劇団主のよこに、小山でもできたような感じだ。よごれたスフのキモノ、スリップのはしから、丸太ン棒みたいな足がでている。女の用心棒でもやとったのかとかんがえてると、劇団主は、その女をゆびさして、ふりつけの川島にいった。

「このひと、ハダカになるから、なにか曲をえらんで、ふりつけしてください」

女性的な川島が、グッというような声をだし、ほそいデリケートな手を喉《のど》のところにもっていったのを、おれはおぼえてる。

しかし、給料をくれる劇団主の命令には、絶対服従だ。とりあえず、バラエティのなかで『懐しのボレロ』をソロでおどらせることにした。

ところが、この女用心棒、まるっきり運動神経がにぶいうえに、でかいからだに逆比例して、お脳のほうはかるい。なんとかサマをつけようと、川島は汗をだしてたが、とうとうあきらめ——

「この曲をやるあいだに、ステージを三べん、なるべく調子をとってあるいてください。おわりに、はいポーズ、といいますから、ステージの中央でたちどまって、こう、いうかっこうを……」

と川島は、最後のポーズを、やっとおぼえさせた。

楽屋のなかは、女用心棒のうわさでいっぱいだ。新宿でワイ写真のモデルをやってたのを、劇団主がさがしてきた、という者もある。

そのうち芝居もおわり、バラエティがはじまった。女用心棒の出番もちかくなったので、進行係のぼくは、幹部部屋にひとりでいる女用心棒をよびにいったが、部屋の入口にかかったカーテンをあけ、ひょいと首をつっこんで、ギョッとした。ブラジャーどころか、パンティもなにもはいてない女用心棒が、両足をなげだして、太腿のあたりにパフをたたいてたのだ。

逃げだそうにも、足が動かない。ぼくは、ただ、口をパクパクさせていた。やがて、どうにか、人間ばなれがした声がでた。

「もう、出番ですから……」

やっとのことでそれだけ言うと、ぼくはさっそく首をひっこめようとした。ところが――

「ちょっと、まってよ」

と、着物をきてない西郷さんの銅像のような女用心棒は立ちあがった。懐しのボレロではなく、懐しのボルネオみたいなジャングルは、まともにおれのほうにむいている。そのジャングルにかかったゴミを（なんのゴミかはしらない）、ちょいと指さきではじいて、女西郷は、うすい紗《しゃ》のきれっぱしを肩にひっかけ、あるきだした。なるべくはなれようとするが、女用心棒は、なんだかんだ、しゃべりながらついてくる。文字通りポカンと口をあけた大部屋の連中のあいだを、まるっきり透いてみえる紗を、さも、じゃまっけにヒラヒラさせながら、女西郷はおいかけてきた。

ステージのそでまで、やっとたどりついたとき、ルンバをおどってひっこんできたおどり子たちとぶつかったが、みんな、キャッ、と逃げてしまった。けっして、つくり話ではない。

ところが、女用心棒は、てんで平気なのだ。いったい、どういう神経なのか……いや、神経なんてものは、はじめから、なかったのかもしれない。ともかく、まともな頭でないことはたしかだった。

ステージでコミックダンスをおどってたMが、なにげなく、袖のほうをみてからは、やたらにトチリだした。

ともかく、『懐しのボレロ』の曲がはじまった時には、ほんとにぼくはホッとした。反対に、ふりつけの川島は、心配らしく、ハンカチで、てのひらの汗をふいてる。Ｈ《カマ》っ気のある川島は、女のはだかを見ても、たいして感じないらしい。

女用心棒は、かたっぽうの肩からさがった紗の布を、旧国技館の屋根みたいな腰にまき、ノッシ、ノッシ、ステージのまんなかにあるいていった。ステージの両側にあるライトが消えて、客席ごしのセンター・ライトだけが、女西郷の姿をおう。

客席もくらくなったので、観客が、どういう表情をしているかわからないが、とたんにシーンとなったところをみると、おそらく、ドギモをぬかれたにちがいない。

『懐しのボレロ』の曲まで、なんだかあやしくなってきた。女用心棒が動きまわるたびに、ステージの床がミシミシ鳴るような気がする。

女西郷は、動物園の白熊みたいにのろのろ、うろうろ、ステージを三度まわった。

川島が声をかける。女用心棒はステージの中央にもどり、自由の女神みたいに、片手を頭の上にあげた。肩にかかった紗がすべり、腰のまわりから、するっとおちて……。

「はい、ポーズ」

客席がさわぎだしたのは、女西郷が、ステージの袖にひっこんだあとだった。

押すな・押すなの大当り

戦争がおわって、まだ二年目。バラエティのラストでちょっとオッパイをだしただけでも、あれだけうけたのに、全ストときちまったんだから、バカみたいに客がはいった。檻のなかの熊のように、ただウロウロ、ステージをまわってあるくだけだが、客の目の色がちがう。

全ストをはじめて、三日目。開演三十分前ごろに、四階にわれわれの劇場がある東横デパートにくると、一階の入口あたりまで行列ができている。メリケン粉だけのパンを、配給券なしででも売ってるのかとおもいながら、その行列をたどっていくと、一階から二階、二階から三階へとあがって、四階の、わが東京フォリーズの前につづいてるのにはおどろいた。

昔、李香蘭（山口淑子）が日劇にきた時、朝はやくから押しかけたお客さんが日劇のまわりを七廻り半とりまいたという伝説はきいているが、いや、あんなに混んだ劇場は、まだみたことがない。

芝居がおわり、バラエティになり、かんじんの全ストがはじまる頃には、冬の朝の、中央線のラッシュ時みたいに混んでいた。もちろん、腰かけてる者なんかひとりもいない。そのうち、まっ黒な人間のかたまりが、大波のように前にゆれ、ステージの右下にあったバンドボックスになだれこんだ。お粗末な木の囲いしかなかったんだから、たまらない。そいつがメリメリッとやぶれると、ピアノをひいてた女の子が、キャーッと悲鳴をあげる（小説を書くまねをはじめた頃、キャッとかグゥとか、そんな言葉をつかうのは下品な文章ということになってる、と小島信夫さんがおしえてくれた。まことに、そのとおりだが、お上品でないのがぼくのとりえだと、今では、気持ちの抵抗なくつかってる。ごめんなさい）。

　前のほうのお客さんは、うしろから押され、ステージにとびあがり——こんなことを、いつまで書いてても、しかたがない。ただ、けっして、誇張していってるんではないことをことわっておく。

　そのお客さんたちが、みんなゼニコをもって入ってきたんだから、劇団主は笑いがとまらなかっただろう。だいぶたって、新宿西口の露店で、駐留軍払下げの、れいのG・I色の靴下を売ってる劇団主にあったが、「あの時はよかったねえ、コミちゃん」と本人がいったから、まちがいない。劇団主はおちぶれて、駐軍《チユウグン》の古靴下《ゲソロップ》を売り、ぼくは出世して、易者《ろくま》をやってた時のことだ。

　劇団主はよろこんだが、おどり子たちは、女性の恥みたいな顔を露骨にした。もっとも、そのなかには、あとでストリップでかせいだ子もいる。

　そのうち、新聞でも評判になってきた。むろん、ほめてくれたわけではない。「目にあまるエロ・ショウ」といった調子で、こっぴどくケナされたのだ。

　しかし劇団主は、タダで宣伝になったようなことをいい、かえって、よろこんでいた。ところが、全ストをはじめて四日目か五日目の昼すぎ、「バラエティの作者と劇団の責任者はすぐきてくれ」と渋谷署から電話がかかってきた。

（……）

花笠つけて、紅つけて

劇場《こや》にかえると、劇団主は、モギリの女の子に、警官か刑事らしい男がきたら、すぐ楽屋に知らせるようにいった。

そして、いくらなんでもまっぱだかじゃ、警察でも文句をいうだろうと、なにか、つけさせるものをさがした。ちょうど、花笠踊りがバラエティのなかにあったので、花笠を前にあてさせたらどうだろう、ということになった。で、女西郷をよび、花笠をわたしたところが、「そんなへんなのつけるの、いやよ」とごきげんがわるい。

劇場にくるとすぐ、着てるものをみんな脱いでしまい、楽屋の窓から、下の通りをながめたりしてるお嬢さんだから、もちろん、ふつうじゃない。そのふつうでないところを利用して、劇団主はゼニコをかせごうという気をおこしたんだが、「お巡りがきたって、アメ公がきたって、あたしはハダカでやとわれたんだから、ハダカになるわ」とふつうでないなりに、理屈にあったことをいわれ、劇団主もこまってしまった。

それでも、やっと、なだめすかして、頭にかぶる花笠を前にあてさせた。女西郷が、いやだといったのも、むりはない。まあ、針ねずみの背中いっぱいに、赤や、黄いろの花がひらいたようなもんだ。

「なんともワイザツだな」と野郎どもは顔をしかめる。女の子たちのいうことは、もっといやらしい。

「ぜんぜん、お下劣ね、そんなにまでして、お金がほしいのかしら」

踊り子の給料が一月《ひと》三百円ぐらいなのに、女西郷は、一日、二舞台《ツー・ステージ》で千円だというウワサだったのだ。しかし、一日千円とってるにしては、女西郷の服装《なり》はおそまつだ。あいかわらず、ドタ靴だし――。

ほかの連中が相手にしないので、女西郷は、ぼくの尻《けつ》にばかり、ついてまわってる。よけいなおせっかいだが、ぼくはきいてみた。

「一日千円だって?」

「あたしが? まさか。……でも、三百円ぐらいはくれるんでしょう」

まるで、ひとごとみたいな返事だ。そして、舞台の袖の椅子に腰をおろし、前にあてた花笠をはずして、ウチワのかわりにしながら、もういっぽうの手で、小道具の電話の受話器をとりあげ、「ハロー、ハロー」なんてやってる。

イカれてるといえば、それっきりだが、お脳でたりないぶんは、ほかのところで、充分におぎなってる、あっぱれな女みたいに、ぼくは思ったりした。

その頃でも《額縁《がくぶち》ショウ》みたいなものはあったが、ステージでまっぱだかになったのは、女西郷がはじめてだろう。

はじめて、といえば、女西郷は、もと池袋のパンパンで、それも、終戦直後からやっており、パンパンのほうでも第一号だ、という伝説もあらわれた。

女西郷が、その後どうなったかは、しらない。もう、だいぶ前だが、女子プロレスに、似たのがいるぜ、とおしえてくれた男がいる。しらべてみたら、女子プロレスでも、さいしょの選手だった、なんてことになるかもしれない。

猫化け屋敷のバーテンだあ

渋谷東横デパート四階のはだかショウ（ヌードとかストリップとかいう言葉は、まだつかわれていなかった）といえば大評判で、あいかわらず、開演前から客の列がつづいてたが、ある晩、火事がおこり、あっけなくフィナーレになってしまった。

その晩、ぼくがチイちゃんという、目が東横（東京・横浜、ロンパリ）でグラマーのおどり子と楽屋に寝ていて、火事のため、階段におろした鎧戸《よろいど》があがらず、消防車のハシゴで、四階の窓からたすけだされたという伝説があるが、これはフィクションだ。高所恐怖症のぼくがガタガタ、ブルブル、だらしなくふるえ、またチイちゃんがノウ・パンティのあられもない恰好《かっこう》で、消防車のハシゴにしがみついていたところは、女西郷の全ストなんかより、よっぽどおもしろかったぜ、とまことしやかなデマをとばしてる者がいるけど、けっして本気にしてはいけない。

チイちゃんとは、その後、新宿安田組のマーケットであった。進駐軍の残飯をあためた栄養シチューというやつが、大好きで、よくたべにいったが、そこで、顔をあわせたのだ。残飯だから、なんでもはいってる。ティー・スプーンなんかでてくることは、しょっちゅうだった。ルビーの指輪を、ガチンと噛《か》んだ幸運な男もいる。しかし、れいのゴム製品がでてきた時には、ガッカリした。

そんなことはともかく、「大阪の劇団にいくことになって、旅費をもらったけど、つかっちまって、こまってるの」とチイちゃんがいうので、ちょうど金をもってたから、その金をかしてやった。

ところが、あくる日の晩、新宿西口の〈聚楽《じゅらく》〉の前をあるいていると、チイちゃんがパンパンたちといっしょに立っていた。

「大阪はどうしたんだ?」ぼくはおっかない顔をした。「ごめんなさい。あのお金、また、なくなっちゃったの」チイちゃんはケロッとして、「わるいから、今夜はつきあうわ」という。金のかわりに、現物でかえそうってわけだ。

劇場を焼けだされたぼくは(やっぱり、楽屋で寝てたんじゃないかって?)、その晩、夜警の小屋にとまった。朝になり、マーケットの水道の水をのんだけど、ガボガボ、腹がかなしい音をたてるだけだ。しかたがないので、渋谷の町をブラついてると、電柱に「バーテンダー募集」という紙がはってあった。場所は、猫化騒動《ねこばけそうどう》で有名な佐賀のお殿様、鍋島侯のお邸《やしき》で、米軍の通信隊の将校クラブになっていた。で、募集の紙をひっぱがし、それにかいてある地図をたよりに、渋谷松濤《しょうとう》町の旧鍋島邸にいった。

でかい門をはいると左手に御門番の小屋があり（といっても内庭もついた、りっぱな家だった）、鍋島侯の頃からいる、前川さんというおじいさんが「募集の紙をみていらしたんですか……ごくろうさまです。この道をまっすぐおいでになると、洋館のほうのお玄関がございますが、それを右に見て、しばらくいきますと、日本人管理事務所とかいた札がたっていて、矢印がしてございますから……」と、おっそろしくていねいな言葉で、親切に道をおしえてくれた。

しばらくあるいたけど、鳥の声がするばかりで、洋館のほうのお玄関もみえず、心細くなりかかった時、植木の枯枝かなんかあつめてた男にあい、もう一度道をきいた。まだ、農大にいってた須田剛で、とたんに気があい、共同の財布《さいふ》をもつようになった。財布のほうはいいけれど、そのクラブにいた女の子に、ぼくも剛ちゃんも熱をあげ、こいつは、共同というわけにもいかないので、ふたりともモタモタしてるうちに、ほかの野郎にヨロクされてしまった。もっとも、そのおかげで、剛ちゃんとは、今でも、なかなかよくつきあってる。

蛸《たこ》というニックネームのクラブ将校にあい、「バーテンの経験はあるか？」ときかれたので「ある」とこたえると、やとってくれた。その頃は、飲むことでは自信があったから、どうにかなるだろう、と考えたんだが、飲むのと、つくるのとでは、やはりちがう。シェーカーをふってみて、これはたいへんな仕事だとおもった。一人ぶんのカクテルなら、たいしたことはないけど、三人ぶん、四人ぶんのでかいシェーカーを、一晩じゅうふってたら、重労働だ。

その頃のことがあるので、ぼくはバーにいっても、カクテルは注文しない。日本の殺し屋のはなしをアメリカに輸出して男をあげた沖山昌三—山下諭一氏は、「ビールなんかばかりガブガブやってないで、カクテルをつくらせるのが、イキな遊び方」と『あなたもカクテルが作れる』のなかでおっしゃってるけど、ぼくはイキでなくってじょうとうだ。そう、沖山昌三—山下諭一氏にいうと、「わかるよ、コミちゃん。だいたい、カクテルは、ちゅうよか、うんとたかいからね」とニンマリわらわれた。

張っちゃいけない親父の頭

渋谷・松濤町の米軍将校クラブでバーテンをしていたぼくは、ウイスキー一壜に缶ビール二コ、前日の将校夫人会のカクテルの残りを、自分の部屋にもちこんでいたのが見つかって、M・Pにひきわたされ、その夜は丸の内署の留置所にとまった。

前年（昭和二十二年）の二月一日に予定され、占領軍司令部の命令で中止になったジェネラル・ストライキの若手のリーダーみたいなひとが、留置所のぼくたちの房の牢名主然としていた。

占領軍に関することで警察に留置されてる者は、留置期間の期限がないそうで、この牢名主は一年以上留置所にいたのか。留置の長い者は学生やインテリがおおく、これは、なにか意味があったのか。

女子房にいる若い女のコがトイレにいくときに見たのだが、アコーデオン・プリーツのスカートをはいていた。アメリカの兵隊がP・Xあたりで買って、その女にプレゼントしたのだろうか。アコーデオン・プリーツのスカートが、そろそろ、ニホンでも流行しかけたころだったのか。そのアコーデオン・プリーツにタバコの焼穴があったのをおぼえてる。アコーデオン・プリーツは、アコーデオンの蛇腹みたいにひだがちいさく、数がおおいので、タバコの焼穴は二つぐらいのプリーツにちいさなトンネルをこしらえていた。

丸の内署の留置所をでてから気がついたのだが、ぼくはR子のことをすっかり忘れていた。それまでの二週間ほど、ぼくは熱病にかかったようになっていた。それはひどい状態で、たべるものも喉をとおらず、バーテンのぼくは、ただウイスキーとビールを飲んでいた。これが、小説などにでてくる恋というものかとおどろいたが、ともかくくるしくってしようがなかった。

R子は将校クラブのウエイトレスだったが、ぼくとはなかがよく、なにもしないけど、いっしょの布団に寝たりした。ところが、R子はクラブのほかの男といっしょに寝るようになり、これは、なにもないってことはあるまい。しかし、R子はけっして浮気な女ではなく、ぼくはR子もその男も恨む気持などまったくなく、それがよけいつらかったのだろう。

ところが、留置所からでてきたら、R子のことがきれいさっぱり、なくなっていた。これもまた、たいへんなおどろきだったが、気持がかるくなったんだから、うれしいおどろきだ。

だれかを恋するよろこび、かなしみ、くるしみ、あるいは恋の倦怠といったことは、小説などでは、くりかえしでてくる。しかし、恋からの解放、脱却のかるがると心のはずむおもいについては、ぼくはあまり読んだことはない。

ただ、アメリカの有名な心理学者、哲学者のウィリアム・ジェームズは名著『The Varieties of Religious Experience』（宗教経験の諸相）のなかで、「falling love」（恋におちいる）の反対の「falling out of love」（恋からぬけだす）ことを、宗教ではたいへんにだいじなこととされている回心になぞらえている。

恋のほかにもたくさんの煩悩はあるだろうが、煩悩からの離脱といったところか。そして、これが、恋のなやみ、くるしさがつづき、どうしようもなくなったときに、とつぜんおこることに、ウィリアム・ジェームズも興味をもっている。

恋するはなしではなく、もう恋してはないはなしを、ぼくは書きたくて、それこそなん十年も、そうおもっており、つい五日ぐらいまえも、書きだそうとしたのだが、だめだった。

ウイスキーの一件では、簡易裁判所から罰金四千円の命令書がきた。公選法違反の福岡県知事夫人とおなじ略式起訴だったのだろう。罰金をはらわなければ、一日六十円の割りで刑務所にいくのだという。いいチャンスだから、刑務所にいってこい、とみんなにすすめられた。刑務所は人生のベンキョーになる、とすすめるのだ。ともかく、だれも同情はしてくれなかった。中国でぼくが戦死したということになったときも、同級生たちはみんなわらったそうだ。みんなが薄情なのではない。ぼくがすることは、なんでも滑稽におもえるらしい。

しかし、四千円の金はない。どうしようかとおもうが、どうにもならない。四千円の罰金は、ぼくがたのみもしないのに、あとで毎日新聞記者になった吉岡忠雄がだしてくれた。吉岡も学生で、ひどい貧乏だったはずだ。その金を、ぼくは吉岡にかえしただろうか。吉岡が催促しないので、かえさなかったにちがいない。


丸の内署の留置所をでるとすぐ、ぼくは米軍に接収されていた両国の同愛病院ではたらきだした。米軍のおなじ陸軍《アーミイ》の病院だから、将校クラブでウイスキーをどろぼうしたぼくはブラックリストにのっていて、ふつうなら、やとうわけがない。それで、偽名をつかった。偽名をつかったことなど、あのときだけだろう。

同愛病院での、ぼくの仕事は夜間の受付で、職種は通訳。これは、まことにいい仕事だった。夜間の受付といっても、夜の八時ごろまでに、入院患者の問合せの電話が一度あるかないかで、ぼくは受付のデスクで本を読んでいた。

米軍の病院なので、渋谷・松濤町の将校クラブなんかよりも、ずっと大きな図書室がある。昼間の受付はアメリカ人の年配の婦人で、ひとり息子が陸軍大尉でニホンに進駐してるので、ニホンにきたというひとだった。やさしくて、親切で、しかもひかえめな上品な婦人で、いい家のひとのようだった。病院では軍医たちや看護婦（米軍の正看護婦は将校）にも尊敬されていて、この婦人が図書係にぼくのことをたのみ、ぼくは本の借出し自由になったのだ。また、この婦人は夕食のパイなんかも、きれいな紙につつんで、ぼくにくれたりした。

ぼくは、夜の十時ごろまで受付のデスクで本を読んでいて、あとはとなりの部屋のベッドで寝てしまう。ベッドで寝てもいいことになっており、そのあいだ、朝まで夜勤手当までつく。暖房で部屋のなかはあったかく、なにかで、夜中におこされるようなこともない。

両国からは東大までも遠くはなく、こんな仕事ならば、たっぷり勉強もできるし、らくに大学にいける。しかも、なんの気がねもすることはない。給料は、ほかの学生のアルバイトにくらべると、たいへんにいい。

ところが、大学にもあまりいかず、ぼくはこの仕事をやめた。新宿で易者《ろくま》の書生になったが、これがテキヤ渡世で、すぐ浮かれちまうぼくは、テキヤ仲間とカストリやバクダン焼酎を飲んだりして、病院のしずかな夜間の受付などやっていられなくなったのだ。

両国の同愛病院は隅田川のほとりにたっている。受付がある病院の玄関からは真正面に富士山が見えた。夜勤（？）のベッドでたっぷり寝たあとの朝の富士、夕陽のなかの富士山はみずみずしかった。空気がよごれてなく、はっきり見えたのだ。

　戦後、焼野原のなかの川の水がきれいになっておどろいたものだが、同愛病院のまんまえの隅田川も、まだきれいだった。でも、隅田川はすぐ汚れてきた。総武線の電車で両国のほうにわたるとき、ひどい臭気がしたものだ。いまは、あの臭気はない。ひところよりも、隅田川はいくらかマシになったのか。

　新宿駅西口に地下広場などができたとき、ＳＦ都市のようだな、とめずらしがった。もとの新宿駅西口は改札をでると、左右半円形の道が坂になってあがり、この左右の道にはさまれて島みたいなスペースがあった。

　この左右の道をあがったところのポストのよこが、うちの一家の易者《ろくま》の場所《しょば》だった。夕方になると、道ばたにちいさな店をだす易者《ろくま》ではない。このポストのよこで、子、丑、寅と十二支を書いた紙を地面におき、ステッキでさしながら、口上《たく》をつけて人を集め、最後には、高島易断本部の宣伝中特別鑑定料金五十円で易断所へ、客をひっぱっていく。だから、張込み《ばりこ》易者《ろくま》といって、テキヤの稼業だった。人をたくさん集めるジメのうちの中ジメだ。蛇屋《まきや》や催眠術《みんさい》は、まわりにぐるっと人を集めるので大ジメ。

　さて、そのころの新宿西口だが、東口から西口への地下道の出口と西口改札とのあいだに、国鉄の線路ぎわにせまい道があった。この道をあるいてて、ぼくは高島易断本部の看板と書生募集という張り紙を見つけ、バラックの階段をあがっていった。高島易断本部といっても、待合室が二帖ほどで鑑定室は一帖半ぐらいだっただろうか。

ぼくはこの張込《ばりこ》み易者《ろくま》の高島易断本部がテキヤだということは、よく知っていた。いや、ふつうの易者《ろくま》だったら、弟子入りなどしなかっただろう。

広島県の呉市で、ぼくが育ったことは、まえに書いた。呉は軍港町で巨大な海軍工廠もあり、広島市の人が呉にきても、呉にゃようけニンゲンがおる、とおどろいていた。

そして、呉にはたくさんのヤシ（テキヤ）がいて、ふつうの日でも、繁華街の中通あたりにはヤシがでていた。子供のころ、ぼくはヤシが大好きで、あきずにきいたものだが、そのなかで、とびぬけておもしろかったのが、この張込《ばりこ》み易者《ろくま》の口上《たんか》だった。

――寅《とら》につづいて生れてくるのが卯《う》の年。この年に生れた方は、性質はやさしいが、男女間の色情に弱い。さる卯の年の病院長のところにおとずれた若い婦人が、「先生、この病気なおりましょうか?」とたずねると、「ああ、なおりますとも、この注射さえ打てば……」とこたえた卯の年の病院長、打ちもうったり、大きな注射、もとからさきまで……。

なんて張込《ばりこ》み易者《ろくま》の口上《たんか》を、小学校の三、四年で熱心にきいてたのは、ぼくがとくべつマセてたわけではなく、こんな口上《たんか》が好きでしようがなかったからだろう。

それで、米陸軍病院だった両国の同愛病院の夜勤受付をしながら、大学にはいかないで、新宿西口の線路ぎわの道をあるいていたぼくは、この高島易断本部の書生募集の張り紙が目につくとさっそく応募したってわけだ。こういうとき、ぼくはほとんどなにも考えない。あとになって後悔することもおおいが、大げさに後悔してるようでも、たいしたことはない。

ともかく、子供のとき、しょっちゅうヤシの口上《たんか》をきいていたおかげで、ぼくは張《ばり》込《こ》み易者《ろくま》の書生（子分）になったその日のうちに、子、丑、寅の十二支を書いた紙（布地のこともある）をひろげて人を集め、さすがは東大生、と先生（親分）やほかの者もおどろいたそうだ。さすがは東大生なんて言われたのは、このとき一度ぐらいだろう。

いまは、口上《たく》をつけるテキヤがすくなくなって、高市《たかまち》（お祭り）でも、テキヤがタコ焼とか焼きイカとかたべものを売っている。まえは、口上《たく》をつけるのがテキヤで、だまって、たべものなどを売るのは、ジンバイとよばれてる土地の素人《ねす》のひとたちだった。

ぼくが子供のころ、呉で見かけたヤシのうち、いまではめずらしいもののなかには、金襴の袈裟をかけたりして、ご大層なお坊さんのカッコの「弘法大師のお灸」などもあった。このお坊さん姿のヤシは人力車にのり、人力車の上から、「あなありがたや、大師さまは……」などと、おありがたい、しゃがれ声をだした。

性病の薬を売るヤシもいた。「小便をするときに、痛くもなんにもないが、小便が二すじにわかれることはありませんか。痛くはない、だが、小便が二すじにわかれると、これはたいへん……」なんて口上《たく》をつけ、若い水兵さんにクスリを売る。性病ならば、なんにでも効くという、あの軟膏には、いったいなにがはいってたんだろう。

ぼくが子供のころから、ガマの油は落語でやるような口上《たんか》はつけてなかった。でも、ガマの干物がつっこんであるガラス壜のなかの油はワセリンだった。

蛇の薬は水溶液が蛇水《まきすい》。軟膏はトロで、蛇《まき》トロ。蛇屋《まき》のヤシだけが、ダットサンなんかの小型だが自動車《オートン》にのってきて、黒い革の服を着てたりした。蛇屋《まき》が、「ご当地、しばらくごぶさたしておりました。この二年間、ジャバ、ボルネオの奥地にふみいり、猛毒蛇をもとめて、ジャングルのなかをあるき……」なんて言ったのは、たいてい、その二年間、刑務所にはいってたんだ、と子供のぼくにおしえてくれたひとがいた。いまは、この二年間、アラブで石油を掘ってた、というのが刑務所にいたことだそうだ。

催眠術《みんさい》（気合術）も蛇屋《まき》とおんなじで二時間に近い長い口上だった。張込み《ばりこ》易者《ろくま》は一時間半だったが、だんだん口上がみじかくなった。催眠術《みんさい》で大きな石を手で割ってみせる、ふつうの石とおなじように見えるけど、がんがんに焼いた石だときいた。焼いた石は、ぼろっとわれたりするそうだ。催眠術《みんさい》で、客のなかから子供をつれだしてきて、この子供に気合をかけ、あるいてる足を止めると言う。これはタネも仕掛けもなくて、子供に、オジちゃんが「止まれ」と言ったら、止まるんだよ、と言っておき、あるいてる子供に、「止まれ！」とどなると、子供は足を止める。まったくバカらしくて、おもしろい。

記憶術は角帽《かくてん》打ちといって、大学生の角帽をかぶってやるのだが、大学生にしては、かなりヒネた顔つきのオジさんだったりした。記憶術にはインチキはない。巻紙に書いた0から9までの数字とイロハの文字の長い列を、モロにおぼえ、目かくしをして暗《そら》んじて言うのだが、ただ、そんな記憶がなにかの役にたつだろうか？

ナイフに缶切りに栓ヌキにガラス切りの万能ナイフは、いまでもテキヤがやっている。もっとも、ぼくたちが子供のころは七徳ナイフだったのが、いまは三徳ふえて、十徳ナイフ。

万年筆屋が火事になって、と粘土みたいなかたまりのなかから万年筆をぬきだし、布でふくと、ぴっかぴかの新品。うんと安くつくらせた万年筆を、わざと土のかたまりのなかにつっこんでいれておくのだ。こんな万年筆みたいなのを、テキヤ用のヤーネタという。

バナナのたたき売りはテキヤの商売の代表みたいにおもわれていたが、昔といまとではうんとちがう。昔の夜店のバナナ売りは、いまみたいに台の上にはバナナをならべず、地面に新聞紙をしいてバナナをおき、人々はまるく輪になってとりかこみ、バナナ売りはバナナの房を肩のあたりにあげ、「バナナの名産台湾で、つみだすところはキールン港。千石船にのせられて、ついたところがこの港。ガタガタ馬車にはこばれて、とんできたのがこの夜店。（房のバナナのひとつを、手でぴょこぴょこうごかし）鬼も十八、番茶も出花、むこうはちょっぴり黒いけど、ここは焦がれて、べっぴんさん」なんて口上《たく》をつけた。

ニホンの国は、それこそ、ぼくが物ごころついたときから戦争をしていて、その戦争はだんだんひどくなり、乾燥バナナみたいなものはあったが、ほんとのバナナなんかは姿を見たこともなく、だから、バナナのたたき売りといえば、なつかしいものだった。

法律を知らなければ、こんなソンをし、法律を知ってると、こんなトクをする、と法律のことを書いた本（パンフレット）を売る法律《りつ》は、戦後はもう復活しなかった。トクをするという例では、電気の高圧線の下は地所が安い、それでここを買って、桐の木を植える、桐の木はのびるのが早いので、梢のさきが高圧線にとどくようになると、電力会社がこまる、で、うんと補償金をとって、桐の木を切る、そして、その補償金で桐の苗を買って、おなじところに植え……なんてのをおぼえてる。

白い木綿の生地を売るたぐりというのは、テキヤ商売のなかでも高級なほうだった。白い木綿の生地を幕のようにして左右からぶらさげた男が二人いて、「三布幅《みのはば》で六尺のキャラコなら、そのあたりの生地屋さんでは、いくらするところを、すっぱりひいて、はんぶんのお値段、まって、まてぇ、あわてる乞食はもらいがすくない、損して得とれ、長者のあきない、もう一尺おまけして……」と一尺、また一尺とのばしていき、六尺の長さが倍ぐらいまでになる。ところが、これを買っていった客が、うちでモノサシをあててみると、もとの六尺か、それに足らないぐらい。木綿生地のたぐりよせかたにヒケツがあって、モノサシをあて、つぎたしてるようで、じつは、生地の長さはのびないか、逆にへってたりするのだ。そんなふうなので、買手がつくと、べつに品物を包む係りがいて、さっと包む。また、念入りに包む。

詰将棋に五目並べ、負けた客はそれだけの金をもってないことがおおく、つけ馬をしなければいけない。つけ馬で客の家にいくと、「あんた、また負けたの」と女房がヒステリーをおこしたり……とつけ馬がこぼしていた。

あとでは、ほかのものをデンスケとよぶようになったが、まるい板を、東京とか神戸とか長崎とかに、放射状に仕切って、その板をまわし、客が針をなげつけて刺し、そこが、自分の賭けたところ（都市の名前）ならば、勝ちになる。「さあ、張った、張った。張っちゃいけない、親父《おやじ》の頭、張らなきゃ、食えない提灯屋。江戸の仇は長崎で……」なんて口上《たく》で。このまるい板を右にまわすときはまともだが、左にまわすと親しかトクしない、オモチャが当る子供用のデンスケを、ぼくもやったことがある。

やくざアルバイト（土田玄太名義で発表）

「厄年の方はありませんかな。厄に当った人は、縁談、金談、新築、移転、旅行何でも良くないぞ、御注意なさい。昨年は七月雨降りしきる常磐線は綾瀬駅附近にて、鉄道枕に汽車蒲団、派手な死に方をなさいましたのが前国鉄総裁下山定則氏。明治三十四年丑歳の生れで四十九歳で亡くなっている。現総理大臣吉田茂さんも、五黄の寅で去年の運勢は盛であったが、今年は九星の中宮に位して八方塞り、五井産業事件はともかくとして、京都府知事同市長選挙、地方税法案と、最近は明かに黒星続き、六月に行われる参議院選挙にも自由党絶対多数は昨日の夢、恐らくは……」

国鉄S駅西口改札前、十二干支をしるした紙を前にひろげ、ステッキをついて、さきほどから私はべらべら喋っているが、立止る人とてない。昭和の御代も二十五歳の厄年なのか、世は金づまりで失業者は続出し、毎日のように職業安定所で〝職寄こせ〟のデモが行われ、又商売人が商売が出来なくて一家心中をするという最近の社会状勢である。〝働きながら学ぶ〟ことはますます困難になりつつある。私の学籍のある東大も、アルバイト学生の数は二三年前の約半数に減じ、しかしてそれら働く学生の大部分にとって、アルバイトはもはや内職にあらずして本職だというのが実情であろう。

私の真向いに居る宝籤進駐軍放出物資を前に並べたW大の制服制帽の二人組も、この二年間朝から晩まで何日も同じ場所に陣取って……声をからして客を呼んでいる。

「いつ学校に行くのか？」

と尋ねたら

「雨降りには仕方がないから講義を聞く」

という。晴耕雨読は悠々自適の人のやる事、学生が学校で学問をするのが御天気次第とは情ない話である。

「夜だけの仕事だから……」

と、私が新宿西口のバクダン屋に世話をしてやった学生も、夜は遅いし労働は激しく、結局昼間は寝てくらすということになり、学校の方は疎かになる。その内世間の疲れが身に沁みこんでずるずるべったり授業料は払えないし学校はよしてしまった。

私の知っているある私大の学生はアルバイトのつもりで、強盗の片棒を担ぎ、たまさかに入った大金で闇の女を買って病気になり、治療代だ何だと挙句の果ては足が出て……。今ではその病気をうつしたパン助をうまく口説いて一緒になり、女のあがりで二人細々暮している。もうこうなればいわゆるアルバイトではあるまい。私自身にしたところで、自由《フリー》で短時間にまとまった金が取れる仕事と……虫のよすぎる考えを起して、このパリコミロクマというアルバイトを始めたのだが……。

パリコミロクマとなる

新宿西口のバクダンマーケットの壁に、〝東京××易断所書生募集〟の広告を見て、好奇心からふらりと飛込んだのが、二年前一九四八年の春。東大学生という肩書のためであろう、即時採用になって、その日から新宿西口の街頭に立った。

「寅の干支に生れた人は」

と通行人の足をとめ、次第に集ってくる人々に手相人相の講義をして、しかる後……

「特に鑑定御希望の方は……」

と、五十円の割引券を配って、三代目高島呑酊先生のもとに連れて来る……このパリコミ（引張り込み）ロクマ（易者）の書生になったわけである。

ミカン箱の上に立って、演説を打つのが仕事だから、当時ストリートに並んでいたライター石、南京豆、石鹼、宝籤売り等々の学生に比べると、はるかに派手なアルバイトである。役者的な自己満足もあったし、一人客を引張り込めば二十五円のチョウフ（歩合）、別に飯代が百円、その他易者の先生方からの小遣いもあって、一日平均三四百円。会社勤めではないので、時間の融通もつく。事実私は上々のアルバイトと喜んでいた。

易者を大きく分けて、夜街頭に立つタチケン（立見）と、居を構えて看板を出した宅卜《たくぼく》、それに私のやっているパリコミの三つになる。パリコミは大正の代になってから、易者をネタ（材料）にしてヤー公（香具師《やし》）が考え出したもので、鑑定することよりも、易断所に客を連れ込むまでの口上が主になっている。世間の人々があまり知らないヤー公の商売《バイ》の一つである。

私の働いていた易断所は、新宿西口のマーケットの二階にあり、三畳の待合室に二畳の居間、奥の三畳が鑑定室になっている。館長三代目高島呑酣といっても自らが命名した大先生、以前は法律《リツ》の本を売るジメ（大勢人を集めるヤー公の或る種類）の出である。

パリコミロクマではブカタ（親方）と、そこで働く子方《コカタ》がはっきり分れている。この易断所の歩方《ブカタ》はSの顔役である古木親分と呑酣先生。子方には高島××先生と名乗る自称日本一の易者が三人ばかり居た。子方の収入は歩合になっていてアゲナマ（総収入）のブンハン（半分）が普通である。五分では余りに封建的すぎる搾取である、というのが子方の先生方の意見だが……。歩方に言わせると易断所の家賃、場所代、紙鉛筆等の諸雑費、書生の日当、それに税金を引くと決して得にならぬそうである。

ある晩、焼酎を飲んだ上で口論になり、子方といってもヤー公の家名も違い、又腕の達者な連中だから、

「俺達は俺達で立派にやって見せる。あとになって愚図々々言うな」

と、啖呵を切って引上げて、Kの街に三人共同の易断所を作った。

喫茶店の二階で、八畳に四畳半という間取り。そこで収入の多少にかかわらず、三人で四百円ずつ出し計千二百円。一日千円の家賃を払い、雑費を二百円と見れば、余る筈だという予算であった。税金は無視したらしい。従来の制度の易断所ならば、四千円稼いでも、二千円のチョウフ（歩合）。この場合では四百円引いて、三千六百円の収入だから比較に成らぬ。親方子方というようなヤー公社会の封建性を打破して平等な民主主義でやって行くと、大変な意気込をもって発足したのである。三人の中でもリーダー格なのが、本名栗山知男、ヤー公でも古い人だが、M大の出身で、以前は新聞記者もやったという男。易者の紋付袴より、ダブルの背広の方が似合うタイプである。

「他処《ヨソ》から来た人にも、働いてくれる者には、最低六分、収入が多ければ七分のチョウフを出す」

と彼は宣言した。

私に対しては特別の引張りようで、彼の言うところでは、

「僕も家が貧乏だったのでヤー公というアルバイトをしながら大学を出た。卒業するまでの生活の手段のつもりだったが、今もってこんな状態である。現在では他の仕事は馬鹿らしくて手がつかない。一旦ヤクザの世界に身を置くと、その生活の安易さが身に沁み込んで、つまり体もやくざになってしまうのが普通である。君もせっかく東大に身を置いたいわば秀才である。まさか一生ヤクザで終ろうという気もないであろうが、僕というういいサンプルがあるのだから注意しなくてはいけない。僕の場合も、同じ仲間内に理解ある指導者があったならば、こんなことにはならなかったに違いない。前車の轍の覆るを見て後事の戒めとなす。思い切って僕の所に来たまえ。Sの易断所に恩もあろうが、義理とか人情とかそんなことにこだわりだすのが、そもそも没落の始めである」

もともと私は栗山のインテリゲンチャぶりが気に入らなかった。ヤー公にしかなれなかったのは、自らの知性の低さのためである。大学を出たとしても、厳しい意味での学問をしたわけではあるまい。学士というタイトルにしがみついて、他のヤー公とは別人格のごとく思っているのが笑止千万である。

しかしともかく、他人にも普通より余計の歩合《チヨウフ》を出すということは、狭い気持の現

われではない。私は彼の意図に対して全面的に賛意を表したが、一人前でないからと断ってしまった。このまま栗山の書生になれば中途半端なもので終ってしまう。この社会に入った以上、身をもってヤクザの実体を知らなくては治まらない気持であった。その上で世人の言うごとくヤクザが醜悪なものであるならば、きれいにさよならするだけの自信があったのである。

狸と狐の化かし合い

栗山達が去ったあと、歩方である古木親分は笑いながら言った。

「二月もつかな?」

それが事実となって現われたので私は幾分驚いた。この民主的な易断所がうまく行かなかった根本原因は簡単である。余計の収入にならない上に責任がかかって厄介だと言うのだ。結局昔通りの歩方子方の制度が良いということになる。ヤクザ社会が封建的なのは、その性格の特殊性にある。それを分解する意味において、この場合具体的にどういう予算違いがあったか述べてみよう。

栗山の言によるとこうである。

「Kの街は僕の家名の縄張りだから、他のヤー公にも我儘が言えて、タンカ場(口上をつける所)も一番いい所がとれた。ヤー公の憲法によるならばこんな場合黙って僕の親分のペテン（頭株）が一つ入るところだが、それをさせなかったのも僕の努力である。」しかしそのためには、親分の所に一級酒の一瓶もさげて行ったし、姉さん（奥さん）の髪結い銭と言う名目で若干の金も置いて来た。その他実際にショバワリ（場所割り）をしている昔の兄弟分とも喫茶店に行ってコーヒーを飲みケーキを食べた。そういったこまかな出費は無論僕のポケットマネーから出たもので、あえてそれを三人で等分に割れとは言わないが、察してくれても良さそうなものである

栗山が一杯五十円のコーヒーのことまで言い出すとはよくよくケチな男のようであるが、たしかにヤー公は普通の人よりも遊ぶのは派手でも、もともとが零細な金をかき集める小商売人である。私のチョウフでも、例えば三百十円になった場合など、三百円くれて十円は借りだと呑酊先生は言う。しかしその十円を返したことはなかった。特別に百円余計貰ったという覚えもない。そのかわり、いわゆる一杯買ってくれることは度々である。実際上の損得と気持の上での有難さの関係は、なかなか微妙で結論は出にくい。

年が明けて、古木親分の一家を名乗る女親分森下弓子が、上野で易断所を開こうという相談を親分に持ちかけた。上野はアプレゲールのビジネスセンターである。東京中で一番バイになる所、出来ればこれに越したことはない。話は簡単に成立した。親分は金にならない新宿西口の易断所を、気前良く呑酊先生にくれてやった。

一方呑酎先生の方はといえば……、パリコミ（客を呼び入れること）は枯れたが、天下の新宿である、今までに名前は売ってある。自家《ウチ》に坐っていて訪ねて来るお客から一人平均三百円ずつ取っても、生計は立派に成立つ。金銭問題が解決すると、二人はもとのヤクザの義と情につながる兄弟分になっていた。

上野に易断所を作るにしても、働く者がいる。ヤー公は一人前になれば何でもやるが、パリコミロクマだけは特殊技能であり、誰でもというわけにはいかない。古木親分は私を引抜こうとした。新宿に居坐っていて、呑酎先生は食って行けても、私は金にならない。それに上野ならば、本郷の学校も近いことであるし、私は移りたい希望であった。呑酎先生はこころよく私を手離した。いざこざが無いのだから、縁が切れるわけではない。つまり貸した恰好になった。この間の両親方の動きは虚々実々まことに面白いものがあったが、煎じつめれば利害である。それを普通の商売人のように表面に出さないヤクザだから、まるで狸と狐の化かし合いを見ているようであった。

ヤー公の戒律

上野の易断所に移ってから、私は千駄ヶ谷にある古木親分の事務所（オフィスの意に非ず。親分の居る所）に寝泊りするようになった。商売の方は自惚れでなく一人前のヤー公ロクマになったたから、今度は人間としてのヤー公の訓練である。箸の上げ下しから日常の言葉使いまで、まるで日本陸軍の内務班のような馬鹿々々しい（つまり最大限に頭の悪い者を対象とした）戒律を覚え込み実行しなくてはならない。たとえば猿、蛇等の言葉忌み、商売《バイ》前のブッカケ飯、すなわち朝食時にお茶漬、丼物、カレー又はいわゆるワンチャブの類はきつい御法度である。その他酒をのむ場での規律も多く、自分の飲みかけのコップをさし出したりすることから喧嘩になったことも再三見た。こんな場合には二つのコップに二三度移して混合し等分にするならばタブーから免れる、ただし目下の者に盃をさす場合は構わない。親分子分のヅキサカ（盃）、仲直りのヅキサカの場での席順等はなかなかやかましく余程慣れた者でないと因縁がつき易い。其他商売《バイ》に関しては実に無数と言っていい程あるがもっとも重要とされて居ることを憲法?化したものがあるので次に記して置く。

一　親分《オヤジ》の命令には絶対服従

二　バイナマ（商売の金）をごまかすな

三　他人のバシタ（女房）をギル（取る）な

これについての批判は省く、ともかくほって置いたら何を仕出かすか分らない性格破綻者揃いのヤー公社会だからこんな七面倒な規則も要るのであろうが、私にとっては単に繁雑であるにとどまる。好奇心のある内はまだしもだが、それも永続きはしない。いよいよ我慢出来なければ逃げ出すつもりでいる。一旦ヤクザになったらもう脱け出せないようなシステムになっていると世人は思っているが、それは間違いである。ただし掏摸《すり》仲間やギャングのことは知らない。足を洗えないのはむしろ個人的な問題であろう。

ヤー公は中間物

最近新聞は連日のようにいわゆる街のダニなるものの検挙を報道している。一般人の考えによるとヤー公も立派にダニの内に入ることになるが、ヤー公自身の弁解を聞くと、誤解もはなはだしいと言う。私は二週間ばかり前、日本ニュースで、〝街の暴力一掃についての街頭の声〟というスナップを見た。あの中で口をきわめて街のダニを攻撃している中年の背の低い紳士がいたが、その顔を注視して私は噴き出してしまった。話し振りからも、私の観察に間違いはないと自信を持つのだが、現在恐喝容疑で裁判中のSの××親分その者である。ダニどころかジャーナリストに言わせると南京虫格の彼が実に真剣に暴力否定を説いている。臆面もなく喋っている所は無反省さを物語っているが、それを全然心にも無い嘘だとは言い切れないと私は思う。彼は愚連隊は厳重に取締らねばならぬと最後に言った。××親分は商売をしているヤシであり、遊んで食っているグレン隊ではない、そこに彼の自信の拠り所があるのである。

ブショウシ（バクチウチ）、グレン隊、不良、悪質土建屋、暴力団的政治結社と一緒にされたのでは、はなはだ迷惑、と最も戒律的なヤクザであるヤー公は常々言っている。

今迄にバクチウチの紹介は講談や小説で御丁寧にされて来たし、グレン隊もジャーナリズムの花形であり、又院外団右翼浪人等は政治的にも色々問題になり、かなり世間には知られているが、これらのヤクザ達よりもっと世間の人々の実生活に関係の深いヤー公については、実に中途半端な見方しかされていない。その原因は、ヤー公が特別に世人の注目を引く時は、他人の土地に黙って家を建てたとか、麻薬のブローカーをしたとか、国鉄の所有地にマーケットを建て権利を取って貸したとか、競輪の八百長レースに土地の親分が関係したとか、というような場合で、ヤー公の商売《バイ》そのものについてではない。ヤー公がおでんやのお神さんを恐喝するということは、バクチウチが賭博を開帳し、掏摸が他人の懐を狙うのとは大分意味が違っている。しかし巡査が泥棒するのと同じようなものだとは私は言わない。事実ポリスが人殺しをした話はあまり聞かないが、ヤー公がゆすりたかりをした例は無数である。社会正義のために警察官になった者は多いであろうが、社会奉仕の意味でヤー公をやっている者はあるまい。

ヤー公になろうかという連中は、まともな勤めがしたくても出来ない輩《やから》だから、非常識なつまり社会悪的な所業は事実多いのである。商売《バイ》そのものにしても、良い品を安く売るのならば何も口上をつける必要は無い。巧みに喋るのは欺瞞があるからだ。
「カルメラ焼は皆様御存じのように、重曹だけでは決してふくれません、本ベーキングパウダーは重曹を主にいたしまして、酒石酸、炭酸アンモニヤ、その他数種の高貴薬を原料として……」

重曹を染料で色づけして、五円のものを二十円で売りつけるようなことはヤー公しかやらない。かといって、こんなペテンも大きな悪どいことが出来るかというと、頭が悪いから駄目、むしろお役人の方がうわ手であろう。口上は巧みでも、まともな演説をさせたら、一言半句も喋れないのがヤー公の大部分である。私自身を例にとっても、字は下手でオフィス勤めは出来ないし、不器用だから技術的な仕事も駄目、世間的な駆引きも全然知らないから商売外交闇の類は出来ない。体力も貧弱だから肉体労働も不可能だし、時間観念がないからたとえ勤めても、永続きはしない。ヤー公を単なるアルバイトと見るならばこれくらい私に適合した仕事は無いであろう。

ヤー公の前身は大部分街の不良グレン隊である。ゆすりたかりはあまり好きでなく、又スムースな悪事を考え出す能力もなし、一応組織の中に身を置いて、商売で食って行こうという健気な決心をした輩がヤー公にゲソ（足）をつける。この連中を、実際商売《バイ》で食えるように教育するのだから大変である。戒律タブーも多いと破る奴も多い。大多数は脱落して又もとの無秩序な不良になり、あるいは健全な常識人になるのもある。

　ごく大ざっぱな定義を試みるならば、ヤー公はゴロツキとまともな人間との中間的な存在ということになる。ヤクザでありながら、悪に徹し切れない矛盾はあらゆる場合に起って来る。弱きを助け強きを挫き、善人を救い悪人を滅すなら検事さんと同じである。講談のみならず世の良識ある人々ですら、あのヤクザは偉かったなどと賞めているのをよく聞くが、それほど立派な人なら、何もヤクザである必要はあるまい。

　私の親分《オヤジ》である古木三造も、昔のことは知らないが、今では人格者で通っている。彼自身もそれを誇りにしているから、ゆすりたかりは無論のこと、デン助、煙草返《テク》しのごとき商売《バイ》も絶対にやらせない。いつも貧乏で、食うや食わずでも威張っている男である。常々素人《ネス》には決して迷惑をかけてはならぬと言っているが、一組四円のゲソマツバ（靴の修繕針）を三十円で売りつけても平気でいる。もっとも普通の商売人だって同じようなものかもしれない。私も随分いい加減な鑑定をして、三百円五百円というような金を取っていながら、家出娘と称する者には家に帰る旅費をやったりする。極端に言えば他人からただで金を巻き上げてまた施してやるようなもので、実に非良心的なことである。

　私は精神的だと言うので、親分は気に入っている。

「お前は金を取ることは下手だが、もっとおぎつく（あくどく）やれとは言わん。何故なら、わし自身もそれが出来んからだ。しかしそういった気持を押し進めて行くと、山に籠って仙人になるより他はない、わしにはそれも出来ん」

仙人になる前に、額に汗して働けばいいのだが……このことについては親分《オヤジ》は無反省である。

ヤクザ、暴力、街のダニと結びつくが……古木三造もヤクザの親分ながら、暴力は許されますか、と問えば明瞭にノーと答える、しかし他家名のヤー公からあなどりを受けた時など、突いても、切っても、あるいは殺しても場合によっては賞めてくれる。こんなのは暴力ではないと言う。割り切れているから恐しい話である。

ヤー公の大げんかに入る

今年二月初めのある日であった。

商売《バイ》の帰り、オヤジと私それに正ちゃんと言う私と同年の男、三人連れで日の落ちたＩの街南口マーケットを歩いていた。どこかで一杯ひっかけるつもりだったのである。

Ｉ駅南口改札前から、ごみごみしたマーケットの中を一丁ほど下ると、そこで道が右に折れ、少しばかりの広場になっている。そこまで来た時に先に立ったオヤジはパンパンガールにつかまった。

「小父《おじ》さん遊んで行かない？」

「今日は忙しいんだよ」

「いいんじゃないの、ちょっとぐらい……。安くしとくわよ、あたい達も値下げ断行よ」

「用があるからね、又いつか」

「ねえ、そんなこと言わないでさあ……」

女はオヤジの腕にぶら下った。少し遅れて私達は笑いながらこの光景を見ていた。オヤジはうるさく追いすがるパン助を軽く突っぱねた。脈がないと見て女の口調が変った。

「何言ってやがんでえ、金が無いんだろう、貧乏人！」

「あったって、お前なんか相手にしないよ」

言い切ってオヤジがやり過したら、後から女はどしんとその背中を突いた。チビで、細くて、その上老いぼれのオヤジは、不意だったので前につんのめった。

私は走って行って、膝をついたオヤジを抱き起した。ズボンの土埃をはたいていると、後で、平手打の音がして、続いて女の金切声が聞えた。正ちゃんがそのパン助をひっぱたいたのである。

彼はいつも口より手の方が早かった。

「何も女に手をあげなくても……」

と思いながら、私が振り向いて眺めている中に、そこらをうろついていた、鍔広のソフトに茶のホームスパン、ギャバジンのズボンにラバソールといったティピカルなヤクザルックの男が何かわめきながら正ちゃんに突っかかった。オヤジは既に姿を消していた。パン助にひっくり返されたとあっては、親分の貫禄にかかわる、とそうそうにして行ってしまったらしい。

正ちゃんはゆっくりオーバーを脱いで丸めて私にほうった。彼は私と同年丑歳の生れだが、牛の如くに頑丈で、闘牛のようなファイトを持っている。かつて喧嘩に負けたことがないと彼自身は言うが、事実彼ほど強い男を私は見たことがない。単純で人がよくって、酒も飲まないし女も嫌い、ただ喧嘩が飯より好きなのである。

中国地方の○県の○市の出身だが、十六の時から、強いばかりにグレン隊の頭目となり、家には金があったので、ゆすりたかりで生計を立てたわけではあるまいが、警察沙汰も二度三度重なっている中に、人を殺して刑務所に入った。終戦後になって出所して、その頃○市の顔役であった朝鮮人某の自宅に単身殴り込みをかけて、彼を○市に居られなくしてしまった。そんなことから正ちゃんも土地を売り、東京に流れ込んで、そこでオヤジを知り人格に惚れてヤー公の一年生になった。今では一生懸命商《バ》売《イ》を覚えている。ハッタリもなければ狡さも無い。天真爛漫な性格だが、たった一つの取柄が喧嘩に強いことで、これが非社会的であるために厄介な存在になる。ヤー公のある種のタイプである。

私は正ちゃんの強いのを知っているので、全く傍観者の立場にあった。相手もなかなかゴロ（喧嘩）は達者だった。ヤクザの中でも馬賊で通すくらいの自信はありそうに見える。

街中のことである。相当な数の人々が集って来た。アッパーカットを狙って突き出したその男の腕を流して、正ちゃんは一本背負いをかけた。腰が浮いていたので、それが綺麗にきまってしまった。同時にわあっと……、五六人が正ちゃんをとり囲んだ。見覚えの顔は無い。ヤー公かブショウシ（バクチウチ）かグレン隊なのか私には見当がつかなかった。

大勢を相手にする場合は組めば不利である。正ちゃんはあちらに飛びこちらに移り、と相手を引離しては確実な一撃を与えていた。しかし彼自身も無疵であるはずは無く、二つに一つはぶん殴られているのだが、感じないらしい。こういうのが本当に強いのである。その内彼の態度にも疲れが見えて来た。動作が惰性的になり、体が絡み合う。何しろ多勢に無勢である。私もいよいよ助太刀をしなくてはならぬと考えながら、でもふんぎりがつかずに突立っていた。

投げとばされた男も起き上って人混みの中に去っていたが、どけどけ、と弥次馬を割って出て来た男の手に、白い物が光るのを見て、私は衝動的に飛込んだ。一瞬の差であった。正ちゃんの後に廻ったその男は、首筋に向けて出刃庖丁を切り下した。同時に私は腰を蹴り上げた。前に姿勢の崩れた男の手から、正ちゃんは刃物を手づかみでひったくって、その脳天を叩き切った。黒い血がさっとあがり、男は這い廻って逃げた。正ちゃんの掌と首筋からも血が吹き出している。それから先は全くの混戦であった。私自身が戦いの渦の中に入ってしまったため、そう感じたのかもしれない。明かに敵でない男達も混っていた。しかし味方でもなさそうであった。客観的に言うならば止め役であろう。私は誰彼の差別無く、体でつっかかって行った。その内じんと右手首に熱いものを感じた。服が破れて血が流れている。痛いと思った。腹も立たなかったし、恐怖感もなかった。もうその時には、やたらに人の数が多くなって、喧嘩をするつまり運動の余地のある空間をふさいでしまっていた。

数人の警官が走って来て、ピストルを打放した。サツだ！　という声に、私達の敵はマーケットの薄暗がりに一瞬にして姿を消した。こんなところが素人の喧嘩とは違う。

私と正ちゃんは逮捕された。捕えられたものが犯人である。警官達は逃げた者を追おうとはせず、抵抗もしない私達をぐいぐい抑えつけて手錠をかけた。私は興奮して、痛いとか馬鹿野郎とか言った。

ジープが来て乗せられたらオヤジがいた。オヤジと警察とでは何らかの話が成立していた。子分が喧嘩をしている間、親分は親分らしい活動をしたと見える。正ちゃんは全身血だらけで、肩で息をするごとに首筋からどくっどくっと血が流れる。ジープは真直ぐに病院に向った。

英雄の如く……

治療が終って私と正ちゃんは別々の部屋に入れられた。私の傷も案外深く、骨までぱっくり口を開いていた。一人ベッドに寝転んで薄暗い病室の壁のしみを眺めていたら、無性に腹が立って来た。

あの時、正ちゃんがパン助を殴らなければ、こんなことにならなかっただろう。またあの男と正ちゃんが喧嘩を始めた時、オヤジが仲に入ればまだ治まりがついたに違いない。大体喧嘩となると目の色を変えるヤクザ根性が気に入らない。それに傷が癒るまでには相当時間はかかると見なくてはならない。今学年度はほとんど講義を聞いていないので、二月になって泥縄をきめ込んで、三月一日からの学年試験には、あれとこれの単位を取ろうと、虫の良いプランをたてていたが、あてが外れてしまった。そんなことよりこの喧嘩で殺されてでもいたら（その可能性は多分にあった）まるきりお終《しま》いである。

ドアが開いてオヤジが入って来た。

「わしのために体を張ってくれたんだから、今度はわしがお前のために体を張ってやる」

「とんでもない！」

鉄砲をぶら下げて突撃をする時でも、天皇陛下のために死ぬ気なぞは毛頭なかった私である。いくらこの老人が良い男とはいえ間違っても命をかけるつもりはない。しかしオヤジは私の言葉を好意的に解釈した。

「分ったよ、心配しないで静かに寝てろ」

「一体、今日のゴロの相手はどこのやつらです？」

「阿部久の若い衆だ」

阿部久、阿部久太郎とは、オヤジと同じ系統の（関東○○連合会）ヤー公の親分で、都会議員ではあり、世間的にはオヤジの上とされている男である。オヤジにしてみればそれが大いに気に入らない。阿部久は舎弟にならないオヤジが小面憎くて仕方がない。今までにも色々ごたごたの絶えないいわば因縁の間柄である。

「それにしてもみんな知らない顔でしたが……」

「うん、名古屋《ゴヤ》から一月ばかり前に来たグレン隊だそうだ。事務所に商売《バイ》もしない不良青年を置いて飯を食わせとくなんて、阿部久はもうヤー公じゃない。大体都会に出るようになってから思い上っとる……解決《オトシマエ》はこの古木三造ががっちりつけてやる」

オトシマエがどうなろうとも、現在の私の肉体的苦痛には関係がない。喋ったら、疵がずきずき痛みだす。余計に癪にさわって来た。

翌日は御見舞がぞろぞろやって来た。誰も彼も私の勇敢な行動を讃美して行く。褒められれば悪い気持はしない。英雄になったような気さえする。

私達が喧嘩した場所、阿部久のマーケット附近を古木一家の若い衆が常に一三人監視しているという。

「いざとなった場合のゴロの用意は充分出来たから安心しろ」

と報告する奴もいる。これらが皆商売《バイ》を休んでいるのだから、普段オヤジが商売第一と言うのも当てにならない。

Iの街のパン助の代表みたいなのが花束を持って見舞に来る。御存じ関東小政、新宿のキスグレのお政に輪をかけたように、ずんぐりむっくりで、又すこぶる面がまずい。グレン隊風のアイツキ（仁義）を通したが、

「姓は黒田、名は百合子、通称もんもんのユリ」

と聞いて驚いた。関東関西ズベ公は数ある中で、背中に彫った倶利伽羅《くりから》紋々の入墨が仇名の大姐御である。それにしても女より男に近い御面相だが、男に相手にされないから、パン助どもを統率しよろず喧嘩解決《オトシマエ》を引受けて、かすりを取る姐御に治ま

ったに違いない。

「当時阿部久の若い衆の息のかかったパン助がえばって困ってましたが、あんさんのおかげで昨日からはナシオト（おとなしく）になりまして……」

と心から御礼を言って帰った。

阿部久とマーケットの土地の問題でごたついている土建屋の親分が、菓子折を持って来て、

「いざとなれば、うちの飯場の若い衆を貸しますから」

と元気づけてくれる。

しかし二日目になると、一家内の若い衆が御義理に顔を出す程度で見舞客はなかった。私は絶対安静を言い渡されていたが、退屈なので正ちゃんを見舞った。命に別状は無い、とのことだが重傷である。

「玄ちゃんみたいな恰好じゃゴロは出来ない。あの場合にはこうするもんだ」

と、彼は私の顔を見るなり具体的に話しだした。私は呆れてしまった、大日本帝国軍人にもこういう輩が多くて、戦争そのものを愛したものだから、大変なことになってしまった。正ちゃんも子供の時から、柔道でもやらしていたら、ヤクザにならないで済んだかもしれない。暴力を失くするためには、警察に引張るより子供の時からの教育の方が大切である。

　オヤジのたった一人の兄貴分になる、自他共に日本一と許すN親分が仲に入って、古木三造と阿部久太郎の間にオトシマエがついた。私達二人の入院費を入れて四万円出すという条件である。そこで一杯飲むことになる。ゴロの用意のための出費を差引くとむしろ赤字であろう。私達の全快祝もあったが、大勢集って飲んで歌って、挙句の果て仲間同士喧嘩してお終いになった。私は将来ヤー公の親分になるつもりはないから、男を上げても始らない。

横田基地のバンブダンプ

「なにを寝ぼけてんの。戦争だよ。戦争!」

飯田橋職業安定所の若い男は興奮した声をだし、ぼくはキョトンとして、その男の顔をみつめた。

長い長い戦争はおわったんじゃないの。昭和二十五年(一九五〇年)みんな腹がへっていて、平和もクソもないが、戦争はおわった。戦争なんて夢みたいな気がする。戦争に負け、腹がへり、アメリカとの戦争になるだいぶまえから、ずーっと腹がへってたが、ともかく戦争はない。

それを、この職安の若い男は、「戦争だ!」とばたばたさわいでる。ぼくはほんとにキョトンとした。

もっとも、朝鮮半島で戦争がおこってることは、新聞で読んではいた。また、浩々居という福岡県の学生の寮にいる旧制福岡高等学校の水泳部の先輩の岩田達馬さんの部屋に居候していたぼくは、朝鮮での戦争のため、北九州で灯火管制がおこなわれたことを、北九州出身の寮生から、ひそひそ声できいた。

浩々居では、朝鮮での戦争のことは、ひそひそささやかれ、それは生《なま》な感じがあった。しかし、北九州と東京とでは遠い。それに、やはり米軍占領下なので、らいさな声でささやいている寮生たちとちがい、朝鮮半島に近い北九州に、ぼくは肉親がいるわけではない。また、朝鮮での戦争が、ぼくの仕事さがしに関係があるなどとはおもってもいなかった。

いや、じつは関係があったのだが、このときも、ぼくはキョトンとしただけだった。軍港町の呉の小学校で二年ほど同級で、それ以後はどこにいるのかも知らなかった梅谷昇と、昭和二十二年（一九四七年）四月、はじめて東大にいった日に、偶然めぐりあい、しかも、梅谷はおなじ文学部哲学科だという。その日は、ふたりとも講義はきかずに、いっしょに浦和の梅谷のうちにいき、それ以来、ずーっとごろっちゃらあそんできた。大学にいったさいしょの日から講義をサボったのでは、どうしようもない。

朝鮮戦争がはじまったのは昭和二十五年六月二十五日だ。そのすこしまえ、新橋駅近くのスター・ブッキング・オフィスというアメリカ軍相手の芸能社でアルバイトをしていた梅谷昇の妹が、人間ポンプの付き人にならないかと言った。人間ポンプはガソリンをのみ、それをはきだしながら火をつけたりした芸人だ。赤い玉と白い玉を胃にのみこんで、客が赤と言えば赤い玉、白ならば白い玉と、よりわけてだしてきたのは、いまでもふしぎな気がする。その人間ポンプがアメリカ軍の施設のクラブなどにいくときの、通訳を兼ねた付き人ということだったのだろう。

ま、そんなわけで、新橋駅近くのそのオフィスにいくと、まことに閑散としていて、梅谷の妹は「朝鮮で戦争がはじまり、G・Iたちはみんな朝鮮にいっちゃったの。だから、このオフィスは仕事がないのよ。わたしたちもクビね」とわらった。この梅谷の妹は肝っ玉がふとく、アメリカのたしかミルウォーキーでレストランをやってるとかきいた。梅谷のお父さんは海軍の戦闘機乗りで、終戦のときは海軍少将だった。この元提督が豆腐製造の機械をもち、アメリカの娘のところにいった。そのとき、アメリカにいく船まで見送ると、お父さんは海軍式に船のタラップを一段とびこしながら、かけあがっていったそうだ。まだ、アメリカでは豆腐が手に入りにくいころだったが、梅谷のお父さんの豆腐屋はうまくいったのかどうか。

はなしはちがうが、いまここに木製のトランジスタ・ラジオがある。ソニー製品だが、東京通信工業という名前が見えるので、発売はその名前の会社だったのか。モデルはTR—72。昭和三十年（一九五五年）ぐらいの発売ではないだろうか。いまでも、けっこういい音をだす。

いや、このトランジスタ・ラジオを買いにいったところが、新橋駅ちかくの東京通信工業社のちいさなオフィスで、梅谷の妹がいたれいの芸能社はこのあたりか、モロにあのオフィスだったのではないかとおもった。

そのころ、米軍関係の求人はおもに飯田橋の職安でやっていた。もっとも、午前と午後の二回か午後一回ぐらい、職安の建物の裏の空地で、職安の係員が「三信ビルでジャニター（雑役）一名」と言うと、ハイ、ハイ、となん人かが求人カードをもらって、三信ビルにいくといったぐあいで、一日になん人かしか求人はなかった。

おかしいのは、張込み易者《ばりころくま》の口上《たんか》のおわりのほうみたいに、職安の係員はミカン箱の上に立ち、仕事をさがしてる者はそのまわりに集まって、ハイ、ハイと手をあげる。

そんなふうだろうとおもい、いつもの午後の時間に飯田橋職安にいくと、裏庭にはだれもおらず、どうしたのか、と事務所でたずねると、「なにを寝ぼけてんの。戦争だよ」と言われたのだ。

じつは、そのころ、国鉄の駅の階段などに、「港湾荷役三百名募集」なんて紙がはってあり、その募集人数のおおいのに、ほんとかいなという気持でいた。

だが、ぼくが横田空軍基地にいくようになったのは、朝鮮で戦争がはじまって二月以上もたった九月にはいってからだった。

居候をしている女どもに、はたらきにいけ、とせっつかれたのだ。男の友だちは自分は食わなくても、だまって居候させてくれるが、女はセコいねえ、とれいの岩田達馬先輩ともはなしたものだった。

横田基地は、立川から青梅までの青梅線の（いまは、もっとさきまで青梅線はのびている）牛浜という駅でおりていった。

ぼくがはたらいたのは、広大な横田基地のなかでも、そのはしっこにあるバンブダンプ（バクダン部）だった。B29爆撃機につむバクダンを貨車までとりにいき、貯蔵し、B29爆撃機まではこぶ仕事で、ぼくの職種は通訳だ。

ぼくがバンブダンプではたらきだしたころは、韓国にいる米軍は半島のはしに追いつめられ、あわや第二のダンケルクか、とくるしい戦いをしていたときではないのか。

雨の日がつづいた。バンブダンプのカマボコ兵舎のまわりは、黒い泥でいっぱいだった。土の泥に油がまじり、まっ黒でどろっとしている。切れた電線が泥のなかにおちて、感電死しそうになる者もいた。

仕事は昼夜二交替。まえは日本人労務者は六、七名だったバンブダンプは、労務者は四百名近く、運転手だけでも百名ほどの大きなものになっていた。

通訳のぼくは、労務者のフォアマン（監督）に職種をかえてもらい、すぐ、ヘッド・フォアマンになった。このほうが、給料がぐっとよかったからだ。ヘッド・フォアマンには、ほかにパープがいた。広島県の呉の米軍政府の炊事場《キッチン》ではたらいてたときも、パープとよばれてるオジ（オジイ?）さんがいた。ローマ法王もパープだ。おやじさん、パパさんといったところか。

ヘッド・フォアマンという名前だけにしても、ぼくにこんなにたくさんの部下がいたのは、生れてはじめてで、このとき一回きりだった。これ以後は、ぼくに部下などは一人もいたことはなかった。

バンブダンプの隊長は中尉だったが、チョージャナウスキーという五本線のテクニカル・サージャント（軍曹）が現場の長だった。名前からみるとポーランド系か。青い目で、がっしり背が高く、横田基地の野球チームの主投手《エース》だった。

そこに黒人の六本線の曹長がやってきて、バンブダンプのニホン人労務者は黒マスというあだ名をつけた。黒いマスター・サージャントってことだ。いいあだ名ではない。

アメリカの軍隊では、空軍が黒人差別をなくすようによく努力してるとかきいた。黒マスは第二次大戦中は陸軍《アーミイ》の大尉だったそうだ。アメリカ空軍は戦後に陸軍とわかれて、独立している。元大尉が曹長で再就職というのは、ニホンではないことだった。

それに、米軍では同一人の階級が二つあることも知っておどろいた。ほんとは一等兵だが伍長だとかさ。ついでだけど、サージャント、sergeant とくれば軍曹、下士官と訳すのは注意したほうがいい。いま、ニホンでも有名な権威のある英和辞典をひくと、sergeant は corporal（伍長）の上の下士官となっていた。たしかに sergeant は corporal の上だが、corporal は、たとえば南北戦争あたりでは伍長だったかもしれないが、いまではけっして伍長ではなく、せいぜい上等兵ぐらいのものだ。その上のsergeantも兵長といったところか。スタッフとかマスターとか、上になにもつかないただのサージャント（トの音はほとんどきこえない）は下士官ではない。クラブでも下士官クラブではなく、兵隊のクラブに属している。

バンブダンプのチョージャナウスキーはテクニカル・サージャントで五本線で、旧日本陸軍なら軍曹格だった。五本線のサージャントはほかにもあれこれ言いかたがある。アメリカ陸軍や空軍の階級だけでも、そのときどきで、いろいろよび名もちがい、実際の地位もちがう。しかし、権威のある大辞典でさえ、こんな考えちがいをしているとは。とにかく、サージャントは軍曹（下士官）ときめてかかるのは、よくない。ところが、世の中にはきめてかかるのが好きな人がおおい。それでまた、世の中はテキパキうごいていくのだろう。

黒マスは事務屋だった。バンブダンプにはいってくる弾薬、バクダンをファイルに記入し、また搬出されるバクダンも記入する。それを計算機もなにもつかわずに、こまかな字で、一日じゅう書きこんでいた。

この黒マスことスティッガー曹長が人事に口をだしてきて、その字のようにこまかく、くどく、たびたびこまることがあった。たとえば、スティッガー曹長はなに班はなん曜日の出勤ときめてしまった。そうすると、日曜日の班の者は、日曜日には祭日がないので、ほかの曜日の班とおなじようにはたらいても、祭日手当がつくことがなく、もらう給料がすくない。それまでは、夜勤と休日をはさんで、毎週一日ずつ働く日をずらし、公平なローテーションになっていたのだ。

上の者がニホン人なら、こんな不公正さはわかってくれるのに、と日曜日の班の者はなげき、ぼくもかなりしつこくスティッガー曹長に交渉したがダメだった。

こういうことを、ある評論家も書いていて、占領下はけっしてよき時代ではなかったと言っている。占領下という異常事態がいいわけがない。また、その評論家が例にだすのは、占領時代はやりにくかったとコボす政府の高官で、これも、占領軍さえいなければ、自分たちのおもうようにできるのに、と歯がゆいおもいだっただろう。

しかし、どっちみち使われてるのなら、たとえボスが外国人でも、自分にあったボスのほうがいい。ぼくたちは政府高官ではない。

バンブダンプにはフーセン伍長もやってきた。ばかデブで、日本間のタタミにすわってることもできず、タタミの間では、いつも横になってたような男なので、こんなあだ名がついた。ほんとの名はマカヴェッチ。これまたスラブ系の名前だとおもったが、本人はアイルランド系だと言い、ニューヨーク育ちだ。

チョージ（ヤナウスキー）軍曹やマカヴェッチ伍長、ほかの兵隊たちとも、ぼくはなかがよかった。バンブダンプではたらきだしてすこしあとに、ぼくは横田基地の近くの牛浜で部屋を借りた。家主は機屋の番頭さんで、畑ももち、その家のむこうには桑畑がずっとつづいていた。

もとは台所だったのを改造した部屋だそうで、壁にB29爆撃機の胴体の金属板がかってあり、変則の四畳半だった。

吉祥寺で居候していた女とこの部屋にうつったが、ひどい部屋だ、と女はこぼしてばかりいた。この部屋にも、ちょいちょいマカヴェッチ伍長はあそびにきた。チョージ軍曹ともよく飲んだ。

フーセン伍長のマカヴェッチが、連合軍のノルマンジー上陸作戦のまえに、パラシュートでドイツ軍の後方に降下し、橋梁などの爆破作業をしたときいておどろいた。そのときは、こんなにふとってなかったのだろう。

バンブダンプでぼくといっしょだったという運転手にあった、とある人からきいた。そのころのバンブダンプの労務者や運転手のなかにはヤクザ者みたいなのもなん人もいて、ぼくはよく口上《たんか》をきっていた、とその元運転手は言ったそうだ。ぼくはケンカに弱いのに、すぐカッとなってなにか言う。でも、ヤクザめいた連中とやりあったのは、さいしょのころだけではないか。

ぼくは英語をよくしゃべれるということになっていた。しかし、そのころは、ごくとくべつな人のほかは、いくらか英語がしゃべれるのは米軍やイギリス連邦軍ではたらいているニホン人だけだった。

そんなニホン人のうち、しかも労務者なんかではなく通訳の職種の者でも、ほとんど英語をはなさない、はなせないものがおおかった。横田基地のバンブダンプでも、アメリカ兵が通訳をさがしていると、逃げてしまう通訳がいた。でも、そんな通訳はめずらしくなかった。

いまは、英語がしゃべれるひとが多いのに、びっくりしている。とくに女性はよくはなす。ぼくの英語はラスティ（錆びついてる）だけでなく、もう古いG・Iイングリッシュになった。

朝鮮戦争では、九州あたりに戦闘機や空軍の補給基地はあっても、B29爆撃機はみんな横田基地からとんでいた。横田基地は東京都にある。東京都から爆撃機がとんでるのなら、相手の爆撃機が東京都にとんできたって、べつにおかしくはない。だが、そういうことを知っているニホン人はほとんどいなかった。しかも、米軍ではヒミツにしていたわけでもない。ぼくが横田基地ではたらきだしたころから、ぼくも、ほかの人たちもあまり腹は空かせなくなった。そして、毎晩のように、ぼくは牛浜駅ちかくの急造のバラックの列の飲屋で飲んだ。横田基地銀座といったところか。まわりにはなにもなく、西部劇の町のようだった。

横田基地のバンブダンプを、とつぜんクビになった。そのときの隊長も、フーセン軍曹のマカヴェッチも（伍長から昇級していた）まったく知らないことだった。そして、三分以内に横田基地をでていけ、と言われた。クビの理由としては、ただ米軍に適さないという。これはスパイ行為ないし特定の政党の党員にたいする保安解雇だ、とあとできいた。ぼくにはぜんぜん身におぼえのないことで、あっけにとられた。バンブダンプの隊長も基地の司令部の人事課にかけあいにいったが、まるっきりべつの系統からの命令だそうで、基地司令部にも関係がないとのことだった。

米軍のどこかの情報部あたりから、ぼくはにらまれていたのだろうか。こんないいかげんな男を、ひそかに監視していた情報部があったとしたら、いったい、どういう情報部だろう。

近ごろ、アメリカの謀略機関や情報機関で大規模で綿密なオペレーションをやりながら、それが根本ではまったく架空の理由のものだったという映画を、なんどか見た。ぼくなんかのは、ほんとにちいさな例だけど、実際にあるんだなあ。

横田は東京都西多摩郡だが、冬、とても寒かった。建物のかげなど、雪が四月ごろまで残ってることもある。それに横田基地はのっぺらぼうに広く、風もつめたかった。

不動産屋、そして医学研究所

一度だけニホン人のところではたらいたことがある。一度だけとはなさけない。外人相手のちいさな不動産屋だ。ほんとにちいさな不動産屋で、タタミ三畳のスペースもなかったのではないか。でも、社長と若い美人の社員がいた。この女性は近くのイギリス大使館に住んでいた。大使館のなかにニホン人の居住区があったらしい。代々、外国大使館に住んでるニホン人もいるのだ。

不動産屋があったのは麴町警察署のほうから坂をくだってくる途中で、このあたりは、もとは東京でもいちばん高級なお屋敷町だった。しかし、戦後は戦災にあった大きな屋敷の後はそのままの空地で、やがて個人のものではない建物がたちだした。敗戦で麴町人種が没落し、自分の家を建てなおすことができなかったのか、宮城に近くほんとうの一等地なので、土地を売って、ほかにうつったのだろう。

大森にはすごい邸宅ばかりの一画があり、田園調布などの比ではなかったが、いまでは田園調布が高級住宅地として有名だ。それがまた、成城にうつりつつある。地図で見ると、大森、田園調布、成城とまっすぐ北上してるのがおかしい。

麴町のちいさな外人相手の不動産屋は、いたってカンタンな商売だった。新聞に外人むきの貸家と貸間を求める広告をだす。それにこたえてくるものがあると、ノートにとっておいて、よさそうな物件は英字新聞に貸家と貸間のみじかい広告をだす。その広告を見てきた客を現場に案内するというわけだ。じつは貸家がほとんどで、貸間はあまりなかった。米軍関係のアメリカ人が家族で住む家をさがしてるのが、おもな客だった。

英字新聞の広告には、寝室《ベッドルーム》がいくつということのほかに、フラッシュ・トイレット（水洗）やスクリーン・ドア（網戸）のこともいれることがあったが、これはAPPROVEDでない家の場合だった。

APPROVEDとは、米軍の認可がある家のことで、これがあると米軍から一定額の居住費がでるという。だから、その家がAPPROVEDされてるかどうかはだいじなことだった。そして、軍によるAPPROVEDの条件として、水洗トイレ、網戸つきなんてことがあったのだろう。

このAPPROVEDの文字を、沖縄の沖縄市（もとはコザ市といった）でも見た。コヤの十字路から米軍基地の正門《メイン・ゲート》にいくあたりのバーにあったのだ。米兵が飲むのを、軍に認められてるバーだ。それにも条件があっただろうが、あまり清潔そうなバーではなかった。米兵相手の女たちもいた。こんなバーのことを、APPROVEDの頭文字《イニシャル》をとってAサインバーとよんでいる。Aサインバーは、だんだんさびれてきた。ついでだが、このあたりにニューヨーク・ホテルという旅館があって、玄関の左右に盛り塩をしてるのを見た。ニューヨーク・ホテルで盛り塩とはねえ。

麴町の外人相手の不動産屋へは、渋谷から都電でいき、お濠ばたの半蔵門でおりた。長い電車だった。靖国神社の前をとおり神田須田町までいく電車で、渋谷では忠犬ハチ公の像のところから電車がでていた。このころだろうか、冬、雪が降った日に、お濠ばたの傾斜をスキーですべってる人を見た。へたをすると、お濠の水のなかにボチャンとおっこってしまうから、かなりスキーがじょうずな人だったのか。ともかく、のんきなはなしだ。いまなら、警官がふっとんでくる。

イギリス大使館もお濠ばたのいい場所で、あの麴町あたりで、昔のままの建物が残ってるのは、イギリス大使館ぐらいだろうか。大使館の木造の窓枠は、ニホンにはないグリーンの色で塗ってある。横浜のイギリス領事館の窓枠もおなじグリーンなのがおかしかった。大使館や領事館で窓枠の色を統一してるのだろうか。イギリス大使館だけが宮城のまんまえにあるので、かつての日英同盟なんてことを考えたりした。

この外人相手の不動産屋には三か月ぐらいいて、やめた。米軍よりも給料も安かった。それに、仕事もぼくにはむいていなかった。たとえば、ニホンの新聞に「求ム外人向住宅」なんて広告をだし、家の持主が電話をかけてきても、その家をたしかめることはせずに、よさそうな物件だと英字新聞に広告をだし、外人の客があると、はじめていっしょに見にいくというふうで、あれこれつらいこともあった。あらかじめ物件を見ておくのには、時間も交通費もかかる。そんなことは考えない不動産屋だった。だから、いつも、外人の客のクルマで物件を見にいった。

　そのころは、米軍用の東京の道路の記号があった。たとえば、お濠ばたの桜田門や半蔵門をとおる通りは第一《ファースト》ストリート、半蔵門から新宿のほうにむかう通りはＫアベニュー。だから、ファースト＆Ｋと言えば、半蔵門のところだ。こんなふうに通りの名で地点がきまるのは、ニホンでは京都ぐらいだろうか。四条河原町ならば、よこの四条の通りとたての河原町の通りの交差点でズバリきまる。

　この不動産屋への通勤のために、女房はぼくの背広をつくった。それまでは、横田空軍基地でもらった米軍のジャンパーぐらいしかもってなかったのだ。女房は洋裁の学校にはなん年かいったが、男物の背広のつくりかたなど、もちろん知らなかった。それに、背広は通勤着でしっかりしたものでなくちゃいけない。女房は研究をかさね、コツコツと背広をつくった。だいたいしつこいたちで、着実だが、やることはのろい。やっと背広はできあがり、あんがいちゃんとしてるのに、みんなおどろいた。しかし、ぼくはおどろかなかった。おもしろいジョークなどには、ぼくはよろこぶが、実質的なことには興味がないのだろう。不動産屋に通勤するために背広をつくったのだが、背広ができたころには、ぼくは不動産屋をやめていた。

この不動産屋にいたのは横浜港の北波止場《ノース・ピア》で米軍の貨物検数員《カーゴ・チェッカー》をするまえだ。カーゴ・チェッカーをストライキのあと人員整理でクビになり、ぼくは失業保険を半年か九か月もらったのはおぼえてるが、どれくらいぶらぶらしていたのだろう。

つぎにはたらいたのは、東京の玄関口と言われる丸の内の三菱仲七号館にあった米軍の医学研究所だが、これが、いつからいきだしたのかわからない。

それで、いま階下《した》におりていき、女房にたずねたが、女房もおぼえてない。しかし、上の娘が生れてから一年か半年ぐらいあとではないかしら、と女房は言った。「ほんじゃ、上の娘が生れた年はわかるか？」とぼくはきき、そりゃわかりますよ、と女房はこたえ、ちょうどうちにきていた女房の妹がさもおかしそうにわらった。上の娘も下の娘も昭和なん年に生れたか、なんてことはぼくは知らなかった。娘たちの歳も知らない。そう言うと、みんなわらうが、なんで娘の歳を知ってなきゃいけないのか。警察でも税関でも、娘の歳などきかれたことはない。

さて、上の娘が生れたのは昭和二十八年（一九五三年）だそうだ。九月なかばすぎなのに、いやにひんやりした朝はやくだった。その前日、女房とぼくは雪が谷大塚から池上線にのり、荏原中延でおりて、荏原オデオン座で映画を見た。チャップリンの監督主演のセンチメンタルな名作「ライムライト」などの三本立だ。「ライムライト」も上映時間が二時間以上で、あとの二本の映画も長く、お昼ごろ映画館にはいったのに、映画館をでたときは夜の八時すぎだった。それからうちにかえり、ぼくは焼酎を飲んだ。失業中だが、ちゃんと焼酎は飲んでたらしい。

そして、あくる朝はやくに、女房は産気づいた。クルマをよぶなんてこともできず、女房はよろよろしながら、田園調布の産院まであるいていった。くりかえすが、ひんやりした朝で、土の道が湿っていた。産院につくとすぐ、ぼくはなにかをとりにうちにひきかえしたが、女房は産院の部屋にたおれこみ、布団も敷かないうちに生れたそうだ。生れた娘はローストチキンみたいだった。皮膚は褐色っぽく、剝きだしの感じで、毛も羽根もはえてない。ローストチキンそっくりだった。

丸の内の米軍の医学研究所ではたらきだしたのは、昭和二十九年（一九五四年）か三十年（一九五五年）か。四〇六部隊という名称の医学研究所の生化学部のガラス器具洗いが、ぼくの仕事だった。洗い場で一日じゅう立ってると、足がぱんぱんに張り、こりゃたまらないなとおもったが、やがて慣れた。そして、一日じゅう立ってもいず、しょっちゅう腰をおろして、しゃべったり、本を読んだりした。アメリカ兵が読みすてたペーパーバック本だ。もうこのころは戦時中の ARMED SERVICES EDITION 通称G・Iブックはなくなっていた。

この米軍の医学研究所があった丸の内の三菱仲七号館の中の字にニンベンがついているのがおもしろい。古い書きかたなのだろう。いまでも沖縄ではよくニンベンをつける。仲村とかね。田中を田仲と書かれたこともある。もっとも、沖縄ではタナカはすくないのではないか。

フォー・オー・シックス、四〇六部隊（医学研究所）ではたらくことになり、いまは東大の生産技術研究所になっている旧帝国陸軍の麻布の聯隊跡のパーシング・ハイツの人事課にいった。

ところが、人事課のニホン人の男が部屋の奥のほうのファイル・キャビネットのところにいき、ファイルをひきだし、カードを見ていたが、一枚のカードをひょいとぬいて、ぼくのところにもってきた。

「おたく、三信ビルでドロボーしてますね」

ぼくは呆然としたが、ああ、これで医学研究所の仕事もだめになった、とカンネンした。

「三信ビルじゃない。日比谷の三信ビルに師団司令部があった渋谷・松濤の将校クラブだ」ぼくはリキんで、大きな声で言った。

昭和二十二年（一九四七年）四月に大学にいきだすとすぐ、ぼくは渋谷の東横デパート四階にあった軽演劇の小屋の舞台雑用をやり、小屋が焼けたので、渋谷・松濤町の将校クラブのバーテンになり、いっぺんクビになるが、クラブにまいもどって、煙突掃除なんかしてるうちにバーに復帰し……ところが、クラブのぼくの部屋でウィスキー一壜と缶ビール二コが見つかった。

そのときのことが、ちゃんとブラックリストにのっていたのだ。米軍をわるいことをしてクビになったものは、ブラックリストにのり、もう米軍に就職できないことは、ぼくも知っていた。だから、空軍の横田基地にいったり、都外ならとおもい、横浜の職安にいき、カーゴ・チェッカーにもなった。

人事課の男はカードを見ながら、言葉をつづけた。

「おたくはイクスチェンジ・ホテルでもドロボーしてますね」

「イクスチェンジ・ホテル！」

ぼくはびっくりした。兜町の証券取引所（そのころは株式取引所）が米軍に接収されて、イクスチェンジ（取引）ホテルとよばれていたのだが、なんと、ぼくはそこでもドロボーしたのだそうだ。おまけに、イクスチェンジ・ホテルでは、ウィスキー一壜に缶ビール二コなんてケチなものではなく、真珠のネックレスに宝石、時計、カメラなど高価なものをごっそりドロボーしてるという。

ぼくは頭にきて、よけい大声になり、どなった。

「どこに、そんな証拠がある？」

「ま、つかまってませんけどね。でも、犯人はタナカ・コミマサ、とちゃんとおたくの名前が書いてあるんです」

「そんな名前は消してくれ」

　ぼくがわめきたてるので、人事課のアメリカ兵もこっちを見ている。もと株式取引所のイクスチェンジ・ホテルにもバーがあって、ぼくはそこのバーテンダーになろうとおもい、一度だけいったことがある。バーテンダーの仕事は結局ダメだったが、建物のなかをあちこちひっぱりまわされ、奇異な感じがしたのをおぼえている。なにしろ証券取引所をホテル（？）にしたのだ。株を売った買ったの広い場立ちを区切ってベッド（コット）がおいてあったり、せまい廊下みたいなところから、女性の持物が露出的に見えたり……そんなとき、案内されながら、ぼくはよけいなことを言ったのかもしれない……ふつうの米軍宿舎とはだいぶちがってたのだ。

　パーシング・ハイツの人事課の男の口ぶりだと、ぼくにはほかにも余罪があるようで、あちこちの米軍施設をあらしまわった怪盗みたいなものらしい。しかし、どうして、タナカ・コミマサがドロボーしたってことになったのだろう。ぼくの名前をだしたのは、だれなのか。福井で牛ドロボーにされて取調べをうけたときも、だれかがぼくの名前を警察にしらせたのだが……。

　おかしなことに、ぼくは人事課で不採用にはならなかった。こんな大ドロボーでも、四〇六医学研究所でいいと言ってるんなら、いいでしょう、みたいなことを人事課のニホン人の男はもごもごつぶやいた。

パーシング・ハイツの人事課から、ぼくは身体検査のため都立広尾病院にいった。ここで、医者がうしろから、「あなたはウソをつきますか?」とちいさな声でたずね、「えっ?」とぼくはとびあがりそうになった。これが聴力検査だったのだ。つい先日、広尾病院の前をとおると、すっかりきれいな建物になっていた。病院はなにより清潔でなきゃいけないのに、ニホンの病院はきたない、と外国人が顔をしかめていたが、だんだんかわってくるのかもしれない。医者も医者臭くなくなったし。

そのころは、大蔵省の建物も米軍に接収されていて、米兵の宿舎になっていた。大蔵省の建物は造ってるあいだに戦争がひどくなり、そのため外の壁は仕上っておらず、コンクリートの荒《あら》うちのままになっていた。これはなにか現代ふうの感じでもあったが、ずいぶん長いあいだ、そんな壁の状態だったことになる。

東京駅から有楽町駅のあいだの丸の内では、たくさんのビルが米軍やイギリス連邦軍などに接収され、ソ連の代表部もあった。ソ連の兵隊さんは詰襟《つめえり》で赤い肩章にストライプのはいったズボン、黒い長靴と、なかなかロマンチックなカッコだった。

米軍のWAC(ないしはWACC、婦人部隊)の宿舎のビルもあった。丸の内はオフィス街だから夜は人通りもほとんどない。WACの宿舎のビルの近くを、男ひとりであるいていて、WACの女の兵隊にどこかにひっぱりこまれ、強チンされたなんてはなしはよくきいたが、はなしばかりで強チンされたという本人にはあったことはない。また、そのころはアメリカ人とニホン人、とくにアメリカの女性とはたいへんな差があって、WACがニホン人の男を強チンするなど、じつは、考えられないことだった。おなじアメリカの兵隊でも、男の兵隊のほうがずっと数がおおかったことだし。

　でも、ぼくが四〇六医学研究所ではたらきだしたころは、丸の内での米軍の施設は三菱仲七号館のこの医学研究所だけだった。そして大蔵省も接収が解除になった。丸の内の緑青がふいた丸屋根《ドーム》などがあった古い建物はみんななくなった。

　しかし、三菱仲七号館のむかいの日本赤十字本社がある東京都庁の古い建物は、まだ残っているのではないだろうか。

　古くは二・二六事件で名前がでて、長いあいだ米軍関係者がつかっていた山王ホテルも取りこわして、新しいホテルになるという。いま、東京都内にある米軍施設は、東大生産技術研究所の裏のほうの米軍の新聞「スターズ&ストライプス」ぐらいではないだろうか。米軍の施設独特だった上が外側に反った金網《フェンス》が、ここにはある。沖縄の中心部には、まだこの米軍の金網《フェンス》がおおいが。

　ぼくがはたらきだしてから一年たらずで、四〇六医学研究所は、東京駅前の丸の内から小田急沿線の相模大野に引越した。そして、ぼくは翻訳をはじめていた。さいしょの訳本はアイルランドの作家Ｊ・Ｂ・オサリバンの『憑かれた死』で昭和三十二年（一九五七年）のはじめに早川書房で出版された。めずらしく、四〇六医学研究所ではクビにならなかったので、翻訳のあいだに雑文を書き、いつからか、小説も書きだした。れいのとおり、みんなごっちゃになってるが、四〇六研究所をやめたあとは、もうつとめてはいない。

葬式はしない

ぼくは葬式はしない。と本人はおもっていても、葬式をするときは、その本人は死んでいていないから、どうなるかわからない、と言われるかもしれない。たしかに、葬式が好きそうな家族もいる。

でも、そういう人に、「あなたはお葬式がお好きみたいですね」なんて言ったら、おこりだすだろう。「葬式が好きな者はいない。しかし、世間への義理ってものがある」なんてね。

しかし、うちの女房は、ぼくが直木賞をもらったときも、どこかの、電話などはない山小屋に逃げてしまった。もちろんパーティにも顔を出さない。

葬式もクワバラ、クワバラってところだろう。女房よりもさきにぼくが死ぬことはきまってるから、葬式はしない、とぼくが言ってるのは、葬式ぎらいの女房への、女房孝行です、といつかはなしたら、女房がおこったねえ。「おまえさんに孝行なんかしてもらいたくない」ってさ。

しかし、こういうこともきいた。葬式はしない、というのはカッコいいみたいだけど、葬式は、「へえ、このたび死にました」というあいさつで、死んだらもうおつきあいもできないので、だいじなあいさつだ、とね。

まことにそのとおりだろうが、ぼくはあいさつなんてどうでもいい。げんに、とくべつひとにあいさつなんかしたことはない。

女房はぼく以上で、まったくあいさつはしないし、葬式をやらないと義理に欠ける、と言われても義理なんてことはカケラも考えていまい。

葬式どころか、うちでは結婚式もやってない。ぼくと女房のときは、父親《おやじ》の教会の十字架もないタタミの間のいちばん前にすわらされ、日曜日の集会にきた人たちがギャア、アーメン、とわめいておしまいだったし、上の娘の結婚式も知らない。ただ友だちがあつまって会費をとるパーティをしたらしいが、そのパーティに、「おれもいこうか？」と言ったら、「とんでもない」とことわられた。また、そのパーティでいちばん酔っぱらったのは、花ヨメさんであるうちの娘だった、とずいぶんあとになってきいた。

下の娘も、ある日とつぜん、「わたし結婚するよ」と言うので、「いつ？」ときくと、「来月」とこたえた。

そして、その翌月、区役所の出張所に婚姻届をだし、うちで十人ほどのパーティを二回やった。それだけだった。だから娘二人とも、結婚についてはたいへんに安くついた。もっとも女房は安くついたともおもってないだろう。たいへんにケチで、娘の結婚に金をだすことなど、まったく考えてなかったはずだ。娘たちもそれがわかっていて、安あがりの結婚をしたのか。

くりかえすが、ぼくは葬式はしない。と本人のぼくも言ってるし、残った女房が葬式をする心配もない。ただし葬式をやらないと、だらだら人がたずねてきたりして、かえってめんどうだよ、とかならず言いだす者がいるだろう。

しかし、そんな者の言うことに、女房が耳をかすかな。また、ぼくが死んだあと、たずねてくる者に女房があうだろうか。

めんどくさいから、ひとがやってくれるのなら葬式はして、直木賞をもらったときみたいに、女房は逃げだして、行方をくらますか。

さっきからぼくは葬式はしない、と本人は言ってても、とくりかえしてるが、葬式の本人というのは、いったいだれだろう？　死んだ本人なのか、残った人か？　ニホン語には喪主というちゃんとした言葉があるけど、だれかが死んだときには、だれが喪主になる、と形式的にきまっている。たまにはだれが喪主になるかモメることはあっても、それこそモメるときだけだろう。しかし、どう考えても、うちの女房は喪主にはならない。「じょうだんじゃないよ、喪主なんて……」と顔をしかめるか、わらいとばすだろう。

じつは、ぼくは自分の葬式のことなど考えたことはなかった。そんなことはどうでもいい。しかし、ぼくは式というものはほんとに好きではない。女房とぼくとは、あらゆることでまったくちがってるが、式ぎらいなことではおんなじだ。

生きてるときに、これほど式がきらいだったのなら、葬式だってやってもらいたくはない。

しかし、かならず（強調しておく）葬式をやりたがる者がでてくる。そして、もっともらしい理屈を言うだろう。ぼくが生きてたら、そんな理屈とぼくの思いは、井上忠さん流に言うと、それこそ言語機構がちがう、と相手にしないだろうが、たとえば女房は葬式はきらいでも、ぼくみたいには、ぼくのことに熱心ではないから、あぶないもんだな。

ともかく死にかけたら、「葬式はしません」と大きな字で紙に書かせて、玄関の戸に貼っておくか。

出典・初出一覧

I

ひと

スリコギはこまる
出典『田中小実昌エッセイ・コレクション』第一巻（ちくま文庫）
初出『猫は夜中に散歩する』一九八五年二月　旺文社文庫

言葉の顔
出典『田中小実昌エッセイ・コレクション』第五巻（ちくま文庫）
初出『ワインの涙はそら涙』一九八六年三月　旺文社文庫

女家族の中でのボク
出典『ユリイカ』「総特集＝田中小実昌の世界」（二〇〇〇年、青土社）
初出『コミさんの二日酔いノート』一九八四年六月　旺文社文庫

優雅な仲間たち
出典『田中小実昌エッセイ・コレクション』第一巻（ちくま文庫）
初出『また一日』一九八〇年六月　文化出版局

路地に潜む陽気な人びと
出典『ユリイカ』「総特集＝田中小実昌の世界」
初出『サントリー・クォータリー』26　一九九一年

氷川丸での友だち　出典『田中小実昌エッセイ・コレクション』第一巻（ちくま文庫）
初出『オトコの気持ち』一九八六年三月　日本経済新聞社

おんな

シイ子のこと　出典『田中小実昌エッセイ・コレクション』第一巻（ちくま文庫）
初出『コミさんの二日酔いノート』

おしめり危険地帯　出典『田中小実昌エッセイ・コレクション』第四巻（ちくま文庫）
初出『にっぽん・バタフライ考』一九六八年十一月　双葉新書

ジプシー・ローズをしのぶ　出典『田中小実昌エッセイ・コレクション』第四巻（ちくま文庫）
初出『小実昌のかぶりつき放浪記』一九七〇年三月　日本文芸社

セックスにマメな女の構造は？　出典『田中小実昌エッセイ・コレクション』第四巻（ちくま文庫）
初出『女を食べてみよう——小実昌のおんな構造学』一九八〇年八月　ロングセラーズ

旅

東京乗合自動車　出典『田中小実昌エッセイ・コレクション』第二巻（ちくま文庫）
初出『コミさんの二日酔いノート』

おいしい水道の水　出典『田中小実昌エッセイ・コレクション』第二巻（ちくま文庫）
初出『ほろよい味の旅』一九八八年五月　毎日新聞社

ブレーメンふらふら　出典・初出『世界酔いどれ紀行　ふらふら』（二〇〇〇年、光文社）

映画

題名に苦労した「怒りと響きの戦場」　出典『田中小実昌エッセイ・コレクション』第三巻（ちくま文庫）
初出『コミマサ・シネノート』一九七八年七月
晶文社

ジャリがおもしろがる〝おとなの映画〟　出典『田中小実昌エッセイ・コレクション』第三巻（ちくま文庫）
初出『コミマサ・シネノート』

呉の「とうせんば」　出典『田中小実昌エッセイ・コレクション』第三巻（ちくま文庫）
初出『ぼくのシネマ・グラフィティ』一九八三年八月　新潮社

チンボツがえり　出典『田中小実昌エッセイ・コレクション』第三巻（ちくま文庫）

ぼくのB級映画館地図　初出『ぼくのシネマ・グラフィティ』
出典『田中小実昌エッセイ・コレクション』第三巻（ちくま文庫）
初出『コミさんの二日酔いノート』

コトバ

コトバというのがわからない　出典『田中小実昌エッセイ・コレクション』第五巻（ちくま文庫）
初出『ワインの涙はそら涙』
ぼくのお師匠さん　出典『ユリイカ』
初出『コミさんの二日酔いノート』
翻訳あれこれ　出典『田中小実昌エッセイ・コレクション』第五巻（ちくま文庫）
初出『コミさんの二日酔いノート』
『親友・ジョーイ』　出典『田中小実昌エッセイ・コレクション』第五巻（ちくま文庫）
初出『猫は夜中に散歩する』
哲学ミステリ病　出典『田中小実昌エッセイ・コレクション』第五巻（ちくま文庫）
初出『拳銃なしの現金輸送車』一九九〇年十一月　社会思想社
如是閑と蘇峰　出典『田中小実昌エッセイ・コレクション』第五巻（ちくま文庫）

ぼくは題名はいらない　出典・初出『題名はいらない』（二〇一六年八月、幻戯書房）
初出『拳銃なしの現金輸送車』

II

勤労奉仕から動員へ　出典『ユリイカ』
初出『いろはにぽえむ』一九八五年二月　阪急コミュニケーションズ

父と特高　出典『ユリイカ』
初出『誰にも青春があった』一九八九年二月　文藝春秋

ハミだした両親　出典・初出『題名はいらない』

濃いインキの手紙　出典・初出『題名はいらない』

昭和19年…（抄）　出典『田中小実昌エッセイ・コレクション』第六巻（ちくま文庫）
初出『不純異性交友録』一九七四年四月　三笠書房

G線上のアリァ（抄）　出典・初出『新編　かぶりつき人生』（二〇〇七年十一月、河出書房新社）

張っちゃいけない親父の頭　出典『田中小実昌エッセイ・コレクション』第六巻（ちくま文庫）
初出『いろはにぽえむ』

やくざアルバイト　出典『ユリイカ』
初出『文藝春秋』一九五〇年七月

横田基地のバンブダンプ　出典『田中小実昌エッセイ・コレクション』第六巻（ちくま文庫）
初出『いろはにぽえむ』

不動産屋、そして医学研究所　出典『田中小実昌エッセイ・コレクション』第六巻（ちくま文庫）
初出『いろはにぽえむ』

葬式はしない　出典・初出『世界酔いどれ紀行　ふらふら』

解説　星が落ちてくる、つかまえろ

片岡義男

　僕が最初に田中小実昌さんに会ったとき、僕は二十代のなかばだったと思う。場所は新宿の歌舞伎町で、時間は夜が始まった頃だった。年長の編集者に誘われて同行した料理店のカウンター席ではなかったか。その年長の編集者は、客としてあらわれた田中さんとは旧知であり、いっしょにいた僕を紹介してくれた。

　田中さんと僕とは、少なくて十五歳、多くて二十歳ほど、年齢が開いていたと思う。しかし、そのような年齢差とはなんの関係もなしに、この田中さんという人には会ったことがある、と僕はしきりに思った。会ったことがある、としきりに思いはするけれど、それがいつのどこでのことだったかに関しては、なにも具体的なことは思い出せなかった。会ったとすればそれは十年くらい前のことではないか、と僕は思った。当時から十年さかのぼると、僕は十歳前後の子供で、父親の仕事の関係で広島県の呉にいた。

　呉にいらしたことはありますか、と僕は田中さんに訊いてみた。驚くべきことに、あるよ、俺は呉にいたよ、と田中さんは答えた。占領連合軍の基地で爆弾処理の仕事をしていたという。ふたりが共通して知っている場所がいくつかあった。僕がいつもいた場所から、田中さんがいた場所まで、路線バスと路面電車を乗り継いで、一時間もあれば子供でもいけたはずだ。お前はそんなとこにいたの、と田中さんも驚いていた。ひょっとしたら会ってるよな、と言って田中さんは自分の坊主頭を撫でまわし、困惑したような表情を浮かべていた。

会ってはいない、と僕は判断した。この人にはどこかで会ったことがある、という思いは、実際に会ったことの記憶から導き出されたものではなく、田中さんがかもし出しているこの感じには親しく覚えがある、というやや抽象的な共感のようなものから、生まれてきているものであることが、僕にはわかったからだ。

田中さんがかもし出していたあの感じ、とはいったいなになのか。外側からとらえるなら、彼が発散していた雰囲気、というような言葉をあてはめることになるだろう。彼が発散していた雰囲気とは、ではいったいなになのか、という問いはその答えへとすぐにつながる。雰囲気は確かにあった。いつも充分すぎるほどにあった雰囲気だけをとらえて、それを自分が理解する田中さんとしていた人たちは、多いことだろう。

この感じには親しく覚えがあるとは、自分はその感じをよく知っている、身に覚えがあると言っていいほどに知っている、ということだ。身に覚えがあるとは、どういうことなのか。しかも、覚えのあるそれは、この感じという、きわめて不定形なものでしかない。

新宿の歌舞伎町やゴールデン街の酒の店に田中さんがいる様子をひと目見るのは、その店のぜんたいに田中さんがじつによくなじんでいる様子を見ることだった。ずっと以前からその店のそこに、そのようにいる人として、田中さんの雰囲気は出来上がっていた。いったんはすべてを受容する、恐ろしいまでに柔軟ななにごとかが、田中さんの内部にはあったのだ、といま僕は書く。受容すればその当然の結果として、よくなじむ。受容したことを田中さんが自分の言葉で言いあらわすとき、内部の田中さんは外部においても田中さんとなった。

酒の店のカウンターで隣合わせになったとき、

「キャッチ・ア・フォーリング・スターというのは知ってるよな」

と田中さんは僕に言った。一九五八年のアメリカでヒットした流行歌だ。題名を直訳すれば、落ちて来る星をつかまえろ、となる。

「俺はここから小説を作ったんだよ。日本に駐留してるアメリカ軍にスターという名前の軍曹がいて、地元の飲み屋の日本女性に惚れてね。休みの日にはその店へ通ってくるんだけど、彼女は嫌がってさ、店の裏にある自宅の二階に隠れるんだよ。彼女に会いたいスター軍曹は、その家の屋根にのぼって二階の窓からなかに入ろうとするんだけど、足をすべらせて屋根から落ちていくところを、面白がって見物してた店の客たちが受けとめて、キャッチ・ア・フォーリング・スターだよ。な、面白いだろ」

僕は笑った。田中さんは坊主頭を撫でまわしていた。この話は短編小説になり、『問題小説』という雑誌に掲載された。

別のとき、別の酒の店で、カウンターでなぜか隣どうしになったとき、田中さんはいきなり次のように言った。

「お前、英語が出来るだろ。そのお前にいま俺が語るのは、つい先週、俺が伊豆へいったことだ。伊豆の西のほうだな。駅前の道を歩いてたら、万年筆が落ちててね。だから俺はそれを拾ったよ。このことを英語でなんと言うか、お前、言ってみろ」

英語と日本語を掛け合わせたひと言が答えだ。田中小実昌さんが残した最高の冗談が、いまもなんら変わることなく、ここにある。

本書のなかには今日の人権意識に照らして不当・不適切な語句や表現がありますが、時代的背景と作品の価値にかんがみ、また、著者が故人であるためそのままとしました。

本書は文庫オリジナルです。

ちくま文庫

田《た》中《なか》小《こ》実《み》昌《まさ》ベスト・エッセイ

二〇一七年十二月十日　第一刷発行

著者　田中小実昌（たなか・こみまさ）
編者　大庭萱朗（おおば・かやあき）
発行者　山野浩一
発行所　株式会社　筑摩書房
東京都台東区蔵前二―五―三　〒一一一―八七五五
振替〇〇一六〇―八―四一二三
装幀者　安野光雅
印刷所　三松堂印刷株式会社
製本所　三松堂印刷株式会社
乱丁・落丁本の場合は、左記宛にご送付下さい。
送料小社負担でお取り替えいたします。
ご注文・お問い合わせも左記へお願いします。
筑摩書房サービスセンター
埼玉県さいたま市北区櫛引町二―六〇四　〒三三一―八五〇七
電話番号　〇四八―六五一―〇〇五三

ISBN978-4-480-43489-0 C0195